劳动赞歌

# 劳动最伟大

LAODONG ZUI WEIDA

主　　编◎韩　震
本卷主编◎张　伟
　　　　　梅亚萍

河北出版传媒集团
河北少年儿童出版社

**图书在版编目（CIP）数据**

劳动最伟大 / 张伟，梅亚萍主编．— 石家庄：河北少年儿童出版社，2021.1
（劳动赞歌 / 韩震主编）
ISBN 978-7-5595-3455-2

Ⅰ．①劳… Ⅱ．①张… ②梅… Ⅲ．①故事 – 作品集 – 中国 – 当代 Ⅳ．① I247.81

中国版本图书馆 CIP 数据核字（2020）第 217974 号

**劳动赞歌**
**主　编** 韩　震

**劳动最伟大**
LAODONG ZUI WEIDA
**本卷主编** 张　伟　梅亚萍

内文插图：曹　源　张一枝　邬旖伦

选题策划：段建军　康文义
责任编辑：刘　欣　王广春
装帧设计：卞君君

出　　版　河北出版传媒集团　河北少年儿童出版社
地　　址　石家庄市桥西区普惠路 6 号　邮编　050020
　　　　　电话　010-87653015（发行部）
发　　行　全国新华书店
印　　刷　河北省武强县画业有限责任公司
开　　本　787 毫米 × 1092 毫米　1/16
印　　张　15.5
版　　次　2021 年 1 月第 1 版
印　　次　2021 年 1 月第 1 次印刷
书　　号　ISBN 978-7-5595-3455-2
定　　价　39.00 元

劳动最伟大

主　编

韩　震

本卷主编

张　伟　梅亚萍

# 代序

## 劳动者的赞歌

韩　震

青少年朋友们，你们成长在新时代，你们是时代的幸运儿，也应该成为时代的弄潮儿。中华民族伟大复兴中国梦和社会主义现代化强国，将通过你们的努力而实现。你们要了解自己成长的国际国内的大背景。你们所处的时代是怎样的时代呢？目前，世界面临百年未有之大变局。中国的发展既充满现实挑战，更蕴藏着历史性机遇。中国特色社会主义进入新时代，面对中华民族伟大复兴和建设社会主义现代化强国的战略目标，必须大力弘扬伟大奋斗精神，脚踏实地、辛勤劳动、艰苦创业，以持续不懈的奋斗与努力，创造未来美好生活。习近平总书记多次围绕劳动的意义、如何弘扬劳动精神、加强劳动教育等内容进行深刻阐述，内涵丰富、思想深邃，为决胜全面建成小康社会、夺取新时代中国特色社会主义伟大胜利、实现中华民族伟大复兴的中国梦提供了强大的思想引领和精神支撑。你们是未来建成社会主义现代化强国的主力军，希望你们牢记总书记的谆谆教导和嘱托。

### 一、劳动是人类社会的永恒基础和发展动力

**首先，劳动创造了人，劳动是人类文明的基石**。习近平总书记指出，“人类是劳动创造的，社会是劳动创造的”。[1] 人来自何处？人不是源自上

① 2016 年 4 月 26 日，习近平在知识分子、劳动模范、青年代表座谈会上的讲话。

帝的创造，人类文明也不是神的恩赐。人类是自然界长期进化的结果，但人类进化超越了一般动物界的生物进化。人的进化是劳动工具和劳动方式的进化，人类文明是靠人逐渐发展起来的有目的有意识的劳动活动创造并且积累起来的。人力不如牛，但可以通过劳动创造出比牛力气更大且毫无疲倦感的机器；人跑起来不如马，但却可以通过劳动创造出比马跑得更快、更持久的汽车、火车；人不能像鸟一样飞翔，但却可以通过劳动创造出飞得更高、更快的飞机、航天器……人类及其人类文明的一切成就都源自劳动创造。劳动是真正属于人的本质性力量。中华民族是勤于劳动、善于创造的民族，因而创造了灿烂辉煌的古代文明和今天的“中国奇迹”。这就是习近平总书记指出的：“正是因为劳动创造，我们拥有了历史的辉煌；也正是因为劳动创造，我们拥有了今天的成就。”[①]“劳动创造了中华民族，造就了中华民族的辉煌历史，也必将创造出中华民族的光明未来。”[②]在百舸争流的新时代，勤劳的中华民族应该“同心同德，开拓进取，用辛勤劳动创造中国人民的美好生活、创造中华民族的美好未来，继续同世界各国人民一道构建人类命运共同体”[③]。

**显然，劳动不仅创造历史，而且开创未来，“劳动是推动人类社会进步的根本力量”**[④]。劳动不仅创造了人、创造了社会文明，而且仍然在塑造着人、塑造着人类社会。新冠肺炎疫情期间，人们尽管宅在家中，但许多人通过网络在线的方式进行着各种“云工作”，不仅你们的老师要给你们“上网课”，而且仍然有无数人通过劳作从田间种植收获各种蔬菜、在工厂加工各种必需品、通过运输工具把各种生活用品送到家门口，保障人们的日常生活。离开劳动，人类根本就不能正常生存和发展。历史唯物主义认

① 2015 年 4 月 28 日，习近平在庆祝“五一”国际劳动节暨表彰全国劳动模范和先进工作者大会上的讲话。

② 2013 年 4 月 28 日，习近平在同全国劳动模范代表座谈时的讲话。

③ 2019 年 2 月 3 日，习近平在中共中央、国务院举行 2019 年春节团拜会上的讲话。

④ 2013 年 4 月 28 日，习近平在同全国劳动模范代表座谈时的讲话。

为，经济基础决定上层建筑，而在经济基础之中生产力决定生产关系。人的劳动是发展生产力和推动经济发展的最活跃的力量，劳动生产率的提高必定推动经济社会的发展，而且为人类的一切文明活动创造条件。生产力的提高是人民群众劳动经验的积累和技术发明的结果。人民群众创造了历史，就是说，人民群众的劳动推动了社会的发展和进步。今天，全面建成小康社会，进而建成富强民主文明和谐的社会主义现代化国家，从根本上说，也是要靠劳动、靠劳动者的创造。正如习近平总书记强调的："劳动是一切成功的必经之路。"[①]要实现确立的奋斗目标，归根到底要靠辛勤劳动、诚实劳动、科学劳动。你们是国家的未来，中国的未来就要靠你们的劳动来创造。

**另外，劳动是创造财富的源泉，也是幸福生活的源泉**。"人世间的一切幸福都需要靠辛勤的劳动来创造。"[②]功崇惟志，业广惟勤。民生在勤，勤则不匮。幸福不是毛毛雨，幸福不是免费午餐，幸福也不是天上掉馅饼；幸福不会从天而降，梦想不会自动成真。中国的经济"奇迹"，是你们的前辈们历尽千辛万苦奋斗出来的，凝聚的是亿万劳动人民的汗水和心血。我国仍处于并将长期处于社会主义初级阶段，实现中国梦，创造全体人民更加美好的生活，任重而道远，需要每一个中华儿女继续付出辛勤劳动和艰苦努力。"人世间的美好梦想，只有通过诚实劳动才能实现；发展中的各种难题，只有通过诚实劳动才能破解；生命里的一切辉煌，只有通过诚实劳动才能铸就。"[③]未来的美好生活，只能靠你们自己的双手来创造，只有通过劳动汗水的浇灌，才能绽放美好生活之花。

**劳动是一切成功的必经之路，人只有通过劳动创造，才能实现自己的**

① 2014 年 4 月 30 日，习近平在乌鲁木齐接见劳动模范和先进工作者、先进人物代表时的讲话。

② 2012 年 11 月 15 日，习近平同采访十八大的中外记者见面时的谈话。

③ 2013 年 4 月 28 日，习近平在同全国劳动模范代表座谈时的讲话。

**人生价值**。衡量人生价值的尺度不是占有和消费了多少价值，而是通过劳动为社会创造了多少价值。历史上，那些骄奢淫逸、虚度时光的人，不过是黑格尔所说的消费物质财富的“消极力量”，而只有通过劳动创造社会财富的人，才对社会历史发展贡献了真正积极的力量。中国梦是人民的梦，中国特色社会主义事业为所有人创造了人生出彩的机会。梦想属于每一个人，实现梦想就要靠每个人的辛勤劳动、诚实劳动、创造性劳动。成功从来不是给守株待兔的人准备的，成功的机遇属于甘于奉献、勇于创造的奋进者。劳动永远是走向人生成功的唯一坦途。三百六十行，行行出状元。任何劳动者，无论从事什么样的工作，无论技术含量如何，“只要勤于学习、善于实践，在工作上兢兢业业、精益求精，就一定能够造就闪光的人生”[①]。希望每一位青少年朋友，今天好好学习知识和技能，将来通过自己的辛勤铸就自己的辉煌人生。

## 二、让劳动光荣、创造伟大成为铿锵的时代强音

习近平总书记指出：“劳动是人类的本质活动，劳动光荣、创造伟大是对人类文明进步规律的重要诠释。”[②] 当下，面对新冠肺炎疫情和风云变幻的国际形势，我们不能有丝毫的彷徨和犹疑，必须以更为坚韧的奋斗精神，通过亿万人民的创造性劳动，实现既定的目标。“一勤天下无难事。”无论时代条件发生怎样的变化，都必须牢固树立劳动最光荣、劳动最崇高、劳动最伟大、劳动最美丽的观念，崇尚劳动、尊重劳动者，始终把劳动者看作是社会的主人翁，重视发挥广大劳动群众的积极性和创造力量。让每位中华儿女——包括今天的我们和明天的你们——都最大可能地焕发劳动热情、释放创造潜能，通过劳动创造更加美好的生活。

① 2016 年 4 月 26 日，习近平在知识分子、劳动模范、青年代表座谈会上的讲话。
② 2015 年 4 月 28 日，习近平在庆祝“五一”国际劳动节暨表彰全国劳动模范和先进工作者大会上的讲话。

**劳动最光荣**。劳动者的光荣，首先体现在劳动者创造的价值上。从衣食住行的物质条件，到“北斗”卫星定位系统；从飞天的“神舟”，到探索海底的“蛟龙”；从思想深邃的理论著作和脍炙人口的文学作品，到运用越来越广泛的人工智能——所有这些伟大的创造物，本身就是一枚枚表彰劳动者荣光的勋章。劳动者的光荣，也体现在人类在劳动实践中自身素质的提高上。人类在改造自然的劳动实践中，不断认识自然世界的客观规律，把握了驾驭自然规律的各种技术技能。无论是大国工匠，还是专家、院士；无论是种田能手，还是妙手回春的名医，他们的声誉都是通过不懈的劳动创造而成就的。正如习近平总书记指出的：“劳动没有高低贵贱之分，任何一份职业都很光荣。”[①] 希望你们大力弘扬劳动精神，高歌劳动光荣、知识崇高、人才宝贵、创造伟大的时代风尚，从小热爱劳动、投身劳动，长大之后爱岗敬业、报效祖国，为改革开放和社会主义现代化建设贡献智慧和力量。

**劳动最崇高**。劳动者的崇高，一方面体现在劳动者创造的成就上，宏伟的三峡大坝、壮观的港珠澳跨海大桥、风驰电掣般奔驰的“复兴号”高铁、威武的“东风”系列导弹——所有这些成就，其壮美的雄姿映照的都是劳动者的崇高；另一方面更体现在劳动者的精神境界上，如在抗击新冠肺炎疫情中不顾个人安危的逆行者：医护人员的医者仁心、社区工作者的任劳任怨、公安干警的无私无畏、志愿者的默默奉献——所有这些都映照了劳动者崇高的思想境界。人们的职业有不同，但只要他能够通过辛勤劳动为社会、为他人做有益的事情，只要他有先人后己、克己奉公的思想境界，他就是一个崇高的人；而那些投机取巧、不劳而获却自以为高明的人，反而是身陷“低级趣味”而不能自拔的人。希望每一位青少年朋友都能够成为热爱劳动、诚实劳动、自立自强、奋发有为的劳动者。

① 2016 年 4 月 26 日，习近平在知识分子、劳动模范、青年代表座谈会上的讲话。

**劳动最伟大**。劳动者的伟大，首先基于他们的劳动创造的伟力。人通过劳动把自然对象转化成为人类生活必需的产品，实现了自然的“人化”、创造了社会财富和文明价值。劳动者的伟大，也来自他们在改造自然的活动中不断觉醒、不断提升的主体性力量。劳动者在劳动活动中体现了创造的力量，也提升着自己的自觉自主意识，正是这种自由自主的内在力量，彰显了人类的伟大与价值。黑格尔关于主奴辩证法的论述，已经证明了劳动者的价值，也说明了不劳而获者在社会中的“多余”。社会主义社会的意义，就在于坚持不劳动者不得食，建立劳动者的“联合体”。正如习近平总书记指出的：“在我们社会主义国家，一切劳动，无论是体力劳动还是脑力劳动，都值得尊重和鼓励；一切创造，无论是个人创造还是集体创造，也都值得尊重和鼓励。全社会都要贯彻尊重劳动、尊重知识、尊重人才、尊重创造的重大方针，全社会都要以辛勤劳动为荣、以好逸恶劳为耻，任何时候任何人都不能看不起普通劳动者，都不能贪图不劳而获的生活。”[①] 青少年朋友们，中华民族的伟大梦想正呼唤着你们的劳动创造！

**劳动最美丽**。劳动者的美丽，首先在于他们内心世界的美丽。劳动者创造美丽的世界，描绘着绚丽多彩的人间生活。但是，劳动者的内心世界更加美丽。塞罕坝的防护林美丽，那是因为有一代代育林工人的美丽品格支撑了这壮美的景色。有些工作岗位是非常脏、非常累、非常辛苦的，越是艰苦的工作越是需要美丽心灵的支撑。譬如，淘粪工时传祥，他用自己的辛苦，为他人换来了卫生洁净的生活环境。他身上时常有挥之不去的臭味，但他的内心世界是最香甜的。再如，抗击新冠肺炎疫情中的年轻医生、护士，身穿“全副武装”的防护服，再爱美也不能露出那美丽的容颜，但是他们救死扶伤的工作身影却在我们眼中显得那么的美丽，让每个人都为之感动。那是因为透过防护服，人们看到了他们美丽的心灵。劳动

① 2015 年 4 月 28 日，习近平在庆祝“五一”国际劳动节暨表彰全国劳动模范和先进工作者大会上的讲话。

者永远是美丽的，因为他们都有一颗美丽的心，他们美丽的内心世界就映照在美丽中国的建设之中。美丽中国，需要美丽少年！

总之，希望青少年朋友们大力弘扬劳动者的奋斗精神，充分认识劳动创造的意义，让劳动最光荣、劳动最崇高、劳动最伟大、劳动最美丽铭刻在你们的心灵之中，未来用你们的创造性劳动描绘中华民族伟大复兴更加美丽的画卷。

### 三、弘扬劳动精神，立志成为德智体美劳全面发展的高素质有用人才

劳动教育具有独特的育人价值，是实践育人、培育和践行社会主义核心价值观的有效途径。通过劳动教育，特别是劳动观念、劳动精神的培养，可以让我们每个人树立正确的劳动观念，崇尚劳动、尊重劳动、热爱劳动，增强对劳动人民的感情，立志报效祖国、奉献社会，自觉成长为勤于劳动、甘于奉献、善于创造的劳动者。

**首先，青少年朋友要充分认识劳动教育在教育体系之中具有基础性和全局性地位**。劳动创造了人类。人类历经千百万年的劳动，才创造了人本身，实现了人类文明的跃升。人类最初的教育恰恰是劳动教育，在漫长的岁月里劳动创造了人，现在劳动依然塑造着每一个现代人的素养。劳动教育仍然支撑着每个人的成长，特别是少年儿童阶段的成长，离不开劳动环节的淬炼。如果青少年缺少劳动教育，也就缺失对人而言具有本质意义的实践能力，缺失了在人格和非智力因素上的必要淬炼，难以塑造孩子良好的意志品质和责任意识。劳动教育也支撑着智育。体力劳动和脑力劳动可以分工，但不能分割。人类的任何创造性活动既需要观念性创新，也需要体力劳动的支撑。即使最前沿的科学研究，也需要体力和动手能力制造试验装备并通过操作仪器实现技术性介入，才能推动研究有所进展。现在教育的问题并不在于智力培养不够，而是与体力劳动相脱节所造成的学生片面发展。美育与劳动的关系也非常密切。在劳动创造中，人们才能真正发

现美、创造美、欣赏美，塑造优美的精神世界。体育与劳动的关系更加直接。在创造性的劳动中，人们不仅得到体力的磨砺，更能真正体悟到身体健康的重要性。经验证明，社会上的成功者往往都有劳动锻炼的经历。

**其次，青少年朋友要充分认识劳动的意义，培养与劳动人民的深厚感情**。要知道人民创造历史、劳动开创未来的道理。从小就要热爱劳动、热爱创造，通过学会劳动和创造播种未来的希望、收获成功的果实，也通过劳动和创造磨炼意志、提高自己的素养。要弘扬劳动精神，养成崇尚劳动、尊重劳动的习惯，“懂得劳动最光荣、劳动最崇高、劳动最伟大、劳动最美丽的道理，长大后能够辛勤劳动、诚实劳动、创造性劳动”①。

**最后，青少年朋友要通过各种方式和途径，牢固树立热爱劳动的思想、自觉养成热爱劳动的习惯，立志成为祖国需要的勤于劳动、善于劳动的高素质劳动者**。素质是立身之基，技能是立业之本。从小就要在家庭中、在学校里、在与社会互动时，注意观察、学习，勤于动手、实践，不断提高自己的劳动素养，自觉地把爱国心、强国志、报国行融入到中国特色社会主义事业中去，立志为实现中华民族伟大复兴中国梦而学习。当然，你们还是学生，要勤于学习，学文化、学科学、学技能、学各方面知识，不断提高综合素质。与此同时，要注意实际动手能力的培养，既向书本学习，更要向实践学习。青少年是未来建成社会主义现代化强国的主力军，希望你们能够勤奋实践、善于学习，以劳动模范为榜样，长大之后爱岗敬业、勤奋工作，锐意进取、勇于创造，不断谱写新时代的劳动者之歌。

社会是教育的大课堂。人是社会关系总和，劳动关系是最基本的社会关系之一。我国坚持社会主义公平正义的核心价值，不断促进社会主义和谐劳动关系，持续营造全社会尊重劳动、尊重知识、尊重人才的良好氛



① 2018 年 9 月 10 日，习近平在全国教育大会上的讲话。

围，强化维护和发展劳动者的利益、保障劳动者权利的制度安排，形成了人人热爱劳动，以辛勤劳动为荣、以好逸恶劳为耻的社会风气，这就为我们构建了劳动教育的良好社会环境。

为了大力宣传和贯彻落实习近平总书记对劳动教育的一系列指示精神，我们编写了《劳动赞歌》丛书。书中以新中国成立以来各行各业涌现出的辛勤劳动、诚实劳动、创造性劳动的典型人物和先进事迹为内容，弘扬劳动光荣、创造伟大的主旋律，帮助青少年朋友理解和形成马克思主义劳动观，牢固树立劳动最光荣、劳动最崇高、劳动最伟大、劳动最美丽的观念，形成正确的世界观、人生观、价值观，自觉成长为德智体美劳全面发展的社会主义建设者和接班人。

青少年朋友们！祝愿你们高唱劳动赞歌，用你们的创造性劳动铺就未来辉煌的人生之路！

# 目录|MULU

## 第一篇章　劳动伟大　出自其平凡的奉献与执着

## 第二篇章　劳动伟大　源自其创造价值与造福人类



## 第三篇章　劳动伟大　来自其不懈奋斗与创造奇迹

# 第一篇章

## 勞動偉大

## 出自其平凡的奉献与执着

中共中央总书记、国家主席、中央军委主席习近平在向国家勋章和国家荣誉称号获得者颁授勋章奖章时指出：“英雄模范们用行动再次证明，伟大出自平凡，平凡造就伟大。只要有坚定的理想信念、不懈的奋斗精神，脚踏实地把每件平凡的事做好，一切平凡的人都可以获得不平凡的人生，一切平凡的工作都可以创造不平凡的成就。”

劳动之所以是伟大的，就在于千千万万的劳动者用平凡的劳动创造出财富、创造出世界奇迹。在社会主义建设过程中，在实现现代化的伟大事业中，在众多平凡的岗位上，涌现出许多英雄模范人物。他们长期奋战在劳动基层一线，在平凡的岗位上做出不平凡的业绩，为社会主义现代化建设作出了重要贡献。中国改革开放取得巨大成功也有赖于千千万万平凡人的努力，他们在平凡的工作岗位上忘我工作、无私奉献，不计个人得失，舍小家顾大家，甚至隐姓埋名，牺牲生命。在建设社会主义现代化强国、实现中华民族伟大复兴中国梦的征程中，我们依然离不开千千万万平凡人的执着奉献。

# 宁愿一人脏，换来万家净

1959 年 10 月 26 日，时传祥作为环卫工人的代表和来自全国各条战线的劳动模范在北京人民大会堂参加“全国文教群英会”，刘少奇、朱德、周恩来等党和国家领导人亲切接见了他。

时任国家主席刘少奇紧紧握着时传祥的手关心地问：“老时啊，这几年生活得怎么样？清洁队的工人同志工作累不累？”时传祥高兴地回答：“我们现在生活过得挺好，大家的干劲可足啦。过去我们是用轱辘粪车一车车推，平均每人一天背 8 桶。现在改成汽车运粪，工作效率提高了，我最多的时候一天运过 93 桶。可是大家并不满足这些成绩，还要为社会主义多出把力呢！”

刘少奇听后笑容满面地说：“大家的干劲儿真够大的呀！可是还得加把劲儿，把全市的清洁工人也都带动起来。”他又询问淘粪工人的学习情况。时传祥汇报说：“过去淘粪工人很少有识字的，新中国成立后，在领导的关怀和帮助下成立了业余学校，现在大家基本都达到了高小程度，能看报写信了，就是我差点儿，才认识一二百个字，连自己的名字也写不好。”刘少奇听后，既是批评又是鼓励地说：“老时啊，一个先进生产者，一个共产党员，光工作好不行，各方面都得好。我们的事业发展越来越快，没有文化哪行？我都这么大年纪啦，现在还学习呢！你才 45 岁，时间还不晚，以后要好好学习，阳历年的时候给我写封信吧。”

刘少奇说着，从自己的上衣口袋里抽出一支英雄 100 号钢笔递到时传祥手中，意味深长地说：“老时啊，我们在党的领导下，都要好好地为人民服务。你当淘粪工人是人民的勤务员，我当国家主席也是人民的勤务员，这只是革命分工的不同，我们都是革命事业中不可缺少的一部分。”他还勉励时传祥，回去以后更要好好地为人民工作，不要骄傲自满，和大家团结一致，把首都建设得更好！

时传祥向刘少奇保证说：“我们的工作尽管脏一点儿，累一点儿，但搞好了居民区就会不脏不臭，我们一人脏，却给千百万人带来一个好的环境。过去一些人看不起我们，但在新社会，我们的工作很光荣。我们要用宁愿一人脏，换来万家净的精神，好好地为人民服务，做移风易俗的尖兵。”

刘少奇与时传祥握手的照片刊登在第二天国内各大报纸的头版，这张照片因其特殊意义深深地印刻在人们的记忆里。时传祥，成为那个时代人们心中的偶像。

## 工作无贵贱，行业无尊卑

1915年，时传祥出生在山东的一个贫苦农民家庭。由于生活所迫，14岁的时传祥不得不出外逃荒，流落到北京城郊。为了生计，时传祥当了淘粪工，从此在粪霸手下干了20年。每天的工作就是用粪勺挖、用粪斗提、用粪桶背、用粪车运，清理城里的粪便。旧北京城的路非常难走，时传祥每天推着一辆破轱辘粪车，来回要走二三十里路，一个月挣不到3块银元。每天吃的是6个拳头大的杂面窝窝头，还有一点儿白菜帮子，晚上和工友住的是驴棚。20年间，辱骂和殴打差不多天天都有，可是工钱却很少给够过，受尽了欺凌。

解放后，北京市人民政府成立粪污管理所，34岁的时传祥加入了北京市崇文区清洁队，并被工友们推选为北京市崇文区“粪业工人工会”委员，担任工会组长。这让他感到了做人的尊严、尊重与平等，感到无比幸福，并把这种幸福感化作无穷的力量，投入到首都环卫事业和新中国建设中。他用一颗朴实的心记住了一个通俗的道理：淘粪也是社会主义建设事业的一部分。他把淘粪当成十分光荣的劳动，以苦为乐，任劳任怨，满腔热情，全心全意为人民服务。

身背粪桶行走在北京的大街小巷，时传祥从不愁眉苦脸，总是口哼快乐的小调。他说，自己不是淘大粪的，而是清洁工，是为了千家万户的清洁卫生和身体健康而工作的。他能轻而易举地把百十斤的粪桶背在身后，而且不洒不漏；他记忆力好，善于语言表达，常常给身边人讲故事；他走千家，串万户，给各家淘完茅厕，总是里里外外打扫个干干净净。

时传祥经常说，淘大粪也有讲究，要避开户主吃饭、会客和休息日等团聚的时间，改在合适的时候入户清淘。咱要一人嫌脏，就会千人受脏；咱要一人嫌臭，就会百家闻臭。俺脏脏一人，俺怕脏就得脏一街。

时传祥是在中国新旧社会交替的时代涌现出来的典型人物。受尽苦难与翻身解放的巨大反差，更加坚定了他跟共产党走、为人民服务的决心。当时，虽然解放了，但人们的传统观念却不是一朝一夕所能改变的。刚解放的时候，一些人认为自己当家做主了，再也不用干低贱伺候人的淘粪工作了。时传祥却认为："工作无贵贱，行业无尊卑。我们都是新中国的主人，三百六十行都得有人干，能以一人脏，换来万家净，这是十分光荣的。"当年，队里有些青年人不安心清洁工作，嫌淘粪工丢人，总想转到工厂去。时传祥开导他们说："北京城如果一个月没有人去淘粪，粪便就会流得满大街都是。你也愿意上重工业，我也愿意上重工业，不行啊，总得有人清理粪便呀！"

经常有人问时传祥，难道你不觉得粪便是臭的吗？时传祥如此表达自己的想法："要从思想观念上弄清什么是香、什么是臭。如果一个人思想臭，就算是泡在香水里，捞出来也是臭的。真正的香，是阶级觉悟高，而好好地为人民服务，是心里头香。"时传祥就是"心里头香"的人。他平时生活很爱干净，他的中山装总是很整洁，自己的房间也收拾得干净利落。每次回老家，他总是在凌晨大家起床前就把村里的街道清扫干净了。

时传祥以主人翁的姿态，以"搞好环境卫生，美化人民首都"为己任，肩背粪桶，走家串户，利用公休日为居民、机关和学校义务清理粪便，整修厕所。他一生背坏过多少个粪桶，肩膀上的老茧有多厚，没人知道。

## 要成为有文化的新工人

时传祥牢记刘少奇主席要他好好学习文化、在阳历年前给他写信的热情鼓励。他买了一块小石板，每天早晨四五点钟就起来，一边认字，一边写。虽然他觉得“耍粪勺如同绣花针，但拿钢笔如同千斤铁棒，怎么也不听使唤”，但他一想起刘少奇主席的话，劲头就来了，有多大困难也能克服。他把书本随时带在身上，一有空隙，就拿出来看。他还请了文化老师，一个字一个字地学。苦练了两个月，1960 年元旦前夕，时传祥用刘少奇主席赠送给他的钢笔写了他平生的第一封信。在这封 308 个字的信里，他表达了“要成为有文化的新工人”的决心。

敬爱的刘少奇主席：

俺开会回来以后，把您关心俺们清洁队职工的工作、生活和学习的事，向大家做了传达。全体同志都感动极了，一致表示要坚决听党的话，听您的话，继续鼓足干劲，把自己的工作做得更好，并且积极读书识字，使自己成为有文化的工人，为社会主义建设贡献更大的力量，来报答党和领袖的关怀和培养。一个多月来，俺和全体同志一样，在工作上很好地完成了任务，文化学习也有了很大进步。俺过去连名字都不会写，您看到俺写的这封信一定会替俺高兴吧！但是俺一定不骄傲自满，继续鼓足干劲，争取尽快地成为有文化的新工人，以更大的成绩，报答党的培养和关怀。

祝您

新年快乐，身体健康！

时传祥

1959 年 12 月 26 日

刘少奇收到时传祥的来信，特别高兴地赞扬道："在一个文盲半文盲的国度里，是不能建成社会主义的！要提高整个民族的文化素质，才能搞技术革新，才能提高生产力！时传祥开了个好头嘛！好老时，有毅力，有气魄嘛！"

业余时间，时传祥就用刘少奇送给他的钢笔，继续认真努力地进行文化学习，水平大有提高。后来，时传祥还在《人民日报》《工人日报》上发表了十几篇评论文章。

为了干好淘粪工作，时传祥苦干加巧干，善于动脑筋、想办法，进行技术革新，改进淘粪工作流程。运输工具改善后，他合理计算工时，挖掘潜力，加快周转，把过去 7 个人一班的大班，改为 5 个人一班的小班，实现人不等车，车不等人。他带领全班由过去每人每班背 50 桶增加到 80 桶，他自己则每班背 90 桶，最多每班淘粪背粪达 5 吨。

时传祥经常对大家讲："你不淘，我不淘，大家都不淘，大粪不就遍地流，谁还能生活得下去？不是淘大粪的比别人矮，是你的思想比别人矮，谁来淘大粪，就要先淘掉自己的旧思想、旧意识！""现在解放了，劳动是光荣的，不劳动是可耻的。干什么工作都是干革命，都是人民不可缺少的一部分，我们淘大粪也是人民的需要。"

## "一人脏换万家净"的精神永远传承

用来装粪便的粪桶约有半人高，20 斤重，装满了粪便有 100 多斤重，最少也有八九十斤，即使有了汽车以后，淘粪工也要靠它把厕所里的粪便背到汽车上，对于身高 1.85 米的时传祥来说，同样是个重体力活。但正是这位普普通通的淘粪工，以"宁愿一人脏，换来万家净"的精神，将"时传祥"三个字永远地铭刻在了新中国劳模的史册上，"时传祥精神"已成为共和国的一份精神财富。

时传祥精神激励着那个时代每个人的心。1965 年，中央新闻纪录电影制片厂拍摄了纪录片《淘粪工时传祥》。1966年国庆前夕，时传祥作为北京市国庆观礼团的副团长，住进了中南海，登上了天安门城楼，参加了国庆典礼。当时，为了搞好首都北京的环境卫生，副市长万里同志向时传祥学习如何背粪桶；国家主席刘少奇把13岁的女儿送到时传祥的清洁队来体验生活；首都各行各业的青年、外地到北京出差的干部，纷纷以和时传祥一起走街串巷背粪为莫大光荣。

时传祥不仅自己一生投身于首都的环卫事业，还非常关心环卫事业的后继与发展。他带出思想过硬、业务一流的青年班，他倡导的“工作无贵贱、行业无尊卑”的为人民服务思想得以经久传承。在他去世后的几十年间，环卫行业不断涌现出先进人物和劳动模范。

在时传祥的感召影响下，他的4个子女全部进入环卫战线工作，甚至他的孙女也成了时家第三代环卫工人。时传祥一家三代出了3个全国劳动模范，除了他之外，儿子时纯利和孙女时新春都是全国劳模。他们牢记时传祥的教导：时代再怎么变，干活做人的道理不能变，“宁愿一人脏，换来万家净”的精神不能变。

新时代需要传承时传祥“一人脏换万家净”的精神。这种精神的实质，就是全心全意为人民服务的精神，就是勤劳朴实、自强不息的民族精神，就是爱岗敬业、吃苦耐劳的奉献精神。尽管这种精神产生在上世纪50年代，但这种精神又被时代赋予了一些新的理念和新的内涵，为全国各行各业所尊重和奉行。

著名词曲作家吕远曾评价说，时传祥这个终生在粪便中劳动的人，实在是一个纯洁的人，是一个像莲花一样出淤泥而不染的品格高尚的人。时传祥最可贵的地方，就在于他从思想深处认识到，为人民服务没有高低贵贱之分，都是光荣的，并发自内心地做好在一些人眼中认为是低贱的工作。虽然，淘粪工在现代都市中消失了，但只要存在社会分工，仍会有苦、累、脏的工作，这些工作同样要有人去从事。

中共中央总书记、国家主席、中央军委主席习近平发表2019年新年贺词时，特别对环卫工人等一线劳动者表示，“感谢这些美好生活的创造者、守护者”。2013年，习近平在北京市慰问一线劳动者，同环卫工人亲切握手说：“逢年过节，你们最辛苦。环卫事业是神圣事业、高尚事业。我也是北京市民，我代表北京广大市民向你们表示感谢。希望你们发扬时传祥‘宁愿一人脏，换来万家净’的精神，让北京更美丽。”

宁愿一人脏，换来万家净。“时传祥精神”全面体现了时代性、民族性和社会性，充分彰显了中华民族所具有的毫不利己、专门利人的崇高人生境界，完美诠释了劳动最伟大的时代精神。

# 从“伐木模范”到“造林英雄”

他，新中国第一代伐木工人，当国家建设需要木材时，采伐了36500多棵树，20世纪50年代被誉为“伐木能手”“林海红旗”。1959年，作为伐木劳动模范参加了在北京人民大会堂举行的“全国文教群英会”。

他，自1982年退休后到1999年底，当国家需要恢复森林时，和家人义务植树5万多棵，被誉为“造林英雄”“植树模范”“绿化标兵”。1998年，荣获联合国环境规划署授予的“全球环保500佳”荣誉称号。

他，就是集“伐木模范”与“造林英雄”于一身的马永顺。

1998年夏，时任国务院总理的朱镕基接见马永顺时说：“你这一辈子干了两件好事：当国家建设需要木材的时候，你是砍树劳模；当国家需要保护生态环境的时候，你是栽树英雄，我们都要向你学习。”

2009年，马永顺当选“100位新中国成立以来感动中国人物”。

## 伐木模范

1914年，马永顺出生于河北省宝坻县（现属天津市）沟头庄的一个穷人家庭。他从小便为生存而四处干活，却还是衣不蔽体，食不果腹。1933年，他被来村里招工的把头骗到了当时被称为“绿色监狱”的东北林区，受尽了日本监工和封建势力把头的欺凌和压迫。

1948年，在共产党的号召下，九死一生的马永顺来到黑龙江省铁力林业局，由旧社会的“臭苦力”成为新中国的第一代林业工人。新中国成立初期，百废待兴，国家的建设急需大量木材。作为伐木工人，马永顺感动于共产党和新社会对工人阶级的关怀和照顾，一心只想采伐更多的木材，支援国家经济建设。

有一次，马永顺正在进行手工伐木作业时，一个树杈突然掉下来，碰巧砸在他的头上。尽管他戴着安全帽，但还是被砸昏了过去，工友们忙送他到医院抢救。医生诊断为较严重的脑震荡，应休养一两个月。但是，马永顺醒来后，摇摇头，扭扭腰，活动下手脚，都能动，就认为不碍事。于是趁医生不注意，他偷偷地跑回山林里去伐木了。

他的全部身心都扑在伐木工作中。他勤思考、善钻研，一门心思琢磨如何提高伐木量和伐木效率。当时，伐木工人用的是两人使的大肚子锯，既不安全，采伐效率又低。有丰富伐木经验且爱钻研的马永顺经过多次试验，将大肚子锯改成一人使的弯把子锯。弯把子锯让伐木的安全系数和采伐效率大大提高。马永顺手工采伐木材 1200 立方米，一人完成 6 个人的伐木量，名扬小兴安岭，创造了全国手工作业伐木之最。

马永顺不仅伐木技术好，锉锯也有高招。不仅本所的工人找他锉锯，附近作业所也有人扛着锯来向他请教。为此，马永顺常常干到深夜。东北森林工业总局便又帮助他总结出一套四季锉锯法。就这样，马永顺的《安全伐木法》《四季锉锯法》成了全国手工采伐作业的教科书。

随着林业生产的发展，职工队伍不断扩大，生产事故时有发生，生产效率受到影响。马永顺就边伐木边总结经验，摸索规律，创新方法，汇统成册，使手工伐木业的劳动效率普遍提高 35％至 50％。他创建的“马永顺工组”一直是黑龙江省林业战线的一面红旗，高产安全伐木 35 年。

对于他而言，伐木支援国家建设就是一切。他把满腔的劳动热情倾注到小兴安岭大森林中。20 世纪 50 年代，伐木工都是站着伐木，因此伐后的树根太高。为了多出木材，节省资源，马永顺先用手把树根周围的积雪扒开，不顾膝盖有伤，坚持一条腿跪在地上，让锯紧挨树根采伐，使伐过的树根由过去的六七十厘米高降到 10 厘米以下。他的这一做法在东北林区得到全面推广，仅此一项一年就为国家增收 1400 多万元。

有一年秋天，林区下起了大暴雨，导致山洪暴发，通往林场的森林铁路被冲毁了好几段。当时，马永顺因为静脉曲张复发，小腿肿得厉害，正在家中休息治疗。得知消息后，他从床上爬起来，抄起工具冲进抢险队伍。他完全不顾冰凉刺骨的河水，手搬锹挖堵缺口，腿上钻心的疼痛也无法阻止他的脚步。突然，头昏眼花的他栽倒在泥水里。尽管如此，醒来后，他继续运沙石、修路，硬是坚持了 7 天，直到铁路通车。

## 造林英雄

由于采伐业绩突出，马永顺曾多次被评为黑龙江省特等劳动模范和全国劳动模范，并先后 14 次受到毛泽东、周恩来等老一辈党和国家领导人的接见。

1959 年，马永顺再次被评为全国劳动模范，并受邀到北京参加“全国文教群英会”。会后，周恩来总理在人民大会堂的会客大厅亲切接见了他：“你辛苦了，东北的林业工人辛苦了！毛主席非常关心你们林业工人，并向全国发出了绿化祖国的号召。你们现在不仅要为支援社会主义建设多采伐好树，还要植树造林，力争越采伐越好、越采伐越多，实现青山常在，永续利用……”

周总理的嘱托一直回响在马永顺的耳边。他看到由于过度采伐而荒芜的小兴安岭，生态环境不断恶化，水土严重流失，松花江、呼兰河时有泛滥，他的心情久久无法平静。的确，砍树不像割韭菜，砍完后还可以一茬茬地接着长，山上的树砍秃了，要慢慢地植树造林补上。一想到周总理的嘱托，马永顺就睡不着觉。

他估算了一下：手工作业时，他一个人抵 6 个人的工作量，大概砍了 36500 棵树。他下定决心把周总理说的“青山常在，永续利用”当作座右铭，决心在有生之年偿还对大自然的亏欠：过去砍多少，现在就种多少！

然而，36500 棵树，毕竟不是短期内就能栽种完的，这笔“账”，他还了半个世纪。有些同志不解地说："你过去采伐树木是为了社会主义建设，因为采伐的多，才成为了劳动模范。现在你又植树造林，这是保护大山、保护生态环境，是你的新奉献，谈不上'还账'。"马永顺固执地说："不管怎么说，在我的思想中，我就是向大山还账，我要不把这些账还上，死不瞑目。"

从此，马永顺每年在春季造林的战场上早出晚归，哪怕中午不休息，他也要栽上几株。有一年，马永顺在鹿鸣林场造林，踩着一根倒木过一条小河时，脚下一滑掉进河里。他被水冲出10多米远才拼命游到对岸，手里拎着的那条装满树苗的麻袋却没撒手。在20世纪60年代三年困难时期，食品短缺，马永顺上山没有干粮带，时间一长，他的胃病犯了，人也明显地消瘦了。场长关心地对马永顺说："吃不饱，你应该注意身体，不要在业余时间栽树了。"可他忘不了周总理的嘱托，仍然见缝插针多栽树。

1982年，即将退休的他仍然惦记着自己砍伐的树还有8000多棵没栽上。退休后，他把全部的时间都用于栽树，风里来雨里去，爬山翻坡植树造林，日复一日，年复一年。朋友们劝他："你过去对林区做了那么多贡献，退休了也该好好歇歇了。没事就去钓钓鱼，打打牌，到工会活动室玩一玩。"可马永顺哪里闲得住。他总说，我已向大山许了愿，不能食言。每到造林季节，马永顺就回到工作过的林场跟营林工人一起上山义务栽树。林场领导劝他，离山上远，路不好走，就在林场前后栽些绿化树吧。马永顺拍着胸脯说："我在山上跑了一辈子，大伙儿能去，我就能去。"每当看到树苗受到损坏，马永顺就有一种撕肝扯肺似的痛。1991年8月的一天，马永顺出去办事，乘车途经建设营林所南山时，想起一年前在这里栽了200多棵树苗，就上山去看看这些树苗长得怎么样了。谁知上山一看，林场被挖了一个大坑，50多棵落叶松小树被毁。马永顺心痛得不得了。

1991年冬天，已经77岁的马永顺把儿女们召集在一起说："我这一辈子砍了不少树，估摸有36500棵，我要再栽这么多把它补上。我栽了这些年，还差得很远。现在我岁数大了，身体也不好，我怕还不上。所以，你们必须给我帮忙还这笔账。”第二年春天，马永顺就迫不及待地带领由全家老少三代近 20 人组成的“马家军”浩浩荡荡上山造林。他既当指挥员、战斗员，又当质量验收员。经过全家人的努力，在荒山坡上栽下 1500 多棵落叶松树苗。

1994 年，已经 80 岁高龄的马永顺终于还清了“债务”。马永顺说：“‘账’是还上了，可造林不能停。只要我的身子骨不散架，就还要上山栽树。”从 1982 年马永顺退休到 1999 年底，“马家军”坚持造林 17 年，植树 5 万多棵。

## 为了青山后继有人

“生命不息，造林不止”是马永顺晚年最大的愿望。马永顺看到国家实施天然林保护工程，心里感到特别高兴和欣慰。他说：“党中央、国务院决策英明，林业有救了。我只要生命不息，就造林不止，给后人多留下一片青山。”“我只要还能动弹，就要上山造林，为实现青山常在，绿水长流，多栽几棵树！”

在那个特殊年代，正是以马永顺为代表的老一辈林业工人用他们的青春和热血，让沉睡千年的林海苏醒，让人迹罕至的群山沸腾，开启了林区艰苦创业的历程，奠定了共和国森林工业的根基。在国家需要木材时，是当之无愧的伐木劳模；当国家需要生态时，又是令人敬仰的植树英雄——这就是马永顺精神的突出表现。

马永顺精神，是以国家需要和民族大业为己任的祖国至上精神；是生命不息、植树不止、世代相传的新愚公精神；是不计报酬、不为名利、埋头苦干的无私奉献精神；是全心全意、尽忠竭智投身祖国林区建设的爱岗敬业精神。

在有“小兴安岭南大门”之称的黑龙江省铁力市，“马永顺”标签随处可见：马永顺纪念馆、马永顺林场、马永顺小学、马永顺中学、马永顺林、马永顺碑、马永顺中老年艺术团、马永顺中老年健身协会……人民群众时刻感受着马永顺精神，并被这种精神熏陶着、感染着，形成了以“写马永顺、讲马永顺、唱马永顺、做马永顺”为内容的实践品牌，让马永顺精神得以世代传承。

在马永顺林场，老英雄生前栽下的5万多棵树郁郁葱葱，以旅游为主的新型经济体系在马永顺林场已初步形成。在“全面停伐”的时代背景下，林场职工秉承马永顺“生命不息，造林不止”的精神，义务植树50多万株，森林蓄积量达229万立方米，林场森林覆被率比“天保工程”实施前增加了20%以上。

马永顺是我国千千万万林业建设者中的杰出代表。他用毕生心血描绘出一幅幅绿色画卷，他用崇高精神铸造成一座座绿色丰碑。马永顺走过的道路，展现了新中国林业建设由传统林业向现代林业转变的历史进程；马永顺的精神集中体现了几代林业职工为建设祖国秀美山川而艰苦奋斗的创业精神。

在国家大力发展经济建设时，马永顺努力伐木，改善伐木工锯、伐木技巧，改进伐木方法，以自己一个人干6个人的工作量，为国家节省大量的资金，成为全国闻名的伐木能手；在国家需要生态保护时，马永顺就全身心地投入到植树造林中，为保护国家生态环境作出不朽的贡献。为了党和国家的千秋大业，为了造福子孙后代，马永顺一生劳动不止，奋斗不息。

马永顺的精神不仅激励了几代林业职工为国奉献，更鼓励了华夏土地上勤恳的劳动者们继续奋斗，传承劳动最伟大的信念和精神。

2016年5月23日，习近平总书记考察黑龙江时，首站来到伊春市，作出了“绿水青山就是金山银山，冰天雪地也是金山银山”等一系列重要指示。习近平总书记强调，生态就是资源，生态就是生产力。我国生态资源总体不占优势，对现有生态资源保护具有战略意义。伊春森林资源放在全国大局中就凸显了这种战略性。如果仅仅靠山吃山，很快就坐吃山空了。这里的生态遭到破坏，对国家全局会产生影响。国有重点林区全面停止商业性采伐后，要按照“绿水青山就是金山银山、冰天雪地也是金山银山”的思路，摸索接续产业发展路子。

当年砍伐树木，为了国家的建设鞠躬尽瘁；今日植树造林，为了老林区焕发青春活力死而后已。马永顺每一个劳动的画面，每一个动情的愿望，都将永远定格在中华儿女的内心深处，成为每一个劳动者的精神力量。

# "一团火"精神光耀神州

一位拄着拐杖的老人，经常站在糖果柜台外欣赏一位售货员卖糖果。天长日久，售货员也注意到了他。一天，这位老人主动走近柜台说："不怕师傅您见笑，我是病人，每天来看看您站柜台的精神劲儿，为人民服务的热情劲儿，病也仿佛好了许多。"

一位音乐家看他售货后说："你的动作优美，富有节奏感，如果配上音乐，是非常动人的旋律。"

为了看他的售货绝活儿，热情的顾客曾经将百货大楼的玻璃柜台挤碎。

……

这是发生在20世纪七八十年代北京百货大楼的几个真实场景，是一位售货员将商业服务的简单操作升华为艺术境界的生动写照。这位售货员凭借卖糖果成了商业战线上一面旗帜、全国人民的偶像——他就是劳动模范张秉贵。

张秉贵以"为人民服务"的热忱，在售货员平凡的劳动岗位上练就了令人称奇的"一抓准""一口清"技艺和"一团火"的服务精神，他的售货艺术被人们誉为"燕京第九景"。看张秉贵工作，成了许多人的一种享受。在他生前，许多外地顾客慕名来北京，只为能亲眼目睹他的售货技艺和服务精神。

直到今天，张秉贵的塑像仍矗立在北京百货大楼前，塑像基座上镌刻着老一辈无产阶级革命家陈云同志的题词："一团火"精神光耀神州。

## 心有一团火，温暖顾客心

“一团火”，是大家对张秉贵的特有称呼，它与张秉贵一生联系在一起，成为他的精神写照。“一”代表顾客第一的服务精神，“团”代表团结友爱的协作精神，“火”代表激情超越的创新精神。这是对“一团火”精神内涵的高度凝练和深刻解读。

什么是“一团火”？为什么要有“一团火”？这是当时人们经常向张秉贵提出的两个问题，也是探寻张秉贵形成“一团火”精神的两个核心问题。

张秉贵的一生，经历了从黑暗的旧中国一个没有文化的童工、学徒，成长为新中国劳动模范的过程。他由一个旧社会的被压迫者，变为新社会的主人翁，思想上、感情上的变化，成为他做好工作的内在动力。

张秉贵 1918 年出生于北京，11 岁时就到纺织厂当了童工，17 岁到北京一家杂货店当学徒。旧社会的苦难经历，让张秉贵不堪回首。1955 年秋，新建的北京百货大楼开业并招聘 25 岁以下营业员，36 岁的张秉贵因有多年的经商经验被破格录取。他做梦也没想到能当上“新中国第一店”的售货员，能在宽敞明亮的柜台前体面地为顾客服务。他感到无比光荣，因此更坚定了为人民服务的信念。

1959 年下半年，根据工作需要，张秉贵从糕点柜台调到糖果柜台。北京百货大楼当时是全国最大的商业中心，客流量大，加之商品供应相对紧张，顾客通常要排长队。张秉贵便下决心苦练售货技术和心算法，练就了令人称奇的“一抓准”“一口清”技艺。“一抓准”就是一把就能抓准分量，顾客要多少，他一手便能抓出多少；“一口清”则是非常神奇的算账速度。遇到顾客分斤分两买几种甚至一二十种糖果，他也能一边称糖果一边用心算计算，经常是顾客要买多少的话音刚落，他就同时报出了应付的钱数。后来，他又发明了“接一问二联系三”的工作方法，即在接待第一位顾客时，便问第二位顾客买什么，同时和第三位顾客打好招呼，做好准备。

1957年，张秉贵被评为北京市劳动模范。为了宣传他的事迹，寻找能集中概括张秉贵特点的词，大家都觉得张秉贵自己谈工作体会的“一团火”，最能代表他的精神。随着张秉贵事迹的广泛宣传和被广大人民群众肯定，“一团火”精神也成为中华民族优良传统的一个重要组成部分。

有一次，有人问张秉贵，为什么能把售货员这样平凡的工作做得这样不平凡，张秉贵说：“我们售货员要胸中有一团火，温暖顾客的心，树立完全、彻底为人民服务的思想。”

在不同场合，张秉贵用朴实无华的语言曾经阐释过他对心中一团火的理解：

“为人民服务，要与本职工作密切联系起来。

“要把顾客当作自己的亲人，真心实意、满腔热忱地为他们服务，对他们要有火一样的热情，心中如果没有这一团火，就做不到。

“我们售货员要用全心全意为人民服务的一团火，来温暖广大顾客，使他们不仅在商店里感到热乎乎的，回到家里热乎乎的，走上工作岗位还要热乎乎的，激发出更大的革命干劲，投入社会主义建设，这才算我们对革命事业有了一点儿贡献。

“站柜台不单是经济工作，也是政治工作；不单是买与卖的关系，还是相互服务的关系。

“一个营业员服务态度不好，外地人会说你那个城市服务态度不好，港澳同胞会感到祖国不温暖，外国人会说中华人民共和国不文明。我们真是工作平凡，岗位光荣，责任重大！”

张秉贵不仅这样说，更是这样做。每天站在柜台前，他都有一种神圣感。见到每位顾客，心中就有一种无比热爱之情。为顾客服务，他心中就像有一团火一样，温暖着每一位顾客的心。身边的同事也说，张秉贵像火一样，燃烧自己，照亮别人。

张秉贵心中装着“一团火”，他用这团火，温暖着别人，照亮了别人。

从清晨开门接待第一位顾客，到晚上送走最后一位顾客，他自始至终都能春风满面，笑容可掬。从 1955 年 11 月来到北京百货大楼站柜台，30 多年来，他接待了数百万名顾客。同这么多顾客打交道，他没有红过一次脸，没有吵过一次嘴，没有怠慢过任何一个人。

## 站柜台同样有科学，也大有学问

许多人认为，站柜台最简单，不用学就能会，不就是一手交钱一手交货吗？然而张秉贵却说："站柜台虽然不像攻克哥德巴赫猜想那么高深，也不像发射火箭那样动人心魄，但它同样有科学，这里也大有学问哩！"

"一团火"体现的为人民服务精神，不光是一个口号，还有其实质内容，更要落实到实际服务行动中。张秉贵在长期的劳动实践中，总结出很多行之有效的服务经验和方法，阐述了柜台服务工作的一些基本规律，成了那个时代商业领域的服务规范。

张秉贵总结出了"五个劲"的服务经：站柜台的精神劲、服务态度的热情劲、售货中的迅速劲、始终如一的持久劲、坚持不懈的虚心学习劲。"十个字"的服务态度：主动、热情、诚恳、耐心、周到。"四个一样"的服务意识：买与不买一个样、买多买少一个样、生人熟人一个样、本市外埠一个样。

张秉贵在劳动实践中不断完善对服务艺术的理解。20 世纪 50 年代，总结出站好柜台要做到五点：精神饱满、思想集中、耳目灵敏、抬头售货、动作"三快"；60 年代，总结出"接一、问二、联系三"的售货法，刻苦练就称糖"一抓准"、算账"一口清"的绝技；70 年代，将自己几十年如一日满腔热情的服务精神归纳概括为"一团火精神"，响亮地提出"心有一团火，温暖顾客心"；80 年代，将自己的柜台服务经验编写成《张秉贵柜台服务艺术》，并到各单位表演、讲课，听众达 10 多万人次。



如今，我们有计算器等工具辅助，可能很难理解张秉贵为什么要这样做，但在那个物资匮乏且商店稀少的年代，排队购物是再正常不过的事情。张秉贵练就的绝活儿，像科学管理之父泰勒提倡的精确方法一样，大大地提高了工作效率。他堪称20世纪70年代的“人工智能”。那么，他的过硬售货技艺是如何练成的呢？

张秉贵从小没有进过学校，初中程度的文化全是靠自学和解放后在夜校学得的。为了把自己的头脑变成计算器，他反复学习速算法，加快运算速度，口念心算，在数字的王国里探索追寻。终于滴水穿石，熟能生巧，练成了比“一抓准”更绝的“一口清”技艺。

张秉贵为了练出一手过硬的售货技术，贡献了自己的全部业余时间。他先后买了200多种糖果练习“一抓准”。就这样，他熟知了不同品种糖果的块型、重量，每斤或每两有多少块，不论是一斤、半斤、一两、二两，他练出了一抓就准的“神手”。

一次，有位顾客对张秉贵的技艺表示怀疑，来了个现场考试。他事先算好了价格，而糖果种类要求不一，量、钱数目不等，待张秉贵给他称好包完，报出的款数分厘不差，这位顾客信服了。

一位日本客人拿着电子计算器与张秉贵连续比试3次，3次张秉贵都准确无误，日本客人也心服口服了。

张秉贵把顾客放在心里，注意研究顾客的不同爱好和购买动机，揣摩他们的心理。他认为，来自四面八方的顾客，有不同的爱好、兴趣和购买动机，要满足他们不同的需求，就得学点心理学；售货员语言要亲切动人，言简意明，使顾客听后满意，就得学点语言学；要眼、耳、口、手、脚、脑6部“机器”同时开动，通过眼神、语言、动作、表情、步伐、姿态等方面表现服务态度，给人以“主动、热情、诚恳、耐心、周到”的良好印象。

张秉贵不仅技术过硬，而且十分注重仪表，天天服装整洁，容光焕发。他认为，“站柜台就得有个干净利落的精神劲儿，顾客见了才会高兴地买我们的东西。特别是我们卖食品的，如果不干不净，顾客就先倒了胃口，谁还会再买我们的东西啊！”

有人问张秉贵：“听说您从没有和顾客吵过架，难道就没有碰到过个别不讲理的顾客？”张秉贵认为，售货员和顾客发生矛盾，双方都要克制自己，有理讲理，但要理直气和，尤其是售货员更要注意方法和态度。

也有人问张秉贵：“几十年来，你老那么热情，难道自己不顺心的事一点儿都没有？”张秉贵回答道：“柜台就是阵地，我一进入柜台，就像解放军进入阵地一样，自己的事一点儿都不想。从早晨商场开门接待第一位顾客，到晚上关门送走最后一位顾客，心里想的，手里干的，都是为顾客。”

张秉贵以他热情的态度、纯熟的技术和端正的仪表赢得了顾客的爱，他正像希腊神话中的普罗米修斯一样，将“火种”遍撒人间。

## “一团火”精神永不过时、永放光芒

张秉贵，是一面不倒的红旗，是一团不熄的火焰，永远燃烧在被他温暖过的千千万万名顾客的心中。

今天，人们的生活方式发生了很大改变，糖果不再是奢侈品，大商场和超市的售货方式也大不同于从前。但无论生活方式、服务方式还是服务环境发生怎样的变化，我们都不能忘记张秉贵“一团火”精神中所体现的为人民服务的本质，因为这是中华民族的宝贵财富。

1978年，著名女作家冰心采访张秉贵后，撰写了报告文学《颂“一团火”精神》，她在这篇报告文学的结尾处激情洋溢地呼吁：让我们都来接过这一团火！让我们都来赞颂这一团火！

习近平总书记在党的十九大报告中提出，要“建设知识型、技能型、创新型劳动者大军，弘扬劳模精神和工匠精神，营造劳动光荣的社会风尚和精益求精的敬业风气”。张秉贵的“一抓准”“一口清”就是“工匠精神”的体现，“一团火”精神就是劳模精神的重要内容。新时代中国特色社会主义仍然需要这种精神，它依然温暖着人们。“一团火”的服务理念和柜台艺术，不仅没有过时，而且在新时代依然充满魅力。

“一团火”，爱心之火，燃烧自己，温暖他人；

“一团火”，匠心之火，专注品质，铸就经典；

“一团火”，忠心之火，牢记使命，恪尽职守；

“一团火”，星星之火，始于京华，光耀神州。

这是“一团火”精神新时代传人的庄严承诺。有了这种传承，在社会主义现代化建设中，各行各业必将涌现出千千万万个像张秉贵一样的劳动模范。

# 勇于创新的“工人发明家”

包起帆，一名长期在港口生产一线从事物流工程研发工作的码头工人，敢于勇于创新、勤于善于创新，被誉为“抓斗大王”“工人发明家”。40多年工作历程，在创造神奇般业绩的同时，也创造了新中国劳模史上的奇迹。

2006年5月，在第95届巴黎国际发明展览会上，他一人获得4项金奖，成为105年来在该展会上一次获得金奖最多的人。他和同事们完成了130多项技术创新项目，授权了50项国家和国际专利，其中3项荣获国家发明奖，3项获国家科技进步奖，56项获省部级科技进步奖，39项获日内瓦、巴黎、匹兹堡等国际发明展览会金奖。

他连续5次获得全国劳动模范称号，2次获得全国五一劳动奖章，9次获得上海市劳动模范称号，还获得全国优秀共产党员、全国十大杰出职工、全国优秀科技工作者、全国道德模范等称号。2009年获评“100位新中国成立以来感动中国人物”“共和国60位最具影响力的劳动模范”。2018年获得“改革先锋”称号，2019年荣膺“最美奋斗者”称号……

他从一个只有初中文化程度的码头工人，到技术骨干、教授级高级工程师、企业带头人、物流专家、国际标准的领衔制定者……在众人眼里，他的人生充满惊叹号。而他却认为，自己只是从未在平凡的岗位上画上创新的句号……

## 闻名遐迩的“抓斗大王”

1968年，17岁的包起帆进入上海港务局白莲泾码头当了一名装卸工。

当时的上海港是一个专门装卸木材、生铁的专业化码头。熟悉码头的人都知道，木材是码头上装卸最繁重、最危险的货种之一，被称为“木老虎”。每次船靠泊后，工人们都要下船舱，先用细钢丝绳提头，再用粗一点儿的钢丝绳将木头套起来，挂上吊钩，然后让吊车把木头吊出船舱。每个工班20个工人作业，卸船时吊机伸展巨臂在左右高低运行，起吊时工人要不停地在原木上跳来跳去，险象环生，事故不断。

码头安全问题，让已离开装卸工岗位的包起帆开始研究抓斗。那时候，包起帆对抓斗完全是一窍不通。面对重重困难，他顾不得自己的家庭，顾不得刚出生不久的孩子，日夜待在码头上做试验，最长的时候三天三夜没有脱鞋睡觉，不上工的时候就去图书馆、情报所查阅资料。

为了实现用抓斗装卸木材的梦想，包起帆如饥似渴地自学物理、数学等基础知识，刻苦钻研业务，生活被浓缩在起重、力学、机械的理论和计算之中，脑海浮沉着各种数据、原理和构想。经过无数个日夜的努力，尝遍失败、艰辛和磨难，包起帆终于创造出木材抓斗。1981年10月，中国港口史上第一只用来装卸大船木材的抓斗诞生了。这项革新填补了国际港口装卸工具史上的一项空白。

经过几年努力，包起帆又做出了一套完整的港口“木材抓斗装卸工艺系统”，实现了木材装卸机械化。从此，工人们再也不需下船舱用人力去捆扎木材了，安全有了保障，劳动生产率提高了，卸船作业时间缩短了。此后，上海港再也没发生过一起重大伤亡事故，效率也因此提高了2.67倍。

接着，包起帆又把目光瞄准了“铁老虎”。那时，用人力在船上搬生铁、卸废钢，作业时灰尘大，劳动强度高，工人常常累得爬不上船舱。为了从根本上改变这种状况，包起帆又发明了“单索生铁抓斗”“异步启闭废钢块料抓斗”“新型液压抓斗”等等。

包起帆的这些创新和发明，都是围绕码头装卸生产第一线的薄弱环节而搞的。哪里不安全，哪里效率低，哪里成本高，他和同事们就在哪里动脑筋、搞创新。这些成果创造性地解决了一批关键技术难题，从而改变了我国港口木材、生铁、废钢等货物装卸工艺的落后状况，其科技成果还实现了产业化。不仅在国内20多个行业1000多家企业得到广泛推广应用，还批量出口到20多个国家和地区，为国家创造了巨额经济效益和社会效益，包起帆因此成为闻名遐迩的“抓斗大王”。

## 创新发明铸就人生辉煌

包起帆以“抓斗大王”的称号走进公众视野，其实，他的发明远远不止于“抓斗”。从业几十年中，围绕码头自动化、信息化、智能化和节能减排的需求，包起帆的创新版图不断扩大。虽然工作岗位不同，但他始终认为“岗位可以变，创新不能停”，创新发明始终是他职业生涯的主旋律。

1996年，包起帆任上海龙吴港务公司经理。在那里，包起帆从技术创新走向产业创新，把目光投向内贸集装箱。他创造性地提出中国港口内贸标准集装箱水运工艺系统，先后4次到北京寻求支持，8次到南方寻找愿意合作的船运公司、货主和码头。在交通部和港航单位支持下，1996年12月15日，中国水运史上第一条内贸标准集装箱航线开通。经过6年产业创新和管理创新，龙吴港务公司码头年吞吐量从1995年的250万吨跃升到2001年的2200万吨。2018年，中国内贸标准集装箱运输网络已发展到遍布全国60多个港口，吞吐量突破6934万标箱，为各港口带来了巨大的经济效益。

2001年，包起帆任上海港务局分管技术的副局长。进入新世纪，上海的港口建设和管理如何由机械化向数字化、智能化、自动化迈进，包起帆把眼光盯在了高科技的创新上。他凭着对国际港口业整体发展趋势的敏锐把握，把攻关矛头对准了世界集装箱码头研究的最前端——集装箱自动化堆场上，把研究重点放在了如何实现码头操控的“无人化”上，放在了依靠高科技全面提升码头效率能级的全新道路上。凭着锲而不舍的精神，最终攻下了龙门吊无法识别来自社会上各种各样集卡的世界性难题。如今，这套代表着世界最新技术的“集装箱自动化堆场及堆场装卸工艺”，已成功应用在外高桥二期码头上。现场无人指挥，吊车无人驾驶，集卡不用逗留，叉车不再出现，所有的指令都从2公里以外的控制中心发出，一切都是那样地有序、从容。这项成果以其先进的设计理念、过硬的技术系统、扎实的试验数据，在巴黎发明展览会上，无可争议地为包起帆赢得了第1个金奖。接着，“集装箱电子标签系统”“用于集装箱的电子标签和电子封条的连接方法”和“用于集装箱作业的安全装置”又先后获得3个金奖，打破了展会的历史纪录。

包起帆任上海国际港务（集团）股份有限公司副总裁后，瞄准世界强港，和同事们一起将产、学、研相结合，先后开展了现代集装箱码头智能化生产管理、港口集装箱自动化无人堆场、集装箱物流全程实时在线监控、散货全自动化装备和工艺等课题的研究，为上海港的发展提供了强大的技术支撑。

2009年5月，国际标准化组织正式任命包起帆负责领导工作组编写集装箱电子标签国际标准。在历经两年半时间研制，5年时间精心维护拓展，13次国际会议交锋和交融，7轮投票后，包起帆和他的团队编写的集装箱电子标签国际标准在日内瓦正式颁布。该标准是物流和物联网领域第一个由中国专家发起、起草和主导的国际标准，也是我国交通运输系统首次登上领衔制订国际标准的舞台。

2011年，包起帆到上海市政府任参事，虽然离开了经营管理一线，但他认为只要创新精神永存，在决策咨询的岗位上同样可以作出创新的业绩。针对上海面临的日益突出的人口快速增长、土地缺乏、岸线短缺以及洋山港码头超负荷等问题，包起帆组织国内近百位专家学者，采取产学研结合的方式，充分发挥各学科优势，以前瞻性视角开展了“新横沙成陆开发和深水新港建设可行性关键技术研究”，首次提出了“新横沙”的概念，绘制了把横沙建成上海“第二个浦东”的宏伟蓝图。这一研究项目又获得了2017年上海市决策咨询一等奖。针对集装箱物流和信息流分离、透明度低的难题，包起帆发明了基于互联网实现集装箱全球跟踪管理的方法和解决方案，在2015年日内瓦国际发明展上获得3个金奖，这是他继28年前在日内瓦国际发明展首次获得金奖后的第36个金奖。

如今，包起帆创新的才思依然喷涌，他想把长江口的疏浚土全部利用起来“变废为宝”，他想要现代港口拥抱大数据、人工智能，让港口更聪明、更节能，他还想把很多的设想变成现实……

## 创新发明，人人可为

“创新发明，人人可为。”这句话引领着包起帆走上了艰辛坎坷的创新发明之路。包起帆带领团队秉持“创新就在岗位，始于足下”的理念，用非凡的创新业绩与国家发展同命运、共成长。

包起帆的创新发明与时代同步。从他的成长经历，可以清晰地看到中国工人与时俱进的发展路径，充分印证了中国工人与改革开放共命运、与祖国发展同进步。他说：“我很幸运，赶上了改革开放的好年代。40年来，我从普通的码头装卸工成长为全国劳动模范，从机修工人、工程师、码头公司经理、集团技术副总裁到市政府参事、华东师范大学国际航运物流研究院院长等，这一切，离不开党的培养和同志们的帮助。”30多年来，他坚持把每次获得的奖金和津贴中的绝大部分都分给了他的团队，属于个人的部分也几乎全部用来帮扶企业伤残职工和困难职工。

包起帆认为，发明之路就在脚下，无处不在的需求是创新的动力源泉。他将自己的创新之路归纳为“两个交叉点”和“三条途径”。两个交叉点是：将世界上最新的科技发展前沿技术和自己本职工作发展方向相交叉；将世界上已经成熟的科技成果和自己本职工作中碰到的难题相交叉。找到了交叉点就是找到了好的创新的目标，就有了成功的可能性。要找到这些交叉点，就必须通过三条途径：一是需要不断更新知识，夯实理论功底，打好扎实专业基础；二是需要不断拓展自己的国际视野，通过媒体、研讨会、展览会以及与国外的业务谈判、技术交流，广泛吸纳国际前沿技术，全面掌握信息、开展合作；三是需要不断培养自己敏锐的专业洞察力，长期保持对新生事物的关注和好奇心，勇于对现有的问题提出质疑，挑战权威和传统观念。

包起帆用他 40 多年的创新探索，将一个个“不可能”变为现实，靠的是深厚的家国情怀，靠的是锲而不舍、不畏艰险、勇立潮头、敢为人先的精神。他说：

“我的一生离不开创新。坚持创新，就是因为发展的道路上会不断遇到新的问题，需要破除瓶颈，释放活力。我当工人的时候，是以‘老大粗’为荣，比谁汗流得多、大包扛得多。如今，这样的时代一去不复返了。艰苦创业的精神是需要的，但更需要智慧，更需要创造性的劳动，我们要在创新路上继续前行。

“我不是一个天生的发明家，回顾我这些年来所走过的路，我是从自己的本职岗位出发，从小改小革起步，随着企业发展而逐步成长起来的。说句心里话，真正使我动心、动情的不是发明金奖，而是要把工友们从危险的工作环境中解脱出来，希望发明成果能够为企业增效，为职工造福，为祖国争光。

“不管什么时候，创新都需要苦干，但苦干不等于蛮干，创新好比种树，而我只种能结果的树！一个好的创新项目，必须是生产实践急需的，做表面文章，搞空头支票，即使创新搞成了也是有名无实。锁在抽屉里、堆在墙角下的项目我坚决不搞，科技成果要转化为生产力。

“种树要有土壤，没有适宜的土壤，树是无法生长并结果的。我种树的土壤就是我的码头，就是我的岗位。有岗位就会有机遇，爱岗位才会发现机遇。我的岗位虽然几经变化，但我无论做什么工作都把创新放在第一位，都在种能结丰硕果实的树。

“我们这一代人赶上了国家发展、港口发展的好机遇。机不可失、时不我待，报效祖国、服务人民。在创新的旗帜下，我深信，前方的路更宽，攀登的峰更高，身上的劲儿更足。”

是帆，就要远航。包起帆用他几十年科技创新、勇攀高峰的传奇经历，鼓舞和激励着新时代的青年，以科学发展观为引领，继承创新精神、永走创新之路。

# “马班邮路”上的传奇

王顺友，一个人、一匹马、一个邮包、一条山路，一年365天，至少有330天走在雪域高原的马班邮路上，走了整整24年。

他，24年走了26万公里，相当于21趟“两万五千里长征”、绕地球赤道6圈。

他，每年投递报纸8000多份、杂志700多份、函件1500多份、包裹600多件，没有延误过一个班期，没有丢失过一封邮件，投递准确率达到100%。

他，成为大山深处各族群众与外界联系、永不断线的“绿色桥梁”，创造了“马班邮路”上的传奇，成为第一个在万国邮政联盟总部作报告的普通邮递员。

## 在万国邮政联盟作报告的首位普通邮递员

2005年10月19日，在设在瑞士首都伯尔尼的万国邮政联盟总部，王顺友成为最引人注目的人物。他登上讲台，成为中国邮政史上的第一个、也是自1874年万国邮政联盟成立以来第一个被邀请的最基层、最普通的邮递员。他用20年的乡邮工作经历和扎根山区、服务人民的感人故事，讲述中国政府对邮政普遍服务的高度重视和亲切关怀，讲述邮政人忠实履行普遍服务义务和为保障公民的基本通信权利作出的巨大努力和贡献，深深打动了各国邮政代表和政府官员。

“我叫王顺友，来自中国四川省凉山彝族自治州木里藏族自治县邮政局，是一名马班邮路乡邮员。”随着同声传译和50张反映王顺友工作的幻灯片同步播出，整个会场一片安静，各国与会的邮政代表都被王顺友的故事深深吸引，眼睛湿润了，泪水挂在了脸上……

## 他在工作中找到了自己心中的信仰

1984年，19岁的王顺友子承父业，从赶了30年马班邮路的父亲手中接过马缰绳，成为了一名普通的马班邮路乡邮员。

刚开始，穿上绿色制服走在邮路上的王顺友很是高兴，他觉得这份工作很好，“但是走了一段时间就有点儿想打退堂鼓了，因为在大山里真的很孤独寂寞。累和苦我都不怕，就是怕孤独，这个日子不好过”。

四川木里藏族自治县地处青藏高原东南角，这里群山环抱，地广人稀，平均每平方公里的地面上只有9个人。在当时，全县29个乡镇有28个乡镇不通公路，不通电话，以马驮人送为手段的邮路，是当地乡政府和百姓与外界保持联系的唯一途径。

王顺友负责的是从木里县城到白碉乡、三桷桠乡、倮波乡、卡拉乡的邮路。往返里程达584公里的邮路，王顺友要翻越十几座海拔1000米到5000米不等的高山，从气温零下十几摄氏度的察尔瓦山到40多摄氏度的雅砻江河谷，从野兽出没的原始森林到随处可见的险峻沟壑，从一身雪到一身汗……从白碉乡到倮波乡，还要经过连当地老百姓都谈之色变的“九十九道拐”。这里，拐连拐，弯连弯，山路狭窄，抬头是悬崖峭壁，低头是波涛汹涌的雅砻江，稍有不慎，就会连人带马摔下悬崖掉进滔滔江水中。这样的行程，他每个月要往返两次，一年的路程相当于走“两万五千里长征”。

王顺友每送一趟邮件往返需14天左右，在家待两天之后就要再次上路。由于山上夏季多雨，冬季干燥易引起火灾，王顺友很少生火，饿了就啃几口糌粑面和腊肉，渴了就灌几口山泉水，几乎吃不上热乎的饭菜。山洞里、草丛中、大树下皆是他的栖息之所，暴雨、泥石流等自然灾害和豺狼、野猪等猛兽，是他行程中的“亲密伙伴”……

1988年7月的一天，王顺友把溜索捆在腰上向雅砻江对岸滑过去的时候，身上的绳子突然断裂，他从两米多高的空中狠狠摔下。万幸的是人落在了对岸的河滩上，但是邮包却掉到了江里。看到邮包顺着江水漂去，根本不识水性的他纵身跃进齐腰深的江中，拼命地打捞邮包。当把邮包拖上岸时，他已累得瘫倒在河滩上久久无法动弹。有人说他傻，为了邮包连命都不要了，他却说：“都说家书抵万金，我这里面装的是政府和父老乡亲的事情，比我的命都重要。”

然而，对于王顺友来说，这些危险还不是最苦的，邮路上最难熬的，是内心的孤独。一个人的高山邮路上，有时候一两天见不到一个人影，实在难受了，也只能和马说说话，或者自己唱唱山歌。到了晚上，大山里静得可怕，蜷缩在简陋帐篷里的他只能呆呆地望着满天的繁星，听着不远处传来的狼嚎，思念着家中的亲人。

他是怎样忍受着孤独和寂寞，一路坚持下来的？他又是如何做到不畏艰难险阻、不惧心头孤独，坚持为乡亲们送信20多年？王顺友这样说：

“唱歌是为了打发时间，喝酒是用来驱寒的，马是我的伴儿。邮路连着党和群众，把党的声音送到村寨上，把信送到村民的手上，这是我的工作，也是我的责任。

“每当我把邮件交给乡亲们的时候，他们高兴得就像是在过年。每次我去，他们都请我到家里吃饭、喝酒、喝茶，走的时候还往马背上装些土豆、栗子这些东西给我路上吃，时间一久我们就像亲人一样。父老乡亲离不开我，我也离不开他们。我觉得这20多年来的路，我值得。

“党组织的支持和帮助，人民群众的关心和爱护，有了这些，我怎么能不把邮路走好呢，必须坚持下去！

“送信就是为党做事，为党做事的人要吃得起苦。

“哪个不害怕（死）哟，但是人总有一死，如果真的是为工作而死，值得！”

王顺友是幸福的，他的幸福来自于他的工作，他在工作中找到了自己心中的信仰。如果仅仅是为了邮递员这个饭碗，王顺友在这条马班邮路上或许早就坚持不住了。忠诚的信念、坚强的意志，是王顺友做好工作、坚持服务的根本保证。

在乡亲们的热情招待和欢声笑语中，王顺友感受到邮递员的价值和马班邮路的重要性。他一路奔波吃苦耐劳，战胜孤独和寂寞，将党和政府的温暖、时代发展的声音和外面世界的变迁，不断地传送到边远地区的村村寨寨，把党和各族群众的心紧紧地连在了一起……正如他在给关心和支持他的广大邮政干部职工写的留言那样：“为人民服务不算苦，再苦再累都幸福。”这，也是他的内心写照。

他把青春和热血献给祖国和人民，祖国和人民也给予他崇高的荣誉：王顺友被评选为“感动中国”2005年度十大人物之一。组委会写给他的颁奖辞，是对他平凡工作的真实写照和人格魅力的浓情敬意：

他朴实得像一块石头，一个人，一匹马，一段世界邮政史上的传奇。他过滩涉水，越岭翻山，用一个人的长征传邮万里，用20年的跋涉飞雪传心。路的尽头还有路，山的那边还是山，近邻尚得百里远，世上最亲邮递员！

## 马班邮路精神要一直传承下去

2014年，“乡乡通”工程让木里的交通条件有了很大改善，从木里县城到两个乡镇支局开通了汽车邮路，支局到各乡镇都改为摩托车投递，昔日的马班邮路就此结束了它的历史使命。

王顺友深情地说：“马班邮路我走的是最后一班，如今马班邮路取消了，但马班邮路精神不能丢，要一代传一代。”“现在的邮递员都是骑摩托车，没有牵马的了。但是我想马班邮路精神还是一直要传承下去。路是怎么走出来的，怎么坚持过来的，要让年轻的邮递员也知道这些精神，坚持这些精神。”

我国有邮政局所、服务网点 7.7 万多个，其中设在农村的网点就有近 5.9 万个，全国投递段道 14.2 万条，单程总长 520 多万公里，农村投递线路单程总长 353.1 万公里。在偏远地区群众的眼里，像王顺友这样的邮递员，就是政府的人，就是代表政府形象的人。不管时代怎么变迁，邮路如何变化，马班邮路精神永远不会过时，“人民邮政为人民”的初心和使命永远不会改变。

# 世界一流的“桥吊专家”

许振超，青岛港桥吊司机。只有初中文化程度的他，通过不断摸索，苦练技术，练就了许多“拿手绝活儿”，成了世界一流的“桥吊专家”；掌握了顶尖桥吊技术，成了响当当的“金牌工人”；创造了震惊世界的“振超效率”和激励国人的“振超精神”，成为当代产业工人的杰出代表。

“振超效率”扬名国际航运界！许振超带领团队先后 8 次刷新集装箱装卸世界纪录，也成为中国港口领先世界的生动例证。

“振超精神”展现当代工人风采！这是一种爱岗敬业、为国奉献的主人翁精神；艰苦奋斗、勇于开拓的拼搏精神；与时俱进、争创一流的创新精神；团结协作、相互关爱的团队精神。

## 做不了科学家，就做能工巧匠

许振超上学时是班干部、学习尖子，一心想考清华、北大，成为一名科学家，一场“文化大革命”使他失去了上大学的机会。1974 年，初中未毕业的他，来到青岛港当了一名码头工人。

那时，港口装卸作业方式很落后，体力劳动繁重，工作环境艰苦。许振超当时经常一边工作，一边思考：“难道码头工人就不能摆脱这种出大力、流大汗的命运吗？”后来，青岛港进口了一些现代化机械设备。但由于工人们不了解使用和维护技术，设备经常出故障，有的设备用了不到一年就损坏了，有的设备还酿成了事故。

许振超意识到，缺少知识误人误事，唯有知识才能改变命运。“一个人可以没有文凭，但不能没有知识；可以不进大学课堂，但不能不学习。”

但对于他这个文化底子浅的人来说，学什么、怎么学，难度确实很大。刚干皮带机电工时，他利用休息时间学习电工知识，看设备图纸，掌握了电工技术。领导看他好学，就调他去操作当时最先进的起重机械——门式起重机。他把队里的几本技术书都看遍了，觉得还不行，就到处借书看。但光借书总不是办法，他就从生活费中省钱买书看，新书贵就买旧书。有一次下了夜班，他骑自行车跑了 40 多里路，到书摊上买了几本旧书，回到家顾不上休息，先过足读书瘾。工作中遇到不懂的事情，他就向身边的技术人员请教；学习中有好的体会和想法，他就赶快记下来。

多年来，他坚持工作需要什么就学习什么，带着问题去学，这个习惯一直保持到现在。由于他肯钻研、技术好，1984 年青岛港组建集装箱公司，许振超被选为第一批桥吊司机，开上了当时青岛港最先进、造价最高的大型装卸设备。

一次，队里的一台桥吊控制系统发生了故障，请外国厂家的工程师来修。专家干了 12 天，一下挣走 4.3 万元。而当时公司上百人，几十台机械，忙活一天一夜，也不过挣个三四万块钱。这件事深深刺痛了许振超。他想，如果自己会修，这笔钱不就省了吗？然而，桥吊的构造很复杂，涉及电力拖动、自动控制等 6 门学科，就是学起重机械专业的大学生至少也得工作两三年后才能够处理一般性故障。许振超为了攻克这门技术，像着了魔似的钻研，终于发现，所有的技术难点都集中在一块块控制系统模板上，而这正是外国厂家全力保护的尖端技术——不仅没提供电路模板图纸，就连最基本的数据也没有。

许振超不甘心。每天下了班，他拿着借来的备用模板，一头扎进自己的小屋。一块书本大小的模板，一面是密密麻麻镶嵌的上千个电子元件，另一面是弯弯曲曲的印刷电路，这样的模板在桥吊上一共有 20 块。为了分辨细如发丝、若隐若现的线路，许振超专门用玻璃做了个支架，将模板放在玻璃上，下面安上 100 瓦的灯泡，通过强光使模板上隐秘的线路显现出来，然后一笔一笔绘制成图。光分辨这 2000 多个焊点已经够麻烦了，要弄明白它们之间的连接更麻烦。一个焊点前后左右可能有 4 条连线，而且每一条连线又延伸出 2 条连线，2 条再变成 4 条，最多的变成 20 条、30 条连线。每个焊点、每条线，许振超都要用万用表试了又试，一条线路常常要测试上百个电子元件，直到最终试出一条通路来。就这样，许振超用了整整 4 年时间，一共倒推了 12 块电路模板，画了两尺多厚的电路图纸，终于攻克了技术难点。

功夫不负有心人。凭着对知识的渴求、百折不挠的钻研精神和顽强不服输的毅力，许振超逐步掌握了各类桥吊技术参数和设备性能，不仅能排除一般的机械故障，还能修复精密部件。多年来，他一直坚持自学，家里的书橱摆满了与机械、电气有关的书籍、报刊、工具书等，仅高校教材就有 50 多本。他读过的各类书籍有 2000 多册，写了近 80 万字的读书笔记。有人说，许振超学习有 3 件宝：笔记本、英汉词典和手提电脑。许振超学出了名堂，从一名普通工人成长为名副其实的桥吊专家。

他常说："咱当不了科学家，但可以练就一身'绝活儿'，当个能工巧匠，无愧于时代，无愧于港口的培养。"

## 干就干一流，争就争第一

"干就干一流，争就争第一。"这是许振超常挂在嘴边的话，也是激励自己和大家努力工作的目标。对此，他这样解释："人总是要有一点儿精神的，敬业先精业，不管我们在什么岗位上，从事什么行业，应该有一种境界，一种追求……什么是一流水平？就是技术上要有自己的杀手锏，要有高招儿。老是跟在别人的屁股后面跑，第一只能离你越来越远，拖也把你拖垮了，与其跟着第一跑，不如咬咬牙自己当第一。"

他是这样说的，更是这样做的。他的许多拿手绝活儿，令世界同行刮目相看。

绝活儿之一：无声响操作。把几十吨重的集装箱放入铁做的船上或车中，居然做到了铁碰铁，不出响声。可以最大程度地降低集装箱、船舶的磨损，尤其是降低桥吊吊具的故障率，提高工作效率。

绝活儿之二：一钩准。集装箱上有 4 个锁孔，从几十米高的桥吊上把吊钩放下去，一次把 4 个锁眼都对齐，把集装箱抓牢固。

绝活儿之三：一钩净。把 10 吨粮食装入车厢，还要在车厢上打个尖，高出车厢 80 公分，吊具一钩下去，粮食一点儿不撒。

绝活儿之四：二次停钩。在箱子刚离地和快落地的一刹那，放慢速度，先观察后起落，这样做虽然使每次操作时间多了几秒钟，但杜绝了事故隐患，最终提高了生产效率。

绝活儿之五：无故障运行。许振超提出核心班轮保班作业“一二三”工作法，“一”就是“一个目标”：桥吊呈现无故障运行；“二”就是“两个制度”：凡是保班作业，实行技术主管昼夜值班制度、出现突发故障 15 分钟排除制度；“三”是“三个事先”：对桥吊，保班作业前要技术主管事先检修一遍、事先掌握船舶技术资料和作业箱量、事先动员。在全国沿海港口率先实现了“核心班轮保班全部 100%”的目标。

1997 年 11 月，老港区承运一批化工剧毒危险品。这个货种一旦出现碰撞，就有可能引发恶性事故。为了确保安全，码头、铁路专线都派上了武警和消防员，身着防化服全线戒严。船靠岸后，在许振超的指挥下，练就一手“无声响操作”的桥吊司机们个个精心操作，一个半小时，40 个集装箱被悄然无声地卸下，又悄然无声地装上火车。船东代表感慨地说：“你们的作业简直是‘行云流水’，太神奇了！”

把集装箱装卸速度干到全世界港口行业第一，一直是许振超的梦想。最终，他带领团队将梦想变成了现实，他不仅将一个个新想法变成生产实践中的一项项新技术，自己也成为行业一流的“技术专家”，带领着团队一次次打破世界纪录。

2002年3月4日，在接卸“铁行托米斯”轮的作业中，许振超和他的队友们以每小时299.7自然箱的单船效率，刷新了中国内地沿海港口集装箱装卸的最高纪录。

2003年4月27日夜，在接卸“地中海法米娅”轮的作业中，许振超带领桥吊队的工友们，仅用6小时15分钟，就完成了“地中海法米娅”轮3400个标准箱的装卸，创出了每小时单机效率70.3自然箱和单船效率339自然箱的世界纪录。此后5年，许振超带领桥吊队，又先后7次打破集装箱装卸世界纪录，使“振超效率”享誉全球。

许振超在工作岗位上勇于创新。他经多次试验，在冷藏集装箱上加装了节电器，全年节约电费600万元。为解决集装箱轮胎式龙门吊费油、污染环境的难题，经过两年多的摸索，他从飞机空中加油技术上得到启发，于2007年成功完成了集装箱轮胎式龙门吊的“油改电”工程，填补了国际空白，年节约资金2000万元以上，噪音和尾气污染接近于0，被新加坡、澳大利亚、英国等国家的港口码头效仿……

## 从“金牌工人”到“金牌团队”

“振超精神”“振超效率”是一笔非常宝贵的精神财富，已成为广大产业工人学习的榜样。许振超说：“‘振超精神’虽然用了我的名字，但它实际上是我们当代工人的一种精神，其中很重要的就是爱岗敬业。我们都说劳动光荣，劳动确实光荣，不但光荣，而且是一个人最大的美德。对于工人来讲，热爱劳动这个信念应该贯穿我们工作的始终，需要认真去做几十年乃至一生。”“幸福都是奋斗出来的，奋斗本身就是一种幸福。在我们这一代人心里，任何岗位都是与企业、国家的发展联系在一起的，都可以做出理想的业绩。关键就看我们能不能沉下心，在一个岗位上脚踏实地、坚持到底、勇于担当、努力奋斗！”

许振超不仅自己练就了一身绝活儿，还带出了“王啸飞燕”“显新穿针”“刘洋神绳”等一大批工人品牌。他把国家在公司设立的“许振超技能大师工作室”作为大平台，把能工巧匠们组织起来，学习技能，研究绝活儿，实现从“金牌工人”到“金牌团队”的转换。

“振超团队”是一个管理着39台桥吊，106台轮胎吊，资产高达20多个亿、以创新闻名全国的团队。2011年，“许振超技能大师工作室”挂牌成立，这是国家人力资源和社会保障部揭牌的全国首家“技能大师工作室”。许振超利用这个平台，带领团队围绕码头安全生产需求，开展科技攻关，推进互联网战略，持续破解安全生产难题；完成了“集装箱岸边智能操作系统”，在世界上率先实现“桥板头无人”，解决了集装箱桥板头作业人机交叉的风险问题；打造的“48小时泊位预报、24小时确报”服务品牌，每年为船运公司节约燃油1.26万吨。近几年，“许振超技能大师工作室”先后培养出高级职称人才59名，中级职称人才165名，高级技师9名，技师98名和高素质的高级工470名。所在的公司多次荣获港口协会评定的“前10强集装箱码头”“最佳集装箱桥吊作业量码头”“最佳单船作业效率集装箱码头”“最佳泊位利用码头”。

早在2004年，许振超就被树为当代产业工人典型，他的社会工作越来越多，作报告、演讲、授课……后来，许振超又成为全国人大常委会委员、全国总工会副主席（兼）、中国科协副主席以及多所高校的客座讲师。每次会议活动外出回来，他总要安排好时间回到码头上。碰到机械有了故障，连衣服都顾不上换，把安全帽往头上一扣，就同工友们并肩作战。如今的许振超，仍经常在“许振超技能大师工作室”里，和新一代码头工人一起，围绕自动化集装箱码头技术，开展以高效服务为目标的创新。

许振超说：“新时期的产业工人就是要善于学习，勇于钻研，养成不断学习的精神，把学到的知识和工作实践相结合，努力成长为技术型乃至专家型的工人，才能锻炼出工人真正的能耐，才能干出让别人服气的活儿，体现出中国工人不服输的骨气。”

2008年5月8日，时任国家副主席习近平实地调研青岛港，在看望许振超和桥吊队的工人同志们时，语重心长地说道："振超同志很了不起，在平凡的岗位上干出不平凡的业绩，所创造的无声响操作的绝活儿为国争了光，为工人阶级争了光，这种精神非常值得大家学习。我们应该在社会上弘扬尊重劳动、崇尚创造的精神。建设创新型国家，各项事业的创新、各个领域的创新都需要弘扬这种精神。希望能够涌现出更多的许振超式的先进工人。"

让我们奏响新时代奋斗者之歌，在社会主义现代化的建设中，在"振超精神"和"振超效率"的激励下，做出色的金牌工人、大国工匠。

# “知识型产业工人”的领跑者

2013 年 4 月 28 日的全国劳动模范代表座谈会上，习近平总书记在讲话中高度赞扬了“知识工人”邓建军等一大批劳动模范和先进工作者，“干一行、爱一行，专一行、精一行，带动群众锐意进取、积极投身改革开放和社会主义现代化建设，为国家和人民建立了杰出功勋”。

从中专、大专到本科再到工程硕士，从青年技术工人到新时期产业技术工人创新发展的楷模，邓建军以其勤勉敬业的工作精神和勇于创新的工作业绩，先后被胡锦涛、习近平两任总书记多次接见，被誉为“知识型产业工人”的领跑者。

邓建军，1969 年 10 月出生，江苏省常州市金坛人。作为大型牛仔布纺织企业的技术总监，多年来，他获得“全国劳动模范”“全国五一劳动奖章”“全国职工职业道德建设十佳标兵”“全国道德模范提名奖”等荣誉称号，成为“100 位新中国成立以来感动中国人物”“时代领跑者——新中国成立以来最具影响的劳动模范”，获评“全国技术能手”“中华技能大奖”“中国纺织大工匠”“改革开放 40 年纺织行业突出贡献人物”。他还是党的十七大、十八大、十九大代表，江苏省总工会副主席（兼）。

## 为工作而学习是快乐的

1988 年，邓建军中专毕业后便进入这家牛仔布纺织企业工作。30 多年来，他从没有停止过学习，不断充电、不断钻研、不断超越。他从中专、大专到本科，直到取得工程硕士学位，从一名普通工人成长为高级工程师、行业专家。

谈起学习动力和学习经历，邓建军深有体会地说："学习是辛苦的，为工作而学习却是快乐的。每当我因为学习而解决了工作中的难题，更多的是自豪。""我先后获得过很多荣誉，在所有荣誉中，我最珍爱的是'江苏省自学考试优秀毕业生'证书。因为只有'你要学'，才能超越自我！"

20世纪80年代末，作为专业生产牛仔布的纺织企业，从比利时引进了80台先进的无梭织机，需要大中专毕业的员工充实到一线，从事电子及进口设备的维修和保养工作。邓建军是中专生一线顶岗的第一人。面对领导的信任和同事们的期望，他下定决心要干出一番事业！

然而，第一步还没迈出就遇到了难题。邓建军遇到的两件事情，让他印象十分深刻，至今难忘。

一天深夜，一台机器出了故障，公司安排他去修理，邓建军捣腾半天也没找出原因。无奈之下只得请来师傅，只见师傅三下五除二就修好了。师傅说："这是个与电气搭界的机械小故障，熟悉了很快就能修好。"

邓建军说："如果说这件事令我沮丧，那么，外国人的傲慢则令我气恼。"一次，外方人员来厂安装调试时，邓建军向他们索要操作手册，竟然被狠狠瞥了一眼：因为担心技术剽窃，外方拒绝了邓建军。"那一刻，'老外'歧视的眼神至今令我难忘。"邓建军意识到，不掌握先进技术，不但影响生产，还会被别人看不起！

经历这两件事后，邓建军暗下决心，立志要在岗位实践中自学成才，不断提升学习力。他刻苦学习各种知识，重点研读了2000多册专业书籍。他还给自己订下规矩：不管多累，坚持每晚必须阅读一个半小时的技术书籍和有关资料。为了看懂国外原版技术资料，他努力学习英语和德语，跨越语言障碍。通过几年不懈的努力，邓建军已经可以翻译一些外文专业资料了。

邓建军参加自学考试，专攻计算机应用技术。同时，他还针对企业需求，广泛搜集资料，潜心研究进口设备，了解、跟踪国际纺织机械电气自动化技术的最新动态。在邓建军的工作台上，放着一沓沓厚厚的笔记本，详细记录着他多年来“消化”国外设备和技术创新的资料和心得。这些心得因为实用，已经成了同事们经常翻阅的工具书。

## 将学到的知识用在实际工作中

在工作实践中，邓建军勤于向师傅学、向不同领域的专家学，学习与工作相关的一切有用的知识。他不仅不放松技术钻研，还在管理方面不断向书本学、向同事学。他说：“当今时代，竞争更加激烈。知识不更新，观念不更新，你就会被市场、被社会淘汰。所以，我们要从书本学，在工作中学，寻找任何机会学。唯有不断学习，勇于挑战自我、突破自我，方能成为一个复合型的人才。”

1992 年，公司从国外引进了一批剑杆织机，他每天蹲在机器边 14 个小时以上，从最基本的制图做起，最终“驯服”了这些机器。

1999 年，公司从比利时进口了一批喷气织机。这些机器中的一个关键部位是张力传感器，安装时外国厂商拒绝提供相关技术资料，导致出现故障后难以维修。邓建军反复测试后发现，线路板中一个小零件会因为机器的高速震动而损坏。厂商只换不修，开出 1 万元的天价。邓建军自力更生，跑遍了卖配件的大小商店，从市场上找到了只要 1 分钱的替代配件。之后，邓建军解决问题的领域不局限在电气和机械方面，开始涉及工艺流程。

染整技术一直是我国印染行业的薄弱环节，主要被色差、缩水率等问题所困扰。邓建军熬过了上百个不眠之夜，将预缩率精度稳定控制在了 2.5% 以内，优于 3% 的国际标准。

邓建军以自己的亲身经历告诉我们——

学历并不等于能力，文凭也不等于本领。只要不断加强学习，勇于挑战自我，就能实现自我价值。

要带着问题去学，而不是简单地为了文凭而学，要学以致用，将学到的知识应用在现场操作中。

虽然有时是在技改创新中遇到困难时强迫自己去学习、去充电的，但学到的知识、练就的本领会丰富自己的人生，也能给行业的技术更新带来帮助，这就是收获。

## 技术改造只有起点没有终点

30 多年来，邓建军和他的团队在完成公司设备电气保养维修任务的同时，完成企业重大科技改造项目、引进项目设备安装调试、技术改进近 500 项，攻克世界级和行业性重大技术难题 50 多个，为企业乃至行业的科技进步作出了突出贡献。其中，他独立完成各种技改项目 136 个，带领团队自主开发的“染色机染液组分在线检测和控制系统”填补了该领域世界空白。他带领的科研组相继取得 9 项国家发明专利、10 项实用新型专利，并获多项国家级和省级高新技术产品，以及省部级科研成果奖。“低碳节水型牛仔纱线清洁染色关键技术研发”项目达到了国际先进水平。

2005 年，邓建军带领团队用了 100 天的时间，成功改进染浆联合机，降低了因停机造成的纱线损失，解决了世界性难题。接着，他们一口气开发出“在线染料组分自动控制系统”“在线染液控制系统”“在线流量控制系统”“自动浆液控制系统”和“染料组分分析计算控制系统”5 项成套技术，每一项都是业内首创，使公司产品的染色质量达到世界领先水平。目前，染浆联合机已持续升级到第 5 代，成套控制系统也持续优化到了第 3 代。

经邓建军改造研发的设备具有稳定、耗能低、可操作性强的特点，成功打破了我国纺织行业常年被国外设备垄断市场的现状。他主持的“低碳节水型牛仔纱线清洁染色关键技术研发”项目实现了牛仔纱线生产过程无盐染色，节水、节能效果显著，丰富了牛仔衣产品的花色品种，技术达到了国际先进水平。

邓建军认为，要在消化吸收国外先进工艺的基础上，结合本国国情不断改造创新，敢于向进口设备“开刀”，敢于挑战世界纺织行业难题，创造中国人自己的核心技术。他突破了牛仔布生产过程中的色差、缩水率等技术瓶颈，创出了“中国牛仔布第一品牌”。

党的十九大报告中提出，要“建设知识型、技能型、创新型劳动者大军，弘扬劳模精神和工匠精神，营造劳动光荣的社会风尚和精益求精的敬业风气”。作为党的十九大代表，对此，邓建军有深切的体会：“作为一名党员，我首先要提高自己的岗位技能，发挥工匠精神，做到‘专、精、创’，就是专注本职工作，工作时精益求精、持续创新。”

邓建军的成长历程，体现了兢兢业业、精益求精、勇于创新、百折不挠的工匠精神。他对“工匠精神”的理解是“专、精、创”：专，专注、坚守；精，精益求精；创，创新。

参加工作以来，邓建军一直是企业乃至行业技术攻关的领跑者。他不仅自己从一名普通技工成长为主任工程师、副总工程师、技术总监，还培养了一批专业型技术工人。

近年来，面对企业一线技术工人岗位对年轻人才吸引力不够的状况，邓建军在不同场合提出合理化建议，在全国各地进行宣传交流，分享他对“大国工匠”“工匠精神”的感悟，呼唤“匠心归来”，做“工匠精神”坚定的弘扬者。

# 天津港的“门机大王”

孔祥瑞，天津港的第一代门机司机，在天津港生产一线奋斗了40多年，把生产实践作为教材，把工作岗位作为课堂，把设备故障作为课题，在实践中学习，在创新中提高，从一名只有初中文化的港口工人成长为“蓝领专家”，成为新时期知识型、技能型、创新型产业工人的杰出代表。

他，练就“听音断病”等绝活儿，编写了全国港口第一本针对煤炭连续作业设备的《系统设备故障维修技术指南》教材，成为港口的“门机大王”“排障能手”。

他，主持各类技术创新项目220多项，多个项目获得国家实用新型专利，多次填补我国港口系统设备接卸煤炭的技术空白，成为“革新能手”“技术标兵”。

……

孔祥瑞是党的十七大、十八大代表，曾荣获“全国劳动模范”“全国五一劳动奖章”“全国优秀共产党员”“全国十大高技能人才楷模”“全国道德模范”“全国优秀科技工作者”等荣誉称号，当选“感动中国”2006年度人物，2009年被评为“100位新中国成立以来感动中国人物”，2019年被授予“最美奋斗者”称号。

## 可以没有文凭，不可以没有知识

“可以没有文凭，不可以没有知识。生产实践这个大课堂，照样培养人。”孔祥瑞1972年初中毕业就被分配到天津港码头当了工人，虽然多次放弃了深造机会，直到2005年他才读完大专函授班，但他始终没有放弃学习，始终坚持在实践中学习。他认为，有知识、有技能的个人才能真正有力量；实践是一线工人的岗位优势，在实践中学习是一线工人成才的基本途径。只要努力钻研、刻苦学习、勇于实践，一线工人同样有施展才华的空间。

为尽快掌握从国外引进设备的性能与操作技术，孔祥瑞每天把有关资料装在书包里，有空就背，背完再到设备前对比了解。他常带着笔记本，上面密密麻麻记录着他发现的问题和解决问题的思路。平日里，每当面对新设备，他都第一时间找来设备说明书，一页一页地学，一项一项地啃，不明白的查资料，不懂的找人问，直到把厚厚的说明书弄懂弄熟。

1985 年，已经开了十几年门式起重机的他，参加了职工大学的考前培训班。那时候，孔祥瑞已经是值班队长，是队里的技术骨干。上学就要占用工作时间，但岗位上离不开他。他人在课堂，心里却惦记着生产。上课第三天，孔祥瑞作了决定：告别课堂，重新回到他最牵挂、最热爱的工作岗位上去。

从孔祥瑞的家到港口有 50 多公里的路程，那些年，他每天上下班都要坐汽车、倒火车、再换汽车，来回要走 5 个多小时。路上，他总是带着书，如饥似渴地学习。他还有个记工作日志的习惯，每天随身携带小本子，设备出现哪些故障、什么原因、修理过程、注意事项等都一一记录在案。日积月累，一本本工作日志成为他搞技术创新的资料库。

在实践中，孔祥瑞坚持把知识应用于实际，边干边学，学以致用，把“死”知识变成“活”知识，把“活”知识变成真本事，在实战中积累经验，用小革新解决大问题。直到退休前，孔祥瑞都保持着一个习惯——每天至少爬两台门机，检查设备隐患。“每天围着设备转，肯定会有发现。”码头上每台门机有什么特点，他早已做到了门儿清。

孔祥瑞“听音断病”的绝活儿，就来自实践的积累。

一次，码头上一台门式起重机的旋转大轴承出现异响。这有可能是缺少润滑，也可能是重大事故的前兆。如果不拆卸进行彻底检修，门机就有可能瘫痪。但是，如果拆卸下来后发现没有问题，企业会蒙受上百万元的经济损失。

拆还是不拆？在场的企业领导和工友们都将目光集中在了孔祥瑞身上。孔祥瑞仔细地又听了听响声，随后说道：是轴承坏了，必须拆！

根据他的提议，公司请来900吨的海上浮吊进行作业。伴随着海吊的隆隆声，门机的上半截被缓缓吊起，回转大轴承拆了下来。结果却出人意料，回转大轴承看起来完好，没有异常。

这让在场的人都为孔祥瑞捏了一把汗。孔祥瑞自己也觉得不可思议，他很快冷静下来，仔细思考问题所在。随后，他指挥吊车将大轴承翻了过来，终于找到了问题所在。原来，表面完好的回转大轴承背面，滚珠已经散落出槽，如果继续使用，后果不堪设想。

这次故障的精准排除，让孔祥瑞收获了“听音断病”的美誉，更坚定了他立足生产一线搞技术创新的信心和决心。

在岗位上刻苦钻研，对知识活学活用，对各种设备了如指掌，对操作技术参数烂熟于心，使孔祥瑞成为有名的“门机大王”和“排障能手”，并逐渐成长为一名“蓝领专家”。

——2000年，他带领队里的技术骨干解决了门机因变幅螺杆与螺母摩擦热量过大而“抱死”的技术难题。

——2001年，他发明了“门机主令器星型操作法”，使门机每次作业可节省15.8秒。

——2003年，他主持的“门座式起重机中心集电器”技改项目获得国家实用新型专利。

——从2004年起，他还带领科技人员先后完成了翻车机、摘钩杆等80多项技术革新。

孔祥瑞说：“干一行、爱一行，学一行、钻一行，一个人仅有工作热情还不够，必须要有知识，做知识型员工是我的追求。”

## 喊破嗓子，不如干出样子

“喊破嗓子，不如干出样子。”这是孔祥瑞经常挂在嘴边的一句话。凡是接触过孔祥瑞的人，总能从他的眼中看到他对港口生产一线、对这座国际大港的无限深情与热爱；总能从他朴实无华的言语中，感受到他始终保持着的艰苦奋斗、勇攀高峰的精神；总能从他以身作则的实际行动中，领悟到他恪尽职守、忘我工作、率先示范的工作作风。

每当工作有困难需要他的时候，他总是第一时间出现在现场。每逢节假日，孔祥瑞也总是主动值班，把与家人团聚的机会让给队友。20 多个除夕夜，他都是在码头上度过的。

在单位，他每天都会不断到现场检视，观察器械是否有故障和安全隐患，特别是改造的设备、关键的部位，发现问题随时处置。孔祥瑞说：“只有在一线，才有解决问题的捷径。”他曾经自豪地说：“我敢说，全世界的门吊，我都能开，所有的门吊故障没有能难住我的。”

2001 年，天津港正处在冲刺亿吨大港的关键期。吞吐量要大幅提升，可设备还是这些设备，人还是这些人，怎么办？

孔祥瑞发现，门机在抓斗放料时，起升动作间有 16 秒左右的短暂停滞。“如果把这个空当利用起来，效率肯定能提高！”说干就干。孔祥瑞带着队里的技术骨干一起集体攻关，对指挥门机抓斗的“大脑”——主令控制器进行改造，将操作手柄移动轨迹由“十”字型丰富成“五角星”型，抓斗起升、打开控制点合二为一，硬是挤出了 15.8 秒。

正是这一创新，直接为天津港增效 1600 多万元，每台门吊每天能多完成 480 吨的任务量。这项创新被命名为“孔祥瑞操作法”，正式推广到天津港各码头，成为助推港口吞吐量增长的新“招法”。目前，这一操作法被广泛运用到我国港口码头门机运行领域。

后来升任管理层的孔祥瑞，关心每个员工的成长。他坚信："没有完美的个人，只有优秀的团队。"为了发挥团队作用，他坚持召开"诸葛亮会"，举办"员工讲堂"，组织开展"自助餐式培训"、岗位练兵等活动。在他的言传身教和悉心培养下，众多青年技术工人迅速成长起来。维修班知识型产业工人QC小组连续多年获得全国质量信得过班组。他说："基层车间是生产执行部门，其领导就必须要立足于干，就必须有'才干'，就必须树立干好的标准，干就干出个样子。"

2004年下半年，全国电煤告急，交通部希望天津港能为全国"迎峰度夏"电煤抢运作出贡献。作为操作队队长，孔祥瑞整个夏天没有休息，每天早来晚走，经常吃住在单位，全力提高设备运行效率和整体工作进度，有效缓解了南方电煤的紧张情况，受到交通部的表彰。

2009年，面对国际金融危机的不利影响，孔祥瑞在充分调研后，建议公司开展"煤炭破碎筛分"业务，并参与了设备选型、招投标、安装调试等全过程。公司当年实现收入6500万元，利润4000万元，为公司增效创收作出了突出成绩。

孔祥瑞说："我们是天津港艰苦创业的建设者，更是天津港腾飞发展的受益者。天津港日新月异的变化，使我们职工的工作环境一天比一天改善，我们的生活一天比一天美好，我们天津港人的社会地位一天比一天提高。有了天津港的发展，才有了我们天津港职工的人气和志气；有了天津港的辉煌，才有了我们天津港职工的今天和未来！"

## 只有创造更大的价值，活得才有价值

孔祥瑞曾对工友们坦言："参加工作后，很长一段时间就是想着多挣钱，让家里人过上富裕日子。改革开放以后，国家富强了，企业也发展了，日子也好过了，我越来越觉得，人这一辈子只有创造更大的价值，为社会多做一些贡献，活得才有价值。"在天津港生产一线40年，他坚持以岗位为课堂，始终勤奋学习，不断创新实践，创新性地提出设备“三必改”——影响生产的必改、存在隐患的必改、不利于维护保养的必改，极大地提高了设备的使用率、完好率，降低了事故率。

2006年，随着天津港“北煤南移”战略的加快推进，孔祥瑞所在的公司改造为集装箱码头，他也因工作需要调至天津港南疆港区刚刚建成并投入使用的煤码头公司。

面对当时世界最先进的煤炭连续作业设备，孔祥瑞在没有先例可供借鉴的情况下，主动请缨，勇于担当，组织编写了全国港口第一本《系统设备故障维修技术指南》，将日常保养和维修的442项做法加以总结归纳，供一线工人解决“疑难杂症”，实用性强，深受欢迎。

2012年，天津港成立了“孔祥瑞劳模创新工作室”，负责难题攻关，培养后备力量。身教重于言传。孔祥瑞不仅自己成为了“蓝领专家”，还手把手地培养新一代“港口工匠”和技术能手，带动更多青年员工用自己的成绩证明知识型工人的价值，为建设世界一流智慧绿色港口贡献力量。在孔祥瑞的带动和感召下，天津港已形成人人“找问题、出点子、搞创新”的良好氛围。

2013年，他与伙伴们在港口大型机械设备领域取得了又一项技术性突破——“电缆卷筒防出槽、脱落保护装置”研制成功。这项革新，可以避免港口大型机械电缆损坏事故的发生。

退休后的孔祥瑞，在奋斗创新的路上从未停歇。他说：“我将继续发挥光和热，将工匠精神传承下去，为天津港带出更多年轻的‘蓝领专家’。”

当问及孔祥瑞数十年如一日，以企业为家，甘心奉献的动力源泉时，他说：“我是个工人，干不出惊天动地的大事，不过就是一种责任感。把企业的事当成自己的事，一点一滴地做，忠诚老实地做，最大限度地做。”“对国家要忠，对企业要爱，对朋友要诚，要融真情于企业，献爱心于职工。”“所以我想，我们要珍惜当前来之不易的发展局面，保持艰苦奋斗的工作作风，在自己的本职岗位上勤奋拼搏，用智慧和汗水来建设国家。”

从孔祥瑞身上，我们看到了中国产业工人的传统美德和时代精神，他们不仅展示了当代知识型产业工人的风采，也以其无可置疑的事实证明了“伟大出自平凡，知识造就人生”的真谛。他们恪尽职守、忘我工作的敬业精神，立足本职、岗位成才的进取精神，刻苦钻研、迎难而上的拼搏精神，自主研发、勤奋开拓的创新精神，都是我们时代和民族的宝贵财富。

# 用知识给了自己不一样的人生

2019年2月21日，中国共产党的优秀党员、中国工人阶级的杰出代表、新时代知识工人的楷模、著名全国劳动模范李斌因病去世，终年58岁。噩耗传来，无数人惊讶落泪。李斌逝世的讣告在上海市总工会的微信公众号上发布没多久，后台便拥来数千条留言。留言的人中有李斌生前的同事好友，有和他在工作生活上有交集的工人兄弟，也有曾经听过李斌讲座、得到过他指点的新一代劳动者，更有被“李斌精神”感动的上海普通民众。

大家纷纷用真挚的语言，表达对李斌的缅怀与追忆。

李斌，上海电气液压气动有限公司液压泵厂一名普通工人，在车间的工段上，用学习和知识给了自己一个不一样的人生，更用自身的实践诠释了新时代产业工人的全新价值，展现出知识赋予在中国产业工人身上的巨大力量。

## 全国第一位领年薪的“蓝领”工人

1980年，意气风发的李斌刚从技校毕业就进入上海液压泵厂，成为一名学徒工。当时，他心里只有一个单纯的想法：学一手好技术，当一名好工人。

学习，改变了李斌的人生境遇，而最初的学习是在他的机床前开始的。在机械加工行业，磨刀是一项基本功。李斌就从学磨刀开始，向20多名师傅学习，潜心攻克磨刀关。他用一大把报废的刀具，一把把地磨，刀子越磨越短，技术越来越精，很快成为磨刀的一把好手。为了寻找合适的刀具，许多个节假日，他骑着车子一家家商店跑，用量具一把把量，一把把挑，回来后再想方设法自制符合要求的专用刀具。仅这一项，李斌每年为企业节约数十万元。

自学高中课程、考电大、进修专业课程……这么多年来，李斌的学习几乎从未间断。

1982年，李斌考取上海广播电视大学，攻读机械制造工艺与设备专业。

1998年，李斌进入上海市第二工业大学机械电子工程本科专业学习，2001年大学毕业，取得工学学士学位。

知识总是毫不吝啬地回馈刻苦学习的人。1986年3月，李斌被选派到瑞士参加培训。一张张图纸，一套套设计，一个个数据，形成了4本厚厚的数控机床的调试资料摆在他的面前。很快，全身心投入学习的李斌就对每道工序、步骤，驾轻就熟。1988年，当李斌再次出国学习时，已崭露头角，深得外方赞赏，被外方破例聘请为这家公司的第一位中国编外调试员。他精通车、钳、铣、刨、磨全套加工技术，熟练掌握数控机床的编程、调试、工艺、维修技能。

10年的时间里，李斌不断学习和运用最新数控加工和编程技术，成功开发了5种类型共17台进口数控机床的加工功能，完成新产品开发55项，为企业创造了2128万元的经济效益，完成各种技术攻关项目162项，为企业增效1050万元。

李斌带领团队共完成新产品项目102项，申报专利192项，完成工艺攻关350项，设计专用工具、夹具550把，为企业创造效益超过6亿元人民币，将我国液压气动行业的整体技术水平提升到一个新的高度。

在创造巨大价值的同时，李斌也创造了中国产业工人的“身价”：有德国专家提出，要以一台价值数十万元的数控机床，换取李斌到国外工作一年；还有一些外国公司、合资公司也争相开出高薪邀请……而面对这个

“无价之宝”，上海电气总公司和液压泵厂给这个一线工人开出了比厂长还高的年薪，一次就给予他 10 万元的重奖。

李斌成为全国第一位领年薪的“蓝领”工人。作为生产一线的“蓝领”，他拿着比厂长还高的年薪，拥有着近乎神奇的“魔力”：大量的订单冲着他而来，他的名字成了生产协议中的“特殊条款”。

## 他是全国唯一具有工程师<br>和高级技师双重职称的产业工人

从一名最初的操作工成长为一个真正的“技术专家”，李斌成为上海乃至全国职工中唯一具有工程师和高级技师双重职称的产业工人，成了一名炙手可热的“数控技术应用专家”，还被大学聘为数控机床教授。

李斌先后完成数控编程 1600 多个、工艺改进 230 余项、新产品开发 85 项，其中，“斜轴式柱塞泵环质量攻关”项目获 2011 年国家科技进步二等奖。

作为一名绝技在身的“蓝领”工人，李斌得到了社会的厚爱和许许多多“重量级”的荣誉：全国劳动模范、全国五一劳动奖章、全国十大杰出工人……2002 年“五一”国际劳动节前夕，国内首家以普通工人名字命名的“李斌学校”成立，在社会引起强烈反响。

“当工人幸福吗？”

“你享受工作吗？”

“创新中碰到挫折你是怎么处理的？”

……

面对纷至沓来的荣誉，经常会有人问李斌这样或那样的问题。他是这样认为的——

“学知识、学技能，仅仅是我的第一步追求，用知识和技能搞创新，为企业和国家创造更大的效益，才是我的最终追求。

“认定一个人的价值在于有所作为，乐于奉献，特别是要帮助更多的人成才。

“在生产车间的工位上，我不仅能找到当一名产业工人的自豪与尊严，还有与企业同在的主人翁责任感。”

李斌的身上有数不清的荣誉和头衔。但是，他总是对人说：“我是一个普通的工人。”在他看来，最重要的是要树立一种信念，一辈子当工人不丢脸，在基层岗位勤勤恳恳把工作做到极致，同样也能受到尊重，成为社会的精英和栋梁。

李斌的名字已经形成了巨大的品牌效应，正影响着越来越多的产业工人，也吸引着全社会越来越多的关注。

上海液压泵厂 1996 年就组建了“李斌小组”，当时小组成员只会操作一类一套设备，现在人均会操作 3 类 4 台机床，都会自己调试数控设备。在上海电气行业，在全上海，学习李斌更是高潮迭起。“争做李斌式职工”“争创李斌式班组”等活动，激励着一大批工人刻苦钻研，岗位成才。全国机械冶金建材工会发出通知，号召全系统 3800 万职工学习李斌……

在李斌的身上可发掘和探讨的东西也许很多，但最重要的是，李斌用他成功的实践告诉我们：在这个新时代，我们究竟该怎样当工人。李斌用自己的实际行动，让人们看到了“大国工匠”的风采，展示了可敬的“工匠精神”。

## 他的“大梦想”是为“中国智造”作更大贡献

讷于言、敏于行是李斌一贯的作风，勤学苦干、突破创新是李斌一贯的追求。他总是脸上带着微笑，声音不高，却字字铿锵；他总是说得少做得多，想着核心技术，怀揣强国梦想。“外国人有的，我们也要有。”如何尽快改变我国机械制造加工业落后的状况，实现中国制造技术进入世界一流行列目标，为“中国智造”作出更大的贡献，这是李斌的“大梦想”。

这些年来，李斌始终坚持在一线工作、学习、创新，与工人兄弟“手拉手、心连心”。如何培养壮大新一代的产业工人队伍，如何提高我国工人队伍的整体水平和素质，如何为“工人发明家”创造更好的环境，如何让新一代的劳动者爱上当工人……每每讲到劳动者，李斌总是动情地滔滔不绝。

2016年3月5日下午，习近平总书记来到十二届全国人大四次会议上海代表团参加审议。第二个发言的李斌围绕“加强技工队伍建设刻不容缓”的主题，发出要实现从“中国制造”到“中国智造”的转变，应加强技能工人队伍建设的呼声，得到了习近平总书记的高度肯定：“我们要想办法调动一线工人、制造业工人、农民工的积极性，这也是社会主义的本质要求。工人阶级是主人翁，主人翁的地位要体现出来。”

正是这个发言，推动了中国新时期产业工人队伍建设改革的进程。2017年4月14日，中共中央、国务院印发了《新时期产业工人队伍建设改革方案》，这是党和国家历史上第一次对产业工人队伍建设改革专门进行谋划和部署。它的出台，为加快建设一支高素质的产业工人队伍明确了“路线图”“时间表”。李斌，功不可没。

2014年，李斌当选上海市总工会副主席，被人们称为“劳模副主席”。“作为生产一线的工人，我感到很光荣，更感到责任重大，一定要做好职工的‘娘家人’。”李斌是这样说的，也是这样做的。他多年来坚持在一线走访调研，听取工人的心声。

做产业工人对年轻人的吸引力相对下降，待遇不高、晋升渠道不足，是一个重要原因。李斌曾不止一次对现在一些年轻人不愿意当工人的现象表示忧虑，并提出要从改进职业教育、完善社会保障、提高待遇等多渠道入手，“只有打造高水平的产业工人队伍，才能突破垄断和封锁，在核心技术上不受制于人，实现国家的富强”。

# 乐在授艺，义满天下

王乐义，1941 年生人，山东省寿光市孙家集街道三元朱村党支部书记、村主任。一个一辈子没离开过土地的农民，一个普普通通的农民党员、村官，在创造了自身生命奇迹的同时，创造了中国蔬菜发展的“绿色奇迹”，掀起了一场以种植大棚蔬菜为标志的“白色”浪潮，被称为“大棚蔬菜之父”“蔬菜大王”。

——他，1978 年因直肠癌做过大手术，至今身体依然健壮硬朗；身患癌症，不忘带领全村脱贫致富。

——他，在 1989 年首创了冬暖式蔬菜大棚，结束了北方人在冬天吃不上新鲜蔬菜的历史，并将这一技术毫无保留地推广到全国 29 个省、直辖市、自治区，引发了一场惠及全国的“菜篮子革命”，使亿万农民走上致富奔小康的道路。2010 年，以他名字命名的山东“乐义”蔬菜，获得“中国驰名商标”称号，这也是全国首个蔬菜综合类驰名商标。

——他，始终占领蔬菜种植技术的制高点，引领着中国蔬菜种植的技术潮流。有 320 多个新品种、130 多项新技术、80 多项现代化设施先后在三元朱村扎下根，他的家乡寿光成为世界闻名的“蔬菜之乡”，创造了被习近平总书记点赞的乡村振兴“寿光模式”。

——他，只有小学文化，却成为一名农业专家、高级农艺师，被授予“中华农业英才奖”“全国十大农业科技优秀人才”，走上了大学讲堂，与许多外国专家同台讲课，3 次在北京人民大会堂作先进事迹报告。这在中国农村又是一个奇迹。

——他，曾荣获“全国劳动模范”“中国改革功勋奖章”“全国优秀共产党员”“全国农业科技推广先进工作者”“全国道德模范”“100位新中国成立以来感动中国人物”“最美奋斗者”等荣誉称号。他还是中共十五大至十九大连续五届的全国党代表。

## 身患癌症，毅然挑起了村党支部书记重担

王乐义17岁到东北当了一名伐木工人，1962年回村，1965年入党。1978年5月，王乐义被确诊为直肠癌，做了个大手术，肠道严重受损，生活起居十分不便。

1978年9月，三元朱村15名党员一致推举37岁的王乐义担任村党支部书记。老母亲和妻子听说后，说什么也不同意。但王乐义做通了她们的工作，他表态：“水有源，树有根，党的恩情比海深！党组织信任我，全村人需要我，就是搭上命也得挑起这副担子。到底能活几年我说不上，只要身体能撑得住，活一天就为党做一天的工作，活一天就为老少爷们儿干点实事！”就这样，他拖着病弱之躯，一干就是40多年。

20世纪70年代的三元朱村，与当时中国的绝大部分农村一样落后贫穷，村里有大片低产的埠子岭，种菜菜不长，种粮粮不收，尤其是长期的“大锅饭”政策束缚着农村的生产力。上任之初，他带领村委会一班人，对当时的农业种植结构大胆地做出了调整，带领乡亲们发展果园，引进10多个国内外先进新品种，种植果树450亩，被山东省农业厅评为果树样板园。昔日光秃秃的埠子岭成了“花果山”“聚宝盆”，满山遍野的果树成了“摇钱树”。全村年人均纯收入由原来的几十元增长到1200元。

当党支部书记40多年来，他没占过村集体1分钱的便宜，倒经常把自己的钱拿出来贴补村集体。2004年，王乐义把“乐义”注册商标分红的钱全部交给村集体，自己1分钱不要。当时使用“乐义”商标的公司有10多家，专家估算，“乐义”商标的品牌价值超过亿元。他说：“当干部的，不能把个人利益放在群众利益前头。”

## 首创冬暖式蔬菜大棚，引发“绿色革命”

1989 年，为了进一步改善村民生活，王乐义又带领全村 17 名党员干部，历艰辛、冒风险、克万难，率先建起了 17 个蔬菜大棚做试验，终于研制成功了深冬无需用煤炭而靠太阳能加温的“冬暖式蔬菜大棚”，结束了我国北方冬季吃不上新鲜蔬菜的历史，引发了我国蔬菜生产领域的“绿色革命”，为全国乃至世界的蔬菜生产发展创立了新的里程碑。30 多年过去了，因为冬暖式蔬菜大棚，三元朱村及寿光县发生了翻天覆地的变化。

故事还要从 1988 年说起，那年农历腊月二十八，王乐义长年在外贩运蔬菜的堂弟从东北捎来两斤鲜灵灵的黄瓜。他觉得眼前一亮：东北天寒地冻都能产黄瓜，我们一定也能行！

大年初六，王乐义就带着人上了东北。到了那里说明来意后，菜农毫不客气地让他们吃了闭门羹。王乐义认为人家嫌他不真诚，就带人二上东北，但同样一无所获。脾气一向和善的王乐义急了：三上东北！

同去的村干部向东北菜农介绍说：“这是我们身患癌症的村支书，他不是为个人发家致富，而是想带领全村百姓拔掉穷根啊。”对方终于被王乐义这个执着的山东汉子感动了。

其实，寿光种菜的历史比较早，当时已经有了老式的温室大棚，冬季需要烧煤生火加温，而且只能生产叶菜，效益不高。东北菜农的大棚靠山而建，地理条件比较特殊。回来后，王乐义一头扎在大棚技术革新上，在墙体、采光面、薄膜、嫁接技术、大棚方位 5 个方面进行了改造，研制成功了适合平原地区推广的不需加温的冬暖式大棚。

然而，大多数村民却不买王乐义的账：“烧几吨煤都产不出黄瓜，光靠晒太阳能晒出黄瓜来？”一时间闲言碎语四起。由于建大棚要有五六千元的初期投入，一旦失败，建棚户不仅会血本无归，还可能成为村里的困难户，乡亲们对此并不热心。

王乐义深知风险，却认准了这是一条致富的路子。“在致富路上，党员干部站得高，群众才能看得远；党员干部走得快，群众才能跟得紧！致富有风险，咱们不担谁来担？”在王乐义带领下，全村 17 名党员建起了 17 个示范大棚。

春节前，第一批越冬黄瓜顶着黄花带着嫩刺新鲜上市了！ 17 个大棚户平均收入 2.7 万元，最高的收入达到 3 万多元。村里一下子冒出 17 个万元户。第二年没用动员，全村一下子上了 180 多个大棚。王乐义的“冬暖式蔬菜大棚”由此横空出世，引发了一场惠及全国的“菜篮子革命”。

## 传授大棚蔬菜技术，为全国农民开启致富门路

冬暖式蔬菜大棚的试验成功，引起了寿光乃至山东全省、全国的关注，很多地方聘请王乐义做顾问，学习这项技术。王乐义做通村民的思想工作，全身心地扑到了推广技术上：“天下农民是一家，党号召共同富裕，咱们富了，怎能忘了全国的农民兄弟，外地的农民兄弟也跟咱一样想致富啊！”

1990 年，王乐义在寿光市跑了 4 万多公里，指导建起 5130 个大棚，全部获得成功。第二年，他又指导建起了 1 万多个大棚。如今，寿光市以大棚蔬菜为主的蔬菜生产已发展到 74 万亩，年产蔬菜 35 亿公斤，收入 30 亿元，成为名副其实的“中国蔬菜之乡”，寿光农民也被称作“中国的白领农民”。

王乐义拖着患了癌症的身体，先后到全国 20 多个省、直辖市、自治区无偿传授大棚蔬菜技术，行程达几十万公里。他曾在延安忍着 39℃的高烧为 1000 多人连续讲课 4 个半小时，无偿帮助当地发展起数万亩大棚蔬菜；他曾先后 14 次远赴新疆，让大棚技术在天山南北开花结果，结束了新疆每年 8 个月吃外地菜的历史；他在西北 5 省建立了培训基地，聘请专家授课，为当地 5000 多名农民送去了致富钥匙……

1990年以来，三元朱村共接待全国各地参观、考察、学习人员100多万人次，有38个国家的专家教授也来参观考察。最多的一天，王乐义接待了来自6个省的14批3000多人。送走最后一批客人，他两腮麻木，连张嘴吃饭的力气都没有了。他还在家门口免费办起了各类种植培训班，举办了3000多期技术培训，有时一年有200多天在外面传授技术。

为做好农业技术培训，三元朱村着力打造了一流的现代农业培训基地，面向全国扩大现代农业培训品牌的知名度与影响力。王乐义苦心钻研大棚蔬菜种植技术，热心传播致富之道，被誉为“绿色使者”。

如今，数以亿计的北方人在冬天吃上了新鲜的蔬果，全国已有29个省、直辖市、自治区的农民在王乐义的指导下种上了反季节大棚蔬菜。三元朱村人手把手教会了一批又一批种菜的农民，为全国农民开启了致富门路。

## 开拓创新谱写农业农村现代化新篇章

王乐义带领三元朱村人手把手教会了一批又一批种菜的农民，竞争对手遍及全国，但王乐义却是一个不怕有竞争对手的人。他牢牢握住创新这把利剑，始终占领蔬菜种植技术的“制高点”，他的秘密武器是：什么时候都要有“一招鲜”。

1991年1月的一天，一位中央领导同志视察三元朱村时嘱托：“你们要向无公害蔬菜发展，争取出口。”

当时还不知道“无公害蔬菜”为何物的王乐义，坚定地说：“请领导放心，就是头拱地，我也要把无公害蔬菜搞出来。”

多方打听，王乐义找到了中国农科院无公害蔬菜专家王宪彬教授，虚心请教技术。

“这个项目我试验成功6年了，还没得到推广，没想到第一个来找我的是个只上过4年小学的农民……”王宪彬教授感叹道。

1992年，在王教授的悉心指导下，无公害蔬菜在三元朱村试种成功。这是我国最早创立的蔬菜种植业的“绿色标准”，直接引发了蔬菜产业的又一次革命。樱桃西红柿、迷你黄瓜、七彩椒、保健品种SOD西红柿等多个名优稀特品种，开始在王乐义等人手中种植出来并推向了全国。到1995年，寿光便形成了以三元朱村为中心的20万亩无公害蔬菜生产基地，奠定了寿光“中国蔬菜之乡”的地位。

多年来，王乐义带领三元朱村不断开拓创新，勇攀技术革新的高峰。在冬暖式蔬菜大棚试验成功后，他带领全村党员干部、群众试验成功了35类、180个蔬菜新品种，创建了30万亩无公害蔬菜生产基地和3万亩洋香瓜生产基地，并试验成功集大棚滴灌、模板护墙、电动卷帘、钢架支撑、电脑操控于一体的高标准大棚，使三元朱村的蔬菜种植达到与国际蔬菜种植技术同步的水平。

2001年，王乐义注册了“乐义”牌蔬菜商标，申请并取得了国家质量监督局颁发的无公害农产品标志证书，产品不仅销往港澳地区，还远销日本、俄罗斯等20多个国家。在王乐义的带领下，三元朱村走上了农业产业化的新路，成立了专门搞蔬菜加工、营销的公司，形成了“公司连基地、基地带农户”的发展模式，经检验合格的无公害、有机蔬菜产品统一使用“乐义”商标。这样一来，增强了农民的责任心，蔬菜的质量有保证，收益也提高了。

在三元朱村的大棚里，有来自美国的工厂化蔬菜育苗技术，来自以色列的农业节水工程技术，来自乌克兰的大樱桃、黑宝石李子、太空椒种植，来自荷兰的花卉种植，来自韩国的生产加工销售一体化服务……王乐义说:“这是我和洋朋友们的蔬菜联合国。”

三元朱村一直引领着中国蔬菜种植的技术潮流。进入新世纪以来，三元朱村的蔬菜生产悄然转型升级，走高质量发展之路。如今，三元朱村的大棚种植着世界各地的优良品种，使用世界各地的先进技术，土壤温度、空气湿度、土壤 pH 值等参数，悉数显示在检测屏幕上并实时传送到手机上，通过手机进行实时调控。

如今，三元朱村的蔬菜大棚很多已发展到第 7 代智能化大棚，一个大棚就是一个高科技工厂，在手机上便可控制浇水、通风、补光，智能化十足。更重要的是，蔬菜都是进行贴码销售的，用手机扫它的“电子身份证”，便可显示出农户、肥料、种植情况等多项信息。三元朱村与中国蔬菜集团签署合作协议，融入“一带一路”倡议，推进第一二三产业融合发展，让蔬菜全产业链在更高层次、更大力度上，走出国门，进入国际市场，带动农民持续增收。

走进三元朱村，冬暖式蔬菜大棚、精品果园，统一规划的新农舍、敬老院和学校，高标准的医疗、商业和活动场所，展现了新时代新农村的崭新风貌。

王乐义说：“现在我们村，农业是最有奔头的产业，农民是最体面的职业。”三元朱村的父辈种大棚蔬菜供孩子上学，孩子毕业后，又返回农村创业。现在，三元朱村有 31 名大中专毕业生和研究生从事蔬菜的种植、研究和开发，人才成为三元朱村发展的骨干力量。

2019 年 9 月 23 日，在山东省举办的农民丰收节上，王乐义向农民发出倡议：爱祖国，跟党走，争做新时代的新农民；懂农业，种好地，争当生产经营新主体；学科技，闯市场，争做增收致富带头人；勇拼搏，敢创新，争当农村改革排头兵；爱家乡，留乡愁，争做美丽乡村建设者。

# 守护公平正义的"金槌法官"

北京市海淀区中级人民法院一名女法官审理过一家电子租赁公司的两场诉讼，一胜一败。当该公司第三次打官司时，又是该女法官承办，结果法院只支持了公司一部分诉讼请求，另一部分被驳回。租赁公司有些难以接受。公司代理人拿着有关法条找到女法官询问，她一条一条地解释，一讲就是两个多小时。临走时，这位代理人说："在你这儿打官司不是一次两次了，还真是赢得堂堂正正，输得明明白白，我服判！"两天后，一面鲜红的锦旗送到了法院，上面写着：辨法析理，胜败皆服。

这位女法官就是获得"人民满意的好法官""中国法官十杰""全国模范法官"称号，现任北京知识产权法院副院长兼政治部主任、全国妇联副主席（兼）、中国女法官协会会长的宋鱼水。

宋鱼水从事法律工作 30 余年来，所审结的案件无一件因裁判不公被投诉或举报，其中 300 余件属于疑难、复杂、新类型案件，调解成功率达 70% 以上。她没有收过当事人一件礼品，没有办过一件人情案，锦旗中"辨法析理、胜败皆服"的评价，就是她秉公执法的鲜明"标签"。

## 永远为人民守护好心中的天平

1966 年，宋鱼水出生在山东蓬莱农村。农村的生活经历，使她对老百姓有着深厚的感情，她能强烈感受到公平、合理是老百姓最朴实的需要，深切体会到一个公平正义的社会应该是一个不分贫富贵贱、充满关爱的社会。

在她 11 岁那年，母亲突然生病，照顾家庭和做家务的重担，让她一度曾经辍学。她说，我自己就曾经是弱势群体中的一员，对那些困境中的人，总是容易产生强烈的认同感和责任感，希望所有的人能受到平等公正的对待。当了法官以后，宋鱼水对弱势群体的感悟会更深一点儿，对社会的责任感就更强烈了。法官的天职就是伸张正义、主持公道，这也正是法官职业的神圣所在。

1989年，宋鱼水从中国人民大学毕业后，进入北京市海淀区人民法院经济庭工作。在审理经济纠纷和知识产权案件的过程中，在接触了许多急于向法律求助的当事人后，她深切感受到人们对公平正义的强烈呼唤，这激励着她始终牢记党的宗旨、法官的职责。

在案件审理中，宋鱼水对自己“约法三章”：第一，不轻视小额案件的审理，因为小额案件、简易案件涉及到百姓生活的切身利益。第二，公平对待每一个当事人，本着善良和正义来适用法律。第三，以宽容的态度对待当事人，充分尊重当事人的尊严和利益，站在当事人的角度分析他们的心态。

有一次，一个20多岁的农民工坐在海淀区人民法院经济庭的办公室里，衣服破旧，手足无措。他是来起诉一家餐馆的：他给这家餐馆送了一年的菜，可餐馆1分钱没给。他去要账，却被餐馆的人赶了出来。

这是宋鱼水第一次独立办案，她一边询问小伙子，一边做笔录。做完笔录后，顶着寒风就去找餐馆的老板。当时法院办案程序是，所有程序一个法官办到底。宋鱼水找到餐馆老板，了解到：原来这家餐馆多次转手，欠了不少外债，这位老板刚接手不久，总被债主追着讨米钱、菜钱。餐馆老板苦着脸说，以前的债也让我还，冤不冤。宋鱼水说：“你冤，原告更冤。账虽然不全是你欠的，可你承租了这个店，按法律规定，原告的钱你必须还，以前的债务你可以向过去的承租人追偿。”面对法律，餐馆老板不得不把欠款支付给那位农民工。小伙子拿着工钱，流下了激动的泪水。



事后，宋鱼水才知道，当时那位农民工妻子病重、孩子上学，一家老小都在等这笔钱用。

这件事对宋鱼水触动很大，她想：我一生中可能会审理几千件案子，但许多当事人一辈子可能就进一次法院。如果就是这唯一一次与法律的接触，让他们受到不公正对待，让他们得到一个自己想不明白的结果，就会在他们心中留下深深的伤痕。伤害了一个当事人，就多了一个不相信法律的人；而维护了一个当事人的合法权益，就会增加一分人们对法律的信仰、对社会的信心。

公正是法律的灵魂，也是法官的操守，法庭又是公正的殿堂。宋鱼水始终坚持“公正司法、一心为民”的理念，平等公正地对待每一位当事人。对弱势群体怀抱着更多的理解、耐心和关爱，使他们感受到法律的公平和社会的温暖。作为基层法院的法官，宋鱼水不因案件的大小而倚轻倚重，不因当事人的亲疏而有所偏私。

作为基层法院的法官，宋鱼水经常面对很多“不起眼”的小案和法律知识欠缺、又请不起律师的当事人。虽然这类案件标的很小，但却是涉及当事人工作生活的紧急案件，她都是快速办理，并尽量使纠纷彻底了结。

宋鱼水是一位一心为民、守护正义的好法官，她之所以能够做到“辨法析理，胜败皆服”，与她扎实的法律知识功底和娴熟的办案技能是分不开的。她的“辨法”，在于有深厚的理论知识基础和适用法律的思辨能力；她的“析理”，在于理论联系实际，坚持从实际出发，探索能为大多数群众所接受的纠纷调处方式。有了“辨法析理”的真功夫，才能取得“胜败皆服”的好效果。宋鱼水说：“要根据法律把这件事摆平，不是没有原则的摆平，要明辨是非，讲明法律，再调解。”“通过审判使社会变得更和谐，人们更真诚、更友爱，是我的责任。”

## 让每件案子经得起历史和法律的检验

宋鱼水坚持公正执法，努力使每一起案件都经得起历史的检验。宋鱼水从书记员一步步干起，13 年后成为海淀区法院知识产权庭庭长。在海淀区法院工作的 20 多年，是宋鱼水成长、成熟的时期，获得的诸多荣誉没有让她停下探索的脚步，反而激励着她不断成长。

为了审好《十送红军》著作权纠纷案，宋鱼水看了不少音乐知识书籍，从头学起了音乐。

为了攻克一道法律难题，宋鱼水和同事们可以到中国工艺美术学院、中国戏曲学院虚心请教，也可以利用节假日到天津杨柳青、河北蔚县寻找年画、剪纸作品发源地。

为了一起民间剪纸作品著作权案件，宋鱼水和同事们在全国首次使用“诉讼禁令”；为了两家经销杀毒软件企业的不正当竞争案件，宋鱼水和同事在全国首次适用“部分判决”……像这样“全国首例”“全国第一起”的案件，宋鱼水和她的同事办理了不少，还成功化解了“桂香村”“福满楼”等京城老字号商标权纠纷。

2014 年 11 月，宋鱼水到北京知识产权法院担任领导职务后，除了开庭审案，也花了很多时间思考知识产权司法保护的制度建设。除了探索院庭长办案常态化的积极尝试之外，还在全国率先探索由审判委员会全体委员直接公开开庭审理案件；设置专业法官会议，发挥案件咨询和前置过滤作用；成立技术调查室，帮助法官着力解决技术事实查明难题；成立全国首家知识产权法院志愿者服务队，引入服务型和专家型司法志愿者参与诉讼活动等。尤其是“在先案例”指导制度，得到了社会各界的支持和肯定。

宋鱼水说：“当领导后，不仅要与当事人打交道，还要多与干警打交道。”多年来，她也探索出了一套带队理念。在海淀区法院任职时，宋鱼水就结合庭里审判人员素质较高、业务能力较强的特点，提倡不以简单的命令指导法官的工作，而是充分信赖法官、尊重法官，倡导“崇高的事业，美丽的心情”，摸索出了一条“人文化管理”的领导方式。北京知识产权法院成立了独立自主开展调研活动的 4 个专业调研小组和法官助理、聘用制司法辅助人员、人民陪审员等自治委员会，定期召开由全院法官参加的法官联席会议，推行“自觉自律自治”的法官管理新模式，让法官切身感受到职业尊荣感。

进入21世纪，随着中国加入世贸组织，知识产权战略的重要性愈加凸显。海淀区人民法院坐落在号称“中国硅谷”的中关村，新类型案件层出不穷，社会对法律工作者的各项能力的要求也变得更高。

2002年，中关村科技园区发生了一起“著名学者诉数字图书馆”的著作权侵权案。当时数字图书馆还是新鲜事物，案件的办理不仅影响双方当事人的利益，还事关中国数字图书馆的发展方向。宋鱼水和同事们认真查阅分析了大量资料，最终保护了著作权人的合法权益。这个案例在当年获评“全国十大知识产权案件”。2003年，宋鱼水荣获“中国法官十杰金法槌奖”。

作为一名法官，会经常遇到有人说情，经常遇到各种诱惑，但宋鱼水却一次也没有让自己心中的天平失衡。她说：“在工作中我得罪了不少同学朋友，但是我是法官，就是要公平。你尊重我的职业，我尊重你的职业，如果你来说情就是不尊重我的职业，这是不可以的。”

有一年，宋鱼水老家的一个亲戚让她帮忙说一个案子，这个案子就在她所领导的经济庭。亲戚说：“你关照关照吧，好让我回去做人。”宋鱼水为难了，因为自己是法官而不是律师……当时，宋鱼水的心里非常难受，真不知道和他说什么好。老家的亲戚看到这种情况说：“你甭太为难了，我要做人，你更要做人，我不怪你！”

宋鱼水想，大多数老百姓托人情，只是希望得到一个公正的判决，只要公正，老百姓是会理解的。每次遇到人情与法的冲突时，我唯一能帮他们的是鼓励他们去搜集最有力的证据，书写最有说服力的代理词，告诉他们：用充实的证据说服合议庭，才会赢得对他们有利的判决。

拒绝人情是件很难办的事，但宋鱼水有自己的一套办法。朋友来说情，她很少直接、唐突地拒绝说情人，而是采用说服的方法，委婉地拒绝。这样既不伤害感情，又让说情者心服口服地放弃了最初的目的。同学朋友找上门，宋鱼水就劝说他们：要相信法院，相信每一位法官。对分配给她的案子，只要发现有需要回避的，她就主动申请回避。她说："人情和利益往往连在一起。只要不贪，就没有什么推不了的人情！""一名法官如果在人情关、关系关上失守，也许会得到一些看得到的东西，但失去的却是作为一名法官最神圣的公正和尊严。"

## 做一名好法官是我一生的追求

宋鱼水说："做一名好法官是我一生的追求。"进入新时代，宋鱼水和同事们继续按照经济社会发展的新要求，加大知识产权司法保护的力度，进一步提升中国知识产权司法公信力和国际影响力。

2014 年 11 月 6 日，北京知识产权法院成立，这也是全国首家知识产权审判专业机构。在宋鱼水和同事们的努力下，北京知识产权法院愈发成为国内外知识产权诉讼的"优选地"，最高法院领导也多次提到，北京知识产权法院已经成为中国司法的重要窗口和亮丽名片。

自建院至今，北京知识产权法院受理的案件中涉外案件占 20% 以上，涉及到了全球近 100 个国家和地区。其中，涉外知识产权行政案件中，国外当事人 49% 的胜诉率，与国内当事人 51% 的胜诉率基本持平。民事案件中，国外当事人案件胜诉率为 68%。在侵权赔偿数额方面，涉外案件从 2015 年约 77 万元增加到 2019 年约 286 万元。这些数据，展现的是中国法官在更为广阔的国际舞台上发出了中国法律工作者的声音。

作为全国法院系统的典型人物，宋鱼水坚持辨法析理，将法庭作为"法治公开课堂"。同时，还将传播法治声音、提高公众法治意识作为自己的重要使命。她参加的"宋鱼水先进事迹报告团"在全国开展巡回报告，受教育党员、群众达 6 万余人。

习近平总书记多次强调，司法机关是维护社会公平正义的最后防线，“必须牢牢把握社会公平正义这一法治价值追求，努力让人民群众在每一项法律制度、每一个执法决定、每一宗司法案件中都感受到公平正义”。

2019年9月25日，宋鱼水获评“最美奋斗者”。她表示，要按照习近平总书记的要求，永远把根扎在群众中间，在基层沃土里，为人民群众守护好公正公平，永远做人民的好法官。

# 三轮车夫的捐资助学情

有这样一位老人，从1987年开始，在他74岁以后的生命中，靠着一脚一脚地蹬三轮车拉活儿，挣下35万元人民币，捐给了多所小学、中学和大学，资助了300多名贫困学生。直到2003年的一个冬日，90岁高龄的他来到天津耀华中学，递上小铁盒里的500元，说:“我干不动了，以后不能再捐了，这是我最后一笔钱……”

如果按每蹬1公里三轮车收5角钱计算，这位老人为贫困学生奉献的是相当于绕地球赤道18圈的奔波劳累。

这位老人叫白方礼。

## 74岁，他靠自己蹬三轮资助贫困孩子上学

白方礼生于1913年，祖辈贫寒。白方礼13岁起就给人打短工，1944年逃难到天津，流浪几年后当上了三轮车夫，靠起早贪黑蹬三轮车糊口度日，经常挨打受骂，让人欺负，再加上苛捐杂税，终日食不果腹。

新中国成立后，白方礼靠自己的两条腿成了为人民服务的劳动模范，也靠两条腿拉扯大了自己的子女，其中两个还上了大学。他自己不识字，但特别喜欢知识，喜欢有知识的人，对自己把子女培养成大学生感到无比欣慰。

1982年，已退休多年的白方礼开始从事个体三轮车客运。每日里早出晚归、辛劳奔波，攒下了一些钱。

1987年，已经74岁的白方礼，准备告别三轮车回家养老。他回了一趟河北沧县的老家，一群正在地里干活儿的孩子引起了他的注意。一问才

知道，这些孩子不是不想上学，而是没钱上学——学校收不到学费，也就没钱留住老师。没有老师，学生们跟谁学文化去？“学生上学需要钱，学校要留住老师需要钱，旧校舍改建需要钱……”老人思来想去，辗转难眠。第二天早上起来后，他做出了一个惊人的举动：他把这几年攒下来的5000块“养老钱”全部捐给老家办教育，同时他还要回到天津继续蹬三轮，靠自己蹬三轮车的收入帮助贫困孩子实现上学梦。

就这样，白方礼开始了他十几年的资助贫困学生的壮举。为了多拉一趟活儿，多挣1块钱，他几乎到了不要命的地步。一年365天，无论节假日，无论刮风下雨下雪，他从来没有休息过一天，早晨6点准时出车，要到晚上七八点钟才回家。

为了加快对困难学生资助的脚步，白方礼好多年不住在家里，特别是老伴去世后就以车站边的售货亭为家。他每月都会把省下来的钱拿到附近学校给困难学生当生活费，自己却过着极为俭朴的生活，他多年没有一套完整的衣服，很多都是他从垃圾堆里捡来的。平时午餐也就是两个馒头一碗白开水，有时候会往开水里倒一点儿酱油。偶尔吃上大饼卷果子、大葱蘸酱、一碗馄饨，对他来说已经是美味了。

靠着老人风里来雨里去的蹬车，一笔笔的款项被捐助到天津市中小学幼儿教师奖励基金会、中国青少年发展基金会、天津市河北区少年宫等机构；天津的红光中学、南开大学、天津大学等学校的特困学生也纷纷收到了来自白方礼的助学款。

## 81岁，他卖掉老宅成立全国首家“支教公司”

1994年，81岁高龄的白方礼在一次某学校贫困生的捐资会上，把整整一个寒冬挣来的3000元钱交给了学校，校领导说代表全校300余名贫困生向他致敬。老人一听这话，思忖起来：这么多孩子缺钱上学，光靠我一个人蹬三轮车挣的钱帮不了几个娃呀！何况自己也老了，这可咋办？老人的心一下子沉重了起来。回到车站他那个露天的“家”后，老人硬是琢磨了一宿。第二天，天还没亮就把儿女家的门给敲开了。

儿女们见老人风尘仆仆赶来，不知有啥急事。白方礼拍拍衣襟上的尘土，说：“我准备把你妈和我的那两间老屋给卖了，再贷点儿钱办个公司。名字都想好了，就叫‘白方礼支教公司’。”

儿女们聚在一起，你看我，我看你，说：“爸，您老看怎么合适就怎么办吧。”

老人乐不可支。“爸，我们嘛也不担心，就是担心您老这么大岁数了，还……”儿女们担心地说。

白方礼朝儿女们挥挥手，说：“啥事没有，你们开口支持我办支教公司，比给我买嘛都强。”

不久，在由市领导亲自给白方礼老人在紧靠火车站边划定的一块小地盘上，全国首家“支教公司”——天津白方礼支教公司宣布成立，白方礼亲任董事长。

公司的本金就是卖掉白方礼老宅的2万元和8万元低息贷款，主营水果、特产、百货。开业伊始，他对受雇的20名员工非常简明地说了办公司的宗旨：“我们办公司要规规矩矩挣钱，挣来的钱不姓白，姓教育。所以有1分利就交1分给教育，每月结算，月月上交。”

别看叫“白方礼支教公司”，其实它起初只是火车站边的一个8平方米的铁皮小售货亭，售货亭上面悬挂着一面南开大学献给老人的铜匾，写着“无私资助，志在其才”，使这间售货亭显得格外醒目。由于地理位置优越，来往旅客不断，加上服务态度好，美誉度越来越高，公司逐步发展到十几个摊位连成了一片。最多时，每月除去成本、工钱和税，公司还能余1万多元利润。白方礼把这些钱全都捐给了在南开大学、天津大学、天津师范大学、耀华中学等学校就读的困难学生。

当了董事长的白方礼，把支教公司交给别人打理，自己不但照常蹬三轮车，而且还给自己不断施加压力。他为自己规定了每月收入 1000 元的指标，每天要挣 30 元到 40 元。“我还是像以前一样天天出车，一天总还能挣回个二三十块。可别小看这二三十块钱，可以够上十来个苦孩子一天的饭钱呢！”

他每天最快乐的事情，就是蹬了一天三轮车后回到他那 8 平米的小屋里，问问支教公司的经营情况，然后抱着他那个小铁盒开始数钱。他每个月最快乐的日子，就是蹬着三轮车去学校捐钱。

老人的儿女对父亲的生活放心不下，每天都要到铁皮小屋里来看他，更承受着误解和指责，不知多少次劝他享享清福，但都被老人拒绝了。不仅如此，儿女给他送来的棉被、羽绒服、雪地靴，都被他送给了困难的学生。

## 93 岁，他安详离世，但支教丰碑千载名扬

2005 年 9 月 23 日凌晨，93 岁的白方礼老人安详地离开了人世，离开了停在他家楼下那辆老旧的三轮车，离开了那些他曾资助过的学生们，离开了崇敬他的人们。

送别白方礼老人的路上，人们也用自己的方式表达对老人的敬爱之情。为了能让老人再“看”一眼自己骑车走过的城市道路，灵车特意走了最绕远的路；为了表达自己的心意，上万市民自发地从四面八方聚集而来，很多市民高举着老人的照片呼唤着；来自河北青县的一位老人对白方礼的大幅照片行三拜九叩大礼；“白爷爷，我们永远想念您！”“白爷爷，一路走好。”来自天津耀华中学、红光中学、第 78 中学、南开大学等学校的学生们拉起白底黑字的条幅……

白方礼不曾离去。世人用文字、图片、影像记住了他，用奖杯、纪念物、学校留住了他，用口耳相传、接力支教、互爱互助怀念着他……

白方礼本可以含饴弄孙、颐养天年，为什么却这样受苦受累？“您也

这么大岁数了，又不是没儿没女，辛苦了一辈子，在家享享福多好。”他的儿女们多次对老人好言相劝。

白方礼本可以拿着退休金安度晚年，为什么却这样辛劳拼命？是什么力量支持着他克服种种困难、承受误解和非议，坚持一种信念长达十几年的时间？

白方礼这样说——

“我是老劳模，嘛事就得多为国家做点事，多做点贡献……

“我没文化，又年岁大了，嘛事干不了了，可蹬三轮车还成……孩子们有了钱就可以安心上课了，一想到这儿，我就越蹬越有劲……

“我这样一大把年岁的人，又不识字，没啥能耐可以为国家作贡献了。可我捐助的大学生就不一样了，他们有文化，懂科学，说不定以后出几个人才，那对国家贡献多大！

“你们花我白爷爷一个卖大苦力的人的钱确实不容易，我是一脚一脚蹬出来的呀。可你们只要好好学习，朝好的方向走，就不要为钱发愁，有我白爷爷一天在蹬三轮，就有你们娃儿上学念书和吃饭的钱。”

白方礼的女儿说——

“有时我在街头看见他蹬车。看着那身影，心里的滋味真是不好受，说不出。就是心疼他，日晒雨淋的，别人看着还以为是无儿无女的孤老头。你说他到底为了啥？可他说：‘你甭管，别惦记我，我挺好的。我这样活着，觉得特别自在。’

“有一次，一所学校搞了捐献仪式。绝大多数捐献者不是公司老板，就是白领。只有他一个是自己特别穷的老人。我们一走进教室，学校还没怎么介绍，底下学生就感动得鼓起掌来，特别热烈。那场景，真是挺震撼的，对我也很有教育意义。

“他经常跟我们说的就是，我帮助别人，就是我的快乐。说实在的，这几年他捐出去的35万元，真是从牙缝里挤出来的。这点儿钱在早些时候如果买几套房子，我们也不会到现在几口人还挤在朝北的屋子里。不过我现在也觉得，他没给我们留下什么钱，可留下了好多精神财富，这就是最大的财富。”

在耀华中学学习阶段，曾接受过白方礼助学基金资助、考取了南开大学的马壮说——

“在耀华中学上学的时候，我总能定期收到资助款，可就是从来没有见过资助人。后来了解到一直资助我、帮助我完成学业的竟是一位年岁很大的蹬三轮车的老人，心里特别感动，我把他当作亲爷爷来看待。如果没有白爷爷当年的资助，我可能终生与大学无缘，是白爷爷让我敢于憧憬未来，让我的前途充满光明。我和同学们会像白爷爷那样，尽自己所能去帮助别人，将爱心火炬传递下去。”

比白方礼小 20 岁，却是白方礼的“老领导”和忘年交，曾任天津市个体劳动者协会负责人的杨俊玉说——

“老白是个朴实而高尚的人，他的支教毫无功利之心，这是我走进他心里看到的。老白是个固执的人，决定的事情就去努力做，可他也是个普通人，他也有困惑和想不开的时候。

“1998 年，白方礼按照市里要求，停止运营支教公司，解散了工人，变卖了公司所有值钱的东西，将仅剩的 2 万元分别捐给了几所学校。有一天，我在东站附近听到身后有人喊我，一回头，看到一位苍老枯瘦的老人，我辨认了半天，才认出是老白。他整个人都瘦得脱了相。他说：‘支教公司停了，我舍不得走，几天没吃饭了，也没法定期资助学生了，我不想活了。’他的话让我深深震动，我把白方礼安顿在自己家中，给他做思想工作：‘你支教是对的，按照市里要求关停公司也是对的，我支持你，你不许想不开。我要找记者报道你，让大家都跟你学，都像你一样支教，但你要保证给我活到 100 岁！’白方礼心里透亮了，也有奔头了，他对我说：‘还有那么多学生等着我呢，我还要给大家伙当榜样呢，我怎么能甩手不干呢？’”

在“感动中国”2011年度人物颁奖典礼上，白方礼老人作为“草根”助学的代表成为了特别奖的获奖者之一。评选组委会以向“白方礼们”致敬的形式，向老人表示了敬意，也向和老人一样默默帮助着贫困学生的人们表示了敬意。

颁奖辞是这样的：“一位老人、一辆三轮车、35万元捐款、300多名贫困学生……老人走了，了无牵挂地走了，然而老人的爱却永远地留在了这个世界上。这爱从那小小的铁皮屋里涌出，从那小小的三轮车轱辘里流出，这爱汇集在那些贫困的学生身上，并由他们不断地向外延伸。这爱感动的不仅仅是300多名贫困学生，而且感动了中国。那从车轱辘流淌出来的爱，驮起的是一座永远的丰碑！”

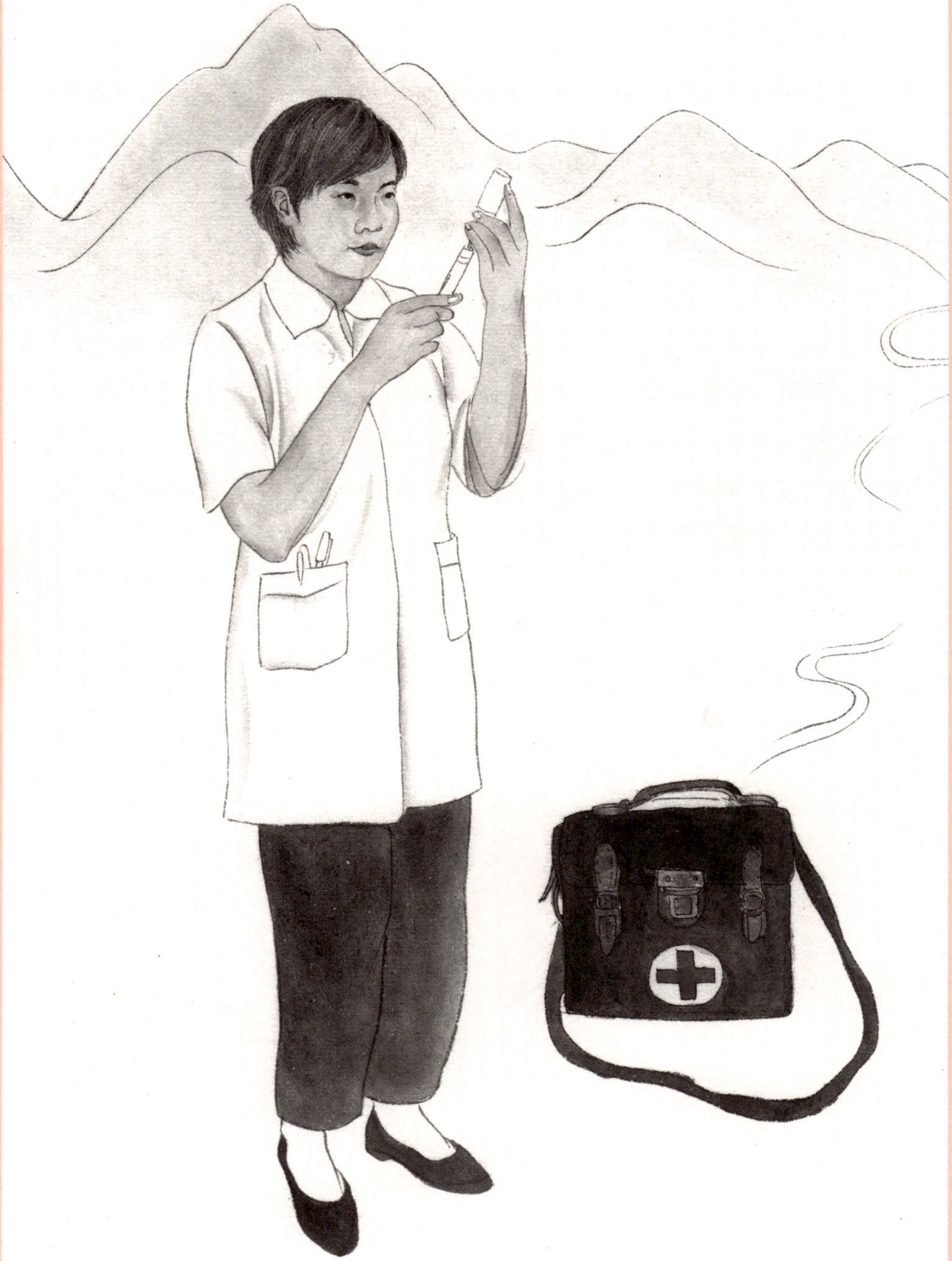

# 感动中国的“最美乡村医生”

李春燕，女，苗族，贵州省黔东南自治州从江县雍里乡大塘村卫生室的乡村医生。1974 年 5 月出生，2005 年加入中国共产党，荣获“100 位新中国成立以来感动中国人物”“全国劳动模范”“全国优秀乡村医生”“中国十大杰出青年”“全国卫生系统先进工作者”等荣誉称号。

“感动中国”2005 年度人物评选组委会给予李春燕的颁奖辞是:“她是大山里最后的赤脚医生，提着篮子在田垄里行医，一间四壁透风的竹楼，成了天下最温暖的医院，一副瘦弱的肩膀，担负起十里八乡的健康，她不是迁徙的候鸟，她是照亮苗乡的月亮。”

是的，李春燕作为苗族一名普普通通的乡村医生，就像一轮照亮苗乡的明月，用自己的默默奉献，守护着家乡父老的健康，温暖着苗乡亲人的心。10 多年来，她坚守在偏远贫困的山村，以医者之心、仁者之爱，行医问诊、服务群众，给他们带去希望和光明，不愧为感动中国的“最美乡村医生”。

## 卫校毕业回乡做村医

李春燕的父亲退休前是大塘村所在乡的卫生院院长。1996 年，19 岁的李春燕初中毕业。由于性格活泼好动又喜欢小孩，她决定报考幼师专业。但当了一辈子乡村医生的父亲，希望她学医。在父亲的劝说下，执拗不过的李春燕最终报考了卫校。

当时贵州全省只有凯里和都匀两所卫校，竞争非常激烈。1996 年，李春燕以 2 分之差落榜。第二年，李春燕再次在复试中落榜。就在准备放弃时，李春燕听说黔东南州黎平卫校有致力于为村级单位培养医生的助学项目，便毫不犹豫报了名，并最终被录取。1997 年至 2000 年，李春燕在黎平卫校进修了 3 年。

2000 年，毕业后的李春燕嫁给了大塘村的孟凡斌。出嫁的时候，父亲对她说："你是大塘村唯一的医生，无论多苦多累，都不能离开大塘村，要踏踏实实做事。"

## 赢得信任为村民看病

大塘村地处贵州省最贫困地区之一的月亮山区，村里共有 2500 多人，90% 是苗族。由于气候、饮水、生活习惯等原因，村民很容易生病，但村里没有医生，因山高路远和极度穷困，人们没有能力到医院看病。多少年来，都是"小病拖，大病磨，眼看不行请'巫婆'"。

2001 年，为了利用自己学到的医术解决村民看病难问题，在家人的支持下，李春燕卖掉了家里 2 头耕牛，筹集资金 2000 元，在家里开办了大塘村有史以来第一个卫生室：一张桌子、一张简易床、一纸箱药品和一个用作药箱的竹篮。虽然简陋，但从此，23 岁的李春燕便用自己柔弱的双肩，承担起了全村人的健康和生老病死。

大塘村的村民不相信这个挎着竹篮、不穿苗族服装的年轻姑娘能治病。面对疾病，村民更愿意相信"巫婆"。

2001 年夏天，一个姓王的村民喝多了酒，昏迷不醒。请了巫婆作法后，仍没醒过来，家里人认为他已经死亡，就哭着给他办后事。这时，王家有个年轻人提议说，听说孟家的媳妇会看病，不如叫来试试？就这样，李春燕被叫去了。她检查过后，开始给这个"死者"输液。随着药液的滴滴流动，"死者"竟然神奇地有了呼吸，慢慢苏醒过来。家人破涕为笑，对李春燕千恩万谢。

从此，李春燕"起死回生"的故事在村里甚至邻村传开了，找她看病的人多了起来。

## 举步维艰选择坚守

李春燕的努力逐渐得到乡亲们的认可，前来就诊的患者越来越多。但问题来了：80% 的病人交不起医药费，有的连一两块钱都要欠账。几年来，李春燕每次出诊，从不收取费用，卖给村民的药，也与批发价差不多。而且她行医从不催收药费，费用由村民自己给，钱不够或没有就挂账。有些孤寡老人和特别困难的病人，她就经常给他们免费治疗。

村民王岁山患上了肠套叠，因为没钱到县里医院看病，找到李春燕。他家离李春燕家有 4 公里路程。尽管李春燕怀有 6 个月身孕，依然坚持每天到他家给他打针。后来，李春燕实在行走不便，才把王岁山接到卫生室治疗。几个月里，贫困的王岁山分文未交，可李春燕却一直坚持治疗，直到他完全康复。

由于欠账太多，诊所始终入不敷出，而且缺口一天天加大。几年间，丈夫辛苦的奔波不但不能糊口，家里还欠下了几千块钱的债。干苦力、跑运输、卖化肥、收破烂，除了维持生计，多余的钱都被拿去进药。2003 年底，在卖掉了公公养的最后 1 头牛之后，李春燕流着眼泪把结婚时婆婆送给她的银饰也卖了。

雪上加霜的是，与大哥分家后修建的新房，因无钱买瓦盖房顶，只能空荡荡地摆着，遇上雨雪天气，大雨和冰雪会落到床头，经常将人在熟睡中淋醒。李春燕打算在村里行医维持生计的念头不得不被现实打消了。

2004 年，在丈夫的劝说下，李春燕决定外出打工。

临行前，她在自家门口的黑板上写道：“我要出去打工了，你们欠的药费能还的就还一部分，不能还的就以后再说。”

那天晚上，一大批村民涌到李春燕家，把皱巴巴的 1 元、2 元甚至几毛钱的零钞塞到她手上，有的村民实在拿不出钱，就带来了鸡蛋和米面。

一位妇女无奈地说：“你走了，以后我们家孩子要是夜里生了病，能找谁去呢？”

李春燕哭了，她捏着村民们还来的一大堆皱巴巴的总数才 100 多元的零钱，读懂了乡亲们眼神里的期盼和信赖。她突然发现，自己对村里人是那么重要。

最终，李春燕决定不走了，她要留下来继续给村民治病。

## 做爱心使者为建设家乡服务

2004 年 10 月，李春燕积极参与抢救大塘村一名早产儿的生命。尽管抢救最终以失败告终，但李春燕的事迹却被一同参与抢救的大学生志愿者了解并发布在网络上。李春燕获评“感动中国”2005 年度十大人物之一。

与荣誉结伴而来的还有社会各界的捐助。在中国红十字基金会的帮助下，2006 年李春燕在村里建起了一个占地 110 平方米、3 层楼的新卫生站，这也是中国红十字基金会“红十字天使计划”资助援建的第一个“博爱卫生站”，新卫生站设立了专门的病房、诊室和手术室，配备了一些现代化的医疗设备。

过去最困扰李春燕的资金难题也有了很大改善。2007 年，从江县开始实施新农合医疗制度，县新农合管理中心审批核准大塘村卫生站作为第一批新农合定点医疗机构，开展新农合工作。由于报销比例高达 80%，很多家庭已经不需要再向李春燕赊账。村民们说，这幢白色楼房和在村里走家串户看病的李春燕，让他们心里很踏实。

在中央电视台《感动中国》节目播出后，很多热心人士把爱心传到月亮山区，温暖了整个从江大地。李春燕也成为了爱心使者，她通过自己的影响力将爱心传递，为建设家乡多做实事。

2006 年，在李春燕多次反映后，当地党委、政府投资 70 万元修建的自来水工程顺利竣工，家家户户都用上了干净的山泉水。同一年，李春燕积极努力，从社会各界捐助的资金中拿出 10 万元捐赠给附近的龙江村和滚玉村，用于兴建两个村卫生室。2008 年，李春燕多方奔走，积极协调，争取到 10 万元的物资，解决了大塘村小学贫困生的学习困难。2010 年，李春燕争取到水泥 136 吨、沙子 700 多立方，实施大塘村水泥步道硬化 5000 米，使村容寨貌焕然一新。2011 年，李春燕积极协调争取县政府投资 100 多万元，修通了全长 4 公里的大塘村通村柏油路。

2006 年，中国红十字基金会捐资的以李春燕名字命名的“春燕基金”让万名乡村医生得到了培训。上海一家医院向李春燕所在的苗寨定期派出医疗队，为村民送医送药。

在李春燕看来，宣传医学知识也是村医的“重任”。她说，每当有小孩生某种病，她就告诉孩子父母，“你的孩子如果打了疫苗，就不会生这种病了”。在她身体力行和大力宣传下，大塘村原来的一些不良卫生习惯也慢慢得到了转变，落后甚至愚昧的思想慢慢地被相信科学、及时诊疗所取代，“住院分娩，母婴平安”的意识深入人心，孕产妇开始主动去医院生孩子。当卫生院的人来给孩子接种疫苗时，不到 2 个小时就可以接种完所有小孩，再不用像以前那样挨家挨户做工作了。

因为一个乡村医生的存在，大塘村慢慢改变了。

在工作的同时，李春燕也不忘提升自己的医疗水平。她一边工作一边学习，先后到北京首都医科大学、贵阳医学院附属第二医院等医疗机构进行培训，医术得到了很大提高。2014 年，李春燕通过考试、答辩，取得副主任医师资格。

现在，大塘村博爱卫生站共有医务人员 4 人，每年都有志愿者前来服务。卫生站每天都有很多人来就诊，李春燕常常忙得顾不上吃饭，病人多的时候她经常工作到凌晨两三点钟。善良、热情、尽责的李春燕，成了大塘村父老乡亲的“贴心人”，乡亲们相信她，不管老少生病或妇女生孩子都找她。

随叫随到的“乡村 120”，是乡亲们对李春燕的亲切评价。不管刮风下雨、泥泞路滑，只要接到村民的求助电话，她总会在最短的时间内出现在病人身边，为病人医治或安排转诊。

李春燕说："我是一名普通的乡村医生，能够守护乡亲们的健康，就是我最大的职责和心愿。"

## 新的角色带着村民共同致富

在做好本职工作的同时，作为连续两届的省党代会代表和省人大代表，李春燕认真履行职责。她说："过去的我只是一名普通卫生员，病人来看病能治好我就心满意足了。可现在我是一名共产党员，一名人大代表，心里要装着群众，要理解他们的困难，只要乡亲们有困难，我就随叫随到。"

正是因为深刻了解道路对于农村生产生活的重要性，李春燕在参加省人代会期间，先后提了四五次关于修路的建议，受到有关方面的重视。后来，在她的不断争取下，村里的路修通了，病人转诊方便了。更让她高兴的是，村里妇女在县医院住院分娩率达到了 100%。

大塘村近 1000 亩果园基地产出的水果，是村民们长期以来的主要经济来源。但是因为水果品种单一，村民们因卖不出好价钱而发愁。李春燕觉得，治病治愚也要治穷！于是，她开始带领大家试种果树新品种，当起了产业发展带头人，帮助村民打开了水果销路。

获奖、出名并被外界关注，李春燕集众多光环于一身。但面对荣誉和光环，她都谦恭地说："我还是我，只是肩膀上的担子更重了。作为一名乡村医生，我将一如既往地坚守在山村，为人民群众解除种种病痛，不怕脏，不怕累，更不怕穷。"

奉献，也是一种爱。这种爱，铸就了普通苗乡医生的天使之路，成就了感动中国的"最美乡村医生"。

# 第二篇章

# 勞動偉大

## 源自其创造价值与造福人类

习近平总书记指出："劳动是财富的源泉，也是幸福的源泉。人世间的美好梦想，只有通过诚实劳动才能实现；发展中的各种难题，只有通过诚实劳动才能破解；生命里的一切辉煌，只有通过诚实劳动才能铸就。"

劳动创造了人类，劳动创造了世界，劳动创造了文明，劳动创造了财富。劳动之所以伟大，就在于劳动不仅是人类生存和发展的基本条件，更是造福人类和开创未来的源泉。就社会来说，人们通过劳动创造的财富，满足了社会需要的基本条件，也促进了社会各方面的发展；就个人来说，每个人通过劳动，在为社会创造价值的同时实现了个人价值，在造福人类的同时也丰盈了自己的人生。

新中国成立以来，我国涌现出一大批彪炳史册的时代伟人和功勋卓著的时代巨匠。他们凭借勤劳智慧和杰出才华，凭借追求卓越和勇攀高峰的勇气，坚守淡泊名利和无私奉献的信念，为了党和人民的事业，在各自从事的劳动领域中作出了惊人的业绩，创造了举世瞩目的奇迹，立下了不朽的功勋，推动了我国经济社会发展，更充实了中华民族博大的精神宝库。

# 国为重，家为轻，科学最重，名利最轻

钱学森，一生荣膺过无数荣誉和称号，赢得过无上的荣耀和赞誉，令世人和国人敬仰：世界著名科学家、空气动力学家，中国航天学和近代力学事业的奠基人、中国系统工程理论与应用研究的倡导人、中国导弹之父、中国航天之父、中国自动化控制之父、火箭之王，中国科学院及中国工程院院士……

1956 年，毛泽东主席在中南海菊香书屋接见钱学森时说："美国人把你当成 5 个师呢！我看呀，对我们说来，你比 5 个师的力量大多啦！"

导师冯·卡门评价钱学森：他是当时美国处于领导地位的第一流火箭专家，后来成了世界闻名的新闻人物……他是一个无可置疑的天才，他的工作大大促进了高速空气动力学和喷气推进科学的发展……人们都这样说，似乎是我发现了钱学森，其实，是钱学森发现了我。

新华社在钱学森逝世后发布的《钱学森同志生平》中评价他：钱学森同志的一生，是革命的一生，战斗的一生，学习的一生，是为国家富强、民族振兴不懈奋斗的一生，是全心全意为人民服务的一生。他的逝世，是我们党、国家和军队的重大损失。

"感动中国"2007 年度人物评选组委会给予钱学森的颁奖辞是："在他心里，国为重，家为轻，科学最重，名利最轻。5 年归国路，10 年两弹成。开创祖国航天，他是先行人，披荆斩棘，把智慧锻造成阶梯，留给后来的攀登者。他是知识的宝藏，是科学的旗帜，是中华民族知识分子的典范。"

钱学森对国家的贡献，难以用言语来概括。1991 年，他获得"国家杰出贡献科学家”荣誉称号和一级英雄模范奖章；1999 年，获得“两弹一星”功勋奖章；2001 年，中国科协将国际编号为 3763 号的小行星命名为“钱学森星”；2006 年，荣获“中国航天事业 50 年最高荣誉奖”；2008 年，荣获“感动中国”2007 年度人物；2009 年，当选“100 位新中国成立以来感动中国人物”；2019 年，当选“最美奋斗者”。

## “我作为一名中国的科技工作者，活着的目的就是为人民服务。”

从人民视野来看，钱学森是一位名副其实的人民科学家。他是中国人民的光荣，也是中华民族的骄傲！

2009 年 10 月 31 日，钱学森在北京逝世，享年 98 岁。11 月 6 日，在北京八宝山公墓，为了送别这位伟人，解放军三军仪仗队礼兵抬棺，数十万人自发送行。现场发放的钱学森生平介绍以 11 个“第一”，概括出他对中国航天、国防科技等事业作出的卓越贡献：

1. 1956 年，参与筹备组建中国导弹航空科学研究领导机构航空工业委员会，受命负责组建中国第一个火箭、导弹研究机构——国防部第五研究院，并兼任院长。

2. 1956 年，设立空气动力研究室，组建了中国第一个空气动力学专业研究机构。

3. 1960 年 2 月，指导设计的中国第一枚液体探空火箭发射成功。

4. 1960 年 11 月，协助聂荣臻成功组织了中国第一枚近程地地导弹发射试验。

5. 1964 年 6 月，作为发射场最高技术负责人，同现场总指挥张爱萍一起，组织指挥了中国第一枚改进后的中近程地地导弹飞行试验。

6. 1966 年 10 月，作为技术总负责人，协助聂荣臻组织实施了中国第一次导弹与原子弹“两弹结合”试验。

7. 1970 年 4 月，牵头组织实施了中国第一颗人造地球卫星发射任务。

8. 1971 年 3 月，组织完成“实践一号”卫星发射试验，第一次获得中国空间环境探测数据，为中国研制应用卫星、通信卫星积累了经验。

9. 1972 年—1976 年，领导设计制造了中国第一艘核动力潜艇。

10. 1972 年—1976 年，成功指挥发射了中国第一颗返回式卫星。

11. 1980 年 5 月、1982 年 10 月、1984 年 4 月，参与组织领导了中国洲际导弹第一次全程飞行、潜艇水下发射导弹和地球静止轨道试验通信卫星发射任务。

功勋卓著的钱学森十分谦逊，他曾说过：“我只是恰如其实地做了一点儿工作、所能做的工作，伟大的是中国人民！”

这是钱学森的肺腑之言。他忠诚于党的事业，执着于科学研究，从不看重名利，看重的是为民造福。钱学森的人生态度诠释了一个人民科学家的高尚品质，正如他说的那样：“我个人仅仅是沧海一粟，真正伟大的是党、人民和我们的国家。”“我作为一名中国的科技工作者，活着的目的就是为人民服务。”

## “报国不是工作，是信仰。”

钱学森生于 1911 年，在军阀混战、国家被侵略中成长，在炮火中读书求学。青年时期，他亲眼目睹中国被敌机疯狂轰炸，而自己却无能为力，于是下定决心要科学报国。

怀着对祖国的深厚感情，钱学森选择了航空救国的人生道路，并发奋苦读以备他日为国效力。在美国 20 年，他时刻准备回国，没有买 1 美元的保险。他在将风洞原理应用于风车发电的实例计算时，选取的条件就是和祖国一样的自然条件。钱学森说：“在美国期间，有人好几次问我存了保险金没有，我说 1 美元也不存。因为我是中国人，根本不打算在美国住一辈子。”“我的事业在中国，我的成就在中国，我的归宿在中国。”

为了准备回国，钱学森早在 1948 年就退出了美国空军科学顾问团，辞去海军军械研究所顾问职务。为了尽快回国，1950 年夏，他向加州理工学院提出回国探亲，却遭受美国当局无理羁留达 5 年之久。为了冲破阻挠回国，他想方设法向祖国传递归国的强烈愿望。无论是麦卡锡主义的威逼恫吓，还是金钱地位的利诱蛊惑；无论是身陷牢狱遭受迫害，还是受到监控失去自由，都没有动摇他归国的坚定决心，其崇高的民族气节可歌可泣。

1934 年 6 月，钱学森考取清华大学留美公费生，次年 9 月进入美国麻省理工学院航空系学习，1936 年 9 月转入美国加州理工学院航空系，师从世界著名力学大师冯・卡门教授，先后获航空工程硕士学位和航空、数学博士学位。1938 年至 1955 年，钱学森在美国从事空气动力学、固体力学和火箭、导弹等领域研究，并与导师共同完成高速空气动力学问题研究课题和建立"卡门—钱学森公式"，在 28 岁时就成为世界知名的空气动力学家。

1947 年，刚刚 36 岁的钱学森，被美国麻省理工学院聘为终身教授。这是一个很高的荣誉，预示着钱学森的优厚待遇和远大前程。然而，当钱学森得知中华人民共和国成立的消息后，顿时沉浸在极大的喜悦之中。他想：我应该早日回到祖国去，为建设新中国贡献自己的全部力量！

美国当局知道钱学森要回国的消息后，自然不想放他走，因为钱学森知道太多最新最前沿的技术。在美国政府给钱学森罗织了一连串的莫须有罪名之后，钱学森被无端吊销了参加机密研究的证书。钱学森十分气愤，进而以此为借口打算立刻回国。但是当钱学森到达港口的时候，却被突然拘捕。当时的美国海军次长说："钱学森无论走到哪里，都抵得上 5 个师的兵力。"

之后，钱学森被抄家、被囚禁在岛上 15 天，被没收了所有书籍文献。

一个偶然的机会，钱学森发现父亲的老友——陈叔通，当时已经是全国人大常委会副委员长。钱学森急忙写信给他，告知他自己的处境，请求祖国帮自己回国。

陈叔通接到信之后，即刻转给了周恩来总理。周恩来总理通过外交途径多番交涉，美国都以各种理由不释放钱学森回国。

最终，中国政府以释放 11 名在朝鲜战争中俘获的美军飞行员作为交换，美国政府终于让钱学森回了国。

1955 年 10 月 1 日清晨，钱学森一家终于回到了自己魂牵梦绕的祖国。他说："我一直相信我一定能够回到祖国的，今天，我终于回来了！""我很高兴能回到自己的国家，我不打算再回美国。今后我将竭尽努力，和中国人民一道建设自己的国家，使我的同胞能过上有尊严的幸福生活。"

钱学森在研发导弹的时候，曾有人对他说："世界上有良心的科学家都在抵制毁灭性这么强的武器。"钱学森回答："有一天原子弹落到中国人的头上，我会后悔的！""手上没有剑，和有剑不用不一样。"

1989 年，钱学森获得了"小罗克韦尔奖章"。面对荣誉，他说："今天给我的奖，说是第一个中国人得此奖。我说，要紧的是'中国人'三个字，这个'中国人'，应该包括中国成千上万为此作出贡献的人。"

钱学森始终把祖国利益作为最高利益，把民族振兴作为最高追求，用炽热的爱国情怀和崇高的民族气节，谱写了感天动地、撼人心魄的爱国诗篇，彰显了爱国知识分子胸怀祖国、心忧天下的历史责任感。支撑他这样做的信念是：报国不是工作，是信仰。

## "有了这三次激动，我今天倒不怎么激动了。"

1991 年 10 月 16 日，北京，庄严肃穆的人民大会堂。国务院、中央军委在这里举行授予钱学森"国家杰出贡献科学家"称号和"一级英雄模范奖章"授奖仪式。"国家杰出贡献科学家"，这是过去从未有过的高规格新提法；"一级英雄模范奖章"，此前一直是为战斗英雄、生产一线劳模颁发的，从来没有向科学家颁发过。

在这个隆重的、史无前例的颁奖仪式上，在崇高的荣誉面前，钱学森仍然像平常那样朴实、谦逊、坦率。在致答谢词时，他没有像人们想象的那样讲几句感谢话，而是劈头就说了一句让人万万想不到的话："今天我不是很激动。"

不了解他的人有点搞不懂，而熟悉他的人却说，这是实事求是的，因为他已经激动过3次了，有一次就在不久前。他说：

"我第一次激动的时刻是在1955年，我被允许可以回国了。我手里拿着一本在美国刚出版的个人写的《工程控制论》和一大本我讲物理力学的讲义，交到老师手里。他翻了翻，很有感慨地跟我说：'你现在在学术上已经超过了我。'我钱学森在学术上超过了这么一位世界闻名的大权威，为中国人争了气，我激动极了。这是我有生以来的第一次这么激动。

"新中国成立10周年时，我被接纳为中国共产党党员，这时我的心情非常激动，简直激动得睡不好觉。这是我第二次的心情激动。

"第三次心情激动，就在今年。今年，我读了王任重同志为《史来贺传》写的序。在这个序里，他说中央组织部决定雷锋、焦裕禄、王进喜、史来贺和钱学森这5个人作为解放40年来在群众中享有崇高威望的共产党员的优秀代表。我能跟他们并列，心情怎不激动?!

"有了这三次激动，我今天倒不怎么激动了。"在如此庄重的场合，这些话乍听起来似乎有些不合时宜。然而细品一下，他又说得多么坦率、多么得体、多么贴切，又多么深刻啊！钱学森看轻的是个人名利、荣誉，看重的是祖国，是党，是人民！

## "我姓钱，但我不爱钱。"

钱学森在美国工作期间的收入十分可观，一年的收入多达15万美元。在当时大概相当于七八辆劳斯莱斯豪华轿车的售价，这在今天也是极为惊人的财富。

即使是这样的待遇与收入，也阻挡不了钱学森毅然决然地选择回国。

回国后，钱学森完全靠自己的工资生活，而且是几十年一贯制。除工资外，他还有一些稿费收入，晚年也曾拿到过较大笔的科学奖金。但他把自己这一生所得的几笔较大的收入全部捐了出去。

1958 年至 1962 年，钱学森曾拿到好几笔上千元的稿费，这在当时简直是“天文数字”，但是钱学森对这些钱并没有动心。他拿到这些稿费后，连钱包都没打开，转手就作为党费交给了党小组长。

香港有关方面为表彰钱学森在中国科学事业上的杰出贡献，曾先后奖励他两笔奖金。第一次，钱学森让秘书将 100 万港币的奖金直接捐给了西北治沙工程。第二次又是 100 万港币。夫人蒋英说：“我们都老了，是不是……”钱学森幽默地回答：“那好，你要钱，我要奖（蒋）。”不久，这笔奖金又如数捐了出去。

钱学森还资助了很多学生。在他眼里，金钱都是身外之物，他更愿意把它们用到更有意义的事情上。他曾说：“我姓钱，但我不爱钱。”

作为一位伟大的人民科学家，钱学森不仅为我们留下了彪炳史册的科学成就，还留下了弥足珍贵的精神财富，在华夏儿女心中树起了一座巍峨的丰碑。

# “失踪”28年的两弹元勋

1958 年 8 月的一天，时任二机部副部长和原子能研究所所长的钱三强教授，将当时在中科院原子能研究所工作的邓稼先叫到了自己的办公室，他们进行了一次秘密的谈话。

钱三强用略微有些幽默感的话语问道：“稼先同志，国家要放一个‘大炮仗’，调你去做这项工作，怎样？”

这句话让邓稼先吃了一惊，他立刻就明白了：国家这是要造原子弹了。

那年，邓稼先刚满 34 岁。

邓稼先是中国核武器研制与发展的主要组织者、领导者，他始终在中国核武器制造的第一线，领导了许多学者和技术人员，成功地设计了中国原子弹和氢弹，把中国国防自卫武器引领到了世界先进水平。为此，他整整“失踪”了 28 年，用奋斗和奉献创造出了中国奇迹，带领团队给中国放出来了两个“大炮仗”！

## “做好这件事，我这一生就过得很有意义。”

1950 年 8 月的一天，一艘名为“威尔逊总统号”的轮船行驶在太平洋上，邓稼先在轮船上归心似箭，想尽快回到刚刚成立不久的新中国，为祖国建设贡献自己的力量。

此时的新中国百废待兴，国家建设急需各种人才，来自于核大国的核威慑也让新中国一直笼罩在核威胁的阴云之下。当时的国际舆论称，自广岛、长崎被毁后，没有任何一个国家像新中国一样临近核威胁。刚刚成立的新中国，该如何维护自己的安全、主权和尊严呢？就在这种紧张的国际环境下，中国被迫作出了发展核武器的战略决策。1955 年 1 月 15 日，毛泽东主持召开中央书记处扩大会议，决定发展中国原子能工业。1958 年 2 月 11 日，具体领导中国核工业发展与核武器制造的第二机械工业部成立，著名科学家钱三强任副部长。从上任伊始，钱三强就愁眉不展，上哪儿去找主持这方面工作的科学家呢？

就在钱三强一筹莫展的时候，邓稼先进入了他的视线。

邓稼先，1924 年出生于安徽怀宁县一个书香门第家庭，父亲邓以蛰是我国著名的美学家和美术史家，曾担任清华大学、北京大学哲学系教授，他的言传身教对邓稼先产生了巨大的影响。1937 年 7 月，日本侵略者强令北平的学生游行庆祝，邓稼先出于爱国之情，将日本旗帜踩在了脚下，招来杀身之祸。父亲果断地让大女儿带着邓稼先逃离北平。在离别之际，父亲叮嘱邓稼先："为了祖国的强盛，你要立志学科学，将来报效国家。"1941 年，17 岁的邓稼先考入西南联大物理系。1948 年，邓稼先进入美国普渡大学读理论物理研究生，仅用一年多的时间就获得了博士学位，当时只有 26 岁的他被人们称作"娃娃博士"。取得博士学位后的第 9 天，邓稼先就登上了回国的轮船，实现了离开中国时所许下的诺言："将来祖国建设需要人，我学成后一定回来。"

由此，邓稼先成为了钱三强挑选的第一个人才。

干惊天动地事，做隐姓埋名人，是许多参加核试验和研制人员的真实写照。邓稼先接到调令，给家人留下一张全家福之后，他的名字便从人们的视野中消失了。

在和妻子临别的那天晚上，他对妻子说："我的生命就献给未来的工作了，做好了这件事，我这一生就过得很有意义。"

很快，邓稼先被任命为中国研制原子弹的理论设计负责人。那时候，除了组织以外，没有人知道他究竟在哪里工作，具体做什么。他白天从大家的视野里消失，晚上神秘地回家。严格的保密纪律，完全改变了邓稼先的生活方式。他从此没有发表过一篇论文，没有公开作过一次学术报告，甚至亲友间的聚会也有意避开了。

1958 年 8 月，邓稼先赴戈壁滩核试验基地时，连一个通信的地址都没有留下，余下的就只剩一位妻子对丈夫一无所知的漫长岁月。

## “对不起，这是纪律。”

在原子弹研制的初期，1957 年中苏签订协议，苏联政府表示援助中国研制原子弹；中国用农产品交换苏联的原子弹教学模型和图纸、资料。中国人对此充满期待，希望在苏联专家的指导下缩短研制周期。但是很快，事情就发生了转变。1959 年 6 月 20 日，苏联致函中国，决定中断向中国提供原子弹研制援助。

1960 年 7 月 28 日，钱三强再一次把邓稼先邀到他的办公室，开门见山地说道：“原子弹的理论设计，要由你领导的那个理论研究室来承担。”

当年，钱三强形象地将原子弹理论设计比喻为研制原子弹的“龙头三次方”。他认为，不抓“龙头”，原子弹造不出来。也就是说，要制造原子弹，必须首先拿出理论设计方案来。这好比要建造一座高楼，必须首先拿出一张图纸来。

制造原子弹的这张图纸该怎样拿出来呢？这时，邓稼先面对的是一片荒原。但是，他必须带领团队向着这片荒原挺进。邓稼先感到了责任的重大和肩上的压力，也预感到未来路程的艰难。

邓稼先选定了中子物理、流体力学和高温高压下的物质性质这 3 个方面作为主攻方向，他带领着团队从 3 个主攻方向进行突击。在秘密而简陋的房屋里，邓稼先和计算小组依靠手摇式计算机，对涉及原子弹爆炸的关键数据反复进行运算，最终完成了原子弹理论设计方案。

他们计算的是常人难以想象的大量数字，算完的纸带子和计算机的穿孔带子一扎扎一捆捆地放入麻袋中，从地板堆到天花板，堆满了一屋子，这是邓稼先他们夜以继日工作的记录。

1960 年春天，他们在工作中遇到了一个难题，需要获得一个制造原子弹的关键参数。

苏联专家以前曾经回答过他们的提问，随口说了一个数值。这个数值究竟对不对呢？对于苏联专家给的这个重要数值的计算，因为结果总是与该值对不上而困难倍增。他们加进各种参数一次又一次地计算，一包包的纸带子又从地面堆到了房顶。

每当过度疲劳、思路中断时，邓稼先都着急地说："唉，一个太阳不够用呀！"

但不管再难、再枯燥，他们都必须把这个重要数值搞准确，否则工作就无法继续下去。他们从春天到夏天，又从夏天到秋天，从头到尾先后经过了 9 遍精确计算，最后经过验证，肯定了邓稼先他们所得出的数据。著名数学家华罗庚教授把他们的计算称作是"集世界数学难题之大成"。

1964 年 10 月 16 日，罗布泊试验场。中国第一颗原子弹爆炸成功！当蘑菇云冉冉升起，人群沸腾了。大家兴奋地欢呼，疯狂地跳跃，帽子、衣物飞上了天空。他们紧紧地拥抱，彼此祝贺着！

在邓稼先和同事们返回营地的路上，迎来了院党委书记，他将邓稼先拽上汽车，塞给他一张机票，低声告诉他："你母亲病危。"

第二天下午，邓稼先乘坐乌鲁木齐到北京的特种航班飞机，在北京西苑机场降落。邓稼先满怀焦虑地走下舷梯，一眼看到了妻子许鹿希。妻子没有寒暄，立即把他拉上停机坪附近的一辆汽车。车启动后，他焦急地问道："妈妈怎么样？"

许鹿希说："妈在盼你呢，我们无法向妈妈作解释。你这些年做什么事情，我们谁都不知道，你应该告诉她老人家……"

"希希，对不起，这是纪律。"邓稼先不无歉疚地说。



汽车直接开进医院。弥留之际的母亲在苦苦地等待着日夜思念的儿子。她听到了邓稼先的呼唤，吃力地睁开眼睛，嘴角微微颤动了一下，伸出一只手，把邓稼先的手紧紧抓住，唯恐他再离去。

母亲的手已经瘦得皮包着骨头，而且肌肤冰凉。邓稼先赶紧用自己的那双大手抱紧母亲的手，给母亲温暖着。

片刻，母亲把手抽出来，哆哆嗦嗦地从枕下摸出了那张套红“号外”，用颤抖的声音问道：“稼儿，能告诉我吗？”

邓稼先跪在病榻前，再一次抱着母亲那双冰凉冰凉的手，哽咽着回答说：“是的，妈妈，我们成功了！”

“稼儿，怎么不早对妈妈说？”

“妈妈——”邓稼先伏在床边痛哭起来。

母亲用手抚摩着邓稼先的头，微笑着合上了双眼。她得到了最大的满足，她睡着了。

此刻，邓稼先伏在母亲的床边，竟然也沉沉地睡着了。

他实在太累了，太疲劳了。然而，母亲这一睡就再也没有醒来。她永远地安息了。邓稼先是在睡梦中送走母亲的。

## “不要让别人把我们落得太远。”

第一颗原子弹成功爆炸后，邓稼先继续坚守在大漠深处的戈壁滩上，又同于敏等人投入对氢弹的研制。按照“邓—于方案”，1967年6月17日，中国成功爆炸了第一颗氢弹，距离第一颗原子弹爆炸仅2年零8个月。与法国用8年零6个月，美国用7年零3个月，英国用4年零7个月，苏联用了4年的研制时间相比，中国创造了世界上最快的速度。

西方人对中国能在这么短的时间和这么差的基础上研制成“两弹一星”，感到不可思议。老朋友杨振宁来华探亲返程之前，故意问还不能暴露工作性质的邓稼先：“在美国听人说，中国的原子弹是一个美国人帮助研制的。这是真的吗？”邓稼先请示了周恩来总理后，写信告诉他：“无论是原子弹，还是氢弹，都是中国人自己研制的。”杨振宁看后激动得流出了泪水。正是由于中国有了这样一批勇于奉献的知识分子，才挺起了坚强的民族脊梁。

科学研究始终会存在一定的风险，可是面对任何风险，邓稼先都冲在前面。一次突如其来的事故，成了邓稼先身体健康的转折点。

1979 年的一天，邓稼先正带领着同事们进行一项试验时，突然发生了意外：一枚弹头从空中掉了下来。为了查找原因，必须有人进入试验区域找到这枚弹头并查看情况。危急关头，邓稼先决定亲自去找。很多同志都拦着，不让他去。他说：“谁也别去，我去吧。你们去了也找不到，白受污染。我做的，我知道。”

当时他和赵敬璞同行，乘坐一辆吉普车向戈壁深处驶去。到了发生事故地区的边缘，他要汽车停下来。他深知此地对于身体的危险性，坚决阻止赵敬璞和司机与他同行。最后他急了，大声吼道：“你们站住！你们进去也没有用，没有必要！”“没有必要”这是一句只说出一半的话，完整的话是“没有必要去白白地做出牺牲”。

就这样，这位 50 多岁的核科学家一个人勇敢地向着危险地区冲上去了，他把刚才想到的“吃剂量”对人体的伤害忘得一干二净。他弯着腰一步一步地走在戈壁滩上，锐利的目光四处扫视。终于，碎弹被他找到了。高度的责任感使他在一瞬间变成了个“傻子”，脑子里只想赶快知道事故的结果，来不及考虑个人安危，竟用双手捧起了碎弹片——这个含有过量放射性物质的危险品！

他立即放心了，拖着疲惫不堪的步子向远方的吉普车走去，见到赵敬璞的第一句话就是“平安无事”。

邓稼先在没有任何防护的状态下，径直走到事故中心区。就这样一个举动，谁也说不清他的身体究竟受到了多大的伤害。

核试验的难题被邓稼先带领的团队一个个攻克，可是日夜操劳的邓稼先却倒下了。1985 年，61 岁的邓稼先回到了北京，回到了家。但这时，他的生命却已逐渐走到了尽头——直肠癌晚期。他说："如果有来世，我还是选择中国，我还是选择核事业……"

一直到 1986 年 6 月，医院发出邓稼先病危报告，中央军委指示对其解密，各大报刊在显著版面以《两弹元勋邓稼先》为题报道了他默默无闻的 28 年，隐姓埋名的 28 年。邓稼先将自己的毕生精力无私地奉献给了祖国核武器开创和发展事业，在中国核武器的研制方面作出了卓越的贡献。

在生命的最后时刻，邓稼先叮嘱身边人的最后一句话是："不要让别人把我们落得太远。"

邓稼先是中国知识分子的优秀代表，为了祖国的强盛，为了中国国防科研事业的发展，他甘当无名英雄，默默无闻地奋斗了数十年。他常常在关键时刻，不顾个人安危，出现在最危险的岗位上，充分体现了他崇高无私的奉献精神。

杨振宁教授评价他："邓稼先的一生是有方向、有意识地前进的。没有彷徨，没有矛盾。"

当年领导和主持这项工作的张爱萍将军评价他："邓稼先的名字虽然鲜为人知，但他对祖国的贡献将永载史册。"

"感动中国"年度人物评选组委会这样评价他："……是他，长空铸剑，吼出雄狮的愤怒；是他，以身许国，写下山河的颂歌。殷红热血，精忠报国，他是共和国忠诚的奠基人；鞠躬尽瘁，死而后已，他是中华民族不倒的脊梁。"

汉字信息处理

# 一项发明改变一个时代

他发明了激光照排技术，让古老的活字印刷和计算机科技完美相遇。

他开创了中国印刷术的第二次革命，让一张报纸的排版时间从 4 小时降到了 20 分钟。

他是新中国第一批把新技术推向市场的科学家。由他带领团队研制出的汉字激光照排系统已发展到第 8 代，在国内市场占有率达到 95%，处于绝对垄断地位，并在全球华文市场占据 90% 的市场，中文照排市场份额全球第一。他的研究成果创造的利润超过了 400 亿元人民币。

他是让汉字印刷“告别铅与火，迎来光与电”的“当代毕昇”——王选。

## 作出的一生中最重要的一次抉择

1958 年，王选从北京大学数学力学系计算数学专业毕业留校工作。当时北京大学开始自行研制每秒定点运算 1 万次的中型计算机“红旗机”，王选参加了“红旗机”的逻辑设计和整机调试工作。他每天工作 14 个小时以上，最紧张的时候 40 个小时都不曾合眼，被大家称为“拼命三郎”。

忙碌的科研工作之余，王选坚持每天晚上挤出时间阅读英文文献，以了解计算机技术的最新发展动态。他发现，如果不懂软件，不从使用的角度来研究计算机，照样产生不出创新的想法。

王选在《阅读文献的习惯使我终生受益》一文中，回忆写道：“大量阅读文献，使我下决心一定要同时具备软件和硬件两方面的第一线实践经验，我相信通过跨领域的研究，一定能找到创造的源泉，这是我 1961 年作出的一生中最重要的一次抉择。”

1962年，正当王选准备着手从事这一研究时，过度的疲劳和饥饿摧垮了他的身体，低烧不退，胸闷憋气，王选不得不回到上海家中治病。

治疗期间，王选仍坚持阅读科技文献。缺乏资料，他就请师姐陈堃铼帮忙。陈堃铼给王选寄来了《美国计算机协会通讯》等英文资料，王选如获至宝。为了加快阅读速度，他想出一个办法——通过收听英语广播来提高反应能力。

1963年，王选身体稍有恢复，又想到了自己的目标——计算机软件、硬件相结合的研究。

当时国际上流行的、被联合国教科文组织下属工作小组批准的国际标准程序设计高级语言是ALGOL 60，因此，王选决定从研制ALGOL 60高级语言编译系统入手。这一次，王选又从陈堃铼那里得到了帮助，陈堃铼帮他找到了一本油印的英文资料《ALGOL 60修改报告》。开始时，王选感觉像是在看“天书”，渐渐地他钻了进去，终于茅塞顿开。于是，他马不停蹄地开始了设计。

1965年夏，王选身体好转回到北京大学，与陈堃铼、许卓群等同事一起，在DJS 21计算机上研制成功ALGOL 60高级语言编译系统，在几十个用户中得到推广，被列入“中国计算机工业发展史大事记”中。他与陈堃铼也结为夫妻，成为相濡以沫的终身伴侣。

## 一步40年，敢为人先的科研历程

20世纪70年代的中国，采用的仍是“以火熔铅、以铅铸字”的铅字排版印刷。在排版车间，捡字工人需在铅字架间来回走动，把文稿所需要的铅字从架子上一个个找出来。一名熟练工人每天要托着铅盘来来回回走上十几里路，双手总会因捡字而变得漆黑。这种方式能耗大、劳动强度高、环境污染严重，且出版印刷能力极低，出书一般要在出版社压上一年左右的时间。

据不完全统计，当时我国铸字耗用的铅合金达 20 万吨，铜模 200 多万副，价值 60 亿元人民币。而彼时，西方已率先采用“电子照排技术”，即利用计算机控制实现照相排版。

要跟上世界信息化发展步伐，汉字必须与计算机相结合，否则中国将难以进入信息化时代。为改变这种落后状况，1974 年，我国设立“汉字信息处理系统工程”，即“748 工程”。这让当时在北京大学无线电系任助教、已病休 10 多年的王选，找到了奋斗方向。

当时，国外流行的是第 2 代、第 3 代照排机，但王选通过反复分析比较，认为它们都不具有研发前途，且在当时中国存在巨大技术困难。他决定，直接研制世界尚无成品的第 4 代激光照排系统，即在电脑控制下将数字化存储的字模用激光束在底片上感光成字、制版印刷。

这个重要决定，使日后的中国印刷业从铅版印刷直接步入激光照排阶段，跨越了国外照排机 40 年的发展历史。

研究汉字激光照排系统的首要难题，就是要将庞大的汉字字形信息存储进计算机中。然而，要让计算机接纳汉字，谈何容易！英文仅 26 个字母，但汉字的常用字就好几千个，印刷中还有多种字体和大小不同的字号变化，要想在计算机中建立汉字字库，储存量巨大，与当时的计算机水平完全不符。

如何用最少的信息描述汉字笔画？1975 年，基于计算数学的研究背景，王选绞尽脑汁，最终想到用“轮廓加参数”的数学方法来描述字形。这一方法可使字形信息压缩 500 倍至 1000 倍，并实现变倍复原时的高速和高保真。汉字字形信息的计算机存储和复原的世界性难题被攻克。

“我第一次构思这个方案的时候，那可能是连续工作了三天三夜，睡得很少，克服困难这个过程本身也是一种享受。”很多年后，王选在接受中央电视台《人物》栏目专访时，如此回忆道。

1976 年，王选的技术方案得到国家支持，“汉字精密照排系统”研制任务下达到北京大学，王选成为技术总负责人。

“当时人们很难想象，日本第3代还没有过关，忽然有个北京大学的小助教要搞第4代，还要用数学的办法来描述字形，压缩字形信息，都讽刺我是在玩弄骗人的数学游戏。”多年后，回想当初，王选仍很感慨。但他始终坚信：“搞应用研究，必须着眼于未来科技发展方向，否则成果出来就已落后于时代，只能跟在外国先进技术后面亦步亦趋。”

1979年，王选主持研制成功汉字激光照排系统的主体工程，从激光照排机上输出了一张8开报纸底片。

1981年7月，王选主持研制的中国第一台计算机激光汉字照排系统原理性样机（华光Ⅰ型）通过国家计算机工业总局和教育部联合举行的部级鉴定，鉴定结论是：与国外照排机相比，在汉字信息压缩技术方面领先，激光输出精度和软件的某些功能达到国际先进水平。

如今，在北京大学西门附近的勺园，仿佛还能看到38岁的王选正坐在柿子树下，拿着一柄放大镜，一遍遍地研究字模笔画，找寻让“汉字进入计算机”的秘密。来往的年轻学子们，很少有人知道，一项震惊世界、刷新中国出版业历史的发明就诞生于此。

现在，在车水马龙的中关村大街，方正大厦内的王选纪念陈列室内，人们还能看到王选当年查改字模信息的笔迹，稿纸上的符号密密麻麻。而这样的手稿，在他家中还有2200多页。

## 不能拿了国家的钱，只是做了一个试验

1979年7月，王选带领团队日夜奋战，经过几十次试验，终于用国产汉字激光照排系统输出了第一张报版样张。

在庞大的原理性样机旁，他拿起放大镜，仔细查看报样上的每一个字，随即笑着大声宣布：“成功了，非常完美！马上制版印刷！”



原理性样机做完后，有人劝王选：“你已经成功了，不需要再做下去

了。”但王选认为，应用型科技成果一定要经得起市场考验，才能对社会有实际作用，“不能拿了国家的钱，只是做了一个试验”。他果断决定：要从实验室走出来，与国际厂商一争高低。

然而，他面对的却是内忧外患。

20世纪80年代初，引进高潮来袭，美、英、日等国的激光照排厂商纷纷来华，争夺市场蛋糕。而国内几乎一边倒地主张引进，主流的报社、出版社和印刷厂都在使用国外的照排系统。

王选团队的研制条件也异常枯燥艰苦，团队只有一台国产计算机供大家轮流使用。因机器稳定性差，每次开关机都会损坏元器件，只能采取不关机办法，昼夜工作。

“那时，国产主机上没显示器、没软盘，程序和数据的输入都是手工把指令打在穿孔纸带上，一个字一个字地抠，再输入到计算机里。打错了还得在纸带上补窟窿，做得很慢，非常非常困难。”陈堃铼回忆。

是临阵退缩，还是决战市场？

“高科技产业要做到顶天立地。”王选对团队研究人员说，“如果将来市场都被外国产品占领，我们的成绩只等于0。”

抱着背水一战的决心，自称“在骂声中成长”的王选，带领100多名从全国调集来的业务骨干，与多个协作单位联合攻关，集思广益，攻坚克难，持续创新。

起初，用户、协作单位在试用国产系统过程中，各种问题层出不穷，令人心惊。陈堃铼记得，在某个单位试用时甚至有一台照排机一天就出现了8次故障。顶着巨大的压力，王选每天都在拼命工作，没有任何假期和休息日。

最终，在国家和北京大学的支持下，在科研团队、协作单位、用户等多年的艰苦努力下，一代代国产激光照排系统应运而生，不断优化，推广应用，最终享誉海内外。

骂声终于被赞扬声替代。20多年间，王选及其团队先后研制出了8代激光照排系统产品。一场“告别铅与火，迎来光与电”的印刷革命席卷而来。到20世纪90年代初，国内99％的报社和90％以上的书刊出版社和印刷厂都甩掉铅字作业，全部用上了激光照排系统。此前来华销售照排系统的外国公司败下阵来，纷纷退出中国市场，国产系统大获全胜。我国书刊的平均出版周期从300多天缩短到100天左右，整个报业的排版能力增加了几百倍。

王选曾说过：“振兴中华首先就得振兴科技，振兴科技关键还得靠自己，发达国家不可能把核心技术转让给你，只能自己解放自己。”“只有与世界一流的技术竞争才能真正提高自己的创新能力，进军国际市场要有不畏强敌的勇气，要有超过外国人的决心和信心。”实干、坚忍、奉献、质朴、强烈的民族责任感……王选的身上几乎集合了那个年代中国知识分子的所有特质。

在10多年的技术研发过程中，人们对王选这一选择的质疑、嘲讽从未间断过。但他以一种科学家几近“狂热”的执着，超乎常人的坚定和魄力，瞄准目标，带领团队不懈努力，克服了重重困难，最终取得成功。顽强和毅力的背后，是王选决心自力更生改造发展国家印刷业技术、力阻国外制造厂商占领中国市场的责任感和担当，也是中华民族传承至今的“士”的精魂。

2006年2月13日，中国计算机汉字激光照排技术创始人、北京大学教授王选因病在北京与世长辞。

时任中共中央总书记、国家主席、中央军委主席胡锦涛评价说——

王选同志走了，他的名字将永远镌刻在中国科技发展史上，人民不会忘记他！

新华网评论——



王选是科学工作者的杰出代表，人民教师的优秀典范。他一生献身科学，淡泊名利，始终孜孜不倦地埋头于艰苦的科研工作，即使患病期间也没有停止过。

《通信世界》评论——

中国的 IT 产业发展，王选先生是一个划时代意义的人物。他的存在对于中国 IT 业的发展有着极大影响，他为中国 IT 业的发展作出了巨大贡献。

执着的毅力是人类天分中最重要的，取得重大创新成就的人总是在力所能及的范围内将事情做到最好，即使失败，仍敢于继续尝试，坚定不移地为目标奋斗。

愿更多的“王选”，铭记荣光，牢记使命，承志前行。

# 永不停止跳动的“中国心”

新中国航空发动机事业的里程碑上，镌刻着这样的纪录：

——组建了新中国第一个航空发动机设计机构。

——创建了我国航空史上第一个发动机试验基地。

——主持建立了航空发动机研制第一套有效的规章制度。

——建立起了新中国第一支航空动力设计研制队伍。

——主持编制了我国第一部航空发动机研制通用规范。

而这些纪录都与吴大观——这个新中国航空发动机事业奠基人的名字联系在一起。吴大观被称为“中国航空发动机之父”，他的奋斗历程和新中国航空发动机事业的许多个“第一”联系在一起……他用拳拳爱党爱国的不渝之心，铸就了护卫祖国蓝天的“中国心”。

## 唯一的愿望是把在美国学到的航空技术贡献给祖国

1937 年，吴大观被保送进入长沙临时大学（西南联合大学前身）机械系。1938 年随校搬迁，进入昆明西南联大学习。求学期间，吴大观目睹了日本军国主义侵略者操纵轰炸机对我国进行狂轰滥炸，他悲愤满怀，下决心走“航空救国”之路。读完机械系三年级，他便申请转读了航空系。

西南联大毕业后，吴大观被分配到贵州大定航空发动机厂任设计课技术员，这个工厂是当时全国唯一的航空发动机厂。工厂给吴大观安排的具体工作是负责接收从美国来的资料——工艺规程、技术图纸。他非常满意这个工作，因为在学校里只接受了一些书本知识，在这里可以接触到大量在实践中有用的东西。

由于抗战期间物资紧张，条件很艰苦，发电用的是老柴油机。每天晚上只给晚上 7 点到 9 点 2 个小时的电，其他时间就要点油灯了。吴大观白天接收资料、校对图样，晚上就把有关的资料、图样带回家来看、抄、学习，第二天再放回去。就这样，前后用了两年时间，他潜心研究了美国莱特公司的活塞式发动机整套技术资料，可以说是较全面地掌握了这个在当时世界上比较先进的航空发动机工艺技术。

1944 年，吴大观被选送到美国莱康明航空发动机厂和美国普惠航空发动机公司进行学习深造。美国人对中国人的轻视和傲慢，极大地刺痛了他的民族自尊心。

有人以中国还不具备搞航空发动机的条件为由，劝吴大观留在美国工作，吴大观毫不犹豫地拒绝了。他告诉劝他的朋友："的确，中国目前还根本不具备搞航空工业的条件。不过，我敢同你打赌，不会要多久，我们一定能搞出自己的航空发动机！"

1947 年 3 月，吴大观毅然回到祖国。他没有带回任何贵重物品，仅有装满书籍和技术资料的两个箱子。他唯一的愿望是，把在美国学到的航空技术贡献给祖国。

## 新生的"中国心"开始了跳动

1948 年冬，在中共地下党的安排下，吴大观及其爱人、孩子和弟弟一家 4 口人被送到解放区石家庄。吴大观从实践中认识到，发展航空事业，唯有依靠中国共产党。

他到达解放区时，心情万分激动，对自己的爱人和弟弟说："我们现在到了我向往的世界，祖国的航空事业、祖国的繁荣昌盛，全靠共产党的领导，我要为党、为祖国而献身。"

石家庄当时是华北人民政府所在地。聂荣臻亲切接见了他，吴大观清晰地记得当时的场景——

给我印象最深的是他的一句话，我一直都记得很清楚。他问我：“吴先生原来是做什么的啊？”我告诉他：“我原来是干航空发动机的，在贵州，后来到美国去学习……”我告诉他，我看国民党没有希望，不可能搞飞机、发动机。我说我唯一的希望就是投奔共产党、投靠解放区，希望将来造飞机、造发动机。我记得，在向聂荣臻同志说了自己的想法以后，聂司令员非常高兴，他大声地对我说：“吴先生，很好啊！没问题，你将来大有作为。”他的话给了我很大鼓励。

1949 年 11 月，吴大观任新中国重工业部航空筹备组组长，参与了新中国航空工业的筹建。他的奋斗历程，与新中国航空发动机事业的许多个“第一”紧密相连。

1956 年，吴大观调到沈阳 410 厂组建我国第一个喷气发动机设计室。在条件不具备的情况下，吴大观开始设计我国第一台喷气教练机动力发动机。经他和设计室副主任多次分析研究有利条件和存在难点后，决定利用 410 厂刚生产定型的涡喷 5（苏 BK-1）发动机为原准机，用相似定律进行缩型设计“歼教 -1 型”飞机的动力“喷发 -1A”发动机。他以敢于拼搏、勇于创新的精神，与工人们日夜奋战了 210 天，经过 20 小时的持久试车，首批 4 台发动机研制成功。

1958 年 7 月 26 日，沈阳 410 厂机场，一架崭新的飞机呼啸着冲向蓝天，人群一下子沸腾了——装配我国自行研制的第一型喷气发动机“喷发 -1A”的“歼教 -1 型”飞机首飞成功！新生的“中国心”开始了跳动！

## “要干就干最先进的，我 62 岁要当 26 岁来用！”

吴大观曾说：“发动机的核心技术是买不来的！发动机研制要上水平、上台阶，必须要坚持自主创新！”他是这么说的，也是这么做的。

“涡扇 6”发动机，是吴大观一生中主持研制的一个重要型号。

1964 年，当国外刚刚开始研制第一台加力式涡扇发动机的时候，吴大观就带领科研人员追踪这项世界航空发动机先进技术。他下定决心，要干就要干最先进的。

为探索出中国人自行设计航空发动机的道路，在发动机人才奇缺的情况下，吴大观拉起了新中国第一支航空发动机设计研制队伍。这支当时不到100人的队伍，披肝沥胆、忘我拼搏，以设计室为家，全身心推动发动机研制工作。1978年底，已经年过六旬的吴大观从沈阳606所调到西安430厂工作。

他说："我62岁要当26岁来用。"他把自己当成一台发动机，高负荷、高效率运转，技术上精心指导，工作上严格要求，学习上分秒必争。

1983年，国家在论证我国自行研制的第三代作战飞机时，围绕究竟是引进国外发动机，还是自行研制这个问题，当时意见分歧很大，不少人极力主张引进国外技术成熟的发动机。

在决定"太行"发动机前途命运的关键时刻，吴大观大声疾呼："我们一定要走出一条中国自主研制航空发动机的道路。否则，就会永远受制于人，战机就会永远没有中国心！"以吴大观为首的9位专家联名上书邓小平同志，引起了党中央的高度重视，"太行"发动机得以立项。他的高瞻远瞩，为新型航空发动机确定了研制的发展方向。

1993年，"太行"发动机研制的一项重要试验一次性达标。"太行"发动机经过18年的磨砺，终成大器。

吴大观在北京听到消息后，激动得老泪纵横。他说："这是最好听、最好听的消息呀！这证明我们有这个能力，'太行'发动机大有希望！"

## "我一天都没有改变过自己努力的方向。"

吴大观曾说："投身航空工业后，我一天都没有改变过自己努力的方向。"即使在最艰难的日子里，他的初心也从来不曾动摇。



离开一线以后，吴大观还主持完成了我国第一部航空发动机标准规范的编制，使我国的飞机发动机研制生产有章可循。66岁那年，吴大观离开一线来到了部科技委，在这里，他有更多的时间博览群书，查阅跟踪国外的技术动态。

1983年，吴大观向部里提出要编制我国自己的航空发动机研制通用规范。从跟踪苏联的航空发动机，执行苏联的标准，一下子转到参照美国标准来制定我们的规范，很多人不理解，很多人持反对意见。吴大观力排众议，坚持己见。

历时6年，吴大观主持编写了《涡喷、涡扇发动机通用规范》和《涡桨、涡轴发动机通用规范》，并于1987年经国防科工委批准，编号为GJB241—87及GJB242—87的国家军用标准颁布试行，填补了我国航空发动机通用标准规范的空白。从此，中国航空发动机的研制、生产、验收、售后服务等都有章可循。完成这个规范时，吴大观已经73岁了。国家军用标准颁布实施以后，我国的航空发动机研制步伐明显加快。

不仅如此，吴大观一生都在为理顺飞机发动机研制的体制机制奔走呼号。1998年，吴大观82岁时，归纳总结了11条“我国航空工业需要统一的认识”问题；在84岁、85岁高龄的时候，仍然撰文分析国内外飞机发动机研发的经验教训，阐述飞机发动机预研的重要性。

在吴大观生前的自述和文章中，除了对航空工业发展的恳切建议外，看到最多的却是他对自己的不断反省。

直到临终前的几天，吴大观还拉着前来看望他的同事们的手，十分恳切地说：“我有三句话，第一句，我这一辈子，没有为国家航空发动机事业打下一个好基础，这是我最大的遗憾，我应该检讨自己。第二句，航空发动机一定要加强预研，动力先行，基础打不牢不行。第三句，你们一定要敢说真话，不要怕得罪人。”“拜托你们一定要转达给有关领导，只有这样，才有可能把航空发动机搞好。”

## “发动机太难了！”

航空发动机——飞机的“心脏”，吴大观为此耗尽了一生心血。“发动机太难了！”临终前，他长长叹息。

航空发动机到底有多难？一是它必须灵活帮助飞机起降、变速、翻转；二是它必须反复使用且性能稳定。正是由于航空发动机的这些技术指标的苛刻要求，一款航空发动机的研制，少说也得十几年、甚至二十几年。其中的艰辛，唯有航空人才能历数。目前，能独立研制军用航空发动机的只有美国、英国、法国、俄罗斯、中国等少数几个国家。发动机技术是绝密，是暗中的较劲，是保家卫国的底气。为了让底气足一些，再足一些，一代又一代的航空人以苦行僧般的执着，投身于这一孤独而神圣的事业。

吴大观留给我们的，正是这支辛劳队伍中的一帧背影——

20 世纪 60 年代，他因为高强度工作而导致视网膜脱落。

20 世纪 70 年代，他同时担任沈阳 410 厂和 606 所要职，两头奔忙，突发心脏病，连打 9 个月的针剂才调理过来。

1979 年，他主持试制的贝斯发动机在英国进行 150 小时的持续定型试车，英国专家两班倒，他发着 39℃高烧，一人顶两班，昏倒在车间。

2006 年春天，他 90 岁，200 米的上班路由保姆搀扶也得歇上 4 次，他从此不得不在家里办公……

几十年如一日的辛劳，与其说凭借的是毅力，不如说是价值观使然。他说：“紧张工作是最大幸福，攻关胜利是最大快乐。”

可那一帧背影，却也与众不同：不仅埋头拉车，而且抬头看路。那是实干家的背影，也是战略家的背影。

吴大观的事迹在互联网上发出后，点击量很快达到了 5000 多万人次，网民留言达到 3 万多条。大量网民的留言让人热泪盈眶——



“中国的老一辈科技工作者太伟大了！一颗坚定不屈的中国心！”

“中国航空史短暂，但是辉煌，虽然历经坎坷，但是有一代又一代航空人的不断努力。感谢吴老！”

……

如今，那一帧背影渐行渐远，融入天边的云彩。而在历史的天空里，他早已被定格成展翅翱翔的领头雁，带领新中国的航天动力事业飞过艰难，完成凤凰涅槃般的蜕变。

正是吴大观用一生的坚持和操守去传承，才使得我国拥有了一支以航空报国为己任的40多万人的产业大军；拥有了从新中国成立之初的一穷二白到现在体系完备的民族航空工业，并跻身于少数几个能自主研发先进航空发动机的大国行列；实现了在赶超世界航空强者的拼搏中，从“望尘莫及”到“望其项背”的跨越。他在为新中国的航空工业奠定坚实基础的同时，更规划了高远的未来，根植了报国的信念，铸就了强国的灵魂。

一生忧国思进，“爱国就要救国、爱国就要报国、爱国就要强国”。93岁，是生命的时间长度。但对吴大观来说，生命因与梦想一起飞扬而拥有了高度，他也因此收获了一个世纪中国人的骄傲，赋予了“中国心”永远跳动的强音！

# 一粒改变世界的种子

有这样一位年逾 90 岁的“90 后”，现在仍像年轻时那样，几乎每天还要去试验田“打卡”，观察杂交水稻的长势。

他使世界亿万人民免受饥饿之苦，他一直有两个梦：第一个梦是禾下乘凉梦，就是追求水稻的高产、更高产梦；第二个梦是杂交水稻覆盖全球梦。

这个爱做梦的“90 后”，就是“中国最著名的农民”“杂交水稻之父”——袁隆平。

## 跳进农门：中国人的饭碗要拿到自己手里面

1949 年新中国成立，袁隆平 19 岁，高中毕业，即将报考大学。他面临人生第一次重大选择。

报考哪一所大学呢？这个问题成了全家争论的焦点。父亲袁兴烈希望袁隆平报考南京的重点大学，日后学成，走“学而优则仕”的道路。袁隆平却有自己的见解。他想去重庆读农学院。从小在城市长大的他，始终难以忘记小学一年级那次郊游的经历。

袁隆平说：“在武汉读小学一年级的时候，一次郊游，老师带我们到附近一个企业家办的园艺场。正好那是 6 月上旬的时候，桃子红红的，挂在树上好漂亮，还有一串一串的葡萄，我说学农好啊！那个时候第一次印象最深了，我就觉得学农好！”

说服父母，袁隆平义无反顾地报考了重庆相辉学院农学系，高高兴兴地跳进了“农门”。

1953 年 8 月，袁隆平大学毕业，成为新中国培养的第一批大学生。他到湖南省农业厅报到后，坐着烧木炭的汽车，又换马车，一路颠簸，足足走了 4 天，到距离黔阳县城安江镇 4 公里的安江农业学校当了一名老师。他课上得好，深入浅出，学生易懂。学生回忆："他不讲究，黑板写满了，把手一缩，抓起袖子就擦。"

1953 年初，广袤的中国大地上，农村正在发生翻天覆地的变化。全国性的土地改革刚刚完成，农民获得土地，真正实现了"耕者有其田"。经过多年战乱，中国大地上又一次呈现出安静、祥和、朝气蓬勃的景象。但是，饥饿的魔咒还没有远离。

1953 年，中国有 5.8 亿人口，粮食总产量是 1.6683 亿吨，每人每天的口粮只有 1.5 斤。1953 年春，山东、山西、河南、江苏、安徽等地的小麦遭受霜灾，群众产生恐慌心理，引发抢购粮食的风潮，私商乘机哄抬物价，引起粮价波动，并波及其他省份。

1959 年起，中国发生了持续 3 年的自然灾害，造成粮食短缺。和经历过那个年代的人一样，袁隆平至今对当时的情形记忆犹新。

他说："像我们这样的年纪，经历过三年困难时期，没有饭吃，日子是真难过，要饿死人的！特别是我们国家，人口这么多，人均耕地这么少，粮食安全特别重要。中国人的饭碗要拿到自己手里面，不要靠人家。我们现在就是为自己解决粮食问题在奋斗。"

儿时的梦想、年少时经历的战火和正在面临的处境，一起纠缠在袁隆平的脑海中。他意识到，要吃饱饭，首先应当关注主要的粮食作物。于是，他把所有的热情都投入到了水稻的研究中。

1961 年 7 月的一天，和往常一样，袁隆平行走在稻田里。这时，一株特殊的水稻引起了他的注意。

他回忆说："突然发现有一株'鹤立鸡群'的水稻长得特别好，穗子很大，很整齐，籽粒很饱满，我很高兴。当时估计这个品种可以产 1000 斤。

第二年我把它播下去，播了1000株，然后精心地管理，天天到田里面去观察，望稻成‘龙’。结果一抽穗，大失所望。高的高，矮的矮，早的早，迟的迟，没有一株有它的‘老子’那么好。”

望着高矮不齐的稻株，袁隆平敏锐地意识到：自己看到的那株大大的水稻正是一株天然杂交水稻！灵感开始在他的脑海里闪现，如果可以人工培育杂交稻，那么水稻必将大大增产。

## 培育稻种：为了杂交水稻，我不能倒下！

水稻，自花授粉作物。也就是说，它不接受外来花粉，只在同一个花朵中由雄蕊向雌蕊授粉，结出水稻。

世界上，美国和日本最早着手研究杂交水稻，但是都没有成功，不能应用于大田生产。国际遗传育种界普遍认为，水稻等自花授粉作物没有杂种优势，这一结论还被写进了被奉为经典的教科书中。远在深山里的中专教师袁隆平竟然会提出培育杂交水稻的想法，这一想法被看成了对经典学术理论的背叛与颠覆，甚至被视为对基本遗传学的无知。

1964年，袁隆平正式开始了杂交水稻的研究。他意识到，只有生产出杂交水稻的种子，才能使杂交水稻在实际生活中大范围地种植和推广。为此，他必须打破水稻自花授粉的天性。

袁隆平需要设计一套复杂的方案，他设想的方案共分三步：

第一步，他要找到一些基因异常的水稻，这些水稻的雌蕊正常，但是异常的基因导致雄蕊没有花粉。一般来讲，几万株水稻中才有可能有1株这样的水稻。寻找，无异于大海捞针。更为困难的是，这样的水稻，雄蕊没有花粉就无法进行自我繁衍和复制。

第二步，他要找到一种非常特殊的正常水稻，这种水稻既可以给雄蕊没有花粉的水稻授粉，又可以使它的这个特性得到全面的保持。即这次结合产生的后代，必须保持雄蕊没有花粉的异常基因。

第三步，他要找到另一种正常的水稻，和这一大批雄蕊没有花粉的水稻相结合，它们的后代才是杂交水稻种子。这些水稻种子雌蕊、雄蕊全部发育正常，再次恢复自花授粉并且结出水稻的特性，这样就符合大田生产的要求。同时，经过几次杂交，它们的基因也必须更加优秀，产量更高。这就是后来震惊世界的“杂交水稻三系法”。

理论上完美的背后，却是实际工作中的异常艰难。任何一个微小的失误，都会导致试验全面崩溃，一切都从寻找野生雄性不育株开始。

1964 年 7 月，水稻进入花期。两个月的时间里，袁隆平用手工的方式一株又一株检查了 14 万株稻穗，一共找到 6 棵水稻雄性不育株，这意味着杂交水稻育种的攻关迈出了关键性的第一步。

袁隆平面对天然不育株，就像呵护自己的孩子一样，每天浇水施肥，灭草除虫，并按时记录数据。经过两年的栽培试验，证明不育株的人工杂交结实率竟达 80% ~ 90%。根据试验数据，他写成了一篇《水稻的雄性不孕性》的论文，发表在中国科学院主办的《科学通报》杂志上。

1968 年 5 月 18 日夜，袁隆平正在家里睡觉。一觉醒来，发现外面风雨大作，他担心试验田里稚嫩的秧苗架不住风吹雨打，便急忙穿上雨衣，骑上自行车，直奔试验田而去。半个小时后，袁隆平推着自行车，顶风冒雨地来到了遍地泥水的试验田旁。借着闪电的光亮，他发现试验田中的秧苗不知被哪个居心叵测的人拔得精光。4 年的心血，1000 多天的努力，竟然就这样付之东流！

袁隆平愤懑至极，气得栽倒在试验田的田埂上，那乱箭般的疾雨，幸灾乐祸似的直往袁隆平身上淋。袁隆平不甘心地说：“我不能倒下，为了杂交水稻，我不能倒下，我要站起来！”

遭到质疑，更经历过失败，但袁隆平没有放弃。他像“追着太阳的候鸟”一样，不辞辛劳地在湖南、云南、海南、广东等地辗转研究。



1973 年，在第二次全国杂交水稻科研协作会上，袁隆平正式宣布籼型杂交水稻三系配套成功，比常规稻增产20%左右，实现了杂交水稻的历史性突破，为从根本上解决我国粮食自给难题作出重大贡献。

1986年，袁隆平正式提出了杂交水稻的育种战略：由三系法向两系法，再到一系法，由繁到简，效率越来越高。

## 中国答案：袁隆平不仅属于中国，也属于世界

20世纪90年代，美国经济学家布朗向世界发出“谁来养活中国”的疑问。

在此背景下，袁隆平领衔的科研团队接连攻破水稻超高产育种难题，超级稻亩产700公斤、800公斤、900公斤、1000公斤和1100公斤的5期目标已全部完成，一次次刷新着世界纪录。目前，我国杂交水稻种植面积超过1700万公顷，占全国水稻总面积的50%，仅每年增产的粮食就可养活7000万人。

袁隆平用高产、更高产、超高产的现实，对外国人的这一世纪发问，给出了中国人自己的答案。

2016年，86岁的袁隆平带领团队，又向“海水稻”发起挑战，并在新疆、山东、浙江、黑龙江、陕西等全国5大类型盐碱地区域开展测试。他希望通过耐盐碱杂交水稻的研发和推广，让盐碱地像普通耕地那样造福人类。袁隆平把海水稻技术的突破和创新称为“拓荒人精神”，他设定的目标是：要在8年时间里推广1亿亩海水稻，按照亩产300公斤计算，可多养活8000万人口。

袁隆平不仅属于中国，也属于世界。

从20世纪80年代至今，袁隆平和他的团队通过开办杂交水稻技术培训国际班，已经为80多个发展中国家培训了1.4万多名杂交水稻的技术人才。他作为联合国粮食农业组织（FAO）的首席顾问，先后赴埃及、越南、菲律宾、缅甸和孟加拉等国，对当地的杂交水稻种植进行技术指导。

2004 年度“世界粮食奖”的殊荣授予了袁隆平。世界粮食基金会在给予袁隆平的颁奖辞中这样写道：

袁隆平教授有 30 多年研究水稻的宝贵经验，他为促使中国由粮食短缺转变为粮食充足供应作出了巨大贡献。他正在从事的“超级杂交稻”研究，为保障世界粮食安全和解除贫困，展示了广阔的前景。

他的成就和远见，营造了一个粮食更为富足、粮食安全具有保障的更加稳定的世界。同时，袁隆平教授致力于将技术传授并应用到包括美国在内的其他 10 多个国家。

## 守望稻田：没有谁，比他对杂交水稻更执着

90 多岁的袁隆平，尽管身体大不如前，却依然“管不住”他那双迈向稻田的腿，“收不住”他那颗向着水稻的心。

袁隆平说：“累肯定是累的，但是一到了超级稻的田里面，我就兴奋起来，就不累了。不亲自下田是不行的，不能隔靴搔痒啊！必须要到现场亲自看。我培养研究生，因为是搞水稻的，第一个要求就是你要下田。不下田，我就不培养。电脑很重要，但是电脑里面长不出水稻；书本知识也很重要，但书本里面也长不出水稻。你必须到田里面，才能种出水稻。”

他是一位真正的耕耘者。

当他名满天下的时候，却依然只是专注于田畴，淡泊名利。一介农夫，播撒智慧，收获富足。他毕生的梦想，就是让所有人远离饥饿。

2013 年 4 月 28 日，习近平总书记到全国总工会机关看望劳动模范代表，共庆“五一”国际劳动节时，寄语袁隆平说：“你这是一个伟大的事业，我们国家包括整个世界，现在还是要为粮食安全积极奋斗。全世界还有很多人吃不饱肚子，我和很多国家在谈合作时都谈到粮食安全领域的合作，很多人都提到对我们农业的先进科技特别是杂交水稻这方面的合作。所以，我们这项事业是造福祖国人民、造福世界的一项事业。”

2019 年 9 月 29 日，在新中国成立 70 周年前夕，袁隆平被授予“共和国勋章”。

颁奖辞这样描述袁隆平：他一生致力于杂交水稻技术的研究、应用与推广，发明“三系法”籼型杂交水稻，成功研究出“两系法”杂交水稻，创建了超级杂交稻技术体系，为我国粮食安全、农业科学发展和世界粮食供给作出杰出贡献。

2020 年 11 月 2 日，袁隆平和他的团队刷新了世界杂交水稻亩产的纪录：由他们研发的第三代杂交水稻“叁优一号”双季亩产突破 1500 公斤。在新闻发布会上，“90 后”的袁隆平说：“我的工作是非常有意义的工作，我的身体还可以，脑瓜子还不糊涂，所以说，我还可以继续工作，继续做对人民、对社会、对国家有意义的工作，从‘90 后’一直搞到‘百零后’。”

袁隆平以他的执着和真诚征服了全世界，也赢得了世人的尊重和敬仰。在浩瀚的宇宙中，闪耀着一颗以他的名字命名的小行星。而袁隆平，更是我们仰望苍穹，去追寻梦想时的一颗在科学和自然的天空中发出耀眼光芒的明星！

# 鼓舞人心的一面旗帜

他是孙中山领导的同盟会中年龄最小的创始会员，孙中山送给他 8 个字：努力向学，蔚为国用。

他一生致力于地质科学研究，毛泽东、周恩来等老一辈无产阶级革命家曾给予他很高的评价，称赞他是“一面旗帜”。

李四光，中国现代地球科学和地质工作的主要领导人和奠基人之一。

## 发现“第四纪冰川”

在人类居住的地球上，曾经有过无数次大的冰期，而最近的一次，是在地质历史的最后一个纪，即第四纪，称为第四纪冰川。

20 世纪 20 年代，第四纪冰川的遗迹在欧洲、美洲相继被发现，而中国是否有过第四纪冰川，国际地质学界一直持否认态度。

有一次，李四光把条痕石等冰川砾石从野外带回北京后，特意摆到农商部顾问、瑞典地质学权威安迪生面前，请他鉴定。而安迪生却不屑一顾地把标本扔到一边，轻蔑地说：“李希霍芬是德国有名的地质专家，在中国做了 30 多年考察，都没有发现冰川……”

李四光十分生气地指着他从太行山背回来的条痕石说：“请你看看，条痕石上这又深又长的条痕吧！”

安迪生冷笑道：“我们没有发现的东西，你们中国人永远也不会发现！”

李四光已经怒发冲冠了，猛地从座椅上站了起来，搬起那块石头就走了。从此，他下决心要搞清中国有没有经过第四纪冰川时期，为中国人争口气。

那么，中国是否发生过第四纪冰川运动呢？这个疑问一直到了李四光的时代，到了这位年轻的地质科学家手中才得以解决。

1921 年夏，李四光带领学生到太行山东麓河北邢台的沙河县，进行地质考察。这一天，他带领学生在横穿沙河盆地时，看见远处有一座外形呈半圆形的小山，它独特的外貌，引起了李四光的注意。他带领学生朝这座小山走去。当走到近处，发现在小山的周围有一些奇怪的石头。

李四光陷入深深的思考中：这些石头显然不是洪水搬运来的，因为洪水造成的堆积物有其显著的特征，一是被运的石头棱角被磨平，呈卵圆形；二是堆积物的分布是小石在前，大石在后。眼前的这些石头一点儿也不像洪水堆积物，倒更像冰川形成的堆积物。

"难道真的是冰川堆积物？"李四光脑子里闪了一下。他赶紧再仔细观察，发现这几块巨石棱角分明，在它的磨光面，有几处隐隐约约的擦痕。"这个发现可是太重要了。"李四光心里想着，又带领学生继续向前走去。他们向东北走了不多远，又发现了几块石头，堆积在一块半掩埋着的大石块上，上面有 3 组非常清晰的条痕。接着，他们又发现了几块标准的条痕石。

李四光心里渐渐得出了结论，这些石头就是冰川的漂砾。这说明，中国在第四纪冰期，是发生过冰川运动的。时隔不久，为寻找更多的证据，李四光又来到山西大同盆地，对煤田地质进行调查。在大同西南 20 公里处的口泉附近，李四光又发现了一条东西方向的 U 字形裂谷，有几公里长，宽度、深度都比较均匀。在谷底，他发现了片麻岩、片岩、牙岩和其他火成岩的巨大岩块。谷地两壁由砂岩组成，这就足以说明，谷底这些岩石块，是从远处由冰川带来的。这一次，李四光不再犹豫了，果断认定，这就是冰川 U 谷！

20 世纪 30 年代初期，李四光先后又对庐山、黄山、天目山等地深入地进行了冰川调查，还赴欧洲阿尔卑斯山考察现代冰川，并且进行了对比，确立了以庐山为代表的中国第四纪冰期、间冰期（两冰期之间相对温暖的时期）和各类冰川的证据，为中国第四纪冰川学的研究和发展奠定了坚实的基础。

1937 年，李四光完成了《冰期之庐山》的科学论著，这一著述对中国第四纪冰川研究具有划时代的意义，特别是推进了中国第四纪冰川的研究开展。

李四光是中国第四纪冰川学的奠基人。他的一系列著名的科学论断，促进了中国第四纪冰川研究工作的蓬勃发展。根据对第四纪大冰期的研究证明，冰川气候环境对人类的进化、生物的演化、海水进退规律以及自然环境演变等，都产生了重要而深刻的影响。研究第四纪冰川，对于找矿、找水、工程地质、水文地质、环境资源的开发利用和保护，以及气候预测等方面都具有重大的意义。

## 新学科之诞生

1926 年，李四光在中国地质学会上宣读了他的《地球表面形象变迁的主因》的论文，这也是地质力学的第一篇萌芽文章。

奥地利有一位名叫苏士的地质学家，他认为地球表面的海水运动，是具有全球性的，要升都升，要降都降。李四光第一个批判了这种传统地质学观点，提出海水不但有垂直运动，而且还有水平运动。产生水平运动的原因，主要由于地球自转速度的变化。李四光竭力阐明引起地球表面形象变迁的主因，是地球自转速度的快、慢变化。

1926 年，李四光到莫斯科参加地质科学会议。他坐在火车上，看到东西蜿蜒的乌拉尔山脉，引起了他特别的关注。当他打开地图与实际山脉对照时，发现这座巨大的乌拉尔山脉是东西延伸，并且中段向南突出，是个一弯三折的大弧形构造，在弧形的北边，有一条南北方向的山脉存在。从地图上看，俨然一个“山”字形，这是李四光认识山字形构造的开始。

1928 年，当时担任中央研究院地质所所长的李四光带领一个地质调查组到南京、镇江做地质调查，他们发现了镇江的宁镇山脉是一个“山字形构造”。同一年，他们又在广西发现一个很大的“山字形构造”。从此，李四光在地质力学构造体系中建立了山字形构造类型。除此以外，他们还发现了“多字形构造”“歹字形构造”“S 型”和“反 S 型”旋转构造，还有巨形的东西向（纬向）构造、呈北偏东向的构造带，李四光称之为华夏构造带。根据实际资料，李四光建立了地质力学构造体系。

新中国成立后，在李四光的倡导下，于 1956 年设立了地质部地质力学研究室。1960 年，又将地质力学研究室更名为地质力学研究所。

1961 年，李四光开始写《地质力学概论》，这是一本全面总结、有很高理论水平和丰富实际资料的代表性著作，它包含了李四光几十年来的地质力学研究成果。

李四光创立了地质力学，建立了新的边缘学科“地质力学”和“构造体系”概念，将力学理论引进到地质学的研究中，开辟了一条解决地壳构造和地壳运动问题的新途径。

## 发现“油”

新中国成立以后，面对的是旧社会留下来的烂摊子，满目疮痍，百废待兴。在中国共产党和中央人民政府的领导下，仅仅用了 3 年的时间就恢复了国民经济。1953 年开始实行第一个五年计划，工业、农业进入快速发展的轨道。

这年年底的一天，李四光收到来自中南海的一封邀请信，请他到中南海参加会议。

下午 5 时左右，李四光乘坐着来接他的小汽车驶入中南海。李四光下了汽车，刚刚走进会议室，一眼就看见了毛泽东主席，站在毛主席身后的是周恩来总理。

“李老，快来呀。”周总理走上前，把李四光领到了毛主席的面前。毛主席紧握李四光的手说:“李老，近来你的身体可好?”

李四光眼睛湿润了。毛主席、周总理日理万机，为国家大事整日操劳，还时刻不忘关心科技工作者。“谢谢主席的关心。”李四光感激地说。

毛主席把身子向李四光靠了一靠，神情有些焦急地说:“李老，你知道，我们已经开始了第一个五年计划，要建设，天上飞的，地下跑的，没有石油都转不动，看来石油是一个大问题。今天请你来，就是要向你请教一下，如何解决这个拦路虎的问题。”

周总理接着说:“目前我国的石油生产远远不能满足建设发展的需要，只能依靠进口解决，弄得我们很被动，因为我们的外汇储备也不充裕。现在我们除了在玉门一带继续开采少量的石油外，还打算做另一手准备，就是在广东茂名、东北抚顺一带扩大提炼油页岩，发展人造石油，以弥补国家石油的不足……”

李四光一听急了，油页岩含油量是很低的，用复杂的技术提炼出少量的石油之后，如何处理剩下的大量石头是一个棘手的问题。如果从油页岩中提炼石油，就等于承认我国没有丰富的天然石油资源，这是李四光不能接受的。

早在1915年至1917年，美孚石油公司的一个钻井队，在陕北肤施(今延安市)一带，花了300万美元打了7口探井，最后没有找到石油。

1922年，美国斯坦福大学教授布莱克威尔德来到中国调查地质，写了一篇题目为《中国和西伯利亚的石油资源》的文章。文章引证、分析了许多材料，特别是美孚石油公司的失败，得出一个结论——“中国贫油”。从此，“中国贫油论”这顶帽子就戴到了中国人的头上，这一戴就是几十年。但是，李四光并不同意“中国贫油论”的说法。

1928年，李四光根据自己对地质构造的研究，反驳了布莱克威尔德的观点:“美孚的失败，并不能证明中国没有油田。”以后，他在《中国地质学》一书中，又一次提出:新华夏构造体系沉降带“可能蕴藏有重要经济价值的沉积物”。这个沉积物讲的就是石油。后来，大庆油田、大港油田、胜利油田、华北油田等油田的发现，证实了其预测。

1955年，根据李四光的提议，石油普查队伍开往第一线。在几年里，就找到了几百个可能的储油构造。1958年6月，喜讯传来：规模大、产量高的大庆油田被探明。地质部立即把队伍转移到渤海湾和黄河下游的冲积平原。以后，大港油田、胜利油田等油田相继建成。地质部又转移到其他的平原、盆地和浅海海域继续作战。

## 地质之光，创新之魂

李四光这一面旗帜，一直激励着一代又一代的地质工作者奋发图强，还形成了“以献身地质事业为荣，以艰苦奋斗为荣，以找矿立功为荣”的“三光荣精神”。在这种精神的影响下，几代地质工作者扎根野外，为我国能源资源保障、国家安全和国民经济建设无私奉献。

伟大的劳动者都有着勇于探索的创新精神。习近平总书记在中国科学院第十七次院士大会、中国工程院第十二次院士大会上就曾引用李四光说过的一句话：“科学的存在全靠它的新发现，如果没有新发现，科学便死了。”这是李四光精神中最闪亮的一点，更是他一生奉为圭臬的金科玉律！

是的，李四光最让我们感动的，正是他的创新精神！从古生物蜓科鉴定法到中国第四纪冰川等重大学说的创建，从地质力学理论的创立到以其为指导的中国石油大发现等一系列重大学术实践，直至在世界性难题之一的地震预测和预报中做出的无与伦比的成就，地质学家李四光的一生，就是不断创新的一生！

从李四光为中国地质事业奋斗的历程中，我们可以看到他为中华民族伟大复兴而奋斗不已的爱国情怀，看到他在科学上知难而进的创新精神，以及他坚韧不拔的事业心和严谨细致的治学作风。



习近平总书记曾对科技工作者提出过4条具体要求，最重要的就是希望科技工作者们能提高自主创新能力！习近平指出，我国科技发展的方向，就是创新、创新、再创新！创新让生产力经历了一次又一次质的飞跃，对国际政治、经济、文化、社会、生态、军事等领域发展产生深刻影响，推动人类文明快速发展。

在现代化建设的新时期，我们学习李四光精神，就是要学习他那种胸怀祖国、立志报国的精神，把自己的命运同祖国的繁荣昌盛联系在一起；学习他崇尚科学、勇于创新的精神，在科学上不断探索、不断创新、不断前行，成为攀登科技高峰的优秀人才；学习他勤于实践的精神，勤于思考、学用结合，在实践中锻炼思维能力和创新能力。

李四光的创新，让中国人挺直了腰杆。我们深信他那一句掷地有声的话："中国人的智慧，一定不比外国人差！"创新，是李四光的灵魂，更是科学的灵魂。

# 全球气候变化研究的开拓者

是他的努力，让中国的气象研究变成了一个系统工程。

是他的努力，让中国的气象科研工作始终与世界保持了同步。

是他的努力，推动了全球气候变化研究在中国的发展。

他的学风和为人，正如同他的名字“笃正”，求真求实求正，彰显了科学家的良知和为人师表的风范。

他，就是气象学泰斗、中国科学院院士、国家最高科学技术奖获得者——叶笃正。

## 永不言悔的选择

1979年的春天，对于中国来说，这是一个生命的春天，也是一个科学的春天。刚刚恢复中国科学院大气物理研究所所长职务的叶笃正接到了上级的指示，由数十位相关领域的专家学者组成的中国气象学会代表团将在不久后访问美国，他担任团长。

波光粼粼的查尔斯河，鳞次栉比的摩天大楼，泛着点点白帆的密歇根湖，高耸入云的希尔斯大楼，一切是那样的熟悉。30年后再次来到美国，故地重游，故人重逢，叶笃正感慨万千：“30年了，一切都仿佛是昨天发生的事情。”

如今，那个踌躇满志、风华正茂的青年，已经是两鬓飞霜、年逾花甲的老人了。可对于叶笃正来说，30年的风风雨雨，变的是世事沧桑，不变的是科学救国和科学兴国的夙愿。

接风酒宴上，当初曾极力劝阻他回国的同窗好友、美国科学家卡普兰教授又提出了30年来一直困惑不解的问题，他问叶笃正："叶，你记得吗？30年前，你接到你的中国老师（指赵九章先生）的一封信，就不顾我们的劝说，放弃了优厚的待遇，放弃了那么好的实验室，义无反顾地回到了中国。可是听说你并不顺利，还吃了不少苦，你这片赤子之心换来的是什么呢？是折磨，是飞来横祸，你现在一定很后悔当初的决定吧？"

"不，一点儿也不后悔！"叶笃正坚定地说，"其实，这个问题我不止一次地想过。我觉得，在人生这个大舞台上，我们每个人都是演员，只是角色不同罢了。即使再有天赋的演员，离开舞台都会变得黯然失色。中国是一个多么好的大舞台，给了我极大的表演空间，我现在从事的不仅仅是研究所的工作，在气象局方面我还可以提意见、搞规划等等，还有那么多优秀同行和我一起工作。这些都说明我当初的回国选择是正确的，所以我永不后悔。"

"但是，如果在美国继续工作下去，你的成就会比在中国大得多。"

叶笃正轻轻地摇了摇头，说："不，如果我不回去，我的成就肯定不如在中国大。"

"为什么呢？"美国朋友依然迷惑不解。

"当然啦，如果我一直留在美国，我个人取得的成就可能很大，我写的论文质量可能会比较高。可是，我认为不应当这样看待成就。众所周知，中国的气象科学过去几乎是一张白纸，非常落后。"

看到在座的朋友们都很感兴趣地倾听着，叶笃正用饱含自豪的口吻接着说："我认为，如果一个人能把一个国家的气象科学提高到一定的水平，那么，这比他写多少篇论文所作的贡献都要大。"朋友们听后，无不微笑点头称是。

沉吟片刻，叶笃正又说："我回去以后，和同事们建立了一个研究所。这个研究所的前身只是一个十三四个人的研究小组，只能做些一般的天气和气候研究。现在这个研究所几乎包括大气科学的各个分支，它的水平可以与科学先进的国家相比。这不仅是对中国大气科学的贡献，我认为这对世界也是个重大贡献，这难道不比我个人在美国写几百篇学术论文的贡献大得多吗？"

真挚的言语，平和的口气，深沉的情感，却是字字铿锵、掷地有声。一番充满炽热爱国思想的话，令他的美国朋友们心服口服，更为他的科学成就和崇高人格所折服。

## 随身带着小记事本

从年轻时起，叶笃正就随身带着小记事本，这是他几十年来在学术研究中养成的习惯，可以方便随时记录下自己的想法和问题。按叶笃正自己的话说："只有这样，才能使自己永远处于思考的状态之中。因为偶然闪现的灵感火花，往往是一些重大研究项目的线索。"

有一次，记者采访87岁的叶笃正时，问到："您经常随身带着一个小本，是吗？ 我能看一下吗？"

叶笃正："可以。这是两部分。我希望你呢，只看这一部分，因为这后面是我个人的日记。"

记者："叶老的这个小本是个百宝箱。您这页写着，森林的清洁作用，空气带来的不清洁的东西到哪里去了。所有清洁的东西不变。还有英文，很多手写的英文。您现在想到的，好像还不仅仅是大气的问题，还要想植物的问题。我听说您带的研究生里，还有经济学的研究生？"

叶笃正："因为现在都是要给国家做事，所以我们做出来的事要考虑到底国家得到了什么好处？ 你投入多少？ 你投入了100块钱，得到了50块钱，那么就失败了。你投入了50块钱，得到100块钱，这就好了，这就是一个经济问题。我也说句老实话，气象他跟我学，经济呢，我跟他学。两边都得学，我不跟他学，我也指挥不了他。所以，一方面他指挥我，一方面我指挥他，是相互指挥的。"

很多人都说，叶笃正的视野起码超前20年。“叶先生是一个真正的大科学家，他考虑问题不是仅从大气物理所出发，而是从国家、世界科学的发展着想，这是一个大科学家的胸襟、视野。科学研究及科学活动应是为国家、为人民、为全人类的。如果考虑到别的，例如个人或本部门，就容易掺假。”中国科学院院士、著名动力气象学家，叶笃正的学生李崇银的这段话，不正是对叶笃正学术生涯的最好评价吗？！

叶笃正几十年来积攒下来的这些小本子，都是他最宝贵的东西。把里面所记录的内容串起来，其实就是叶笃正献身科学、献身气象事业的历史。叶笃正常常喜欢跟同事们分享他本子里的新想法和新信息，供他们参考，跟他们一起探讨。叶笃正平时的阅读面非常广泛，总是能够迅速捕捉到其他领域可以借鉴或者衔接的方法，运用到气象研究中。

## 需要精心呵护的气候

20世纪80年代初期，全球变化研究引起国际广泛关注，当时也是颇受争议的领域。作为气象学家，叶笃正晚年的成就超越了一般气象学的范围，而这一切却来自一次偶然的机缘。1984年夏天，气象学家马隆专程来北京找到叶笃正，希望合作一项前所未闻的研究：全球气候变化。这也是科学家第一次关注人类活动与全球气候之间的联系。在叶笃正的推动下，中国成为了国际全球变化科学指导委员会的创始成员国，叶笃正因此当选为国际地圈生物圈计划（IGBP）第一届科学指导委员会成员，同时担任中国IGBP委员会第一、二届主席。

1998年春，中国科学院院长路甬祥从建设国家创新体系的高度提出，知识经济时代的科普工作是知识传播的重要环节，科学家要以极大的热情投身科普事业中。按照这一指示精神，中国科学院所属《科学时报》提出了编辑出版一套100本的《院士科普书系》。

作为一位德高望重的老科学家，叶笃正也非常重视科普工作。他认为，做好科普工作是提高全民族科学文化素质的重要举措。所以，他欣然接受了撰写关于全球气候变化方面的科普书籍的邀请。

科普就是“弘扬科学精神，传播科学思想，倡导科学方法，普及科学知识”。也就是说，科普读物，第一要准确，要有严谨的科学性；第二要容纳最新的科技成果，使其具有先进性；第三还要有可读性、趣味性。这对于像叶笃正这样擅长撰写学术论文、搞科研的院士来说，的确不是一件容易的事。他不得不花更多的时间和精力，去尝试将艰深晦涩的科学术语写得通俗易懂，把专业的知识和方法写成生动、有趣、有文采的科普读物，于科技知识中融入人文教育。

这本书的创意和提纲以及初稿是叶笃正和中国科学院地理所的张丕远先生共同拟订和创作的。看过初稿后，叶笃正认为科普性不够，离科普书的要求尚有欠缺，就请他的学生、擅长写科普文章的周家斌帮忙。周家斌将书名《全球气候变化》改为《需要精心呵护的气候》，并对章节安排以及有关内容作了修改。修改后的“气候”好像有了一个形象，显现了趣味性的特点。

从第2稿起，周家斌就加入了这个小小的创作团队，并在叶笃正的主持下进行讨论，并作了修改。到第3稿完成时，叶笃正仍不满意，于是又在他的主持下修改出了第4稿。这些修改进行了1年左右时间，直至写出第8稿，叶笃正认为可以了，才送到出版社。而在此过程的每一个环节中，叶笃正都是亲力亲为。他亲自动手修改，还常常与张丕远、周家斌在一起讨论。

叶笃正严谨认真的态度和精神，深深地打动并影响着和他一起工作的每一个人。这本书的责任编辑黎强还清晰地记得这样一件事：由于出版社在出版周期上的调整，致使该书的出版耽误了一些时间，却没有向叶笃正解释说明，叶笃正在一次电话中足足批评了他20分钟。黎强明白，叶先生是因为十分看重这本书，才会关注和重视每一个相关细节和环节，所以面对叶先生的批评，黎强觉得心服口服。但第二天早晨，黎强又接到了叶笃正真挚的道歉电话，这让黎强感动不已。

《需要精心呵护的气候》于 2004 年 7 月作为《院士科普书系》中的一册，由清华大学出版社和暨南大学出版社联合出版。该书出版后受到读者的喜爱和有关方面的好评，并获得《科学时报》“2004 年度科学时报读书杯科学文化 · 科学普及”佳作奖，被认为是这套书系中最受读者喜爱的一本。

理性的科学思维中蕴含着感性的智慧，严谨的治学态度中不乏大胆创新的精神。叶笃正就是一本值得每一个人去研读的科普书，吸引着人们去读他的人生、他的思想和他的精神。

## 既是奠基人，又是开拓者

有人曾经开玩笑说，叶笃正先生似乎就是专为气象学而生的。因为在他出生的那一年，中国也诞生了第一份气象记录。

劳动的伟大，源自创造社会价值，造福全人类。在叶笃正内心一直铭记着这样一句话：“科学技术是第一生产力，因此科研一定要为国家的经济社会发展服务。”从与中国第一份有现代意义的气象记录同龄的道台之子，到立下“科学救国”誓言的有志少年；从在钱三强的鼓励下改选气象专业的莘莘学子，到以能量频散理论蜚声世界的青年才俊；从毅然放弃国外优厚待遇而投身祖国气象事业的爱国学者，到大成以德、享誉全球的一代气象学泰斗，可以说，叶笃正的一生都和中国的气象研究、气象事业密不可分。

叶笃正的心和整个气象事业紧密地连在一起，把发展我国气象事业放在重如泰山的位置。他站得高，看得远，对大局有着深刻理解，很早就提出：气象科学、业务、教育是统一的整体，要打破学科界限、部门界限，服从整体的需要和利益。他认为，在我国这样的发展中国家，基础薄弱，人力、精力和财力十分有限，尤其需要发扬协作精神，同心同德，互相支持，协作攻关，真正体现社会主义的优越性。

叶笃正堪称中国气象科技工作者的楷模，他所做的一切，都真正体现了老一辈气象工作者的优良传统和崇高的思想境界，体现了一个大科学家的博大情怀，也体现了科技工作者的价值，堪称劳动创造社会价值的生动写照。

叶笃正的 90 年，仅仅是中国气象学的一个开始。作为一个气象学家，要将目光放到下一个 90 年甚至是几百年、几千年之后人类生存环境的变化。正如在“感动中国 ”2006 年度人物颁奖典礼上，评选组委会给予他的颁奖辞说的那样：“风华正茂时已经是奠基人，古稀之年仍然是开拓者。叶先生以他卓越的成就和杰出的贡献，获得国内外同行的高度评价和崇高赞誉。不仅影响着一批又一批的气象工作者，也推动着社会的进步、人类的发展。”

叶笃正虚怀若谷，克己奉公，严于律己，宽厚待人，对党、对国家、对人民无限忠诚。他用无私奉献谱写了精彩人生，为我们树立了光辉榜样。他的功勋，他的精神，必将像“叶笃正星”一般，光耀寰宇，恒久留存。学习和缅怀叶笃正的治学风范和科学成就，对传承叶笃正的治学精神和学术思想具有重要意义，也是对我们后辈再一次科学的熏陶和心灵的洗礼。

# 用创新催化神奇

在国家需要的时候，他站了出来！燃烧着自己，照亮能源产业。

他把创新当成快乐，让混沌变得清澈，他为中国制造了催化剂，他是我国炼油催化应用科学的奠基人、石油化工技术自主创新的先行者和绿色化学的开拓者。

他点石成金，引领变化，永不失活力，被业内同行誉为“中国科学的催化剂”——他就是中国科学院和中国工程院院士闵恩泽。

## 创新动力——国家需要什么，我就做什么

翻看闵恩泽院士半个多世纪的创新之路，不由得让人惊叹：他像一株枝繁叶茂、活力充沛的老梅，创新之花常开常艳。

20 世纪 60 年代，正当壮年的他先后开发成功小球硅铝裂化催化剂、微球硅铝裂化催化剂、磷酸硅藻土叠合催化剂、铂重整催化剂等，解决了新中国在石油炼制方面的燃眉之急。

20 世纪七八十年代，步入“知天命”之年的他，先后开发成功钼镍磷加氢催化剂、一氧化碳助燃剂、半合成沸石裂化催化剂等，使我国的炼油催化剂品种更新换代，达到国际先进水平。与此同时，闵恩泽另辟蹊径，潜心于催化材料的研发，先后指导研制出非晶态合金、新型择形分子筛等新催化材料，开发成功磁稳定床、悬浮催化蒸馏等新反应工程，并实现工业化，自主创新，国际领先。

到了 20 世纪 90 年代，已是花甲之年的他又转入绿色化学领域，指导开发成功“钛硅分子筛环己酮氨肟化”“己内酰胺加氢精制”“喷气燃料临

氢脱硫醇”等绿色新工艺过程，从源头根治环境污染，开启了我国的绿色化工时代。

进入21世纪后，年近八旬的他，把目光转向生物质能源开发，指导开发成功“近临界醇解”生物柴油清洁生产新工艺，使我国在这一领域后来居上……

闵恩泽源源不断的创新活力来自哪里？他有什么与众不同的创新武器？朴素的创新动力——国家需要什么，我就做什么。“国家需求”这4个字，始终像一盏闪亮的明灯，照耀着闵恩泽的创新之路。

1942年，18岁的闵恩泽进入重庆国立中央大学土木系读书。当时农业大省的四川急需生产化肥，却苦于缺乏专业人才。于是，闵恩泽在大学二年级时毅然转学化工。1955年10月，已在美国获得化学博士学位并成家立业的他，不顾朋友的劝说和美国移民局的刁难，携夫人陆婉珍绕道香港回国。当时，我国急需催化剂的专业人才。

“1960年开始，苏联逐步减少以至最后停止了对我国的催化剂供应，当时库存的催化剂只能维持一年，直接威胁到我国航空汽油的生产，形势十分严峻……”原石油工业部部长余秋里同志在回忆录中写道，“我把研制催化剂的重担，交给了石油科学研究院从美国回来不久的闵恩泽同志……”但是，催化剂研究与他10多年的专业学习和工作经历根本不沾边儿。“国家需要什么，我就做什么。”临危受命的闵恩泽毫无怨言、迎难而上，全身心投入到催化剂这个完全陌生的领域。他从零开始，边学边干，通过研究手中掌握不多的国外文献资料，从中寻找突破的蛛丝马迹。

在几间非常简陋的小平房里，他和同事们冒着危险，反复试验，失败、再试验、再失败……几年之后，终于成功研制出多种催化剂，使我国石油炼制催化剂领域从一片空白到一跃成为世界上能生产各种炼油催化剂的少数几个国家之一。



闵恩泽在科研上的另一大成就——己内酰胺绿色成套技术的开发，也是“国家急需”的结果。

为解决国内对己内酰胺这一重要化纤原料的迫切需求，中国石化在20世纪90年代后期相继耗资25亿元、35亿元，引进以苯和甲苯为原料生产己内酰胺的装置各1套，在巴陵分公司和石家庄化纤公司生产。到了2000年，由于多种原因，两套装置年亏损近4亿元，急需扭亏为盈。闵恩泽参加中国石化技术服务小分队，去巴陵分公司技术咨询后，又主持石家庄化纤公司己内酰胺现场诊断，提出建议：以企业为创新基地，产学研相结合，动员全国优势单位和人才，联合攻关。仅用了7亿元进行工艺改造，把两套装置的生产能力由原来的5万吨/年分别提高到14万吨/年、16万吨/年，消除了环境污染，提高了产品质量，实现扭亏为盈。面对多方赞誉，闵恩泽真诚地说：“能把自己的一生与人民的需求结合起来，为国家的建设作贡献，是我最大的幸福。”

“要自觉地面向重大应用研究技术问题，面向国家经济社会发展的重大需求搞科研。”这是闵恩泽多年治学的基本准则之一。

## 原始创新——好似“第一个馒头”

原始创新要如何实现？闵恩泽认为，一定要把现有技术的科学知识基础，转移到一个全新的领域。以获得2005年度国家技术发明奖一等奖的“非晶态合金催化剂和磁稳定床反应工艺”为例，这项成果把原有的晶态镍合金和釜式反应器的科学知识基础，转移到全新的非晶态和磁稳定床反应器的科学知识基础上，最终实现原始创新。所以，原始创新好似“第一个馒头”，一个人到馒头铺吃饭，吃了一个馒头不饱，吃完第二个馒头还不饱，吃完第三个馒头才饱。买单时他只付一个馒头的钱，说前边两个馒头没有用，第三个馒头才有用。其实不然，每一个馒头都很重要，都是必不可少的。而且先吃的第一、二个馒头要比第三个馒头更重要，第一个馒头又要比第二个馒头重要。这是因为，不吃第一个馒头，连吃第二个和第三个馒头的机会都没有；没有第二个馒头打基础，也就没有条件吃第三个馒头。

像艺术创作一样，科学创新同样离不开灵感。在一首打油诗中，闵恩泽这样写道："市场需求，兴趣推动，苦苦思索，趣味无穷；灵感突现，豁然开朗，发现创新，十分快乐……"创新的灵感是怎么来的？闵恩泽的答案是：创新的灵感来自于联想，联想来自于博学广识和集体智慧。

当有人问他："您一生都在不断追求创新，其中最大的驱动力是什么？"他回答："责任。"在他看来，一个人做的事，能够和国家强盛、民族命运联系在一起，这是一件值得高兴的事情。

满头银发的闵恩泽在说到今后的打算时，提及过想做两件事——"一件事是把我 50 多年的自主创新案例写下来，它贴近实际、真实生动，容易学习理解，培养创新型人才；另一件事就是面临油价波动和大量进口石油的挑战，我将在利用生物质资源生产车用燃料和有机化工产品领域中继续努力，参加攻关和培养创新型人才。""概括起来说，我要做的就是明天、后天甚至再后天的，国家长远性、战略性、基础性研究需要的事。"

## 自主创新——好似吃"麻辣烫"

出生在成都的闵恩泽特别喜欢吃川菜，尤其喜爱麻辣烫，还用它形象地来比喻科研工作中的自主创新。自主创新，是闵恩泽一生从事科研工作的关键词。正是一项项自主创新的技术成果，支撑着我国石油炼制与石油化工技术实现跨越发展，达到国际领先水平。总结几十年的创新体会，闵恩泽诙谐地说："好似吃麻辣烫，又辣又爱，坚持下去，终获成果。""又辣又爱"道尽创新苦与乐，"坚持下去"折射人生尽执着。

其实，闵恩泽对自主创新的思考，得益于一次印象深刻的会晤。1980 年，东京国际催化会议后，56 岁的闵恩泽邀请美孚石油公司的中心研究室主任来华访问，他讲到美孚在分子筛领域成功的经验时提出，要搞新的催化材料，而不是搞催化剂。闵恩泽听后很受启发，便和同事们广泛调查石化技术创新的历史，调查催化材料怎么发展，研究国外大公司是怎么干的。最后明确，新催化材料是创造发明新催化剂和新工艺的源泉。

1960 年，闵恩泽带领他的团队，用近 5 年的努力，开发成功独特的“混捏—浸渍法”制备磷酸硅藻土催化剂，生产出合格的磷酸硅藻土叠合催化剂，其耐水性超过进口催化剂，且价格便宜。1964 年 5 月，小球硅铝裂化催化剂正式投产。投产期间，他也亲自到现场主持制定试生产方案和操作规程，甚至食宿都在现场。这背后，是他们 4 年的坚持。“非晶态合金催化剂和磁稳定床反应工艺的创新与集成”，这更是一个集体为之探索 20 年的成果，既没有现成的模式，也没有可以借鉴的经验，闵恩泽感慨：“中间的曲折坎坷实在太多了。但坚持到底，所有问题都解决了。”这一成果获得 2005 年国家技术发明奖一等奖。此前，该奖曾连续 6 年空缺。

作为战略科学家，闵恩泽非常关注和熟悉国际尖端科技，并始终站在世界石油化工科技的前沿。20 世纪 90 年代初，他就提出发展我国绿色化学的建议，并指导开发成功多项从源头根治环境污染的绿色新工艺。新世纪以来，闵恩泽的研究进入到绿色化学中的生物质资源利用新领域，指导科研团队开展利用油料作物发展生物柴油的生产工艺研究。

20 世纪 50 年代，我国石油炼制催化剂领域还是一片空白。如今，国产催化剂早已跻身国际先进行列。这其中的一些重大创新和变化，几乎都无法绕过闵恩泽的名字。

当有人向闵恩泽问起这么多年来创新的感受时，他毫不犹豫地回答道：“思考催化剂的问题是快乐的；当想出一个好的解决方法时，也是快乐的；当课题最终取得成功时，那更是快乐的。”但创新总会有风险，创新的道路也不会一帆风顺。“失败和挫折教育着我们，使我们变得聪明起来。”闵恩泽常用这样的话来激励自己，也鼓励学生、同事。闵恩泽带领他们边学习、边实践、边总结，从试验到失败，从失败再到试验，一项项创新成果最终获得了成功。

2008 年 1 月，闵恩泽荣获 2007 年度国家最高科学技术奖。2012 年，时任中共中央政治局常委、中央书记处书记、国家副主席的习近平来到闵恩泽家中，代表胡锦涛总书记和党中央亲切看望他并致以诚挚的问候和新春的祝福，听取他对深入实施人才强国战略的意见和建议。习近平高度赞扬闵恩泽放弃国外优厚生活待遇回到新中国，为发展我国石油化工事业作出了突出贡献，要求广大科技工作者学习闵恩泽等老一辈科学家的爱国奉献精神。

这位为我国石油炼制与石油化工技术创新默默耕耘半个多世纪的老人，面对科技界的最高褒奖，显得平静而谦虚。闵恩泽说："能够获得这项大奖，我非常高兴。但这个崇高的荣誉不只属于我个人，更属于我的合作者、我的同事们和整个石油化工学界。"

爱国，对闵恩泽来说，从来不是一个空洞的词汇，是盼望祖国富强的深切愿望，是他为祖国忘我工作的不竭动力。作为一名科学家，他的伟大，体现在他做的每一项科研都是为了解决重要的实际问题，为了国家的发展而去奋斗。炼油催化应用科学、石油化工技术自主创新和绿色化学，分别涵盖了闵恩泽科学人生的三个主要阶段，同时也跟我国石化、化工产业发展的脉搏合拍。这是闵恩泽科学人生的最大闪光点———作为奠基人、先行者和开拓者，他在自己的专业领域内造诣精深，成就非凡，并在每一阶段都有属于自己的标志性贡献。他在专业领域的所作所为，都是紧扣国家重大需求，并及时提出解决之道。他爱国、敬业、创新的一生，令国人敬仰，促新人攀登，沿着创新向前的道路，勇往直前。

# 第三篇章

## 勞動偉大

## 来自其不懈奋斗与创造奇迹

习近平总书记指出："劳动是财富的源泉，也是幸福的源泉。""在中国人民手中，不可能成为了可能。我们为创造了人间奇迹的中国人民感到无比自豪、无比骄傲！"这不仅深刻揭示了人民创造历史、劳动创造世界的真谛，更热情讴歌了伟大的中国人民不懈奋斗的创造伟力和辉煌成就。

幸福不会从天而降，梦想不会自动成真。人世间的一切幸福都需要靠辛勤的劳动来创造，因为"幸福是奋斗出来的"。劳动之所以伟大，来自于人们通过不懈奋斗能够创造出一个个人间奇迹，创造出幸福的生活。从个人来说，通过自己辛勤劳动和不懈奋斗，实现人生理想，享受幸福人生，因为"只有奋斗的人生才称得上幸福的人生"，"奋斗者是精神最为富足的人，也是最懂得幸福、最享受幸福的人"。从国家来说，通过每个人的辛勤劳动和不懈奋斗，创造出令世界瞩目的中国奇迹，也创造出亿万人的幸福生活，因为"世界上没有坐享其成的好事，要幸福就要奋斗"，"社会主义是干出来的，新时代也是干出来的"。

# 创造人类减贫史上的奇迹

位于滇藏交界处的云南省贡山县独龙江乡，是全国唯一的独龙族聚居地，曾是云南乃至全国最为贫穷的地区之一。2018 年，全乡农民人均纯收入 6122 元，全乡建档立卡贫困户 611 户 2297 人全部脱贫。当地群众委托乡党委给习近平总书记写信，汇报独龙族实现整族脱贫的喜讯。2019 年 4 月 10 日，习近平给他们回信，勉励乡亲们为过上更加幸福美好的生活继续团结奋斗。

在脱贫攻坚工作中，全国共派出 25.5 万个驻村工作队、累计选派 290 多万名县级以上党政机关和国有企事业单位干部，到贫困村和软弱涣散村担任第一书记或驻村干部。

2020 年，我国如期实现现行标准下 9899 万农村贫困人口全部脱贫，提前 10 年实现《联合国 2030 年可持续发展议程》的减贫目标。国际社会对中国创造的人类减贫史上的奇迹高度赞扬，联合国秘书长古特雷斯表示，中国的扶贫经验和精准扶贫方略，可以为其他发展中国家提供有益借鉴。

## 扶贫脱贫：一个都不能少

习近平总书记多次对脱贫攻坚工作这样强调："决不让一个少数民族、一个地区掉队。"2020 年 3 月，在决战决胜脱贫攻坚座谈会上，习近平再次强调："到 2020 年现行标准下的农村贫困人口全部脱贫，是党中央向全国人民作出的郑重承诺，必须如期实现，没有任何退路和弹性。"

我国全面建成小康社会的一个标志性指标，就是农村贫困人口全部脱贫、贫困县全部摘帽。贫穷不是社会主义，社会主义的本质是解放生产力，发展生产力，消灭剥削，消除两极分化，最终达到共同富裕。消除贫困、改善民生、实现共同富裕，是社会主义的本质要求。

独龙族是我国28个人口较少的民族之一，也是新中国成立初期从原始社会直接过渡到社会主义社会的少数民族之一，主要聚居在云南省贡山县独龙江乡。当地山峻谷深，自然条件恶劣，一直是云南乃至全国最贫穷的地区之一。

2014年以来，习近平总书记曾两次给独龙族群众回信，并在考察时会见独龙族代表。希望乡亲们把脱贫作为奔向更加美好新生活的新起点，再接再厉，继续奋斗，让日子越过越红火。2018年底，独龙族实现了整族脱贫。今天的独龙江乡，村村通硬化路，通4G网络，家家有新居，户户有新业，人人有社会保障，还成功创建了AAA级旅游景区，群众精神面貌焕然一新，正走在与全国各民族共同过上幸福美好生活的金光大道上。

由于致贫原因的特殊性和复杂性，在奔向全面小康的路上，民族地区仍然落在后面。新中国成立以来，随着党和政府对民族地区支持力度的不断加大，从刀耕火种到特色农业，从山川阻隔到天路横越，从普遍不识字到55个少数民族都有了本民族的大学生……我国民族地区发生了翻天覆地的变化。2018年至2020年，我国新增安排深度贫困地区脱贫攻坚资金2140亿元，其中“三区三州”1050亿元。在精准扶贫、精准脱贫基本方略指引下，民族地区逐步探索出了适合自己的脱贫路径：四川凉山彝族自治州推行教育扶贫，贵州坚持大数据扶贫，青海培育拉面脱贫产业，内蒙古自治区乌兰浩特市发展菜单式扶贫……近年来，多个少数民族先后实现整族脱贫，这是脱贫攻坚工作取得的重要成果。

## 扶贫干部：为脱贫攻坚作出重大贡献



我国脱贫攻坚取得前所未有的成就，彰显了中国共产党的领导和我国社会主义制度的政治优势，凝聚了全党全国各族人民的智慧和心血，是广大干部群众扎扎实实干出来的。广大扶贫干部特别是基层扶贫干部为脱贫攻坚作出了重大贡献，在攻坚贫困堡垒的第一线，他们不忘初心，把对每一名贫困百姓、每一个贫困村的爱，化作无私奉献，不仅作风好、工作实，有的甚至付出了鲜血和生命。到2019年，牺牲在扶贫岗位上的多达770人。其中有与死神赛跑的县委书记，有一生为百姓的支部书记……黄文秀作为基层扶贫干部的优秀代表，一心为民，把扶贫路当“长征路”。习近平总书记对黄文秀同志先进事迹作出重要指示强调，黄文秀同志研究生毕业后，放弃大城市的工作机会，毅然回到家乡，在脱贫攻坚第一线倾情投入、奉献自我，用美好青春诠释了共产党人的初心使命，谱写了新时代的青春之歌。

2015年4月，中组部、国务院扶贫办等联合发布《关于做好选派机关优秀干部到村任第一书记工作的通知》，明确第一书记4项职责：建强基层组织，推动精准扶贫，为民办事服务，提升治理水平。数十万名机关优秀干部到村任第一书记，奋战在脱贫攻坚一线。他们用激情与赤诚践行驻村诺言，用拼搏与奉献推动脱贫攻坚，让一个个派驻村旧貌换新颜，赢得了群众的信任，社会的认可。在贫困村一线，帮扶的一个重要举措就是选派驻村工作队。党的十八大以来，驻村帮扶，为脱贫攻坚取得决定性进展、解决贫困村基层领导和组织力量不足问题，发挥了重要作用。

在很多贫困群众心中，身边党员什么样，中国共产党就是什么样。作为离贫困群众最近的人，作为党组织最末端的触角，从革命老区到民族地区、边疆地区，从西北黄土高原到西南喀斯特山区，数十万驻村第一书记、70多万驻村干部、190多万乡镇扶贫干部和数百万村干部不辱使命，扛起脱贫攻坚的重任，日夜奋战在脱贫第一线，用自己的辛苦指数换来了贫困群众的幸福指数。多少年来，一代代共产党员用自己的青春、汗水乃至生命，传承着带领群众脱贫致富这一伟大事业，把党与人民紧紧连结在一起。一面面鲜红的党旗，是冲刺脱贫攻坚最后一程亮丽的底色；一个个忙碌的身影，是决胜全面建成小康路上最美的风景。

## 扶贫奇迹：世界赞叹树立中国样板

贫困是一种历史现象，也是一种世界现象，是一个世界性难题，反贫困是人类共同的任务。不仅发展中国家深陷其中，发达国家也难以规避。全球超过 40% 的极端贫困人口生活在撒哈拉以南的非洲，在世界第一大经济体的美国，贫困人口占总人口的 13.4%。贫困的梦魇自人类诞生之日起，就始终如影随形、挥之不去。直至 21 世纪的今天，消除贫困依然是最大的全球性挑战。

摆脱贫困，成为人类世世代代念兹在兹的共同梦想。能否摆脱贫困？如何摆脱贫困？每个国家都在找寻自己的答案。中国在扶贫脱贫的伟大实践中，从救济式扶贫到开发式扶贫，再到新时代确立了精准扶贫、精准脱贫基本方略，交出的答卷被世界赞叹为树立了中国样板。

新中国成立之初，面对一个千疮百孔的“烂摊子”，恢复生产、解决普遍贫困问题成为当务之急。我们党带领人民确立和巩固了社会主义基本制度，建立起独立的比较完整的工业体系和国民经济体系，农村经济恢复，农民生产生活条件比解放前有了明显改善，彻底改变了旧中国“一穷二白”的落后面貌。这一时期的发展，为我国有效消除贫困、持续改善民生，奠定了必要的物质基础和制度基础。

改革开放开启了我国波澜壮阔的大规模减贫历程，我国把扶贫开发纳入国家总体发展战略。从 1982 年启动“三西”专项扶贫计划，到 1986 年国家实施区域开发带动扶贫的开发式扶贫行动；从集中力量搞“八七扶贫攻坚”，到颁布《中国农村扶贫开发纲要（2001—2010 年）》，推动集中连片特困地区扶贫开发，我国贫困地区的经济社会发展取得长足进步。从 1978 年到 2012 年，扶贫标准两次大幅提高，按照现行农村贫困标准测算，农村贫困发生率从 97.5% 下降到 10.2%。

改革开放 40 多年来，凭借着摆脱贫困的必胜信念和不懈奋斗，党带领人民持续向贫困宣战，7 亿多人摆脱贫困，占全球减贫人口的 70% 以上，是唯一实现了经济较快增长与大规模减贫同步、综合国力增强与人民生活水平提高同步这一历史性跨越的发展中国家，创造了了不起的人间奇迹。

党的十八大以来，以习近平同志为核心的党中央提出精准扶贫、精准脱贫基本方略，一场规模空前的脱贫扶贫大潮在中华大地上奔涌前行，力度之大、规模之广、影响之深，前所未有。贫困人口从 2012 年年底的 9899 万人减到 2019 年年底的 551 万人，贫困发生率由 10.2% 降至 0.6%，连续 7 年每年减贫 1000 万人以上……从十八洞村到西海固，从大凉山到乌蒙山，从独龙族到毛南族……一个个温暖人心的减贫故事，一项项精准扶贫的具体措施，将千千万万贫困群众的命运从此改写。

以习近平同志为核心的党中央站在全面建成小康社会、实现中华民族伟大复兴中国梦的战略高度，把脱贫攻坚摆到治国理政的突出位置，提出一系列新思想、新观点，作出一系列新决策、新部署，解决了“扶持谁”“谁来扶”“怎么扶”“如何退”4 个方面的关键问题，开辟了中国特色减贫道路，脱贫攻坚战取得全面胜利，谱写了人类反贫困史上的辉煌篇章，为共建没有贫困、共同发展的人类命运共同体，贡献出了中国智慧和中国方案。

我国走出一条中国特色减贫之路，其中积累了许多经过实践检验的宝贵经验：

——坚持党的领导，落实脱贫攻坚一把手负责制，省市县乡村五级书记一起抓扶贫，为脱贫攻坚提供坚强政治保证；

——坚持精准方略，不断提升精准识别、精准帮扶、精准脱贫水平；

——坚持开发式扶贫，坚持区域开发，坚持人力资源开发，坚持激发内生动力；

——坚持发挥制度优势，发挥政府投入主体和主导作用，引导社会力量参与；

——坚持较真碰硬，实行最严格的考核评估，倒逼责任落实、政策落实、工作落实；

——坚持开放包容，始终保持开放心态，主动学习借鉴国际减贫经验，为国际减贫事业贡献中国智慧。

2016年11月23日，国务院印发《“十三五”脱贫攻坚规划》，按照精准扶贫、精准脱贫的基本方略要求，因地制宜，分类施策，从产业发展脱贫、转移就业脱贫、易地搬迁脱贫、教育扶贫、健康扶贫、生态保护扶贫、兜底保障、社会扶贫8个方面，实化细化了相关路径和措施。推进实施了精准扶贫十大工程：干部驻村帮扶、职业教育培训、扶贫小额信贷、易地扶贫搬迁、电商扶贫、旅游扶贫、光伏扶贫、构树扶贫、致富带头人创业培训、龙头企业带动。

在习近平总书记首次提出“精准脱贫”重要理念的湖南湘西十八洞村，村民们通过改善基础设施、发展猕猴桃种植等，2017年，人均纯收入超过12000元，国家级特困村一跃成为全省首批脱贫摘帽先进村。

中国在致力于消除自身贫困的同时，支持和帮助广大发展中国家特别是最不发达国家消除贫困。新中国成立以来，中国累计向近170个国家和国际组织提供援助资金4000多亿元，为120多个发展中国家落实千年发展目标提供帮助。

中国的减贫成就举世瞩目，是人类历史上最伟大的事件之一，在世界上赢得广泛赞誉。

——联合国秘书长古特雷斯高度评价中国扶贫成就时说：“中国是为全球减贫作出最大贡献的国家。”

——联合国副秘书长泰格埃格奈瓦克·盖图评价中国减贫经验时说：“中国对待减贫工作一丝不苟，堪称全球典范。中国的减贫经验值得所有发展中国家学习。”

——联合国粮农组织减贫项目官员安娜·坎波斯表示：“中国在扶贫领域为其他国家树立了榜样。”

——联合国驻华协调员兼联合国开发计划署驻华代表罗世礼认为：“中国扶贫走了一条正确的道路，中国扶贫经验也为世界其他国家和地区摆脱贫困提供了重要经验。”

中国人民，在中国共产党的领导下，用人民对美好生活的向往，就是共产党人的奋斗目标，唱响了摆脱贫困的主旋律；用决战决胜脱贫攻坚，全面建成小康社会，让幸福生活惠及全体人民。创造了世界上任何一个国家都无法比拟的减贫奇迹，完成了对中华民族、对整个人类都具有重大意义的宏伟大业。

$S_2$
$S_1$
O
R=300m
F=0.467R
300m

# “中国天眼”

2016年9月25日，被誉为“中国天眼”的“国之重器”——500米口径球面射电望远镜（Five Hundred Meter Aperture Spherical Radio Telescope，简称FAST）落成启用。习近平总书记给科研人员和建设者们发来贺信：“‘中国天眼’是具有我国自主知识产权、世界最大单口径、最灵敏的射电望远镜。它的落成启用，对我国在科学前沿实现重大原创突破、加快创新驱动发展具有重要意义。”此后，习近平主席在2017年新年贺词中再次提到“中国天眼”。同年10月，“中国天眼”作为新时代标志性的科技成果，又被写进中国共产党第十九次全国代表大会报告。

南仁东，著名天文学家、国家天文台研究员、FAST工程首席科学家兼总工程师，被誉为“天眼之父”。

2017年9月15日，“中国天眼”落成启用一年，他却永远地闭上了眼睛。2017年11月17日，中宣部追授他“时代楷模”荣誉称号。2018年9月，中国科学院国家天文台宣布，经国际天文学联合会小天体命名委员会批准，将一颗国际永久编号的小行星正式命名为“南仁东星”。2018年12月，党中央、国务院授予南仁东“改革先锋”称号，并获评“‘中国天眼’的主要发起者和奠基人”。新中国成立70周年前夕，南仁东被授予“人民科学家”国家荣誉称号。2018年12月31日晚，习近平主席发表2019年新年贺词时再次提到了南仁东：“此时此刻，我特别要提到一些闪亮的名字。今年，天上多了颗‘南仁东星’……”

2020年1月11日，“中国天眼”通过国家验收正式开放运行，并进入全球大射电望远镜序列。作为涉及到天文、力学、材料、机械、无线电、

IT 等多个领域的科技基础设施，“中国天眼”不仅是中国科学家砥砺奋斗20 余载的成果，更是中国在科技基础设施领域的一次重大突破。

## 力主中国独立建造大型射电望远镜

南仁东自幼聪明好学，1963 年以吉林省高考理科第一名的成绩，考入清华大学无线电系，后就读于中国科学院研究生院，获硕士和博士学位。他曾在国外著名大学当过客座教授，做过访问学者，还参加过十国大射电望远镜计划。这位驰骋于国际天文界的顶级科学家，毅然舍弃日本等国家的高薪工作聘请，选择投身中国天文事业。当时他在国内一年的工资，只等于在国外一天的工资。

1993 年，在日本东京举办的国际无线电科学联盟大会上，科学家们提出，建造新一代大型射电望远镜，接收更多来自外太空的讯息。南仁东一听便坐不住了，中国要在宇宙探索中迎头赶上，从跟跑者成为领跑者，必须要搞自己的大型射电望远镜！

当时，中国最大的射电望远镜口径只有 25 米，而南仁东提出要建造的是 500 米口径的射电望远镜。很多人认为这根本就不可能。

1994 年始，南仁东主持完成国家重大科技基础设施建设项目——500 米口径球面射电望远镜（FAST）的选址、立项、可行性研究及初步设计，主编科学目标，指导各项关键技术的研究及其模型试验。

1995 年底，南仁东等人提出利用贵州喀斯特洼地建造球反射面，即“阿雷西博型天线阵”的喀斯特工程概念。

2007 年 7 月，国家发改委批复 500 米口径球面射电望远镜工程正式立项。2008 年 12 月 26 日奠基，2011 年 3 月 5 日正式开工建设，项目主要有台址勘察与开挖、主动反射面、馈源支撑、测量与控制、接收机与终端、观测基地建设 6 项建设内容，建设周期 5 年半左右。

## “天眼”选址从找到1万多个“窝”开始

建设FAST的理想台址是在大山深处、远离电磁干扰的山谷洼地。单为FAST选址就用了12年。

科研团队一头扎进了等身高的地形地质图里。从1∶500000比例的地形地质图看起，首先从岩石的分布特征排除“窝”肯定不会出现的地理位置，然后再在其他区域寻找可能适合望远镜“安家”的“窝”。

地质图随后被精确到1∶10000比例，团队成员开始在一张张茶几大小的图上沿着密密麻麻的等高线“找圈圈”：“圈圈”越圆、越大，就越有可能是要找的目标，“圈圈”旁边蚂蚁大小的数字则显示这是一座山峰还是一个“窝”。大家发现一个“窝”，就拿笔记录下一个，看了8000多幅图，最后找出来1万多个“窝”。

2003年7月，经过数次筛选，一个由743个“窝”组成的备选洼地数据库正式形成。紧接着，科研团队拿着一份苛刻指标，评价每一个“窝”的情况——“窝”内的岩体结构、水文情况、长短轴比例、挖填方率是否合适，“窝”口的闭合情况、几何形状是否达标，整个“窝”的地质灾害、地震风险、气象条件、无线电环境等是否符合要求。

最终，743个“窝”被进一步筛选出82个成为重点考察对象，这些喀斯特洼地集中分布于贵州黔南布依族苗族自治州、黔西南布依族苗族自治州和安顺市境内。

为了寻找这样合适的台址，自1994年到2005年，南仁东无数次往返北京、贵阳两地，带着300多幅卫星遥感图，深一脚、浅一脚地走遍了贵州大山里的上百个窝凼，踏遍了乱石密布的喀斯特石山，在西南的大山里走了12年。终于，他的团队找到了建设FAST的最佳台址——位于贵州省黔南布依族苗族自治州平塘县克度镇大窝凼的喀斯特洼坑中。

## “天眼”建设之路艰难坎坷

FAST 工程由中国科学院国家天文台主持，全国 20 余所大学和研究所的百余位科技骨干参加此项工作。台址选好后，南仁东和他的团队开始了建设 FAST 的逐梦之旅。

“天眼”之难，是一个涉及领域极其宽泛的大科学工程，天文学、力学、机械、结构、电子学、测量与控制……整个工程分成五大系统，每项工作都是千头万绪。

南仁东是 FAST 的倡导者、设计者和建设者。作为工程的首席科学家和总工程师，负责编订 FAST 科学目标，全面指导 FAST 工程建设，本不必什么事都亲自把关。但自称是“战术型老工人”的他，长期待在施工现场，睡工棚，跑工地，爬高塔，身体力行，直接参与一线建设。

“天眼”是一个庞大系统工程，每个领域，专家都会提出各种意见，南仁东必须认真审核，做出决策。每个细节，南仁东都要 100% 肯定的结果，如果没有解决，就一直盯着，任何瑕疵在他那里都过不了关。他说，“天眼”如果有一点儿瑕疵，我们对不起国家。

建设过程中，南仁东和团队成员一样过集体生活，住板房，吃食堂。他几次就医都是因为半路上肺痛难忍才去医院，开点药，缓解些就走。他拖着不去医院检查病情，生怕因自己的病情而影响工程进度。后来，即使到了 70 岁，南仁东还在往工地跑。

2010 年，因为钢索网的疲劳问题，“天眼”经历了一场灾难性的风险。8 月，工程开工前夕，南仁东得知前期做的所有索网试验都失败了。国内顶级的应用于斜拉桥上的钢索，在“天眼”的钢索抗疲劳试验中都断丝了。他万分焦虑。

FAST 是由 4000 多块镜片精密拼接成的一个整体反射面。控制镜片的，就是兜在镜面下方的钢索网。与一般钢索网不同，FAST 的这个“大网兜”，不但需要承受1600吨的重量，还需要像弹簧一样来回伸缩，带动镜片灵活移动，精确地追踪天体。

无论是抗拉强度，还是使用寿命，FAST所需要的钢索，都远远超出了国家工业标准。工程团队从不同厂家购买了十几种钢索，但没有一种能满足大型射电望远镜的需求。团队查遍了国内外相关论文资料，就算是最好的实验数据，也只能达到要求的50%……

然而，台址已经开挖，如果钢索做不出来，整个工程就要全面搁浅。

那段时间，南仁东整晚睡不着觉，每天都在念叨着钢索、钢索。在辗转反侧中，他意识到，超越性的技术是等不来的，更是买不来的，要想方设法在工艺、材料等方面寻找新的出路。于是，一场艰苦卓绝的攻坚战打响了！

失败了，重来，又失败了，再重来……700多个难熬的日子，经历了近百次失败后，他们改进了钢索的制作工艺，成功通过了抗疲劳试验，终于研制出了满足FAST工程要求的钢索。

这种世界上独一无二的钢索，让FAST有了坚固又灵活的“骨架”。

2014年，“天眼”反射面单元即将吊装，年近七旬的南仁东坚持自己第一个上，亲自进行“小飞人”载人试验。这个试验需要用简易装置把人吊起来，送到6米高的试验节点盘，稍有不慎就有可能摔下来。

“天眼”现场有6个支撑铁塔，每个建好时，南仁东总是第一个爬上去的人。几十米高的圈梁建好了，他也要第一个走上去，甚至在圈梁上奔跑，开心得像个孩子。

## “中国天眼”是名副其实的“国之重器”

“中国天眼”是我国具有自主知识产权、世界最大单口径、最灵敏的射电望远镜，它比美国最先进的阿雷西博350米望远镜综合性能高10倍，比德国波恩100米望远镜灵敏度高10倍，能收到1351光年外的电磁信号，未来甚至能捕捉外星生命信号。它使我国的天文学研究领先世界20年，在中国日益走进世界舞台中央的新时代，为科技创新强国梦增添了浓墨重彩！

“中国天眼”有多大？FAST的圈梁被50根6米到50米高低不等的钢柱支在半空，周长约1.6千米，沿着圈梁走一圈用时43分钟。外形就像一口大锅，口径达500米，“锅沿”距离“锅底”高差150米，反射面由4450个反射单元构成，总面积为25万平方米，相当于30个标准足球场那么大。

“中国天眼”的视野有多远？哪怕是远在百亿光年外的射电信号，“中国天眼”也有可能捕捉到，还可能发现高红移的巨脉泽星系，实现银河系外第一个甲醇超脉泽的观测突破，用于搜寻识别可能的星际通讯信号，寻找地外文明等等。

“中国天眼”具有哪些创新？“中国天眼”的设计，综合体现了我国高技术创新能力，实现了完全自主的三大创新。

——利用了地球上独一无二的优良台址：贵州天然喀斯特巨型洼地，突破了平地上建设大望远镜的百米极限；

——使用了主动变形的反射面，让不会动的望远镜动起来，让FAST能够灵活主动地观察宇宙；

——自主研制了轻型索拖动的并联机器人，使接收信号的馈源舱能够精确对焦，更好地接收宇宙中极其微弱的无线电波信号。

“中国天眼”将发挥什么作用？“中国天眼”将在基础研究众多领域，例如宇宙大尺度物理学、物质深层次结构和规律等方向提供发现和突破的机遇；也将在日地环境研究、国防建设和国家安全等方面发挥不可替代的作用。它的建设与运行，将推动众多高科技领域的发展，提高原始创新能力、集成创新能力和引进消化吸收再创新能力；也将促进西部经济的繁荣和社会进步，符合国家区域发展总体战略。

还有两个有意思的现象，也是“中国天眼”的功劳：

全世界的天文学家也在紧盯着它——寄希望于这个最大的“天眼”或许能找到外星人，并解开宇宙起源之谜。“中国天眼”所在地的克度镇被打造成天文小镇，并被评为全国十大科技旅游胜地，每年至少有 20 万人次的游客来到这里参观。

22 载奔波劳碌，南仁东为“中国天眼”奉献出一生的智慧，直至燃尽生命。

22 载心无旁骛，“中国天眼”团队铸就出“国之重器”，成就了国之骄傲。

# “蛟龙”号

2012年6月24日，虽然是岁月日历中的普通一天，但对我国深潜和航天事业来说，却是个值得纪念的日子。一天之内，中国同时诞生了载人航天和载人深潜的新纪录，真正实现了中华民族“可上九天揽月，可下五洋捉鳖”的宏伟夙愿。

9时07分，我国“蛟龙”号载人潜水器在被称为“地球第四极”的西太平洋马里亚纳海沟区域下潜至7020米，创造了中国载人深潜新纪录，这也是世界同类型载人潜水器的最大下潜深度。

12时55分，航天员成功使神舟九号与天宫一号实现刚性连接，中国首次手控空间交会对接试验成功。

在太空的神舟九号上的3位航天员景海鹏、刘旺、刘洋，与在海底的“蛟龙”号的3位潜航员叶聪、刘开周、杨波，互相表达祝贺和问候并送上祝福。这“海天互动”“海天同庆”的感人一幕，举国欢腾，振奋了国人，也震惊了世人。

“蛟龙”号是我国自行设计、自主集成研制的载人潜水器，长8.2米、宽3米、高3.4米、可载员3人，最大下潜深度达7062米，可以在占世界海洋面积99.8%的海域自由行动。如果说探月工程、天宫二号、北斗导航卫星、量子科学实验卫星等，是中国对外太空探索的科技实力的体现，那么“蛟龙”号载人潜水探测器则体现的是中国对地球本身的技术探索实力。“蛟龙”号作为新时代标志性的科技成果，2017年被写进党的十九大报告。

2013年5月17日，中共中央总书记、国家主席、中央军委主席习近平等党和国家领导人会见了“蛟龙”号研制及载人深潜海试的先进单位和先进工作者代表，勉励大家团结拼搏、开拓奋进，推动我国海洋事业不断取得新突破，为建设海洋强国作出更大成绩。

## “蛟龙”号是我国建设海洋强国的“国之重器”

海洋占地球表面的71%，是人类赖以生存的丰富资源宝库。而绝大部分的海洋都是深度超过1000米以上的区域，目前人类探索的海底仅为5%，有95%的海洋海底是神秘未知的。而深海探索最直接的目的就是开展资源勘探及科学考察，并促进深海相关领域工程技术的发展。

我国既是陆地大国，也是拥有300多万平方公里海域、1.8万公里海岸线的海洋大国，拥有广泛的海洋战略利益。习近平总书记强调：“建设海洋强国是中国特色社会主义事业的重要组成部分。党的十八大作出了建设海洋强国的重大部署。实施这一重大部署，对推动经济持续健康发展，对维护国家主权、安全、发展利益，对实现全面建成小康社会目标，进而实现中华民族伟大复兴都具有重大而深远的意义。”

海洋强国是指在开发海洋、利用海洋、保护海洋、管控海洋方面拥有强大综合实力的国家。

20世纪以来，海洋正在成为人类解决资源短缺、拓展生存发展空间的战略必争之地。人类认识海洋、开发海洋、保护海洋都要依靠最先进的科技装备。因此，建设海洋强国的核心问题是发展海洋高技术。载人潜水器能够满足海底复杂地形下的精确定位、精细调查取样和近距离观察的要求，对于建设海洋强国具有重要作用。

在“蛟龙”号问世之前，世界上拥有6000米以上深度载人潜水器的国家仅有美国、日本、法国和俄罗斯，深海技术装备无疑成为一个国家科技实力的重要标志之一。



2002年，“蛟龙”号列为国家863计划重大专项，由国家海洋局组织实施，全国 100 多家科研单位参与联合攻关、自主设计、集成创新，随后历经 10 年攻关，于 2012 年 6 月成功完成“蛟龙”号 7000 米级下潜，最大下潜深度达到 7062 米。标志着我国具备了载人到达全球 99% 以上海洋深处进行作业的能力，标志着我国深海潜水器成为海洋科学考察的前沿与制高点之一，标志着中国海底载人科学研究和资源勘探能力达到国际领先水平。

“蛟龙”号的横空出世，使中国加入到国际深海载人“高技术俱乐部”中，是中国名副其实的开发利用海底资源、建设海洋强国的“大国重器”。“蛟龙”号在核心技术上有三大突破。

第一大突破是：可自动航行。“蛟龙”号具备自动航行功能，设定好方向后，可以放心进行观察和科研。它可以完成自动定向、自动定高、自动定深 3 种自动航行：驾驶员设定方向后，“蛟龙”号可以自动航行，不用担心跑偏；可以与海底保持一定高度，轻而易举地在海底山形起伏的复杂环境中航行，避免出现碰撞；可以保持与海面固定距离。

第二大突破是：可悬停定位。一旦在海底发现目标，“蛟龙”号不需要像大部分国外深潜器那样坐底作业，而是由驾驶员行驶到相应位置，“定住”位置，与目标保持固定的距离，方便机械手进行操作。在海底洋流等导致“蛟龙”号摇摆不定、机械手运动带动整个潜水器晃动等内外干扰下，能够做到精确地“悬停”。简直是令人称奇，目前尚未有国外深潜器具备类似功能的报道。

第三大突破是：深海通信靠声纳而不靠电磁。陆地通信主要靠电磁波，速度可以达到光速。但这一利器到了水中却没了用武之地，电磁波在海水中只能深入几米。“蛟龙”号潜入深海数千米，为与母船保持联系，科学家们研发了具有世界先进水平的高速水声通信技术，采用声纳通信。这样，既可以高速传输图像和语音，适时传送水下信息，还能探测海底的小目标。

“蛟龙”号是一条真正的“中国龙”，是我国第一台自行设计、自主集成研制的深海载人潜水器。历经10年磨砺，坚持走中国式自主创新道路，“蛟龙”号攻克了深海精准操控、精确定位与精细作业的“三精”关键技术，创建了潜水器系统安全性设计技术体系，首次研制出了可传输图像、数据、文字和语音等信息的水声通信系统，建立了中国载人潜水器陆上测试、海上试验等深潜作业、检测与应用体系，从设计、总装联调到海上试验，其耐压结构、生命保障等关键技术，都是由我国独立完成，是我国走向海洋、开发海洋、利用海洋的一次有益探索。

## “蛟龙”号凝聚了几代海洋工作者的心血

中华人民共和国成立71年来，我国的载人深潜经历了从无到有、从浅海到深海、从单项研制到系列发展的过程。特别是党的十八大以来，载人深潜技术和装备获得了前所未有的高速发展，取得了举世瞩目的成就。

我国海洋科考起步晚、底子薄，研发能力落后，深海装备长期依赖进口。

1953年，毛泽东主席发出“一定要建立强大的海军”的号召。上世纪六七十年代，在科研工作者的努力下，我国建成了一个规模仅次于美国和苏联、功能齐全的大中型水池和深海模拟试验设备群，并创建了一套完整的试验检测方法、标准和规范，为我国搞深海装备自主研发提供了基础技术保障。

改革开放后，我国先后成功研制了300米单人常压潜水器、600米深潜救生潜艇、600米重型缆控水下机器人和1000米无缆水下机器人、6000米自治水下机器人等装备，组建了一支强强联合的深潜技术研发团队，为搞大深度载人潜水器的研制提供了重要技术支撑。

上世纪八九十年代，随着国际海底资源勘探的需求发展迅速，美国、法国、俄罗斯、日本等海洋强国，相继研发了6000米级的载人潜水器，在深海探测方面占据着难以超越的地位。

在 20 世纪 90 年代，我国就提出研发载人潜水器，但当时不具备研发能力，直到 2002 年，才正式开展 7000 米载人潜水器研制工作。设计初期，美国得到这个信息后觉得是天方夜谭、不可思议：你们中国人只搞过 600 米的潜水器，怎么可能会向 7000 米挑战？

在此之前，我国研制的载人潜水器的最大深度是百米级，再加上长期以来西方发达国家对中国实施的技术封锁，新组建的“蛟龙”号研发制造团队从上到下，没有一个人真正看见过大深度作业型载人潜水器。因此，研制过程中遇到的技术困难是非常多的。面对这些困难，“蛟龙”号研发制造团队本着“严谨求实、团结协作、拼搏奉献、勇攀高峰”的中国载人深潜精神，按照“由浅入深，边试验、边改进、边应用”的方针，汇集各个方面的精兵强将，协同攻关。

研制初期，“蛟龙”号面临四大技术难题：超大潜深的全系统安全性设计与集成；高速率远程水声通信；复杂地形及流场环境下精准作业和控制；技术体系、测试体系、应用体系、潜航员培训体系的全方位建立。

我国制定的海上试验路线是 50 米级海试起步，这是最难的阶段，由于缺少能参考的操作规范，花了很多精力。实际上，真正考验密封技术是否过关的，至少都要在 3000 米级以上。

进行 3000 米级海试的时候，“蛟龙”号曾遇到很大考验。当时舱内连接通讯电缆设备的 1 枚穿舱件被腐蚀，导致舱内接口处轻微渗水，但这很难被察觉。如果当时没有及时检测到，万一腐蚀严重，后果可能就是舱内外打通，面对高强度的水压，冲击力难以想象。如果这个问题发生在 7000 米水下，水压会高达 700 个大气压，一旦水流直接喷射向舱内，就会机毁人亡。为了攻克这些难题，潜航员、指挥部都承担了难以想象的压力。

在一次海试任务中，按照正常流程，“蛟龙”号完成了下潜任务，准备被回收到母船上。然而，当天暴雨如注，能见度很低。队员们反复寻找，都没能确定“蛟龙”号在海面的位置。时间一分一秒地过去。每晚一刻，“蛟龙”号和执行任务的潜航员就多一分危险。全船立刻紧急行动，全力以赴利用高清望远镜等设备搜寻“蛟龙”号。终于，人们发现了远处一个熟悉的白色身影，迅速开船过去回收。此后，“蛟龙”号增加了定位传感器，方便母船定位，确保下潜任务的安全和顺利。

徐芑南，中国深潜技术的开拓者，在中国深潜技术、载人和无人多种潜水器的设计、建造、应用，以及海洋和深潜器工程的发展等方面作出了突出的贡献。作为“蛟龙”号总设计师，他带领由国内50多家科研院所的科技人员组成的科研攻关队伍，历经6年，攻克了一个又一个难关，完成了潜水器的设计、总装建造和水池试验。2009年8月，“蛟龙”号第一次海试，年逾七旬的徐芑南拖着装满花花绿绿的药品、氧气机、血压计等医疗器械的拉杆箱，坚持和大家一同登上母船“向阳红09”科学考察船。在两个多月的海试中，徐芑南吃药就像吃饭一样，除了因病不得不上岸休息的10天，剩下的时间，他都和年轻人一样，坚守在船上。

叶聪，“蛟龙”号深海载人潜水器首席潜航员，全海深载人潜水器总设计师，也是中国最早深潜至7000米深海的团队成员之一。2005年，叶聪参加中、美两国联合深潜活动，完成两次2200米深度的下潜任务，成为深潜领域的第一个中国人。“蛟龙”号深潜51次，其中38次由叶聪担任主驾驶，被称为“最牛潜航员”。他还是中国最年轻的载人潜水器主任设计师，潜水器最重要的设计图纸——每个设计阶段的潜水器总图均出自他手。2018年12月18日，叶聪被党中央、国务院授予“改革先锋”称号，并获评“载人深潜事业的实践者”。

## “蛟龙”号是我国“蛟龙探海”工程的一部分

“蛟龙探海”工程是一项比“蛟龙”号深潜更为庞大、复杂，意义更为重大的工程。在“蛟龙探海”工程中，“蛟龙”只是代称，工程覆盖我国深海大洋事业的各个领域，是全面规划我国深海大洋事业的顶层设计。

“蛟龙探海”工程提出的建议目标包括，升级“三龙”（“蛟龙”号载人潜水器、“潜龙”系列无人无缆潜水器和“海龙”系列无人缆控潜水器）装备体系，发展新一代深海技术和提高装备制造水平；全面提升深海资源认知和勘探技术水平，以资源开发与环境管理计划等规章建设为切入点，完成矿区申请与保护区建设战略布局；完善深海生物基因资源库，推动深海生物基因产业发展；到2030年，拓展深海活动的多元需求，引领深海治理体系变革，完成深海资源与空间开发利用的技术储备，完善深海战略产业布局和制度建设，壮大深海新兴产业，全面实现建成深海强国的总体目标。

2020年10月10日，我国新造的全海深载人潜水器“奋斗者”号与“探索一号”“探索二号”母船一起，从海南三亚启程，赶赴马里亚纳海沟进行万米级海试。10月27日，“奋斗者”号在马里亚纳海沟成功下潜突破1万米（达10058米），创造了中国载人深潜的新纪录。11月10日8时12分，“奋斗者”号在马里亚纳海沟巡航6小时，在10909米深处成功坐底并顺利返回。

“奋斗者”号载人潜水器是我国自主设计、自主集成的载人潜水器。作为"蛟龙"号的继任者，“奋斗者”号可以在全球所有海域进行深潜探测，创造了深海探测的新纪录，实现了中国人“五洋捉鳖”的伟大梦想，实现了我国深海装备和深海技术的重大突破。

随着“蛟龙探海”等国家重大工程的逐步推进，中国将会有更多的万米级无人潜水器和载人潜水器研制成功、投入应用，成为海洋高技术强国。伴随我国海洋事业进一步发展，通过发展深海钻探的“深龙”技术、深海开发的“鲲龙”技术、海洋数据云计算的“云龙”技术等，我国有望建立国家级的深海装备品牌和专业化队伍，以有效支撑海洋强国建设。

# 神奇的"天路"之梦

清晨我站在青青的牧场，看到神鹰披着那霞光；
像一片祥云飞过蓝天，为藏家儿女带来吉祥。
黄昏我站在高高的山冈，盼望铁路修到我家乡；
一条条巨龙翻山越岭，为雪域高原送来安康。
那是一条神奇的天路，把人间的温暖送到边疆。
……

歌曲《天路》用真诚的赞颂表达了对修筑"天路"英雄们的敬仰；用真挚的情感唱出了"天路"通车后藏族人民的喜悦；用激昂的旋律讴歌了"天路"的伟大功绩！

"天路"是青藏铁路的别称。因青藏铁路穿越海拔4000米以上的地段近1000公里，火车能在相当于飞机飞行3000米高度以上的地方行驶而得名，用"天路"来形容青藏铁路既形象又贴切。她就像一条从人间修向天空的巨大神龙，翻山越岭，通往神秘的雪域高原，用神奇的力量，沟通了天堑与平地，密切了西藏与内地的时空联系，拉动了青藏带的经济发展，又被称为发展路、团结路、幸福路。这条神奇的"天路"，犹如一条吉祥的哈达，伴随着雪域儿女驶向发展和幸福之园。

## 青藏铁路创造了多个世界之最

青藏铁路，起自青海省西宁市，终抵西藏自治区拉萨市，全长1956公里。始建于1957年，从修建至竣工，历经50余年，其进入西藏的路段，仅勘探、设计工作就进行了40年。其中，青海西宁至格尔木段长814

公里于1979年铺通，1984年投入运营。2001年6月29日，格尔木至西藏拉萨段正式开工，于2006年7月1日全线通车。2014年8月16日，延伸线拉日铁路全线开通运营。2016年9月12日，无缝钢轨换铺工程完成，青藏铁路全线实现了“千里青藏一根轨”。

青藏铁路青海省格尔木至西藏自治区拉萨段途经格尔木市、昆仑山口、沱沱河沿，翻越唐古拉山口，进入西藏安多、那曲、当雄、羊八井、拉萨。全长1142公里，从青藏高原腹地穿过，绝大部分路段处于海拔4000米以上的生态环境脆弱地区，全线要建桥梁159.88公里，涵洞35611横延米，开挖隧道9.527公里。除桥梁隧道外，要在青藏高原上平地堆垒起长1110公里、高2米以上，底宽7米至10米的路基，填挖路基土石方7807万立方米，经过连续多年冻土区547公里以及11个自然保护区……

美国现代火车旅行家保罗·泰鲁在《游历中国》一书中写道:“有昆仑山脉在，铁路就永远到不了拉萨。”世界很多铁路工程专家都认为，铁路要穿越昆仑山的岩石和坚冰，根本不可能。

但是，中国的铁路建设者把这种不可能变成了现实。他们奋战在条件异常艰苦的雪域高原上，以惊人的毅力和勇气，战胜了各种难以想象的困难，用自己的心血和汗水，在世界屋脊上建成了一条海拔最高、线路最长的运输大通道，工程建设达到了世界一流水平，谱写了人类铁路建设史上的辉煌篇章。青藏铁路不仅是中国铁路建设史上的伟大创举，也是世界铁路建设史上的一大奇迹。国内外媒体评价青藏铁路“可与长城媲美”“将成为世界上最壮观的铁路之一”。2009年，青藏铁路工程荣获国家科技进步特等奖。2013年，入选“全球百年工程”。

青藏铁路工程创造了多个世界之最。

——世界海拔最高的高原铁路：铁路穿越海拔4000米以上地段达960公里，最高点为海拔5072米。

——世界最长的高原铁路：格尔木至拉萨段，穿越戈壁荒漠、沼泽湿地和雪山草原，全线总里程达 1142 公里。

——拥有世界海拔最高的火车站：唐古拉车站。位于海拔 5068 米的唐古拉山垭口多年冻土区，占地面积约 7.7 万平方米。

——世界最长的高原冻土隧道：昆仑山隧道。隧道全长 1686 米，穿越多条断裂带，进口处有厚层地下冰，出口处为乱石堆积体，中间有裂隙水、地下水和融冻泥流，被称为高原地质的“万花筒”。

——世界海拔最高、横跨冻土区最长的高原永久冻土隧道：风火山隧道。位于海拔 5010 米的风火山上，全长 1338 米，轨面海拔标高 4905 米。

——架起了世界最长的高原冻土铁路桥（“以桥代路”工程）：清水河特大桥。飞架在平均海拔 4600 米以上的可可西里国家级自然保护区核心地带，全长 11.7 公里。

——创造了目前世界高原冻土铁路最高时速：列车在冻土地段行驶时速达到 100 千米。全世界在已建成的多年冻土区铁路行车时速只有 60 公里~70 公里。

——世界上穿越冻土里程最长的高原铁路：长达 550 公里。

——世界海拔最高的铺架基地：海拔 4704 米的安多铺架基地。

……

## 青藏铁路建设克服了三大世界性工程技术难题

青藏铁路建设中面临多年冻土、高寒缺氧、生态脆弱三大世界性难题。多年冻土处理不好，容易导致冬季受冻胀起、夏季融化沉降，使路基变成高低不平的“搓衣板”和“橡皮路”，直接影响到运营安全和质量。青藏铁路沿线平均海拔 4500 米以上，空气含氧量只有内地的一半左右，自然环境十分严酷。青藏高原生态资源非常珍贵，野生动植物资源、水资源丰富，是南亚、东南亚地区的“江河源”和“生态源”，还是中国乃至东半球气候的“启动器”和“调节区”。但生态环境又极其脆弱，环境保护的难度很大。但青藏铁路的建设者们遵循科学，挑战极限，求实创新，勇创一流，一举攻克了三大世界性难题，将一个个奇迹镌刻在青藏高原。

首先，青藏铁路的冻土研究基地已成为中国乃至世界上最大的冻土研究基地。

世界各国在冻土区修筑铁路已有近百年历史，但因难度大，很多问题尚未解决。如俄罗斯运行近百年的第一条西伯利亚铁路，1996 年调查的线路病害率为 45%，而我国青藏公路 1990 年调查的病害率为 31.7%。

在多年冻土区修建铁路工程，关键在于保护冻土地基不发生融化和退化，使工程结构置于稳固的地基上。为了攻克冻土难题，自青藏铁路开工建设以来，铁道部高度重视青藏铁路冻土攻关难题，先后安排了上亿元科研经费用于冻土研究，并组织多家科研院校的专家，对青藏铁路五大冻土工程试验段展开科研攻关，获得了大量科研数据和科研成果。青藏铁路冻土攻关借鉴了青藏公路、青藏输油管道、兰西拉光缆等大型工程的冻土施工经验，并探索和借鉴了俄罗斯、加拿大和北欧等国的冻土研究成果。

中国科学家积极探索新思路，在试验研究和理论分析的基础上，确立了“主动降温、冷却地基、保护冻土”的设计思路，利用天然冷能保护多年冻土。通过反复实践和分析，在多年冻土设计上实现了“三大转变”：对冻土环境分析由静态转变为动态；对冻土保护由被动保温转变为主动降温；对冻土治理由单一措施转变为多管齐下、综合施治，使地基始终处于冻结状态。采取了以桥代路、片石通风路基、通风管路基（主动降温）、碎石和片石护坡、热棒、保温板、综合防排水体系等措施，冻土攻关取得重大进展。

第二，青藏铁路建设实现高原病零死亡，创造了高原医学史上的奇迹。

青藏铁路海拔 4000 米以上的地段占全线 85% 左右，年平均气温在 0℃以下，大部分地区空气含氧量只有内地的 50% ~ 60%。高寒缺氧，风沙肆虐，紫外线强，自然疫源多，被称为人类生存极限的“禁区”。

2001年，青藏铁路格尔木至拉萨段工地有1万多名建设者；2003年，工程建设全面展开，参建人员4万多人；2005年10月，全程铺轨完成，前后共有11万人次参加建设。青藏铁路开工以来，累计接诊病人45.3万多人次，治疗脑水肿427例，肺水肿841例，无一例死亡，创造了高原医学史上的奇迹。

党中央、国务院高度重视青藏铁路建设者的身体健康，多次作出重要指示和部署。铁道部、卫生部对医疗卫生保障专门作出详细规定并组织实施。工程指挥和建设单位认真贯彻落实，从而使青藏铁路建设者能够战胜高寒缺氧的恶劣环境，在生命健康方面也创造了许多新纪录。

第三，青藏铁路是中国第一条环保铁路，也是世界级的生态铁路。

青藏高原独特的自然环境孕育了丰富的珍稀动植物和特殊的生态系统类型，被列为中国生物多样化保护行动计划优先保护区域，被世界自然基金会列为全球生物多样性保护最优先的地区。但由于青藏高原生态环境脆弱，一旦破坏具有不可逆转性。

党中央、国务院十分关注青藏铁路建设的生态环境保护工作，要求保护好青藏高原的一草一木。21世纪的青藏铁路建设领导者，提出了努力建设具有青藏高原特色的“生态环保型铁路”的建设目标，从设计、施工建设到运营维护，始终秉持“环保先行”的理念，制定了独具特色的生态保护原则和对策，这也是中国工程建设史上的首创。

——国家环保总局、国土资源部、铁道部在铁路开工前，组成联合专家组对沿线生态环保工作深入调研，制定了具体的环保措施，仅环保投入就达20多亿元，占工程总投资的8%，是我国政府环保投入最多的铁路建设项目。

——在全国工程建设中首次引进环保监理，并首次与地方环保部门签订环境保护责任书。

——为保护藏羚羊等野生动物的生存环境，铁路全线建立了33个野生动物专用通道，25 处野生动物迁徙通道。

——在自然保护区内，铁路线路遵循“能绕避就绕避”的原则进行施工。施工场地、便道、砂石料场都经过反复踏勘，尽量避免破坏植被。对植被难以生长的地段，施工时采用逐段移植；对自然条件稍好的地段，则进行人工培植草皮。

——为保护湿地，在高寒地带建成世界上首个人造湿地。

——为保护沿线景观，实现了地面和列车的“污物零排放”。

——为改善沿线生态环境，打造出了一条千里绿色长廊。

……

国家环保总局等部门的调查表明，青藏铁路开工建设以来，沿线冻土、植被、湿地环境、自然景观、江河水质等，都得到了有效保护，青藏高原生态环境未受明显影响。

列车在雪域高原上平稳地飞驰，路基两旁看不到任何工程建设的遗留物和垃圾，藏羚羊等野生动物迁徙和专用通道畅行无阻，成群牦牛悠闲地在绿草如茵的高原上吃草，远处山峦起伏，雪峰隐现，宛如一幅自然天成、赏心悦目的美丽画卷。

## “天路”之歌唱响伟大的青藏铁路精神

“感动中国”2005 年度人物特别奖颁给了青藏铁路的建设者，颁奖辞这样写道：“每当汽笛声穿过唐古拉山口的时候，高原上的雪山、冻土、冰河，成群的藏羚羊，都会想念他们，想念那些有力的大手和坚强的笑容。他们能驱动钢铁，也会呵护生命。他们，是地球之巅的勇者，他们，缔造了世界上最伟大的铁路！”这是对青藏铁路建设者的崇高礼赞！

青藏铁路的建成，引发了国内外的强烈反响。新华社评论说，青藏铁路为人类开启了客运火车穿梭世界屋脊的历史，是人类铁路史上的奇观，在世界屋脊上建成青藏铁路，使青藏高原首次有了钢铁大动脉。美国广播公司的新闻称，通往西藏的青藏铁路，是中国向世界展示的一项建设工程奇迹。英国《每日电讯报》说，世界上海拔最高、志向最豪迈的铁路正式运营，是中国共产党利用大型工程项目来改变中国经济面貌、在世界一举成名的最新成就。西班牙埃菲社报道说，这项战胜了大自然的工程可与三峡工程相媲美。这是致敬伟大的青藏铁路建设者的赞歌！

西藏的迅速发展是中华民族复兴的重要一环。青藏铁路推动了青海、西藏两省区的旅游服务业发展，增强了两省区的可持续发展能力，对于加快两省区经济社会发展，增进民族团结和巩固祖国边防，都具有十分重大的意义。青藏铁路的建设者继承和弘扬中华民族艰苦奋斗、自强不息的优秀品质和敢为人先、勇于拼搏的光荣传统，在自然环境极为恶劣的条件下，进行艰苦卓绝的顽强奋战，用心血和汗水培育和铸就出“挑战极限，勇创一流”的青藏铁路精神，成为中华民族精神的宝贵财富。

青藏铁路精神具有丰富深刻内涵和鲜明时代特征，包括不辱使命的责任意识、顽强拼搏的奉献情操、务实创新的科学态度、关爱生命的人本理念等，充分展现了建设者崇高的思想境界、顽强的意志品质、高尚的精神追求和杰出的智慧才能。

# 领跑世界的“国家名片”

2008 年，中国首条高速铁路京津城际铁路正式开通。2019 年，中国高铁营业总里程已超过 3.5 万公里，全球占比超过 2/3。从高铁运行“零的突破”到全球高铁大国，再到拥有全世界最大规模及最高运营速度的高速铁路网，中国高铁的发展速度用“一日千里”形容一点儿也不为过。短短 10 余年，中国高铁就从无到有，从追赶到领跑世界，完成了西方发达国家半个世纪的铁路建设历程，不仅跑出了“中国速度”，更创造了“中国奇迹”，见证着新中国成立以来所取得的辉煌成果，成为展示中国改革开放发展成果烫金的“国家名片”。

同时，中国高铁作为新的“外交名片”和“形象代表”，在“走出去”和“一带一路”倡议中发挥着重要作用，熠熠生辉、光彩照人。通过对在华外国留学生进行的一项调查显示，来自 20 个国家的青年把高铁、网购、支付宝和共享单车选作他们眼里中国的“新四大发明”，是最想带回家的“中国特产”之一。

## 从京张铁路到京张高铁：<br>铁路巨变亦是中国从弱变强的巨变

2019 年 12 月 30 日，京张高铁开通运营，中共中央总书记、国家主席、中央军委主席习近平作出重要指示。他指出，1909 年，京张铁路建成；2019 年，京张高铁通车。从自主设计修建零的突破到世界最先进水平，从时速 35 公里到 350 公里，京张线见证了中国铁路的发展，也见证了中国综合国力的飞跃。回望百年历史，更觉京张高铁意义重大。

从京张铁路到京张高铁，中国铁路人经过一个多世纪的奋力追赶，实现了中国铁路由“中国制造”向“中国创造”“中国智造”的转变，更实现了中国高铁从无到有、从追赶者到领跑者的历史性跨越。中国铁路用几十年的时间走过发达国家几百年的路，中国高铁更是谱写了一曲提速超越的蝶变篇章。这是中国铁路的巨变，也是中国高铁的巨变，更是国家发展从弱到强沧桑巨变的一个缩影。

提到京张铁路，自然就会想到詹天佑。1905 年，中国人决定自主修建京张铁路时，被西方国家认为是个天大的笑话。一家外国报纸轻蔑地说：“能在南口以北修筑铁路的中国工程师还没有出世呢。”面对羞辱，詹天佑用行动证明了中国人的能力。他骑着毛驴，背上标杆，勘测线路，克服重重困难，历经千难万险，率领工程技术人员终于战胜了沿线的崇山峻岭、千沟万壑。1909 年，成功建成第一条由中国人自行设计、建造并投入运营的铁路。

京张高铁是国家《中长期铁路网规划》中在建的“八纵八横”京兰通道的重要组成部分，也是 2022 年北京冬奥会重要配套基础设施工程，于 2015 年 12 月开工建设。作为我国自主设计建造、世界上最先进的时速 350 公里的中国首条智能铁路，京张高铁列车引入了自动驾驶技术，能够实现车站自动发车、区间自动运行、车站自动停车、车门自动打开等功能，每一条钢轨的质量监造、供应和廓形设计打磨也运用了大数据并建立了“健康档案”。其中的八达岭长城站最大埋深 102 米，是国内埋深最大的高速铁路地下车站、国内最复杂的暗挖洞群车站，有着国内单拱跨度最大的暗挖铁路隧道，同时也是国内旅客进出站提升高度最大的高速铁路地下车站。

京张高铁的开通运营，标志着我国高铁从人工驾驶向自动驾驶的重大飞跃，进一步巩固和提升了中国高铁领跑世界的优势。这个涵盖多项世界第一的工程，绝对算得上是新时代中国的一个伟大创举。

——在雄伟的八达岭，地上是秦砖汉瓦的长城，地下是新时代人类壮举的高铁站。

——在深山坳里的青龙桥，地上是百年前的劳动者用智慧和自强以钢轨、道砟铺就的“人”字，地下是新时代劳动者用科技和创新铸就的“一”字盛世巨龙。

——中华历史上的文明创举，通过京张高铁实现了跨越千百年的交汇，迸发出中华五千年文明光耀世界的火花。新时代的中国劳动者，在这里用自己创造的奇迹向百年前的劳动者致敬问候。

## 从零起步到全球第一：中国高铁实现从追赶者到领跑者的历史性跨越

根据国际铁路联盟的定义，高速铁路是指列车运行时速在既有线上达到 200 公里 / 小时，新线上达到 250 公里 / 小时的铁路。高速铁路是信息技术、自动控制技术和新材料、新工艺等多种技术门类、多种专业综合的高新技术集成，自 20 世纪 60 年代在日本发端后，迅速在德、法等欧洲国家蔓延，技术日臻成熟。

中国高速铁路的建设起步较晚，始于 20 世纪 90 年代初。1990 年，铁路主管部门下达了“中国高速铁路发展模式和规划的研究”科研课题。同年《京沪高速铁路线路方案构想报告》提交全国人大会议进行讨论，这是中国首次正式提出高速铁路兴建计划。2004 年 1 月，国务院常务会议讨论并原则通过我国第一个《中长期铁路网规划》，以大气魄绘就了超过 1.2 万公里“四纵四横”快速客运专线网。

2008 年 8 月 1 日，我国第一条具有自主知识产权、国际一流水平的高速铁路“京津城际铁路”正式通车运营，开启了中国高铁建设的新纪元。

2011 年 6 月，世界上等级最高的高铁——京沪高铁建成投入运营。

2012 年 12 月 1 日，世界上首条新建高寒高铁——哈大高铁投入运营。

2012年12月3日，我国自主研发的“和谐号”新一代高速动车组在京沪高铁路段试车，再次以486.1公里的惊人时速刷新高铁世界纪录。

2012年12月26日，世界里程最长的高铁——全长2298公里的京广高铁正式全线通车。

2014年12月26日，世界上一次性建成里程最长的高铁——兰新高铁全线贯通。

2017年9月21日，世界上高铁商业运营速度最快的高铁——京沪高铁“复兴号”实现350公里时速运营。

2016年7月13日，我国发布了国务院批准的《中长期铁路网规划》，到2025年，铁路网规模达到17.5万公里左右，其中高速铁路3.8万公里左右。

目前，我国已成为世界上高速铁路发展最快、系统技术最全、集成能力最强、运营里程最长、运行时速最高、在建规模最大的国家。拥有高速列车保有量1300多列，世界最多；列车覆盖时速从200公里~500公里各种等级的动车组，种类最丰富、谱系最完整；动车组累计运营里程约16亿公里，经验最丰富……中国高铁从无到有，从追赶者到领跑者，引领着世界高铁发展的新潮流。

我国高铁具有三大优势：技术先进、安全可靠；价格低、性价比高；运营经验丰富，中国每建设一条铁路其标准至少保证20年不落后。

——中国目前已经成功拥有世界先进的高铁集成技术、施工技术、装备制造技术和运营管理技术，具有组团出海的实力，可以挑战任何竞争对手。

——施工成本和效率方面，中国高铁更具优势。据测算，国外企业修建高铁平均成本为每公里0.5亿美元以上，中国企业只需约一半且工期短，施工效率又是外国企业的一倍以上。

——成本低，标准却更高。安全性能上，中国标准与欧洲标准基本一致，施工标准远高于欧洲标准。中国企业施工中用到的钢筋、水泥等材料，等级和用量都是偏高的。

## 从引进来到走出去：高铁实现从中国制造到中国标准的华丽转身

短短10余年间，中国高铁技术就实现了技术创新和推广应用的“三级跳”：从技术引进的中国制造发展到逐步攻克技术难关的中国创造，再到拥有自主技术的中国标准。

2004年开始，中国陆续引进日、德、法等国技术，联合生产时速200公里动车组。按照“引进先进技术、联合设计生产、打造中国品牌”的总体方针，中国高铁列车从“中国制造”向“中国创造”迈进。

2008年2月，科技部和铁道部签署自主研制世界最快动车的联合行动计划。众多参研参制单位团结协作，奋勇攻关；科研人员和一线劳动者齐心协力，拼搏奋战。到2011年，研发制造出以“和谐号”CRH380为代表的17种型号动车组，涉及4个技术平台，建成京津城际、武广高铁和京沪高铁，设计时速350公里。凭此出色成绩，中国加入了以欧洲发达国家为主的国际铁路联盟。

2012年6月，为解决引进不同技术平台导致的不统一问题，也为掌握关键技术、核心技术，中国铁路启动了时速350公里中国标准动车组研制计划。

2017年6月，中国标准动车组成功量产，被正式命名为“复兴号”，各项指标均达世界一流水平。

2020年10月21日，时速400公里可变轨高速动车组在中国北车集团长春轨道客车股份有限公司下线。该动车组能够在不同气候条件、不同轨距、不同供电制式标准的国际铁路间运行，具有节能环保、主动安全、智能维护等特点，是新时代中国高速铁路装备具有里程碑意义的重大创新成果。该动车组既可以全面满足中国高速铁路未来的运营发展需求，还能对高端装备“走出去”以及“交通强国”战略的实施提供强大的技术支撑。

从被称为“高铁之脑”的动车组列车网络控制系统到被称为“高铁之心”的高铁列车最核心的部件——牵引电传动系统和网络控制系统，实现了100%的“中国创造”，中国高铁在技术上日益成熟，用自己的努力打造了拿得出、叫得响的“中国品牌”。这一发展历程，仅仅用了十年多一点儿的时间。

“中国高铁竖硬币”曾经成为网上热搜关键词，引发中外网友点赞。在行驶时速350公里的“复兴号”车厢内能竖硬币不倒，体现了中国高铁非常高的平顺性，而高铁的平顺性也正是高铁线路的核心。

高速动车组是一项庞大的系统工程，一列动车组光零部件就有数十万个。路基、桥梁、隧道、钢轨、线路……这其中涉及到的环节、工艺、技术等方方面面，甚至是轨道上的一个扣件，都将中国高铁人的智慧、创新、坚持，发挥到极致。

从桥梁、隧道、无砟轨道等线路工程，到牵引供电和列车运行控制系统，再到高速列车的研制，中国的高速铁路走出了一条独具特色的高效而辉煌的引进、消化、吸收、再创新之路。“复兴号”高铁，在284项标准中，有超过84%是中国标准，是名副其实的中国标准列车。“复兴号”中国标准动车组构建了体系完整、结构合理、先进科学的高速动车组技术标准体系，标志着我国高速动车组技术全面实现自主化、标准化和系列化。

如果说“和谐号”高铁是中国制造的靓丽名片，代表中国装备制造业的水平，那么“复兴号”的横空出世，则标志着中国标准动车组成为全球动车企业的国际重要标准，实现了高铁从中国制造到中国标准的华丽转身。“复兴号”中国标准动车组的运行，开启了中国高铁的新时代，它提升的是中国高铁在全球的话语权和竞争力。



中国标准动车组遵循了安全可靠、简统化、系列化、经济性、节能环保的设计研制原则，在方便运用、环保、节能、降低全寿命周期成本、进一步提高安全冗余等方面加大了创新力度，具有创新性、安全性、经济性、智能化、人性化等特点。

“高铁一响，黄金万两。”国内目前“四纵四横”的高速铁路网、安全行驶的高速列车，已经向世界证明了中国高铁过硬的技术水平。它在给人们出行方式和生活方式带来巨大而深远影响的同时，对经济社会发展起到了极大推动作用。

中国高铁工程大步走向海外，开始角逐全球高铁市场。目前，中国已经或正在洽谈的海外高铁项目有20多个，承建了世界高铁网络中的60%，主要涉及印度尼西亚、巴基斯坦、老挝、泰国、俄罗斯、埃塞俄比亚和美国等国家。

加快设施联通建设是共建“一带一路”的关键领域和核心内容，在“一带一路”倡议的指引下，中国铁路积极走出去，与沿线国家和地区分享建设发展成果，为世界贡献中国方案。

中国高铁编织出一张流动的巨网，不仅改写着整个中国社会的时空格局，也提供着助力世界发展的中国智慧。

# 送“嫦娥”奔月　让神话成真

2018年12月8日，中国人研制的嫦娥四号探测器，承载着亿万国人的探月梦想，从西昌卫星发射中心发射升空，奔向神秘的月球背面。2019年1月3日，在经历了26天的太空飞行后，嫦娥四号探测器顺利降落在月球背面东经177.6度、南纬45.5度附近的预选着陆区，玉兔二号月球车与着陆器顺利分离，抵达月球表面进行探测，并通过“鹊桥”中继星传回了世界第一张近距离拍摄的月背影像图，人类第一次近距离揭开了古老月背的神秘面纱。

距离地球40多万公里的月球背面，被称为“秘境中的秘境”。嫦娥奔月、吴刚伐桂、玉兔捣药……自古以来，人类就对月球背面有着很多想象和猜测。月球背面对于人类而言，有许多未知等待着解答。

中国是世界第一个实现月背着陆和巡视探测的国家。嫦娥四号第一次实现人类探测器月球背面着陆和巡视探测，第一次实现月球背面与地球的中继测控通信，第一次在月球背面开展月球科学探测和低频射电天文观测，第一次开展了国际合作载荷搭载和联合探测，填补了世界月球科学探测领域的多项空白，掀开了人类月球探测新篇章。

## 嫦娥四号是创造历史的重大成就

嫦娥四号着巡组合体着陆区，位于月球背面的艾特肯盆地。月球分为三大地体：克里普岩地体、斜长高地岩地体、艾特肯盆地地体。前两个地体都已经被巡视探测过，只有艾特肯盆地地体没有被近距离巡视探测。一般认为，这个盆地有可能是当时宇宙大爆炸或者后来小天体撞击形成的，隐含着宇宙最早的一些信息。而且这个盆地是目前发现的太阳系固体天体中最大最深的盆地，直径大约2500公里，深度约12公里。其90%的面积都分布在月球背面，具有很高的科研价值，有助于获取月球深部物质的相关信息。

嫦娥四号的着陆，对月球背面地形地貌、矿物组分、巡视区浅层结构、地幔物质等进行了科学探测与研究，为月球资源的开发利用提供了极具价值的第一手资料。

由于月球绕地球公转的周期与月球自转的周期相同，所以月球总有一面背对着地球，这一面称之为月球背面。因此，人类在地球始终无法看到月球的背面。科学家认为，月球背面比正面更为古老，且屏蔽了来自地球的无线电信号干扰，在此开展低频射电天文观测可以填补射电天文领域在低频观测段的空白，对人类了解月球的化学成分演化过程有很大帮助，对研究月球和太阳系早期历史具有重要价值，为研究太阳、行星及太阳系外天体提供可能，也将为研究恒星起源和星云演化提供重要资料。

虽然从20世纪50年代开始，发射到月球的探测器和轨道器已经有100多个，其中还包括65个月球着陆器，但是从着陆器探测来说，月球背面一次都没有。2019年以前，人类在月球探测历程中成功实施20次月面软着陆，全部位于朝向地球的月球正面。

嫦娥四号探测器实现了人类历史上第一次月球背面软着陆，主要是开展月球背面低频射电天文观测与研究，开展月球背面巡视区形貌及月表浅层结构探测与研究，试验性开展月球背面中子辐射剂量、中性原子等月球环境探测研究。

嫦娥四号探测器的成功着陆，是我国由航天大国向航天强国迈进的重要标志之一，是中华民族为人类探索宇宙奥秘作出的又一卓越贡献。

## 嫦娥四号的设计研制应对多重困难挑战

由于嫦娥四号着陆区在月球背面，这使得着陆器和巡视器无法同地球直接通信，必须用中继星中继的方式通信。同时，在动力下降过程中，着陆器也不能对地直接通信，只能通过中继星上下行操作，这些都是此次任务的难点。同时，首选着陆区艾特肯盆地的地形更为崎岖，撞击坑大而且分布密集，这对探测器着陆区的选择和着陆精度提出了更高要求。

不仅如此，巡视器还要面对月球表面昼夜温差变化大、低重力环境以及细小微尘污染等问题。例如，月球的重力只有地球的 1/6，要针对这种低重力环境，对巡视器的移动速度、距离、越障能力等状态和参数实行充分的地面力学分析和验证，并结合月面散落陨石和撞击坑的状态，使其具有一定的障碍识别和自主避障能力，保证它的通过性、机动性以及地形适应性。

在整个任务过程中，科研人员为巡视器定义了感知、移动、探测、充电、安全、月昼转月夜、休眠、月夜转月昼多种工作模式，以应对不同工作环境、不同工作状态的要求。

月面巡视器要从地球飞越约 38 万公里才能到达月球，负担自然是越轻越好，因此探测器的每个部分都有严格的重量要求。在这样的前提下，科研人员通过严格的筛选和试验，最终在仅增加 50 克重量的有限措施下，将电缆防拉脱力从 22 牛［顿］提升到了 48 牛［顿］，整整将相应指标提高了 1 倍多。同时，加强了电缆的耐磨性和驱动控制模块设计冗余，有力地支撑了嫦娥四号巡视器征战月球背面之行。

1 个月夜相当于地球上 14 天。同时，月夜最低温度可达 −180℃。在没有光照的漫长黑夜里，对于依靠太阳能提供能量的嫦娥四号着陆器和巡视器来说，如何依靠自身存储的能量安全度过月夜是一个很大的挑战。面对这一难题，科研人员提出休眠唤醒概念。当太阳升起时，着陆器和巡视器将开始忙碌地工作——着陆器在原地实施科学探测，巡视器则开始“东奔西走”。当月夜降临时，巡视器会为自己找好栖身之所，收起桅杆，合上太阳翼，开始休眠，直到太阳照射到月球车太阳翼的电池片上，唤醒“沉睡”的巡视器和着陆器，开启又一次勘测。

欧阳自远，中国探月工程首任首席科学家、被誉为“嫦娥之父”。从2004年负责嫦娥一号工程开始，70多岁的他每晚只能睡三四个小时。2020年6月，国际宇航联合会2020年度最高奖“世界航天奖”授予以中国探月工程总设计师吴伟仁院士为代表的嫦娥四号任务科研团队，这是该组织成立70年来首次将最高奖授予中国科学家。

## 嫦娥四号标志着我国探月工程的又一个里程碑

世界各国在空间探测领域大都先从探月开始，这是符合科学规律的。因为月球是离地球最近的一个星球，蕴含着丰富的资源和能源，有着特殊的环境。

中国的空间探测也是从探测月球开始的。中国的探月之路起步虽晚，但从未停下追逐。早在1994年，我国就进行了有关探月活动必要性和可行性的相关研究。经过反复研究论证，2004年，中国的探月工程正式立项，并被命名为“嫦娥工程”，这是我国航天继人造地球卫星和载人航天之后的第三个里程碑，是国家重大科技专项的标志性工程。

从资源、能源和特殊环境开发利用的角度来看，月球上氦—3资源储量约103万吨至129万吨，至少能解决人类1万年的能源需求。氦—3是氦的同位素之一，具有作为核聚变燃料的非凡性能，采用氦—3为燃料的核聚变安全、清洁，效率更高，容易控制，产生的放射性物质微乎其微，能够替代目前地球上大量使用的污染性能源。

中国为月球探测前期基础性科学准备了35年（1958年—1993年）。“嫦娥工程”是中国启动的第一个探月工程。“嫦娥工程”分为无人月球探测、载人登月和建立月球基地，即“探”“登”“驻”三个阶段。目前开展的探月工程尚属于“探”的阶段，即不载人月球探测阶段。

不载人月球探测阶段又分为“环绕探测”“月球软着陆和巡视探测”“自动取样返回”，即“绕”“落”“回”三期三步走。

“绕”：2007 年（一期）发射绕月探测器，对月球进行全球性普查。

“落”：2013 年（二期）发射携带月球车的探测器在月面着陆，对着陆区附近进行区域性详查。

“回”：2020 年前（三期）发射月球采样返回器。它在月面特定区域软着陆并采样，然后把月球样品带回地球进行精查。

从嫦娥一号开始，中国就迈出了离开地球摇篮的第一步，奔向了另外一个天体。

嫦娥一号拍摄了全月球影像图。

嫦娥二号首次实现我国对小行星的飞跃探测。

嫦娥三号成功实现落月梦想。

嫦娥四号实现人类首次月球背面软着陆……

中国探月工程树起了一个又一个的里程碑。

2007 年 10 月 24 日，嫦娥一号从西昌卫星发射中心升空。

嫦娥一号是我国首颗绕月人造卫星。出于稳妥考虑及工程需要，首次任务卫星没有直接飞向月球，而是先绕地球飞行一星期。10 月 31 日，嫦娥一号经过 112 小时飞行，行程 206 万公里，最终进入月球轨道。与它一起奔月的，还有包括《歌唱祖国》《爱我中华》《但愿人长久》在内的 30 首歌曲和戏曲片段，以及《义勇军进行曲》《东方红》2 首特别选用歌曲。2007 年 11 月 26 日，嫦娥一号开始在环月轨道上“歌唱”，人们能够通过电视和广播收听来自 38 万公里之外的美妙歌声。2009 年 3 月 1 日，嫦娥一号卫星在地面指挥中心控制下成功撞击月球。嫦娥一号卫星累计飞行 494 天，获取了全月球影像图、月表部分化学元素分布、月表土壤厚度等一系列科学研究成果，圆满实现工程目标和科学目标，为我国月球探测后续工程和深空探测奠定了基础。

2010 年 10 月 1 日，嫦娥二号在西昌卫星发射中心成功发射。

嫦娥二号原本是嫦娥一号的备份星。嫦娥一号成功完成绕月任务后，经论证，嫦娥二号成为嫦娥三号落月任务的先导星。嫦娥二号主要是用作试验，验证部分新技术和新设备，降低后续工程的风险，同时深化月球科学探测。嫦娥二号表现十分优异——获得世界首幅分辨率为 7 米的全月图，为嫦娥三号验证了部分关键技术，在拓展试验中首次从月球轨道出发飞赴日地拉格朗日 L2 点进行科学探测，在距地球 700 万公里处实现了对图塔蒂斯小行星的飞越交会探测。目前，嫦娥二号卫星已经成为太阳系的小行星。

2013 年 12 月 2 日，我国成功把嫦娥三号直接送入地月转移轨道。

12 月 14 日，嫦娥三号在月面软着陆，首次实现了我国对地球以外天体的软着陆。五星红旗首次出现在月球表面。12 月 15 日，嫦娥三号着陆器与巡视器互相拍照，使我国成为世界第三个掌握落月探测技术的国家。它使我国探月工程取得了跨越式进步，直接获得了丰富的月球数据，并经受了着陆、移动和长月夜生存三大挑战。

2020 年 5 月 17 日，在月球“沉睡”的嫦娥四号着陆器和玉兔二号月球车，结束了寒冷且漫长的月夜休眠，受光照自主唤醒，迎来了第 18 个月昼工作期，这也是嫦娥四号着陆月球背面的第 500 个地球日。在这 500 天里，嫦娥四号着陆器和玉兔二号月球车在科研领域硕果累累。玉兔二号月球车累计行驶里程 447.68 米，期间实施了岩石探测、车辙探测、撞击坑探测等科学探测试验。嫦娥四号任务科研团队表示，后续将继续严密规划，精心操控，再接再厉，向更远的目标移动，取得更多的科学成果，为人类空间探索事业发展作出贡献，实现更多的“中国壮举”。

2020年7月23日12时41分，我国首次火星探测任务天问一号探测器，在海南文昌航天发射场点火升空。天问一号将一次完成“环绕、着陆、巡视”三大目标。如果任务成功，中国将成为世界上首次探索火星即完成软着陆任务的国家。

除了探月，我们还要探测火星，天问一号着陆火星只是第一步，2025年至2030年还要实现从火星上实地取样返回。探测火星的终极梦想是通过全人类的不懈努力，探索将这颗神秘的行星改造成一个生态环境友好的新世界的可能，使地球—火星成为人类社会持续发展的“姐妹共同体”。

# 高峡出平湖　当惊世界殊

长江三峡水利枢纽工程（简称“三峡工程”）是迄今人类治水史上规模最大的水利枢纽工程，被认为是世界上最伟大的工程奇迹之一。工程建设者创造了100多项“世界之最”，这里列举其中最主要的10个之最。

——最大的水电站。总装机容量2250万千瓦，年平均发电量882亿千瓦时。截至2020年8月底，累计发电量达13541亿千瓦时。

——建筑规模最大的水利工程。三峡大坝坝轴线全长2309米，泄流坝段长483米，水电站安装有32台70万千瓦和2台5万千瓦水轮发电机组。

——工程量最大的水利工程。整个工程土石方挖填量约1.34亿立方米，混凝土浇筑总量约2800万立方米。

——施工强度最大的水利工程。2000年混凝土浇筑量为543万立方米，月浇筑量最高达55.4万立方米，创造混凝土浇筑的世界纪录。

——施工期流量最大的水利工程。截流流量9010立方米/秒，施工导流最大洪峰流量79000立方米/秒。

——泄洪能力最大的泄洪闸。泄洪闸最大泄洪能力10万立方米/秒。

——级数最多、总水头最高的内河船闸。双线5级、总水头113米的船闸，其最大工作水头、最大弃泄水量、边坡开挖高度均属“世界之最”。

——规模最大、难度最高的升船机。升船机的有效尺寸为120×18×3.5米，总重11800吨，最大升程113米，过船吨位3000吨。

——防洪效益最为显著的水利工程。三峡水库总库容393亿立方米，能有效控制长江上游洪水，保护长江中下游荆江地区1500万人口、150万公顷耕地。

——水库移民总数世界最多。搬迁安置城乡移民131.03万人，相当于迁建一个欧洲中等国家。

如此多的世界之最，相信不用更多的言语，人们就能充分感受到三峡工程那举世无双的超级规模和宏伟气势。三峡工程在工程规模、科学技术和综合利用效益等许多方面都处于世界超级工程的前列，创造出人类文明史上的旷世奇观。

## 三峡工程是象征当代中国实力的“国之重器”

2018年4月24日，习近平总书记考察三峡工程和坝区周边生态环境，在听取了有关三峡工程发展历程、综合效益和科技创新的介绍后，他深情地说：“三峡工程是国之重器，是靠劳动者的辛勤劳动自力更生创造出来的，看了以后非常振奋。三峡工程的成功建成和运转，使多少代中国人开发和利用三峡资源的梦想变为现实，成为改革开放以来我国发展的重要标志。这是我国社会主义制度能够集中力量办大事优越性的典范，是中国人民富于智慧和创造性的典范，是中华民族日益走向繁荣强盛的典范。真正的大国重器，一定要掌握在自己手里。”

三峡工程建设攻克了一系列世界性难题，将核心技术、关键技术牢牢掌握在自己手中。

——解决了大江截流、船闸深切岩体开挖、大坝混凝土连续浇筑和温控、重型金属结构安装、70万千瓦巨型水轮发电机组制造和安装等一系列重大技术问题。

——攻克了直立高边坡开挖边坡稳定的技术难题。三峡永久船闸是世界上最大的双线5级船闸，是从坚硬的花岗岩山体中整体开挖出来的，它的直立边坡最高达175米。在开挖过程中，建设者利用预应力锚索、高强锚杆、喷砼支护、光面预裂爆破等新工艺、新技术，使陡峭的岩体开挖出来如刀切豆腐一般，岩体边坡稳定性达到设计要求。

——攻克了大坝高强度混凝土浇筑的技术难题。在大坝浇筑中，建设者在大体积混凝土温控防裂技术、混凝土制冷技术、塔带机连续浇筑工艺等方面取得了重大突破。

——攻克了截流和深水围堰施工的技术难题。大江截流时河床最大水深 60 米，居世界首位，三峡工程创造出“预平抛垫底、上游单戗立堵，双向进占、下游尾随进占”的施工方案，解决了深水截流的一系列技术难题。

2013 年，三峡工程荣获国际工程领域最高奖——菲迪克“百年工程项目奖”。据统计，在三峡工程建设形成的科技成果中，被评为国家科技进步奖的有 20 多项，获评省部级科技进步奖的有 200 多项，还有技术创新、发明专利 1053 项，创造了 112 项世界纪录。三峡工程，推动中国工程建设能力和装备制造业赶超世界先进水平。

新中国成立以来，党和国家把治水兴水摆在关系国家事业发展全局的战略位置，以三峡工程为典范，一批批兼具防洪、发电、供水、生态等综合效益的重点水利工程陆续建成，充分发挥“兴水利、除水害”的巨大作用，为国家经济发展提供了强大支撑。

## 三峡工程承载中国人开发和利用三峡资源的梦想

三峡工程的成功建成和运行，使多少代中国人治理长江洪水和利用长江水资源的梦想变为现实，它是大国治水的典范，是改革开放以来我国发展的重要标志。

长江是我国第一大河，名列世界第三。干流自西向东横贯中国大陆流入太平洋，全长 6387 公里。它有 3600 多条支流，全流域集水总面积 180 万平方公里，占我国大陆总面积的 18.8%，年入海水量近万亿立方米。由于自然的变迁和人为的原因，长江也给中华民族带来了一定的灾难。

自汉代到清末的 2000 多年中，长江共发生水灾 210 多次，平均每 10

年一次，给沿线流域许多地方的百姓生命财产安全造成了巨大的破坏，损失难以计数。

驾驭长江洪魔、治水兴邦，是长江沿岸人民的千年期盼。兴建三峡工程、治理长江水患是中华民族的百年梦想。从孙中山先生提出设想到勘察、规划、论证、工程完工，历经近百年风雨。1919年，孙中山就提出了开发三峡的宏伟设想。新中国成立后，三峡工程纳入国家战略。1953年，毛泽东视察长江时，听取了关于长江治理的汇报，留下了“更立西江石壁，截断巫山云雨，高峡出平湖”的宏伟诗篇。20世纪50年代至70年代先后开工建设了三峡试验坝、陆水水库大坝和三峡工程的航运梯级——葛洲坝工程，为建设三峡工程做了实战准备。

三峡工程因位于长江干流三峡河段而得名。三峡河段全长约200公里，上起四川奉节白帝城，下迄湖北宜昌南津关，由瞿塘峡、巫峡、西陵峡组成。选定的坝址位于西陵峡中的三斗坪镇。三斗坪距湖北省宜昌市区40公里，这里河谷开阔，基岩为坚硬完整的花岗岩，具有修建混凝土高坝的优越地形、地质和施工条件。

三斗坪坝址，是经过了大量的地质勘探，在2个坝区、15个坝段、数十个坝轴线中，历时24年，经由专家充分论证才最终选定的。

改革开放后，我国国民经济发展对建设三峡工程提出了更为迫切的要求，但是由于技术水平、资金筹措、移民安置的制约以及生态环境、国防安全等方面的考量，三峡工程经历了久议不决的纠结期。随着我国国力逐步增强，建设三峡工程的条件日趋成熟。1986年6月，党中央、国务院决定，围绕社会各界提出的问题和建议，组织各方面专家再次进行广泛深入的研究论证。1992年4月3日，第七届全国人大五次会议审议表决通过了《关于兴建长江三峡工程的决议》。这也是新中国历史上唯一由全国人大代表投票决定上马的水利工程。



三峡工程的建设是科学决策的结果。面对来自一些人的质疑声和反对声，三峡决策者没有压制不同的声音，而是运用大量的勘测研究论证说服不同观点的反对者，并且通过民主和法律程序决定。国家投入了大量的人力、物力和财力，做了大量调查研究论证工作，光是工程涉及的研究部门就有 100 多个专业，工程师以上技术人员 1200 多人。

三峡工程的总体建设方案是“一级开发，一次建成，分期蓄水，连续移民”。施工工期从 1992 年开工，到 2009 年竣工分三期，总工期 17 年。一期工程（1992 年—1997 年）：除准备工程外，主要进行一期围堰填筑，导流明渠开挖等。二期工程（1998 年—2003 年）：主要任务是修筑二期围堰，左岸大坝的电站设施建设及机组安装，同时继续进行并完成永久特级船闸、升船机的施工。三期工程（2003 年—2009 年）：进行右岸大坝和电站的施工，并继续完成全部机组安装。到 2020 年 11 月，三峡工程建设任务全面完成，工程质量满足规程规范和设计要求，总体优良，防洪、发电、航运、水资源利用等综合效益全面发挥。

## 三峡工程树起一座中华民族治水兴邦的丰碑

三峡工程作为一个世纪工程，经历了几代人的不懈努力，凝聚了毛泽东、周恩来、邓小平等老一辈革命家的期望，凝聚了无数专家学者的心力，凝聚了数万名建设者辛勤劳动的汗水和热血。自运行以来，三峡工程防洪、发电、航运、水资源利用、节能减排与生态环保等巨大综合效益已全面发挥，它代表着中国工程设计建造、管理运行的先进水平，以恢宏昂扬的姿态，树起一座中华民族治水兴邦的丰碑，彰显“大国重器”的使命与担当。

2019 年 9 月 25 日，三峡水利枢纽工程设计总工程师、中国工程院院士郑守仁获得新中国成立 70 周年“最美奋斗者”称号。他说：“对于三峡工程，我看得比自己的生命更重。三峡工程是长江水利委员会这个群体的心血，是我们水利人共同的孩子。‘最美奋斗者’这一荣誉并不是属于我个人的。”“三峡工程是国家的百年大计，设计标准更是千年一遇，不能出丝毫问题。我们要对工程负责，对历史负责。”“我现在关心的不是我的身体，而是三峡工程能不能经得起历史检验。三峡工程经过了10年试验性蓄水，10年跟踪，经受了汶川地震等各种考验，各项指标完全正常，对环境没有产生不利影响，已经取得良好效益。这一辈子把三峡工程搞完了，也算是了了我的一个心愿。”

正是有了一代代决策者、领导者的高瞻远瞩，有了无数设计者、建设者的劳动奉献，三峡大坝集合了人类的智慧，并为人类造福。

——三峡工程首要目标是防洪，有效控制长江上游洪水。经三峡水库调蓄，可使荆江河段防洪标准由现在的约十年一遇提高到百年一遇。从蓄水至2020年8月底，三峡水库累计实施拦洪运用53次，拦洪总量超过1800亿立方米，工程防洪减灾效益显著。2016年汛期，长江中下游地区发生1999年以来最大洪水。经科学调度，三峡工程成功削峰38%，有效缓解了长江中下游地区的防洪压力。

——它拥有32台70万千瓦机组，是稳定全国电网的支撑电源。截至2020年8月底，三峡水电站累计发电13541亿千瓦时，相当于少燃烧4.30亿吨标准煤，不仅有效缓解了华东、华中、广东等地区电力紧张局面，而且为全国减少碳排放、治理雾霾作出了积极贡献，是世界上最大的节能减排工程。

——它成就了“黄金水道”，让“自古川江不夜航”成为历史。三峡工程极大改善了宜昌至重庆段约660公里的通航条件，万吨船队可由上海直达重庆，船舶运输成本显著降低、安全性明显提升。2019年，三峡船闸全年共运行10627闸次，过闸通过量达1.46亿吨，再创历史新高。极大地促进了西南腹地与沿海地区的物资交流，有力地支持了长江经济带发展战略的实施。

——三峡大坝旅游区从无到有，从小到大。景区观光线路不断优化完善，基础设施不断提档升级，产品内涵不断丰富，服务质量不断提升，成为全国首批 AAAAA 级旅游景区，荣获全国文明单位、全国研学旅行示范基地、红色旅游经典景区等荣誉称号。

——随着三峡工程的建成运行，以三峡水库为骨干的长江上游水库群联合调度和跨流域水资源配置的格局逐步形成，标志着长江治理开发从控制洪水向洪水管理和水资源综合利用的重大转变，将为长江流域乃至全国经济社会发展和产业优化布局更好地发挥能动作用。

长江三峡，风光无限；三峡工程，福佑子孙。我们相信，对我国经济、政治、文化、社会、生态“五位一体”总体布局有极其重要战略价值的三峡工程，必将在现代化建设的宏伟大业中发挥出重要作用。

# “人工天河”红旗渠

削平了1250座山头，架设了152座渡槽，凿通了211个隧洞，建造了12408座各类建筑物，挖掘了2225万立方米土石，如果把这些土石筑成宽2米、高3米的墙，可以纵贯中华南北，把广州和哈尔滨连接成一道“万里长城”……

这，就是被誉为“人工天河”“人工银河”“中国水长城”“世界第八大奇迹”的红旗渠，是30多万河南省林县人民于1960年动工，历时10年艰苦奋战（1960年—1969年），用血肉之躯乃至生命代价，通过一锤一钎一双手，在太行山悬崖峭壁开凿的一条长1500公里，总干渠70.6公里、墙高约4.3米、宽约8米的人工灌渠。

1974年，中华人民共和国代表团参加联合国大会时，放映的第一部电影就是纪录片《红旗渠》。周恩来总理曾经自豪地向外国友人介绍，新中国有两大奇迹，一个是南京的长江大桥，一个是林县的红旗渠。不同的是，南京长江大桥的建设是举全国之力，而红旗渠是英雄的林县人民用两只手修建成的。

## 红旗渠建设者被授予“最美奋斗者”称号

为庆祝中华人民共和国成立70周年，中共中央宣传部、组织部等9部委联合部署在全国城乡开展“最美奋斗者”学习宣传活动，共评选出300名“最美奋斗者”（278名个人、22个集体）。红旗渠建设者从众多英雄模范集体中脱颖而出，成为新中国22个“最美奋斗者”集体中的一员。

20世纪60年代，林县（今河南省林州市）人民为改善恶劣的生活条件，摆脱水源匮乏状况，以战天斗地的豪情和舍生忘死的气概苦战10年，绝壁穿石，逢山凿洞，遇沟架桥，顶酷暑、战严寒，克服了无数难以想象的困难，在太行山悬崖峭壁上修成了纵横1500多公里的“人工天河”——红旗渠，将一面“自力更生、艰苦创业、团结协作、无私奉献”的红旗渠精神之旗帜插在太行山巅。

全县50万人口，有30万人参加了红旗渠修渠工程。81名修渠群众献出了宝贵生命，其中，年龄最小的才17岁，最大的63岁。红旗渠建成后，全县410个村受益，解决了60万人和37万头家畜吃水问题，54万亩耕地得到灌溉，粮食亩产大幅度提高。

红旗渠的建成，形成了引、蓄、灌、提相结合的水利网，彻底改善了林县人民靠天等雨的生存条件，促进了当地经济和社会事业的全面发展。如今，红旗渠是国家AAAAA级旅游景区，也是全国重点文物保护单位，红旗渠至今仍然发挥着不可替代的重要作用，被林州人民称为“生命渠”“幸福渠”。

有着“北雄风光最胜处”之称的太行山，是中国最富神话色彩的山峦。盘古开天地、精卫填海、愚公移山的神话故事，在这里流传了几千年，但这不过是出自古人的神话或传说。而像神话一般传奇、盘绕在巍巍太行半山腰上的红旗渠，却是出自林县劳动人民勤劳的双手。她就像一条银色的飘带，紧紧地缠绕在太行山腰，穿过层层山，绕过道道岭，弯弯曲曲蜿蜒数百里，堪称人间奇迹，形成了独一无二的红旗渠风光，为古老的太行山增添了一道美丽的风景线。

## 红旗渠建设者用不屈和坚忍，树起一座历史丰碑

地处三省交界、太行腹地的林县，石厚土薄，水源奇缺，十年九旱，水贵如油。红旗渠修建前，全县550个行政村中，有307个村长年人畜饮水困难，有100多个村要跑5公里以外取水吃，每年因取水误工达480万

人。也就是说，林县百姓每年要把将近4个月的时间，消耗在那些漫长的取水山道上。

新中国成立后，尽管党和政府组织修建了许多水利工程，但由于水源有限，仍不能解决大面积灌溉问题。1959年，林县又遇到了前所未有的干旱，县委、县政府经过反复考察论证，认为必须谋划兴修大型水利工程，“劈”开太行山，将邻省山西的漳河水引进来（“引漳入林”工程）。1960年，经过豫晋两省协商同意，后经国家计委委托水利电力部批准，把工程正式命名为“红旗渠”，意思就是高举红旗前进。

1960年2月，红旗渠工程开工之时，恰逢我国三年困难时期，上级部门除在政策、精神上给予支持外，在资金、技术、人才、设备、粮食等方面的资助极其有限。就林县自身情况看，虽然早早就开始为修渠大业做积累，也只积攒下3000万斤粮食和300万元资金。对于庞大的红旗渠工程而言，这只是九牛一毛，微乎其微。就是在这种情况下，林县人民立足自身，自筹资金、粮食，自制建材、工具、炸药，创造了人类修渠史上的奇迹。

红旗渠不是一般的山间渠道。按照设计，要在几十米至几百米的石山上，拦腰开出、砌起一道宽8米、高4.3米的石渠，可通过每秒25立方米的水；河水要流过悬崖，穿过50多处山壁陡峭的险要地形和42个山洞，在太行山上流转70公里，其难度可想而知。

工人们得腰系绳索，从山顶飞身而下，像壁虎一样贴在山壁上，一锤一钻地在那里打钎子、凿炮眼。有的地方，得劈掉整个崖峰，才能开出渠道。红旗渠的主要工程多半是在这样的地方修出来的。

这是林县人民在三年困难时期，下定决心，排除万难，不怕流血流汗，在没有任何机械设备帮助，在极其险恶的大自然中，所进行的一项创世纪性的伟大工程。

没有参考资料，土专家就亲自勘测、精心设计。

施工中，劈山开洞、砌墙架槽，需要大量的炸药和水泥，这些物资供应不足，就土法上马，自己研制炸药，生产水泥。

大家找不到合适的地方住，就睡在山崖下、石缝中，有的垒石庵，有的挖窑洞，有的露天打铺，睡在没有房顶、没有床、更没有火的石板上，薅把茅草当铺草，真是铺地盖天。几块布篷撑起来，就是指挥千军万马的指挥部。三个石头支起来，就是烧锅煮饭的伙房。

在修建水渠的过程中，领导垂范，党员带头，成为修渠队伍的中坚力量，为修渠立下了汗马功劳。最苦最累的活，最困难最危险的地方，全县党团员和干部始终冲在最前面。从县委书记、县长到各级干部，扛起工具与群众一起干。人民群众看在眼里，暖在心里，再苦再累也紧紧地跟在党员干部的身边，并提出了响亮的口号："党员干部流汗水，我们就不怕流血水。党员干部搬石头，我们就有决心搬山头！"

一部红旗渠修建史，就是一部人民群众的发明创造史。通过修渠实践培养出工程师、技术员、石匠、铁匠等一大批能工巧匠：仅石匠就有 3.3 万余名；学会烧石灰的 700 名，学会造炸药的 320 名，学会制水泥的 110 名；培养炮手 810 名、铁匠 110 名、木匠 200 名，能够领导施工的管理人才 1610 名。

"人工天河"红旗渠，是林县人民用艰苦卓绝的奉献树起的一座丰碑，是党和人民刻在太行山岩上的一座历史丰碑。

## 红旗渠建设者孕育的红旗渠精神历久弥新

红旗渠已不是单纯的一项水利工程，已成为民族精神的一个象征，让磨砺千年的民族精神化为有形的"人工天河"，奔流至今。在红旗渠修建过程中孕育形成的"自力更生、艰苦创业、团结协作、无私奉献"的红旗渠精神，是中国共产党革命精神在社会主义建设时期的延续和实践。



改革开放以来，党中央一直都关注着红旗渠，很多党和国家领导人都有着浓浓的红旗渠情结。

1996年，江泽民视察红旗渠，他说："希望大家不要忘记山中岁月、洞中岁月，不要忘记那些修渠的人。"他还说："林县人民了不起，红旗渠是自力更生、艰苦创业的典范，不仅给后人留下了可以浇灌几十万亩田园的水利工程，更重要的是留下了宝贵的红旗渠精神。这不仅是林州的、河南的精神财富，也是我们国家、民族的精神财富。"

胡锦涛曾两次到过红旗渠，对红旗渠及红旗渠精神都给予了高度评价。他说："在改革开放的今天，我们仍要继续弘扬当年的修渠精神，把红旗渠精神代代传下去。"

习近平总书记多次亲临河南考察工作，他说："河南有焦裕禄精神、红旗渠精神等优良传统和作风。""红旗渠精神是我们党的性质和宗旨的集中体现，历久弥新，永远不会过时。"

红旗渠精神是林州人民的传家宝，特别是改革开放以来，林州人民不断赋予红旗渠精神新的内涵，将中华民族艰苦奋斗的传统美德与时代精神结合起来，谱写了气壮山河的"战太行、出太行、富太行"创业三部曲，实现了林州由山区贫困县向现代化新兴城市、生态旅游城市的跨越。

新时代社会主义建设更需继承和发扬红旗渠精神。以民为本、为民服务是红旗渠精神的根本，自力更生、艰苦创业是红旗渠精神的实质，团结协作、无私奉献是红旗渠精神的精髓。新时代继承和发扬红旗渠精神，就要时刻牢记全心全意为人民服务的宗旨，坚持与人民群众同呼吸、共命运的立场，继续保持吃苦耐劳、奋发向上、积极进取的精神，培育和践行社会主义核心价值观，团结协作、凝心聚力，为实现中华民族伟大复兴的中国梦而努力奋斗。

四川航空

# 世界航空史的奇迹

2018 年 5 月 14 日，四川航空股份有限公司 3U8633 航班在执行重庆至拉萨的飞行任务时，在 9800 米的高空突遇罕见险情：驾驶舱右座前风挡玻璃爆裂脱落，玻璃碎片横飞，驾驶舱温度降至 −40℃，自动驾驶设备失灵，失压、缺氧、强风和飞机的剧烈抖动，瞬间袭来，随时可能机毁人亡。

在千钧一发的生死关头，机长刘传健带领机组全体成员，沉着冷静、果断应对，克服高空低压、低温、低氧和高噪音恶劣环境的影响，以及仪表盘脱落等突发情况，科学完成了险情判断、应急响应、旅客安抚等险情处置，实施紧急下降，在多部门的密切配合下，成功备降成都双流机场，确保了机上 119 名乘客和 9 名机组成员的生命财产安全。

这是一次极端而罕见的险情，危急程度堪比空难纪录片《空中浩劫》里英航 5390 航班遇到的情况。历时 34 分钟成功返航备降的难度堪称“世界级”，成为行业史上史诗级壮举，创造了世界民航史上的奇迹，受到了国内外社会各界的广泛赞誉。根据这一事件改编而成的电影《中国机长》一经上映，引发轰动。人们由衷敬佩：“他们就是中国当代的英雄，也是大家身边的普通人，但正是他们创造了奇迹，挽救了这么多生命，让世界为之赞叹！”

## 当之无愧的“英雄机组”“英雄机长”

2018 年 9 月 30 日，四川航空“中国民航英雄机组”全体成员参加了庆祝中华人民共和国成立 69 周年招待会。30 日下午国庆招待会前，习近平总书记在人民大会堂亲切会见他们，并同大家合影留念。

习近平说："5 月 14 日，你们在执行航班任务时，在万米高空突然发生驾驶舱风挡玻璃爆裂脱落、座舱释压的紧急状况，这是一种极端而罕见的险情。生死关头，你们临危不乱、果断应对、正确处置，确保了机上 119 名旅客生命安全。危难时方显英雄本色。你们化险为夷的英雄壮举感动了无数人。得知你们的英雄事迹，我很感动，为你们感到骄傲。授予你们'英雄机组'、'英雄机长'的光荣称号，是当之无愧的。"

2018 年 6 月 8 日，为表彰他们成功处置"5·14"事件，中国民用航空局和四川省政府授予四川航空 3U8633 航班机组"中国民航英雄机组"称号，授予机长刘传健"中国民航英雄机长"称号，并享受省级劳动模范待遇。此外，四川省委、省政府，中国民用航空局对机长及全体机组成员给予重奖。2019 年 5 月，四川航空 3U8633 航班机组被授予"中国青年五四奖章集体"。

英雄机长刘传健当选"感动中国"2018 年度人物，评选组委会给予他的颁奖辞是："仪表失灵，你越发清醒；乘客的心悬得越高，你肩上的责任越重。在万米高空的险情中如此从容，别问这是怎么做到的。每一个传奇背后，都隐藏着坚守和执着。"2019 年 9 月，刘传健当选第七届全国道德模范"全国敬业奉献模范"，还被授予"最美奋斗者"称号。10 月 1 日，他乘上"英模代表"花车，参加了庆祝中华人民共和国成立 70 周年庆祝活动。

## "5·14"事件成功处置绝非偶然

习近平在会见"中国民航英雄机组"成员时强调："平时多流汗，战时少流血。'5·14'事件成功处置绝非偶然。处置险情时，你们所做的每一个判断、每一个决定、每一个动作都是正确的，都是严格按照程序操作的。危急关头表现出来的沉着冷静和勇敢精神，来自你们平时养成的强烈责任意识、严谨工作作风、精湛专业技能。"

机长刘传健，空军飞行员出身，是A320机型B类教员，总飞行时间13666小时；第二机长梁鹏，是A320机型B类教员，总飞行时间8789小时；副驾驶徐瑞辰，为A320机型副驾驶，总飞行时间2801小时；3位机组成员均未发生过人为责任原因不安全事件。

刘传健2006年从空军退役后，成为一名民航飞行员。多年来，他飞行川藏线百余次，练就了过硬的飞行技术和严谨的工作作风，积累了高原飞行的宝贵经验。在空军第二飞行学院期间，作为飞行教员，刘传健每年都要带着学员进行“玻璃爆裂”训练。

2018年5月14日，刘传健驾驶3U8633航班飞行在9800米的高空时，驾驶舱右风挡玻璃突然出现裂纹。据刘传健事后回忆，事发前没有任何征兆，风挡玻璃突然爆裂，“轰”的一声发出巨大声响。他往旁边看时，副驾驶身体已经飞出去一半，半边身体在窗外悬挂。还好，他系了安全带。驾驶舱物品全都飞起来了，许多设备出现故障，噪音非常大，无法听到无线电。整个飞机震动剧烈，无法看清仪表。

飞机失衡、低压，驾驶舱内温度骤降至−40℃。刘传健，只穿着短袖衬衣，他和另外两位同事的第一直觉是：完了！他首先让自己镇定下来：不行，哪怕有一线希望，只要不坠落，就有希望，就要努力去争取！他先控制着仪器不让飞机直降，只要还在空中，就还有回旋、转圜的余地。

刘传健忍受着极端低温、缺氧、强风和巨大噪音，实施全手动操作飞机。他左手紧握操纵杆，尽力控制飞机状态，右手竭力去拉位于左侧的氧气面罩，飞机迅速左转飞向成都双流机场，并开始紧急下降。由于设备损坏和风噪，他无法得知飞行数据，无法通过耳机与地面塔台建立正常双向联系。看到重峦叠嶂，他想着是如何不让飞机触碰山巅。虽然与塔台失去联系，他极力操作去避免失控飞机与其他飞机相撞。同时，机组人员各就各位，全力做好突发事故处置工作。

刘传健凭借精湛技术和丰富经验，在充分考虑地形和安全高度的前提下控制航速和航迹，凭手动和目视，靠毅力掌握方向杆，操控飞机艰难下降。34 分钟后，刘传健以近乎完美的表现，操纵飞机成功迫降在成都双流机场。

事后，曾有人问刘传健：风挡玻璃爆裂后，你首先想到的是什么？

刘传健回答：“脑子里闪了一下，觉得这一趟走远了，可能回不来了。”但刘传健马上想到的是：飞机不能失衡，必须保证飞行姿态，然后慢慢下降，不能太猛，避免撞山；后舱有 119 名乘客，9 名机组成员，“我得把他们带回地面去”；还有身上的使命感，如果这架飞机发生不测，中国民航的声誉就会受到很大影响。

刘传健说：“哪怕只有一丝希望，我都不能放弃，必须坚持。”

究竟是什么给予刘传健和机组成员如此强大的勇气和力量？

——是信念！是勇当人民生命守护者的坚定信念。机组始终秉承“保证乘客和飞机安全”的信念，飞行安全是机组的最高职责，中国民航的飞行员都把安全飞行作为终生追求的目标，用忠诚践行最高职责，踏踏实实安全飞好每一个航班。生命是可贵的，人只有一次生命。在危急关头，他们想到的是 100 多人的性命。因此，即使千难万险，即使生死未卜，即使史无前例，他们依然要倾尽全力。当飞机成功备降后，驾驶舱沉默了整整 3 分钟，最后刘传健才说出了“我们还是活着的”。这时候，他们才想到自己，或者说他们欣慰自己履行了应有的职责，保全了所有人的生命。

——是敬畏！是对生命、事业、职责、规章的敬畏。回放那命悬一线的半个多小时，刘传健所执行的 36 个动作精准无误！这是要如何专业才能达到的水准？这是要多么好的运用才能成就教科书式的技能？如果没有专业的训练，没有业精于勤的执着，没有默默无闻的坚守，没有职业精神的支撑，没有对乘客生命的敬畏……紧急关头方显男儿本色。能有多少荣誉以事故做支撑？能有多少经验以生命作考题？每一个传奇背后都隐藏着坚守和执着。

——是合力！是机组成员、空管、地勤等通力协作的合力。关键时刻，英雄也很难孤军奋战，也需要团队的支持和协助。当刘传健颤抖的身体几乎不受自己控制时，战友一双宽厚的手为他抚摩肩膀传递信心：别怕，我也在！战友情给了他无限的勇气和力量；客舱里人心惶惶时，乘务员们倾尽所能安慰照顾乘客，为他们系上安全带，最后一位乘务员却无处稳固自己，好心的乘客抱着她直到迫降，却将热泪化作冰水浸透了她的后背。合力还体现在险情发生后，空管、地勤等各方密切配合、通力协作。有了这一切，才有了突发故障飞机的安全备降。

## 要在全社会提倡学习英雄机组的英雄事迹

习近平在会见“中国民航英雄机组”成员时强调：“你们不愧为民航职工队伍的优秀代表。我们要在全社会提倡学习英雄机组的英雄事迹，更要提倡学习英雄机组忠诚担当、忠于职守的政治品格和职业操守。”习近平指出：“伟大出自平凡，英雄来自人民。把每一项平凡工作做好就是不平凡。新时代中国特色社会主义伟大事业需要千千万万个英雄群体、英雄人物。学习英雄事迹，弘扬英雄精神，就是要把非凡英雄精神体现在平凡工作岗位上，体现在对人民生命安全高度负责的责任意识上。飞行工作年复一年、日复一日，看似平凡，但保障每一个航班安全就是不平凡。希望你们继续努力，一个航班一个航班地盯，一个环节一个环节地抓，为实现民航强国目标、为实现中华民族伟大复兴再立新功。”

近年来，为保证航空安全，中国民用航空局提出狠抓“三基”（抓基层、打基础、苦练基本功）建设工作要求，着力提升航班的应急能力建设。英雄机组的行为，是提升应急能力建设成效的一次重大检验。在这次重大突发事件中，机组反映出高超的技术水平和优良的职业素养，集中体现了“忠诚担当的政治品格、严谨科学的专业精神、团结协作的工作作风、敬业奉献的职业操守”这一当代民航精神，并为这笔精神财富添加了浓墨重彩的一笔。

世界民航史上，没有人经历过这样的险情：9800 米上空，3 层玻璃全爆，室外温度 −40℃，空气极度稀薄，仪表盘都立了起来，所有通讯设施、雷达全部失灵，只能盲飞……

英雄机长和英雄机组临危不乱的无畏勇气、勤学苦练的执着追求、安不忘危的忧患意识，尤其值得每个人学习。刘传健说："如果没有发生这件事，大家都不会认识我。而我需要做的就是努力做好自己的工作，不辜负人民对我的信任。""平凡的事情做到极致就是非凡……我觉得只要在平凡的岗位上做出不平凡的工作，都是英雄。"

伟大源于平凡，高尚出于朴素。英雄来自平凡的岗位、平凡的人。时代在发展，各行各业都需要这样平凡的"英雄"，把每一项工作做好就是不平凡。每一个人都能站好自己的岗，我们的国家就会越来越美好。当人人都为了实现中华民族伟大复兴肯钻研、下苦功、立新功，民族就会更有希望！

张广志 著

# 论学杂著选辑 三编

天津出版传媒集团
天津古籍出版社

**图书在版编目（CIP）数据**

论学杂著选辑三编 / 张广志著. -- 天津 : 天津古籍出版社，2025. 6. -- ISBN 978-7-5528-1589-4
Ⅰ. K220. 7-53
中国国家版本馆CIP数据核字第20255TD927号

**论学杂著选辑三编**
LUNXUE ZAZHU XUANJI SANBIAN

张广志 / 著

出　　版　天津古籍出版社
出 版 人　任　洁
地　　址　天津市和平区西康路35号康岳大厦
邮政编码　300051
邮购电话　（022）23517902

责任编辑　王海燕
策划编辑　张凤莲
封面编辑　鞠佳美

印　　刷　北京虎彩文化传播有限公司
经　　销　全国新华书店
开　　本　710毫米×1000毫米　1/16
印　　张　18.75
字　　数　241千字
版次印次　2025年6月第1版　2025年6月第1次印刷
定　　价　78.00元

# 前　言

我出生于1937年，虚龄八十有八，不知不觉间已攀上人们津津乐道的“米寿”之年了。身体虽已大不如前，可至今尚目视得、耳听得、脑思得、手写得，去年还外出参加了三次全国性大型学术研讨会，而且不是倚老卖老去蹭会，每次赴会都按会议要求提交了文章。自然，文章的篇幅不怎么长，质量也不怎么高。

有朋友说，都一大把年纪了，该颐养天年了，干吗还看书、写东西、外出开会？我说，参加学术会议好啊，其好处有三：一是可以借此多少接触一下学术前沿，使自己不致太落伍；二是可以见见老朋友，叙叙旧，交交年轻的新朋友，从年轻人身上借点儿朝气、活力；三是可逼自己动动脑子，防止老年痴呆，延年益寿。

就这样，垂暮之年的我，竟不待扬鞭自奋蹄，不停地读、写，参加学术会议。

2016年，虚龄八十的我，考虑到来日无多，该把自己小结一下了，主要是把专著外散落各处的单篇文字归拢一下，于是便有了《张广志论学杂著选辑》的辑选。

可惯性的脚步竟一时停不下来，学术上续有所得，于是，两年后的2018年，便又有了《张广志论学杂著选辑续编》的辑选。

事情本该就此打住了，可老迈执拗的我仍在步履蹒跚地行进着，转眼到了2024年，翻拣新作、旧遗，仍觉有诸多不舍处。语云敝帚自珍，我自不能免俗。这样，终又有了这本《论学杂著选辑三编》的辑选。

这恐怕是我最后一本书了，只是对自己学术生涯的一个小结，一个交代，有无学术价值不是我可以说了算的。

张广志

2024 年 11 月 9 日于南京青海省南京干休所

# 目 录

# 缙云何以会成为黄帝文化的南方传播中心？

一般认为，黄帝的出生地、归葬地、征战地、建都地均在黄河中下游的中原地区，河南新郑、陕西黄陵也一直是人们心目中的祭祀、朝拜圣地，黄帝文化的两个传播中心。20世纪末以来，沉潜多年的浙江缙云以异军之势突起，成为黄帝文化在南方的一个重要传播中心，影响远及海内外。

何以会出现这种情况呢？我以为，这远不是什么人一时心血来潮，想造势就能一下造得起来的。缙云之所以会成为黄帝文化在南方的传播与辐射中心，是事出有因，有其来由的。其因由，似可概括为如下三点。

## 一、历史之使然

过去，人们习惯于认为在文明孕育、初创时期是中原一家独大，尽领风骚，四周多是些蛮荒不化之地。这是不正确的。事实上，早在五帝时期或更早，浙江的河姆渡文化以及继起的良渚文化，在许多方面并不比中原文化逊色，在某些方面，如稻作、蚕桑、制玉、城建、大型水利工程等方面，甚至还有所过之。夏、商、周三代，中原作为经济、政治、文化中心，无疑是走在前头的，但浙江等江南地区也不是那么不堪，并同中原地区保持着频繁接触、交往。相传，“禹始也，忧民救水，到大越，上茅山，大会计，爵有德，封有功，更名茅山曰会稽。及其王也，巡狩大越，……因病亡死，葬会稽。”“越之先君无余，乃禹之世，别封于越，以守禹冢。”（《越绝书·越绝外传记地传》)此类说法,虽非信史,却可在一定程度上反映出越地与中原间早就有着交往、联系。

这种交往、联系并非凭空猜想,而是有考古材料作为支撑的。如良渚文化在其发展鼎盛期的突然中断、消失,便引起一些学者的大胆推测与探讨。有学者认为:良渚文化的突然消失,同公元前 2000 年前后发生的那场千年一遇的名曰“宇宙期”的灾变有关。当时,太湖平原的干凉期被暖湿期取代,土地沼泽化,聚落被淹没,良渚人被迫外迁,有的甚至远徙岭南或中原地区。考古发掘中的岭南石峡文化和中原陶寺文化突然出现的大量良渚文化因素,即可能与此有关。春秋后期,越国盛极一时,并曾一度北上争霸。秦汉时期,越地已正式纳入帝国版图。凡此皆表明,早在文明的孕育期和三代、秦汉时期,越地就同中原你中有我、我中有你,交融、联为一体了。只不过那时,彼此间的联系还说不上多紧密,黄帝本人的形象、名声也还没有后世塑造的那么完美、高大。魏晋南北朝时期,北方战事频发,北人大量南下,不仅给南方带来了先进的生产技术和学术文化,连政治中心也一度南移了。正是在这次北人南移的热潮中,黄帝也随之南下了。唐末五代时期,特别是宋室南渡后,随着中国经济、文化、政治中心南移的完成,黄帝文化也就逐渐在南方扎下了根。

明清以降,中国的政治中心虽再次北向回归,但经济中心在南方已成为不可移易的事实。这既有自然环境的原因,又是历史积淀的结果。黄河中下游同南方广大地区同属农耕文明,这是南方广大地区之所以先于北方、西部游牧文明地区进入中国版图的一个重要原因。历史的发展也印证了这一点,南方广大地区早在秦汉时期即已进入帝国版图,而北方、西部游牧文明地区则相对晚后些,有的地区一直到明清时期才进入帝国版图。明于此,就不会对黄帝文化在南方得以早早植根并枝繁叶茂感到奇怪了。

## 二、得天独厚的地理条件造就之必然

黄帝与缙云有关联(传以缙云名官或以缙云为氏),各地以缙云名山者,除浙江外,尚有山东济宁、重庆北碚两处。后人为什么舍弃济宁、北碚而选择浙江缙云作为黄帝的另一个落脚点呢？古人自有其考虑。

按常理,要给老祖宗在南方找个窝,似须考虑两个条件或因素。一是须山明水秀,环境好。作为后世子孙,谁不想给自己的老祖宗安排个好去处呢？浙江缙云山水的秀丽自不待言,更重要的是这里还有个奇异的鼎湖峰,刚好能同仙化的黄帝炼丹飞升的传说挂上钩,这是其一。其二,须远近适中。既不能选在太热闹的大都会,因为太热闹了不利于把黄帝仙化、神化;又不宜太僻远,如安排在塞外、云贵高原等过于荒僻的地区,那样黄帝又会太游离于人群了。而浙江缙云就恰恰是这样一个风光秀丽、奇峰独具、远近适中的好地方。

## 三、大一统政治需求和人心认同的结果

中国是世界文明古国之一,而且是文明不曾中断、硕果独存的文明古国。中国历史上虽也曾出现过分裂、动荡,但统一始终是主流。众所周知,中国的宗教文化始终没有发育起来,没有出现过政教合一的王朝。在中国,家族意识、血亲观念一直比较浓重。儒家就是用“忠”与“孝”,把家、国紧密联系在一起。在这种伦理政治的建构中,对黄帝这个既是天下共主又是人群共祖的认同一直起着非常重要的作用。东晋以来,黄帝在南方的影响虽与日俱增,但尚多依附于道教。武周和唐玄宗以缙云名县和改“缙云堂”为“黄帝祠宇”的举动,标志着黄帝信仰在南方的盛行和缙云作为黄帝文化南方传播中心地位的正式确立。自崇信道教的北宋英宗于

治平二年(1065 年)下令将缙云的“黄帝祠宇”改名为“玉虚宫”作为道观后,黄帝信仰和缙云作为黄帝文化在南方的传播中心的地位虽然在官方的层面遭到打压而一度衰落,但其在民间却扎下了根,这种人心认同的大趋势是无法阻挡的,任何力量都无法把它从人们心目中连根拔除。在中国历史上,某些最高统治者在一定时期,和某些地方政权在一定范围内,虽也尊崇过佛、道或其他外来宗教,但它们终难成为主流。我们这个民族,有自己的传统,这个传统离不开两位大人物,一个是孔子,另一个便是黄帝。长期以来,前者用思想的或精神的纽带把人们联结在一起,后者则用血缘的纽带把人们凝聚在一起。

语云,木有本,水有源。特别是对我们这样一个有着悠久历史文化传统的民族来说,如何继承、改造、发扬优秀传统文化,古为今用,就显得尤为重要。任何历史问题的重新提起,都不是发思古之幽情,而是现实的需要。近年来,随着国家的振兴、民族的崛起,海内外华人、华侨不禁重新想起黄帝,重新记起缙云这个黄帝文化的南方传播中心。于是有关方面决心把它做大、做强,努力把缙云打造成中国南方的黄帝祭祀中心、黄帝文化的传播和研究中心,也就再自然不过了。

本文原载《黄帝缙云　文化浙江:中国第四届黄帝文化学术研讨会论文集》(中国社会科学出版社,2022 年)。

# 闻新刊布清华简《五纪》有“蚩尤为黄帝子”说有感

2021年12月16日,《清华大学藏战国竹简(拾壹)》(清华简第十一辑)成果发布会以线上、线下结合的方式在清华大学召开。据介绍,该辑收录了内容基本完整的长文《五纪》,凡一百三十简,近四千五百字。简文内容为借托“后帝”之口,以五纪(日、月、星、辰、岁)、五算为中心,确立天地万物的常规、法度,将星辰历象与礼、义、爱、仁、忠五种德行以及天神地祇所司所掌一一相配,更大篇幅则集中于与之相应的人事行用,涉及树设邦国、礼仪祭祀、人伦德行、土工百物、兵戎战事、生育繁衍、人体疾祟等诸多方面,构建了一个宏大而复杂的天人体系,堪称先秦时期对天人关系认识的综合与总结。

简文我至今无缘看到,自己也不是简帛学者,对《五纪》的内容、价值自不敢置一词,我所关心者乃简文中“黄帝有子曰蚩尤,蚩尤既长成人,乃作为五兵”这段话。

看到这段话,我最初的感觉是惊讶,接下来又觉得这实不过战国秦汉人的老生常谈,也就一笑置之,见怪不怪了。

之所以惊讶是因为,前此虽曾为黄帝的有无、性别、生地、葬地、征战地、建都地,以及炎帝、黄帝、蚩尤三者之间到底是什么关系,蚩尤同炎帝是不是一伙的或蚩尤就是炎帝这类问题搅得晕头转向,却从不敢设想打得昏天黑地的黄帝与蚩尤居然是一对父子。

之所以很快平静下来是因为,此语说的也并不是什么石破天惊的事,类似的说法传世文献中本来就有,如褚少孙补《史记·建元以来侯者年表》录田千秋谏武帝书即有“蚩尤畔父，黄帝涉江”之类的话。只不过在黄帝与蚩尤的父子关系这个问题上，《五纪》的作者比褚少孙说得更确切、直白，时间上也从西汉提前到了战国时期而已。

虽见怪不怪了，却还想借此说几句，就算是借题发挥吧。

我想说的是，必须对战国秦汉人的造伪保持足够的警觉。著名学者、一代宗师顾颉刚先生曾有言曰：

> 研究历史，第一步工作是审查史料。有了正确的史料做基础，方可希望有正确的历史著作出现。①
>
> 自从战国时一班政治家出来，要依托了古王去压服今王，极力把“王功”与“圣道”合在一起，于是大家看古王的道德功业真是高到极顶，好到极处。……我们要懂得五帝三王的黄金世界原是战国后的学者造出来给君王看样的，庶可不受他们的欺骗。②

战国学者倒也不是没事干了专门去编造历史骗人取乐，而是有其良苦用心，即有其政治目的。《淮南子·修务训》云：“世俗之人，多尊古而贱今，故为道者必托之于神农、黄帝而后能入说。”用章学诚的话来说，即所谓“皆自以为至极，而思以其道易天下者也。”（《文史通义·原道中》）即托古改制，打着古圣王的旗号，贩卖自己的东西，用自己的学说去影响、改造当代，左右时局。此伎俩亦非中国所特有，外国政治家也是深谙此道的。马克思有言：

---

① 顾颉刚：《战国秦汉间人的造伪与辨伪》，《古史辨》第七册上，上海古籍出版社，1982 年，第 1 页。

② 顾颉刚：《答刘胡两先生书》，《古史辨》第一册，上海古籍出版社，1982 年，第 101—102 页。

一切已死的先辈们的传统，像梦魇一样纠缠着活人的头脑。当人们好像只是在忙于改造自己和周围的事物并创造前所未有的事物时，恰好在这种革命危机时代，他们战战兢兢地请出亡灵来给他们以帮助，借用它们的名字、战斗口号和衣服，以便穿着这种久受崇敬的服装，用这种借来的语言，演出世界历史的新局面。例如，路德换上了使徒保罗的服装，1789—1814 年的革命依次穿上了罗马共和国和罗马帝国的服装……①

平心而论，战国学者这一做法，也不是一无是处。在托古风气的影响下，历史受到空前的重视，上古一些零乱的传说资料得到初步整理，略具系统的上古史展现在人们面前，但也毋庸讳言，他们也炮制出不少私货，造了不少假。

以顾颉刚为代表的古史辨派，在辨伪方面做了不少工作，他们在古书、古史的辨伪上虽不免有过头之处，但其本质是“五四”新文化运动影响下的一场史学革命，功不可没。近年来，在纠正古史辨派违失的同时，盲目“信古”之风却大有重新泛起之势，一些学者，不问材料的时代、真伪，只要于己说有利，便拿来就用，炮制出一些看似新颖实无多少学术价值的所谓成果来。

对此，有学者已严肃指出，此风断不可长。已故著名学者赵光贤指出：

学者往往贪多求博，见书就抄，于是把神话、传说与历史相混淆，把后人伪造的历史系统当作经典看待，写文章彼此矛盾，时代颠倒，

① 卡尔·马克思：《路易·波拿马的雾月十八日》，《马克思恩格斯选集》第一卷，人民出版社，1972 年，第 603 页。

令读者目眩。①

顾颉刚先生在古史研究方面的最大成就,是他的"层累地造成的中国古史"说,这是大家都公认的。一般都说顾先生是疑古派,我认为这不大科学。疑古是一种研究历史应有的态度,不能说某人疑古,某人不疑古。梁启超在清华国学院给学生讲过一门课,叫做"古书的真伪及其年代",教学生首先认识伪书,然后再辨伪史,可见辨伪不是顾先生一个人独创的。不过由于顾先生在《古史辨》的文章中疑古的态度比较大胆,能说他人不敢说的话,因而被人认为疑古派,其实只能叫做"古史辨"派。②

裘锡圭先生指出:

我们走出疑古时代,是为了在学术的道路上更好地前进,千万不能走回到轻率信古的老路上去。③

总的来说,"古史辨"派的观点是有过分的地方,但他们对古书和古史传说不盲目信从的态度,还是应该肯定的。像"三皇五帝"的系统不是历史事实,似乎是不言而喻的。……我感到研究上古史,应该注重全面掌握史料,包括古文字资料及其他考古资料。在使用古书方面,应该有"古史辨"派的基本训练,注意史料的可靠性、时代性。④

---

① 赵光贤:《我的自述——学史贵有心得》,《亡尤室文存》,北京师范大学出版社,2001年,第8—9页。

② 赵光贤:《顾先生是一位划时代的真正学者》,王煦华编:《顾颉刚先生学行录》,中华书局,2016年,第451页。

③ 裘锡圭:《中国古典学重建中应该注意的问题》(原载《北京大学中国古文献研究中心集刊(二)》,北京燕山出版社,2001年),《中国出土古文献十讲》,复旦大学出版社,2004年,第14页。

④ 裘锡圭、曹峰:《"古史辨"派、"二重证据法"及其相关问题——裘锡圭先生访谈录》(原载《文史哲》2007年第4期),收入《文史哲》丛刊《"疑古"与"走出疑古"》,商务印书馆,2010年,第318、322页。

周书灿先生谓：

> 长期以来，封建时代的史学家往往将传说中五帝时期当作信史盲目地加以信从。如在华夏民族大认同的历史背景下，东周秦汉时期的学者在我国古代历史上较早地建立了夏、商、周、秦、楚等同出于五帝之一的黄帝的统一谱系，在我们今天从民族学角度重新审视，显然问题不少。然而，近年来一些学者不仅将古史人物人格化，而且试图将古史辨派早已打破的"民族出于一元"的观念再次颠覆，力图"重建黄帝谱系"。
>
> 古史研究中的"信古""复古"回潮基本上可以视为是一股学术逆流，是古史研究的全面倒退。①

战国是中国思想史的黄金时代，人才辈出，成果丰硕，这是任何人否定不了的。但对战国学者所造作的古史，战国人的书，包括战国简帛，亦应作科学的、具体的分析，既珍视其贡献、价值，亦应指出其不足，特别是其中的造伪部分，切不可一看到地下挖出来的东西，就在一片赞叹乃至亢奋中忘记了冷静和科学分析。一般来讲，早期出土文献比之后世传世文献的可信度要大些，但亦不可轻信，因为出土文献所载也并不全是历史的真实。一如清华大学出土文献研究与保护中心的青年学者正确指出的："《五纪》中的黄帝故事，应该就是战国时的思想家为了申论其"五纪"学说，汇集当时有关黄帝的材料剪裁而成的。而其中的哪些是神话传说，哪些又有史实素地，则是需要我们仔细辨别的。"信哉斯言！愿借此奉劝一些人，切莫一抓住传世文献或新出地下文书中的只言片语，就动不动去颠

① 周书灿：《中国古史学术史论》，河南人民出版社，2016年，第277、281页。

覆人的认知、改写历史，亦大可不必用什么此处之“子”并非指父子之子而是指臣子，曲为弥缝、回护，尽可理直气壮地指出：战国秦汉间的政治家和文人们基于现实的政治需要本是惯于编织历史的。对此，顾颉刚先生早就有所洞察，并多次强调指出过，遗憾的是，有些人就是听不进去，或压根不愿听。

说到这里，不妨再把话题扯远些。且看传世文献中有关盘瓠的两则记载：

高辛氏，有老妇人，居于王宫，得耳疾。历时，医为挑治，出顶虫，大如蚕。妇人去后，置以瓠篱，覆之以盘。俄尔顶虫乃化为犬，其文五色，因名盘瓠。遂畜之。时戎吴强盛，数侵边境，遣将征讨，不能擒胜。乃募天下有能得戎吴将军首者，赠金千斤，封邑万户，又赐以少女。后盘瓠衔得一头，将造王阙，王诊视之，即是戎吴。为之奈何？群臣皆曰：“盘瓠是畜，不可官秩，又不可妻，虽有功，无施也。”少女闻之，启王曰：“大王既以我许天下矣，盘瓠衔首而来，为国除害，此天命使然，岂狗之智力哉。王者重言，伯者重信，不可以女子微躯，而负明约于天下，国之祸也。”王惧而从之，令少女从盘瓠。盘瓠将女上南山，草木茂盛，无人行迹。于是女解去衣裳，为仆竖之结，著独力之衣，随盘瓠升山，入谷，止于石室之中。王悲思之，遣往觅视，天辄风雨，岭震，云晦，往者莫至。盖经三年，产六男、六女。盘瓠死，后自相配偶，因为夫妻。……号曰蛮夷。（干宝《搜神记》卷十四）

昔高辛氏有犬戎之寇，帝患其侵暴，而征伐不克。乃访募天下，有能得犬戎之将吴将军头者，购黄金千镒，邑万家，又妻以少女。时帝有畜狗，其毛五彩，名曰槃瓠。下令之后，槃瓠遂衔人头造阙下，群臣怪而诊之，乃吴将军首也。帝大喜，而计槃瓠不可妻之以女，又无封爵之道，议欲有报而未知所宜。女闻之，以为帝皇下令，不可违信，因请行。帝不得已，乃以女配槃瓠。槃瓠得女，负而走入南山，止石室中。所处险绝，人迹不至。于是女解去衣裳，为仆鉴之结，著独力之衣。帝悲思之，遣使寻求，辄遇风雨震晦，使者不得进。经三年，生子一十二人，六男六女。槃瓠死后，因自相夫妻。……其后滋蔓，号曰蛮夷。……今长沙武陵蛮是也。（范晔《后汉书·南蛮西南夷列传》）

《后汉书》作者范晔为南朝刘宋人，《搜神记》作者干宝为东晋人，而据《后汉书·南蛮西南夷列传》唐李贤注称，“以上并见《风俗通》也”。《风俗通》，即《风俗通义》，东汉应劭撰，原本三十卷，大部亡佚，今存十卷。上述记载虽不见于今本，但李贤注所云应是可靠的。若此，则盘（槃）瓠的传说在东汉时就已有了。战国秦汉间的政治家和文人们连蛮夷是狗的后代的荒唐言都造得出来，说蚩尤是黄帝的儿子又有什么可大惊小怪的。

战国秦汉间的政治家和文人们之所以如此造作，并不是闲暇无事的率意之举，而是有其深刻政治用意的。因为，在我们这样一个极重“忠”“孝”的国度里，如此这般一来，蚩尤就不仅是个“乱臣”，而且还是个“贼子”，自可人人得而诛之，以达到从政治上、道德上进一步抑蚩扬黄之目的。

本文原载宫长为、潘巧玲主编《黄帝文化研究（第五辑）》（中国社会科学出版社，2023 年）。

# 论黄帝形象塑造中的神仙、人王、祖宗三要素

旧时小说家往往在开头处自作或借他人诗词作为导入语，以抒情怀、意旨。我这里亦仿效佛教禅宗六祖惠能大师《菩提偈》“菩提本无树，明镜亦非台，本来无一物，何处惹尘埃”，成打油诗一首曰：“黄帝不是帝，嫘祖亦非妃，后人勤打造，自有其情理。”意思是说，原本的黄帝并不是个帝王，当时即使已有了“帝”这一称号，亦远非后世正式进入阶级社会后意义上的“帝王”，嫘祖自然也不是“后妃”。后世的黄帝形象，是后人不断拔高、放大，打造出来的，其中，既有历史的影响，更多的是人为的创造。在创造中，既有一般大众对历史上杰出人物的感情因素在（美化、神圣化正面人物、成功者，丑化、妖魔化反面人物、失败者，乃人之常情），更重要的还是政治家、思想家们基于现实需要的刻意引领、操持。这当中，一般来说并不存在什么有人心术不端、刻意造假的问题，而自有其发乎情、合乎理的一面，无须苛求、厚责。但作为治史者，心里须明白，哪些是史、原本的，哪些是人为打造的、后加的。

中国是个重传统的国家，对历史上曾对国家、民族作出过杰出贡献的历史人物，如黄帝、孔子等，向来十分崇敬。这当中，既有感恩怀旧的感情因素在，也是理性思考的结果，更是现实需要之使然。

本文拟对后人黄帝形象塑造中的神仙、人王、祖宗三要素作所论析，不当之处，请批评指正。

这里需首先明确，原本的黄帝与后人塑造的黄帝，既有一定联系，又有巨大差别，不可混而为一。原本的黄帝是个什么样子，限于材料，已很

难弄清了，但大体说来，他当是原始社会末期到阶级社会生成这一重要历史阶段的一位部落联盟长。由于在众多部落中他和他所在的部落在物质文明、制度文明和精神文明的诸多领域多所创制，逐渐强大起来，并最终通过一系列征战成为中原地区一定范围内威震远近的部落联盟长，为我国早期民族融合和国家的产生奠立了坚实基础，从而赢得了华夏族和汉族乃至整个中华民族最高的经久不息的尊崇。

众所周知，客观发生的历史和后人口述、记载的历史并不是一回事。这是因为，第一，客观发生的历史随生随逝，不可能重现、复制。第二，后人口述、记载的历史，即使不是有意歪曲、捏造，也难免打上时代的烙印。一如意大利哲学家、历史学家贝奈戴托·克罗齐在《历史学的理论和实际》中所说，“一切历史都是当代史”，因为人们的历史认识会受到社会现实走向和需求的强烈影响，打上现实的烙印。这样一来，历史的客观性将无法得到保证。但出现这种事，并不是后人人品问题或故意恶作剧，而是在社会需求的强力驱动下，历史的客观性作出一定牺牲是无可避免的。

话扯得有点儿远了，且回到正题上来。

大体说来，后人对黄帝形象的塑造是沿着神仙、人王、祖宗三个方面进行的。

自然，黄帝不是神仙，生前也没做过国家出现后那样的王或帝，就纯血缘的意义说，他只是后世中国一部分人的祖先，而不是所有人的共祖。通常所谓先祖黄帝，是在政治、心理文化认同的层面和意义上使用的。这样说，意在区分原本的黄帝与后人塑造的黄帝间的既有联系又相区别的关系，丝毫无损于黄帝的形象和黄帝文化在历史和现实生活中的积极意义。中外历史上，世界各地区、各民族大都有自己的崇拜对象。在这些崇拜对象身上，既有历史的影子、素地，又有后人斧凿粉饰的加工痕迹。中国人崇拜黄帝，将之拔高、放大，自是情理中事，古崇拜史上屡见不鲜之通例，用不着大惊小怪或躲躲闪闪、曲意回护。

## 一、神仙黄帝

要塑造黄帝在人们心目中的高大形象，最早、最便捷、最有效的办法就是把他神化，即赋予人格的黄帝以神格。

世间本无神，世间的神都是人创造的。人之所以要创造神，是因为早期人类认识能力低下，在自然力面前软弱无力，于是只好企望通过对神的虔诚、服从，求得神的佑护。最早是崇拜风火雷电一类的自然神，后来是人格神。在中国，人们就一直十分崇拜黄帝以及孔子、老子、诸葛亮、关羽、岳飞等历史人物，并将之神化。

在较早的一批历史文献记载中，黄帝往往就是以神的面目出现的。如《穆天子传》卷二："天子升于昆仑之丘，以观黄帝之宫。""天子□昆仑，以守黄帝之宫。"《山海经·海内西经》："海内昆仑之虚，在西北，帝之下都。昆仑之虚，方八百里，高万仞。上有木禾，长五寻，大五围。面①有九井，以玉为槛。面有九门②，门有开明兽守之，百神之所在。"《山海经·大荒北经》："蚩尤作兵伐黄帝，黄帝乃令应龙攻之冀州之野。应龙畜水。蚩尤请风伯雨师，纵大风雨。黄帝乃下天女曰魃，雨止，遂杀蚩尤。"

《穆天子传》是西晋时发现的汲冢竹书中的一种，撰者不详，一般认为成书于战国时期。《山海经》是一部富于神话传说的古老奇书，成书年代及作者已无从确考，学者多倾向于认为此书非出自一人之手，亦非一时之作，大抵成书于周秦之际，少数篇章可能晚至西汉。二书所描绘的黄帝形象，都是神格的黄帝，即作为天神的黄帝，虽然战蚩尤之事略接地气，有点儿人间味。

① 《初学记》卷七引作"上"。

② 《史记·司马相如传》《史记正义》引作"旁有五门"。

春秋战国时期，随着阴阳五行说的兴盛，五方帝被提出，黄帝不仅得厕身其列，且得居中央要位。这里需要说明的是，此时作为五方帝之一的黄帝，已不再是天神，而是由人而神、半神半人、神人合一。

秦汉以来，方术流行，黄帝又被仙化。《史记·封禅书》载："黄帝采首山铜，铸鼎于荆山下。鼎既成，有龙垂胡髯下迎黄帝。黄帝上骑，群臣后宫从上者七十余人，龙乃上去。余小臣不得上，乃悉持龙髯，龙髯拔，堕，堕黄帝之弓。百姓仰望黄帝既上天，乃抱其弓与胡髯号，故后世因名其处曰鼎湖，其弓曰乌号。"

此处之黄帝，身份进一步明确，即原本是人，是人王，后来才乘龙成仙的。

至于道教中的黄帝，则是另一回事。说穿了，二者间乃一种互相借重而又相互排斥的关系。从一个方面说，道教既然是中国的本土宗教，那它就势必要借重当时已在人们心目中深深扎下根的黄帝，以黄帝为旗帜，尊黄帝为始祖，而在汉晋以来的动乱社会中，偏安江南的汉族政权和传统文化亦需借助当时已在江南广大地区迅速发展、颇成气候的道教势力以图存。但从另外一个方面说，中国的国情、传统本不适宜宗教的发展，宗教在中国远不可能上升到国教的地位，道教中的黄帝①终难同国家政治生活层面与广大民众心目中的黄帝相抗衡，这就决定了黄帝信仰与道教关系的若即若离，从依存而排斥、而基本分手的走向。

总起来看，后人对黄帝的神化是先强后弱，基本走势是逐渐弱化。虽趋弱化，但也不可能完全消失，因为崇拜对象的高大、完美，是需要一定程度的神化支撑的。

① 道教是中国的本土宗教，是一个崇拜诸多神明的多神教原生的宗教形式。其神仙体系十分庞杂，散乱无序，如黄帝，虽有时被尊为道教三祖之一的始祖，但在南朝梁代著名道教理论家陶弘景的《真灵位业图》中，黄帝仅列第三神阶左位，位次似乎并不怎么高。

## 二、人王黄帝

章学诚《文史通义·原道》谓春秋战国时期诸子蜂起、百家争鸣，“皆自以为至极，而思以其道易天下者也”。在当时托古风甚炽的环境里，诸家言中多涉及黄帝。自然，诸家所言之黄帝并不相同，而是按各自取向、需求打造的。

《庄子·在宥》载：“黄帝立为天子，十九年，令行天下。闻广成子在于空同之上，故往见之，曰：‘我闻吾子达于至道，敢问至道之精。吾欲取天地之精，以佐五谷，以养民人，吾又欲官阴阳，以遂群生，为之奈何？’广成子曰：‘而所欲问者，物之质也；而所欲官者，物之残也。自而治天下，云气不待族而雨，草木不待黄而落，日月之光，益以荒矣。而佞人之心翦翦者，又奚足以语至道？’”《天运》篇中，庄子又借老子之口谓：“三皇五帝之治天下，名曰治之，而乱莫甚焉。三皇之知，上悖日月之明，下睽山川之精，中堕四时之施。其知憯于蛎虿之尾，鲜规之兽，莫得安其性命之情者，而犹自以为圣人，不可耻乎，其无耻也。”这是明显地以道家的“无为”来解读黄帝。同属道家的《列子·黄帝》则云：“黄帝即位十有五年，喜天下戴己，养正命、娱耳目、供鼻口、焦然肌色皯黣，昏然五情爽惑。又十有五年，忧天下之不治，竭聪明、进智力、营百姓，焦然肌色皯黣，昏然五情爽惑。”身心交瘁的黄帝于是“退而间居大庭之馆，斋心服形，三月不亲政事”，忽一日昼寝梦游华胥氏之国，深为华胥氏“其国无帅长，自然而已。其民无嗜欲，自然而已”的情形所折服，于是幡然醒悟，“今知至道不可以情求矣”。于是“又二十有八年，天下大治，几若华胥氏之国”。“不亲政事”“国无帅长”“民无嗜欲”“自然而已”，皆道家之精髓。如果说《庄子》还在企图用道去改造黄帝，《列子》则已基本完成了这种改造。

战国诸子中关注黄帝最多的当首推法家。《管子·任法》谓：“圣君任法而不任智，任数而不任说，任公而不任私，任大道而不任小物，然后身佚而天下治。”“黄帝之治天下也，其民不引而来，不推而往，不使而成，不禁而止。故黄帝之治也，置法而不变，使民安其法者也。”《商君书·画策》：“神农既没，以强胜弱，以众暴寡，故黄帝作为君臣上下之义、父子兄弟之礼、夫妇妃匹之合，内行刀锯，外用甲兵……以适于时也。故以战去战，虽战可也；以杀去杀，虽杀可也；以刑去刑，虽重刑可也。”《韩非子·五蠹》谓：“儒以文乱法，侠以武犯禁，而人主兼礼之，此所以乱也。夫离法者罪，而诸先生以文学取；犯禁者诛，而群侠以私剑养。故法之所非，君之所取；吏之所诛，上之所养也。法、趣、上、下，四相反也，而无所定，虽有十黄帝不能治也。”这些皆着意用法家的“法”与“战”去突显黄帝。

1973 年湖南长沙马王堆 3 号汉墓出土的帛书《老子》（乙本）卷前古佚书《十六经》中，有一段黄帝打败并处死蚩尤的描写：“黄帝身遇蚩尤，因而擒之。剥其（缺字）革以为干侯，使人射之，多中者赏；翦其发而建之天，名曰蚩尤之旌；充其胃以为鞠，使人执之，多中者赏；腐其骨肉，投之苦醢，使天下人唼之。上帝以禁。帝曰：毋犯吾禁，毋流吾醢，毋乱吾民，毋绝吾道。犯禁，流醢，乱民，绝道，反义逆时，非而行之，过极失当，擅制更爽，心欲是行，其上帝未先而擅兴兵，视蚩尤、共工，屈其脊，使甘其窬，不死不生，悫为地桯。帝曰：谨受吾正名，毋失吾恒刑，以示后人。”意谓黄帝在擒捉蚩尤后剥了蚩尤的皮做成箭靶，让大家射，多中者有赏；将蚩尤的头发高挂天空，称为蚩尤旗；把蚩尤的胃填成球让大家踢，多中者赏；把蚩尤的骨肉做成肉酱混到苦菜酱里，命令天下人分吃。黄帝还颁布禁令说：“禁止触犯我的律令，禁止不吃我分给你们的人肉苦菜酱，禁止扰乱我的民心，禁止不按我的路子去办。如果触犯律令，如果偷偷倒掉人肉苦菜酱，如果扰乱民心，如果不听我的话，如果不守规矩时限，如果明知故犯，如果越过界限，如果私自改动制度图自己快活，如果想怎样就怎样，如果我还没有颁布命令而先起来用兵造反，蚩尤和共工的下场就是样子，俯首弯腰，吃自己的粪便，求生不得，求死不能，到地底下还得给我当墓室的柱子。”他还告诫人们：“要谨慎遵从我，不许触犯我制定的刑律，以示后人。”这更是完全从法家崇尚暴力、刑杀的视角状写黄帝，把黄帝描绘得无比血腥、残忍，去史尤远。关于马王堆汉墓《老子》（乙本）卷前古佚书的学派归属，学界有法家、道家、黄老、名家、阴阳家，乃至含混的“道法家”的种种不同提法。这里不去说它，实际也说不清，因为此四种古佚书本非一人、一时之作，内容庞杂，一定要把它们明确划归到哪个学派是不现实的，但单就上引《十六经》那段话言，其明显具法家色彩。

在早先的儒家，如孔子、孟子那里，是找不到黄帝踪迹的，但在晚后的儒家著作中黄帝却越来越成为热门话题，并终成后来居上之势。《大戴礼记·五帝德》载孔子曰：“黄帝，少典之子也，曰轩辕。生而神灵，弱而能言，幼而慧齐，长而敦敏，成而聪明。治五气，设五量，抚万民，度四方。教熊罴貔豹虎，以与赤帝战于版泉之野，三战然后得行其志。黄帝黼黻衣，大带，黼裳，乘龙扆云，以顺天地之纪，幽明之故，死生之说，存亡之难。时播百谷草木，故教化淳鸟兽昆虫，历离日月星辰，极畋土石金玉，劳心力耳目，节用水火材物。生而民得其利百年，死而民畏其神百年，亡而民用其教百年。”这里，黄帝的儒化已大体成形。此外，汉初的陆贾和贾谊也都曾为黄帝的地位和黄帝与儒家的结缘尽过力。但真正形成气候还是要到汉武帝时。是武帝时的几件大事——“罢黜百家，独尊儒术”、公祭黄帝陵、《史记·五帝本纪》的成书，最终完成了黄帝形象的定型和黄帝与儒家的结缘，即历史上最圣明的“君”与最伟大的“师”的联手。

在黄帝形象的系统整合和黄帝的儒化中，以司马迁的《史记·五帝本纪》贡献为多。《史记·五帝本纪》一开篇，便袭用《大戴礼记·五帝德》，谓“黄帝者，少典之子，姓公孙，名曰轩辕。生而神灵，弱而能言，幼而徇齐，长而敦敏，成而聪明”，神化黄帝。接着写他通过与炎帝、蚩尤的阪泉、涿鹿之战，“诸侯咸尊轩辕为天子”，行迹更“东至于海，登丸山，及岱宗。

西至于空桐，登鸡头。南至于江，登熊、湘。北逐荤粥，合符釜山”。黄帝俨然一泱泱大邦之主。文中又用“修德振兵，治五气，蓺五种，抚万民，度四方”，“天下有不顺者，黄帝从而征之，平者去之，披山通道，未尝宁居”“劳勤心力耳目，节用水火材物”一类的儒家语盛赞黄帝。司马迁虽素有良史之誉，不过他的《五帝本纪》有关黄帝的记述和五帝同出一系的谱系编排却不怎么靠谱①，这也是毋庸讳言的。此皆当时大一统和尊儒政治需要的产物，自有其积极意义的一面，无须以有违于历史真实而苛责之。这一层，识者多已指出，兹不作赘。

## 三、祖宗黄帝

祖宗是黄帝三个身份中影响最大、最具生命力的一个。这与中国古代血缘组织、观念浓重、家国同构的社会结构密不可分。古代中国，十分崇敬天、地、君、亲、师，充分体现了人们对天地的感恩、对君师的尊重、对长辈的怀念之情，体现出传统的敬天法地、孝亲顺长、忠君爱国、尊师重教的价值取向。天、地、君、亲、师五者中，以君、亲为最重，由此滋生的“忠”“孝”观念也最深入人心。就政治的、国家的层面而言，“君”在“亲”上，“君”大于、重于“亲”，以至当国家（君）有难“忠”“孝”不能两全时，须牺牲“孝”，为国（君）尽“忠”；可实际上，在一般普通老百姓眼里，还是把“孝”看得更重些，因为“孝”离自己更近、更直接。黄帝是人王，更是祖宗，人王可改易，祖宗却不能变，这就是为什么在后人心目中黄帝的祖宗身份

---

① 从《庄子·胠箧》、上博简《容成氏》等传世和出土文献看，其所言之上古“帝王”，可谓林林总总，五花八门，组合不一，序列杂乱，彼此间亦无明确血缘关系可言，这正是当时尚未进入国家时期，无大范围统一王朝，各部落互不辖属、无规范继统的生动写照。司马迁仅据晚出的《大戴礼记·五帝德》编排出黄帝、颛顼、帝喾、尧、舜的五帝组合，且以同一血缘贯之，实于史无征。

更胜于他的人王身份。

作为民族祖先的黄帝，其族群经历了一个逐渐泛化、扩展的漫长过程。

本来，在较早的文献《逸周书·尝麦解》里，仅谓“蚩尤乃逐帝，争于涿鹿之阿，九隅无遗。赤帝大慑，乃说于黄帝，执蚩尤，杀之于中冀”，并未言及黄、炎、蚩三者间有血亲关系。可到了《国语·晋语四》里，则成“昔少典娶于有蟜氏，生黄帝、炎帝。黄帝以姬水成，炎帝以姜水成。成而异德，故黄帝为姬，炎帝为姜”，黄、炎已成兄弟俩了。及褚少孙补《史记·建元以来侯者年表》录田千秋谏武帝书又有“蚩尤畔父，黄帝涉江”语，新刊布清华简《五纪》亦有“黄帝有子曰蚩尤”的说法，蚩尤竟成黄帝的儿子了。这样，随着黄帝的连打胜仗，地盘扩大，炎帝加了进来，蚩尤也被收编了，炎、黄、蚩成了一家人。不过，辈分、大小还是要分的，炎帝当弟弟，蚩尤只能做儿子。

再往后，五帝中的其他四帝颛顼、帝喾、尧、舜，夏、商、周的始祖禹、契、弃，秦、楚、吴、越诸国，乃至匈奴，总之，五帝、三王，中原诸国，乃至周边诸族，也都被纳入黄帝谱系。先是把五帝中的其他四帝颛顼、帝喾、尧、舜都说成是黄帝的子孙。其说见于《大戴礼记》的《五帝德》《帝系》，以及司马迁的《史记·五帝本纪》。然后把夏、商、周的始祖禹、契、弃，秦、楚、吴、越诸国，乃至匈奴都安排为黄帝后，见诸《史记》的《夏本纪》《殷本纪》《周本纪》《秦本纪》《楚世家》《吴太伯世家》《越王勾践世家》《匈奴列传》。这些，大家大都耳熟能详，原文不再移录。

这样，到了汉代，黄帝便由黄帝族人的祖先逐渐升格为华夏族乃至汉族的共同祖先了。

自然，这远不是事实，而是国家统一、民族融合、文化认同的结果。此处之“祖先黄帝”，实为一心理文化认同符号，自有其积极意义。有学者从纯生理或生物学的角度对黄帝的共祖身份提出诘难，似无必要。

事情并没有完，历史的车轮在继续前行。

十六国南北朝的民族大动荡、大迁徙时期，民族融合、文化认同步入新的历史阶段，北方的一些民族政权开始了对黄帝的新一轮认同。如十六国时期前赵的开国皇帝匈奴人刘渊、前燕的创立者鲜卑人慕容皝、夏的创立者匈奴人赫连勃勃、前秦的创立者氐人苻洪、后秦的创立者羌人姚苌，南北朝时期北魏的创立者鲜卑拓跋部等，都自认为出自黄帝。其中，以北魏对黄帝的认同影响最大。《魏书·序纪》："昔黄帝有子二十五人，或内列诸华，或外分荒服，昌意少子，受封北土，国有大鲜卑山，因以为号。……黄帝以土德王，北俗谓土为拓，谓后为跋，故以为氏。"《北史·魏本纪》："魏之先，出自黄帝轩辕氏。"《资治通鉴·晋纪三十二·安帝隆安二年》："十二月，己丑，魏王珪即皇帝位，大赦，改元天兴。……又用崔宏议，自谓黄帝之后，以土德王。"众所周知，魏晋南北朝是中国历史上一个大动荡、大分裂时期，同时又是中国历史上民族融合的重要时期。北魏开国皇帝拓跋珪的"自谓黄帝之后"和孝文帝拓跋宏顺应历史潮流所采取的一系列改革措施，对促进多民族国家的民族融合作出了重要贡献。

再往后，辽朝的建立者契丹人也称自己为黄帝（或炎帝）后。《辽史·世表序》载："考之宇文周之《书》，辽本炎帝之后，而耶律俨称辽为轩辕后。"

进入近代，故事还在重演，并被赋予新的时代内容。辛亥革命曾高举"驱逐鞑虏，恢复中华"的旗帜。毋庸讳言，此提法有很大的局限性、狭隘性。如刘师培在《攘书·夷种篇》《黄帝纪年论》中即谓"盖炎黄之裔，厥惟汉族"，"黄帝者，汉族之黄帝也"。这种把少数民族排除在"中华"和"炎黄子孙"之外的提法，明显不当。后来，革命党人亦意识到了这一点，故辛亥革命甫一成功，孙中山便在 1912 年 1 月 1 日就任临时大总统的演说中申明"五族共和"的新政治主张，明谓："国家之本，在于人民。合汉满蒙回藏诸地为一国，即合汉满蒙回藏诸族为一人。"1912 年 3 月 8 日参议院(南京)议决通过、3 月 11 日由孙中山公布实施的《中华民国临时约法》中亦规定:“中华民国之主权,属于国民全体。……中华民国人民一律平等,无种族、阶级、宗教之区别。”1921 年,孙中山复倡言:“吾国今日既曰五族共和矣,然曰五族,固显然犹有一界限在也。欲泯此界限,……建设一大中华民族。”(《〈国民党恳亲大会纪念册〉序》)此一转变,充分彰显了中华民族的强大凝聚力和博大胸怀。这样,在上一个世纪之交的民族矛盾、民族危亡声中,随着民族意识的觉醒,黄帝的地位和中华共祖形象得到了空前的提升和最终定型,为海内外中华儿女普遍接受,产生巨大精神力量。

江(长江)河(黄河)浩瀚,昆(昆仑)岱(泰山)巍峨。中华文明,博大精深,源远流长。中国近代维新派代表人物、著名学者梁启超在《爱国歌四章》中深情吟唱:“彬彬哉! 吾文明。五千余岁历史古,光焰相续何绳绳。”绳绳,众多、绵绵不绝貌,意谓光辉灿烂的中华文化薪火相传,生生不息。吾族之有今日,雄立于世,黄帝和黄帝文化厥功至伟。

2023 年 10 月 5 日

# 从出土文献、考古资料对黄帝、尧、舜等古圣君形象的颠覆说开去

黄帝、尧、舜这几位知名度甚高、妇孺皆知的历史人物的原本形象是怎样的？后人打造中的黄帝、尧、舜形象为什么会如此多种多样？《竹书纪年》、马王堆汉墓帛书《老子》（乙本）卷前古佚书《十六经》、陶寺遗址所揭灭绝行为等，对黄帝、尧、舜等古圣君形象又作了怎样的颠覆？这些牵涉到历史人物的原本形象同后人打造形象的差异性，不同文献对同一历史人物、事件的不同记述，以及应如何正确对待传世文献、出土文献、考古发掘材料的史料价值等诸多重大问题。凡此，都不是一下子可以说得清道得明的，也不是学养浅薄如我者所应置喙的。本文不奢望解决什么疑团，只把问题摆出来，顺便谈一些个人的感想。不当之处，识者正之。

## 一、传世文献所见后人对黄帝、尧、舜等的形象打造

由于材料的限制，特别是迄今尚未发现当时的任何可靠文字资料，故要完全弄清黄帝、尧、舜等的历史是不大可能的。根据人类历史发展通例，参以后世零星、片断记载，我们只能大体说，他们是我国历史处于国家孕育、产生这一重要历史时期在物质文明、制度文明、精神文明诸多领域，特别是在部族融合、国家孕育产生中作出过杰出贡献的伟大历史人物。他们受到后人的拥戴、颂扬是事出有因，当之无愧的。但亦应指出，此时的他们，不是神仙；不是后世正式进入国家时期意义上的帝或王，而是部落联盟首领；不是大家的共祖，只是他们所在的部落或部落联盟的祖先。

神仙、君王、共祖之类的头衔，是后人添加在他们头上的。

黄帝、尧、舜等虽然是在历史上作出过杰出贡献的人物，但时代条件所限，其功业当不至如后人所描写的那样高大、完美。拿五帝中功最高、位最尊的黄帝来说，他虽然在中原一定范围的早期部族融合、地域统一和物质文明、制度文明、精神文明领域作出过重大贡献，但也远不至如司马迁在《史记·五帝本纪》中所说的君临“天下”、“监于万国”、“诸侯咸尊轩辕为天子”，足迹所至，“东至于海，登丸山，及岱宗。西至于空桐，登鸡头。南至于江，登熊、湘。北逐荤粥，合符釜山，而邑于涿鹿之阿”。事实上，黄帝当时所能控制和影响力所及的地域并不大，那时所谓的“天下”也不怎么大。司马迁的说法，显然是夸大了的。诸书所载黄帝“制器”等功业，亦是把历史上先民们在农耕、蚕桑、炊具、房建、衣冠、舟车、铸造、度量衡、官制、弓矢战阵、医药、历法、音律、文字等领域的诸多发明创造，一股脑儿地往黄帝和他的妻子、臣下们的头上堆，以致有学者不无调侃地说黄帝“几乎成了古代创造发明的万能博士”了。①

要之，历史上原本的黄帝虽足够杰出，但也不至那么“高大全”。进入国家时期后，特别是到了战国秦汉时期，政治家和学者们开始基于大一统的现实需要，着力从神仙、君王、共祖三个方面打造起黄帝、尧、舜等的高大完美形象来。兹分述如下。

首先，是把他们神化、仙化。因为要塑造这些人在人们心目中的高大形象，最早、最便捷、最有效的办法就是把他们神化，即赋予人格的他们以神格。

《穆天子传》卷二载：“天子升于昆仑之丘，以观黄帝之宫。”“天子□昆仑，以守黄帝之宫。”《山海经·海内西经》载：“海内昆仑之虚，在西

① 袁珂：《中国神话传说》，中国民间文艺出版社，1984 年，第 217 页。

北，帝之下都。昆仑之虚，方八百里，高万仞。上有木禾，长五寻，大五围。面[①]有九井，以玉为槛。面有九门[②]，门有开明兽守之，百神之所在。”《山海经·大荒北经》载：“蚩尤作兵伐黄帝，黄帝乃令应龙攻之冀州之野。应龙畜水。蚩尤请风伯雨师，纵大风雨。黄帝乃下天女曰魃，雨止，遂杀蚩尤。”秦汉以来，方术流行，黄帝又被仙化。《史记·封禅书》载：“黄帝采首山铜，铸鼎于荆山下。鼎既成，有龙垂胡髯下迎黄帝。黄帝上骑，群臣后宫从上者七十余人，龙乃上去。余小臣不得上，乃悉持龙髯，龙髯拔，堕，堕黄帝之弓。百姓仰望黄帝既上天，乃抱其弓与胡髯号，故后世因名其处曰鼎湖，其弓曰乌号。”道教兴起后，更把黄帝列入仙班，尊为祖。

在《论衡·说日》引《淮南子》和今本《淮南子·本经训》中，有“尧时十日并出，万物焦枯，尧上射十日”，或“尧乃使羿上射十日”的记述。《山海经·海内北经》载：“舜妻登比氏，生宵明、烛光，处河大泽，二女之灵能照此所方百里。”罗泌《路史》卷二十一《后纪十二》因之，并发挥曰：“次妃癸比氏生二女，曰宵明，曰烛光，处河大泽，灵照百里，是为湘之神。”凡此，皆是把人事说得神乎其神，把人格的人神格化了。

其次，是把作为部落首领的黄帝、尧、舜帝王化，圣君化。自然，各家所“化”又不尽相同，甚至相去甚远。

《庄子·在宥》载：“黄帝立为天子，十九年，令行天下。闻广成子在于空同之上，故往见之，曰：‘我闻吾子达于至道，敢问至道之精。吾欲取天地之精，以佐五谷，以养民人，吾又欲官阴阳，以遂群生，为之奈何？’广成子曰：‘而所欲问者，物之质也；而所欲官者，物之残也。自而治天下，云气不待族而雨，草木不待黄而落，日月之光，益以荒矣。而佞人之心翦翦者，

① 《初学记》卷七引作“上”。

② 《史记·司马相如传》《史记正义》引作“旁有五门”。

又奚足以语至道?’”《天运》篇中,庄子又借老子之口谓:“三皇五帝之治天下,名曰治之,而乱莫甚焉。三皇之知,上悖日月之明,下睽山川之精,中堕四时之施。其知憯于蛎虿之尾,鲜规之兽,莫得安其性命之情者,而犹自以为圣人,不可耻乎,其无耻也。”这是明显地以道家的“无为”来解读黄帝。同属道家的《列子·黄帝》则云:“黄帝即位十有五年,喜天下戴己,养正命、娱耳目、供鼻口、焦然肌色皯黣,昏然五情爽惑。又十有五年,忧天下之不治,竭聪明、进智力、营百姓,焦然肌色皯黣,昏然五情爽惑。”身心交瘁的黄帝于是“退而间居大庭之馆,斋心服形,三月不亲政事”,忽一日昼寝梦游华胥氏之国,深为华胥氏“其国无帅长,自然而已。其民无嗜欲,自然而已”的情形所折服,于是幡然醒悟,“今知至道不可以情求矣”。于是“又二十有八年,天下大治,几若华胥氏之国”。“不亲政事”“国无帅长”“民无嗜欲”“自然而已”,皆道家之精髓。如果说《庄子》还在企图用道去改造黄帝,《列子》则已基本完成了这种改造。

战国诸子中关注黄帝最多的当首推法家。《管子·任法》谓:“圣君任法而不任智,任数而不任说,任公而不任私,任大道而不任小物,然后身佚而天下治。”“黄帝之治天下也,其民不引而来,不推而往,不使而成,不禁而止。故黄帝之治也,置法而不变,使民安其法者也。”《商君书·画策》:“神农既没,以强胜弱,以众暴寡,故黄帝作为君臣上下之义、父子兄弟之礼、夫妇妃匹之合,内行刀锯,外用甲兵……以适于时也。故以战去战,虽战可也;以杀去杀,虽杀可也;以刑去刑,虽重刑可也。”《韩非子·五蠹》谓:“儒以文乱法,侠以武犯禁,而人主兼礼之,此所以乱也。夫离法者罪,而诸先生以文学取;犯禁者诛,而群侠以私剑养。故法之所非,君之所取;吏之所诛,上之所养也。法、趣、上、下,四相反也,而无所定,虽有十黄帝不能治也。”这些皆着意用法家的“法”与“战”去突显黄帝。

在早先的儒家,如孔子、孟子那里,是找不到黄帝踪迹的,但在晚后的儒家著作中黄帝却越来越成为热门话题，并终成后来居上之势。《大戴礼记·五帝德》载孔子曰："黄帝，少典之子也，曰轩辕。生而神灵，弱而能言，幼而慧齐，长而敦敏，成而聪明。治五气，设五量，抚万民，度四方。教熊罴貔豹虎，以与赤帝战于版泉之野，三战然后得行其志。黄帝黼黻衣，大带，黼裳，乘龙扆云，以顺天地之纪，幽明之故，死生之说，存亡之难。时播百谷草木，故教化淳鸟兽昆虫，历离日月星辰，极畋土石金玉，劳心力耳目，节用水火材物。生而民得其利百年，死而民畏其神百年，亡而民用其教百年。"这里，黄帝的儒化已大体成形。此外，汉初的陆贾和贾谊也都曾为黄帝的地位和黄帝与儒家的结缘尽过力。但真正形成气候还是要到汉武帝时。是武帝时的几件大事——"罢黜百家，独尊儒术"、公祭黄帝陵、《史记·五帝本纪》的成书，最终完成了黄帝形象的定型和黄帝与儒家的结缘，即历史上最圣明的"君"与最伟大的"师"的联手。

在黄帝形象的系统整合和黄帝的儒化中，以司马迁的《史记·五帝本纪》贡献为多。《史记·五帝本纪》一开篇，便袭用《大戴礼记·五帝德》，谓"黄帝者，少典之子，姓公孙，名曰轩辕。生而神灵，弱而能言，幼而徇齐，长而敦敏，成而聪明"，神化黄帝。接着写他通过与炎帝、蚩尤的阪泉、涿鹿之战，"诸侯咸尊轩辕为天子"，行迹更"东至于海，登丸山，及岱宗。西至于空桐，登鸡头。南至于江，登熊、湘。北逐荤粥，合符釜山"。黄帝俨然一泱泱大邦之主。文中又用"修德振兵，治五气，蓺五种，抚万民，度四方"，"天下有不顺者，黄帝从而征之，平者去之，披山通道，未尝宁居"，"劳勤心力耳目，节用水火材物"一类的儒家语盛赞黄帝。《五帝本纪》中，黄帝列其首，事迹显赫，惜文字不多，面目不甚清晰；颛顼、帝喾二帝，事迹简略，列入五帝，似觉凑数；尧、舜在《五帝本纪》中占较大篇幅，事功既多，"仁君"形象亦较丰满，其中影响最大、最为后人称道的即所谓"尧舜禅让"事。

司马迁虽素有良史之誉，不过他的《五帝本纪》有关黄帝的记述和五帝同出一系的谱系编排却不怎么靠谱①,这也是毋庸讳言的。此皆当时大一统和尊儒政治需要的产物,自有其积极意义的一面,无须以有违于历史真实而苛责之。

再次,是把黄帝等人共祖化。

祖宗是黄帝三个身份中影响最大、最具生命力的一个。这与中国古代血缘组织、观念浓重、家国同构的社会结构密不可分。

作为民族祖先的黄帝,其族群经历了一个逐渐泛化、扩展的漫长过程。

本来,在较早的文献《逸周书·尝麦解》里,仅谓“蚩尤乃逐帝,争于涿鹿之阿,九隅无遗。赤帝大慑,乃说于黄帝,执蚩尤,杀之于中冀”,并未言及黄、炎、蚩三者间有血亲关系。可到了《国语·晋语四》里,则成“昔少典娶于有蟜氏,生黄帝、炎帝。黄帝以姬水成,炎帝以姜水成。成而异德,故黄帝为姬,炎帝为姜”,黄、炎已成兄弟俩了。及褚少孙补《史记·建元以来侯者年表》录田千秋谏武帝书又有“蚩尤畔父,黄帝涉江”语,新刊布清华简《五纪》更有“黄帝有子曰蚩尤”的直白说法,蚩尤竟成黄帝的儿子了。这样,随着黄帝的连打胜仗,地盘扩大,炎帝加了进来,蚩尤也被收编了,炎、黄、蚩成了一家人。不过,辈分、大小还是要分的,炎帝当弟弟,蚩尤只能做儿子。

再往后,五帝中的其他四帝颛顼、帝喾、尧、舜,夏、商、周的始祖禹、契、弃,秦、楚、吴、越诸国,乃至匈奴,总之,五帝、三王,中原诸国,乃至周边诸族,也都被纳入黄帝谱系。先是把五帝中的其他四帝颛顼、帝喾、尧、

① 从《庄子·胠箧》、上博简《容成氏》等传世和出土文献看,其所言之上古“帝王”,可谓林林总总,五花八门,组合不一,序列杂乱,彼此间亦无明确血缘关系可言,这正是当时尚未进入国家时期,无大范围统一王朝,各部落互不辖属、无规范继统的生动写照。司马迁仅据晚出的《大戴礼记·五帝德》等编排出黄帝、颛顼、帝喾、尧、舜的五帝组合,且以同一血缘贯之,实于史无征。

舜都说成是黄帝的子孙。其说见于《大戴礼记》的《五帝德》《帝系》，以及司马迁的《史记·五帝本纪》。然后把夏、商、周的始祖禹、契、弃，秦、楚、吴、越诸国，乃至匈奴都安排为黄帝后，见诸《史记》的《夏本纪》《殷本纪》《周本纪》《秦本纪》《楚世家》《吴太伯世家》《越王勾践世家》《匈奴列传》。这些，大家大都耳熟能详，原文不再移录。

这样，到了汉代，黄帝便由黄帝族人的祖先逐渐升格为华夏族乃至汉族的共同祖先了。

自然，这远不是事实，而是国家统一、民族融合、文化认同的需要和结果。此处之“祖先黄帝”，实为一心理文化认同符号，自有其积极意义。有学者从纯生理或生物学的角度对黄帝的共祖身份提出诘难，似无必要。

## 二、新旧出土文献和陶寺遗址出土物对黄帝、尧、舜传统形象的颠覆

在对黄帝、尧、舜等进行神圣、仁爱、亲和形象打造的总体趋势下，间或亦有不同的声响、音符出现。

1973 年湖南长沙马王堆 3 号汉墓出土的帛书《老子》（乙本）卷前古佚书《十六经》中，有一段黄帝打败并处死蚩尤的描写：“黄帝身遇蚩尤，因而擒之。剥其（缺字）革以为干侯，使人射之，多中者赏；翦其发而建之天，名曰蚩尤之旌；充其胃以为鞠，使人执之，多中者赏；腐其骨肉，投之苦醢，使天下人唼之。上帝以禁。帝曰：毋犯吾禁，毋流吾醢，毋乱吾民，毋绝吾道。犯禁，流醢，乱民，绝道，反义逆时，非而行之，过极失当，擅制更爽，心欲是行，其上帝未先而擅兴兵，视蚩尤、共工，屈其脊，使甘其窬，不死不生，悫为地桯。帝曰：谨受吾正名，毋失吾恒刑，以示后人。”意谓黄帝在擒捉蚩尤后剥了蚩尤的皮做成箭靶，让大家射，多中者有赏；将蚩尤的头发高挂天空，称为蚩尤旗；把蚩尤的胃填成球让大家踢，多中者赏；把蚩尤的

骨肉做成肉酱混到苦菜酱里，命令天下人分吃。黄帝还颁布禁令说："禁止触犯我的律令，禁止不吃我分给你们的人肉苦菜酱，禁止扰乱我的民心，禁止不按我的路子去办。如果触犯律令，如果偷偷倒掉人肉苦菜酱，如果扰乱民心，如果不听我的话，如果不守规矩时限，如果明知故犯，如果越过界限，如果私自改动制度图自己快活，如果想怎样就怎样，如果我还没有颁布命令而先起来用兵造反，蚩尤和共工的下场就是样子，俯首弯腰，吃自己的粪便，求生不得，求死不能，到地底下还得给我当墓室的柱子。"他还告诫人们："要谨慎遵从我，不许触犯我制定的刑律，以示后人。"如此状写黄帝，把黄帝描绘得如此血腥、残忍，实属罕见。这是迄今所见最冷血、残暴的黄帝形象，与儒家笔下的"修德振兵，治五气，蓺五种，抚万民，度四方"，"劳勤心力耳目，节用水火材物"仁德黄帝形象完全不同。

在墨、儒那里，尧、舜、禹时权力的传承是"禅让"的，而《韩非子·说疑》则谓："古之所谓圣君明王者，非长幼弱也，及以次序也①。以其构党与，聚巷族，逼上弑君而求其利也。……舜逼尧，禹逼舜，汤放桀，武王伐纣，此四王者，人臣弑其君者也，而天下誉之。察四王之情，贪得人之意也；度其行，暴乱之兵也。"《韩非子》属习见传世文献，其说在一部著名的老出土文献中得到了印证。晋武帝太康二年汲郡所出古竹书《竹书纪年》有载："舜囚尧于平阳，取之帝位。"（《广弘明集》卷十一法琳《对傅奕废佛僧事》引《汲冢竹书》）"舜囚尧，复偃塞丹朱，使不与父相见也。"（《史记·五帝本纪》《史记正义》引《括地志》引《竹书》）即尧、舜间的权力转移毫无"让"字可言，而是你争我抢，即"夺"。

这里，再说说前些年颇被媒体热炒了一阵的发生在陶寺遗址的一桩事。陶寺遗址，学界一般认为属尧、舜时代。学者王晓毅、丁金龙据该遗

① 王先慎《韩非子集解》引顾广圻曰：幼弱二字当衍其一，上也字当作世，九字为一句。

址曾发生的“平城墙”“废宫殿”“毁宗庙”“杀壮丁”等六条灭绝行为,推断说:“尧与其继任者之间的政权更替是通过革命式的暴力手段完成的。”“尧舜之间的禅让是不存在的,所谓禅让,其实是儒墨等家为宣扬其政治主张而杜撰的。”①陶寺遗址所揭示的灭绝行为能否安在尧、舜头上虽尚难坐实,但它发生在国家萌生的动荡时期,这个时期已离开“天下为公”“选贤与能”“讲信修睦”的“大同”之世,进入“谋用是作,而兵由此起”(《礼记·礼运》)的你争我夺的新历史时段,却已是不争的历史事实。明于此,再回过头去审视尧、舜、禹间的所谓“禅让”,就洞若观火了。

## 三、一点感想

研究历史离不开史料。史料分为文献史料、实物史料和口述史料。文献史料又有传世文献、出土文献之别。一般说来,文献流传愈久愈易失真,故传世文献中之文字讹误、篇章脱漏增益、史事错谬,乃至随意增窜改作,几不胜枚举。出土文献则由于长期埋藏,时间较早(多为战国、汉代物),经后人增、删、改动处较少,故可能更接近历史真实,其对传世文献的扩充、佐证、纠正之功,自不待言。但传世文献经过长期选择、整理、筛汰,之所以得以流传下来,亦自有其理由、长处、价值。传世文献与出土文献理应互证、互补,二者间并不存在上下之别,优劣之分。王国维曰:“吾辈生于今日,幸于纸上之材料外更得地下之新材料。由此种材料,吾辈固得据以补正纸上之材料,亦得证明古书之某部分全为实录,即百家不雅驯之言亦不无表示一面之事实。此二重证据法惟在今日始得为之。”②

---

① 王晓毅、丁金龙:《从陶寺遗址的考古新发现看尧舜禅让》,《新华文摘》2004 年第 3 期。

② 王国维:《古史新证》,清华大学出版社,1994 年,第 2 页。

总之，二者要结合，互证、互补。凡事皆不可绝对化，须具体分析，不能不加分析地认为出土文献就是比传世文献更真、更可靠，一看到出土文献有与传世文献相左之处，就情不自禁地高喊什么“颠覆认知”“改写历史”之类。现在学术界似乎存在一种过于贬低传世文献价值、过于相信出土文献的现象，这是很要不得的。须知，出土文献也是人写的，而人都是要受认识能力、时代潮流、政治立场、利益、感情等诸多因素左右、驱使的，特别是目前地下文献频出的战国时代，更是我国历史上思想最为活跃、百家竞起，皆“思以其道易天下”（《文史通义·原道中》）的时代。此时之诸子在打造自己的学说或治国方案时，大都打出古圣贤的旗帜托古改制。在此背景下，历史编纂空前繁荣，自然，“编纂”中就不免有“编篡”——“编造篡改”的成分，这也是毋庸讳言的。再说，不少出土文献其实就是埋藏于地的当年传世文献，出土文献面世后既久，也就成了传世文献，其间并无不可逾越的鸿沟，何来出土文献就一定可信、一定优于传世文献之理？

具体说到上文提到的几条对传统认知带有颠覆性的材料，亦须对之作具体分析，站得住脚的就说站得住脚，一时吃不准的就不要强作解人，姑存疑。如对马王堆汉墓帛书《老子》（乙本）卷前古佚书《十六经》有关黄帝残暴行为的记述，我意，战争固不免流血、杀戮，但如此之残忍，则为他书所不见，恐孤证难立，姑存疑；《竹书纪年》所载尧、舜争斗事，有《韩非子》佐证，且符合当时社会情势，应予采信；至于清华简《五纪》的“黄帝有子曰蚩尤”的说法，则明显不靠谱。

近年来，在纠正古史辨派疑古过头违失的同时，盲目“信古”之风似大有重新泛起之势，一些学者，不问材料的时代、真伪，只要于己说有利，便拿来就用，炮制出一些看似新颖实无多少学术价值的所谓成果来。

对此，有学者已严肃指出，此风断不可长。已故著名学者赵光贤指出：“学者往往贪多求博，见书就抄，于是神话、传说与历史相混淆，把后人伪造的历史系统当作经典看待，写文章彼此矛盾，时代颠倒，令读者目眩。”①著名学者裘锡圭亦谓：“现在来谈古书真伪方面的问题。目前国内在这方面存在的主要问题，是部分学者对古书辨伪的已有成果不够重视。”“疑古派以及其他做过古书辨伪工作的古今学者，确实‘对古书搞了不少冤假错案’。不过他们也确实在古书辨伪方面取得了不少成绩，有不少正确的、有价值的见解。真正的冤案当然要平反，然而决不能借平反之风，把判对的案子也一概否定。对古书辨伪的已有成果，我们要给予足够的重视，决不能置之不理或轻易加以否定。可是现在有一些学者所采取的，却正是后一种态度。虽然他们多数只是对古书辨伪的一部分成果采取这种态度，在学术上的危害性也还是相当大的。”②信哉斯言。移录于此，愿与同好共勉。

本文为提交2023年9月于武汉大学召开的“出土文献与中国古代文明研究”暨中国先秦史学会第一届年会之论文。

① 赵光贤：《我的自述——学史贵有心得》，《亡尤室文存》，北京师范大学出版社，2001年，第8—9页。

② 裘锡圭：《中国古典学重建中应该注意的问题》，《中国出土古文献十讲》，复旦大学出版社，2004年，第12页。

# 五帝时期的战争与民族融合、地域统一的逐步深化、扩大

《史记·五帝本纪》是《史记》的开篇，是一篇大体勾画出我国早期历史概貌的重要文献。其言黄帝曰："生而神灵，弱而能言，幼而徇齐，长而敦敏，成而聪明。""与炎帝战于阪泉之野。三战，然后得其志。蚩尤作乱，不用帝命。于是黄帝乃征师诸侯，与蚩尤战于涿鹿之野，遂禽杀蚩尤。而诸侯咸尊轩辕为天子，代神农氏，是为黄帝。天下有不顺者，黄帝从而征之，平者去之，披山通道，未尝宁居。东至于海，登丸山，及岱宗。西至于空桐，登鸡头。南至于江，登熊、湘。北逐荤粥，合符釜山，而邑于涿鹿之阿。"既言"诸侯咸尊轩辕为天子"，"天下有不顺者，黄帝从而征之，平者去之"，又言其势力"东至于海，……西至于空桐，……南至于江，……北逐荤粥，合符釜山"，似乎黄帝已在广大范围内确立起自己的统治地位，一举完成了民族融合和统一的大业。这是不成立的，连《史记·五帝本纪》都说当时的黄帝尚处在"迁徙往来无常处，以师兵为营卫"的漂泊状态，怎么会一下子完成民族融合和大范围统一的大业呢？

《史记·五帝本纪》对黄帝后继者颛顼、帝喾、尧、舜的描述，亦多为"帝颛顼高阳者，……静渊以有谋，疏通而知事；养材以任地，载时以象天，依鬼神以制义，治气以教化，絜诚以祭祀"，"帝喾高辛者，……生而神灵，自言其名。普施利物，不于其身。聪以知远，明以察微。顺天之义，知民之急。仁而威，惠而信，修身而天下服。取地之财而节用之，抚教万民而利诲之，历日月而迎送之，明鬼神而敬事之。其色郁郁，其德嶷嶷。其动也时，其服也士。帝喾溉执中而遍天下，日月所照，风雨所至，莫不从服"，

“帝尧者，……其仁如天，其知如神。就之如日，望之如云。富而不骄，贵而不舒。黄收纯衣，彤车乘白马。能明驯德，以亲九族。九族既睦，便章百姓。百姓昭明，合和万国”，舜“以孝闻”，“父顽，母嚚，弟傲，能和以孝，烝烝治，不至奸”之类。似乎他们的成功，全是靠超人的天赋，非凡的人格魅力，仁民爱物的仁德之治达致的，从而掩盖了民族融合、地域统一、文明孕育产生过程中不可避免的暴力、战乱。

本文的目的就是想告诉部分不怎么了解历史真相的读者，黄帝虽在历史上开启我国民族融合和跨族团较大范围内地域性统一的大业厥功至伟，但也只能是首开其端，绝非一蹴而就；其后继者颛顼、帝喾、尧、舜继其伟业的过程，也不尽是一派升平、祥和景象，而是充满外战、内争，饱经血与火的洗礼的。

## 一、黄帝时期华夏族生成和局部统一的开启

五帝，一般多从司马迁《史记·五帝本纪》的说法，取黄帝、颛顼、帝喾、尧、舜的五人组合，时间约距今五千至四千一二百年。据相关文献、传说，当时在我国黄河、长江流域，主要分布着三大族群，即黄河中、上游的炎、黄族，黄河下游、淮北的以蚩尤为代表的东夷族，以及长江流域的苗蛮族。

一开始，斗争主要在炎、黄、蚩三者间展开。其中，黄帝与蚩尤间的争斗颇为持久、剧烈，《太白阴经》卷九《遁甲总序》云：“黄帝征蚩尤，七十二战而不克。”《太平御览》卷十五引《黄帝玄女战法》云：“黄帝与蚩尤九战九不胜。”此二材料晚出，用语夸饰，不一定可靠，但参以《史记·五帝本纪》“蚩尤最为暴，莫能伐”的记载，足见蚩尤一开始还是相当强盛的。后来，黄帝先是在阪泉之战中解决了与其关系亲近的炎帝，巩固了后方，复联合远近众多部落（所谓“征师诸侯”），最终在涿鹿之战中打败了蚩尤。

阪泉和涿鹿之战的直接结果是,一是实现了黄帝族与大部分炎帝族的联合、融合,二是实现了黄帝族与以蚩尤为代表的一部分东夷族的联合、融合。蚩尤虽在与黄帝的争战中失败被杀,但他的族众并未被赶尽杀绝,而是部分归顺并逐渐融入到炎黄族团中了。人们一提起华夏族的生成,总习惯于把它归为炎、黄二族之功,把以蚩尤为代表的一部分东夷族排斥在外,这是不对的、不全面的。

事实上,华夏族是炎、黄族和以蚩尤为代表的部分东夷族共同缔造的。至于要不要把蚩尤升格为与炎、黄并列的中华三祖之一,鉴于兹事体大,不是一两句话所能说清道明的,在此不作讨论。

黄帝和他的阪泉、涿鹿之战的划时代重大意义在于,它在我国中原核心地区相当大范围内开启了华夏族生成和跨族团区域性统一的实现。正是此凝聚核的越滚越大,才有了我们这个民族和国家的今天,故至今炎黄子孙仍念念不忘黄帝文化是中华文明的源头,是中华民族凝聚力的象征,是鼓舞中华民族前进的伟大动力。

## 二、颛顼、帝喾、尧、舜四帝与共工的争战

这里应指出的是,人们在盛誉黄帝民族融合和统一大业时,往往以为它是一蹴而就的,忽视了它的漫长、曲折过程。实际上,此大业黄帝仅是开其端,后续工程是相当漫长、繁重的。

下面,我们就来谈谈五帝时期黄帝的后继者们在这民族融合和统一方面的作为,这些作为,又大多是通过惨烈的外战内争实现的。

首先谈他们与共工的长期争战。

在《史记·五帝本纪》中继黄帝出现的二帝是颛顼和帝喾。相传,颛顼、帝喾分别是黄帝的孙子、曾孙。在《史记·五帝本纪》中,此二帝业绩不多,似有凑数之嫌,不过在其他文献记载中,却屡屡提到二帝事迹,特别

是与共工的争战事。

《山海经·大荒西经》:“有池名孟翼之攻颛顼之池。”袁珂《山海经校注》:“郭璞云:‘孟翼,人姓名。’珂案:孟翼之攻颛顼之池者,盖犹此经上文禹攻共工国山,皆因事以名地也。孟翼或亦共工之类,其攻颛顼者,亦黄炎斗争之余绪也。”即此处虽用作地名,但其背后却隐藏着一段颛顼与孟翼的争斗史,惜记载简略,亦无类似佐证,未详此孟翼为何方人氏。

《淮南子·天文训》则明谓:“昔者共工与颛顼争为帝,怒而触不周之山,天柱折,地维绝。天倾西北,故日月星辰移焉;地不满东南,故水潦尘埃归焉。”

《史记·楚世家》亦记有:“楚之先祖出自帝颛顼高阳。高阳者,黄帝之孙,昌意之子也。高阳生称,称生卷章,卷章生重黎。重黎为帝喾高辛居火正,甚有功,能光融天下,帝喾命曰祝融。共工氏作乱,帝喾使重黎诛之而不尽。帝乃以庚寅日诛重黎,而以其弟吴回为重黎后,复居火正,为祝融。”

类似的记载还有:

> 《文子·上义》:“共工为水害,故颛顼诛之。”
>
> 《淮南子·兵略训》:“颛顼尝与共工争矣。……共工为水害,故颛顼诛之。”
>
> 《淮南子·原道训》:“昔共工之力,触不周之山,使地东南倾,与高辛争为帝。”

据此知颛顼、帝喾二帝皆曾与共工争战过。

共工何许人氏?说来颇杂乱难稽。

六朝或隋唐间无名氏辑《琱玉集·壮力》将共工时代上溯至神农时,谓:“共工,神农时诸侯也,而与神农争定天下。共工大怒,以头触不周山,山崩，天柱折，地维绝，故天倾西北隅，地缺东南角。”

唐司马贞补《史记·三皇本纪》更把共工上推至神农氏前的女娲氏时代，争斗的对手则成了祝融：“诸侯有共工氏，任智刑以强霸而不王，以水承木，乃与祝融战。不胜而怒，乃头触不周山，崩，天柱折，地维缺。女娲乃炼五色石以补天，断鳌足以立四极，聚芦灰以止滔水，以济冀州，于是地平天成，不改旧物。女娲氏没，神农氏作。”

宋罗泌《路史·太昊纪》亦谓：“太昊氏衰，共工为始作乱，振滔洪水，以祸天下，隳天纲，绝地纪，覆中冀，人不堪命。于是女皇氏役其神力，以与共工氏较，灭共工氏而迁之。然后四极正，冀州宁，地平天成，万民复生。娲娲氏乃立，号曰女皇氏。”

《山海经·海内经》则谓共工为炎帝后，且把共工之所出的世系编排得十分完整、具体，谓：“炎帝之妻，赤水之子听访生炎居，炎居生节并，节并生戏器，戏器生祝融，祝融降处于江水，生共工，共工生术器，……共工生后土。”

共工是否为炎帝之后，是否为祝融的儿子，恐怕都不好说。因为据上引材料，或谓共工早在女娲时代就出现于历史舞台了（司马贞补《史记·三皇本纪》、罗泌《路史·太昊纪》），或谓共工曾“与神农争定天下”（《琱玉集·壮力》），曾“与祝融战”（司马贞补《史记·三皇本纪》），凡此皆与《山海经·海内经》所编排的共工为炎帝六世孙、为祝融子的说法相矛盾。而据有关材料，共工一族之出现于历史舞台，似比炎黄二氏都还要早出一大截呢。

下面再说说如何看待女娲时有共工，颛顼、帝喾时有共工，尧、舜、禹时亦有共工（见后）这件事。其实，这并没有什么不好理解的，因为正如不少学者所正确指出的，“共工”二字，并不是某一个人的专名，而是该氏族部落及其首领的共名，一如“炎帝”是所在部落八代首领的共名一样。

据此，我们似可说，共工是一古老的、延续时间又长的氏族部落，可能属炎帝族，著名神话学者袁珂即目其为“炎帝裔”①，至少是与炎帝族关系比较密切的部族。

共工与黄帝后人的争斗在尧、舜、禹时还在延续。

《尚书·尧典》：“帝（尧）曰：‘畴咨若予采？’驩兜曰：‘都！共工方鸠僝功。’帝曰：‘吁！静言庸违，象恭滔天。’”

《尚书·舜典》：“（舜）流共工于幽州，放驩兜于崇山，窜三苗于三危，殛鲧于羽山，四罪而天下咸服。”

《史记·五帝本纪》：“尧曰：‘谁可顺此事？’放齐曰：‘嗣子丹朱开明。’尧曰：‘吁！顽凶，不用。’尧又曰：‘谁可者？’讙兜曰：‘共工旁聚布功，可用。’尧曰：‘共工善言，其用僻，似恭漫天，不可。’”

“（舜摄行天子之政）流共工于幽陵，以变北狄；放驩兜于崇山，以变南蛮；迁三苗于三危，以变西戎；殛鲧于羽山，以变东夷：四罪而天下咸服。”

上述记载表明，共工乃尧舜时期一举足轻重、几可托国柄之重臣，但得不到尧的赏识、信任，最后还遭到舜的放逐。至于他究竟有什么罪错，及其与尧、舜的斗争过程，则无具体交代。不过，从后人尊其子为后土、为社一事上仍可看出后人对共工父子及其所在部落对农业生产所作出的巨大贡献还是挺认可、怀念的。

先秦及尔后的一些子书和其他书籍，对共工的事迹虽有所丰富，但五花八门，令人目眩，真假难辨。兹略举其要，移录于后：

《淮南子·本经训》：“舜之时，共工振滔洪水，以薄空桑。”

---

① 袁珂：《中国神话传说词典》，上海辞书出版社，1985年，第144页。

《山海经·大荒西经》:“西北海之外,大荒之隅,……有禹攻共工国山。”

《山海经·海外北经》:“共工之臣曰相柳氏,……禹杀相柳。”

《战国策·秦第一》:“禹伐共工。”

《荀子·成相》:“禹有功,抑下鸿,辟除民害逐共工。”

上述后四条材料又把共工与尧、舜集团的斗争下延至禹的头上。

综上,终五帝之世,黄帝后人与以共工为代表的炎帝余部或与炎帝族关系比较密切部族的争斗虽说不上是历史的主流,却一直在进行着,这是不争之事实。

## 三、黄帝之后与东夷、苗蛮的争斗

东夷地盘广大,蚩尤败亡后部分夷人归顺了黄帝,逐渐融入华夏族,其余的夷人虽为数众多,分布广阔,但在蚩尤遭重创后一时无主,故在颛顼、帝喾、尧、舜时期与华夏的摩擦、冲突尚不多。《孙膑兵法·见威王》载:“尧有天下之时,黜王命而弗行者七,夷有二,中国四,……战胜而强立,故天下服矣。……尧伐共工,……”谓尧曾与中原地区的四股势力、夷地的两股势力,以及传为炎帝后的共工进行过激烈的争斗,并取得胜利,致“天下服矣”,进一步巩固和推进了炎黄开创的地区统一和部族融合的大业。可类似的记载并不多见。

夏代起,延至商、周,东夷开始重新崛起,夷夏之争还一度成为这个时期历史舞台的重头戏。商末,纣大约是在与东夷的争斗中耗尽了国力,致为周人所乘,故史有“纣克东夷,而陨其身”(《左传》昭公十一年)一说。周初管、蔡、武庚之叛中,“东夷八国附从”(《吕氏春秋·察微》高诱注),或谓附从者有徐、奄、熊、盈“十有七国”(《逸周书·作雒》)。据文献、彝铭记载，尔后的康、穆、懿、厉、宣诸王，都曾同东夷争战不休。穆王时，盛极一时的徐偃王更曾“率九夷以伐宗周，西至河上”（《后汉书·东夷列传》），周人费了好大劲才平息了这场叛乱。足见东夷势力之强盛，夏、夷对峙之曲折、漫长，远非黄帝及其后继者颛顼、帝喾、尧、舜短期所能解决的。进入春秋时期，待周在东方原夷人地盘所建立的齐、鲁两国逐渐强大起来后，这个问题才最终获得解决。

尧、舜时期，屡屡与华夏起摩擦、冲突的主要是长江流域的苗蛮族团之三苗等。史载：

《尚书·舜典》：“（舜）流共工于幽州，放驩兜于崇山，窜三苗于三危，殛鲧于羽山，四罪而天下咸服。”

《史记·五帝本纪》：“于是舜归而言于帝，请流共工于幽陵，以变北狄；放驩兜于崇山，以变南蛮；迁三苗于三危，以变西戎；殛鲧于羽山，以变东夷：四罪而天下咸服。”

《荀子·议兵》：“彼兵者所以禁暴除害也，非争夺也。故仁者之兵，所存者神，所过者化，若时雨之降，莫不说喜。是以尧伐驩兜，舜伐有苗，禹伐共工，汤伐有夏，文王伐崇，武王伐纣，此四帝两王，皆以仁义之兵，行于天下也。故近者亲其善，远方慕其德，兵不血刃，远迩来服，德盛于此，施及四极。”

《战国策·秦策一》：“尧伐驩兜，舜伐三苗。”

《吕氏春秋·恃君览·召类》：“尧战于丹水之浦，以服南蛮；舜却苗民，更易其俗。”

《鹖冠子·世兵》：“禹服有苗。”

驩兜，一作灌兜、驩头、讙头，传说中的三苗部落首领。或谓驩兜本出自黄帝系，是颛顼之子或鲧的孙子，后遭放逐，遂为苗蛮。童书业师及朱芳圃先生则谓驩兜即尧子丹朱。① 亦未知孰是。

通过接触，五帝时期苗蛮族当有少部分融入华夏，大部融入较之东夷还要迟，一直要拖到秦汉时期这个地区正式纳入中国版图后始告一段落。

## 四、五帝时期的内争

外战外，五帝时期，特别是到了其后期，即濒临国家产生的尧舜时期，惨烈的争战亦频繁发生。上举《孙膑兵法·见威王》"尧有天下之时，黜王命而弗行者七，夷有二，中国四"之"中国四"，虽未明指"黜王命而弗行者"为谁，但其性质系围绕着统治权力的争夺当属无疑。《史记·五帝本纪》记"于是舜归而言于帝，请流共工于幽陵，以变北狄；流驩兜于崇山，以变南蛮；迁三苗于三危，以变西戎；殛鲧于羽山，以变东夷：四罪而天下咸服。"这是尧时已实权在握的舜所施行的一次大清洗。三苗、共工是外人，驩兜、鲧则是自家人。《史记·五帝本纪》又记"昔帝鸿氏有不才子，掩义隐贼，好行凶慝，天下谓之浑沌。少暭氏有不才子，毁信恶忠，崇饰恶言，天下谓之穷奇。颛顼氏有不才子，不可教训，不知话言，天下谓之梼杌。此三族世忧之。至于尧，尧未能去。缙云氏有不才子，贪于饮食，冒于货贿，天下谓之饕餮。天下恶之，比之三凶。舜宾于四门，乃流四凶族，迁于四裔，以御螭魅，于是四门辟，言毋凶人也。"这是舜的又一次大清洗。帝鸿氏族属不清，其余三个也都是自家人。

下面让我们再来细剖析一下鲧之殛，抖搂抖搂后人所谓的"尧舜禅让"中的黑幕、猫腻。

通常认为，鲧之被诛是因治水失败，即所谓"九年而水不息，功用不

---

① 童书业：《丹朱与驩兜》，《童书业史籍考证论集》，中华书局，2005年，第66—71页；朱芳圃：《讙头 丹朱》，《中国古代神话与史实》，中州书画社，1982年，第31—37页。

成”(《史记·夏本纪》),“鲧鄣鸿水而殛死”(《礼记·祭法》),即错用“鄣”(堵)的治水方法,长期不见成效。这是说不通的,第一,治水方法、能力问题,是受当时生产力和人们认识能力限制的,鲧乃当时顶尖治水专家,用四岳的话来说,时人中尚“未有贤于鲧者”(《史记·夏本纪》),止不住水患之责怎么能全推给鲧呢?第二,鲧即使须承担一定责任,按常理亦罪不至死。故鲧之殛必另有不可告人之内幕。且看相关史籍的如下记载:

昔者伯鲧,帝之元子,废帝之德庸,既乃刑之于羽之郊。(《墨子·尚贤中》)

昔者鲧违帝命,殛之于羽山。(《国语·晋语八》)

昔鲧违帝命,殛之于羽山。(《说苑·辨物》)

上述记述,虽不再将鲧之被诛与治水挂钩,却也未道出“违帝命”的具体原因、内容。下面两条,则具体得多:

尧欲传天下于舜,鲧谏曰:“不祥哉!孰以天下而传之于匹夫乎?”尧不听,举兵而诛杀鲧于羽山之郊。(《韩非子·外储说右上》)

尧以天下让舜,鲧为诸侯,怒于尧曰:“得天之道者为帝,得地之道者为三公。今我得地之道,而不以我为三公。”以尧为失论,欲得三公,怒甚(王念孙谓此“甚”字当为“其”之误)猛兽,欲以为乱。比兽之角能以为城,举其尾能以为旌,召之不来,仿佯于野以患帝。舜于是殛之于羽山,副之以吴刀。禹不敢怨而反事之,官为司空,以通水潦,颜色黎黑,步不相过,窍气不通,以中帝心。(《吕氏春秋·恃君览·行论》)

至此，事情已再明白不过。原来，以治水方法不当诛鲧，只不过是一个堂而皇之的借口，决心除掉有一定地位、势力，且对尧选定舜为接班人不服并举兵作乱的鲧，才是问题的本质。长期为人们赞颂不已的“尧舜禅让”，实不过是战国时期墨、儒一类的思想家们为宣扬自己的理想政治而编织出来的东西。关于这个问题，笔者曾为文论及，有兴趣者不妨找来一阅。①

此类外战、内争，自然都无可避免地伴随着破坏、杀戮，但不少外战、内争在当时的历史条件下，曾起着促进不同地区、族群间接触、交流，促进联合体巩固、壮大，强化权力核心的积极作用，客观上有利于民族融合、统一体的巩固和扩大，有利于我国尽快步入文明时期。

其实，人类历史上不同人群间早就有暴力冲突的发生，但那时的冲突基本属血亲复仇性质，加之当时地广人稀，不同人群间接触、联系不多，故冲突的发生比较少见，多属偶然，那时人群间偶发的冲突还不是严格意义上的战争。进入父系氏族社会时期，特别是它的末期阶段，随着生产力的发展、社会财富日多、私有制出现、人口日众，为扩大地盘和掠夺财富而爆发的战争才提上日程并日趋频繁、愈演愈烈起来。这种外战，又往往和内争交织在一起，这也并不奇怪，因为二者的动因皆不外乎财富、权力的争夺。一提起战争，不少人会不由联想到暴力、血腥，天然滋生厌恶、排斥心理，殊不知在人类历史上，特别是在早期，许多重大问题都不是靠坐下来好好谈谈就可以解决的，而大多要靠实力说话，诉诸暴力。五帝时期，民族的融合，地域的统一，文明的孕育、产生，从根子上说，固然是生产力发展、地区间和平交往增多的结果，但在重要关头，在一些重大问题的解决上，仍不免诉诸暴力，战争开路。当然，也不能不加分析地肯定那时的一

---

① 张广志:《尧舜禅让之再认识》《“尧天舜日”与“尧幽囚，舜野死”浅析》《鲧禹治水败成的背后》，《张广志论学杂著选辑》，经济科学出版社，2016 年。

切战争，比如那些纯粹以劫掠、杀戮为目的的战争就不能予以肯定。

在这个波澜壮阔的文明、进步与血、火交织的年代里，黄帝和他的后继者颛顼、帝喾、尧、舜皆曾站在历史舞台的中心，扮演着重要角色，对我国的民族融合和统一大业作出过杰出贡献。我们要永远记住他们。

2024 年 4 月 20 日

# 关于蚕丝起源的几个问题

几年前，我曾写过一篇文章，题为《嫘祖三题》①，就“嫘祖的正妃身份”“嫘祖与蚕丝的关系”“嫘祖的故里”三个问题谈了点自己的不成熟看法，颇不受某些研究者，特别是一些力图把嫘祖故里纳入自己辖区的地方官员的待见。几年过去了，我的看法依然没有改变，近又接触了一些材料，兹再就旧文言不尽意处作所补缀。

## 中国作为世界蚕丝源头的地位不可撼动

丝绸是最早令中国闻名世界的伟大发明。这不仅有文献和民间故事中嫘祖教民养蚕缫丝的众多传说为凭（或可资参考），更得到一系列考古发掘的实证。

1926年，享有“中国考古学之父”美誉的李济在山西夏县西阴村一仰韶文化遗址中发现了五千多年前的一个半割的茧壳。1928年，他把蚕茧带到华盛顿做检测，认为这是家蚕的老祖宗，蚕丝文化是中国发明及发展的东西，这是一件不争的事实。不过，这半个人工切割的蚕茧在国内外考古界引起轰动的同时，有关它的争论也颇多，如年代、为什么切割、用什么工具切割等，自出土之日起就不曾止息。著名考古学家夏鼐就认为：“这

① 原载《寻根》2018年第2期，后收入《张广志论学杂著选辑续编》，经济科学出版社，2019年，第1—7页。

个发现是靠不住的,大概是后世混入的东西。……我们不能根据这个靠不住的孤证来断定仰韶文化已有养蚕业。"①

如果说1926年李济半个茧壳的发现孤证难立的话,那么看看中华人民共和国成立后,特别是改革开放以来的有关蚕丝的诸多考古发现,问题就十分明白了。兹择其要者列举如下:

1977年,浙江余姚河姆渡遗址出土了纺织工具组件和饰有蚕纹和编织纹的牙雕小盅,距今六千多年。近年来,吉林大学的考古工作者又在山西夏县师村仰韶文化遗址发现了石雕蚕蛹、陶制蚕蛹和石制蚕茧,亦为距今六千年前物。又如,河北南杨庄仰韶文化遗址中出土的陶蚕蛹,距今五千四百年左右;河南巩义双槐树遗址的牙雕蚕,距今五千多年。

1983年,河南荥阳青台遗址瓮棺葬中出土了距今五千五百年左右的丝绸残痕。荥阳汪沟遗址瓮棺中的碳化织物,经鉴定,与青台遗址出土的织物属同类、同时期。

1958年,浙江湖州钱山漾遗址发现的家蚕丝线、丝带和绢片,是长江流域出土的最早、最完整的丝织品实物,距今四千二百年到四千四百年。

这些考古发掘以无可争辩的事实证明,五千多年前蚕丝已在中国出现,中国是世界上最早驯养家蚕、缫丝织绸的国家。2009年,"中国蚕桑丝织技艺"入选联合国教科文组织人类非物质文化遗产代表作名录;2014年6月22日,由中国、哈萨克斯坦和吉尔吉斯斯坦联合申报的"丝绸之路:长安—天山廊道的路网"项目成功列入《世界遗产名录》,得到世界认可。据说,在2014年6月22日的那次申遗会上,有外国官员发言说起他们的丝绸比中国还要早两千年。鉴于持此说者乃"官员"而非学者,且不见论据,姑不予置评。

① 夏鼐:《我国古代蚕、桑、丝、绸的历史》,《考古》1972年第2期。

## 黄帝、嫘祖与蚕丝

传说中的黄帝时代距今五千年左右，上揭考古发掘所出物亦大多在距今四五千年乃至六千多年，大体相当。笔者认为，这并非巧合，而是事出有因。

这是因为，距今五千年前后，是中国历史发展中由原始社会向国家时期转变过渡的重要历史阶段。这时，人们的生产力水平、认识能力都有了巨大进步和提高，物质文明、制度文明、精神文明领域的创制层出不穷即为其证。在这种背景下，蚕丝之登上历史舞台并把蚕丝同黄帝、嫘祖联系在一起也就算不得一桩奇怪的事了。这是因为：第一，两者同时代，本易产生关联；第二，当时的黄帝、嫘祖作为部落或部落联盟的首领，尚不至像后世称孤道寡、高高在上的帝后那样脱离生产、远离群众，故二人虽不是蚕丝的发明者，但借助其地位、影响在蚕丝业生产技术、经验的总结、改进、推广方面作过一定乃至重大贡献还是很有可能的。

但也必须指出：第一，黄帝、嫘祖并不是蚕丝的发明者，上举考古发掘蚕丝物证有远至距今六千年前者，比黄帝、嫘祖资格还老，即其证；第二，把黄帝、嫘祖尊为蚕丝的发明者和蚕神的材料相对晚后，不可轻信。《山海经·海内经》："黄帝妻雷祖，生昌意。"《世本》："黄帝有熊氏，娶于西陵氏之子，谓之累祖，产青阳及昌意。"《大戴礼记·帝系》："黄帝居轩辕之丘，娶于西陵氏之子，谓之嫘祖氏，产青阳及昌意。"《史记·五帝本纪》："黄帝居轩辕之丘，而娶于西陵之女，是为嫘祖。嫘祖为黄帝正妃，生二子，其后皆有天下。"在这类较早的文献里，多仅言嫘祖作为黄帝妻子或正妃的身份，并未涉及她在养蚕治丝方面的作为、贡献。晚后些的史籍始将嫘祖与养蚕治丝联结在一起，如《隋书·礼仪志二》谓北周"奠先蚕西陵氏神"，《纲鉴易知录》谓"西陵氏之女嫘祖为帝元妃，始教民育蚕，治丝茧以供衣服，而天下无皴瘃之患，后世祀为先蚕”。《路史》则先谓伏羲“化蚕桑为繐帛”(《后记》一引《皇图要览》)，继而又云黄帝“元妃西陵氏曰傫祖，……以其始蚕，故又祀先蚕”。(《后记》五)，前后似缺乏照应。“化蚕”何指？或谓伏羲化成了蚕，或谓伏羲把野蚕驯化为家蚕。谓伏羲幻化成蚕固然荒诞不经，但由此可以看出先民们早在伏羲时代就已对蚕有了认识并懂得利用蚕(野生的或家养的)丝了。

考古发掘揭示，在距今五千年前后，在黄河、长江流域的广大地区，都有蚕丝的发现，而当时黄帝所能控制和影响力所及的地区都远没有这么大，这也从另一个侧面佐证了嫘祖同蚕丝的发明不怎么搭边。

再说说蚕神的事。

甲骨文中有没有“蚕”字和对蚕神的祭祀，学者看法不一，这里且不去说它。

据《礼记·祭统》，西周时可能已有“王后蚕于北郊”之类的对蚕神的祀典了，但这个蚕神是个无名氏，尚未与具体的人挂钩。

东汉时，“春蚕生而皇后亲桑于菀中，……祭蚕神曰菀窳妇人、寓氏公主，凡二神”(《后汉书·礼仪志上》刘昭注引《汉旧仪》)。蚕神的名字是有了，且是两位女性，但与嫘祖无涉。

北齐时，“置先蚕坛，……使公卿以一太牢祀先蚕黄帝轩辕氏于坛上”(《隋书·礼仪志二》)。即是把黄帝视为蚕神。

北周时，始“奠先蚕西陵氏神”(《隋书·礼仪志二》)。至此，嫘祖始被当政者作为蚕神正式列入祀典。

既列入国家祀典，其地位自然日隆，于是自此以后，有关嫘祖的纪念性建筑，如陵、庙、祠、宫、碑之类，便在各地相继出现，寄托着后人对这位伟大女性的追思、怀念。不过，即便如此，嫘祖也并未成为唯一的蚕神，在各地仍有不同的民间蚕神存在，如蚕女、蚕姑、蚕母、蚕花娘娘、蚕三姑、蚕花五圣、蚕丝仙姑、蚕皇老太、马头娘、马明王、马明菩萨、青衣神，等等。

这也从一个侧面表明,中国古代蚕桑的起源是多元(源)的,并非皆始自嫘祖、传自嫘祖。

应该说,嫘祖的蚕神地位,同她以及她所在的黄帝族群在蚕丝业方面确曾作出过一定乃至重大贡献有关,否则人们不会平白无故地把始蚕、蚕神一类的桂冠奉送于她。自然,这也无疑同她作为黄帝元妃的显贵身份有关。

说到这里,需解释一下,我持如此观点,丝毫没有亵渎广大群众对黄帝、嫘祖圣洁感情和不尊重文化学者劳动的意思。我一向认为,广大群众对黄帝、嫘祖的圣洁感情是有来由的、真挚的、有积极社会作用的,民间传说、文化学者的见解也大都经过时间的筛汰、选择,自有其存在价值和积极意义。文化建设,离不开历史学,也离不开文化学。但二者毕竟分属不同学科,其间又有着质的不同。学者陈泳超有谓:“这里需要辨析清楚,历史与文化的不同。历史总以客观真实性为终极追求;而文化更注重人为创设的意义、情感和功能。”①历史学者与文化学者,二者立足点、关注点不同,各有其介入社会、服务社会的功能、价值,既不能互相取代,亦无由对立。但有一点是作为历史学者所必须坚持的,即在尊重群众感情和文化学者劳动的同时,须保持头脑的清醒和对历史真实的敬畏。

## 关于嫘祖的故里之争

下面再想就嫘祖的故里之争谈点看法。

为家乡增光添彩,少不了为名人争户籍这一环。近年来,在开发旅游、拉动地方经济发展的利益驱动下,此风更有愈演愈烈之势。

---

① 陈泳超:《文化视角下,尧舜传说的田野民俗》,《光明日报》2018 年 7 月 22 日,第 6 版。

《山海经》仅言"黄帝妻雷祖",并未言雷祖出自哪。《世本》《史记·五帝本纪》始给出了"西陵氏之子""西陵氏之女"的说法,但这个"西陵"究竟在哪里,成了至今仍聚讼纷纭的不解难题。

唐张守节《史记正义》谓:"西陵,国名也。"此所谓"国名",乃古人习称,实为氏族部落名。但这个氏族部落在何处呢?张守节没说,恐怕他也不知道。今人钱穆谓:"此西陵当近丹水,今淅川县境。黄帝娶西陵氏女,或此也。"①

目前,关于嫘祖故里所在,学界共有十几种说法,河南有四处:西平、开封、荥阳、睢县;湖北有四处:宜昌、远安、黄冈、浠水;四川有三处:盐亭、茂县、乐山;以及山西夏县、陕西白水、山东费县、江苏吴江、浙江杭州等。其中,证据较有力、影响较大的,为"河南西平说"和"四川盐亭说"两种。

"河南西平说"有两大优势:一是地名学优势。《水经注·溵水》:"溵水……又东过西平县北。县,故柏国也。……汉曰西平。其西吕墟,即西陵亭也。西陵平夷,故曰西平。"西汉以后,这里又设置过西陵乡、西陵亭等以"西陵"为名的地方机构。研究者据此认为,河南西平早在西汉时即有西陵之称,其得名可能源于远古时期活动于这一带的西陵氏部族。二是地缘优势。这里与传为黄帝故里的新郑相去不远,在远古交通不便、黄帝部落联盟控制区不可能很大的情况下,部落间的联盟、联姻总是就近,从而从一个侧面增强了西平为嫘祖故里的可能性。但问题在于,古今同名而异时、异地的地名很多,单凭地名相同或相近的孤证恐说明不了什么。而黄帝的故里究竟在哪,至今仍争论不休,难以定案,大前提既成问题,地缘优势也就无从谈起了。

"四川盐亭说"除凭借该地有诸多有关嫘祖的传说和纪念性建筑物外,最有力的证据莫过于盐亭金鸡镇人王映维20世纪40年代抄录传留下

① 钱穆:《史记地名考》,九州出版社,2011年,第473页。

来的唐代著名韬略家、《长短经》作者、盐亭人赵蕤于唐开元二十一年(733年)所撰《嫘祖圣地》碑了。碑文不但称颂嫘祖“首创种桑养蚕之法,抽丝编绢之术,谏诤黄帝,旨定农桑,法制衣裳,兴嫁娶,尚礼仪,架宫室,奠国基,统一中原,弼政之功,殁世不忘,是以尊为先蚕”,且明谓“女中圣贤王凤,黄帝元妃嫘祖,生于本邑嫘祖山”。碑文一般都有较高史料价值,历来为学者所重,但考虑到原碑已失,碑文所凭多为后世传闻和民间传说,再考虑到赵蕤为本地人的乡土情结等,其价值和可信度又不免在学者间产生不同认识。

其他诸说,亦大抵在地名、后世纪念性建筑物、民间传闻中做文章,坚实的证据并不是很多,这里就不再一一介绍了。

多年来,一批古史专家和地方学者,在嫘祖故里研究方面做了大量工作,取得一定成果,这是有目共睹和令人欣喜的。但史事古邈,史籍残缺,在现有条件下要彻底弄清楚嫘祖的里居、事迹,恕我直言,几乎是件不可能的事情。各地的说法,看似头头是道、娓娓动听,其实大多是靠一些史影、晚后记述、地方版传说、乡土感情等善意编织、打造出来的。人是有感情的动物,乡土感情,人所不免,但一味放任、滥用这种感情就不好了,因为狭隘的乡土感情带有强烈的偏见和排他性,会迷惑我们的眼睛、心智,妨害我们通往理性认识之路。在诸多名人户籍之争中,一个人所尽知的现实是,各地都在尽力张扬对己有利的材料,回避于己不利的材料,大家基本上都在为自己家乡说话,很少有为别处发声的。如此这般下去,哪还有什么历史的客观性、真实性可言?

此类现象,自有其一定社会根源,远不是什么人提醒或呼吁一下所能解决的。

在此,我仅希望:不同角度、立场的探讨,尽可畅所欲言,自成一家言,在研讨中占一席之地,但须注意,不要太乡土本位主义,不要把话说得太死、太绝对,应留有余地,特别是要尊重不同声音、意见,科学对待于己有利和不利的正反两方面的材料。总之,做学问和做其他任何事一样,心要热,头脑则要冷,凭热情、感情办事,不但成不了事,还往往会把事情办坏。孔子说:“多闻阙疑,慎言其余,则寡尤;多见阙殆,慎行其余,则寡悔。”(《论语·为政》)老夫子这话是两千多年前讲的,今天听来,仍觉那么亲切。录此,与诸君共勉。

2023 年 6 月 13 日

# 祭黄帝文

维公历2022年10月4日，岁序壬寅，节届重阳，菊桂香飘，秋高气爽，我海内外中华儿女，齐聚浙江缙云仙都，谨以鲜花醴果之仪，致祭于吾中华民族人文初祖轩辕黄帝之祠宇前曰：

赫赫轩辕，吾华肇造。

合符釜山，一统初告。

创制修文，文明破晓。

尚德宽政，邦富民饶。

恩泽后世，帝功炳彪。

世事多变，兴亡难料。

国耻族难，纷至屡遭。

幸逢盛世，振兴有道。

改革开放，卓见成效。

忆往昔，练溪九曲，先祖恩泽源远流长；

看今朝，鼎峰柱天，后辈创业誓攀新高。

愿以新的更大绩业，告慰先祖。祈吾祖荫庇华夏，永佑龙邦。祭礼告成，伏维尚飨。

说明：此文本为代浙江有关方面所拟于浙江缙云黄帝祠宇举行的祭黄大典的祭文，后虽未被采用，但自己觉得还有点儿意思，姑存之。

# 金湖尧文化研究、开发感言

说来惭愧，作为一名史学工作者，特别还是研究先秦史的，我虽曾关注过尧，亦曾写过《尧舜禅让之再认识》《“尧天舜日”与“尧幽囚，舜野死”浅析》之类的文字，但那大都是立足于一般传统文献作所议论的泛泛之作，在史料的发掘和议论深度方面均有不足。2007 年 5 月，我曾应邀出席了在高邮举办的“高邮：尧文化发祥地”高层论坛，作了“尧生江淮，可备一说，继续探索，暂勿定论”的一般性表态。对尧与金湖的干系，就更所知甚少了。近因金湖之会，初步接触了一下这方面的材料，始觉眼前一亮，茅塞顿开。因时间、精力、学养的限制，无从作系统之论述，下面，仅谈点自己的感想，不当之处，请大家批评指正。

一、前此，我并不怎么了解金湖与尧的干系，近浏览相关资料，始知早在 20 世纪末，时任金湖县地名办公室主任李义海先生、淮阴市（今淮安市）地名办公室主任邱振兴先生、金湖县地方志办公室主任马国顺先生，就撰有《尧与塔集》《尧帝出生地考》《考帝尧之生地》《尧出生在“三阿”——即今金湖县塔集镇》《尧出生在“三阿”考》等文及《历史上的金湖》一书。上述论著，以晋皇甫谧《帝王世纪》“尧初生时，其母在三阿之南”的记载为出发点、立足点，参以《舆地纪胜》《高邮州志》《中国古今地名大辞典》等地志、方志、古今地名工具书，复辅之地方民间传说立论为文，其用心之专、用力之勤，令人感佩。今天，金湖的尧文化能做到这个程度和规模，影响远及海内外，无疑是与县委、县政府的领导、重视，相关部门的配合、支持，及地方学者多年来的辛勤耕耘分不开的。

二、历史和文化的界分和互补。地方的历史文化建设离不开历史学，也离不开文化学。但史学工作者与文化工作者又常常谈不大拢，前者每谓后者信口开河、不重证据，后者则又觉前者拘泥守旧、食古不化。尧舜传说研究专家陈泳超教授曾说："这里需要辨析清楚，历史与文化的不同。历史总以客观真实性为终极追求；而文化更注重人为创设的意义、情感和功能。""考虑到先秦以儒家、墨家、道家为代表的'显学'都喜欢将社会理想投射到远古社会的退化论思维习惯，可以从学术上假设，春秋战国陆续出现的尧和舜传说，不排除是先秦人的一种历史建构，我们应更注重去理解和阐释历代流传下来的尧与舜的传说的文化符号价值。"①历史与文化，二者立足点、关注点不同，各有其介入社会、服务社会的功能、价值，既不能互相取代，亦无由对立。例如，《帝王世纪》的"尧以甲申岁生"（《史记·五帝本纪》《史记集解》引），"尧初生时，其母在三阿之南，寄于伊长孺之家"（《史记·五帝本纪》《史记索隐》引）这条史料，从一个方面说，这不是皇甫谧的向壁虚造，而是有所本的，一如华东师范大学教授丁季华、高邮学者张愈都曾指出的，稍前于皇甫谧的曹魏时人王象等纂集的《皇览》已有"尧甲申岁生于三阿南，寄伊长孺家"的记述，但从另一个方面说，这类材料毕竟晚出，就历史的角度言，使用这类材料时务必当心、谨慎，据此立论持说，须留有余地，不要把话说得太死。

目前，已有山西、河北、山东、浙江、湖南、安徽、江苏等省的十几个地方提出自己家乡是尧的出生地，而且一个省还不止一个，如咱们江苏就有金湖、宝应、高邮三种说法。谁是谁非？一时还真不好说。正如有研究者所论："在当时的社会背景和历史条件下，由于未形成规范的区划建置，又无地理经纬度可标；文字记载资料不足、多半采用口头传说的因素；以及

---

① 陈泳超：《文化视角下，尧舜传说的田野民俗》，《光明日报》2018年7月22日，第6版。

历史地理变迁等原因,尧的出生地——三阿之南今在何方,成为中国历史上一个千古之谜。”“若要真正弄清尧的出生地具体在何处,还有待于相关专家、学者们作进一步考证。”①但从文化的角度言,则尽可抓住这点史影,结合其他资料,如民间传说等,大做文章。因为民间传说本身往往包含有历史的影子,富有浓重的感情色彩和教化之功,在群众中有强大的生命力、影响力,充分利用民间传说资料为地方文化建设服务,自是情理中事,无可厚非。故历史和文化,既有分野,又可互补,共同为地方历史文化建设和旅游开发服务、助力。

三、互相补台,形成合力,共同做好尧文化研究开发这篇具有全国乃至世界意义的大文章。如前所述,自称为尧出生地的地方有十好几处,但一个人的出生地只能是一个,于是争论难免,也十分正常。但有些地方的研究者,乡土观念过重,一味彰显自己,贬斥别人,这是要不得的。为学之道,贵在谦谨,切忌互相贬斥,唯我独尊。须知,在目前的资料条件和认知水平下,任何地方,包括目前被认为相关史料记载和遗迹、地面文物都比较多的河北唐县,谁也没有一举掀翻对方、力排众说的资本。因为目前各地举证的有关尧出生地的材料,大都出自晚后文献记载和民间传说,缺乏考古发掘和早期可靠文献的支撑。十多处出生地并存局面这件事本身一方面说明这个问题一直为大家关注,充满学术魅力,但另一方面也足以说明这个问题的随意性、不确定性,甚至是无解性。文献言“尧初生时其母在三阿之南”(《史记·五帝本纪》《史记索隐》引《帝王世纪》),复言“帝尧之母曰庆都……孕十四月而生尧于丹陵”(《宋书·符瑞志》),“三阿”与“丹陵”这两个作为考察尧出生处的至关重要的地点,究竟是指同一个所在还是两个不同的地方?它们又相当于今天的什么地方?这都是一时

① 孙铎:《关于尧出生地——“三阿之南”的探索与争鸣》,《中国地方志》2007 年第 11 期。

难以理清的问题。若此，与其在那里从历史的角度作无休止的论争——恕我直言，这个问题怕是一时半会儿争不出什么结果来，不如从文化建设上多做些实事，互相补台，形成合力，共同做好尧文化研究开发这篇具有全国乃至世界意义的大文章。在这方面，近年来金湖县做了不少工作，如尧帝公园、尧帝古城等的打造、推出，就很不错。还有尧想国文化旅游区的打造等，都是很不错的举措。

2023 年 6 月 23 日

# 水患中的政治

## ——说舜之诛鲧用禹

相传，鲧、禹为父子关系，皆曾治水，结局却大不同：一个因治水失败招杀身之祸，落千古骂名；一个则靠着治水之功得了天下，名垂史册，备受后人颂扬。如此大的反差背后究竟隐藏着什么样的故事呢？这颇值得认真玩味、深思。

### 一、传统文献所塑造的鲧、禹形象

后人心目中的鲧、禹形象，基本上是由《尚书·尧典》《史记·五帝本纪》《史记·夏本纪》等传世文献打造而成的。为省读者翻检之劳，兹将其移录于下：

> 帝曰："咨！四岳。汤汤洪水方割，荡荡怀山襄陵，浩浩滔天。下民其咨，有能俾乂？"佥曰："於！鲧哉。"帝曰："吁！咈哉！方命圮族。"岳曰："异哉！试可乃已。"帝曰："往！钦哉。"九载，绩用弗成。……流共工于幽州，放驩兜于崇山，窜三苗于三危，殛鲧于羽山。四罪而天下咸服。……（舜曰）"禹，汝平水土，惟时懋哉！"（《尚书·尧典》）
>
> 尧又曰："嗟，四岳，汤汤洪水滔天，浩浩怀山襄陵，下民其忧，有能使治者？"皆曰鲧可。尧曰："鲧负命毁族，不可。"岳曰："异哉，试不可用而已。"尧于是听岳用鲧。九岁，功用不成。……帝尧老，命舜摄

行天子之政,以观天命。……四岳举鲧治鸿水,尧以为不可,岳彊请试之,试之而无功,故百姓不便。……舜归而言于帝,请流共工于幽陵,以变北狄;放驩兜于崇山,以变南蛮;迁三苗于三危,以变西戎;殛鲧于羽山,以变东夷。四罪而天下咸服。(《史记·五帝本纪》)

当帝尧之时,鸿水滔天,浩浩怀山襄陵,下民其忧。尧求能治水者,群臣四岳皆曰鲧可。尧曰:"鲧为人负命毁族,不可。"四岳曰:"等之未有贤于鲧者,愿帝试之。"于是尧听四岳,用鲧治水。九岁而水不息,功用不成。于是帝尧乃求人,更得舜。舜登用,摄行天子之政,巡狩。行视鲧之治水无状,乃殛鲧于羽山以死。天下皆以舜之诛为是。于是舜举鲧子禹,而使续鲧之业。……禹乃遂与益、后稷奉帝命,命诸侯百姓兴人徒以傅土,行山表木,定高山大川。禹伤先人父鲧功之不成受诛,乃劳身焦思,居外十三年,过家门不敢入。(《史记·夏本纪》)

战国、秦汉间,类似的零星记载还有一些,如:

洪水滔天,鲧窃帝之息壤以堙洪水,不待帝命。帝令祝融杀鲧于羽郊。鲧复(腹)生禹。帝乃命禹卒布土以定九州。(《山海经·海内经》)

禹湮洪水,杀相繇,其血腥臭,不可生谷,其地多水,不可居也。禹湮之,三仞三沮,乃以为池,群帝因是以为台。(《山海经·大荒北经》)

昔者禹之湮洪水、决江河而通四夷九州也,名山三百,支川三千,小者无数。(《庄子·天下》)

中古之世,天下大水,而鲧、禹决渎。(《韩非子·五蠹》)

灵王二十二年,谷、洛斗,将毁王宫。王欲壅之,太子晋谏曰:不可，晋闻古之长民者，不堕山，不崇薮，不防川，不窦泽。……昔共工弃此道也，虞于湛乐，淫失其身，欲壅防百川，堕高堙庳，以害天下。皇天弗福，庶民弗助，祸乱并兴，共工用灭。其在有虞，有崇伯鲧，播其淫心，称遂共工之过，尧用殛之于羽山。其后伯禹念前之非度，厘改制量，象物天地，比类百则，仪之于民，而度之于群生，共之从孙四岳佐之。高高下下，疏川导滞，钟水丰物，封崇九山，决汩九川，陂鄣九泽，丰殖九薮，汩越九原，宅居九隩，合通四海。……皇天嘉之，祚以天下。（《国语·周语下》）

鲧鄣洪水而殛死，禹能以德修鲧之功。（《国语·鲁语上》）

（伍子胥谏吴王夫差曰）今王既变鲧、禹之功，而高高下下，以罢民于姑苏。（《国语·吴语》）

鲧鄣鸿水而殛死，禹能修鲧之功。（《礼记·祭法》）

禹乃以息土填洪水，以为名山。（《淮南子·墬形训》）

尧遭帝喾之后乱，洪水滔天。尧使鲧治之，九年弗能治。尧七十年而得舜。舜明知人情，审于地形，知鲧不能治，数谏不去。尧殛之羽山。此之谓舜之时鲧不从令也。（《越绝书》卷三《越绝吴内传》）

帝尧之时，遭洪水滔滔……乃命四岳，乃举贤良，将任治水。自中国至于条方，莫荐人，帝靡所任。四岳乃举鲧，而荐之于尧。帝曰："鲧负命毁族，不可。"四岳曰："等之群臣，未有如鲧者。"尧用治水，受命九载，功不成。帝怒曰："朕知不能也。"乃更求之，得舜。使摄行天子之政，巡狩。观鲧之治水无有形状，乃殛鲧于羽山。……禹伤父功不成，循江泝河，尽济甄准，乃劳身焦思以行。（《吴越春秋·越王无余外传》）

上述记述，虽有一定差异，但大抵都是抑鲧扬禹的。以至发展到今日，连一些颇具影响的史学论著、工具书也都跟着大讲什么"鲧治水九年，应用堵塞的方法防治水患,但洪水一来,冲垮了堤坝,下游受害更加严重。因此,舜把鲧殛死,即放逐而死了。……禹花了十年左右的工夫,三过家门而不入,改用疏导的方法,治理了水患,给社会生产创造了有利的条件。……由于禹治水成功,当舜年老在联盟议事会上提出继任人选问题的时候,大家都推举禹作部落联盟的首领。"①"尧时洪水泛滥,(鲧)受四岳推荐治水,用筑堤堵水之法,九年不成,被舜殛死于羽山。""(禹)奉舜命继鲧治理洪水,以疏导方法平水治土,发展农业,在外十三年,终于成功。因功大,继舜位,为夏朝第一代王。"②

## 二、鲧、禹治水果真存在"堵"与"疏"的不同吗?

在一般人乃至多数学者心目中,鲧禹治水之败成,主要是治水方法的不同,即鲧之败在"堵",禹之成在"疏"上。事实上,问题远没有那么简单。《尚书·尧典》虽谓鲧治水九载"绩用弗成",禹"平水土,惟时懋哉",褒贬分明,却未明言二人在治水方法上有何不同。《史记·五帝本纪》《史记·夏本纪》因之,仍仅言鲧治水九岁,"功用不成",禹"劳身焦思,居外十三年,过家门不敢入"云云,亦未明确道出二人在治水方法上究竟有什么不同。

约成书于战国初年的《国语》,始明确提出鲧沿用共工"壅防百川,堕高堙庳"的治水方法,终被舜殛之于羽山③。"其后伯禹念前之非度,厘改

① 郭沫若:《中国史稿》第一册,人民出版社,1976年,第132—133页。

② 郑天挺:《中国历史大辞典》,"鲧"、"禹"条,上海辞书出版社,2000年,第3198、2225页。

③ 顺便交代一下,鲧究竟是被杀还是被流放,说解不一,如清儒孙星衍《尚书今古文注疏》在解释《尧典》"殛鲧于羽山"时就持"诛者,责遣之,非杀也……殛即放也"的说法。若是杀害,那主使者或施行者为谁?又有尧、舜、祝融等不同记述。这些今天都已无从细究了。本文一如副标题所示,姑采通行的舜诛鲧说。

制量,……高高下下,疏川导滞,……皇天嘉之,祚以天下。”(见前引《国语·周语下》)由于此说能给出鲧禹治水败成的明确原因,后人纷纷沿用,于是积久成习,几成不刊之论了。

而据多数典籍记载,鲧、禹在治水方法上似乎并无什么大的不同。作为失败者的鲧固然是“堙洪水”(《山海经·海内经》),而治水有大功的禹又何尝不是靠“湮(字或作堙、陻)洪水”(《山海经·大荒北经》、《尚书·洪范》、《汉书·沟洫志》引《夏书》)、“填洪水”(《淮南子·墬行训》)起家的呢?

以上说的是“堵”。至于说到“疏”,据典籍,恐也很难说是禹的专利。如上引《韩非子·五蠹》即谓:“中古之世,天下大水,而鲧、禹决渎。”“决渎”即排除壅塞、疏通水道,即“疏”,鲧、禹都曾采用过。

《庄子·天下》谓:“昔者禹之湮洪水、决江河而通四夷九州。”《汉书·沟洫志》引《夏书》亦有“禹堙洪水”,禹“随山浚川”“九川既疏”的记载。足见,无论是鲧还是禹,在治水方法上,无不是既“堵”且“疏”,“堵”“疏”结合的。这也并不奇怪,因为“堵”“疏”历来是治水中交互为用的两种基本方法,时至今日也仍然是疏通河道与修筑堤防相结合,缺一不可,何来一个(鲧)专任“堵”,“堵”则失败,一个(禹)全仗“疏”,“疏”必成功的道理呢!

再则,从《尚书》《史记》的有关记载看,鲧之担任治水重任,是“四岳”或“群臣四岳”一致推荐的,并在尧有不同意见的情况下仍力荐之,原因是当下还没有发现有“贤于鲧者”。这说明,鲧在当时是这方面公认的一位专门家①。鲧治水以悲剧收场,当是洪水灾害过于严重(即可能遇上了周期性严重洪涝灾害)、人类抗御自然灾害能力低下(当时就那水平,远非鲧、禹个人能力所能左右,也不是短短几年内就会由什么人所能一下子提

① 尧初不同意用鲧,也不是从专业技术的层面,而是从人品或政治的层面着眼的。

高多少的)，以及其他人为因素(如尧、舜的不信任、不支持等)所决定的；禹之治水成功(虽被明显夸大了，但毕竟取得了相当的成功，恐亦是不争之事实)亦当同他个人的努力、人际关系的协调(舜的信任，以及益、后稷等人的配合、支持)，特别是周期性洪涝灾害的逐渐减弱乃至消退有关，似不能单纯把它归结为禹在治水方法上比其父鲧有了个什么所谓的由“堵”到“疏”质的飞跃所致(自然，这并不排斥禹在鲧的基础上，对治水的某些方法和经验有所总结、有所创新、有所前进)。

这里，尚须指出的是，鲧之治水虽以悲剧收场，但这绝不意味着他在九年的治水过程中一无是处、毫无功业可言。事实上，从后世一些零散记载中，仍可看出人们对鲧的治水之功还是认可的、没有忘记的，如前述《国语・吴语》载伍子胥谏吴王夫差时所谓“鲧、禹之功”及《韩非子・五蠹》所谓“中古之世，天下大水，而鲧、禹决渎”，每每将鲧、禹并称，即是明证。尧、舜所指责的“绩用弗成”“功用不成”“试之而无功”“治水无状”云云，只能理解为所谓“欲加之罪，何患无辞”，只能是借水说事，背后另有原因。

## 三、鲧禹治水败成背后的政治猫腻

如前所述，鲧、禹父子都是长于治水的，且在方法上并无大的不同。退一步说，即使鲧治水方法不当，也主要是当时人们认识能力、改造自然能力普遍低下造成的，并非鲧一人之过。在一无渎职、二无蓄意破坏的情况下，单凭这一点也罪不至死！那么，究竟是什么原因使得二人得到有如天壤之别的结局呢？对此，童书业师曾为文道破之曰：

> 相传禹治水之方与鲧不同，鲧堙洪水而禹主疏道，然此非原始之传说也。……读《山海经》、《天问》及《淮南子》等书，始知禹所用之治水方法与鲧相同，为“堙”为“填”。《海内经》言“鲧窃帝之息壤以

堙洪水，不待帝命，帝令祝融杀鲧于羽郊。鲧复（腹）生禹，帝乃命禹卒布土，以定九州”，鲧治洪水之法为用息壤堙塞，此即所谓“布土”（“敷土”）。鲧始“布土”，禹成鲧之功，自此九州“均定”。在此处鲧之失败是由于“不待帝命”，而并非“堙洪水”之法有失。①

即是说，鲧之败亡，并不是治水方法有失，而是他“不待帝命”，即“不听话”的结果。

关于鲧的“不待帝命”，史籍所载甚少，但也不是全无蛛丝马迹可寻，如：

昔者伯鲧，帝之元子，废帝之德庸，既乃刑之于羽之郊。（《墨子·尚贤中》）

昔者鮌违帝命，殛之于羽山。（《国语·晋语八》）

昔鲧违帝命，殛之于羽山。（《说苑·辨物》）

这些记述虽不再将鲧之被诛与治水挂钩，却也未道出“违帝命”的具体原因、内容。下面两条，则把问题挑得十分明白、具体：

尧欲传天下于舜，鲧谏曰：“不祥哉！孰以天下而传之于匹夫乎？”尧不听，举兵而诛杀鲧于羽山之郊。（《韩非子·外储说右上》）

尧以天下让舜，鮌为诸侯，怒于尧曰：“得天之道者为帝，得地之道者为三公。今我得地之道，而不以我为三公。”以尧为失论，欲得三

① 童书业：《春秋左传研究》，上海人民出版社，1980年，第17页。

> 公，怒甚猛兽①，欲以为乱。比兽之角能以为城，举其尾能以为旌，召之不来，仿佯于野以患帝。舜于是殛之于羽山，副之以吴刀。禹不敢怨而反事之，官为司空，以通水潦，颜色黎黑，步不相过，窍气不通，以中帝心。（《吕氏春秋·恃君览·行论》）

至此，事情已再明白不过。原来，以治水方法不当诛鲧，只不过是一个堂而皇之的借口，决心除掉有一定地位、势力②，且对尧选定舜为接班人不服并举兵作乱的鲧，才是问题的本质。质言之，鲧之诛，并非治水无能、失职，而是权力角逐之结果。正如周克庸先生所尖锐指出的："鲧之被殛不是孤立的事件，而是尧舜诛'四凶'行动的重要环节之一。与鲧一同受到尧舜集团严厉惩处的，还有共工、驩兜和三苗。""鲧之所以被殛，更深刻的原因，乃是在围绕联盟'公权力'所进行的斗争中，以鲧为首的'小集团'竟敢与盟主尧舜展开激烈的争夺。为确保自己盟主地位，尧舜才利用鲧治水失误不得人心这一天赐良机，果断地实现了一次成功的'门户清理'。"③

尧、舜既已诛除了心腹之患鲧，又何以起用禹使之"续鲧之业"呢？这自然不是尧、舜的宽仁大度，而很可能是一种示天下以公的姿态，或是基于鲧禹家族尚保有一定实力的某种交易和妥协。精明的禹终于通过韬光养晦、埋头苦干渡过难关，并赢得了舜的信任，当上了舜的接班人。羽翼

---

① "怒甚猛兽"，许维遹《吕氏春秋集释》（中华书局，2009年，第568页夹注）、陈奇猷《吕氏春秋校释》（学林出版社，1984年，第1393页注〔9〕）皆引王念孙《吕氏春秋校本》曰："《论衡·率性篇》作'怒其猛兽'，当从之。"陈氏案称："王说是。"

② 旧传，鲧乃黄帝之后，辈分比舜还要高，被尧封于崇地，伯爵，故称"崇伯"或"崇伯鲧"。

③ 周克庸：《鲧何以被殛——兼论尧舜诛"四凶"的原因》，《济南大学学报（社会科学版）》2008年第6期。

既丰,禹乃仿“舜逼尧”故事“逼舜”(《韩非子·说疑》),致舜“野死”[①]在外,最终取得“帝”位,开创了夏王朝。政治地位既高,一项项美德、壮举想不往自己头上堆都难。在这种情况下,禹的治水之功(包括治水方法)被无限放大,也就再自然不过了。至于鲧,虽可受夏后氏之“郊”祭[②],但碍于大圣人尧、舜的声威脸面,不便彻底翻案,于是只好委屈他老人家一下,任其不冷不热地继续尴尬下去了。

言及此,还想就传为千古美谈的“尧舜禅让”事再唠叨几句。“禅让”作为一种原始的民主推选氏族部落领导人制度,在原始社会确曾长期存在过,但随着时间的推移,当历史的发展已步入正跨越文明门槛的尧、舜、禹时期时,权力早已成为你争我夺之物,又何“让”之有?即使有,也已是徒具形式、变了味的东西。可这种变了味的东西在世人心目中尚有一定的欺骗、迷惑作用,故后世仍不时上演着的一些权力更迭,如战国时燕王哙之禅位子之、汉王莽之代汉、隋文帝杨坚之代九岁孩童外孙(按辈分,非亲外孙)宇文阐、宋太祖赵匡胤之代后周八岁孩童皇帝柴宗训等,明明都是凭实力说话,是“攘夺”,却都披着“禅让”的祥和外衣,以粉饰、柔化权力转移中的血腥和冰冷。说到底,尧、舜、禹时期本不存在什么“禅让”,“禅让”的嘉言懿行是东周后儒按照自己的德治、民本、选贤、任能的政治理想在古人名下打造出来的。对此,古今学者多有明示。如《荀子·正论》谓:“世俗之为说者曰:‘尧、舜擅让。’是不然。……是虚言也,是浅者之传,陋者之说也。”当代著名学者顾颉刚亦谓:“禅让说是墨家为了宣传他们的主义而造出来的。”[③]说到这,又不禁联想起前些年颇被媒体热炒了一阵的发生在陶寺遗址的一桩事。陶寺遗址,学界一般认为属尧舜时代。学者王

① 李白诗《远别离》有句:“尧幽囚,舜野死。”

② 《国语·鲁语上》谓“夏后氏禘黄帝而祖颛顼,郊鲧而宗禹”。

③ 顾颉刚:《禅让传说起于墨家考》,《古史辨》第七册下,上海古籍出版社,1982年,第32页。

晓毅、丁金龙据该遗址曾发生的“平城墙”“废宫殿”“毁宗庙”“杀壮丁”等六条灭绝行为，推断说：“尧与其继任者之间的政权更替是通过革命式的暴力手段完成的。”“尧舜之间的禅让是不存在的，所谓禅让，其实是儒墨等家为宣扬其政治主张而杜撰的。”①陶寺遗址所发生的灭绝行为能否安在尧、舜头上虽尚难坐实，但它发生在国家萌生的动荡时期，这个时期已离开“天下为公”“选贤与能”“讲信修睦”的“大同”之世，进入“谋用是作，而兵由此起”（《礼记·礼运》）的你争我夺的新历史时期，却已是不争的历史事实。明于此，再回过头去看尧、舜间以及尧、舜与鲧、禹父子间的是非纠葛，就洞若观火了。

今天，当我们满怀深情地怀念大禹治水的丰功伟绩时，是不是也应该给他的父亲鲧一个公正的评价和位置？至少不要再继续贬抑、丑化他了。以成败论英雄，一味把胜利者神圣化、把失败者妖魔化的思维定式该抛弃了。

2022 年 11 月 8 日

附言：此本一篇旧文，题为《鲧禹治水败成的背后》，觉得还有些意思，兹略加修改、补充，改题《水患中的政治——说舜之诛鲧用禹》，提交此次绍兴大禹文化研讨会。特此说明。

---

① 王晓毅、丁金龙：《从陶寺遗址的考古新发现看尧舜禅让》，《新华文摘》2004 年第 3 期。

# 伊尹散议

古史悠邈，史籍简缺，想厘清伊尹的行事、思想殊非易事。本文仅拟就如下几个问题作所议论，不当之处，敬请批评指正。

## 一、一代名相的基本事迹应当是可信的

伊尹是商初名相，是个完全可以同其后的傅说、周公、姜尚、管仲、萧何、霍光等相比肩而毫不逊色、被后世传为佳话的成功历史人物。伊尹曾助汤灭桀，在夏商鼎革中厥功至伟；后又历事成汤、外丙、仲壬、太甲、沃丁五代君主，其间并有放太甲复迎之的惊世之举，死后得以天子之礼陪葬于亳都，奉祀为“商元圣”，甲骨文中有“大乙（商汤）和伊尹并祀”的记载，可谓后世人臣所能享有的尊荣他全享有了，后世人臣所不敢企望、按礼法不得僭越的尊荣，他也得到了；他又精于治道，治国有方。

史称伊尹“以尧舜之道要汤”（《孟子·万章》），强调“天难谌，命靡常；常厥德，保厥位。厥德匪常，九有以亡。……慢神虐民，皇天弗保”（《古文尚书·咸有一德》）。意思是说老天爷是难以相信的，命运也是靠不住的，只有常于有德，才能保住王位，否则统治九州的权力就要失去。如果轻慢祖先和神灵，虐杀老百姓，皇天也保不了你的王位。习见传世文献外，甲骨文中亦曾多处提到对伊尹的隆重祭祀（《甲骨文合集》21573、21574、21575、27654、27655、27656、32786、33318、33329、34123、34192，《屯南》2567、3033、3612），北宋宣和年间山东临淄齐国故城出土之春秋晚期

器叔夷钟，近刊布《清华大学藏战国竹简（壹）》所收《尚书》佚篇《尹至》《尹诰》，《上海博物馆藏战国楚竹书（一）》著录《缁衣》，1993 年湖北荆门郭店一号楚墓出土战国竹简《缁衣》中，亦皆记有伊尹助汤灭夏、治理天下事。凡此皆可证伊尹确是个有多方面作为、有思想的杰出历史人物。

对伊尹的评价分歧主要集中在“放太甲”一事上。传统的记述是：

> 汤崩，太子太丁未立而卒，于是乃立太丁之弟外丙，是为帝外丙。帝外丙即位三年，崩，立外丙之弟中壬，是为帝中壬。帝中壬即位四年，崩，伊尹乃立太丁之子太甲。太甲，成汤適长孙也，是为帝太甲。帝太甲元年，伊尹作《伊训》，作《肆命》，作《徂后》。帝太甲既立三年，不明，暴虐，不遵汤法，乱德，于是伊尹放之于桐宫。三年，伊尹摄行政当国，以朝诸侯。帝太甲居桐宫三年，悔过自责，反善，于是伊尹乃迎帝太甲而授之政。帝太甲修德，诸侯咸归殷，百姓以宁。伊尹嘉之，乃作《太甲训》三篇，褒帝太甲，称太宗。太宗崩，子沃丁立。帝沃丁之时，伊尹卒。既葬伊尹于亳，咎单遂训伊尹事，作《沃丁》。（《史记·殷本纪》）

然而，《竹书纪年》中记载的就完全不一样了：

> 中壬崩，伊尹放太甲于桐，乃自立也。伊尹即位，放太甲七年，太甲潜出自桐，杀伊尹，乃立其子伊陟、伊奋，命复其父之田宅而中分之。（《古本竹书纪年》）
>
> 元年辛巳，王即位，居亳，命卿士伊尹。伊尹放太甲于桐，乃自立。七年，王潜出自桐，杀伊尹。天大雾三日，乃立其子伊陟、伊奋，命复其父之田宅而中分之。（《今本竹书纪年》）

《竹书纪年》是战国时魏国的史书，晋武帝太康二年（281 年）出土于汲郡（治所在今河南汲县西南），对先秦历史的记载可信度一般还是比较高的，向为学界所重。故有人据此认为，当时伊尹身居高位，已经辅佐了三代君王，现在又恰巧遇上了一位不争气的纨绔子弟，篡夺之举恐是事实。不过，据《史记·殷本纪》记载，伊尹并非死于太甲时，而是死于太甲的儿子沃丁当政时，且死后得葬亳都，奉祀为“商元圣”，甲骨文中亦有“大乙（商汤）和伊尹并祀”的记载，凡此皆同篡逆之说不怎么搭边，《竹书纪年》的记载恐靠不大住。

总的来看，史籍所载伊尹的基本事迹，如他在助汤灭夏建国和辅佐商初诸王稳定大局两个方面都作出过巨大贡献，应该是可信的。

## 二、奴隶出身之说恐不成立

伊尹出身卑微，见诸多种史籍：

> 汤举伊尹于庖厨之中，授之政。（《墨子·尚贤上》）
>
> 伊挚，有莘氏女之私臣。亲为庖人，汤得之，举以为己相，与接天下自己之政，治天下之民。（《墨子·尚贤中》）
>
> 昔伊尹为莘氏女师仆，使为庖人，汤得而举之，立为三公，使接天下自己之政，治天下之民。（《墨子·尚贤下》）
>
> 上古有汤，至圣也。伊尹，至智也。夫至智说至圣，然且七十说而不受，身执鼎俎为庖宰，昵近习亲，而汤乃仅知其贤而用之。（《韩非子·难言》）
>
> 伊尹以中国为乱，道为宰于汤（《韩非子·难一》）
>
> 伊尹自以为宰干汤。（《韩非子·难二》）
>
> 伊尹尝居于庖厨矣。（《吕氏春秋·审应览·具备》）

伊尹,庖厨之臣也。(《吕氏春秋·慎行论·求人》)

有侁(高注:侁读曰莘)氏女子采桑,得婴儿于空桑之中,献之其君,其君令烰(高注:烰犹庖也)人养之。(《吕氏春秋·孝行览·本味》)

夫百里奚之饭牛,伊尹之负鼎,太公之鼓刀,宁戚之商歌,其美有存焉者矣。众人见其位之卑贱,事之洿辱,而不知其大略,以为不肖。及其为天子三公,而立为诸侯贤相,乃始信于异众也。(《淮南子·氾论训》)

伊尹负鼎而干汤,吕望鼓刀而入周,百里奚转鬻,管仲束缚,孔子无黔突,墨子无暖席。是以圣人不高山,不广河,蒙耻辱以干世主,非以贪禄慕位,欲事起天下利而除万民之害。(《淮南子·修务训》)

伊尹名阿衡(《史记索隐》:阿衡乃"伊尹之官号,非名也。")。阿衡欲奸(求见)汤而无由,乃为有莘氏媵臣,负鼎俎,以滋味说汤,致于王道。或曰,伊尹处士,汤使人聘迎之,五反然后肯往从汤,言素王及九主之事。汤举任以国政。(《史记·殷本纪》)

汤思贤,梦见有人负鼎抗俎,对已而笑,寤而占曰:"鼎为和味,俎者割截,天下岂有人为吾宰者哉?"初,力牧之后曰伊挚(伊尹的本名),耕于有莘之野,汤闻以币聘。有莘之君留而不进。汤乃求婚于有莘之君。有莘之君遂嫁女于汤,以挚为媵臣。至亳,乃负鼎抱俎见汤也。(《太平御览》卷三百九十七人事部三十八《叙梦》引《帝王世纪》)

伊尹未显达前,曾"耕于有莘之野","居于庖厨","为有莘氏媵臣"。"耕""庖"者一般虽为小民,但并非奴隶,"媵臣"虽勉强可以同奴隶挂上钩,但亦非通常意义上的奴隶,姑可称之为"高等奴隶"。上引《帝王世纪》"初,力牧之后曰伊挚(伊尹的本名),耕于有莘之野,汤闻以币聘。有莘之君留而不进。汤乃求婚于有莘之君。有莘之君遂嫁女于汤,以挚为媵臣。至亳,乃负鼎抱俎见汤也”那段记述,实为我们透露出如下饶有趣味、有价值的信息:第一,“耕于有莘之野”的伊尹,汤何以闻之且以币聘?原来,此人并非等闲之辈,而是黄帝大臣力牧的后人;第二,“汤闻以币聘”,有莘之君先是“留而不进”,后来两家结姻亲之好,有莘之君方“以挚为媵臣”献之于汤,足见伊尹的分量。

若此,伊尹又怎么会是个奴隶呢?

即使从常理的角度考量,拥有雄才大略的伊尹也不会是一名奴隶。试想,一名没受过长期系统教育、终日劳苦的奴隶,哪里来的治国理念、思想、方略、权谋?除非他是个本不存在的生而知之者。关于这个问题,早些年笔者曾在一篇题为《傅说二题》的短文中议论过:“有一点倒可以肯定:傅说即使在被武丁派去的人发现时为奴、为戴罪之身,他前此也绝不会是奴隶出身,而是有一定背景、很高文化素养的隐居贤者。因为,一个自幼为奴者的人是无论如何也不可能凭空臆造出高深的治国之道来的。”①同样的意思,其他学者也曾表述过:“中国古代社会,发展到西周时期,还学在官府,没有文化知识者,不会学到治理国家的知识。伊尹能言素王及九主之事;能报政,使天下诸侯臣服;能写出《咸有一德》《伊训》等旷世之作,他如果没有深厚的文化底蕴是不会谈古论今而驰骋天下的。有莘氏是夏王朝的一个分支,他拥有当时最先进的文化,伊尹也正是因为服务在有莘氏君身边,才有机会学到治国平天下的本领。从实际的历史现实出发看,伊尹不应该是一个身份和地位很低的人。”②

人们津津乐道于伊尹的卑贱乃至他所谓的奴隶身份,乃是为了通过

---

① 张广志:《张广志论学杂著选辑》,经济科学出版社,2016 年,第 384 页。

② 宋镇豪主编,韩江苏、江林昌著:《〈殷本纪〉订补与商史人物徵》,中国社会科学出版社,2010 年,第 184 页。

其成功前后人生际遇的巨大反差凸显励志故事的轰动效应，以收教化之功。这本是励志故事的老套路了，想不到竟也会迷惑部分史学工作者的眼睛。

## 三、拔高、放大在所难免

《史记·殷本纪》等给人们所留下的伊尹的形象是高大的，几乎是完美无缺的。这自然不会是事实。其中，既有真实的一面，亦不乏修饰、拔高、放大之处。上引《帝王世纪》汤思贤，梦见有人负鼎抗俎，对己而笑，寤而占曰："鼎为和味，俎者割截，天下岂有人为吾宰者哉?"，这似曾相识地再现于同书对高宗武丁梦得贤才傅说的状写中："高宗梦天赐贤人，胥靡之衣蒙之而来，且云：'我，徒也，姓傅名说，天下得我者岂徒也哉！'武丁悟而推之曰：'傅者，相也。说者，欢悦也。天下当有傅我而悦民者哉！'明以梦视百官，百官皆非也，乃使百工写其形象，求诸天下，果见筑者胥靡衣褐带索，执役于虞、虢之间傅岩之野，名说。以其得之傅岩，谓之傅说。"（《尚书正义》卷十《说命上》《疏》引）

状写既多，矛盾、抵牾处也就难免。上引《韩非子·难言》称："上古有汤，至圣也。伊尹，至智也。夫至智说至圣，然且七十说而不受，身执鼎俎为庖宰，昵近习亲，而汤乃仅知其贤而用之。"这说的是伊尹百折不挠地反复自荐始得到汤的识用。而在上引《墨子·尚贤》《帝王世纪》中，则作"汤举伊尹于庖厨之中，授之政"，"汤得而举之，立为三公，使接天下自己之政，治天下之民"，"汤思贤，梦见有人负鼎抗俎"，又似乎是求贤若渴的汤主动的。为此，太史公司马迁只好出来调和，两说并存曰："伊尹……欲奸（求见）汤而无由，乃为有莘氏媵臣，负鼎俎，以滋味说汤，致于王道。或曰，伊尹处士，汤使人聘迎之，五反然后肯往从汤。"（《史记·殷本纪》）

话说至此，还想顺便说说伊尹来历的混乱记载，其一会儿是"力牧之后”(《太平御览》卷三百九十七人事部三十八《叙梦》引《帝王世纪》),一会儿为“处士”(《史记·殷本纪》),一会儿又是空桑之中捡来的弃婴(《吕氏春秋·孝行览·本味》),着实令人目眩。

至于伊尹的治国理念、思想,问题亦不少。《史记·殷本纪》谓:汤灭夏后不久,“伊尹作《咸有一德》”。[①] “帝太甲元年,伊尹作《伊训》,作《肆命》,作《徂后》。帝太甲既立三年,不明,暴虐,不遵汤法,乱德,于是伊尹放之于桐宫。……帝太甲居桐宫三年,悔过自责,反善,于是伊尹乃迎帝太甲而授之政。帝太甲修德,诸侯咸归殷,百姓以宁。伊尹嘉之,乃作《太甲训》三篇,褒帝太甲,称太宗。太宗崩,子沃丁立。帝沃丁之时,伊尹卒。既葬伊尹于亳,咎单遂训伊尹事,作《沃丁》。”

即《咸有一德》、《伊训》、《肆命》、《徂后》、《太甲训》三篇等为伊尹作,《沃丁》虽为伊尹卒后咎单所作,但颂扬的是伊尹。《肆命》《徂后》《沃丁》皆佚,《咸有一德》《古文尚书》有(复见诸清华简),《伊训》《古文尚书》有,《太甲训》三篇佚,《古文尚书》代之以《太甲训》三篇。问题是,第一,今存的《咸有一德》、《伊训》、《太甲训》三篇皆出自《古文尚书》,学界多谓为伪书,不可信;第二,退一步说,即使《古文尚书》为伪,终不至全系某些好事者的凭空捏造,其中当有一定史影。可这些史影中,哪些是原本的或可挂在伊尹名下的,哪些是后人附益、添加的,亦实在难以辨析。如《咸有一德》中的“天难谌,命靡常;常厥德,保厥位。厥德匪常,九有以亡。……漫神虐民,皇天弗保”,“任官惟贤才”,《伊训》中的“代虐以宽,兆民允怀”,《太甲训》三篇中的“惟天无亲,克敬惟亲;民罔常怀,怀于有仁”,这些所反映的天命靡常、宽政恤民、举贤任能等治国理念和思想,究竟是商代早期就有的,成汤、伊尹所具备的,还是周人特别是战国时代的

---

① 《史记·殷本纪》《史记索隐》:“按:《尚书》伊尹作《咸有一德》在太甲时,太史公记之于斯,谓成汤之日,其言又失次序。”

思想家们编织、添加的,就不太好说了。

须知,客观发生的历史固然是客观的,但人们记述的历史,则既有客观真实的一面,亦有主观的非历史的一面。这是因为,第一,人类认识能力本身是有限制的,客观发生的历史是转瞬即逝的,人们无法完全复制它们;第二,人是有感情的,感情会加工、改铸历史,如拔高、放大正面人物,矮化、丑化反面人物,神化胜利者,妖魔化失败者,等等。早期的史籍,如《左传》《史记》等,文学色彩浓重,时有渲染、夸饰之笔。朱自清称赞"《左传》不但是史学的权威,也是文学的权威"(《经典常谈·春秋三传第六》)。鲁迅盛誉《史记》为"史家之绝唱,无韵之《离骚》"(《汉文学史纲要》第十篇《司马相如与司马迁》)。渲染、夸饰之下,其虚、实、是、非自不可尽信矣。

一个个动人、励志故事的背后,突显的是关键时刻的贵人相助、圣主识才,是儒家、墨家等的"举贤任能"的理想政治。除本文所讨论的伊尹外,傅说的"帝武丁即位,思复兴殷,而未得其佐。三年不言,政事决定于冢宰,以观国风。武丁夜梦得圣人,名曰说。以梦所见视群臣百吏,皆非也。于是乃使百工营求之野,得说于傅险中。是时说为胥靡,筑于傅险。见于武丁,武丁曰是也。得而与之语,果圣人,举以为相,殷国大治。故遂以傅险姓之,号曰傅说"(《史记·殷本纪》),姜尚的"齐之逐夫①,朝歌之废屠②,子良之逐臣③,棘津之仇不庸④,文王用之而王"(《战国策·秦策五》),韩信的"始为布衣时,贫无行,不得推择为吏,又不能治生商贾。常从人寄食饮,人多厌之者。……淮阴屠中少年有侮信者,曰:'若虽长大,好带刀剑,中情怯耳。'众辱之曰:'信能死,刺我;不能死,出我袴下。'于是

① 姚本:"太公吕尚望,为老妇之逐。"鲍本:"妇逐之也,不经见。"
② 姚本:"卖肉于朝歌,肉上生臭不售,故曰废屠。"
③ 姚本:"子良不用,而斥逐之。"
④ 姚本:"钓鱼于棘津,鱼不食饵;卖庸作,又不能自售也。"

信孰视之，俯出袴下，蒲伏。一市人皆笑信，以为怯”（《史记·淮阴侯列传》），后终得刘邦重用之类，渲染的都是一个东西，即圣君贤相定国安邦的动人故事。既然这些是故事，那虚构、夸饰、拔高、放大也就在所难免了。

2023 年 11 月 9 日

# 太伯奔吴面面观

太伯奔吴是个充满政治、文化、道德伦理色彩，传诵千年、历久不息的老故事了，但就历史的角度言，其中的问题、疑点还是很多的。兹为应研讨会之急，在我参编的《江苏通史·先秦卷》（凤凰出版社，2012年）相关章节书稿的基础上稍作改动，成此短文。文中所言多为罗列诸家说，个别地方稍间己意，希望能对关心这个问题的读者提供一点基础性帮助。

太伯奔吴事见诸多种文献记载。《史记·吴太伯世家》载：

> 吴太伯，太伯弟仲雍，皆周太王之子，而王季历之兄也。季历贤，而有圣子昌，太王欲立季历以及昌，于是太伯、仲雍二人乃奔荆蛮，文身断发，示不可用，以避季历。季历果立，是为王季，而昌为文王。太伯之奔荆蛮，自号句吴。荆蛮义之，从而归之千余家，立为吴太伯。

《吴越春秋·吴太伯传》载：

> 古公三子，长曰太伯，次曰仲雍，雍一名吴仲，少曰季历。季历娶妻大任氏，生子昌，昌有圣瑞。古公知昌圣，欲传国以及昌，曰："兴王业者，其在昌乎？"因更名曰季历。太伯、仲雍望风知指，曰："历者，适也。"知古公欲以国及昌。古公病，二人托名采药于衡山，遂之荆蛮，断发文身，为夷狄之服，示不可用。古公卒，太伯、仲雍归。赴丧毕，

还荆蛮，国民君而事之，自号为勾吴。

旧文献所记奔吴事大体就是这个样子。但围绕“太伯有没有奔吴”、“何以奔吴”和“奔向哪里——路线、行程”等问题，学界有着种种不同看法。

## 一、历史上是否存在“太伯奔吴”一事？

对历史上是否存在“太伯奔吴”一事，清儒崔述在《丰镐考信录》中持否定态度。20世纪30年代，卫聚贤在《太伯之封在西吴》中说：“中国在古代称‘吴’之地有三：一曰西吴在陕西陇县，二曰东吴在江苏吴县，三曰北吴在山西平陆县。”“实际太伯之封在西吴，而云太伯之封在东吴者，由于春秋末年致误；北吴亦为太伯之后所封者，亦系因东吴之误而误，惟西吴为太伯的封地。”“太伯的封国在陕西陇县的吴山。”“太伯、仲雍两个人由陕西岐山至江苏吴县，又回去奔太王的丧，再到苏州，……实非当时社会所能有，而为后人所虚构。”那么，这种“虚构”又是缘何生发出来的呢？卫聚贤亦有言：“吴居东南，在中原人目之为夷，时边地各民族多思与周室发生关系，楚以熊鬻为文王师、秦、赵以非子为穆王赶过马车。吴是无所借口，适中原人站在封建社会的立场上，不明氏族社会的兄终弟及制，将太伯、季札之事误而为一（因季札亦有避让王位的善举——引者），吴人乘此机会也就承认了他们是太伯之后。是以在黄池之会公然说‘于周室我为长’，周天子也竟然称吴王为‘伯父’。”又谓：“北吴之虞始终为姚姓，而周武王当无封周章之弟于北吴之事。有之，是因东吴之误而误。”卫聚贤还认为：“江苏在古有民族名吴，吴民族一部分北上，至河南安阳小屯村建都，周人呼之为殷，而殷人自称曰余。”“殷人原在江苏吴县时称吴，至黄河流域仍称吴，故其后居于山西平陆县的称吴国，亦名虞国。”“一部分至陕西陇县亦称吴,…… 太伯对[1]于吴人在陕西陇县吴国之地,仍名为吴。……是三吴之所同名,由于吴民族迁徙于三地之故。而以同名之故,致使太伯的封地有三处之误。"[2]即是说,吴的大本营、总根子本在江苏,北吴、西吴全是由东吴派生出来的,太伯之封为晚后之事,且地在西吴,与后来江苏地区的吴国无涉。

刘节则认为:"吴即虞,太伯所奔之地,在今山陕之交。"但他同样认为,附会太伯奔吴同季札有一定关系,如谓:"春秋二百余年间之大事,乃继踵西周以来殷周两民族之斗争史;而晋、楚两国实为之主。中叶以后楚人之势日强,汉阳诸姬楚实尽之,周人益觉岌岌不能自保;当时识者若子贡之流,尚知联吴以存鲁。且吴自季札以来,辄思依附中原故国以自重;其间必有人焉,附会太伯奔吴之事以游说工勮之王,思引其族以牵制楚人。"[3]

著名历史学家童书业亦认为:"大(太)伯、虞仲皆虞国之初祖,大(太)伯、虞仲所奔为山西之虞,而非'荆蛮'或江苏之吴。"[4]陈桥驿更直斥"吴为周后说"为无稽之谈,是吴国在成为中原大国之后为了抬高自己的身价编造出来的。[5] 周国荣亦认为"太伯、仲雍奔东吴于历史实际上是不可能的",句吴立国之君仲雍乃"土著民族","与太伯弟虞仲非同一人"。[6]在"非我族类,其心必异"(《左传》成公四年)观念甚炽的古代,太伯、仲雍哥俩从大西北跑到千里遥远的吴地,不遭杀戮而被收留下来已是很不错的了,上引后世文献所谓"荆蛮义之,从而归之千余家,立为吴太伯"(《史

① 此"对"字疑为"封"之误。

② 卫聚贤:《太伯之封在西吴》,《江苏研究》1937 年第 3 卷第 5、6 期。

③ 刘节:《说攻吴与禺邗》,《古史考存》,人民出版社,1958 年,第 154 页。

④ 童书业:《春秋左传研究》,上海人民出版社,1980 年,第 32 页。

⑤ 陈桥驿:《"越为禹后说"溯源》,《吴越文化论丛》,中华书局,1999 年,第 35 页。

⑥ 周国荣:《说吴族》,《苏州大学学报》1991 年第 1 期。

记·吴太伯世家》),"国民君而事之"(《吴越春秋·吴太伯传》)云云,实有悖常理。

唯此"太伯奔吴"之否定说近已为多数学者所不取,窃以为,作为一说,似不宜轻予摒弃为宜。

## 二、奔吴的原因

关于太伯奔吴的原因,传统看法是所谓"让国说",即太伯至德高风,为大局主动让贤。

第二种说法是"被逼逃亡说"。《左传》僖公五年载宫之奇之言曰:"大(太)伯、虞仲,大(太)王之昭也。大(太)伯不从,是以不嗣。"这已隐含父子间的某种不谐。朱熹《论语集注》明谓:"大(太)王因有翦商之志,而泰伯不从。大王遂欲传位季历以及昌。泰伯知之,即与仲雍逃之荆蛮。"崔述《丰镐考信录》尝针对《韩诗外传》所言"太王薨,季之吴告伯、仲,伯、仲从季而归。群臣欲伯立季,季遂立"诘之曰:"古者列国各有疆界,岐之去吴数千余里,使命所不能通,王季安能捐社稷而远去!果群臣皆欲立王季,则是太伯不得已而让之,又岂足为贤哉!"当代学者傅斯年更明谓:"太伯入荆蛮,我疑心是伦常之变。……因太伯不得已而走,或者先跑到太王之大仇殷室,殷室封他为子爵,由他到边疆启土。"①

还有一种说法,即徐中舒提出的"经营南土说"。徐氏认为:"大(太)王之世,周为小国,与殷国力夐乎不侔。当其初盛之时,决不能与殷商正面冲突。彼必先择抵抗力最小而又与殷商无什关系之地经略之,以培养其国力。此兼弱攻昧之道,其例正多。如秦于并吞六国之前,必先伐灭西

---

① 傅斯年:《与顾颉刚论古史书》,《傅斯年选集》,天津人民出版社,1996年,第165—166页。

戎、巴、蜀;清于入关之前,必先服属朝鲜、蒙古。若此之类,史不绝书。且周人之经营江、汉流域,据现存史料言,其可征者至迟已在武王之世(说另详)。以此余疑大伯、仲雍之在吴,即周人经营南土之始,亦即大王翦商之开端。《史记》谓大(太)伯、仲雍逃之荆蛮者,或二人所至,即江、汉流域,其后或因楚之兴盛,再由江、汉而东徙于吴。"①

上述诸说,或坚守旧文献的传统说法("让国说"),或借旧文献记述中的漏洞、不足别作揣度,由于年代久远,材料不足,今已实难判定诸说之长短得失了。长期以来,学者们似已习惯于作非此即彼的单向思维判断,把复杂的历史事件、过程简单化,忽视历史事件、过程的发生和演化无不是多种因素合力作用之结果。上述诸说,为什么不能作一兼容性的考虑呢?为什么不能设想太伯、仲雍的奔吴,从一个方面来说,确是基于"经营南土"的翦商战略考虑(这是主要的、基本的方面),而从太伯、仲雍、季历三兄弟关系的层面讲,又包含着"让国"成分和"让国"背后的某种不平和无奈呢?

## 三、奔向哪里——路线、行程

关于"奔吴"的路线、行程,传统的说法很简单,似乎就是直奔吴地,一站到底。这种说法早已为研究者所不取,实际上也是不可能的。

如上文所引,徐中舒的看法是太伯、仲雍之奔吴,很可能是分两步走的,即先到荆蛮所在的江、汉流域,后遭强楚逼压,再徙吴地。

清乾隆年间,者減钟于江西临江府出土,铭有"工{敔攵}王皮{難}之子者減"字样。郭沫若谓:"'工{敔攵}'即是句吴,《攻敔王元剑》作'攻敔'、《攻吴夫差监》作'攻吴',均音近之翻译。《史记·吴太伯世家》叙自太伯以降至第

① 徐中舒:《殷周之际史迹之检讨》,《徐中舒历史论文选辑》,中华书局,1998年,第661页。

十五世为转,《史记索隐》引谯周《太史考》作柯转。柯转即此皮羆也。柯、皮古同歌部,转、羆古同元部。羆,古然字。柯转之子为颇高(《史记索隐》云'《古史考》作颇梦'),颇高之子为句卑(《古史考》云毕轸)。句卑时晋献公灭周北虞公(《春秋》僖五年)。此者减与颇高为兄弟,大约当春秋初年,鲁国桓、庄之世也。"[1]顾颉刚进而谓:"吴之名,当由陕西之吴岳来。此名东移则为山西之虞,南移则为苏、赣之吴。""春秋初年吴尚都江西","其迁江苏殆在春秋中叶","江西新建县北一百八十里有吴城镇,当赣江入湖之口,疑当时吴都即在是"。[2]

若把徐中舒、顾颉刚的说法糅合起来,则太伯奔吴之路线,应是由陕西而江、汉,而江西,而江苏。

而进入江苏,在一些学者看来,也不是一下子就进抵无锡、苏州一带,而是经历了一个由宁镇到常州,再到无锡、苏州的过程。

如杨善群即认为:"太伯远奔所至之地,不在许多地理志所指的今江苏苏州、无锡一带,而是在其西一二百公里的宁镇地区,具体说来应在今江宁县附近。因为近数十年来,在古代吴国疆域内考古发掘所得的约六百件青铜器中,有四百余件是在今江苏西南部出土的,且它们的时代大多属于西周和春秋早期;而在无锡、苏州一带和太湖周围发现的吴国铜器仅一百余件,其时代又都属春秋中晚期或春秋、战国之交。特别是在宁镇山脉和秦淮河流域的'许多台形遗址的文化层中,出现了殷末周初形式的铜器'(尹焕章、张正祥:《宁镇山脉及秦淮河地区新石器时代遗址普查报告》,《考古学报》1959年第1期),这正和太伯、仲雍亡奔到此地的历史事实相吻合。而在无锡、苏州一带,绝没有这一类的考古发现。由此,吴国最初的建立之地,可以得到大致的考定。""清同治年间编纂的《上(元)江

---

① 郭沫若:《两周金文辞大系图录考释》,上海书店出版社,1999年,第153—154页。

② 顾颉刚:《苏州史志笔记》,江苏古籍出版社,1987年,第12—13页。

(宁)两县志》记:‘周武王有天下,封周章于其地,国号吴。’(卷二上《考》)它明确地指出了周章时的吴国在今江苏江宁县一带,……”《宜侯夨簋》所记“侯于宜”,当指周康王徙封周章子熊遂于宜地事。这样,吴地统治中心便“由武王时所封的今江宁县地迁至今丹徒县,向东移动了百余里”。西周晚期,吴又东向灭掉了周公“践奄”后由南下奄人所建立的淹国,扩地至今常州一带。后又乘胜东进,“向同为东夷的干族人聚居的太湖东北地区挺进,与干国发生长期的激烈的战争”。“大约到春秋前期,太湖以北以东地区,就全部为吴国所占领。”“可见自太伯居于今江宁县,康王徙封熊遂至今丹徒县,以后又经过寿梦、诸樊、阖庐三次迁徙,才定都于今苏州市。”①

近年来,赵建中等亦根据宁镇地区屡有《宜侯夨簋》(1954 年丹徒烟墩山出土)、《伯作方座簋》(1982 年丹徒母子墩出土)等一批明显带有中原地区特征的高等级西周青铜礼器的出土,近年又在南京江宁区陶吴镇发现了周代大型土墩墓,而苏州、无锡一带的商周时期文化遗存却找不到春秋以前的非常明显的商周文化因素等事实,认为太伯奔吴的路线应是:翻过秦岭,沿汉水顺流而下,再沿长江向东,最后来到了现在南京江宁横溪小丹阳一带。因此,吴文化的早期活动中心不在太湖流域的苏州、无锡,而是在宁镇丘陵山脉和秦淮河流域。②

杨善群、赵建中等的上述看法,细节上虽尚待作进一步的深入研究,但所论太伯及其后人进入江苏后的由南京而镇江,而常州,而无锡,而苏州的迁徙走向,当是可信的。

2019 年 10 月 10 日

① 杨善群:《吴国在西周至春秋前期的发展》,《学术月刊》1992 年第 3 期。

② 赵建中:《南京江宁是吴文化源头》,《金陵晚报》2006 年 7 月 3 日。

# 也说“太伯渎”

近年来,随着大运河热的兴起,作为古运河畔重要城邑无锡的学者和广大群众,自不免情不自禁地遥想起本地的先贤太伯和太伯渎来。一时间,诸如太伯“为了灌溉、排洪,在中国历史上开凿了第一条人工河流”,太伯“开挖了江南地区的第一条人工运河”,太伯“开挖了中国运河第一撬”之类的看法纷纷被提了出来,有关方面还积极筹划组织对这个问题的学术研讨,形势喜人。

本人对这个问题向无研究,但读了相关论著后,似觉有话可说。

打算谈两个问题:一是太伯渎的功能、性质问题;二是太伯渎是否为太伯所开的问题。

先谈第一个问题。从现有提法看,有的研究者把太伯渎视为排洪、灌溉的排灌渠,有的研究者则将其视为人工运河。当然,较大的排灌渠兼有行船运输功能,运河亦兼有灌溉之利,但两者的主要功能还是不同的,不能混称、互称。限于条件,现在想要弄清太伯渎究竟属排灌渠还是运河已不太可能,故仍以“太伯渎”称之或笼统称之为“古人工河道”“古水利工程”为宜。

下面,主要谈第二个问题,即太伯渎是否为太伯所开的问题。

较早系统记述太伯事迹的重要史籍西汉司马迁《史记·吴太伯世家》、东汉赵晔《吴越春秋·吴太伯传》,皆未提及太伯渎。

有学者认为,太伯渎为太伯所开的最早记载可上溯至东汉末。根据是传为东汉桓帝永兴二年(154 年)吴郡太守麋豹奉诏修建泰伯墓时所撰的《泰伯墓碑记》。清康熙年间吴存礼所撰《梅里志》卷三《历朝崇祀褒典》下,载有"汉桓帝永兴二年四月,命吴郡守麋豹监修泰伯墓道茔城"语;卷四收有麋豹《泰伯墓碑记》全文,其中有"筑城郭以为籓卫,穿浍渎以备旱潦"语。有研究者即采信上述记载为文论史。笔者认为,此材料如可靠,当可证早在东汉末年史籍就有关于泰伯曾率民穿渎的确切记载了,遗憾的是《后汉书》全不见此种记载,甚至连麋豹的事迹都查不到。故成书于清康熙年间的《梅里志》上述记载来源的可靠性很值得怀疑,使用此材料务须谨慎。关于《梅里志》所收麋豹《泰伯墓碑记》的可靠性,前人早有怀疑,如成书于清末光绪年间吴熙编定之《泰伯梅里志》即在《序》文中指摘《梅里志》"体例未当,且多谬误,有必须订证者",并于正文卷四中以《案》语的形式明谓:"旧志载麋豹记一篇,不类汉人文字,故不录。"

根据现有材料,最早提及太伯渎的史籍是北宋欧阳修、宋祁等纂修的《新唐书·地理志》。《地理志》五载:

> 武进……西四十里有孟渎,引江水南注通漕,溉田四千顷,元和八年,刺史孟简因故渠开。
>
> 无锡……南五里有泰伯渎,东连蠡湖,亦元和八年孟简所开。

书中虽提到了"泰伯渎",却谓为唐宪宗元和八年(813 年)刺史孟简所开。

中国古代地理志名著北宋乐史《太平寰宇记》卷九十二《江南东道四常州》无锡县下谓:

> 太伯渎。西带官河,东连范蠡渎,入苏州界。淀塞年深,粗分崖岸。元和八年,刺史孟简大开漕运,长八十七里。水旱无虞,百姓利之。

既言“淀塞年深”，可证前已有之，并非孟简新开，然亦未明言为太伯所开。

中国古代另一地理志名著南宋王象之《舆地纪胜》谓：

太伯渎　唐志无锡县下有——，东连蠡湖，元和八年孟简所开，又谓之孟渎。

《新唐书·地理志》言孟渎在武进境，太伯渎在无锡境，孟渎、太伯渎是分开来的两回事；《舆地纪胜》却谓“太伯渎……孟简所开，又谓之孟渎”，似将二者混一了，且未交代清为什么孟简所开的孟渎又叫太伯渎，语意含混，令人迷惘。此诚如清吴熙编辑的《泰伯梅里志》引《江南通志》辨讹所云：“唐元和间常州刺史孟简开泰伯渎，复浚一渎，后人名曰孟渎，自是两河。泰伯渎在无锡县东五里，……孟渎河在常州府西三十里。”

南宋度宗咸淳四年（1268 年）史能之撰《咸淳毗陵志》卷十四载：

无锡　吴泰伯庙在县东南五里，临泰伯渎。《寰宇记》云泰伯西城去县四十里又三，渎乃泰伯所开。

查今传本《太平寰宇记》，并无“渎乃泰伯所开”语。但不管此语是乐史所言，还是史能之自己的看法，“渎乃泰伯所开”既已写入《咸淳毗陵志》，就表明至南宋末泰伯“渎乃泰伯所开”的看法已被明确提出。

最早明确记述太伯渎为太伯所开的为《无锡县志》。此书版本、著者问题颇复杂，这里需交代几句。《四库全书》所收两江总督采进本《无锡县志》，为四卷。《提要》明谓此书“不著撰人名氏。考《千顷堂书目》，有元王仁辅《无锡县志》二十八卷，与此本卷数不符，盖别一书也”。且谓此四卷本《无锡县志》“是洪武中书矣”。中国科学院北京天文台主编、中华书局1985年版《中国地方志联合目录》亦标此书为“佚名纂”“明刻本”。而无锡市史志办公室、无锡太湖文史编纂中心合编,王耀元先生点校的中国社会出版社2005年出版的《无锡县志》,采用的同是此四库本,却于《前言》中谓“明代《千顷堂书目》著录有王仁辅《无锡县志》二十八卷。而现存的王仁辅《无锡县志》仅为四卷”,且于新印点校本的封面和版权页上明标“无锡县志　元王仁辅撰”“书名:元王仁辅《无锡县志》”。此书属古籍点校重印性质,作为点校者,尽可不同意四库《提要》的看法而认定此四卷本《无锡县志》亦为元王仁辅纂修,尽可另为文论之或在点校的《前言》《后记》中申明自己的观点和看法,似不宜在不说明理由、根据的情况下,径行将四库所收四卷本“不著撰人名氏”的《无锡县志》断为元王仁辅撰,并将之印到点校本的封面、版权页上。宗菊如、周解清主编,江苏人民出版社2003年版《无锡通史》246页亦谓:“元代王仁辅撰《无锡县志》二十八卷,后编为四卷。”“后编为四卷”,是别人改编,还是王自己所为?惜未交代清楚。鉴于王仁辅《无锡县志》二十八卷本已失传,《四库全书》所收四卷本《无锡县志》纂者究竟为谁一事一时尚难理清,限于本文性质,这里就不去说它了,我们还是把话题拉回到“太伯渎”上来。此《四库全书》本《无锡县志》关于“太伯渎”的记述是:

> 太伯渎,去州东五里,贯景云、太伯、梅里、垂庆四乡,西枕官河,东通蠡湖。又东达于濠湖,入平江界。岁久淤塞。唐元和间,刺史孟简浚之,长八十里,阔一丈二尺,深四尺,民获沾溉之利。
>
> 《唐书·地理志》云:元和八年,孟简开太伯渎,东连蠡湖。《寰宇记》云:太伯渎,西带官河,东达范蠡渎,入苏州界。淀塞年深,粗分涯岸。元和八年,孟简开浚之,并导蠡湖,长八十七广十有二丈。自后太伯渎谓之孟渎,蠡湖谓之孟湖。孟简传云:元和中,简为刺史,有孟渎久淤,治道溉田千顷。卢仝有《谢谏议茶歌》云“安得知百万亿苍生

命堕巅崖受辛苦”之句，正浚此渎时，为其劳民也。此渎始开于太伯，所以备民之旱涝，民德太伯，故名其渎，以示不忘。渎上至今有太伯庙。

书中明确提出“此渎始开于太伯，所以备民之旱涝，民德太伯，故名其渎，以示不忘”。

以后的相关记述，如清吴存礼《梅里志》、吴熙《泰伯梅里志》大抵皆沿此，兹不一一列举。唯《梅里志》《泰伯梅里志》使用了“相传泰伯所开”“相传为泰伯所开”的提法，较之《无锡县志》径谓“此渎始开于太伯”，口气上要谨慎、和缓些。

我举证上述史籍记载，目的在于提醒大家注意，太伯渎是否为太伯所修，从学术的角度讲，还一时难以论定，因为肯定的说法都比较晚后，缺乏早期可靠文献的支撑。近年来梅里地区的考古发掘材料，虽为早在商周时期梅里地区的先民们就已经有了水利工程兴修的壮举提供了很好的物证，但此水利工程是否为太伯所修仍难据此判定。

还有，我们谈及此事时，最好还是把眼界放宽些，把它置于更广阔的历史背景中去观察。须知，在太伯是否奔吴、奔吴原因，以及奔吴的行程、路线等诸多问题上，史学界是有分歧、争论的。例如，著名史学大师顾颉刚即认为：“吴之名，当由陕西之吴岳来。此名东移则为山西之虞，南移则为苏、赣之吴。”“春秋初年吴尚都江西”，“其迁江苏殆在春秋中叶”，“江西新建县北一百八十里有吴城镇，当赣江入湖之口，疑当时吴都即在是”。[①] 杨善群先生认为：“太伯远奔所至之地，不在许多地理志所指的今江苏苏州、无锡一带，而是在其西一二百公里的宁镇地区，具体说来应在今江宁县附近。”[②]顾、杨二氏的看法乃一家之言，不一定对，但仍能给人以

① 顾颉刚：《苏州史志笔记》，江苏古籍出版社，1987 年，第 12—13 页。

② 杨善群：《吴国在西周至春秋前期的发展》，《学术月刊》1992 年第 3 期。

启发。因古史渺茫，许多事都还说不准，多思考、多打几个问号总比率尔操觚轻下结论为好。关于学界在太伯是否奔吴、奔吴原因以及奔吴的行程、路线等问题上的不同看法，笔者曾在为《江苏通史·先秦卷》所撰写的章节中有所节录罗列，有兴趣的读者不妨找来一阅。① 故我们言说此事时，务须慎重，要留有余地，不要太绝对、把话说得太死，最好用“相传”“有文献记载称”之类的提法。

当然，就我个人而言，我还是倾向于支持“太伯渎为太伯始修说”，我也提不出什么像样的根据，只是联想、推论。我的联想、推论是：第一，从必要性来讲，吴地处江南多雨沼泽地区，水患为害甚烈，人们要生产、生存，头等大事就是要同水患作斗争，千年前的大禹就已经大力治水并卓有成效了，千年后的太伯为什么就不能办到呢？第二，从可能性来讲，当时的生产力水平、技术条件，也是完全能够做得到的。据考古发掘，作为吴地近邻的良渚地区的先民们早在距今四五千年前就已能筑造出东西长一千五百米到一千七百米，南北长一千八百米到一千九百米，总面积达二百九十多万平方米，城墙底部铺垫石块作为基础，垫石层约二十厘米到四十厘米厚，四十米到六十米宽，设有多座水门的大城来，能修筑起规模甚为可观的大坝来，太伯自己亦曾“起城，周三里二百步，外郭三百余里”（《吴越春秋·吴太伯传》），偌大的城池、大坝都修造得出，开挖用于排灌的沟渠或用于行船运输的运河又岂能难住太伯和他属领的吴地先民们呢？

总体来说，从感情上讲，我是倾向于支持“太伯渎为太伯始修说”的，但作为历史学者，心里又总觉不太踏实。以上所言，就权作姑妄言之、姑妄听之吧。

2019 后 12 月 12 日

① 宋林飞主编：《江苏通史·先秦卷》，凤凰出版社，2012 年，第 153—158 页。

# 秦治之失和汉对秦制的因革浅议

秦始皇统一六国后，自以为“德兼三皇，功过五帝”，遂将古“皇”“帝”这两个人主最高名号合而为一，自称“始皇帝”。此举虽张狂了点儿，然准诸其废分封、行郡县，在空前范围内建立统一的早期国家版图的基本规模和框架，厥功至伟，似亦并不怎么辱没这个尊号。太史公司马迁谓：“名法度，定律令，皆以始皇起。”(《史记·李斯列传》)柳宗元谓：“其为制，公之大者也……公天下之端，自秦始。”(《封建论》)近代史学先驱柳诒徵谓：“盖嬴政称皇帝之年，实前此二千数百年之结局，亦为后此二千数百年之起点，不可谓非历史一大关键。惟秦虽有经营统一之功，而未能尽行其规划一统之策。凡秦之政，皆待汉行之。秦人启其端，汉人竟其绪。”“始皇时代之法制，实具伟大之精神，以一政府而辖制方数千里之中国，是固国家形式之进化，抑亦其时思想之进化也。”①近代著名学者章太炎早年尝喟叹：“藉令秦皇长世，易代以后，扶苏嗣之，虽四三皇、六五帝，曾不足比隆也，何有后世繁文饰礼之政乎！”(《太炎文录·秦政记》)唐代大诗人李白亦曾高歌：“秦王扫六合，虎视何雄哉。挥剑决浮云，诸侯尽西来。明断自天启，大略驾雄才。”(《李太白集·古风·秦王扫六合》)

自然，骂秦始皇为暴君、独夫民贼的，亦史不绝书，代有其人。当代对秦始皇曾一度痛加贬斥责骂的大约要数大学问家郭沫若了。在他笔下，秦始皇是“一位空前的大独裁者”，“极端专制，不让人民有说话的余地”，

---

① 柳诒徵：《中国文化史(上)》，东方出版中心，1996年，第289、290页。

其“焚书坑儒”是“中国文化史的浩劫”，秦始皇还是“一位纵欲主义者，大约因为不信命，所以敢于极端享乐”，过着“极端纵欲的生活”。①《吕不韦与秦王政的批判》写于1943年，十六年后的1959年，由于众所周知的原因，郭沫若彻底改变了自己的观点，一变而为：“我认为，历史上有不少人物是应该肯定的。但其中有些人还受到歪曲，应该替他们翻案。殷纣王、秦始皇和最近正在讨论的曹操，都是。”“提到古代中国的统一，人们很容易想到秦始皇。秦始皇是中国历史上有数的杰出人物。”②

我的观点是，一味高歌颂扬和恶语痛责都是要不得的，都是非理性、反科学的。

本文不打算对秦始皇作全面评价，只拟就其治国的层面，对秦治之失和与之相关的汉对秦制的因革作所议论。唯议论既谈不上深度，亦缺乏条贯、统系，故以“浅议”为题。不当之处，敬请方家、同好正之。

## 一、秦治之失

秦在西周时偏处西方，国势不张，不为诸侯所重。春秋时秦穆公虽号称五霸之一，但实羽翼未丰，尚无问鼎中原的实力。进入战国时期，特别是经过商鞅变法后，秦国始迅速崛起强大起来，并最终吞并六国，完成统一大业。统一大业的完成和直抵岭南的南向开疆扩土，建立在郡县制基础上的中央集权政治体制，以及“书同文，车同轨”，统一货币、度量衡等，无不都是值得大书特书的。凡此，固然是历史发展之使然，也是同秦始皇的个人天赋、才智、个性、胸怀，即他的雄才大略分不开的。当然，这一切

① 郭沫若：《十批判书·吕不韦与秦王政的批判》，《郭沫若全集·历史编》第二卷，人民出版社，1982年，第430、439、445、434、437页。

② 郭沫若：《史学论集·关于目前历史研究中的几个问题》，《郭沫若全集·历史编》第三卷，人民出版社，1984年，第486、487页。

归根结底还是要归功于法家治国路线、方略在秦国的得势和实施。可话又得说回来，世界上本无一成不变的事物，也没有完美无缺的东西。同为“法”，早年可以使秦国强大、成全秦国，统一六国后，若不与时俱进，适时调整自己，它又可以损害并最终葬送不可一世的强秦，真可谓成也法家败也法家。

众所周知，法家的强项或精华一在“耕战”，这是强国之本；一在“理不护亲，法不阿贵，亲疏贵贱，一视同仁”（李悝《法经》），“不别亲疏，不殊贵贱，一断于法”（《史记·太史公自序》），即社会公正的践行。当然，在阶级社会中，真正的公正是没有的、不可能的。“一断于法”也只能停留在理想或幻想的层面，但它的提出以及在一定程度和范围内的实施还是有积极意义的。但即使这个，后来也被逐渐丢掉了。统一后，秦王朝逐渐弱化、抛弃了法家中以商鞅为代表的重“法”一派，而更看重和践行法家中的“术”（以申不害为代表）、“势”（以慎到为代表）派，以威权、刑杀、阴谋、欺诈宰制臣下和民众。再加上作为立国之本的“重农耕”以及恤民强国的基本国策逐渐被好大喜功、大兴土木、滥用民力所取代，田租、口赋、徭役、兵役之征把下民压得喘不过气来，严刑峻法又使臣民动辄得咎，致“男子力耕不足粮饷，女子纺绩不足衣服，竭天下之资财以奉其政，犹未足以澹其欲也”（《汉书·食货志上》），“赭衣塞路，囹圄成市，天下愁怨”（《汉书·刑法志》），这些几乎把全国变成了哀鸿遍野的饿乡、一座大监狱。上述记载，虽有后世文人出于对秦始皇的愤恨而用语未免夸饰的成分在，但亦不至于凭空捏造，厚诬秦始皇，其距历史事实当不会太远。这样，曾经的恤民、公正的法家逐渐远去不见了，剩下大行其道的基本上是“术”“势”派法家的宰制臣下、民众的落后的冷酷的一面。在这种情况下，当陈胜、吴广一举事，“诸郡县苦秦吏者，皆刑其长吏，杀之以应陈涉”（《史记·陈涉世家》）。后陈、吴虽败亡，但又有项羽、刘邦的继起。这样，在下民和六国贵族的联合反抗下，曾不可一世的秦帝国便顷刻间灰飞烟灭、土崩瓦解了。

可以说,秦之亡实天怒人怨,秦不亡,是无天理也。

再一点,秦缘法以兴,也养成它迷信强权、暴力的一面,而忽视教化的社会功能,焚书坑儒即其证。秦人不懂可马上得天下而不能马上治天下的道理,又焉能不亡!

过去,研究者把秦速亡的原因归结为这样那样的许多条,如阿房宫、骊山墓、长城、驰道等大工程的修造,北击匈奴、用兵岭南的大规模用兵,横征暴敛、严刑峻法、焚书坑儒、废扶苏立胡亥、任用赵高等佞臣的政策失误,以及秦始皇个人的贪婪、任性,等等。其中既有体制、制度层面的因素,亦有秦始皇个人的责任。如筑长城、修驰道,击匈奴、征岭南等,本国之大事,本身并无错,但秦不从国力出发,不分轻重缓急,多头并举,致国不堪其重,民不堪其扰,其中亦有其举措失当处。当代已故著名史学家吕思勉尝谓:"秦人致败之由,在严酷,尤在其淫侈。用法刻深,拓土不量民力,皆可诿为施政之误,淫侈则不可恕矣。"①

上述种种都不失为秦速亡的原因,但总的根子,还是秦不能与时俱进,一味迷信、践行法家的老一套东西,特别是其中落后的东西,而没有适时调整其治国路线和方略。对此,太史公司马迁早有察觉:"法家不别亲疏,不殊贵贱,一断于法","严而少恩","可以行一时之计,而不可长用也"。(《史记·太史公自序》)

## 二、汉对秦制的因革

汉承秦后,对秦制多所承袭,亦有改造和创新,因革中既有得亦有失。

汉承秦制,主要体现在体制、制度层面,如郡县制、中央集权制、官吏的选拔管理制度、法律制度、监察制度、赋税制度等方面。

① 吕思勉:《秦汉史》,上海古籍出版社,1983 年,第 15 页。

汉代，特别是汉初，基本上沿袭、继承了秦朝的那一套。当然，也不是照搬，既有所因，亦有其革。如法律制度，汉没有秦那么严苛；在官吏选拔上，汉既继承了秦的军功任官一途，又推出了察举与征辟，并逐渐形成了对后世影响深远的文官制度。汉代的监察制度，虽有与秦一脉相承的一面，但亦有自己的创新，如十三刺史部的创设。在地方行政机构上，汉虽基本沿袭了秦的郡县制，但在楚汉相争中和汉初又分封了一些异姓、同姓王，实行“郡国并行制”，这相对于秦王朝实行的单一郡县制是一种倒退，是其失。

在思想文化层面，特别是治国指导思想上，汉对秦因的成分不多，更多的是革。汉初推行黄老政治，尚无为，与民休养生息。这与当时长期战乱后国库空虚、民生凋敝的大环境和借鉴秦亡的教训是分不开的。但“无为”实际上是做不到的，治理偌大一个国家，在位者怎么可能什么也不干呢？故所谓“无为”，实为一个说辞，不过是告诫在位者对下民在政治上要宽松些，在经济盘剥上要放轻些而已。

但黄老政治毕竟欠缺锐意进取心，治国力度不够，故经过汉初的“休息”和文景时代的“康复”，到了汉武帝时代便须改弦更张了。这便是汉武帝采纳董仲舒“诸不在六艺之科孔子之术者，皆绝其道，勿使并进”（《汉书·董仲舒传》）的建议，隆重推出“罢黜百家，独尊儒术”的治国方针。这是中国历史上治国指导思想的一次重大变更。众所周知，孔子生在社会急剧变革的春秋之世，他那套温和的、带有浓厚改良主义色彩的政治理论并不怎么符合时宜，故终不为当权者所重用。但孔子的以“忠”“孝”为核心的伦理政治观、大一统的国家观和以“仁政”“德治”为核心的政治设计，颇适合升平之世用来规范人心，协调上下关系，柔化、粉饰专制王权，有利于社会稳定。这一治国思想一经推出，便显示出其匡扶人心、稳定社会的强大功能，显示出顽强的生命力。故尔后虽有汉末道、佛二教的产生和传入，魏晋玄学的昙花一现和明清之世的西学东渐，但终封建帝制之世，儒家在国家政治和社会生活中的指导、主导地位是其他任何学派、教派所无法动摇和取代的。

不过,这并不是说儒家真的就此“独尊”了,法家就此被彻底抛弃了。事情远不是这样的。实际上,只要有国家存在,国家机器的运作就一刻也离不开两个东西,一是思想的教化和规范,一是制度的约束和法律的强制。所谓“独尊儒术”,只不过是个旗号、表面文章,实际施行是“外儒内法”“儒法并用”。历代统治者都是深知这一点的,汉武帝的曾孙汉宣帝刘询在告诫自己“柔仁好儒”的儿子刘奭(即后来的汉元帝)时就把话说得很透彻很直白:“汉家自有制度,本以霸王道杂之,奈何纯任德教,用周政乎?”(《汉书·元帝纪》)但不管怎么说,汉代的尊儒,高张“忠孝”和“仁政德治”的大旗,较之秦政的苛暴终不失为顺应历史潮流的一大进步。儒家指导地位的确立,“外儒内法”“儒法并用”治国利器的打造,维系着汉武帝以来中国封建社会的漫长运行,实不失为中国政治史和思想文化史上一桩划时代的大事,也是适合当时中国国情的,应予以肯定;但“诸不在六艺之科孔子之术者,皆绝其道,勿使并进”的推行,又有钳制思想、抑制其他学派发展、不利于思想文化学术繁荣的一面,亦毋庸讳言。

中国马克思主义史学先驱之一翦伯赞于抗日战争时期所撰《中国史纲》第二卷《秦汉史》(后经整理校定易名为《秦汉史》,由北京大学出版社出版)中谓:

> 董仲舒的办法,从表面看来,似乎比李斯的办法要和平得多,因为他不用火烧,也不用活埋。但在实际上,董仲舒的办法比之李斯的办法,更要刻毒。因为李斯的办法,是盲目地毁灭文化,而董仲舒的办法,是有意识地统制文化。换言之,董仲舒用文化反对文化,用知识分子反对知识分子。他一方面把于统治阶级有利的文化抬举到一尊的地位;同时又把于统治阶级不利的文化指为邪辟之说,而皆绝其

道。这样就在中国文化史上，开辟了儒家学说独裁的局面，阻碍了中国文化自由发展的道路。其流毒所及，直至我们的今日，尚被其害。

自从董仲舒的建议批准以后，汉代初叶再生出来的一切文化思想，都要站在儒家学说的法庭之前，遭受审判，判定其生存或宣布其死刑。儒家哲学变成了封建制度之最高的政治原理，变成了衡量文化思想之标准的尺度。一切与这种原理相冲突的古典的学说，即使比儒家学说含有更多的真理，也要从头到尾被摧毁。从这一时代起，孔子便从诸子百家之中超升出来，变成了东方世界之罗马教皇，而儒家哲学也就变成永恒不变的真理。谁要批判儒家哲学，谁就是名教的罪人，文化的叛逆。①

鉴于当时的政治形势，翦氏上论未免失之政治化、情绪化了些，但他对这个问题的基本看法后来亦未改变。如他在晚年主编的《中国史纲要》中仍认为："独尊儒术以后，官吏主要出自儒生，儒家逐步发展，成为此后两千年间统治人民的正统思想。这种情况对于学术文化的发展是非常不利的，但是在封建社会的条件下，有利于专制制度的加强和国家的统一。"②

著名学者白寿彝等亦谓："儒学居于独尊地位，成为此后整个汉代以至两千年封建社会间统治人民的正统思想。不但官吏的选拔以儒学为标准，儒学成为进身之途，士子争相奔赴，而且儒学成为统制社会意识形态的绝对权威，影响深入到社会的各个角落。汉武帝独尊儒术政策的实行，对于巩固封建统一国家、传播封建文化有其历史作用，但同时又严重地压

① 翦伯赞：《秦汉史》，北京大学出版社，1983年，第489页。

② 翦伯赞主编：《中国史纲要》第一册，人民出版社，1979年，第197—198页。

制思想的自由发展,长期产生禁锢人们头脑的弊端。"①近年来吕文郁曾撰文尖锐地指出:

> 汉武帝的专制主要体现在学术文化上。他公然打出"罢黜百家,表彰六经"的旗号来实施文化专制政策。他的出发点当然也是维护汉家的一统皇权。汉武帝在中国历史上开启了利用皇权强行推广一种学说以整饰思想学术的先例。最高统治者在"独尊"一种学说的同时却又强行"罢黜"其他各种学说,无论他"独尊"的是哪一种学说,实质上都……是典型的文化专制。正如自然界的花朵五彩缤纷、争奇斗艳一样,思想文化是人类精神的花朵,也应是绚丽多姿、美不胜收的。实行文化专制是与人类精神的发展规律相违背的。"罢黜百家""独尊儒术"这种文化专制政策是一种比政治专政更可怕的极端反动的政策,这种政策不仅禁锢了百家学说自由发展的可能,同时也使儒学自身的发展失去了动力。众所周知,儒学和百家学说一样,都是在春秋战国时期"诸子蜂起,百家争鸣"那样自由民主的学术氛围中产生和发展的。儒学正是在不断地与百家学说争鸣、驳辩,并不断地吸取百家学说精华的过程中丰富和发展起来的。百家学说的存在是儒学自身不断发展、完善的前提条件。百家学说一旦被禁绝,儒学的发展必然陷入绝境。汉武帝"罢黜百家""独尊儒术"的文化专制政策带来的直接后果,就是使汉代的儒学走进了经学的死胡同。这样的儒学已经与先秦时代的原始儒学大异旨趣,不可同日而语了。汉武帝的这种文化专制政策在中国历史上造成的负面影响远远超过了秦始皇的"焚书坑儒"。秦始皇时所"焚"之"书"主要是平民百姓手中的

---

① 白寿彝、高敏、安作璋主编:《中国通史》第四卷《中古时代·秦汉时期》(上册),上海人民出版社,1995年,第315页。

"百家之书",并不包括科技、医药、工艺、占卜之类的书籍,更不包括国家"金匮石室"和博士官们掌管的各种书籍,当时被焚书籍有限,所"坑"之儒其实多数都是些江湖术士。"焚书坑儒"因手段过于极端,加之秦王朝非常短命,这样的悲剧在后世极为罕见。而"罢黜百家""独尊儒术"的文化政策在后世的专制王朝中却不断被复制、被变本加厉地推行。其危害之大,影响之广,绝非秦始皇"焚书坑儒"所能比拟。"①

还有学者在博文中写道:"汉武帝在意识形态领域的罢黜独尊政策,是中国文明史上最大的悲剧,最大的荒唐。这一政策对后世的最大影响,就是遮绝了中国文明原生态的健康发展之路,使其走向了单一动力的自我枯竭,阉割了中国文明的蓬勃生发,只留下了极端保守之道。""坦率地说,汉武帝对战国与秦帝国时代的人民精神的强大与成熟,是深怀忌惮的,深感要使这样的人民驯服,必须采用长期的阴柔教化。"此言辞颇为犀利。由于汉武帝"罢黜百家,独尊儒术"这一复杂问题不在本文议论范围内,故仅略作列举,不再展开讨论。

2023 年 10 月 20 日

① 吕文郁:《论专制帝王的儒学情结》,《先秦诸子蠡测》,科学出版社,2018 年,第 184—185 页。

# 陈独秀《实庵字说》及郭沫若对《实庵字说》的“读”“驳”

1937年上半年，身在南京国民党狱中的陈独秀在著名的《东方杂志》上分几次陆续刊登了他的《实庵字说》长文。同年三月，尚在日本的郭沫若在仅仅读了该文的前三部分后便匆匆写下《读〈实庵字说〉》（后经修订改题为《驳〈实庵字说〉》），予以驳难。由于陈、郭二人皆为当代政学两界双栖的大名人，其所产生的影响非普通学术论争可比。现在，虽此事已过去八十多个年头，但其中仍不乏可议论、回味之处，故草此短文，公诸同好，不当之处，敬请批评指正。

## 一、关于《实庵字说》

陈独秀是新文化运动的倡导者之一，又是中国共产党的主要创始人之一和早期主要领导人之一。1929年11月，他被开除出党，复于1932年10月被国民党逮捕，次年7月被判处有期徒刑八年，囚禁于南京江苏省第一监狱，俗称“老虎桥监狱”。1937年8月23日，因抗日战争全面爆发他提前获释。

身陷囹圄的陈独秀是如何打发这些漫长日子的呢？

据云，当时国民党当局给陈独秀判刑后对其颇为优礼，“他一人住一个牢房”，“房间里有两个大书架，摆满了书籍，经、史、子、集，每样有一点”。①

① 濮清泉：《我所知道的陈独秀》，《文史资料选辑》第71辑，中华书局，1980年。

这些书,有些是学界朋友送或借的,有些则是他从生活费、医药费中硬省下来自购的。有书读,也就有了狱中做学问的基本条件。

陈独秀早在五四运动时期,就在1919年6月8日《每周评论》上发表《研究室与监狱》短文,倡言“世界文明发源地有二:一是科学研究室,一是监狱。……从这两处发生的文明,才是真文明,才是有生命有价值的文明”。想不到十余年后,南京“老虎桥监狱”还真给他提供了一次践行自己豪言壮语的场所和机会。

鉴于当时所处实际环境和个人学力所长,陈独秀自然把著述的主要精力都倾注在传统“小学”(文字、音韵、训诂之学)上。这一时期,陈独秀撰写了一系列文字学方面的论著,《实庵字说》即为其一。

《实庵字说》是篇长文,分五次陆续刊登在《东方杂志》1937年第三十四卷第五、六、七、十、十三号上。该文取条目式,诸条目大抵立足传统文献,复吸收近人甲骨、金文研究成果,力图用唯物史观说文论史,实不失为一篇有功力、有新意且通俗易懂的文字学力作。鉴于此文已不大易找,兹将刊于《东方杂志》第三十四卷第七号《实庵字说(三)》中作为陈郭论争焦点之“臣民氓宰奴婢隶仆童妾”条之书影附于文末,供有兴趣者参考。

在该条目中,陈独秀在举证诸多文献后认为:“按臣、民、宰,初义为俘奴,奴、婢、隶、仆、童、妾(臣妾、童妾,皆男女奴也,非妻妾之义),初亦为俘奴,后犯罪者之家属亦从坐没入之;所执者率为粪弃、舂橐、侍食,及《周礼》所云牛助牵傍、养马、养鸟、搏盗、守宫,《士丧礼》所云涅厕,诸贱役,与古希腊罗马委以全部生产事业者异趣,谓古之中国氏族社会后继之以奴隶社会若古希腊罗马然者,则大误矣,希腊罗马由奴隶制而入封建,中国、印度、日本,则皆由亚细亚生产制而入封建者也。”

在20世纪二三十年代那场中国社会史大论战中,陈独秀并未介入。但从思想倾向上讲,他是主张中国无奴隶社会说的,上引论说便是明证。而身在日本的郭沫若,虽亦未直接参与那场论战,但这场论战在相当程度上是由郭的《中国古代社会研究》引发并围绕着这本书进行的，因此，郭实际成了这场论争的中心人物，并被视为当时持中国历史有奴隶社会发展阶段说的代表人物和旗手。故陈独秀此说一出，便立即遭到郭沫若的驳难，自是情理中事。

## 二、关于郭沫若对《实庵字说》的驳难

学术者天下之公器，立说自由，争论正常，陈郭之争亦当大抵作如是观。但其中亦间有非学术的意气之争成分在，这也是毋庸讳言的。

单就学术层面而言，陈独秀与郭沫若根本不在一个量级。由于《实庵字说》的着眼点在文字学，故陈于“臣民氓宰奴婢隶仆童妾”条目中所持的中国无奴隶社会说仅仅是提出了问题，虽有一定论据和论证，但远不够坚实。郭沫若在这方面却是下过大功夫的，他出入传统文献、甲骨金文，援引马恩，文章较之陈文厚实多了。郭十分自信地说：“总之关于奴隶制这个问题，我敢于十二分坚决地主张，中国也和希腊、罗马一样，对于马克思的那个铁则并不是例外。”①

郭沫若一反陈独秀把臣、民、氓、宰、奴、婢、隶、仆、童、妾混一的提法，巧妙地把这些人分为两组，说：“中国古代的奴隶字面，如‘奴、婢、隶、仆、童、妾’等，本是服贱役的家内奴隶，这，我是晓得的。仅仅家内奴隶不足以构成一个社会制度，要主要的生产部门均用奴隶为生产工具以从事经营，方能成为所谓‘奴隶社会’，这，我也是晓得的。”“奴、婢、隶、仆、童、妾，这些固然是奴隶；而臣、民、氓、宰，也同样是奴隶。前者固然是从事家内的贱役，而后者则多从事于生产。后者的数目比前者要占绝对的多数。”

① 郭沫若：《驳〈实庵字说〉》，《奴隶制时代》，人民出版社，1973年，第280页。

并且郭说“把一品大百姓的‘民’说为奴隶”是自己的“创议”。[1] 其实，郭沫若在此文和其他相关文章中把作为商周社会生产主要担当者、拥有一定人身自由和独立经济的“众人”“民”“庶人”等一概目为奴隶的做法，并站不住脚。关于这一点，不少学者已有很好的驳论，笔者亦曾为文[2]论之。限于篇幅，这里就不再展开说了。故单就学术层面言，实难断陈郭之争的孰是孰非，郭的“十二分”自信只是他自己的事。因为诗人气质的郭沫若，对自己的见解惯于使用“毫无可以怀疑的余地”“的确是铁案难移”[3]之类的夸饰话语。

下面再谈点儿学术之争以外的事。

郭沫若驳难陈独秀《实庵字说》的文字，目前为大家习见、易找的本子题作《驳〈实庵字说〉》，人民文学出版社 1959 年出版的《郭沫若文集》第 11 卷、人民出版社 1973 年出版的《奴隶制时代》、人民出版社 1984 年出版的《郭沫若全集·历史编》第三卷所采用的皆是这个“驳”字头的本子。其实，郭沫若的这篇文章最初为“读”字头，作《读〈实庵字说〉》，1941 年香港孟夏书店出版的《羽书集》和 1949 年 7 月海燕书店出版的《今昔蒲剑》采用的就是这个本子。两个本子的区别，并非郭沫若在人民出版社 1973 年版《奴隶制时代》所收《驳〈实庵字说〉》文末《追记》所言仅仅“把冗赘的文字删削了一些”，而是有了质的改动（虽文字不多），大大提升了批判调门，以致连标题都改了。

在原“读”字头稿中，郭沫若尚能平和地说：“作者（陈独秀）的目的，

---

① 郭沫若：《驳〈实庵字说〉》，《奴隶制时代》，人民出版社，1973 年，第 273、274 页。

② 张广志：《奴隶社会并非人类历史发展必经阶段研究》，青海人民出版社，1988 年；张广志、李学功：《三代社会形态：中国无奴隶社会发展阶段研究》，陕西师范大学出版社，2001 年；张广志：《中国古史分期讨论的回顾与反思》，陕西师范大学出版社，2003 年。

③ 郭沫若：《蜥蜴的残梦——〈十批判书〉改版书后》，《奴隶制时代》，人民出版社，1973 年，第 80、82 页。

和一般的文字学者不同，是想凭借文字上的启示，以探求古代的实况。这层是相当成了功的。因为作者的学识本有根底，方法的运用颇为纯熟，而于近人的著述似乎见到的也还不少。根据古音古训，出入甲文金文，一隅三反，逐(触?)类旁通，新旧兼容，头头是道，在作者的自由受着束缚的目前而能有这样勤苦的成绩，是可以令人佩服的。"①及"驳"字当头，便一改而为"作者的目的，是想凭借文字上的启示，以探求古代社会的实况。根据古音古训，出入甲文金文，似乎十分渊博，然而实在是外行。"②

郭沫若是古文字学大家，在甲骨、金文研究上取得了巨大成就，人所共知。陈独秀在甲骨、金文研究上虽不如郭沫若，但在用新方法研究传统文字学方面还是用力甚勤，收获颇丰的。早在1910年，陈独秀就在《国粹学报》上发表《说文引申义考》，1925年发表《字义类例》，1928年撰写《中国拼音文字草案》，南京狱中更撰有《实庵字说》、《中国古代语音有复声母说》(刊《东方杂志》第三十四卷第二十、二十一号)、《连语类编》(生前未刊)、《古音阴阳入互用例表》(生前未刊)、《荀子韵表及考释》(刊《东方杂志》第三十四卷第二号)、《屈宋韵表及考释》(未完手稿)、《晋吕静〈韵集〉目》(手稿，生前未刊)、《〈广韵〉东冬钟江中之古韵考》(刊《东方杂志》第三十六卷第四、六号)、《干支为字母说》(手稿，生前未刊)、《识字初阶》(初稿写于南监狱中，出狱后修改扩充，改题《小学识字教本》，生前未刊)等。

对陈独秀在文字学上的造诣和成就，学界早有公论。如蔡元培、钱玄同、高一涵、陈钟凡、魏建功等皆曾对其作过较高评价，认为其文字学造诣不在太炎先生之下。著名学者杨树达尝谓："文学革命时，陈、胡并称，然陈之小学知识在胡适等人之上也。""陈君治小学，时有独见。如谓卧、监、

① 郭沫若:《读〈实庵字说〉》,《今昔蒲剑》,海燕书店,1949年,第364页。

② 郭沫若:《驳〈实庵字说〉》,《奴隶制时代》,人民出版社,1973年,第271页。

临诸字从目不从臣,至为审谛。惜心不甚细,多武断处耳。”①1995 年,巴蜀书社出版了经整理的《小学识字教本》,2001 年中华书局出版了《陈独秀音韵学论文集》,凡此皆可证明陈独秀在文字学方面还是有相当造诣并取得了可观成果的。郭斥陈为“外行”,殊觉不妥。

不过,这也没什么好奇怪的,因为郭沫若这样做,不是仅此一次,也不是仅针对陈。1933 年 1 月 16 日,郭沫若于《卜辞通纂·后记》中写道:“承董氏彦堂以所作《甲骨文断代研究例》三校稿本相示,已反复诵读数遍,既感纫其高谊,复惊佩其卓识,如是有系统之综合研究,实自甲骨文出土以来所未有。……余读此文之快味,固有在寻常欣赏以上也。……如此快事,几令人直欲拍案叫绝。”②及 1950 年 2 月 17 日写《蜥蜴的残梦——〈十批判书〉改版书后》,他已翻脸变成了:“董作宾却仅仅抓到一两个字,根据自己的敌忾来随便逻辑一下,便想把臣民是奴隶的本质否定了,把殷代是奴隶社会的说法否定了。这根本就不是学者的态度。”“不懂就不要假充内行。假充内行的结果,只是表示自己的无知。”③据说,郭的这篇文章是应时任中国科学院编译局编译赵俪生等人的约请而写的。当时,围绕这篇文章,还颇生了些波澜。

为此,再加上前此为陶孟和遭郭沫若“拍着桌子训斥”鸣不平落败,血气方刚的赵俪生愤而向中国科学院连着递上了三份辞呈,郭沫若亲批:“编译局编译赵俪生三次请辞,碍难再留,应予照准。郭沫若。”④对此,杨树达亦不禁于 1953 年 9 月 23 日的日记中说:“郭沫若来书……云董某妄

---

① 杨树达:《积微翁回忆录》,北京大学出版社,2007 年,第 62、131 页。

② 郭沫若:《卜辞通纂》,《郭沫若全集·考古编》第二卷,科学出版社,1982 年,第 19、20 页。

③ 郭沫若:《奴隶制时代》,人民出版社,1973 年,第 82 页。

④ 赵俪生、高昭一:《赵俪生高昭一夫妇回忆录》,山西人民出版社,2010 年,第 123、124 页。

人，其说未可尽信。记《卜辞通纂》曾言读董断代研究例，拍案叫绝，今乃斥为妄人，鼎堂真妙人哉！”①

圈子绕得远了点儿，再绕回郭陈之争的正题上来。

为了证明陈的外行，郭沫若还举证了陈文中将“舀鼎”与“曶鼎”、“传卣”与“师田父尊”这些一器二名的器物“误而为二”，以及对某些伪器赝品失察之类的硬伤，这颇足以让陈难堪。可这种事在学界并不罕见，因为即使是大学问家亦会偶有疏失之处，如章太炎就曾认为甲骨文是伪造的，郭自己不也是在《驳〈实庵字说〉》中前面刚讲“臣”“从事于生产”，没隔几页竟又说“臣是家内奴隶”吗？

至于郭还在《驳〈实庵字说〉》的正文和文末《追记》中两次暗指陈为“托派”，这是以政治帽子压人，与正当学术讨论无涉，这里就不去说它了。

---

① 杨树达：《积微翁回忆录》，北京大学出版社，2007 年，第 267 页。

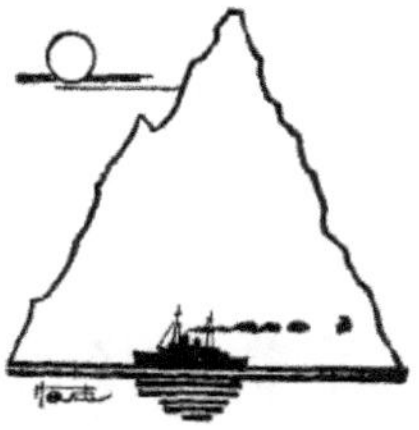

# 實庵字說(三)

陳獨秀

## 臣民氓宰奴婢隸僕童妾

上古氏族社會，人皆平等，無主奴階級之別，及其末也，牧畜日蕃，田野日闢，需人爲助，戰勝之所俘獲，以奴易聚，其後俘奴日衆，比戶而居，已亂氏族之紀，加以私產肇興，遂由氏族組織，一變而氏族與地域並存之組織，再變而單純地域組織，合若干氏族而爲民族，合若干地域而爲國家，昔之以不平等待遇奴隸者，至是則一國中之統治者亦施之於初非奴隸之人民矣。堯典分九族、百姓、黎民爲三，正言殷商以前氏族社會末年之事也。九族，謂諸大部族(tribe)；百姓，（曰九族，曰百姓，謂諸衆族，諸衆姓，非一定之數名，傳以上自高祖下至玄孫釋九族，以百官釋百姓，是以後世之制釋古事也，非是。）謂諸氏族(Gens)諸胞族(Phratry)；黎民，即楚語之九黎，亦即被征服之苗民；於己族稱曰百姓，於俘獲征服之族則命之曰民，（命九黎之人曰民，見呂刑鄭注。）小雅天保亦舉黎百姓，對舉百姓與民，在古初有主奴貴賤之別，官吏出於百姓，俘民以之助牧畜耕種而已。（楚語：王公子弟之質能言能聽徹其官者，而物賜之姓，以監其官，是爲百姓；……天子之田九畡，以食兆民。韋注曰：食兆民，耕而食其中也。）呂刑鄭注云：民之言冥，言未見仁道也。說文云：民，众萌也，从古文之象，□（徐鍇本作□。）古文民。按金文民字作□、（齊侯鎛鐘）□、（晉姜鼎）□、（盂鼎）□、（齊侯鎛鐘）□、（齊侯鐘）□、（王孫鐘）□、（克鼎）□、（秦公敦）諸形，篆文小變作民，是民字取象於艸木之萌芽，其中之·爲種子，（六書略謂：氏與民同體，象民俯首力作之皃，非也。民氏二字形雖近，而義決於音，民之義起於萌芽懵昧，氏之義起於低首以撅氏地而力作，氏與民有別，亦如不與帝有別，六書略謂：不與帝均象華蒂之形，亦以形近而淆亂其音義也。）故說文訓爲众萌，有繁生幼稺懵昧無知之義，（凡明母(m)字皆有懵昧無知隱晦難見之義，如民、萌、懵、昧、冥、暝、杳、渺、茫、亡、盲、蒙、朦、曼、漫、默、滅、霧、瞀、眊、耄、謩、夢、泯、眠、莫、(暮)漠、沒、歿、迷、昧、謎、黴、埋、霾、娩。）取以稱俘獲征服之人，賤之也。後又孳乳爲氓，亦爲賤稱，（詩：氓之蚩蚩，傳曰：氓，民也；玉篇：氓，田民也。）謂俘獲或征服之人。氓（或作甿，古書萌氓通用。）謂封建之世自別國或鄰近封邑逃亡來歸之農奴，孟子所謂『則天下之民皆悅而願爲之氓矣。』是也，故其字从亡，从民或从田，說文云：氓，民也；甿，田民也；皆从亡聲，失其義矣。（說文所謂形聲字，或云亦聲，謂義兼聲也，其不云亦聲者，無義可知；徐鍇六書之內，形聲居多，其會意之字，學者不了，鄙近傅寓，多妄加聲）



《东方杂志》第三十四卷第七号《实庵字说(三)》“臣民氓宰奴婢隶仆童妾”书影(一)

東方雜誌 第三十四卷 第七號 實庵字說(三) 四八

字。按後人妄加，固所不免，然只極少數，其餘徐氏所認爲形聲者多，許書又未云亦聲者，其非後人妄加又可知。六書爲漢人謬說，古初造字惟象形而已，事物之複雜一文不足者，多文以象之，無形狀可象者，則舉有形狀之物以喻之，聲音無可象也，則假已成之字之音以象之，凡所謂指事、會意、形聲、皆屬之，同聲假借，卽後世之別字，更非造字之謂，許書自敘所舉令長二字，乃引伸非假借也，文字非一代一人所造，轉注之說，尤爲無稽，歷世造字者前後不相謀也，更未聞有人創爲造字之條例，使千載共循之如外國文拼音字母然也，漢人所謂六書，鄭樵起一成文圖，皆強爲之說而終於不可通也。許書以形聲爲解字之萬應丸藥，凡不得其解之形體，均以某聲了之，便則便矣，其如文字之古音古義均以此湮沒何。語言先於文字，故聲之所在，卽義之所在，聲同者義亦不甚相遠，古代字少，一聲之單文，每引伸爲義近之數字，後世事繁，勢不得不加偏旁以爲之別，而聲根義根仍在右旁（實亦不盡在右旁，左右上下內外不一。）之初文，許氏不明此義，乃輕重倒置，倡形聲之謬說，（古無形聲字，諸凡標音而無義之形聲字，乃漢後依許書形聲之說而爲之者，其事未嘗不便，而古無是也。）目聲根義根所在之初文爲無義之聲，依次義爲後加之偏旁分別部居，使主要聲根義根相關之字散在各部，聲根義根絕不相關之字，反雜廁一部，一部說文乃依牛、羊、犬、馬、山、水、艸、木、隹、鳥、蟲、魚、金、石、絲、竹、人、手、耳、目、口、肉等分類之雜字而已，此許書全盤之根本謬誤所在，非一二枝節小失。俗儒每尊說文而賤康熙字典，實則二者之謬誤，只五十步百步之間，其爲分類雜字則一也。今之爲文字學者，當以推翻六書形聲之說爲入門之鑰。）說文云：臣象屈服之形；宰，辠人在屋下執事者；本義皆爲俘奴也。古之俘獲，奴戮竝行，後漸奴多而戮少，宰从辛，辛爲刑人之具，意謂殺戮之餘也，故後世用爲屠宰字，西周金文多言錫臣若干家，或錫小臣若干人，是臣由俘獲，得與車馬弓矢貝玉土田同爲錫品，巫史吏職則不如是也；小雅正月：民之無辜，并其臣僕，傳曰：古者有罪不入於刑，則役之以爲臣僕；小雅楚茨：諸宰君婦，廢徹不遲，乃以供奔走徹饌之給事者，與執豆之豎同，至春秋時之宰，猶爲大夫之家臣；惟臣宰雖屬俘奴，當爲彼中豪右，後或有選以爲役員，如後世之土司、甲必丹者，其身分似與助耕牧執賤役之齊民有異。說文云：奴婢皆古之辠人也，周禮曰：其奴，男子入于辠隸，女子入于舂稾；（周禮秋官司厲文，鄭玄曰：奴，從坐而沒入縣官者，男女同名。）隸，附箸也；（蓋謂附箸於主人，九經字樣及楊孟文頌、王純碑，均作隸，一切經音義及韓敕碑均作隸，右旁皆爲柰，从柰省，謂奢棄之役，从柰，謂執帚以糞除也；左旁之柰成祟，謂木簡丹書以誓於神。周禮秋官司隸鄭注云：隸，給勞辱之役者；罪隸，盜賊之家爲奴者；蠻隸，征南夷所獲；閩隸，南蠻之別；夷隸，征東夷所獲；貉隸，征東北夷所獲；凡隸衆矣，此其選以爲役員，其餘謂之隸民。鄭衆司厲注引春秋傳曰：斐豹，隸也，著於丹書，請焚丹書，我殺督戎，（事在襄二十三年左傳）恥爲奴，欲焚其籍也。是隸民之數甚衆，爲征夷所俘獲，且有奴籍，固班班可考者也。）僕，瀆僕也，給事者，古文作䑑；（甲文有䑑字，手奉糞棄之箕，蓋卽業字，後加臣作䑑，或加人作僕。公伐郜鐘作䑑，公伐郜鼎作䑑，皆加臣；史僕壺作僕，靜敦作僕，旂鼎作僕，皆加人；其右旁均象手奉糞棄之箕，與甲文同，卽許書所謂瀆業之事，俘奴所執賤役也，蕢之篆文作䔕，卽業之小變，亦爲手奉箕形，齊鎛作僕，宰辟父敦作僕，召伯虎敦作僕，其變不自業篆始也。）童，男有辠曰奴，奴曰童，女曰妾；（奴爲通名，男曰童，女曰妾，易旅卦，得童僕貞，或加人作僮，史記貨殖傳：僮手指千，漢書作童，今分別童蒙字僮僕字爲二，古無是也。毛公鼎母童，吳大澂釋爲毋動，是也；（孫詒讓釋爲毋瞳，義不可解。）說文：動，作也，古文从辵作迶，按童爲重動之初文，重、還、動、皆後出之字，童之本義爲童奴奉棄力作，从辛，與宰、粪、妾、辠同意，从目，猶重之从人、从東、从土，謂地上束禾，奉之則爲重，移行之則爲動。知童重爲一字，則古書種穜互用，古器文鍾鐘互用，其故皆不煩言而解矣。）妾，有辠女子給事之得接於君者，从辛从女。按臣、民、宰、初義爲俘奴，奴、婢、隸、僕、童、妾、（臣妾、童妾，皆男女奴也，非妻妾之義。）初亦爲俘奴，後犯罪者之家屬亦從坐沒入之；所執者率爲糞棄、舂稾、侍食、及周禮所云牛助牽傍、養馬、養鳥、搏盜、守宮，士喪禮所云浧廁諸賤役，與古希臘羅馬委以全部生產事業者異趣，謂古之中國氏族社會後繼之以奴隸社會若古希臘羅馬然者，則大誤矣，希臘羅馬由奴隸制而入封建，中國、印度、日本則皆由亞細亞生產制而入封建者也。

奚 雞 谿 豯

周禮天官酒人：女酒三十人，奚三百人，鄭注云：女酒，女奴曉酒者，古者從坐男女沒入縣官爲奴，其少才智以爲奚。按奚字从系省，（說文云：系，繫也：

《东方杂志》第三十四卷第七号《实庵字说(三)》"臣民氓宰奴婢隶仆童妾"书影(二)

本文原载李健胜主编《西北早期区域史学术研讨会暨第十一届中国先秦史学会年会论文集》(三秦出版社,2020 年)。

# 十卷本《春秋史》启动寄语

由黑龙江人民出版社策划组织，李学功教授、宫长为研究员主编的十卷本《春秋史》这一重大学术项目，终于正式启动了。

去年，由黑龙江人民出版社策划组织，李学功教授、宫长为研究员主编的十卷本《战国史》一面世，即在学术界引起较大反响。没想到仅仅过了一年，基本上为同一个班底的《春秋史》又被推出。面对出版业现状，我不能不被这一学术项目的策划组织者和编撰者的远见卓识、社会责任感和学术良知深深感动。不过，当下的我也就只能停留在感动的层面而已，如能倒退个十年八载的，说不定我还真敢请缨厕身到编撰者的行列中去，无奈如今的我已八十有五，只能摇旗呐喊，衷心预祝它的成功了。

说起春秋史，我对它还是蛮有感情的。业师童书业先生的《春秋史》和《春秋左传研究》对我的学业成长帮助良多。20 世纪 40 年代，当代史学大师吕思勉先生为童师《春秋史》所作序文中有云："以余所见，言春秋者，考索之精，去取之慎，盖未有逾于此书者矣。"四十多年后，李学勤先生在为书目文献出版社 1989 年出版的《中国历史学四十年(1949—1989)》所撰"先秦史"部分谈及春秋史研究状况时亦盛赞："就专著而言，迄今还没有代替建国前出版的童书业《春秋史》这一部书。"

上海人民出版社于 2001 年出版了顾德融、朱顺龙的《春秋史》一书。顾、朱二氏书晚于童书半个多世纪(童书写定于 1941 年底，1946 年由开明书店出版，其前身可上溯到 1935—1937 年间童师代顾颉刚先生所写《春秋史讲义》)，篇幅亦为童书之倍(童书二十一万字，顾、朱二氏书四十一万字),且不乏新观点、新材料。当下,这部新启动的《春秋史》,洋洋十卷、数百万言,在部头上远迈前人自不待言,那么,质量、水平上呢?我以为,我们既已站在了前贤的肩膀上,又有着前贤那个时候所无法比拟的研究环境和条件,再加上新资料的出现、新研究方法的运用,只要大家潜下心来,肯吃苦、愿付出,就一定会在前贤的基础上有所创新,有所前进。我坚信,未来的某一天当这部大书印出来的时候,呈现在学人、读者面前的一定会是一件学术精品,而不是近年来不时冒出来的部头虽大却抄来抄去,水分多、泡沫多的东西。话说得刻薄了点儿,意在共勉,绝无恶意,闻者谅之。

蒙诸君不弃,添列顾问,虽卑之无甚高论,但既答应下来,就是老生常谈也得啰唆几句,权作寄语:

一、要有使命感、责任感,倾力打造学术精品。吃的、穿的、住的、用的都可以凑合,唯著述一事不可凑合。因前者是为己的、一时的,后者则是写给别人看的,有的还是可以传世的。望诸君珍视这一学术良机,努力施为,以不负时代、不负学界同仁和广大读者的殷切期望。

二、要在"新"字上下点儿功夫。学术贵在创新。没有新观点、新方法、新材料,光炒别人剩饭是不行的。望诸君努力用自己的新东西新人耳目。

三、史论结合,努力做到史料坚实,议论妥切。"以论带史"或"以论代史"固然不好,但也不能搞史料堆积、史料就是一切。"知其然"固然离不开史料,但要进一步"知其所以然"就要看你的理论分析、思想穿透能力了。后面这一层比前面那层更难,更能体现一个人的功力。

四、十卷本《春秋史》不是一本书,而是一套书,且由多位作者承担,不必也难以强求一致。如当年由李学勤先生主编的六卷本《中国古代历史与文明》(上海科学技术文献出版社,2007 年)就曾容忍我在《西周史与西周文明》中持中国无奴隶社会的观点。但从另一个方面说,既为一套书,彼此间的分工、衔接、照应又是必须的,总不能各吹各的号、各唱各的调吧。既要防“重”,亦要防“漏”,事前应多协调、沟通,等快成形时再“动手术”就难了。

五、春秋开启的那场社会大变革的性质如何界定和处理是个十分棘手的问题,短期内在这个问题上取得共识是不可能的。怎么办? 回避,还是就事论事,只作客观叙述不下断语? 望慎重对待、处理。

语云,姑妄言之,姑妄听之。以上所言,不一定对,仅供参考。

2021 年 10 月 20 日

# 《青史》发刊词

青海师范大学历史学院的青年学子们要创办青史苑学社并出版《青史》刊物，这无疑是件很好的事情。

中共中央《关于进一步繁荣发展哲学社会科学的意见》和第十届全国人民代表大会第二次会议通过的《政府工作报告》中都十分明确地提出了要社会科学和自然科学并重，大力促进社会科学发展的要求。而历史学是社会科学的基础，我们这些研究历史学的一定要抓住这一机遇，加强历史研究，努力探索博大精深的中华文明和世界古文明，为新时期社会主义文化建设的伟大事业贡献自己的一份力量。

社会和学界之所以一向看重学术刊物，说到底无非是因为：第一，从近期看，它能给学术研究提供一个便捷地展示成果的园地、平台；第二，从长远看，它有利于团结、集聚学者，培育人才。顾颉刚先生就深精于此道，他通过编《古史辨》和《禹贡》半月刊等，不仅为社会和后人汇集、保留了一批学术成果，还造就了一批学者，有的还是大师级学者，顾本人也因此成了善于培养大师的大师。

青年人办刊物行吗？行的。1926年顾颉刚先生编《古史辨》第一册时不也就三十岁出头吗？1923年，年方二十岁尚为北京大学低年级学生的著名学者陆侃如（曾任我的母校山东大学的副校长）就出版了《屈原》一书，提出了与他十分敬重的老师胡适不同的看法。1938年，正在读大三的著名史学家王玉哲先生写了一篇读书报告《评傅斯年先生〈谁是《齐物论》之作者〉》，同他最尊敬的傅斯年先生商榷。1930年，年方十六岁尚在读高中的著名学者杨宽先生即撰写《墨经校勘研究》，提出了与当时一些墨学研究者不同的看法。青年人固然在知识储备、治学经验上比不过老一代学者，但他们年轻、有朝气，目光敏锐，思想解放，条条框框少，背负的包袱轻，故学术史上许多新东西往往是由青年人提出并最终证明是正确的。对青年学子，我一向充满期待、希望。

研究学问之道不外乎三个字，曰实、真、新。实，即尊重历史真实，敬畏历史。胡适说："有几分证据，说几分话。有七分证据，不能说八分话。"话是绝对了点儿，意思却是对的。近年来，出现了一些学者不问材料的年代、真伪，只要于己说有利，拿来就用的现象，疑古过头固然不对，盲目信古亦要不得。真，即探求史实背后的理、规律。我们研究历史不是发思古之幽情，而是为了总结历史经验，从中找出规律性的东西来，以指导当今、展望未来。新，即创新。一篇文章，如果在材料、观点、方法上都毫无新意可言，净炒别人的剩饭，吃别人嚼过的馍馍，又何劳徒费笔墨。当然，这些话说说容易，做起来实难，提出来与青年朋友共勉。

凡事开头容易坚持难，望诸君努力，把这个刊物办下去、办好，在青海高原闯出一片有特色的史学天地来。

本文原载青海师范大学历史学院内刊《青史》2022年第一辑（总第一辑）。

# 忠信德育特色浅议

听过高震东先生演讲，到台湾新竹忠信高级工商学校作过实地考察，《忠信教育法》也颇为认真地读过了，但心中仍然没底。因为高先生的教育理念、思想、方法涵盖甚广，真正吃透它，尚需假以时日，慢慢品味。本文仅拟就忠信德育之特色略陈浅见。

虽然对德育作为教育的重要组成部分这一点，古今中外的教育家们还没有谁公开站出来表示不同意见，但在定位、阐释，特别是具体的要求、做法上，却是见仁见智，失之空泛者有之，流于卑琐者有之，使教育工作者、学者颇感无所适从。在这方面，忠信高级工商学校创始人高震东先生经多年探索，已总结出一套行之有效、颇有特色的理论和方法。笔者浅见，其特色略有如下诸端：

## 一、深厚的中华文化底蕴，强劲的时代脉搏

高先生在《忠信教育法》的"前言"中，开宗明义第一个小标题便是"这是不带西方色彩的教育法"，文曰："古老的中国，原有一套非常好的教育方法，但是到五四运动，一般知识分子及留学生，基于强烈的国家民族受压迫的反弹，将一切罪过都归咎到中华文化的僵硬，以偏概全地否定了中华文化全盘存在的价值。于是西风东渐，当然也带进了西方的教育方法，最可惜的是，我国急进的改革分子们，他们认为凡是外国的都对，凡是中国的都错。因而中国固有的一切良好的教育方法，一股脑儿地都被否

定了。其实中外教育方法因整体的文化背景不同,中国人要想完全西化是有困难的,何况西方也有英、美、德、义(意)、法、俄等许多不同的先进国家,他们也是各异其趣的。中国人要西化,真无从学起。留学生越多,方法也越乱,时而如此,时而如彼,把百年大计的教育,切割得支离破碎。"①

高先生不仅是这样说的,也是这样做的。他的整个忠信教育法有着鲜明的中国特色,他有关德育的思想和方法自然也有着鲜明的中国特色,这特色便是深厚的中华文化底蕴。质言之,忠信的德育思想是深深植根于忠、孝、仁、信等中华传统美德基础之上的,用朱慕兰校长的话说就是一切"以中华文化为依据,以历朝圣贤为圭臬"(第 1 页)。但这又绝不意味着复古守旧、因循不变。事实上,高先生十分强调"追赶社会的进步"(第 55 页),强调"因时因地因人因事寻找出一套适合忠信的办法"(第 8 页),努力将"这古老的道德标准超越时空,用现代的方法来塑造学生的优良品格"(第 13 页)。他总结出的"忠贞""伦理""积极负责""文化振兴""敬业""利他利群"六种观念,就是对"固有道德"既因又革,既继承又发扬,既保留着深厚的传统道德底蕴,又跳动着强劲的时代脉搏。

## 二、德育为首与五育融通

在德育的定位及德育与其他诸育的关系上,高先生反复强调"德育为一切教育的根本","五育中,应以德育为首,其他四育围绕着德育应运而生,必须以德育为基础,其他四育才有存在的价值"。高先生深刻揭示道:"智育没有德育做基础,智育就是犯罪的帮凶。体育没有德育做基础,体育就是暴力的前卫。群育没有德育做基础,群育就是社会动乱的根源。

① 高震东:《忠信教育法》,青天杂志社,1994 年,第 8 页。下引该书不再一一注明书名版别,但标页码。

美育没有德育做基础，美育就是腐化的催化剂。”（第12页）

除此之外，高先生又强调“五育是整体的，是不可分割的”，“就拿体育来说，体育首重规则，尤重道德，……任何运动都得重视姿势的美，任何运动都有高级的智慧，尤其是篮排球运动更重视群体的默契”（第60页），即是说体育中有着德育、美育、智育、群育的因素。他又说：“品德不好，没人敢用；本领不好，没人要用”（第25页），“做人品德好只是谋事成事的必要条件，品德好的本身却不是一种成就。必须在品德好的后面，显示出学业或技术上的出众，才真正显示出了品德的价值”（第50页）。这些论述，都十分贴切、辩证。

## 三、思想政治教育与品德教育并重

忠信强调“要培养学生‘天下兴亡，我的责任’这种高度的爱国情操及国我一体的观念”。“即使是一个多灾多难、破碎不堪的国家，也是我们需要的。没有了国家，个人的一切努力都变成毫无目的”（第15页），“读书不是利己的自私行为，而是利他利群的互助行为，亦即为国家需要而求学问，为社会合作而学技能”（第19页），“要把为自己的小目标蕴藏在利他利群的大目标之内”，“先求国家前途，再求个人前途”（第20页）。

品德教育也十分重要。“学校教育最大的目的，是教导学生做人做事”，“要培养学生良好的品德”（第25页），“完全”的“人格”（第12页），恢复学生的“恻隐之心，羞恶之心，谦让之心，是非之心”之类的“赤子之心”（第21页）。

以爱国主义为核心的思想政治教育和个人品德教育应相辅而行，不可偏废其一。抛开个人高尚品德的养成，爱国主义只能是一个漂亮华丽的空洞口号；而离开国家、民族、社会这个大目标，个人品德修养充其量只能培养出一个个目光短浅、谨小慎微、沾沾自喜于个人道德完成的人，弄不好还会孵化出一批置国家、民族大义于不顾的自私之徒来。

## 四、大处着眼，小处着手，目标明确，方法得当，可操作性强

高先生、朱校长讲教育、讲德育，处处透露出一种恢宏的气度与博大的胸怀，是因为二位一切从国家、社会的高度，从育人的高度看问题，着眼点高，从大处看问题。朱慕兰校长在《忠信教育法》序中云："要知道五年后的国家是怎样的国家，看看现在的大学生就知道了，他们是爱国的，有朝气的，努力向上的，国家的前途自然看好；他们是自私的，想不劳而获的，不学无术的，未来他们有什么能力投入社会为国家服务呢？同理，想要知道十年后的国家，看看现在的中学生就知道了；要知道十五年后的国家，看看现在的小学生也就八九不离十了。因为每个孩子都会成长，每个大人都会衰老，国家必须交到年轻人的手中。如果想要拥有一个富强康乐的国家，别无法门，只有从教育着手一途。"（第 5 页）磅礴之气，力透纸背。

道理讲清了，大目标明确了，但该如何去实施呢？这是一个并不简单的问题，不少教育家正是走到这里便停下了脚步。忠信教育法可贵就可贵在它不仅有大目标、大着眼点，还有小入手处，有具体可行的方法和准则。例如，先条分缕析地提出以"六种观念教育塑造学生优良品质"（第 13 页），再进而通过六练"使抽象的观念具体化"（第 20 页）；把"孝敬父母，尊敬长上"的伦理观念细化为"使父母无后顾之忧""对父母要有敬、有养""对父母要恭顺、无违""扬名声，显父母，延续民族生命"四目（第 14—15 页），把"孝亲日与尊师日"的活动分别细化为四个、九个子项（第 44—45 页）；甚至小到如何写信、背书包等，无不有具体的规矩、程式（第 41 页）。这些小处，看起来琐碎、无关紧要，实则不然，忠信的高明之处恰恰就在于它的"以小见大""由近及远"的功夫。因为他们深知"天下本无大

事，集许多小善就是大成；集无数小恶，就是将来的毁灭”，劝勉学生“勿以善小而不为，勿以恶小而为之”（第18页），他们懂得“必先培养其吾爱吾家的观念”，方能“从爱家起，经由爱校、爱乡，以达到爱国的最高境界”（第16页），努力养成学生“离开校门一步，肩负忠信荣辱，……离开家门一步，肩负一家荣辱，离开国门一步，肩负国家荣辱”（第34页）的观念。一个时期以来，我们在学生的思想政治和品德教育方面之所以收效不大，主要不是因为大目标不明确，大道理没讲清，而是因为缺乏贴近学生、贴近生活的具体措施，缺乏细化、量化、规范化、可操作化的一套办法。

## 五、学校教育、家庭教育、社会教育相结合，教、管、罚相结合

在学校教育为主的前提下，忠信重视通过祭孔尊师开学典礼、孝亲日、尊师日、建教合作等形式和途径，加强与学生家庭、学生母校、工厂，以及社会各个方面的联系和沟通，努力营造一个广阔、和谐的育人环境。

在校内，忠信遵循以教为主，教、管、罚结合的治校原则，收效甚著。忠信教育法鲜明提出了“爱的教育，铁的纪律”（第28页）的口号，使德和威、柔和刚、宽和猛相辅相成，收到了意想不到的成效。高先生教育思想的出发点和落脚点是“教育爱”基础上的“爱的教育”，没有一颗高尚、圣洁、博大的爱心，对孩子的“教”便无从谈起。但教师对学生的爱毕竟是一种理性的爱，而不是“溺爱”，更不是“姑息养奸”（第11页），因此，与爱相伴、作为爱的一种特定体现形式的“严”——“铁的纪律”便是不可或缺的了。高先生有云：“国家有严苛的刑罚，目的不是杀人，而是防止杀人，故曰刑期无刑。学校有铁的纪律，目的是悬宪而示之不可轻犯。”（第28页）信哉斯言，大有先贤“以战去战”“以刑去刑”的遗风。

话说到这里，有一个问题想提出来向高先生讨教。如上文所述，按我

的理解，忠信对学生的管理和教育是教、管、罚相结合的，可《忠信教育法》却一再强调，“对物我们可以用管，如图书管理、工商管理、企业管理，……人只能教，不能管”，“学生只可能教好，不可能管好，故忠信强调，只有教没有管”。（第32—34页）窃以为，“教”虽是最主要的，但不是唯一的、万能的，对学生“罚”尚可施，何以就不能“管”一“管”呢？“教”强调教师的“引导”作用，强调学生的“自动自发地去遵从”，这固然都是对的，但学生知道了应该去做这做那并不等于他就会中规中矩地去做这做那，这中间尚存在一个规章制度的建立和如何遵从这些规章制度的示范、训练、调教的问题。因此，从理论上讲，“管”（“管理”，而不是“管制”）这个环节是无论如何也避不开的。说物可管、人不能管，有时也很难截然分开，如图书管理，既有管书的一面，又有管读者的一面。至于工商管理、企业管理，就更不是单单管机构、设备，而是在相当大程度上体现了对人的管理。其实，《忠信教育法》中也时不时地出现过“你必须先做到使学生同意你的管，然后你的管才有效”（第33页），“孩子上学，就等于家长把父权交给了教师，在这段‘父权转移’的时间内，老师就要像父亲一样地管他、教他、爱他”（第39页），“学生应该以教为主，……减低管理的气氛”（第40页），“重教不重管”（第32页）一类的提法，说明“管”还是有的，只是不居于主导位置罢了。

还有一个问题，我也想在这里一并提出来向高先生讨教。忠信明确宣示“不替家长教育坏孩子”（第27页），“忠信不收任何有问题的学生，除非是事前不知道，一旦发现，绝不姑息”（第28页），“坏学生进不来，好学生才能学不坏”（第10页），“坏孩子不除，好学生全部被带坏，坏孩子就像一个坏了的鸡蛋，集合天下的科学家也无法把这个坏蛋恢复生机，所有的好蛋，也无法影响这个坏蛋，使其变好。但相反的，坏蛋则有攻击力，他的坏水坏汤流到好蛋的身上，使其变坏、慢慢感染，破坏力日日增加，最后所有的蛋，有多少坏多少”（第26页）。忠信的出发点是“教育是有选择的，尤其是私立学校”，这样做“是为了改变社会对私立学校的成见”。当然，善良的忠信最后也没有忘记给这类学生指了条路：“并非离开忠信就是绝路，另有许多学校可以收容他。”（第27页）

窃以为，这当中有几点需慎重斟酌：（一）十几岁的孩子，身心都尚未定形，“好”与“坏”有时颇难划分，标准也不易掌握。什么叫“坏孩子”，什么叫“有问题的学生”，忠信固然有自己的一套尺度，但列为“教育法”，别人则难以掌握、运用。（二）把“坏孩子”比作“坏鸡蛋”，不可救药、不可逆转、不可改造，且破坏力极强，可一个不剩地把好学生全部带坏，似乎绝对了点儿。如真是这样，世间岂不根本不存在回头的浪子，好孩子也全然丧失了免疫力吗？（三）忠信是为国家、为民族、为社会怀着一颗崇高、圣洁、博大的爱心办教育的，是以“教育爱是‘泛爱众而亲仁’，是博爱，是顾全整体的”为办学宗旨的，何以这博大的爱心只能全部留给好孩子，而不能分出一丁点儿给那些因家庭、社会环境等诸多因素的影响而不幸一时变坏了的“坏孩子”呢？把他们逐出忠信是顾全了忠信作为“一所没有坏孩子的学校”（第27页）的形象、声誉，但如果别人也竞相效法忠信（忠信声誉日隆，不少学校都在学忠信已是不争的事实）照此办理，这些孩子势必无学可上，只好流落街头向社会施展其强大的破坏力去了。这不恰恰有违于忠信的“教室不清洁，我的责任”，“坐车没人让座，我的责任”，“同学在校外不遵守校规，我的责任”，“有人不爱国，我的责任”，“天下兴亡，我的责任”，不“乡愿”，不“各人自扫门前雪，不管他人瓦上霜”的信条和初衷了吗？当然，创校伊始，为打名声，为“改变社会对私立学校的成见”，这样做本也无可厚非，但若干年后仍照此办理并以文字的形式将之写入“教育法”中，终嫌瑕疵。谨直言提出，不知高先生、朱校长以为然否？

2013年7月30日

# 评说高震东先生与《千万里路云和月》

接到丁广举、孙兰芝伉俪寄赠的《千万里路云和月：高震东先生与忠信教育》一书后，我当天就爱不释手地把它粗粗翻阅一遍，并立即打电话给丁、孙二位，说："书收到了，谢谢。看后还得说谢谢，谢谢二位做了件大好事。"

何以言"做了件大好事"呢？这是因为，近一二十年来，大陆教育圈子里知道高震东先生的人虽为数不少，但总量仍不能算多，即使是一些知道高震东先生的人，也大都只限于听过高先生的一两次演讲，或听说过高先生的某些豪言壮语、逸闻趣事而已，对高先生的身世经历，对忠信教育法的特色、内涵、价值，并不真正了解。丁广举、孙兰芝的《千万里路云和月：高震东先生与忠信教育》一书，是迄今为止第一部比较系统的全面介绍和评价高震东先生生平、事业，特别是他的忠信教育法的著述，对两岸读者进一步了解、体认高先生的生平事迹、高尚人格和他的教育思想无疑有着十分积极的意义，实一善行、义举也。

丁广举、孙兰芝的《千万里路云和月：高震东先生与忠信教育》一书有三个鲜明的特点：一是比较全面；二是有深度；三是分寸把握得比较好。

首先，丁先生自 1995 年代表国家高级教育行政学院（后称国家教育行政学院）邀高先生来院讲学开始结识高先生，后又持续十多年介绍和陪同高先生到大陆各地讲学。为写此书，丁、孙二氏查阅、参考了两岸有关高先生的大量传记材料，如台湾资深新闻工作者李元平先生积累的相关材料等，可以说基本上已对高先生的生平、事业知根知底、了然于胸，这是使本书能够做到内容丰富、涵盖面较广的保障。

其次，丁、孙出自北京大学，长期供职于国家教育行政学院，撰写过《世界古代前期文化教育史》《世界近代后期文化教育史》《忠信教育法及其评要》《公民教育的国际视野》等论著，在教育、教学领域积淀深、学养厚，故对高先生特别是他的忠信教育法的评介非一般泛泛之论可比，而是有相当高度、深度的，如在本书"序二"中对高先生所作的"学识渊博""有办学实践""有教育理论""有突出成就""有广泛影响""品德高尚，足堪为人师表"六个方面的概括等。

再次，海峡两岸在爱我中华、发扬中华优秀传统文化上有共识和强劲的联结纽带，本书在求同存异的基础上，对哪些该强调、彰显，哪些该弱化、隐去，把握得颇有分寸。这些都是不容易的，是从大局出发的。

另，本书的文字表述亦富文采，遣词造句甚见功夫，把一个豪情万丈而又风趣横生的高夫子活脱脱奉献在读者面前，读来实在是一种享受。

当然，本书亦有某些不足之处。此不足，除个别提法尚待作进一步斟酌外，主要表现在对高先生忠信教育法整体定位的把握上。高先生的忠信教育法，亦同历史上的任何事物一样，无不是历史和现实相结合的产物，即它既是历史的，是深深植根于中华优秀传统文化的土壤之上的，又是现实的，是适应现实需要而产生的。再有，如何从一般的描述中跳脱出来，从总体上，从中国教育史乃至世界教育史的高度给高先生的忠信教育法以准确定位，都是尚需作进一步深入开掘的问题。当然，现在谈这类问题恐为时尚早，不合时宜，但从道理上却是应该涉及的。望今后条件成熟并有机会修订此书时予以充实完善。

以上只是些粗粗读过是书后的初步感想，写下来供丁、孙二先生参考，并聊表我的敬意。

2013 年 5 月 28 日于南京

本文原载丁广举、孙学策主编《立德树人与高震东先生〈忠信教育法〉》(光明日报出版社,2014 年)。

# 在“明止砖”与首届中国字砖文化学术研讨会开幕式上的致辞

主持人，各位领导，各位来宾，各位与会专家、学者，女士们，先生们，大家上午好。

由中国先秦史学会、上海明止堂古砖文化研究与保护中心主办，湖州师范学院、苏州科技学院协办的“明止砖”与首届中国字砖文化学术研讨会今天在这里顺利召开了，这是一件将载入史册、具有历史意义的盛举。预祝它取得圆满成功。

与木、竹、草、土、石等自然物不同，砖乃人类历史发展到一定阶段经人工烧制而成的建筑材料。依用途区别，略可分为屋宇砖、塔砖、墓砖、城砖等。多数无字，少数有字者习称字砖，其文曰砖文。《诗·陈风·防有鹊巢》有句：“中唐有甓”。旧经解家有说解。当代著名语言学者王力综合前人，谓：“唐指唐涂，是堂下通过中庭通往前门去的一条路。甓，旧说是瓴甋（一作令适），也就是砖。”①《诗经》收西周初年至春秋中叶大约五百多年间的诗歌，若上引说解不误，则我国至迟在春秋中叶已有了砖的发明、使用了。而据考古资料，我国砖的出现已可上推至西周时期。一般认为，字砖产生于战国，汉魏以降渐盛，隋唐后渐衰落。

字砖限于砖的形制、承载面的限制，一般字数不多，内容自亦不能与甲骨、金文、简帛、碑刻诸文字载体相比肩，然其于文物、文字演变、书法艺术及考史诸方面的价值、作用，亦不容忽视。

---

① 王力主编：《古代汉语（下册第一分册）》，中华书局，1978 年，第 937 页。

在甲骨、简帛进入人们视野前，旧收藏家向以金石为重，砖刻则难入他们法眼，是以在相当长一个历史时期内字砖不见于著录。进入宋代，在洪适的《隶续》和赵明诚的《金石录》中，字砖始见诸记载，进入著录。不过，此时之字砖尚附庸于金石学，未取得独立地位。到了清代，一方面由于字砖出土日多，另一方面因着金石考据之学大兴，特别是乾嘉学派出现后，砖文遂引起学者们的更多重视，出现了一批砖文著录，如陆增祥的《八琼室金石补正》、陆心源的《千甓亭古砖图释》、神州国光社编印的《神州国光集》第七集、端方的《陶斋藏砖记》等。学者的重视和专门著录的出现，标志着字砖已从金石学中独立出来。进入民国后，著名学者罗振玉著有《恒农砖录》、陈直著有《关中秦汉陶录》等。中华人民共和国成立以来，字砖的收藏、研究随着大规模田野考古发掘的开展有了新的进展。例如，中国社会科学院考古研究所编著的《汉魏洛阳故城南郊东汉刑徒墓地》（文物出版社，2007 年）一书，全面翔实地公布了 1964 年东汉洛阳刑徒墓考古发掘的科学资料、刑徒人骨的科学鉴定、砖志铭文的统计和考释，以及散存于社会与著录发表的东汉刑徒砖志的统计记录等，科学价值远迈前此同类著作。又如，20 世纪 70 年代考古工作者对安徽亳州曹氏宗族墓地的考古发掘，出土字砖数百块，这批字砖的出土和一批研究成果的发表，对推动相关史事和书法艺术的研究皆有一定积极作用。

综上，若从洪适、赵明诚算起，近千年来，经过古今学者的努力，字砖的收藏、研究已取得一定成就，这是有目共睹的。但总的看来，尚存在资料分散①，研究力量不足，研究成果零散，系统的分期、分类研究尚待加强等诸多不足。凡此皆表明，这里尚是一片有待深垦的沃土，一处有待深掘的宝藏。

---

① 现有字砖，或存文博考古部门，或藏私家，到底有哪些？有多少？谁也说不清，比之甲骨有《合集》，金文有《集成》，字砖在基础性工作方面已落后许多。

这次会议原定由先秦史学会原副会长兼秘书长孟世凯先生来致开幕词的，可是谁也没有想到，在不到一个月之前的10月4日他就突然离我们而去了。孟老生前曾经亲自来到嘉定，参观了明止堂所藏的上万块各类古砖。他对这些古砖上的铭文赞不绝口，认为这是一份非常珍贵的文化遗产。可是在当今，无论是学界专家还是社会大众，对这份文化遗产的重视还远远不够，因此他竭力主张由先秦史学会牵头来召开一次字砖文化研讨会，并建议以嘉定明止堂为基地建立一个字砖文化研究中心，以便对字砖文化进行长期、深入的学术研究。我们相信，他对这件事已经有了一套系统的想法，在他的心里一定已经形成了一张研究字砖文化的路线图。遗憾的是他走得实在太突然、太匆忙了，甚至连一句遗言也没有留下。今天改由我来致开幕词，我就只能冒昧地去揣测孟老的心思，谈谈自己的想法，不知道能不能符合他的本意。

众所周知，从20世纪初王懿荣发现甲骨文到殷墟发掘，甲骨文研究越来越受到学者们的重视，从而催生出一门新的学科——甲骨学。一百多年来经过几代人的不懈努力，从刘鹗的《铁云藏龟》到胡厚宣任总编辑的《甲骨文合集》，甲骨学已经发展成为一门国际知名的成熟学科。

对商周青铜器的研究从宋代开始就受到学者们的关注，到清代乾嘉时期金石学更是发展成为一门显学。近百年来随着出土的青铜器越来越多，对青铜器及金文的研究也成果斐然。虽然金文学没能像甲骨学那样形成一门独立的学科，但是从容庚的《殷周青铜器通论》、陈梦家的《西周铜器断代》到朱凤瀚的《古代中国青铜器》、中国社会科学院考古研究所编的《殷周金文集成》，标志着这一学科的成熟。

1930年，由中国与瑞典学者组成的西北科学考察团在内蒙古居延地区的汉代遗址中发掘出了一万余枚简牍。自从发现居延汉简以后，全国各地陆陆续续地出土了一批又一批战国秦汉时期的竹简、木牍和帛书，为学者们研究战国秦汉历史提供了全新的第一手资料，20世纪60年代陈梦家先生专门为之撰写了《武威汉简》和《汉简缀述》两部著作。近三十年来，成批的战国竹简从海外回归祖国，上博简、清华简、北大简、浙大简、武大简接二连三地被披露出来，对简牍的研究可谓是方兴未艾。

1986 年，在天津由南开大学、山西大学、《历史研究》编辑部等单位共同发起召开了第一届中国社会史研讨会，会后成立了中国社会史学会。社会史研究者的视角与传统史学家完全不同，他们摆脱了传统的政治经济、典章制度与阶级斗争的束缚，不再只注视帝王将相和上层社会精英的思想与活动，而是眼光向下，把人口、婚姻、家庭、宗族、城市、农村、衣食住行、婚丧嫁娶、节庆习俗、教育赡养、福利保障、自然灾害、宗教信仰、日常生活，甚至黑社会与黄赌毒都纳入了研究的范畴，从而开拓出一片广阔的天地。因为视角不同，原先史学家们习惯使用的史料已经不能满足社会史研究的需要了，所以他们努力发掘新材料作为自己研究的依据，诸如家族宗谱、商会档案、山歌漫画、广告传单等都成了他们研究社会史的史料。他们还引进了社会学的田野调查方法，"进村找庙，见庙找碑"和收集口述史料成为社会史行之有效的研究方法。中国社会史学会成立二十八年来，参与社会史研究的学者越来越多，成果层出不穷，现在已经成为一个广招硕士生和博士生的二级学科了。

我们看到，每发现一种新的史料或者新史料的载体，都能够催生出一门新的学科，而每一门新学科的诞生都推动了史学的发展。

相对于已经成为显学的甲骨、金文、简牍帛书和社会史研究而言，收集有铭字砖和研究历代砖文的工作就要薄弱得多了，甚至还不及对瓦当、墓志铭、画像石、画像砖的收集与研究。

20 世纪 80 年代以后著录与研究砖文的著作日渐增多，一些名家旧藏得以公布，如鲁迅的《俟堂专文杂集》、陈介祺的《陈介祺藏古拓本选编·古砖卷》等。出版了一批著录历代砖铭的大部头著作，如王镛的《中国古代砖文》，殷荪的《中国砖铭》，胡海帆、汤燕的《中国古代砖刻铭文集》等。

还有一些按地域编撰的著录字砖的著作，如金翔的《故鄣砖录》，张恒、陈锡淋的《古剡汉六朝画像砖》、陈直的《关中秦汉陶录》等。在著录与研究的基础上又出现了一批释读砖文的工具书，其中最重要的是殷荪的《中国砖铭文字徵》，而徐谷甫、王延林的《古陶字汇》，陈建贡的《中国砖瓦陶文大字典》，袁仲一的《秦代陶文》则不仅仅限于砖文，还包括瓦当、陶器、封泥等文字在内。

上述各种著录与研究砖文的著作大多数是书法篆刻家们收集研究的成果，他们的注意力更多关注书法艺术和字形变化，较少关注砖文的史料价值。而我们关注字砖，是意识到字砖就像甲骨与青铜器一样，也是古人遗留给我们的一份珍贵的文化遗产。这些带有文字的砖块实际上也是一种史料的载体，如果能够充分利用这份史料，或许能够开辟出一片新的天地，建立起一门新的学科。孟世凯先生在今年 9 月 30 日特意为首届中国字砖学术研讨会的来信中提出，“要将古代字砖文化列为历史发展中，古代史、古文字学的一个分支学科，作永久研究，由本次会议正式公布建立这一学科”。李学勤先生非常赞同这一想法，并为本次会议欣然题词“字砖文化值得研究”，而且用谦逊的口吻说：“我侧身其中，接受聘任中国字砖文化研究与保护中心的首席专家。”

要把字砖文化研究建设成为一门新的学科，还需要在现有的基础上做大量的工作。

首先，要把明止堂收藏的字砖选其精华，拓印成册，公之于众，要让现在还藏在深闺的这批宝贝发挥出它的学术价值。如果能够建立一个字砖博物馆，那它也能够成为嘉定地方上的一个文化景观，可以发挥其弘扬传统文化的社会效益。

其次，朱明岐先生已经把历代著述中与古砖相关的文字编成一本《古砖荟》，收录了历代关于砖义、砖制、砖事、砖考、砖文、砖咏的文字，唯独不收砖录。但是如果要把字砖作为一种研究历史的史料，汇编砖文恰恰是一项基础性的建设工程。然而这项工程的工作量极其浩大，需要投入大量的人力、物力、财力，像现在这样只是朱明歧先生一个人独力支撑是不行的，需要动员更多的学者，尤其是秦汉史与六朝史的学者也投入进来。还需要去申请县级、市级最好是国家级的研究立项或出版立项，这样字砖文化研究就可以光明正大地被立为官学，而不只是一个爱好者的个人行为了。

虽然无法知道我的这些想法是不是符合孟老的原意，但是英雄所见略同，在座诸位都是先秦史学会的翘楚精英，如果你们能够认可，那么我的这次答辩就可以算是通过了吧？

今天我们聚集在嘉定召开首届字砖文化研讨会，一方面是要了却孟世凯先生的遗愿，以实际行动来告慰他的在天之灵；另一方面这次研讨会只是一个开头，我们希望能够借此机会开启字砖文化研究这个新的学科，用字砖研究来为史学研究的大厦添砖加瓦。

最后，让我在这里向明止堂的主人朱明歧先生表达我的由衷敬意。朱明歧先生是一位事业有成的企业家，一位有识见的收藏家，一位有很高文化素养和研究能力的文化学者。作为企业家的朱明歧先生在学术文化领域的识见、作为，在虚夸浮躁、急功近利的今天显得尤为难得、可贵。今天，首届中国字砖文化学术研讨会得以顺利召开，可谓适逢其时；这个重要会议在明止堂召开，可谓适得其选。字砖虽无瓷玉之华美高贵，但它比之瓷玉更贴近生活，更贴近大众，更贴近历史。可惜，与瓷玉之被供于厅堂或珍藏于密室形成鲜明对比的是，不少字砖往往被弃之荒郊，甚或被用于垒鸡窝、盖猪圈。朱明歧先生慧眼识宝，搜集了那么多字砖，并为它们安了这么好的家。朱先生为弘扬民族文化做了件功德无量的大好事。砖若有知，都会感谢朱先生。传统是一个民族的根，文化是一个民族的魂。一个文化枯萎的民族，是不会赢得世人尊重的，也不会有美好的明天。衷心祝愿朱明歧先生在自己选定的这条道上坚定不移地走下去，不断取得新成绩,并进而影响、带动更多的人沿着这条道走下去。

2014 年 11 月

说明:此开幕词会前由会议秘书组叶文宪先生草拟,原定由中国先秦史学会原副会长兼秘书长孟世凯先生致,后孟世凯先生突然间病逝,改由我来致,开幕词经我修改、审定。

# 《黄帝文化研究(第五辑)》序

黄帝是中华文明的人文初祖。传承黄帝文化,弘扬黄帝文化精神,是时代发展之使然,也是历史发展之必然。近年来,浙江缙云以其雄伟壮丽的自然风光和积淀深厚的黄帝文化资源,随着黄帝祭典升格为浙江省人民政府主办,已越来越引起外界的关注,成为黄帝文化在南方的一个重要传播中心和辐射中心,成为与陕西黄陵、河南新郑遥相呼应的又一个缅怀、纪念黄帝的重要场所。

缙云现代意义上的黄帝文化研究,若从 20 世纪 90 年代算起,已有近三十年的时间。全国规模的黄帝文化研究学术研讨会也已历时五届,并成为黄帝祭典活动不可或缺的重要文化标志与文化品牌。如今凝聚着各位黄帝文化学者和历史、考古等方面专家研究成果的第五届全国黄帝文化学术研讨会论文集即将付梓印行,作为较早与闻其事、参与其中的缙云黄帝文化研究的历史见证者,感触良多。一是为黄帝文化研究队伍的后继有人深感欣慰,二是为黄帝文化研究事业的深化而振奋。

毋庸讳言,黄帝文化研究在今天乘着时代的浪潮,无疑已站在了一个新的历史起点和发展高度。作为一位长期从事先秦史研究的学者,借论集出版之便,再略申其意。

作为一种特定文化现象的缙云黄帝传说,并非哪个人的向壁虚造、空穴来风,而是事出有因,是历史选择、造就的结果。究其因由,黄帝传说蕴含着两层深刻的含义:一是它生动反映着我国历史上民族交往、融合的丰富内容和积极趋势;二是它从一个侧面反映着我国思想文化的发展流变过程。

具体说来,就第一层而言,我国南北间民族交往、融合的进程大体可划分为三个阶段。第一阶段为先秦时期。经夏商西周时期的长期交往、接触,特别是春秋战国时期吴越对东南、楚对江汉、秦对巴蜀的开发和经营,南北民族间的交往、融合已开始启动。第二阶段为秦汉时期。随着南方广大地区正式进入帝国版图,南北民族间交往、融合的步伐大大加快。第三阶段为魏晋以降。随着北人的大量南迁和中国经济、政治中心的逐渐南移,南北民族间的界限急剧弱化,统一的中华民族迅速形成。黄帝的事迹、传说由北向南波及并在南方扎根,正是原作为炎黄族代表人物的黄帝已逐渐被整个中华民族认同、被视为整个中华民族远祖的生动反映。

第二层,历史上的黄帝如果实有其人的话,那么他不会是什么别的,而只不过是原始社会晚期活跃在中原地区的一个强大部落联盟的杰出首领罢了。进入阶级社会后,他的形象被逐渐拔高、放大、神化。他先是被儒家打扮成裕民治世的圣贤、明君,后又被黄老学派尊为始祖;东汉后,随着道教的形成、传播,他又成了通晓炼丹之术、能乘龙飞升的神仙了;其祖先身份也是越滚越大,乃至成为吾中华民族的共族了。凡此,皆表明黄帝在人们心目中无可替代的崇高地位,也表明不同时代的人们总是按照自己的需要和思想感情去理解、加工黄帝。对此,应从文化背景以及民族心理、感情等方面去发掘其中的文化底蕴,大可不必徒劳地企望从历史的考据中去坐实它。传说中黄帝形象、角色的嬗变,从一个侧面反映着远古至魏晋以降中国思想文化的发展和流变。

值第五届全国黄帝文化学术研讨会论文集出版之际,承编委会之盛意,略陈管识,以表贺忱!

2023 年 8 月 12 日

本文原载宫长为、潘巧玲主编《黄帝文化研究(第五辑)》(中国社会科学出版社,2023 年)。此序由李学功教授草拟,经我修改、审定。

# 校对出错难免，但不能太离谱

## ——从三书三处令人哭笑不得的错处说起

出版物上出现错别字在所难免，即使现在已有校对软件的助力，也无法完全杜绝此类事情的发生。再说，此类事见多了，也就见怪不怪，慢慢习以为常了。可说归说，此类事一旦发生在名出版社、名著、名人头上，作为一名史学工作者、一名喜欢收藏图书的人，我还是无法接受，直若块垒在胸，久久难以释怀。

且看下面我亲身碰到的几个例子。

一、中华书局1960年2月第1版、2006年6月第7次印刷的精装四册本《太平御览》第一册封面书脊的烫金目录上，把“皇亲”误为“黄亲”了。从1960年至2006年有四十六个年头，我手头没有该书的其他版次可资核查，不知是一直错了四十六年，还是中途更换封面书脊时开始错的？

二、中华书局1991年第1版《丛书集成初编》本何贻霈著《成周彻法演》，系据《畿辅丛书》本影印，原书名明明是《成周彻法演》，《丛书集成初编》本却在封面和内页书口处皆误作《成周彻演法》了。

三、中华书局2005年4月第1版、2010年第2次印刷的顾颉刚和刘起釪著《尚书校释译论》第一册第361页倒7行，竟把大名鼎鼎、学界仰之若泰山北斗的“王国维”印成“妄国维”了。

中华书局我素所敬重，《太平御览》乃传世著名类书，王国维、顾颉刚系近当代硕学大儒，上举三例发生在他（它）们身上，且错得如此离谱，着实令人哭笑不得。当发现“王国维”误作“妄国维”时，我的第一个反应竟是要是误作“汪”“往”“旺”“望”还好，怎么就偏偏误作“妄”了呢？心疼欤？恶心欤？理益乱，说不清！

我说这些，完全无意于责怪谁、让谁出丑，只是希望今后这类事少发生，即使发生也别太离谱了。用语或有尖刻处，也是出于对中华书局、对书的爱，所谓爱之深、责之切者也。

说起来，校对这一行虽非什么高科技行业，但也不能忽视。对出版部门来说，编审稿件固然重要，校对也是万万忽视不得的。校对是图书出版流程中的重要一环，负有将一切差错尽可能消灭在图书与读者见面之前的特殊使命，其重要性无须多言。

老一代读书人大都知道，当年商务印书馆、中华书局、三联书店等著名出版社都十分重视校对这一环节，拥有自己的一批责任心强、经验丰富的校对人员。当代，人民出版社也出现过被誉为"校对王"的吴海平这样的人物，这都是应引以为豪的。当今，出版业繁荣，出版物的数量、质量乃至装帧之精美，皆非往昔可比，然亦有不尽如人意处，校对环节的相对薄弱即其一。目前，我国校对人才的培养大多还是"师傅带徒弟"的老路子，完善的教育培训机构略显滞后；一些出版社基于经济利益不惜裁撤校对机构，压缩校对人员数量，把校对工作推给排印者和作者；不少年轻人谋职时，眼里尽是"高枝""大事"，肯干校对这行的恐怕不多了。凡此，皆表明我们在校对领域所面临的形势不容乐观。

校对工作看似小事，可小事不小，许多问题往往就出在看似小事的事情上。今日书籍校对中闹出的种种尴尬事，该引起人们的应有重视了。

2022 年 11 月 6 日

# 怀徐师

今年是敬爱的徐中舒师一百二十周年诞辰。一百二十是两个花甲子,是个大数、吉数。与这个数字相关联的还有两个很有意思且与我同徐师都有关的数字,一个是八十一,一个是三十九。先说八十一。1979 年我在四川大学从徐师进修先秦史时,徐师是八十一周岁高龄,我今年也恰好是八十一周岁了。再说三十九。徐师生于 1898 年,我生于 1937 年,徐师长我三十九岁,而今年距 1979 年我在四川大学从徐师进修先秦史也恰好是三十九个年头。八十一、三十九,合起来是一百二十,而八十一、三十九的两两重合,也只有今年才会出现,挺有意思的。

1979 年在四川大学从徐师进修先秦史时,我有两篇文章同徐师相关,得到过徐师的力荐、指导。一篇是经徐师推荐在《四川大学学报》公开发表,并在当时史学界产生过较大影响的那篇力主"奴隶社会并非人类历史发展必经阶段"的《论奴隶制的历史地位》长文。须知,当时学术界尚处在初春乍暖还寒的时候,推荐拙文在《四川大学学报》公开发表是要有一定担当、冒一定风险的。据传文章发表后不久,就有人私下议论:"徐先生是不是老糊涂了,怎么又把当年'托陈取消派'的观点给推出来了啊?"另一篇即是略加修改后提交本次研讨会、当时作为我从徐师进修先秦史结业论文的《"贡助彻"研究中的几个问题》一文。这篇结业论文,我自认为材料尚称坚实,也有些新意。已故著名历史学家赵光贤先生曾谬赞拙文"对于孟子所说的贡、助、彻问题更有详细的解说,……非常有参考价值"①。

① 赵光贤:《孟子的历史观》,《亡尤室文存》,北京师范大学出版社,2000 年。

我心里清楚，如果说此文还有些学术价值的话，那也是徐师教诲的结果。

徐师是当代大师级史学大家，他的崇高史学地位可从与他同时代的几位史学大家对他的高度评价中看出来。

据梁方仲（中山大学著名学者，与陈寅恪先生相知颇深）之子梁承邺先生揭示：20世纪50年代，中国科学院邀陈寅恪先生出任中古史所所长时，陈寅恪先生坚辞不受，并推荐徐中舒师“以自代”，这可从日后梁方仲先生致徐中舒师信中所说“三年前中国科学院邀请寅恪先生北上，主持史所研究事宜，寅恪先生举兄以自代，系由弟代函达陶孟和先生者”清楚地看出来。后来，“陈氏荐徐的意见”“未得到认同”，“陈氏乃推荐（或表示赞同）陈垣当二所所长”。（梁承邺：《陈寅恪曾推荐谁担任中科院中古史所所长？》）足见徐师在陈寅恪先生心目中学术地位之高。

顾颉刚先生于1967年5月25日的日记中记有：“王国维之弟子，以徐中舒最为笃实，发现亦最多。”

黄现璠先生在1979年10月8日写给我的信中亦谓：“你导师徐教授，海内闻名。……徐教授和我师陈垣先生，……是我在史学界最佩服之人。”

语云：文如其人。徐师做人仁爱宽厚，做学问亦多所创获。徐师治学之风格、理路，似可概括为内不注水、外不涂饰、质朴无华、唯真是求十六个字。在浮躁、虚夸、跟风之风甚盛的当今学术界，遵循、重振徐师深邃严谨、务实求真的治学风格和理念，不仅是对徐师的最好怀念，亦有着积极的现实意义。

徐师有恩于我，我对徐师的感情也是真切的。1991年1月9日徐师仙逝于成都后，我虽接到讣告，发去唁电，却无缘亲往成都送徐师最后一程。追悼会那天，远在青海的我只好遥望南天，长跪不起，痛哭失声。

徐师虽已离开了我们，但他的道德文章却长留人间，留在后辈学子的记忆里，留在圣洁的学术殿堂里。

中舒吾兄：

别七八年矣，时切怀念，近子植兄（按：刘节）自首都回来，述及吾兄豪壮不异少季，闻之深为欣慰。年前承嘱寄岑家梧论文集一册，业已奉呈，未知收到否？

前岭南（按：当指岭南大学）西南社会经济研究所出版之书，自院系调整以后，不论本校与外间人拟购置者，均须备函向校长办公室接洽，经批准后，始能发售。吾兄如仍有此需，请照手续进行可也。弟近拟对两晋南北朝之田制及赋役制有所论列，承陈寅恪先生见告：缪钺（彦威）先生有大作一篇可以参考，惟此间遍觅不得，敬请费神敢请缪先生代索惠赠一份，万一已无余本，亦请借阅，或请人抄录一份（抄资请先垫，必当汇还），愈快寄到愈好。缪先生之文名弟所素仰，十年前其令亲杨莲生（按：杨联陞）兄拟为弟作为介通讯，惜弟因行踪靡定，未成事实，请兄为我先容为幸。兄年来著述定多，能否检寄数篇，以代面谭（兄所编讲义，尤盼惠寄）。川中出版物，此间甚少看见，尤盼随时惠寄一二，以匡未逮，感盼感盼。三年前中国科学院邀请寅恪先生北上，主持史所研究事宜，寅恪先生举兄以自代，系由弟代函达陶孟和先生者，前辈盛意殊可感念，盼兄得便与寅恪先生偶通消息也。弟今年未有开课，专门从事写中国经济史讲义稿，预计当须两年始可完成。希白（按：容庚）兄正在重编《金文编》，大约亦要两年。锡永（按：商承祚）兄仍未返抵广州，但日间可到。匆匆

敬请

教安

弟方仲再拜

九·十九早

梁方仲先生致徐中舒先生信

（采自梁承邺《陈寅恪曾推荐谁担任中科院中古史所所长?》）

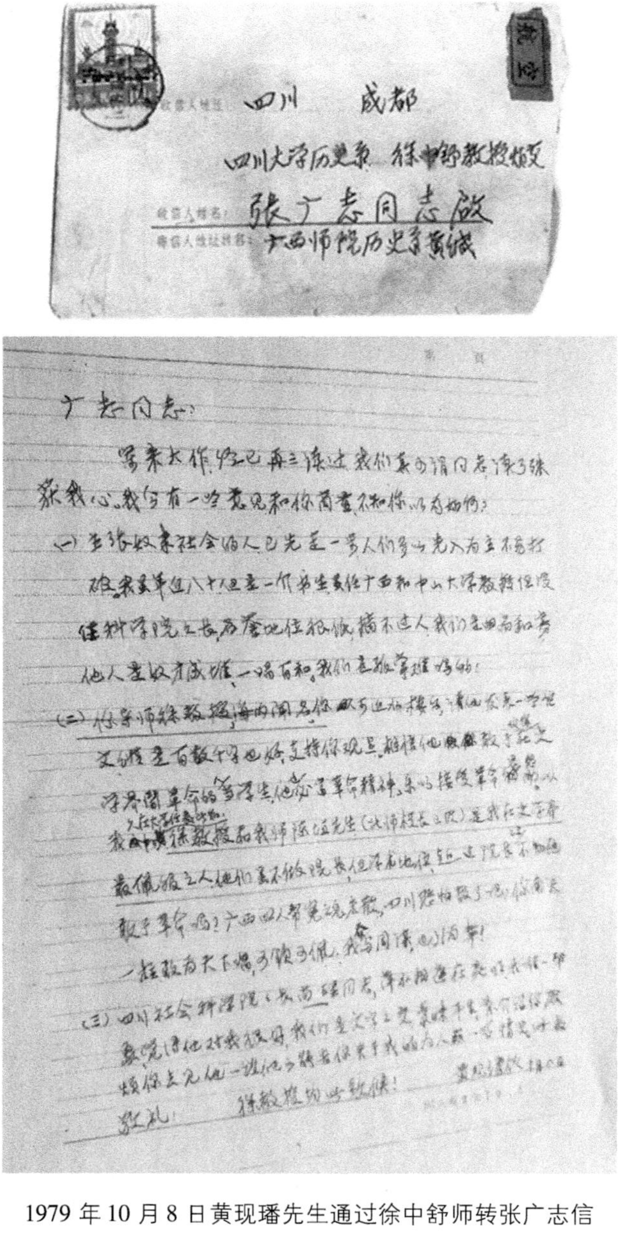
四川 成都

四川大学历史系 徐中舒教授烦交

張广志同志啟

广西师院历史系黄缄

广志同志：

1979 年 10 月 8 日黄现璠先生通过徐中舒师转张广志信

本文原载彭裕商、彭邦本主编《纪念徐中舒先生诞辰 120 周年国际学术研讨会论文集》(巴蜀书社,2022 年)。

# 与宝才兄交往二三事

宝才走了，他已离开我们一年多了。一个活生生的人，怎么说走就走，一下子变成石头上生硬的几个字，变成记忆了呢？可这毕竟是难以接受却又不得不接受的冰冷事实。按说，年逾八旬也算高寿了，可心里总觉还是早了点儿。人们不是常把“仁者寿”挂在嘴边吗？像宝才这样的仁德君子，就是再活多少年都不算多的。

宝才长期从事高等教育事业，桃李满天下，且学生多学业、事业有成，他是个传道授业解惑的好老师。在学术上，宝才的研究领域主要在中国思想史，近年来在弘扬炎黄文化方面倾力甚多，是位治学有成，坚持想自己之所想、说自己之当说，不拾人牙慧的严肃学者。宝才又是中国先秦史学会的主要创建人和学会活动的积极策划、参与者。上述三个方面，构成了宝才圆满的学术人生。关于此，宝才和他的同事、同行和弟子们已谈得比较多、比较到位，我就不再重复了。下面，拟从我与宝才交往的一些细琐小事中，一窥宝才的品格和精神世界，聊寄思念之情。

## 一、微醺巷子深和啃饼春熙路

我生于 1937 年 10 月，宝才生于 1938 年 5 月，他小我半岁。我们同于 1957 年进入大学，1961 年毕业，他读的是西北大学，我读的是山东大学，读的都是历史系，同龄且同行。毕业后他主攻中国思想史，教过哲学，我于古代社会史外又间涉哲学领域，我们的关注点接近、有共通之处。可我们在1979年入四川大学从徐中舒师学前彼此并不认识，是教育部委托徐中舒师举办的先秦史进修班才使我们两个得以结缘。由于年龄接近，志趣相投，且同为农家子弟，故彼此一见如故，大有相见恨晚之慨。

接触中也不能老谈学问、人生、国是、世情，其间自不乏生活趣事，兹择取如下两则，与朋友们分享。

某日晚，细雨蒙蒙。宝才说，听说附近有家"巷子深"酒馆，不妨去坐坐，喝一杯。我们边走边问，七弯八拐，"巷子深"还真给我们找到了。酒馆不大，颇简陋，也没顾客，倒也清静。我们俩要了点儿散装的酒，又要了点儿下酒菜，边聊边喝起来。这件事我很快就淡忘了，想不到二十年后宝才竟在《从徐中舒师求学记》一文中记其事云：

> 有一次，我和广志还真找到了那个"巷子深"酒馆，要了一盘牛肉、一盘花生米和几两白酒，品尝了一番，带着脑血管膨胀的感觉飘然而归。①

某星期天，我和宝才一起逛成都最繁华的老街春熙路。这里有一间旧书店和一些散落路边的旧书摊。我们翻弄了半天，买了一两本不值钱但颇有收藏价值的旧书后，便一起去喂肚子。那时人们腰包里都不怎么有钱，也不怎么讲究——实在是无从讲究吃喝的，我们就在一家临街小店里各要了两个烧饼和一碗不要钱的凉白开凑合了一顿。返校途中，我打油一首以咏其事：

> 好赖是先生，假日逛蓉城。

① 尚淳、李源主编：《安身立命之道——为学与为人》，中国致公出版社，1999年，第117页。

一碗白开水，外加两个饼。

宝才道："写得挺有味道的，只是未免把两个读书人说得太穷酸了点儿。"其实，这也不怎么算穷酸，那年月，节俭、勤奋、充实、乐观是一般读书人的生存常态。

## 二、赐序拙著和讲学青海

2000年，我和我的研究生李学功合著的《三代社会形态：中国无奴隶社会发展阶段研究》告竣，序文是请对我了解甚多又给李学功上过课的宝才写的。在序文中，宝才谈及我俩在四川大学从徐中舒学时的结缘经过及对我的印象：

> 1979年，我与广志兄在四川大学徐中舒先生开办的先秦史进修班学习，住同一个宿舍。他来自青海师范大学（时名青海师范学院——广志按），我来自西北大学。听说我教过哲学，他便向我提出一个问题："你对'矛盾的斗争性是绝对的，同一性是相对的'这个观点怎样看？是否应该说斗争性和同一性都是绝对和相对的统一？"我从来没有想过这个问题，一时无以对答，而广志兄独立思考的精神给我留下了深刻的印象。相处既久，经常从他那里得到启发。一天晚饭后，大家散步闲聊到生活水平，他说："每月发两千块就比较宽裕了。"那时我们每月五六十元工资，吃饭穿衣要反复计算，都希望待遇有所改善，但我做梦也不敢想两千块。还有一次，谈到"一部分人先富起来"这个话题，大家都有点儿说不清道理的感觉。广志兄一语道破，说"一部分人先富比大家都穷好"。我听了茅塞顿开，现实是大家都穷，要富只能一部分人先富起来，不允许一部分人先富，只能大家

都继续穷下去。以后的事实证明,广志思想比较解放,比较有远见。

也是1979年在四川大学进修的时候,我见到广志兄的一篇数万字的论文,题为《略论奴隶制的历史地位》,该文经徐中舒先生推荐,不久在《四川大学学报》发表。他否定奴隶社会是人类历史发展必经阶段,这长期以来是个犯忌的观点。但广志兄有勇气,文章发表前他说:"我希望有人与我争论,迸出点火花更好,怕就怕没有人理。"进修班结业后,他回到青海师范大学(时名青海师范学院——广志按),继续进行研究,连续写了十篇论文,都以"从少数民族史看初始阶级社会的非奴隶制性质"为副题,连同《略论奴隶制的历史地位》等文汇集成书,书名题为《奴隶社会并非人类历史发展必经阶段研究》,于1988年由青海人民出版社出版。于是,他成了中国史学界主张中国没有奴隶社会一派观点的代表。①

宝才的话虽不免过誉,但对于当时颇觉孤立、时遭冷眼的我无异于一袭春风,拂在面上,暖在心头。

我所供职的青海师范大学,地处边陲,办学条件差,师资力量单薄。我虽勉为其难招收了几届硕士研究生,但带起来颇吃力。为不致太误人子弟,只好劳烦外地高校师友助我一臂之力。办法之一,就是让研究生外出游学拜师,如华东师范大学的吴泽,南开大学的王玉哲、刘泽华,北京师范大学的赵光贤,山东大学的韩连琪,南京大学的洪家义,陕西师范大学的斯维至,河南大学的朱绍侯、陈昌远诸先生,就曾为我的研究生讲过《王国维殷周史研究》《先秦民族史》《先秦诸子学术思想》《周代社会性质》《先秦土地制度史》《古文字》《殷周社会与西南傣族农奴社会比较研究》

① 张广志、李学功:《三代社会形态:中国无奴隶社会发展阶段研究》,陕西师范大学出版社,2001年。

《殷墟文化》诸专题，并介绍、传授其治学门径和经验。办法之二，也是更为重要的，就是请与我有深交的学者来我校为我的研究生上专题课。如中国社会科学院的孟世凯、东北师范大学的詹子庆、西北大学的刘宝才诸兄，就都曾不止一次地不辞辛劳、远涉千里来青海高原为我的研究生授课，世凯兄讲授《甲骨文》，子庆兄讲授《三礼》，宝才兄讲授的是《先秦思想史》。那些年讲学薪酬很低，但诸兄从不计较，而且还为了给我省钱，坚持往返不乘飞机、不坐软卧。为此我心里总觉过意不去，宝才却说："这有啥？大家都是读书人，又是朋友，不讲究那个，能省一点算一点嘛。"

宝才知我，处处护着我，有时就难免过了头。前不久我和妻子杨秀荣专程去北京看望、陪伴深陷丧偶之痛的宝才夫人郗丽兰老师，陪她待了七天。4 月 9 日那天，我们在翻检宝才遗物时于不经意间发现了他于 2016 年 10 月为我虚龄八十寿辰所写的一篇未完成的纪念性文字，中谓：

> 我上初中二年级时，从学校图书馆借了一本苏联小说看，书名叫《真正的人》。我父亲的中药店有个店员见书名，故意说："什么是真正的人？难道我不是真正的人是个假人吗？"我不知怎样回答，感到尴尬。现在为广志兄祝寿，我想起来这个问题，并且有了明确答案：广志兄就是真正的人。

文中后谓我有"远大目光和不屈人格"云云。这固然是过誉之词，我深知自己远没有宝才说的那么高大、完美，对此我还是有自知之明的，知道自己的斤两分量，但其中所隐含的宝才对我的一片深情厚谊，我还是心领了，永远不会忘记。

## 三、生活中的往来和心灵深处的共通

宝才是学者，但他首先是通常意义上的人，人通常所具有的友情、亲情、博爱、善心，他都具备，且表现得尤为真切、强烈。下面谈几件趣闻琐事。

自1979年在四川大学从徐中舒师学时结识，到2020年宝才去世，四十多年来，我同宝才的交往从未中断过，彼此间总有说不完的话。在参加学术会议、写信、打电话之外，我们有时还要制造机会在对方家小住几日过过话瘾。我青海的家、南京的家，宝才去过、住过，我在宝才西安、北京的家里也都住过。最令人难以忘怀的是，一次宝才为让我们夫妻俩住得更舒服些，还为我们专门购置了一张沙发床，并围上围裙亲自下厨，在擀饺子皮、做面包上施展厨艺。在得到我夫妻俩的一通盛赞猛夸后，他那副得意劲儿、成就感别提多来劲儿了。

一次闲聊中，我提到过去青海当地人从不吃青海湖盛产的名贵鱼种湟鱼（学名裸鲤），后来在外地人的影响下才开始吃了。宝才则谈到陕西有些地方的农村人过去也不吃鸡，鸡老死了就埋掉的事。我大惑不解道："据我分析，青海人过去不吃湟鱼是因为湟鱼的卵有毒，是因为误食湟鱼卵中毒才不敢吃的。不吃鸡就难以理解了，陕西农村人难道这么傻？"宝才道："我觉得这不是傻，可能是觉得你吃了人家那么多蛋已足够了，再食其肉于心不忍吧！"我没有再追问这究竟是陕西农村人自己的看法，还是宝才自己的解读，因为这种事是无须深究的，是永远也讨论不出个结果和无法作出道德评判的。我只是从内心深处深深感触到了淳朴的陕西农民和宝才灵魂深处的那份纯真、善良，那份"关西夫子"张载"民胞物与"的泛爱情结。

我和宝才都是糖尿病患者。2012年我被确诊为糖尿病，惶恐不安过后颇多顿悟、感慨。我曾在一本新购买的《糖尿病治疗与保养大全》的扉页上写下如下文字：

前几天体检发现血糖高，后经医院确诊为糖尿病。此种病虽不至于马上死人，却有点儿讨厌，终身服药打针不说，主要是这不能吃那不能碰的诸多禁忌和进食量的限制。故刚查出此病时挺丧气的，但想了想也就释然了。余今年七十有五，来到这个世界上两万七千多天来，粮食果蔬不说，仅牛、羊、猪、鸡、鸭、鱼、虾，已不知吃了多少了。你这么贪婪、凶恶地对待周围的物类，也该遭点儿报复惩罚了。看来作为万物之灵的人，若不能善待其他物类，终究亦难以善待自己矣！

后来，一次闲聊中我把这层意思同宝才说了。宝才说："我也有同感，但这是没办法的事，出家人戒杀，不吃荤，但他能不吃粮食蔬菜吗？植物不也是生命吗？"是的，人高踞食物链顶端，既是万物之灵，又是万物之贼。人在这个星球上的存在，对一部分生命是福音、佑助，而对另一部分生命则意味着不幸和灾难，这是无可避免的。人们现在开始注意生态问题，虽是一种无奈中有限度的醒悟，但总比不醒悟好。

宝才很重亲情，家庭生活充满情趣、欢乐。我曾有幸目睹了宝才的一些极具特色、创意的生活照，其中有作卧佛状的，有剑侠、黑道大佬、男扮女装的，还有任女儿们任意摆布、戏弄诸状的，想不到一个潜心向学的思想者亦有其热爱生活、懂得生活、感情丰富细密、童真无邪的一面。

宝才生为西北人，有浓重的乡土观念和西部情结。晚年，为与女儿、孙辈们团聚，他大部分时间住在北京，但他的心始终在西北、在西安。他常念叨："只有进京赶考的，哪有进京养老的？"去世后妻女按照他的遗愿，把他安葬在秦岭终南山麓，终魂归故里了。

就说这么多了，愿宝才在天之灵安息。

2021 年 8 月 17 日

# 此生难舍青海情

我今年七十二岁，在青海待的时间却有四十六年。论籍贯，我虽是江苏人，但在原籍生活的时间却远不及在青海的时间，其实像我这样的情况在青海有很多。我只是在上大学前在原籍生活了二十年，2007 年退休后在南京住了两年，这两头加起来一共二十二年。1961 年从山东大学历史系毕业后，我就一头扎进了青海，进入青海师范大学，也就是原来的青海师范学院，一待就是四十六年。其间，我从未跳过槽，改换过门庭。我这一生，最长、最美好、最宝贵的时光是在青海度过的，我理应是青海人、是青海师大人。

教了四十多年的书，当了十几年的校长，又是当今史学界持“奴隶社会并非人类历史发展必经阶段说”的代表人物，我先后担任过国家一级学会中国先秦史学会的副理事长和学术顾问、青海省社会科学界联合会副主席等职，勉强算得上在教育界和学界都小有名气了吧。边远地区冒出个有头有脸的学者，有时疑惑和不解也由此而生。有一次，我在出席一个全国性学术研讨会期间，一名外地青年学者不太好意思地问我说：“张老师，像您这样的学者，不知是犯了什么错误被整到青海去的？太可惜了！”我却笑笑对他说：“你们这一代年轻人哪，对当年的事已经不大了解了。应该说，当年因政治原因被派到青海的大学生是有，但我不是，我是志愿报名支边的。你们可能也听说过吧，20 世纪五六十年代的山东大学历史系那可是全国的大名牌，而我大学四年的学习总成绩则在山东大学 1961 届九十多名毕业生中名列第二。也就是说，我并不是在别的地方没人要的情况下才来青海的,我确实是抱着满腔热忱志愿来青海工作的。现在不同了,名牌大学的毕业生志愿来这里的的确不多见了。”

我说上面这些,完全没有吹嘘自己的意思,我只是想告诉现在的青年学子们,有为青年是不应该忘记祖国的边远地区的。这里虽然艰苦些,落后些,待遇、收入也相对低许多,但这里毕竟是祖国的一片热土,总得有人在这里坚守、奉献啊!这里做学问的条件是相对差些,但起码的、基本的条件还是具备的,只要我们坚持,还是可以在自己的工作岗位上做出无愧于时代、无愧于青海人民的一番事业来的。

来青海工作后不久,适逢青海高校调整、萎缩,历史系停止了招生,所以从1963年起,我先后到平安、湟中、湟源、乐都等地参加农村“四清”运动,在农村摸爬滚打了三年多。这三年,虽说书少读了一些,但这是我懂事后第一次比较长久、深入地观察、了解农村和农民的情状和生活,这对我研究中国古代史有着十分重要的潜在作用,非常有助于我对中国古代社会作进一步的理解——我慢慢明白,中国农民真是太伟大了,他们用自己勤劳的肩膀和汗水,承载着整个庞大的古代中国社会;他们又是十分可悲的,常常被愚弄和利用,被引向暴力和破坏。因此,这三年对我来说,绝不是荒疏学业的三年,而是积累的三年、充电的三年。若干年后,我曾不止一次对我的研究生们说:中国自古以农业立国,是个农业大国、农民的国度。如果不在农村生活一段时间,不了解中国的农村和农民,中国古代史恐怕是学不好的。

可能是受了昆仑山、江河源、青海湖等长期濡染的缘故吧,青海人天生质朴、厚重、坚毅、豪气的品格给我留下了极为深刻的印象。如今身处南京的我,闲暇时只要一闭上眼睛,那些或已作古或仍健在的青海籍师长、友人们的熟悉面孔便会浮现在我的眼前和脑际。他们在工作上、学业上给了我很多指导和帮助,在人品上、为人处世上给了我很多有益的启迪和影响。

我工作过的唯一单位——青海师范大学，为我的成长付出了很多。我从助教到教授，从历史系副主任到校长，每一步都是学校和同事们培养、信任、支持的结果。1979年，当时学校百废待兴，人手很紧，但当校、系领导得知教育部委托四川大学历史系著名历史学家徐中舒先生举办先秦史进修班时，还是非常爽快地同意让我去进修。这一年，在徐先生的教导下，我在学业上有了很大的进步，科研也上了一个新的台阶，这是我一生中极为关键的一步。而这一切，若离开学校和同事们的支持，都将无从谈起。人们常说：一个人，离开了集体和团队，将一事无成，将什么也不是。信哉斯言！

长期的共同生活，生活中的那些酸甜苦辣，早已把我和青海融为一体，让我以青海人自居了，以至于我在和南京的朋友交谈时经常会脱口而出“你们南京如何如何，我们青海如何如何”。

过去在青海工作时，也许是爱之深责之切的缘故吧，我在不同场合爱给青海挑刺，过多地盯住青海这样那样的不是或者不足了。现在，当我退了下来，离开了青海，我才发现自己过去未免过于偏激了。为什么青海那么多美好的东西自己看不到呢？为什么自己总是把青海的不是或不足放大了来说呢？于是，我陷入了深深的自责和不安——感到太对不住养育了自己四十多年的青海了。当下，我可能已自觉不自觉地走向了另外一个极端，已根本听不进、容不得别人说青海的不是或不足了，谁说我就会跟谁急。

这两年，我虽说退休了，却没有真正闲下来，因为江苏学界的朋友们老是拉着我干活儿，要我为家乡发挥余热。前此，我已先后承担了这里组织策划的《吴地文化通史》和《吴文化志》部分章节的撰写工作，大家反映还不错。最近《江苏通史》各卷陆续完稿，唯《先秦卷》因故拖了下来。有关领导急了，下令限期交稿。有关方面又请我承担《先秦卷》夏、商、西周史的撰写任务。而此时又适逢儿媳坐月子，儿子踢球弄断了跟腱需要长期住院治疗，我和我爱人杨秀荣又都身体不怎么好，所以一开始我是婉言谢绝的。可是经不住他们软磨硬泡，还出面做我爱人的工作，最终我还是接受了下来。之所以接受，一来是考虑人家盛情相邀，却之不恭；二来也是考虑我是从青海走出来的学者，江苏这样一个学术文化大省的相关方面既然如此瞧得起我这个青海学者，我不但应该接受，而且还要好好地干，怎么也不能给青海学术界丢脸啊。

在青海生活了大半辈子，我不仅爱上了青海的大好河山，爱上了质朴、豪气的青海人，也深深地爱上了青海的吃食。每次从外地出差回来或退休后回青海探亲、访友，熟悉我的人都知道，我回青海的第一顿饭，不是羊肉泡，就是手抓肉，反正没羊肉是不行的。由于年纪大了，胆固醇有些高，大家都劝我别再吃羊杂碎了，可是我却忍不住，虽不敢常吃，可还是时不时地来一碗解解馋。女儿、女婿或者朋友们来南京看我，带点儿什么呢？不用问，基本上是老三样：羊肉、牛肉干和焜锅子。因路途遥远，酿皮、甜醅不好带，带了也不太好吃，就算了。不少南京人不吃羊肉，说是怕膻，我就跟他们说："那是你们没有吃过真正的好羊肉，我们青海的羊肉根本就不膻嘛。"为了让他们相信我所言不虚，有时我还得心痛地把好不容易从青海带来的羊肉分一点儿给他们尝尝，目的不外是想从他们口中听到一句"青海的羊肉真的好吃、真不膻"这样的赞语。

去年夏天我回青海参加我最后一届研究生的论文答辩，刚好我在南京教育界的一位朋友来青海开会。会议期间，青海湖、塔尔寺等名胜古迹他们都安排参观过了，我的任务就是要让他领教一下会议上通常吃不到的青海小吃。主意既定，我们夫妻俩便抓紧时间，把白条手抓、泉儿头羊杂碎、酸奶、酿皮，还有牛肉干、蕨麻，甚至干炒大豆什么的，不是往他嘴里塞，就是朝他包里装。他边吃边赞不绝口，还掏出手机给南京的朋友打电话："你猜我现在在哪儿呢？我在青海呢，张校长、杨校长正请我吃羊肉呢，……馋了吧，嘿！馋死你呀！"听着朋友夸青海，夸青海的吃食，我们老两口那股高兴劲儿就别提了。

写着写着，已差不多够了征文限定的三千字了。搁笔之际，有一种刚被撩起、焐热了的感情一下子被喊停的失落，心里不禁酸酸的。不知怎么搞的，如今的我虽已在南京定居，但总有一种做客感。看来我已从身体上、精神上完全属于青海了，内心深处的青海情结怕是这一辈子都割舍不掉了。

是啊，我爱青海，我太爱我生活了大半辈子的美丽的青海了！

本文原载广播征文《我和我的青海》（青海人民出版社，2010 年内刊准印本）。

# 《史记·五帝本纪》及相关文献资料选读

## 开头的话

司马迁是我国古代伟大的史学家,《史记》是我国古代第一部纪传体通史,其开篇即著名的《五帝本纪》。常言道,万事开头难。头从哪开？怎么开？确非易事。说实话,由于古史邈远,史籍缺乏,即使司马迁本人对所著《五帝本纪》也是不怎么自信,乃至怀着某种惶惶然心理的。后之说者,更是或扬之过高,或抑之太甚,致一般读者如入五里雾中,莫知所之。我一向认为,为学之道贵在务实求真,切戒随波逐流,人云亦云。而要做到这一点,最终当然是靠独立思考、理性精神,但思考不是凭空的,而是要靠事实说话,即弄清事情的原委和来龙去脉。而要做到这个,又离不开对有关问题的学术史和学术现状的了解、把握。正是基于这种认识,才有了《史记·五帝本纪》及相关文献资料选读的编选。内容分为:《史记·五帝本纪》本文及三家注,后世学者唐刘知几,宋欧阳修、苏辙,清梁玉绳,近今学者梁启超、陆懋德、徐旭生、郭沫若、顾颉刚、蒙文通、钱穆、李济、徐中舒、缪凤林、陈登原、齐思和、童书业、程金造、杨宽、许顺湛、张光直、宋健、李学勤、裘锡圭、林沄、张大可、常玉芝、叶林生、沈长云、王晖、王震中、江林昌、吴锐、郭永秉等以及本人相关论著的节选。编选此部分内容的目的在于给关心此问题者提供一份了解这个问题的多层面、多视角的文献材料。另外,此举多半是受了李学勤先生《〈史记·五帝本纪〉讲稿》的启发,所不同者在于,李著基本上是维护司马迁的《五帝本纪》体系的,我则基本上是抱持存疑态度的。体例上亦不避效颦之讥,略仿李学勤先生《〈史记·五帝本纪〉讲稿》大作云。

## 壹 《史记·五帝本纪》本文及三家注

说明:这里参用的是中华书局点校本二十四史《史记》的本子。为方便一般读者,改为简体、新式通行标点符号,特此说明。又,据日本泷川资言《史记会注考证》所补张守节《史记正义》十余条,为中华书局点校本《史记·五帝本纪》《史记正义》所不见,特于其后标"(据[日]泷川资言《史记会注考证》补)"以别。

【集解】凡是徐氏义,称徐姓名以别之。余者悉是骃注解,并集众家义。

【索隐】纪者,记也。本其事而记之,故曰本纪。又纪,理也,丝缕有纪。而帝王书称纪者,言为后代纲纪也。

【正义】郑玄注《中候敕省图》云:"德合五帝坐星者,称帝。"又《坤灵图》云:"德配天地,在正不在私,曰帝。"案:太史公依《世本》《大戴礼》,以黄帝、颛顼、帝喾、唐尧、虞舜为五帝。谯周、应劭、宋均皆同。而孔安国《尚书序》,皇甫谧《帝王世纪》,孙氏注《世本》,并以伏牺、神农、黄帝为三皇,少昊、颛顼、高辛、唐、虞为五帝。裴松之《史目》云"天子称本纪,诸侯曰世家"。本者,系其本系,故曰本;纪者,理也,统理众事,系之年月,名之曰纪;第者,次序之目;一者,举数之由:故曰《五帝本纪》第一。《礼》云:"动则左史书之,言则右史书之。"《正义》云:"左阳,故记动。右阴,故记言。言为《尚书》,事为《春秋》。"案:春秋时置左右史,故云《史记》也。

黄帝者,

【集解】徐广曰:“号有熊。”

【索隐】案:有土德之瑞,土色黄,故称黄帝,犹神农火德王而称炎帝然也。此以黄帝为五帝之首,盖依《大戴礼·五帝德》。又谯周、宋均亦以为然。而孔安国、皇甫谧《帝王代纪》及孙氏注《系本》并以伏牺、神农、黄帝为三皇,少昊、高阳、高辛、唐、虞为五帝。注“号有熊”者,以其本是有熊国君之子故也。亦号轩辕氏。皇甫谧云:“居轩辕之丘,因以为名,又以为号。”又据《左传》,亦号帝鸿氏也。

【正义】《舆地志》云:“涿鹿本名彭城,黄帝初都,迁有熊也。”案:黄帝有熊国君,乃少典国君之次子,号曰有熊氏,又曰缙云氏,又曰帝鸿氏,亦曰帝轩氏。母曰附宝,之祁野,见大电绕北斗枢星,感而怀孕,二十四月而生黄帝于寿丘。寿丘在鲁东门之北,今在兖州曲阜县东北六里。生日角龙颜,有景云之瑞,以土德王,故曰黄帝。封泰山,禅亭亭。亭亭在牟阴。

少典之子,

【集解】谯周曰:“有熊国君,少典之子也。”皇甫谧曰:“有熊,今河南新郑是也。”

【索隐】少典者,诸侯国号,非人名也。又案:《国语》云“少典娶有蟜氏女,生黄帝、炎帝”。然则炎帝亦少典之子。炎黄二帝虽则相承,如《帝王代纪》中间凡隔八帝,五百余年。若以少典是其父名,岂黄帝经五百余年而始代炎帝后为天子乎?何其年之长也!又案:《秦本纪》云“颛顼氏之裔孙曰女脩,吞玄鸟之卵而生大业,大业娶少典氏而生柏翳”。明少典是国号,非人名也。黄帝即少典氏后代之子孙,贾逵亦谓然,故《左传》“高阳氏有才子八人”,亦谓其后代子孙而称为子是也。谯周字允南,蜀人,魏散骑常侍,征不拜。此注所引者,是其人所著《古史考》之说也。皇甫谧字士安,晋人,号玄晏先生。今所引者,是其所作《帝王代纪》也。

姓公孙，名曰轩辕。

【索隐】案：皇甫谧云“黄帝生于寿丘，长于姬水，因以为姓。居轩辕之丘，因以为名，又以为号”。是本姓公孙，长居姬水，因改姓姬。

生而神灵，弱而能言，

【索隐】弱谓幼弱时也。盖未合能言之时而黄帝即言，所以为神异也。潘岳有《哀弱子》篇，其子未七旬曰弱。

【正义】言神异也。《易》曰“阴阳不测之谓神”，《书》云“人唯万物之灵”，故谓之神灵也。

幼而徇齐，

【集解】徐广曰：“《墨子》曰‘年逾十五，则聪明心虑无不徇通矣’。”骃案：徇，疾；齐，速也。言圣德幼而疾速也。

【索隐】斯文未是。今案：徇，齐，皆德也。《书》曰“聪明齐圣”，《左传》曰“子虽齐圣”，谓圣德齐肃也。又案：《孔子家语》及《大戴礼》并作“叡齐”，一本作“慧齐”。叡，慧，皆智也。太史公采《大戴礼》而为此纪，今彼文无作“徇”者。《史记》旧本亦有作“濬齐”。盖古字假借“徇”为“濬”，濬，深也，义亦并通。《尔雅》“齐”“速”俱训为疾。《尚书大传》曰“多闻而齐给”。郑注云“齐，疾也”。今裴氏注云徇亦训疾，未见所出。或当读“徇”为“迅”，迅于《尔雅》与齐俱训疾，则迅濬虽异字，而音同也。又《尔雅》曰“宣，徇，遍也。濬，通也”。是“遍”之与“通”义亦相近。言黄帝幼而才智周遍，且辩给也。故《墨子》亦云“年逾五十，则聪明心虑不徇通矣”。俗本作“十五”,非是。案:谓年老逾五十不聪明,何得云“十五”?

【正义】谓七岁以下时也。(据[日]泷川资言《史记会注考证》补)

长而敦敏,成而聪明。

【正义】成谓年二十冠,成人也。聪明,闻见明辩也。此以上至“轩辕”,皆《大戴礼》文。

轩辕之时,神农氏世衰。

【集解】皇甫谧曰:“《易》称庖牺氏没,神农氏作,是为炎帝。”班固曰:“教民耕农,故号曰神农。”

【索隐】世衰,谓神农氏后代子孙道德衰薄,非指炎帝之身,即班固所谓“参卢”,皇甫谧所云“帝榆罔”是也。

【正义】《帝王世纪》云:“神农氏,姜姓也。母曰任姒,有蟜氏女,登为少典妃,游华阳,有神龙首,感生炎帝。人身牛首,长于姜水。有圣德,以火德王,故号炎帝。初都陈,又徙鲁。又曰魁隗氏,又曰连山氏,又曰列山氏。”《括地志》云:“厉山在随州随县北百里,山东有石穴。神农生于厉乡,所谓列山氏也。春秋时为厉国。”

诸侯相侵伐,暴虐百姓,而神农氏弗能征。于是轩辕乃习用干戈,以征不享,

【索隐】谓用干戈以征诸侯之不朝享者。本或作“亭”,亭训直,以征诸侯之不直者。

诸侯咸来宾从。而蚩尤最为暴，莫能伐。

【集解】应劭曰："蚩尤，古天子。"瓒曰："《孔子三朝纪》曰'蚩尤，庶人之贪者'。"

【索隐】案：此纪云"诸侯相侵伐，蚩尤最为暴"，则蚩尤非为天子也。又《管子》曰"蚩尤受卢山之金而作五兵"，明非庶人，盖诸侯号也。刘向《别录》云"孔子见鲁哀公问政，比三朝，退而为此记，故曰《三朝》。凡七篇，并入《大戴记》"。今此注见《用兵篇》也。

【正义】《龙鱼河图》云："黄帝摄政，有蚩尤兄弟八十一人，并兽身人语，铜头铁额，食沙石子，造立兵仗刀戟大弩，威振天下，诛杀无道，不慈仁。万民欲令黄帝行天子事，黄帝以仁义不能禁止蚩尤，乃仰天而叹。天遣玄女下授黄帝兵信神符，制伏蚩尤，帝因使之主兵，以制八方。蚩尤没后，天下复扰乱，黄帝遂画蚩尤形像以威天下，天下咸谓蚩尤不死，八方万邦皆为弭服。"《山海经》云："黄帝令应龙攻蚩尤。蚩尤请风伯、雨师以从，大风雨。黄帝乃下天女曰'魃'，以止雨。雨止，遂杀蚩尤。"孔安国曰"九黎君号蚩尤"是也。

炎帝欲侵陵诸侯，诸侯咸归轩辕。轩辕乃修德振兵，

【正义】振，整也。

治五气，

【集解】王肃曰："五行之气。"

【索隐】谓春甲乙木气，夏丙丁火气之属，是五气也。

蓺五种，

【集解】骃案：蓺，树也。《诗》云“蓺之荏菽”。《周礼》曰“谷宜五种”。郑玄曰“五种，黍、稷、菽、麦、稻也”。

【索隐】蓺，种也，树也。五种即五谷也，音朱用反。此注所引见《诗·大雅·生民》之篇。《尔雅》云“荏菽，戎菽”也，郭璞曰“今之胡豆”，郑氏曰“豆之大者”是也。

【正义】蓺音鱼曳反。种音肿。

抚万民，度四方，

【集解】王肃曰：“度四方而安抚之。”

【正义】度音徒洛反。

教熊罴貔貅貙虎，

【索隐】《书》云“如虎如貔”，《尔雅》云“貔，白狐”，《礼》曰“前有挚兽，则载貔貅”是也。《尔雅》又曰“貙獌似狸”。此六者猛兽，可以教战。《周礼》有服不氏，掌教扰猛兽。即古服牛乘马，亦其类也。

【正义】熊音雄。罴音碑。貔音毗。貅音休。貙音丑于反。罴如熊，黄白色。郭璞云：“貔，执夷，虎属也。”案：言教士卒习战，以猛兽之名名之，用威敌也。

以与炎帝战于阪泉之野。

【集解】服虔曰：“阪泉，地名。”皇甫谧曰：“在上谷。”

【正义】阪音白板反。《括地志》云:“阪泉,今名黄帝泉,在妫州怀戎县东五十六里。出五里至涿鹿东北,与涿水合。又有涿鹿故城,在妫州东南五十里,本黄帝所都也。《晋太康地里志》云‘涿鹿城东一里有阪泉,上有黄帝祠’。”案:阪泉之野则平野之地也。

三战,然后得其志。

【正义】谓黄帝克炎帝之后。

蚩尤作乱,不用帝命。

【正义】言蚩尤不用黄帝之命也。

于是黄帝乃征师诸侯,与蚩尤战于涿鹿之野,

【集解】服虔曰:“涿鹿,山名,在涿郡。”张晏曰:“涿鹿在上谷。”

【索隐】或作“浊鹿”,古今字异耳。案:《地理志》上谷有涿鹿县,然则服虔云“在涿郡”者,误也。

遂禽杀蚩尤。

【集解】《皇览》曰:“蚩尤冢在东平郡寿张县阚乡城中,高七丈,民常十月祀之。有赤气出,如匹绛帛,民名为蚩尤旗。肩髀冢在山阳郡钜野县重聚,大小与阚冢等。传言黄帝与蚩尤战于涿鹿之野,黄帝杀之,身体异处,故别葬之。”

【索隐】案:皇甫谧云“黄帝使应龙杀蚩尤于凶黎之谷”。或曰,黄帝斩

蚩尤于中冀，因名其地曰“绝辔之野”。注“皇览”，书名也。记先代冢墓之处，宜皇王之省览，故曰《皇览》。是魏人王象、缪袭等所撰也。

【正义】髀，白采反。（据［日］泷川资言《史记会注考证》补）

而诸侯咸尊轩辕为天子，代神农氏，是为黄帝。天下有不顺者，黄帝从而征之，平者去之，

【正义】平服者即去之。

披山通道，

【集解】徐广曰：“披，他本亦作‘陂’。字盖当音诐。陂者旁其边之谓也。披语诚合今世，然古今不必同也。”

【索隐】披音如字，谓披山林草木而行以通道也。徐广音诐，恐稍纡也。

未尝宁居。

东至于海，登丸山，

【集解】徐广曰：“丸，一作‘凡’。”骃案：《地理志》曰丸山在郎邪朱虚县。

【索隐】注“丸，一作‘凡’”，凡音扶严反。

【正义】丸音桓。《括地志》云：“丸山即丹山，在青州临朐县界朱虚故县西北二十里，丹水出焉。”丸音纨。守节案：《地志》唯有凡山，盖凡山丸山是一山耳。诸处字误，或“丸”或“凡”也。《汉书·郊祀志》云“禅丸

山”，颜师古云“在朱虚”，亦与《括地志》相合，明丸山是也。

及岱宗。

【正义】泰山，东岳也。在兖州博城县西北三十里也。

西至于空桐，

【集解】应劭曰：“山名。”韦昭曰：“在陇右。”

登鸡头。

【索隐】山名也。后汉王孟塞鸡头道，在陇西。一曰崆峒山之别名。

【正义】《括地志》云：“空桐山在肃州福禄县东南六十里。《抱朴子·内篇》云‘黄帝西见中黄子，受九品之方，过空桐，从广成子受自然之经’，即此山。”《括地志》又云：“笄头山一名崆峒山，在原州平高县西百里，《禹贡》泾水所出。《舆地志》云或即鸡头山也。郦元云盖大陇山异名也。《庄子》云广成子学道崆峒山，黄帝问道于广成子，盖在此。”案：二处崆峒皆云黄帝登之，未详孰是。

南至于江，登熊、湘。

【集解】《封禅书》曰：“南伐至于召陵，登熊山。”《地理志》曰湘山在长沙益阳县。

【正义】《括地志》云：“熊耳山在商州上洛县西十里，齐桓公登之以望江汉也。湘山一名艑山，在岳州巴陵县南十八里也。”

北逐荤粥，

【集解】《匈奴传》曰："唐虞以上有山戎、猃狁、荤粥，居于北蛮。"

【索隐】匈奴别名也。唐虞已上曰山戎，亦曰熏粥，夏曰淳维，殷曰鬼方，周曰玁狁，汉曰匈奴。

【正义】荤音薰。粥音育。

合符釜山，

【索隐】合诸侯符契圭瑞，而朝之于釜山，犹禹会诸侯于涂山然也。又案：郭子横《洞冥记》称东方朔云"东海大明之墟有釜山，山出瑞云，应王者之符命"，如尧时有赤云之祥之类。盖黄帝黄云之瑞，故曰"合符应于釜山"也。

【正义】《括地志》云："釜山在妫州怀戎县北三里，山上有舜庙。"

而邑于涿鹿之阿。

【正义】广平曰阿。涿鹿，山名，已见上。涿鹿故城在山下，即黄帝所都之邑于山下平地。

迁徙往来无常处，以师兵为营卫。

【正义】环绕军兵为营以自卫，若辕门即其遗象。

官名皆以云命，为云师。

【集解】应劭曰："黄帝受命，有云瑞，故以云纪事也。春官为青云，夏官为缙云，秋官为白云，冬官为黑云，中官为黄云。"张晏曰："黄帝有景云之应，因以名师与官。"

【正义】命，名也。（据［日］泷川资言《史记会注考证》补）

置左右大监，监于万国。

【正义】监，上监去声，下监平声。若周邵分陕也。

万国和，而鬼神山川封禅与为多焉。

【集解】徐广曰："多，一作'朋'。"

【索隐】与音羊汝反。与犹许也。言万国和同，而鬼神山川封禅祭祀之事，自古以来帝皇之中，推许黄帝以为多。多犹大也。

【正义】与，犹比也。（据［日］泷川资言《史记会注考证》补）

获宝鼎，迎日推筴。

【集解】晋灼曰："策，数也，迎数之也。"瓒曰："日月朔望未来而推之，故曰迎日。"

【索隐】《封禅书》曰"黄帝得宝鼎神策"，下云"于是推策迎日"，则神策者，神蓍也。黄帝得蓍以推算历数，于是逆知节气日辰之将来，故曰推策迎日也。

【正义】筴音策。迎，逆也。黄帝受神筴，命大挠造甲子，容成造历是也。

举风后、力牧、常先、大鸿

【集解】郑玄曰:“风后,黄帝三公也。”班固曰:“力牧,黄帝相也。”大鸿,见《封禅书》。

【正义】举,任用。四人皆帝臣也。《帝王世纪》云:“黄帝梦大风吹天下之尘垢皆去,又梦人执千钧之弩,驱羊万群。帝寤而叹曰:‘风为号令,执政者也。垢去土,后在也。天下岂有姓风名后者哉?夫千钧之弩,异力者也。驱羊数万群,能牧民为善者也。天下岂有姓力名牧者哉?’于是依二占而求之,得风后于海隅,登以为相。得力牧于大泽,进以为将。黄帝因著《占梦经》十一卷。”《艺文志》云:“《风后兵法》十三篇,图二卷,《孤虚》二十卷,《力牧兵法》十五篇。”郑玄云:“风后,黄帝之三公也。”案:黄帝仰天地置列侯众官,以风后配上台,天老配中台,五圣配下台,谓之三公也。《封禅书》云“鬼臾区号大鸿,黄帝大臣也。死葬雍,故鸿冢是”。《艺文志》云“《鬼容区兵法》三篇”也。

以治民。顺天地之纪,

【正义】言黄帝顺天地阴阳四时之纪也。

幽明之占,

【正义】幽,阴;明,阳也。占,数也。言阴阳五行,黄帝占数而知之。此文见《大戴礼》。

死生之说,

【集解】徐广曰:"一云'幽明之数,合死生之说'。"

【正义】说谓仪制也。民之生死。此谓作仪制礼则之说。

存亡之难。

【索隐】存亡犹安危也。《易》曰"危者安其位,亡者保其存"是也。难犹说也。凡事是非未尽,假以往来之词,则曰难。又上文有"死生之说",故此云"存亡之难",所以韩非著书有《说林》《说难》也。

【正义】难音乃惮反。存亡犹生死也。黄帝之前,未有衣裳屋宇。及黄帝造屋宇,制衣服,营殡葬,万民故免存亡之难。

时播百谷草木,

【集解】王肃曰:"时,是也。"

【索隐】为一句。

【正义】言顺四时之所宜而布种百谷草木也。

淳化鸟兽虫蛾,

【索隐】为一句。蛾音牛绮反。一作"豸"。言淳化广被及之。

【正义】蛾音鱼起反。又音豸,豸音直氏反。蚁,蚍蜉也。《尔雅》曰:"有足曰虫,无足曰豸。"

旁罗日月星辰水波

【集解】徐广曰:“一作‘沃’。”

土石金玉,

【索隐】旁,非一方。罗,广布也。今案:《大戴礼》作“历离”。离即罗也。言帝德旁罗日月星辰水波,及至土石金玉。谓日月扬光,海水不波,山不藏珍,皆是帝德广被也。

【正义】旁罗犹遍布也。日月,阴阳时节也。星,二十八宿也。辰,日月所会也。水波,澜漪也。言天不异灾,土无别害,水少波浪,山出珍宝。

劳勤心力耳目,节用水火材物。

【正义】节,时节也。水,陂障决泄也。火,山野禁放也。材,木也。物,事也。言黄帝教民,江湖陂泽山林原隰皆收采禁捕以时,用之有节,令得其利也。《大戴礼》云“宰我问于孔子曰:‘予闻荣伊曰黄帝三百年。请问黄帝者人耶?何以至三百年?’孔子曰:‘劳勤心力耳目,节用水火材物,生而民得其利百年,死而民畏其神百年,亡而民用其教百年,故曰三百年也。’”

有土德之瑞,故号黄帝。

【索隐】炎帝火,黄帝土代之,即“黄龙地螾见”是也。螾,土精,大五六围,长十余丈。螾音引。

【正义】螾音以刃反。

黄帝二十五子,其得姓者十四人。

【索隐】旧解破四为三，言得姓十三人耳。今案：《国语》胥臣云“黄帝之子二十五宗，其得姓者十四人，为十二姓，姬、酉、祁、己、滕、葴、任、荀、僖、姞、儇、衣是也。唯青阳与夷鼓同己姓”。又云“青阳与苍林为姬姓”。是则十四人为十二姓，其文甚明。唯姬姓再称青阳与苍林，盖《国语》文误，所以致令前儒共疑。其姬姓青阳当为玄嚣，是帝喾祖本与黄帝同姬姓。其《国语》上文青阳，即是少昊金天氏为己姓者耳。既理在不疑，无烦破四为三。

【正义】僖，音力其反。姞，其吉反。儇，音在宣反。（据［日］泷川资言《史记会注考证》补）

黄帝居轩辕之丘，

【集解】皇甫谧曰：“受国于有熊，居轩辕之丘，故因以为名，又以为号。《山海经》曰‘在穷山之际，西射之南’。”张晏曰：“作轩冕之服，故谓之轩辕。”

而娶于西陵之女，

【正义】西陵，国名也。

是为嫘祖。

【集解】徐广曰：“祖，一作‘俎’。嫘，力追反。”

【索隐】一曰雷祖，音力堆反。

【正义】一作“傫”。

嫘祖为黄帝正妃，

【索隐】案：黄帝立四妃，象后妃四星。皇甫谧云："元妃西陵氏女，曰累祖，生昌意。次妃方雷氏女，曰女节，生青阳。次妃彤鱼氏女，生夷鼓，一名苍林。次妃嫫母，班在三人之下。"案：《国语》夷鼓、苍林是二人。又案：《汉书·古今人表》彤鱼氏生夷鼓，嫫母生苍林，不得如谧所说。太史公乃据《大戴礼》，以累祖生昌意及玄嚣，玄嚣即青阳也。皇甫谧以青阳为少昊，乃方雷氏所生，是其所见异也。

生二子，其后皆有天下：其一曰玄嚣，是为青阳，

【索隐】玄嚣，帝喾之祖。案：皇甫谧及宋衷皆云玄嚣青阳即少昊也。今此纪下云"玄嚣不得在帝位"，则太史公意青阳非少昊明矣。而此又云"玄嚣是为青阳"，当是误也。谓二人皆黄帝子，并列其名，所以前史因误以玄嚣青阳为一人耳。宋衷又云："玄嚣青阳是为少昊，继黄帝立者，而史不叙，盖少昊金德王，非五运之次，故叙五帝不数之也。"

青阳降居江水；

【正义】《括地志》云："安阳故城在豫州新息县西南八十里。应劭云古江国也。《地理志》亦云安阳古江国也。"

其二曰昌意，降居若水。

【索隐】降，下也。言帝子为诸侯，降居江水。江水、若水皆在蜀，即所

封国也。《水经》曰“水出旄牛徼外，东南至故关为若水，南过邛都，又东北至朱提县为卢江水”，是蜀有此二水也。

昌意娶蜀山氏女，曰昌仆，生高阳，高阳有圣德焉。

【正义】《华阳国志》及《十三州志》云：“蜀之先肇于人皇之际。黄帝为子昌意娶蜀山氏，后子孙因封焉。帝颛顼高阳氏，黄帝之孙，昌意之子，母曰昌仆，亦谓之女枢。”《河图》云：“瑶光如蜺贯月，正白，感女枢于幽房之宫，生颛顼，首戴干戈，有德文也。”

黄帝崩，

【集解】皇甫谧曰：“在位百年而崩，年百一十一岁。”

【索隐】案：《大戴礼》“宰我问孔子曰：‘荣伊言黄帝三百年，请问黄帝何人也？抑非人也？何以至三百年乎？’对曰：‘生而人得其利百年，死而人畏其神百年，亡而人用其教百年。’”则士安之说略可凭矣。

【正义】《列仙传》云：“轩辕自择亡日与群臣辞。还葬桥山，山崩，棺空，唯有剑舄在棺焉。”

葬桥山。

【集解】《皇览》曰：“黄帝冢在上郡桥山。”

【索隐】《地理志》桥山在上郡阳周县，山有黄帝冢也。

【正义】《括地志》云：“黄帝陵在宁州罗川县东八十里子午山。《地理志》云上郡阳周县桥山南有黄帝冢。”案：阳周，隋改为罗川。《尔雅》云山锐而高曰桥也。

其孙昌意之子高阳立，是为帝颛顼也。

帝颛顼高阳者，

【集解】皇甫谧曰："都帝丘，今东郡濮阳是也。"

【索隐】宋衷云："颛顼，名；高阳，有天下号也。"张晏云："高阳者，所兴地名也。"

黄帝之孙而昌意之子也。静渊以有谋，疏通而知事；养材以任地，

【索隐】言能养材物以任地。《大戴礼》作"养财"。

载时

【索隐】载，行也。言行四时以象天。《大戴礼》作"履时以象天"。履亦践而行也。

以象天，依鬼神以制义，

【索隐】鬼神聪明正直，当尽心敬事，因制尊卑之义，故《礼》曰"降于祖庙之谓仁义"是也。

【正义】鬼之灵者曰神也。鬼神谓山川之神也。能兴云致雨，润养万物也，故己依冯之剬义也。剬，古制字。

治气

【索隐】谓理四时五行之气以教化万人也。

以教化，絜诚以祭祀。北至于幽陵，

【正义】幽州也。

南至于交阯，

【正义】阯音止，交州也。

西至于流沙，

【集解】《地理志》曰流沙在张掖居延县。

【正义】济，渡也。《括地志》云："居延海南，甘州张掖县东北千六十四里是。"

东至于蟠木。

【集解】《海外经》曰："东海中有山焉，名曰度索。上有大桃树，屈蟠三千里。东北有门，名曰鬼门，万鬼所聚也。天帝使神人守之，一名神荼，一名郁垒，主阅领万鬼。若害人之鬼，以苇索缚之，射以桃弧，投虎食也。"

动静之物，

【正义】动物谓鸟兽之类,静物谓草木之类。

大小之神,

【正义】大谓五岳、四渎,小谓丘陵坟衍。

日月所照,莫不砥属。

【集解】王肃曰:“砥,平也。四远皆平而来服属。”

【索隐】依王肃音止蜀,据《大戴礼》作“砥砺”也。

【正义】砥,磨石也,取其平也。(据[日]泷川资言《史记会注考证》补)

帝颛顼生子曰穷蝉。

【索隐】《系本》作“穷系”。宋衷云:“一云穷系,谥也。”

【正义】帝舜之高祖也。

颛顼崩,

【集解】皇甫谧曰:“在位七十八年,年九十八。”《皇览》曰:“颛顼冢在东郡濮阳顿丘城门外广阳里中。顿丘者城门,名顿丘道。”

【索隐】皇甫谧云:“据左氏,岁在鹑火而崩,葬东郡。”又《山海经》曰:“颛顼葬鲋鱼山之阳,九嫔葬其阴。”

而玄嚣之孙高辛立,是为帝喾。

帝喾高辛者，

【集解】张晏曰："少昊以前，天下之号象其德。颛顼以来，天下之号因其名。高阳、高辛皆所兴之地名；颛顼与喾皆以字为号：上古质故也。"

【索隐】宋衷曰："高辛地名，因以为号。喾，名也。"皇甫谧云："帝喾名夋也。"

【正义】炎帝作耒耜以利百姓，教民种五谷，故曰神农。黄帝制舆服宫室等，故号轩辕氏。少昊象日月之始，能师太昊之道，故曰少昊氏。此谓象其德也。（据［日］泷川资言《史记会注考证》补）《帝王纪》云："俈母无闻焉。"

黄帝之曾孙也。高辛父曰蟜极，

【正义】蟜音居兆反。本作"桥"，音同。又巨遥反。帝尧之祖也。

蟜极父曰玄嚣，玄嚣父曰黄帝。自玄嚣与蟜极皆不得在位，至高辛即帝位。

【集解】皇甫谧曰："都亳，今河南偃师是。"

高辛于颛顼为族子。

高辛生而神灵，自言其名。

【正义】《帝王纪》云："帝喾高辛，姬姓也。其母生见其神异，自言其名曰岌。龆龀有圣德，年十五而佐颛顼，三十登位，都亳，以人事纪官也。”

普施利物，不于其身。聪以知远，明以察微。顺天之义，知民之急。仁而威，惠而信，修身而天下服。取地之财而节用之，抚教万民而利诲之，历日月而迎送之，

【正义】言作历弦、望、晦、朔，日月未至而迎之，过而送之，上“迎日推策”是也。

明鬼神而敬事之。

【正义】天神曰神，人神曰鬼。又云圣人之精气谓之神，贤人之精气谓之鬼。言明识鬼而敬事也。

其色郁郁，其德嶷嶷。

【索隐】郁郁犹穆穆也。嶷嶷，德高也。今案：《大戴礼》“郁”作“神”，“嶷”作“俟”。

其动也时，其服也士。

【索隐】举动应天时，衣服服士服，言其公且廉也。

【正义】服，士之祭服，缁衣纁裳也。（据［日］泷川资言《史记会注考证》补）

帝喾溉执中而遍天下，

【集解】徐广曰:"古'既'字作水旁。'遍'字一作'尹'。"

【索隐】即《尚书》"允执厥中"是也。

【正义】溉音既。言帝喾治民,若水之溉灌,平等而执中正,遍于天下也。

日月所照,风雨所至,莫不从服。

【正义】以上《大戴》文也。

帝喾娶陈锋氏女,

【索隐】锋音峰。案:《系本》作"陈酆氏"。皇甫谧云"陈锋氏女曰庆都"。庆都,名也。

【正义】锋音峰。又作"丰"。《帝王纪》云"帝喾有四妃,卜其子皆有天下。元妃有邰氏女,曰姜嫄,生后稷。次妃有娀氏女,曰简狄,生卨,次妃陈丰氏女,曰庆都,生放勳。次妃娵訾氏女,曰常仪,生帝挚"也。

生放勳。

【正义】放音方往反。勳亦作"勛",音许云反。言尧能放上代之功,故曰放勳。谥尧。姓伊祁氏。《帝王纪》云:"帝尧陶唐氏,祁姓也。母庆都,十四月生尧。"

娶娵訾氏女,生挚。

【索隐】案:皇甫谧云“女名常宜”也。

【正义】娵,足须反。訾,紫移反。

帝喾崩,

【集解】皇甫谧曰:“在位七十年,年百五岁。”《皇览》曰:“帝喾冢在东郡濮阳顿丘城南台阴野中。”

而挚代立。帝挚立,不善,

【索隐】古本作“不著”,音张虑反。俗本作“不善”。不善谓微弱,不著犹不著明。卫宏云:“挚立九年而唐侯德盛,因禅位焉。”

【正义】《帝王纪》云:“帝挚之母于四人中班最在下,而挚于兄弟最长,得登帝位。封异母弟放勳为唐侯。挚在位九年,政微弱,而唐侯德盛,诸侯归之,挚服其义,乃率群臣造唐而致禅。唐侯自知有天命,乃受帝禅,乃封挚于高辛。”今定州唐县也。

而弟放勳立,是为帝尧。

帝尧者,

【集解】《谥法》曰:“翼善传圣曰尧。”

【索隐】尧,谥也。放勳,名。帝喾之子,姓伊祁氏。案:皇甫谧云“尧初生时,其母在三阿之南,寄于伊长孺之家,故从母所居为姓也”。

【正义】徐广云:“号陶唐。”《帝王纪》云:“尧都平阳,于诗为唐国。”徐才《宗国都城记》云:“唐国,帝尧之裔子所封。其北,帝夏禹都,汉曰太原郡，在古冀州太行恒山之西。其南有晋水。”《括地志》云：“今晋州所理平阳故城是也。平阳河水一名晋水也。”

放勳。

【集解】徐广曰：“号陶唐。”皇甫谧曰：“尧以甲申岁生，甲辰即帝位，甲午征舜，甲寅舜代行天子事，辛巳崩，年百一十八，在位九十八年。”

其仁如天，

【索隐】如天之函养也。

【正义】郭璞注《尔雅》云：“仁覆愍下，谓之昊天也。”（据［日］泷川资言《史记会注考证》补）

其知如神。

【索隐】如神之微妙也。

就之如日，

【索隐】如日之照临，人咸依就之，若葵藿倾心以向日也。

望之如云。

【索隐】如云之覆渥，言德化广大而浸润生人，人咸仰望之，故曰如百谷之仰膏雨也。

富而不骄,贵而不舒。

【索隐】舒犹慢也。《大戴礼》作“不豫”。

【正义】凌上慢,谓之为骄。言尧有天下之富,而不骄人也。(据[日]泷川资言《史记会注考证》补)

黄收纯衣,

【集解】徐广曰:“纯,一作‘纣’。”骃案:《太古冠冕图》云“夏名冕曰收”。《礼记》曰“野夫黄冠”。郑玄曰“纯衣,士之祭服”。

【索隐】收,冕名。其色黄,故曰黄收,象古质素也。纯,读曰缁。

彤车乘白马。能明驯德,

【集解】徐广曰:“驯,古训字。”

【索隐】《史记》“驯”字徐广皆读曰训。训,顺也。言圣德能顺人也。案:《尚书》作“俊德”,孔安国云“能明用俊德之士”,与此文意别也。

以亲九族。九族既睦,便章百姓。

【集解】徐广曰:“下云‘便程东作’,然则训平为便也。”骃案:《尚书》并作“平”字。孔安国曰“百姓,百官”。郑玄曰“百姓,群臣之父子兄弟”。

【索隐】《古文尚书》作“平”,此文盖读“平”为浦耕反。平既训便,因作“便章”。其今文作“辩章”。古“平”字亦作“便”,音婢缘反。便则训辩,遂为辩章。邹诞生本亦同也。

百姓昭明，合和万国。

【正义】合，作“叶”。（据[日]泷川资言《史记会注考证》补）

乃命羲、和，

【集解】孔安国曰：“重黎之后，羲氏、和氏世掌天地之官。”

【正义】《吕刑传》云：“重即羲，黎即和，虽别为氏族，而出自重黎也。”案：圣人不独治，必须贤辅，乃命相天地之官，若《周礼》天官卿、地官卿也。

敬顺昊天，

【正义】敬犹恭勤也。元气昊然广大，故云昊天。《释天》云：“春为苍天，夏为昊天，秋为旻天，冬为上天。”而独言昊天者，以尧能敬天，大，故以昊大言之。

数法

【索隐】《尚书》作“历象日月”，则此言“数法”，是训“历象”二字，谓命羲和以历数之法观察日月星辰之早晚，以敬授人时也。

日月星辰，

【正义】历数之法，日之甲乙，月之大小，昏明递中之星，日月所会之辰，定其天数，以为一岁之历。

敬授民时。

【正义】《尚书考灵耀》云:“主春者,张昏中,可以种稷。主夏者,火昏中,可以种黍菽。主秋者,虚昏中,可以种麦。主冬者,昴昏中,可以收敛也。”天子视四星之中,知民缓急,故云敬授民时也。

分命羲仲,居郁夷,曰旸谷。

【集解】《尚书》作“嵎夷”。孔安国曰:“东表之地称嵎夷。日出于旸谷。羲仲,治东方之官。”

【索隐】旧本作“汤谷”,今并依《尚书》字。案:《淮南子》曰“日出汤谷,浴于咸池”,则汤谷亦有他证明矣。又下曰“昧谷”,徐广云“一作‘柳’”,柳亦日入处地名。太史公博采经记而为此史,广记异闻,不必皆依《尚书》。盖郁夷亦地之别名也。

【正义】郁音隅。阳或作“旸”。《禹贡》青州云:“嵎夷既略。”案:嵎夷,青州也。尧命羲仲理东方青州嵎夷之地,日所出处,名曰阳明之谷。羲仲主东方之官,若《周礼》春官卿。

敬道日出,便程东作。

【集解】孔安国曰:“敬道出日,平均次序东作之事,以务农也。”

【索隐】刘伯庄传皆依古史作平秩音。然《尚书大传》曰“辩秩东作”,则是训秩为程,言便课其作程者也。

【正义】道音导。便,程,并如字,后同。导,训也。三春主东,故言日出。耕作在春,故言东作。命羲仲恭勤道训万民东作之事,使有程期。

日中，星鸟，以殷中春。

【集解】孔安国曰："日中谓春分之日也。鸟，南方朱鸟七宿也。殷，正也。春分之昏，鸟星毕见，以正仲春之气节。转以推孟、季，则可知也。"

【正义】下"中"音仲，夏、秋、冬并同。

其民析，鸟兽字微。

【集解】孔安国曰："春事既起，丁壮就功，言其民老壮分析也。"乳化曰字。《尚书》"微"作"尾"字。说云"尾，交接也"。

申命羲叔，居南交。

【集解】孔安国曰："夏与春交，此治南方之官也。"

【索隐】孔注未是。然则冬与秋交，何故下无其文？且东嵎夷，西昧谷，北幽都，三方皆言地，而夏独不言地，乃云与春交，斯不例之甚也。然南方地有名交阯者，或古文略举一字名地，南交则是交阯不疑也。

【正义】羲叔主南方官，若《周礼》夏官卿也。

便程南为，敬致。

【集解】孔安国曰："为，化也。平序分南方化育之事，敬行其教，以致其功也。"

【索隐】为依字读。春言东作，夏言南为，皆是耕作营为劝农之事。孔安国强读为"讹"字，虽则训化，解释亦甚纡回也。

【正义】为音于伪反。命羲叔宜恭勤民事。致其种殖,使有程期也。

日永,星火,以正中夏。

【集解】孔安国曰:"永,长也,谓夏至之日。火,苍龙之中星,举中则七星见可知也,以正中夏之节。"马融、王肃谓日长昼漏六十刻,郑玄曰五十五刻。

其民因,鸟兽希革。

【集解】孔安国曰:"因,谓老弱因就在田之丁壮以助农也。夏时鸟兽毛羽希少改易也。革,改也。"

申命和仲,

【正义】和仲主西方之官,若《周礼》秋官卿也。

居西土,

【集解】徐广曰:"一无'土'字。以为西者,今天水之西县也。"骃案:郑玄曰"西者,陇西之西,今人谓之兑山"。

曰昧谷。

【集解】徐广曰:"一作'柳谷'。"骃案:孔安国曰"日入于谷而天下冥,故曰昧谷。此居治西方之官,掌秋天之政也"。

敬道日入，便程西成。

【集解】孔安国曰："秋，西方，万物成也。"

夜中，星虚，

【索隐】虚，旧依字读，而邹诞生音墟。案：虚星主坟墓，邹氏或得其理。

以正中秋。

【集解】孔安国曰："春言日，秋言夜，互相备也。虚，玄武之中星。亦言七星皆以秋分日见，以正三秋也。"

其民夷易，鸟兽毛毨。

【集解】孔安国曰："夷，平也。老壮者在田，与夏平也。毨，理也。毛更生整理。"

申命和叔；居北方，曰幽都。

【集解】孔安国曰："北称幽都，谓所聚也。"

【索隐】《山海经》曰"北海之内有山名幽都"，盖是也。

【正义】案：北方幽州，阴聚之地，命和叔居理之。北方之官，若《周礼》冬官卿。

便在伏物。

【索隐】使和叔察北方藏伏之物,谓人畜积聚等冬皆藏伏。《尸子》亦曰“北方者,伏方也”。《尚书》作“平在朔易”。今案:《大传》云“便在伏物”,太史公据之而书。

日短,星昴,以正中冬。

【集解】孔安国曰:“日短,冬至之日也。昴,白虎之中星。亦以七星并见,以正冬节也。”马融、王肃谓日短昼漏四十刻。郑玄曰四十五刻,失之。

其民燠,鸟兽氄毛。

【集解】徐广曰:“氄音茸。”骃案:孔安国曰“民入室处,鸟兽皆生氄毳细毛以自温也”。

【正义】冬时其民因鸟兽生氄毳细毛之时,当服精绵絮褚衣温之服,以御冬寒也。褚,音竹吕反。(据[日]泷川资言《史记会注考证》补)

岁三百六十六日,以闰月正四时。

【索隐】夫周天三百六十五度四分度之一,是天度数也。而日行迟,一岁一周天;月行疾,一月一周天。日一日行一度,月一日行十三度十九分度之七。至二十九日半强,月行天一匝,又逐及日而与会。一年十二会,是为十二月。每月二十九日过半。年分出小月六,是每岁余六日。又大岁三百六十六日,小岁三百五十五日,举全数云六十六日。其实一岁唯余十一日弱。未满三岁,已成一月,则置闰。若三年不置闰,则正月为二月。九年差三月,则以春为夏。十七年差六月,则四时皆反。以此四时不正,岁不成矣。故《传》曰"归余于终,事则不悖"是也。

信饬

【集解】徐广曰:"古'敕'字。"

百官,众功皆兴。

尧曰:"谁可顺此事?"

【正义】言将登用之嗣位也。

放齐曰:"嗣子丹朱开明。"

【集解】孔安国曰:"放齐,臣名。"

【正义】放音方往反。郑玄云:"帝尧胤嗣之子,名曰丹朱,开明也。"案:开,解而达也。《帝王纪》云:"尧娶散宜氏女,曰女皇,生丹朱。"《汲冢纪年》云:"后稷放帝子丹朱。"范汪《荆州记》云:"丹水县在丹川,尧子朱之所封也。"《括地志》云:"丹水故城在邓州内乡县西南百三十里。丹水故为县。"

尧曰:"吁! 顽凶,不用。"

【集解】孔安国曰:"吁,疑怪之辞。"

【正义】《左传》云:“口不道忠信之言为嚚,心不则德义之经为顽。”凶,讼也。言丹朱心既顽嚚,又好争讼,不可用之。

尧又曰:“谁可者?”讙兜曰:“共工旁聚布功,可用。”

【集解】孔安国曰:“讙兜,臣名。”郑玄曰:“共工,水官名。”

【正义】兜音斗侯反。

尧曰:“共工善言,其用僻,似恭漫天,不可。”

【正义】漫音莫干反。共工善为言语,用意邪僻也。似于恭敬,罪恶漫天,不可用也。

尧又曰:“嗟,四岳,

【集解】郑玄曰:“四岳,四时官,主方岳之事。”

【正义】嗟叹鸿水,问四岳谁能理也。孔安国云:“四岳,即上羲和四子也。分掌四岳之诸侯,故称焉。”

汤汤洪水滔天,浩浩怀山襄陵,

【集解】孔安国曰:“怀,包;襄,上也。”

【正义】汤音商,今读如字。荡荡,广平之貌。言水奔突有所涤除,地上之物为水漂流荡荡然。案:怀,藏,包裹之义,故怀为包。《释言》以襄为驾,驾乘牛马皆在上也。言水襄上乘陵,浩浩盛大,势若漫天。

下民其忧,有能使治者?”皆曰鲧可。

【集解】马融曰:“鲧,臣名,禹父。”

尧曰:“鲧负命毁族,不可。”

【正义】负音佩,依字通。负,违也。族,类也。鲧性很戾,违负教命,毁败善类,不可用也。《诗》云“贪人败类”也。

岳曰:“异哉,试不可用而已。”

【正义】异音異。孔安国云:“异,已;已,退也。言余人尽已,唯鲧可试,无成乃退。”

尧于是听岳用鲧。九岁,功用不成。

【正义】《尔雅·释天》云:“载,岁也。夏曰祀,周曰年,唐、虞曰载。”李巡云:“各自纪事,示不相袭也。”孙炎云:“岁,取岁星行一次也。祀,取四时祭祀一讫也。年,取禾谷一熟也。载,取万物终更始也。载者,年之别名,故以载为年也。”案:功用不成,水害不息,故放退也。至明年得舜,乃殛之羽山,而用其子禹也。

尧曰:“嗟!四岳:朕在位七十载,汝能庸命,践朕位?”

【集解】郑玄曰:“言汝诸侯之中有能顺事用天命者,入处我位,统治天子之事者乎?”

【正义】孔安国云："尧年十六，以唐侯升为天子，在位七十载，时八十六，老将求代也。"

岳应曰："鄙德忝帝位。"

【正义】四岳皆云，鄙俚无德，若便行天子事，是辱帝位。言己等不堪也。

尧曰："悉举贵戚及疏远隐匿者。"众皆言于尧曰："有矜在民间，曰虞舜。"

【集解】孔安国曰："无妻曰矜。"
【正义】矜，古顽反。

尧曰："然，朕闻之。其何如？"岳曰："盲者子。父顽，母嚚，弟傲，能和以孝，烝烝治，不至奸。"

【集解】孔安国曰："不至于奸恶。"
【正义】烝，之升反，进也。言父顽，母嚚，弟傲，舜皆和以孝，进之于善，不至于奸恶也。

尧曰："吾其试哉。"

【正义】欲以二女试舜，观其理家之道也。

于是尧妻之二女，

【正义】妻音七计反。二女，娥皇、女英也。娥皇无子，女英生商均。舜升天子，娥皇为后，女英为妃。

观其德于二女。

【正义】视其为德行于二女，以理家而观国也。

舜饬下二女于妫汭，

【集解】孔安国曰："舜所居妫水之汭。"

【索隐】《列女传》云二女长曰娥皇，次曰女英。《系本》作"女莹"。《大戴礼》作"女匽"。皇甫谧云："妫水在河东虞乡县历山西。汭，水涯也，犹洛汭、渭汭然也。"

【正义】饬音敕。下音胡亚反。汭音芮。舜能整齐二女以义理，下二女之心于妫汭，使行妇道于虞氏也。《括地志》云："妫汭水源出蒲州河东南山。许慎云：'水涯曰汭。'案：《地记》云'河东郡青山东山中有二泉，下南流者妫水，北流者汭水。二水异源，合流出谷，西注河。妫水北曰汭也'。又云'河东县二里故蒲坂城，舜所都也。城中有舜庙，城外有舜宅及二妃坛'。"

如妇礼。尧善之，乃使舜慎和五典，

【集解】郑玄曰："五典，五教也。盖试以司徒之职。"

五典能从。乃遍入百官，百官时序。宾于四门，四门穆穆，诸侯远方宾客皆敬。

【集解】马融曰:“四门,四方之门。诸侯群臣朝者,舜宾迎之,皆有美德也。”

尧使舜入山林

【索隐】《尚书》云“纳于大麓”,《穀梁传》云“林属于山曰麓”,是山足曰麓,故此以为入山林不迷。孔氏以麓训录,言令舜大录万几之政,与此不同。

川泽,暴风雷雨,舜行不迷。尧以为圣,召舜曰:“女谋事至而言可绩,三年矣。

【集解】郑玄曰:“三年者,宾四门之后三年也。”

女登帝位。”舜让于德不怿。

【集解】徐广曰:“音亦。《今文尚书》作‘不怡’。怡,怿也。”

【索隐】古文作“不嗣”,今文作“不怡”,怡即怿也。谓辞让于德不堪,所以心意不悦怿也。俗本作“泽”,误尔,亦当为“怿”。

正月上日,

【集解】马融曰:“上日,朔日也。”

【正义】郑玄云:“帝王易代,莫不改正。尧正建丑,舜正建子,此时未改，故依尧正月上日也。"

舜受终于文祖。文祖者，尧大祖也。

【集解】郑玄曰："文祖者，五府之大名，犹周之明堂。"

【索隐】《尚书帝命验》曰："五府，五帝之庙。苍曰灵府，赤曰文祖，黄曰神斗，白曰显纪，黑曰玄矩。唐虞谓之五府，夏谓世室，殷谓重屋，周谓明堂，皆祀五帝之所也。"

【正义】舜受尧终帝之事于文祖也。《尚书帝命验》云："帝者承天立五府，以尊天重象也。五府者，黄曰神斗。"注云："唐虞谓之天府，夏谓之世室，殷谓之重屋，周谓之明堂，皆祀五帝之所也。文祖者，赤帝熛怒之府，名曰文祖。火精光明，文章之祖，故谓之文祖。周曰明堂。神斗者，黄帝含枢纽之府，名曰神斗。斗，主也。土精澄静，四行之主，故谓之神斗。周曰太室。显纪者，白帝招拒之府，名显纪。纪，法也。金精断割万物，故谓之显纪。周曰总章。玄矩者，黑帝汁光纪之府，名曰玄矩。矩，法也。水精玄昧，能权轻重，故谓之玄矩。周曰玄堂。灵府者，苍帝灵威仰之府，名曰灵府。周曰青阳。"

于是帝尧老，命舜摄行天子之政，以观天命。舜乃在璿玑玉衡，以齐七政。

【集解】郑玄曰："璿玑，玉衡，浑天仪也。七政，日月五星也。"

【正义】《说文》云："璿，赤玉也。"案：舜虽受尧命，犹不自安，更以璿玑玉衡以正天文。玑为运转，衡为横箫，运玑使动于下，以衡望之，是王者正天文器也，观其齐与不齐。今七政齐，则己受禅为是。蔡邕云："玉衡长八尺，孔径一寸，下端望之，以视星宿，并县玑以象天，而以衡望之，转玑窥衡,以知星宿。玑径八尺,圆周二丈五尺而强也。”郑玄云:“运转者为玑,持正者为衡。”《尚书大传》云:“政者,齐中也。谓春秋冬夏天文地理人道,所以为政也,道正而万事顺成,故天道政之大也。”蔡邕《天文志》:“言天体者有三家:一曰周髀,二曰宣夜,三曰浑天也。”《尚书大传》云:“七政布位,日月时之主,五星时之纪,故以此为七。日月有薄食,五星有掊聚。七者得失在于人君之政,故谓之政。”《易系辞》云:“天垂象,见吉凶,圣人象之。”日月五星,有吉凶之象,因其变动为占。七者自异政,故曰七政也。按:五星名:木曰岁星,火曰荧惑星,土曰镇星,金曰太白姓,水曰辰星也。(“蔡邕《天文志》”以下文,据[日]泷川资言《史记会注考证》补)

遂类于上帝,

【集解】郑玄曰:“礼祭上帝于圜丘。”

【正义】《五经异义》云:“非时祭天谓之类,言以事类告也。时舜告摄,非常祭也。”《王制》云:“天子将出,类于上帝。”郑玄云:“昊天上帝谓天皇大帝,北辰之星。”

禋于六宗,

【集解】郑玄曰:“六宗,星、辰、司中、司命、风师、雨师也。”骃案:六宗义众矣。愚谓郑说为长。

【正义】《周语》云“精意以享曰禋”也。孙炎云:“禋,絜敬之祭也。”案:星,五纬星也。辰,日月所会十二次也。司中、司命,文昌第五、第四星也。风师,箕星也。雨师,毕星也。孔安国云:“四时寒暑也,日月星也,水旱也。”《礼·祭法》云:“埋少牢于大昭,祭时也。禳祈于坎坛,祭寒暑也。王宫,祭日也。夜明,祭月也。幽禜,祭星。雩禜,祭水旱也。”司马彪《续汉书》云："安帝立六宗，祀于洛阳城西北亥地，礼比大社。魏因之。至晋初，荀顗言新祀，以六宗之神诸家说不同，乃废之也。"

望于山川，

【集解】徐广曰："名山大川。"

【正义】望者，遥望而祭山川也。山川，五岳、四渎也。《尔雅》云："梁山，晋望也。"

辩于群神。

【集解】徐广曰："辩音班。"骃案：郑玄曰"群神若丘陵坟衍"。

【正义】辩音遍。谓祭群神也。

揖五瑞，择吉月日，见四岳诸牧，班瑞。

【集解】马融曰："揖，敛也。五瑞，公侯伯子男所执，以为瑞信也。尧将禅舜，使群牧敛之，使舜亲往班之。"

【正义】揖音集。《周礼·典瑞》云："王执镇圭，尺二寸。公执桓圭，九寸。侯执信圭，七寸。伯执躬圭，五寸。子执谷璧，男执蒲璧，皆五寸。言五瑞者，王不在中也。"孔文祥云："宋末，会稽修禹庙，于庙庭山土中得五等圭璧百余枚，形与《周礼》同，皆短小。此即禹会诸侯于会稽，执以礼山神而埋之。其璧今犹有在也。"

岁二月，东巡狩，至于岱宗，祡，

【集解】马融曰："舜受终后五年之二月。"郑玄曰："建卯之月也。柴祭东岳者，考绩。柴，燎也。"

【正义】案：既班瑞群后即东巡者，守土之诸侯会岱宗之岳，焚柴告至也。王者巡狩，以诸侯自专一国，威福任己，恐其壅遏上命，泽不下流，故巡行问人疾苦也。《风俗通》云："太山之尊者，一曰岱宗，始也，长也，万物之始，阴阳交代，故为五岳之长也。"案：二月，仲月也。仲，中也，言得其中也。

望秩于山川。

【正义】乃以秩望祭东方诸侯境内之名山大川也。言秩者，五岳视三公，四渎视诸侯。

遂见东方君长，合时月正日，

【集解】郑玄曰："协正四时之月数及日名，备有失误。"

【正义】既见东方君长，乃合同四时气节，月之大小，日之甲乙，使齐一也。《周礼》："太史掌正岁年以序事，颁正朔于邦国。"则节气晦朔皆天子颁之。犹恐诸侯国异，或不齐同，因巡狩合正之。

同律度量衡，

【集解】郑玄曰："律，音律；度，丈尺；量，斗斛；衡，斤两也。"

【正义】律之十二律，度之丈尺，量之斗斛，衡之斤两，皆使天下相同，无制度长短轻重异也。《汉律历志》云："《虞书》云'同律度量衡'，所以齐远近，立民信也。律有十二，阳六为律，阴六为吕。律以统气类物，一曰黄钟，二曰太蔟，三曰姑洗，四曰蕤宾，五曰夷则，六曰无射。吕以旅阳宣气，一曰林钟，二曰南吕，三曰应钟，四曰大吕，五曰夹钟，六曰中吕。度者，分、寸、尺、丈、引也，所以度长短也。本起黄钟之管长，以子谷秬黍中者一黍为一分，十分为一寸，十寸为尺，十尺为丈，十丈为引，而五度审矣。量者，龠、合、升、斗、斛也，所以量多少也。本起黄钟之龠，以子谷秬黍中者千有二百实为一龠，合龠为合，十合为升，十升为斗，十斗为斛，而五量嘉矣。衡权者，铢、两、斤、钧、石也，所以称物轻重也。本起于黄钟之重，一龠容千二百黍，重十二铢，二十四铢为两，十六两为斤，三十斤为钧，四钧为石，而五权谨矣。衡，平也。权，重也。”

修五礼

【集解】马融曰：“吉、凶、宾、军、嘉也。”

【正义】《周礼》“以吉礼事邦国之鬼神祇，以凶礼哀邦国之忧，以宾礼亲邦国，以军礼同邦国，以嘉礼亲万民”也。《尚书·尧典》云“类于上帝”，吉礼也；“如丧考妣”，凶礼也；“群后四朝”，宾礼也；《大禹谟》云“汝徂征”，军礼也；尧典云“女于时”，嘉礼也。女音女虑反。

五玉

【集解】郑玄曰：“即五瑞也。执之曰瑞，陈列曰玉。”

三帛

【集解】马融曰：“三孤所执也。”郑玄曰：“帛，所以荐玉也。必三者，高阳氏后用赤缯，高辛氏后用黑缯，其余诸侯皆用白缯。”

【正义】孔安国云:"诸侯世子执纁,公之孤执玄,附庸之君执黄也。"案:《三统纪》推伏羲为天统,色尚赤。神农为地统,色尚黑。黄帝为人统,色尚白。少昊,黄帝子,亦尚白。故高阳氏又天统,亦尚赤。尧为人统,故用白。

二生

【正义】羔、雁也。郑玄注《周礼·大宗伯》云:"羔,小羊也,取其群不失其类也。雁,取其候时而行也。卿执羔,大夫执雁。"案:羔、雁性驯,可生为贽。

一死

【正义】雉也。马融云:"一死雉,士所执也。"案:不可生为贽,故死。雉,取其守介死不失节也。

为挚,

【集解】马融曰:"挚:二生,羔、雁,卿大夫所执;一死,雉,士所执。"

【正义】挚音至。贽,执也。郑玄云:"贽之言至,所以自致也。"韦昭云:"贽,六贽:孤执皮帛,卿执羔,大夫执雁,士执雉,庶人执鹜,工商执鸡也。"

如五器,卒乃复。

【集解】马融曰:"五器,上五玉。五玉礼终则还之,三帛已下不还也。"

【正义】卒音子律反。复音伏。

五月，南巡狩；八月，西巡狩；十一月，北巡狩：皆如初。归，至于祖祢庙，

【正义】祢音乃礼反。何休云："生曰父，死曰考，庙曰祢。"

用特牛礼。五岁一巡狩，群后四朝。

【集解】郑玄曰："巡狩之年，诸侯见于方岳之下。其间四年，四方诸侯分来朝于京师也。"

遍告以言，

【正义】遍音遍。言遍告天子治理之言也。

明试以功，车服以庸。

【正义】孔安国云："功成则锡车服，以表显其能用也。"

肇十有二州，决川。

【集解】马融曰："禹平水土，置九州。舜以冀州之北广大，分置并州。燕、齐辽远，分燕置幽州，分齐为营州。于是为十二州也。"郑玄曰："更为之定界，濬水害也。"

象以典刑，

【集解】马融曰："言咎繇制五常之刑，无犯之者，但有其象，无其人也。"

【正义】孔安国云："象，法也。法用常刑，用不越法也。"

流宥五刑，

【集解】马融曰："流，放；宥，宽也。一曰幼少，二曰老耄，三曰蠢愚。五刑，墨、劓、剕、宫、大辟。"

【正义】孔安国云："以流放之法宽五刑也。"郑玄云："三宥，一曰弗识，二曰过失，三曰遗忘也。"

鞭作官刑，

【集解】马融曰："为辨治官事者为刑。"

扑作教刑，

【集解】郑玄曰："扑，槚楚也。扑为教官为刑者。"

金作赎刑。

【集解】马融曰："金，黄金也。意善功恶，使出金赎罪，坐不戒慎者。"

眚灾过，赦；

【集解】郑玄曰:“眚灾,为人作患害者也。过失,虽有害则赦之。”

怙终

【集解】徐广曰:“一作‘众’。”

贼,刑。

【集解】郑玄曰:“怙其奸邪,终身以为残贼,则用刑之。”

钦哉,钦哉,惟刑之静哉!

【集解】徐广曰:“今文云‘惟刑之谧哉’。《尔雅》曰‘谧,静也’。”

【索隐】注“惟形之谧哉”,案:古文作“恤哉”,且今文是伏生口诵,恤谧声近,遂作“谧”也。

讙兜进言共工,

【正义】讙兜,浑沌也。共工,穷奇也。鲧,檮杌也。三苗,饕餮也。《左传》云“舜臣尧,流四凶,投诸四裔,以御魑魅”也。

尧曰不可而试之工师,

【正义】工师,若今大匠卿也。

共工果淫辟。

【正义】匹亦反。

四岳举鲧治鸿水，尧以为不可，岳彊请试之，试之而无功，故百姓不便。三苗

【集解】马融曰："国名也。"

【正义】《左传》云自古诸侯不用王命，虞有三苗，夏有观扈。孔安国云："缙云氏之后为诸侯，号饕餮也。"吴起云："三苗之国，左洞庭而右彭蠡。"案：洞庭，湖名，在岳州巴陵西南一里，南与青草湖连。彭蠡，湖名，在江州浔阳县东南五十二里。以天子在北，故洞庭在西为左，彭蠡在东为右。今江州、鄂州、岳州，三苗之地也。

在江淮、荆州

【正义】淮，读曰汇，音胡罪反，今彭蠡湖也。本属荆州。《尚书》云"南入于江，东汇泽为彭蠡"是也。

数为乱。于是舜归而言于帝，请流共工于幽陵，

【集解】马融曰；"北裔也。"

【正义】《尚书》及《大戴礼》皆作"幽州"。《括地志》云："故龚城在檀州燕乐县界。故老传云舜流共工幽州，居此城。"《神异经》云："西北荒有人焉，人面，朱佛，蛇身，人手足，而食五谷禽兽，顽愚，名曰共工。"

以变北狄；

【集解】徐广曰："变，一作'燮'。"

【索隐】变谓变其形及衣服，同于夷狄也。徐广云作"燮"。燮，和也。

【正义】言四凶流四裔，各于四夷放共工等为中国之风俗也。

放驩兜于崇山，

【集解】马融曰："南裔也。"

【正义】《神异经》云："南方荒中有人焉，人面鸟喙而有翼，两手足扶翼而行，食海中鱼，为人很恶，不畏风雨禽兽，犯死乃休，名曰驩兜也。"

以变南蛮；迁三苗于三危，

【集解】马融曰："西裔也。"

【正义】《括地志》云："三危山有三峰，故曰三危，俗亦名卑羽山，在沙州敦煌县东南三十里。"《神异经》云："西荒中有人焉，面目手足皆人形，而胳下有翼不能飞，为人饕餮，淫逸无理，名曰苗民。"又《山海经》云《大荒北经》"黑水之北，有人有翼，名曰苗民"也。

以变西戎；殛鲧于羽山，

【集解】马融曰："殛，诛也。羽山，东裔也。"

【正义】殛音纪力反。孔安国云："殛，窜，放，流，皆诛也。"《括地志》云："羽山在沂州临沂县界。"《神异经》云："东方有人焉，人形而身多毛，自解水土，知通塞，为人自用，欲为欲息，皆云是鲧也。"

以变东夷:四罪而天下咸服。

尧立七十年得舜,二十年而老,令舜摄行天子之政,荐之于天。尧辟位凡二十八年而崩。

【集解】徐广曰:"尧在位凡九十八年。"骃案:《皇览》曰"尧冢在济阴城阳。刘向曰'尧葬济阴,丘垅皆小'。《吕氏春秋》曰'尧葬穀林'。"皇甫谧曰"穀林即城阳。尧都平阳,于《诗》为唐国"。

【正义】皇甫谧云:"尧即位九十八年,通舜摄二十八年也,凡年百一十七岁。"孔安国云:"尧寿百一十六岁。"《括地志》云:"尧陵在濮州雷泽县西三里。郭缘生《述征记》云'城阳县东有尧冢,亦曰尧陵,有碑'是也。"《括地志》云:"雷泽县本汉城阳县也。"

百姓悲哀,如丧父母。三年,四方莫举乐,

【正义】《尚书》"三载,四海遏密八音"是也。

以思尧。尧知子丹朱之不肖,

【索隐】郑玄云:"肖,似也。不似,言不如父也。"皇甫谧云:"尧娶散宜氏之女,曰女皇,生丹朱。又有庶子九人,皆不肖也。"

不足授天下,于是乃权授舜。

【索隐】父子继立,常道也。求贤而禅,权道也。权者,反常而合道。

【正义】五帝官天下，老则禅贤，故权试舜也。

授舜，则天下得其利而丹朱病；授丹朱，则天下病而丹朱得其利。尧曰“终不以天下之病而利一人”，而卒授舜以天下。

尧崩，三年之丧毕，舜让辟丹朱于南河之南。

【集解】刘熙曰：“南河，九河之最在南者。”

【正义】《括地志》云：“故尧城在濮州鄄城县东北十五里。《竹书》云昔尧德衰，为舜所囚也。又有偃朱故城，在县西北十五里。《竹书》云舜囚尧，复偃塞丹朱，使不与父相见也。”案：濮州北临漯，大川也。河在尧都之南，故曰南河，《禹贡》“至于南河”是也。其偃朱城所居，即“舜让避丹朱于南河之南”处也。

诸侯朝觐者不之丹朱而之舜，狱讼者不之丹朱而之舜，讴歌者不讴歌丹朱而讴歌舜。舜曰“天也”，夫而后之中国践天子位焉，

【集解】刘熙曰：“天子之位不可旷年，于是遂反，格于文祖而当帝位。帝王所都为中，故曰中国。”

【正义】“尧崩”以下，《孟子》文也。（据［日］泷川资言《史记会注考证》补）

是为帝舜。

虞舜者，

【集解】《谥法》曰:“仁圣盛明曰舜。”

【索隐】虞,国名,在河东大阳县。舜,谥也。皇甫谧云“舜字都君”也。

【正义】《括地志》云:“故虞城在陕州河北县东北五十里虞山之上。郦元注《水经》云幹桥东北有虞城,尧以女嫔于虞之地也。又宋州虞城大襄国所封之邑,杜预云舜后诸侯也。又越州余姚县,顾野王云舜后支庶所封之地。舜姚姓,故云余姚。县西七十里有汉上虞故县。《会稽旧记》云舜上虞人,去虞三十里有姚丘,即舜所生也。周处《风土记》云舜东夷之人,生姚丘。”《括地志》又云:“姚墟在濮州雷泽县东十三里。《孝经援神契》云舜生于姚墟。”案:二所未详也。

名曰重华。

【集解】徐广曰:“皇甫谧云‘舜以尧之二十一年甲子生,三十一年甲午征用,七十九年壬午即真,百岁癸卯崩’。”

【正义】《尚书》云:“重华协于帝。”孔安国云:“华谓文德也,言其光文重合于尧。”瞽叟姓妫。妻曰握登,见大虹意感而生舜于姚墟,故姓姚。目重瞳子,故曰重华。字都君。龙颜,大口,黑色,身长六尺一寸。

重华父曰瞽叟,

【正义】先后反。孔安国云:“无目曰瞽。舜父有目不能分别好恶,故时人谓之瞽,配字曰‘叟’。叟,无目之称也。”

瞽叟父曰桥牛,

【正义】桥又音娇。

桥牛父曰句望,

【正义】句,古侯反。望音亡。

句望父曰敬康,敬康父曰穷蝉,穷蝉父曰帝颛顼,颛顼父曰昌意:以至舜七世矣。自从穷蝉以至帝舜,皆微为庶人。

舜父瞽叟盲,而舜母

【索隐】皇甫谧云:“舜母名握登,生舜于姚墟,因姓姚氏也。”

死,瞽叟更娶妻而生象,象傲。瞽叟爱后妻子,常欲杀舜,舜避逃;及有小过,则受罪。顺事父及后母与弟,日以笃谨,匪有解。

舜,冀州之人也。

【正义】蒲州河东县本属冀州。《宋永初山川记》云:“蒲坂城中有舜庙,城外有舜宅及二妃坛。”《括地志》云:“妫州有妫水,源出城中。《耆旧传》云即舜釐降二女于妫汭之所。外城中有舜井,城北有历山,山上有舜庙,未详。”案:妫州亦冀州城是也。

舜耕历山,

【集解】郑玄曰:“在河东。”

【正义】《括地志》云:“蒲州河东县雷首山,一名中条山,亦名历山,亦名首阳山，亦名蒲山，亦名襄山，亦名甘枣山，亦名猪山，亦名狗头山，亦名薄山，亦名吴山。此山西起雷首山，东至吴坂，凡十一名，随州县分之。历山南有舜井。”又云：“越州余姚县有历山舜井，濮州雷泽县有历山舜井，二所又有姚墟，云生舜处也。及妫州历山舜井，皆云舜所耕处，未详也。”

渔雷泽，

【集解】郑玄曰：“雷夏，兖州泽，今属济阴。”

【正义】《括地志》云：“雷夏泽在濮州雷泽县郭外西北。《山海经》云雷泽有雷神，龙身人头，鼓其腹则雷也。”

陶河滨，

【集解】皇甫谧曰：“济阴定陶西南陶丘亭是也。”

【正义】案：于曹州滨河作瓦器也。《括地志》云：“陶城在蒲州河东县北三十里，即舜所都也。南去历山不远。或耕或陶，所在则可，何必定陶方得为陶也？舜之陶也，斯或一焉。”

作什器于寿丘，

【集解】皇甫谧曰：“在鲁东门之北。”

【索隐】什器，什，数也。盖人家常用之器非一，故以十为数，犹今云“什物”也。寿丘，地名，黄帝生处。

【正义】寿音受。颜师古云：“军法，伍人为伍，二伍为什，则共器物，故谓生生之具为什器，亦犹从军及作役者十人为火，共畜调度也。”

就时于负夏。

【集解】郑玄曰:“负夏,卫地。”

【索隐】就时犹逐时,若言乘时射利也。《尚书大传》曰“贩于顿丘,就时负夏”,《孟子》曰“迁于负夏”是也。

舜父瞽叟顽,母嚚,弟象傲,皆欲杀舜。舜顺适不失子道,兄弟孝慈。欲杀,不可得;即求,尝在侧。

舜年二十以孝闻。三十而帝尧问可用者,

【正义】可用,谓可为天子也。

四岳咸荐虞舜,曰可。于是尧乃以二女妻舜以观其内,使九男与处以观其外。舜居妫汭,内行弥谨。尧二女不敢以贵骄事舜亲戚,

【正义】二女不敢以帝女骄慢舜之亲戚。亲戚,谓父瞽叟,后母弟象,妹颗手等也。颗音苦果反。

甚有妇道。尧九男皆益笃。

【正义】笃,惇也。非唯二女恭勤妇道,九男事舜皆益惇厚谨敬也。

舜耕历山,历山之人皆让畔;

【正义】《韩非子》“历山之农相侵略，舜往耕，期年，耕者让畔”也。

渔雷泽，雷泽上人皆让居；陶河滨，河滨器皆不苦窳。

【集解】《史记音隐》曰：“音游甫反。”骃谓窳，病也。

【正义】苦，读如盬，音古。盬，粗也。窳音庾。

一年而所居成聚，

【正义】聚，在喻反，谓村落也。

二年成邑，三年成都。

【正义】《周礼》郊野法云“九夫为井，四井为邑，四邑为丘，四丘为甸，四甸为县，四县为都”也。

尧乃赐舜絺衣，

【正义】絺，敕迟反，细葛布衣也。邹氏音竹几反。

与琴，为筑仓廪，予牛羊。瞽叟尚复欲杀之，使舜上涂廪，瞽叟从下纵火焚廪。舜乃以两笠自扞而下，去，得不死。

【索隐】言以笠自扞己身，有似鸟张翅而轻下，得不损伤。皇甫谧云“两伞”，伞，笠类。《列女传》云“二女教舜鸟工上廪”是也。

【正义】《通史》云：“瞽叟使舜涤廪，舜告尧二女，女曰：‘时其焚汝，鹊汝衣裳,鸟工往。'舜既登廪,得免去也。"

后瞽叟又使舜穿井,舜穿井为匿空

【索隐】音孔。《列女传》所谓"龙工入井"是也。

旁出。

【正义】言舜潜匿穿孔旁,从他井而出也。《通史》云:"舜穿井,又告二女。二女曰:'去汝裳衣。龙工往。'入井,瞽叟与象下土实井,舜从他井出去也。"《括地志》云:"舜井在妫州怀戎县西外城中。其西又有一井,《耆旧传》云并舜井也,舜自中出。《帝王纪》云河东有舜井,未详也。"

舜既入深,瞽叟与象共下土实井,

【索隐】亦作"填井"。

舜从匿空出,去。

【集解】刘熙曰:"舜以权谋自免,亦大圣有神人之助也。"

瞽叟、象喜,以舜为已死。象曰:"本谋者象。"象与其父母分,

【正义】扶问反。

于是曰:"舜妻尧二女,与琴,象取之;牛羊仓廪,予父母。"象乃

止舜宫居，

【正义】宫即室也。《尔雅》云“室谓之宫”。《礼》云“命士已上，父子异宫”也。

鼓其琴。舜往见之。象鄂不怿，曰：“我思舜正郁陶！”舜曰：“然，尔其庶矣！”

【索隐】言汝犹当庶几于友悌之情义也。如《孟子》取《尚书》文，又云“惟兹臣庶，女其于予治”，盖欲令象共我理臣庶也。

舜复事瞽叟爱弟弥谨。于是尧乃试舜五典百官，皆治。

昔高阳氏有才子八人，

【集解】名见《左传》。

世得其利，谓之“八恺”。

【集解】贾逵曰：“恺，和也。”

【索隐】《左传》史克对鲁宣公曰：“昔高阳氏有才子八人，仓舒、隤敳、梼戭、大临、龙降、庭坚、仲容、叔达。”

高辛氏有才子八人，

【集解】名见《左传》。

世谓之“八元”。

【集解】贾逵曰:“元,善也。”

【索隐】《左传》:“高辛氏有才子八人,伯奋、仲堪、叔献、季仲、伯虎、仲熊、叔豹、季狸。”

此十六族者,世济其美,

【索隐】谓元恺各有亲族,故称族也。济,成也,言后代成前代也。

不陨其名。至于尧,尧未能举。舜举八恺,使主后土,

【集解】王肃曰:“君治九土之宜。”杜预曰:“后土地官。”

【索隐】主土。禹为司空,司空主土,则禹在八恺之中。

【正义】《春秋正义》云:“后,君也。天曰皇天,地曰后土。”

以揆百事,莫不时序。

【正义】言禹度九土之宜,无不以时得其次序也。

举八元,使布五教于四方,

【索隐】契为司徒,司徒敷五教,则契在八元之数。

父义,母慈,兄友,弟恭,子孝,内平外成。

【正义】杜预云:"内诸夏,外夷狄也。"案:契作五常之教,诸夏太平,夷狄向化也。

昔帝鸿氏有不才子,

【集解】贾逵曰:"帝鸿,黄帝也。不才子,其苗裔讙兜也。"

掩义隐贼,好行凶慝,天下谓之浑沌。

【正义】慝,恶也。一本云"天下之民,谓之浑沌"。浑沌即讙兜也。言掩义事,阴为贼害,而好凶恶,故谓之浑沌也。杜预云:"浑沌,不开通之貌。"《神异经》云:"昆仑西有兽焉,其状如犬,长毛,四足,似罴而无爪,有目而不见,行不开,有两耳而不闻,有人知性,有腹无五藏,有肠直而不旋,食径过。人有德行而往抵触之,有凶德则往依凭之。名浑沌。"又《庄子》云:"南海之帝为儵,北海之帝为忽,中央之帝为浑沌。儵、忽乃相遇于浑沌之地,浑沌待之甚善。儵与忽谋欲报浑沌之德,曰:'人皆有七窍以视听食息,此独无有,尝试凿之。'日凿一窍,七日而浑沌死。"案:言讙兜性似,故号之也。

少皞氏

【集解】服虔曰:"金天氏帝号。"

有不才子,毁信恶忠,崇饰恶言,天下谓之穷奇。

【集解】服虔曰:“谓共工氏也。其行穷而好奇。”

【正义】谓共工。言毁败信行,恶其忠直,有恶言语,高粉饰之,故谓之穷奇。案常行终必穷极,好谄谀奇异于人也。《神异经》云:“西北有兽,其状似虎,有翼能飞,便剿食人,知人言语,闻人斗辄食直者,闻人忠信辄食其鼻,闻人恶逆不善辄杀兽往馈之,名曰穷奇。”案:言共工性似,故号之也。

颛顼氏有不才子,不可教训,不知话言,天下谓之梼杌。

【集解】贾逵曰:“梼杌,顽凶无畴匹之貌,谓鲧也。”

【正义】梼音道刀反。杌音五骨反。谓鲧也。凶顽不可教训,不从诏令,故谓之梼杌。案:言无畴匹,言自纵恣也。《神异经》云:“西方荒中有兽焉,其状如虎而大,毛长二尺,人面,虎足,猪口牙,尾长一丈八尺,搅乱荒中,名梼杌。一名傲很,一名难训。”案:言鲧性似,故号之也。

此三族世忧之。至于尧,尧未能去。缙云氏

【集解】贾逵曰:“缙云氏,姜姓也,炎帝之苗裔,当黄帝时任缙云之官也。”

【正义】今括州缙云县,盖其所封也。字书云缙,赤缯也。

有不才子,贪于饮食,冒于货贿,天下谓之饕餮。

【正义】谓三苗也。言贪饮食,冒货贿,故谓之饕餮。《神异经》云:“西南有人焉,身多毛,头上戴豕,性很恶,好息,积财而不用,善夺人谷物。强者夺老弱者,畏群而击单,名饕餮。”言三苗性似,故号之。

天下恶之,比之三凶。

【集解】杜预曰:"非帝子孙,故别之以比三凶也。"

【正义】此以上四处皆《左传》文。或本有并文次相类四凶,故书之,恐本错脱耳。

舜宾于四门,

【正义】杜预云:"辟四门,达四聪,以宾礼众贤也。"

乃流四凶族,迁于四裔,

【集解】贾逵曰:"四裔之地,去王城四千里。"

以御螭魅,

【集解】服虔曰:"螭魅,人面兽身,四足,好惑人,山林异气所生,以为人害。"

【正义】御音鱼吕反。螭音丑知反。魅音媚。案:御魑魅,恐更有邪谄之人,故流放四凶以御之也。故下云"无凶人"也。

于是四门辟,言毋凶人也。

舜入于大麓,烈风雷雨不迷,尧乃知舜之足授天下。尧老,使舜摄行天子政,巡狩。舜得举用事二十年,而尧使摄政。摄政八年而

尧崩。三年丧毕，让丹朱，天下归舜。而禹、皋陶、

【正义】高姚二音。

契、后稷、伯夷、夔、龙、倕、益、彭祖

【索隐】彭祖即陆终氏之第三子，籛铿之后，后为大彭，亦称彭祖。

【正义】皋陶字庭坚。英六二国是其后也。契音薛，殷之祖也。伯夷，齐太公之祖也。夔，巨龟反，乐官也。倕音垂，亦作“垂”，内言之官也。益，伯翳也，即秦、赵之祖。彭祖自尧时举用，历夏、殷封于大彭。

自尧时而皆举用，未有分职。

【正义】分音符问反，又如字。分谓封疆爵土也。

于是舜乃至于文祖，谋于四岳，辟四门，明通四方耳目，命十二牧论帝德，行厚德，远佞人，

【正义】舜命十二牧论帝尧之德，又敦之于民，远离邪佞之人。言能如此，则夷狄亦服从也。

则蛮夷率服。舜谓四岳曰：“有能奋庸

【集解】马融曰：“奋，明；庸，功也。”

美尧之事者，使居官相事？”皆曰：“伯禹为司空，可美帝功。”舜

曰:“嗟,然!禹,汝平水土,维是勉哉。”禹拜稽首,让于稷、契与皋陶。舜曰:“然,往矣。”

【集解】郑玄曰:“然其举得其人。汝往居此官,不听其所让也。”

舜曰:“弃,黎民始饥,

【集解】徐广曰:“《今文尚书》作‘祖饥’。祖,始也。”

【索隐】古文作“阻饥”。孔氏以为阻,难也。祖阻声相近,未知谁得。

汝后稷播时百谷。”

【集解】郑玄曰:“时,读曰莳。”

【正义】稷,农官也。播时谓顺四时而种百谷。

舜曰:“契,百姓不亲,五品不驯,

【集解】郑玄曰:“五品,父、母、兄、弟、子也。”王肃曰:“五品,五常也。”

【正义】驯音训。

汝为司徒,而敬敷五教,在宽。”

【集解】马融曰:“五品之教。”

舜曰:“皋陶,蛮夷猾夏,

【集解】郑玄曰:“猾夏,侵乱中国也。”

寇贼奸轨,

【集解】郑玄曰:“由内为奸,起外为轨。”
【正义】亦作“宄”。

汝作士,

【集解】马融曰:“狱官之长。”
【正义】案:若大理卿也。

五刑有服,五服三就;

【集解】马融曰:“五刑,墨、劓、剕、宫、大辟。三就,谓大罪陈诸原野,次罪于市朝,同族适甸师氏。既服五刑,当就三处。”
【正义】孔安国云:“服,从也,言得轻重之中正也。”案:墨,点凿其额,涅以墨。劓,截鼻也。剕,刖足也。宫,淫刑也,男子割势,妇人幽闭也。大辟,死刑也。

五流有度,

【正义】度音徒洛反。《尚书》作“宅”。孔安国云“五刑之流,各有所居”也。

五度三居：

【正义】案:谓度其远近,为三等之居也。

维明能信。”

【集解】马融曰:“谓在八议,君不忍刑,宥之以远。五等之差亦有三等之居:大罪投四裔,次九州之外,次中国之外。当明其罪,能使信服之。”

舜曰:“谁能驯予工?”

【集解】马融曰:“谓主百工之官也。”

皆曰垂可。于是以垂为共工。

【集解】马融曰:“为司空,共理百工之事。”

舜曰:“谁能驯予上下

【集解】马融曰:“上谓原,下谓隰。”

草木鸟兽?”皆曰益可。于是以益为朕虞。

【集解】马融曰:“虞,掌山泽之官名。”

益拜稽首,让于诸臣朱虎、熊罴。

【索隐】即高辛氏之子伯虎、仲熊也。

【正义】孔安国云:“朱虎,熊罴,二臣名。垂、益所让四人,皆在元凯之中也。”

舜曰:“往矣,汝谐。”遂以朱虎、熊罴为佐。

【正义】为益之佐也。

舜曰:“嗟!四岳,有能典朕三礼?”

【集解】马融曰:“三礼,天神、地祇、人鬼之礼也。”郑玄曰:“天事、地事、人事之礼。”

皆曰伯夷可。舜曰:“嗟!伯夷,以汝为秩宗,

【集解】郑玄曰:“主次秩尊卑。”

【正义】若太常也。《汉书·百官表》云“王莽改太常曰秩宗”,依古也。孔安国云:“秩,序;宗,尊也。主郊庙之官也。”

夙夜维敬,直哉维静絜。”

【正义】静,清也。絜,明也。孔安国云:“职典礼,施政教,使正直而清明。”

伯夷让夔、龙。舜曰:“然。

【正义】孔安国云："然其推贤，不许其让也。"

以夔为典乐，教稚子，

【集解】郑玄曰："国子也。"案：《尚书》作"胄子"，稚胄声相近。

【正义】稚，胄雉反。孔安国云："胄，长也。谓元子以下，至卿大夫子弟，以歌诗蹈之舞之，教长国子中和祗庸孝友。"

直而温，

【集解】马融曰："正直而色温和。"

宽而栗，

【集解】马融曰："宽大而谨敬战栗也。"

刚而毋虐，简而毋傲；

【正义】孔安国云："刚失之虐，简失之傲，教之以防其失也。"

诗言意，歌长言，

【集解】马融曰："歌，所以长言诗之意也。"

【正义】孔安国云："诗言志以导其心，歌咏其义以长其言也。"

声依永，律和声，

【集解】郑玄曰："声之曲折又依长言，声中律乃为和也。"

【正义】孔安国云："声，五声，宫、商、角、徵、羽也。律谓六律六吕，十二月之音气也。当依声律和乐也。"

八音能谐，毋相夺伦，神人以和。"

【集解】郑玄曰："祖考来格，群后德让，其一隅也。"

【正义】八音，金、石、丝、竹、匏、土、革、木也。孔安国云："伦，理也。八音能谐，理不错夺，则神人咸和，命夔使勉也。"

夔曰："於！予击石拊石，百兽率舞。"

【集解】郑玄曰："百兽，服不氏所养者也。率舞，言音和也。"

【正义】於音乌。孔安国云："石磬，音之清者。拊亦击也。举清者和，则其余皆从矣。乐感百兽，使相率而舞，则神人和可知也。"案：磬，一片黑石也。不音福尤反。《周礼》云"夏官有服不氏，掌服猛兽，下士一人，徒四人"。郑玄云"服不服之兽也"。

舜曰："龙，朕畏忌谗说殄伪，振惊朕众，

【集解】徐广曰："一云'齐说殄行，振惊众'。"骃案：郑玄曰"所谓色取仁而行违，是惊动我之众臣，使之疑惑"。

【正义】伪音危睡反。言畏恶利口谗说之人，兼殄绝奸伪人党，恐其惊动我众，使龙遏绝之，出入其命惟信实也。此"伪"字太史公变《尚书》文也。《尚书》伪字作“行”,音下孟反。言己畏忌有利口谗说之人,殄绝无德行之官也。

命汝为纳言,夙夜出入朕命,惟信。”

【正义】孔安国云:“纳言,喉舌之官也。听下言纳于上,受上言宣于下,必信也。”

舜曰:“嗟!女二十有二人,

【集解】马融曰:“稷、契、皋陶皆居官久,有成功,但述而美之,无所复敕。禹及垂已下皆初命,凡六人,与上十二牧四岳,凡二十二人。”郑玄曰:“皆格于文祖时所敕命也。”

敬哉,惟时相天事。”

【正义】相,视也。舜命二十二人各敬行其职,惟在顺时,视天所宜而行事也。

三岁一考功,三考绌陟,远近众功咸兴。分北三苗。

【集解】郑玄曰:“所窜三苗为西裔诸侯者犹为恶,乃复分析流之。”

此二十二人咸成厥功:皋陶为大理,平,

【正义】皋陶作士,正平天下罪恶也。

民各伏得其实;伯夷主礼,上下咸让;垂主工师,

【正义】工师,若今大匠卿也。

百工致功;益主虞,山泽辟;

【正义】婢亦反,开也。

弃主稷,百谷时茂;契主司徒,百姓亲和;龙主宾客,远人至;十二牧行而九州莫敢辟违;

【正义】禹九州之民无敢辟违舜十二牧也。

唯禹之功为大,披九山,

【正义】披音皮义反。谓傍其山边以通。

通九泽,决九河,定九州,各以其职来贡,不失厥宜。方五千里,至于荒服。南抚交阯、北发,

【索隐】一句。

西戎、析枝、渠廋、氐、羌,

【索隐】一句。

北山戎、发、息慎，

【集解】郑玄曰："息慎，或谓之肃慎，东北夷。"

东长、鸟夷，

【索隐】此言帝舜之德皆抚及四方夷人，故先以"抚"字总之。北发当云"北户"，南方有地名北户。又案《汉书》，北发是北方国名，今以北发为南方之国，误也。此文省略，四夷之名错乱。"西戎"上少一"西"字，"山戎"下少一"北"字，"长"字下少一"夷"字。长夷也，鸟夷也，其意宜然。今案：《大戴礼》亦云"长夷"，则长是夷号。又云"鲜支、渠搜"，则鲜支当此析枝也。鲜析音相近。邹氏、刘氏云"息并音肃"，非也。且夷狄之名，古书不必皆同，今读如字也。

【正义】注"鸟"或作"岛"。《括地志》云："百济国西南海中有大岛十五所，皆置邑，有人居，属百济。又倭国西南大海中岛居凡百余小国，在京南万三千五百里。"案：武后改倭国为日本国。

四海之内

【正义】《尔雅》云："九夷八狄七戎六蛮谓之四海。"

咸戴帝舜之功。于是禹乃兴九招之乐，

【索隐】招音韶，即舜乐《箫韶》。九成，故曰《九招》。

致异物，凤皇来翔。天下明德皆自虞帝始。

舜年二十以孝闻，年三十尧举之，年五十摄行天子事，年五十八尧崩，年六十一代尧践帝位。

【集解】皇甫谧曰："舜所都，或言蒲阪，或言平阳，或言潘。潘，今上谷也。"

【正义】《括地志》云："平阳，今晋州城是也。潘，今妫州城是也。蒲阪，今蒲州南二里河东县界蒲阪故城是也。"

践帝位三十九年，南巡狩，崩于苍梧之野。葬于江南九疑，是为零陵。

【集解】《皇览》曰："舜冢在零陵营浦县。其山九谿皆相似，故曰九疑。传曰'舜葬苍梧，象为之耕'。《礼记》曰'舜葬苍梧，二妃不从'。《山海经》曰'苍梧山，帝舜葬于阳，丹朱葬于阴'。"皇甫谧曰："或曰二妃葬衡山。"

舜之践帝位，载天子旗，往朝父瞽叟，夔夔唯谨，

【集解】徐广曰："和敬貌。"

如子道。封弟象为诸侯。

【集解】《孟子》曰："封之有庳。"音鼻。

【正义】《帝王纪》云："舜弟象封于有鼻。"《括地志》云："鼻亭神在营

道县北六十里。故老传云,舜葬九疑,象来至此,后人立祠,名为鼻亭神。《舆地志》云零陵郡应阳县东有山,山有象庙。王隐《晋书》云本泉陵县,北部东五里有鼻墟,象所封也。”

舜子商均亦不肖,

【集解】皇甫谧曰:“娥皇无子,女英生商均。”

【正义】谯周云:“以虞封舜子,今宋州虞城县。”《括地志》云:“虞国,舜后所封邑也。或云封舜子均于商,故号商均也。”

舜乃豫荐禹于天。

【索隐】谓告天使之摄位也。

十七年而崩。三年丧毕,禹亦乃让舜子,

【正义】《括地志》云:“禹居洛州阳城者,避商均,非时久居也。”

如舜让尧子。诸侯归之,然后禹践天子位。尧子丹朱,舜子商均,皆有疆土,

【集解】谯周曰:“以唐封尧之子,以虞封舜之子。”

【索隐】《汉书·律历志》云封尧子朱于丹渊为诸侯。商均封虞,在梁国,今虞城县也。

【正义】《括地志》云:“定州唐县,尧后所封。宋州虞城县,舜后所封也。”

以奉先祀。服其服，礼乐如之。以客见天子，

【正义】为天子之宾客也。

天子弗臣，示不敢专也。

自黄帝至舜、禹，皆同姓而异其国号，以章明德。

【集解】徐广曰："《外传》曰'黄帝二十五子，其得姓者十四人'。虞翻云'以德为氏姓'。又虞说以凡有二十五人，其二人同姓姬，又十一人为十一姓，酉、祁、已、滕、葴、任、荀、釐、姞、儇、衣是也，余十二姓德薄不纪录。"

【正义】釐音力其反。姞音其吉反。儇音在宣反。

故黄帝为有熊，帝颛顼为高阳，帝喾为高辛，帝尧为陶唐，

【集解】韦昭曰："陶唐皆国名，犹汤称殷商矣。"张晏曰："尧为唐侯，国于中山，唐县是也。"

帝舜为有虞。

【集解】皇甫谧曰："舜嫔于虞，因以为氏，今河东大阳西山上虞城是也。"

帝禹为夏后而别氏，姓姒氏。契为商，姓子氏。

【索隐】《礼纬》曰:“禹母脩己吞薏苡而生禹,因姓姒氏。”而契姓子氏者,亦以其母吞乙子而生。

弃为周,姓姬氏。

【集解】郑玄《驳许慎五经异义》曰:“《春秋左传》‘无骇卒,羽父请谥与族。公问族于众仲,众仲对曰:“天子建德,因生以赐姓,胙之土而命之氏。诸侯以字为氏,因以为族。官有世功,则有官族,邑亦如之。”公命以字为展氏’。以此言之,天子赐姓命氏,诸侯命族。族者,氏之别名也。姓者,所以统系百世,使不别也。氏者,所以别子孙之所出。故《世本》之篇,言姓则在上,言氏则在下也。”

太史公曰:

【正义】太史公,司马迁自谓也。《自叙传》云“太史公曰先人有言”,又云“太史公曰余闻之董生”,又云“太史公遭李陵之祸”。明太史公,司马迁自号也。迁为太史公官,题赞首也。虞憙云:“古者主天官者皆上公,非独迁。”

学者多称五帝,尚矣。

【索隐】尚,上也,言久远也。然“尚矣”文出《大戴礼》。

然《尚书》独载尧以来;而百家言黄帝,其文不雅驯,

【正义】驯,训也。谓百家之言皆非典雅之训。

荐绅先生难言之。

【集解】徐广曰:“荐绅即缙绅也,古字假借。”

孔子所传《宰予问五帝德》及《帝系姓》,

【正义】系音奚计反。

儒者或不传。

【索隐】《五帝德》《帝系姓》皆《大戴礼》及《孔子家语》篇名。以二者皆非正经,故汉时儒者以为非圣人之言,故多不传学也。

余尝西至空桐,

【正义】余,太史公自称也。尝,曾也。空桐山在原州平高县西百里,黄帝问道于广成子处。

北过涿鹿,

【正义】涿鹿山在妫州东南五十里,山侧有涿鹿城,即黄帝、尧、舜之都也。

东渐于海,南浮江淮矣,至长老皆各往往称黄帝、尧、舜之处,风教固殊焉,总之不离古文者近是。

【索隐】古文即《帝德》《帝系》二书也。近是圣人之说。

予观《春秋》《国语》,其发明《五帝德》《帝系姓》章矣,

【索隐】太史公言己以《春秋》《国语》古书博加考验,益以发明《五帝德》等说甚章著也。

顾弟弗深考,

【集解】徐广曰:"弟,但也。《史记》《汉书》见此者非一。又左思《蜀都赋》曰'弟如滇池',而不详者多以为字误。学者安可不博观乎?"

【正义】顾,念也。弟,且也。太史公言博考古文,择其言表见之不虚,甚章著矣,思念亦且不须更深考论。

其所表见皆不虚。

【索隐】言《帝德》《帝系》所有表见者皆不为虚妄也。

书缺有间矣,

【正义】言《古文尚书》缺失其间多矣,而无说黄帝之语。

其轶乃时时见于他说。

【索隐】言古典残缺有年载,故曰"有间"。然皇帝遗事散轶,乃时时旁

见于他记说,即《帝德》《帝系》等说也。故已今采案而备论黄帝已来事耳。

非好学深思,心知其意,固难为浅见寡闻道也。余并论次,择其言尤雅者,故著为本纪书首。

【正义】太史公据古文并诸子百家论次,择其言语典雅者,故著为《五帝本纪》,在《史记》百三十篇书之首。

【索隐述赞】帝出少典,居于轩丘。既代炎历,遂禽蚩尤。高阳嗣位,静深有谋。小大远近,莫不怀柔。爰洎帝喾,列圣同休。帝挚之弟,其号放勳。就之如日,望之如云。郁夷东作,昧谷西曛。明扬仄陋,玄德升闻。能让天下,贤哉二君!

## 贰　后世学者论著节选

### 一、刘知几《史通·叙事》节选

夫史之称美者,以叙事为先。至若书功过,记善恶,文而不丽,质而非野,使人味其滋旨,怀其德音,三复忘疲,百遍无斁,自非作者曰圣,其孰能与于此乎？昔圣人之述作也,上自《尧典》,下终获麟,是为属词比事之言,疏通知远之旨。子夏曰:"《书》之论事也,昭昭然若日月之代明。"扬雄有云:"说事者莫辨乎《书》,说理者莫辨乎《春秋》。"然则意复深奥,诰训成义,微显阐幽,婉而成章,虽殊途异辙,亦各有美焉。谅以师范亿载,规模万古,为述者之冠冕,实后来之龟镜。既而马迁《史记》,班固《汉书》,继圣而作,抑其次也。故世之学者,皆先曰《五经》,次云《三史》。经史之目,于此分焉。

尝试言之曰:经犹日也,史犹星也。夫杲日流景,则列星寝耀;桑榆既夕，而辰象粲然。故《史》《汉》之文，当乎《尚书》《春秋》之世也，则其言浅俗，涉乎委巷，垂翅不举，懘籥无闻。逮于战国已降，去圣弥远，然后能露其锋颖，倜傥不羁。故知人才有殊，相去若是，校其优劣，讵可同年？自汉已降，几将千载，作者相继，非复一家，求其善者，盖亦几矣。夫班、马执简，既《五经》之罪人；而《晋》《宋》杀青，又《三史》之不若。譬夫王霸有别，粹驳相悬，才难不其甚乎！

然则人之著述，虽同自一手，其间则有善恶不均，精粗非类。若《史记》之《苏》《张》《蔡泽》等传，是其美者。至于《三、五本纪》《日者》《太仓公》《龟策传》，固无所取焉。又《汉书》之帝纪，《陈》《项》诸篇，是其最也。至于《淮南王》《司马相如》《东方朔传》，又安足道哉！岂绘事以丹素成妍，帝京以山水为助。故言媸者其史亦拙，事美者其书亦工。必时乏异闻，世无奇事，英雄不作，贤俊不生，区区碌碌，抑惟恒理，而责史臣显其良直之体，申其微婉之才，盖亦难矣。故扬子有云："虞、夏之书，浑浑尔；商书，灏灏尔；周书，噩噩尔；下周者，其书憔悴乎？"观丘明之记事也，当桓、文作霸，晋、楚更盟，则能饰彼词句，成其文雅。及王室大坏，事益纵横，则《春秋》美辞，几乎翳矣。观子长之叙事也，自周已往，言所不该，其文阔略，无复体统。洎秦、汉已下，条贯有伦，则焕炳可观，有足称者。

## 二、欧阳修《帝王世次图序》（并《后序》）节选

尧、舜、禹、汤、文、武，此六君子者可谓显人矣。而后世犹失其传者，岂非以其远也哉？是故君子之学，不穷远以为能，而阙其不知，慎所传以惑世也。

方孔子时，周衰学废，先王之道不明，而异端之说并起。孔子患之，乃修正《诗》《书》《史记》，以止纷乱之说，而欲其传之信也。故略其远而详其近，于《书》断自唐、虞以来，著其大事可以为世法者而已。至于三皇五帝君臣世次皆未尝道者，以其世远而慎所不知也。

孔子既殁，异端之说复兴，周室亦益衰乱。接乎战国，秦遂焚书，先王之道中绝。汉兴久之，《诗》《书》稍出而不完。当王道中绝之际，奇书异说方充斥而盛行，其言往往反自托于孔子之徒，以取信于时。学者既不备见《诗》《书》之详，而习传盛行之异说，世无圣人以为质，而不自知其取舍真伪。至有博学好奇之士，务多闻以为胜者，于是尽集诸说，而论次初无所择，而惟恐遗之也。

如司马迁之《史记》是矣。以孔子之学，上述前世，止于尧、舜，著其大略，而不道其前。迁远出孔子之后，而乃上述黄帝以来，又详悉其世次，其不量力而务胜，宜其失之多也。

迁所作《本纪》，出于《大戴礼》《世本》诸书，今依其说，图而考之。尧、舜，夏、商、周，皆同出于黄帝。尧之崩也，下传其四世孙舜；舜之崩也，复上传其四世祖禹；而舜、禹皆寿百岁。稷、契于高辛为子，乃同父异母之兄弟，今以其世次而下之，汤与王季同世。汤下传十六世而为纣，王季下传一世而为文王，二世而为武王，是文王以十五世祖臣事十五世孙纣，而武王以十四世祖伐十四世孙而代之王，何其谬哉！

呜呼！尧、舜、禹、汤、文、武之道，百王之取法也。其盛德大业，见于行事，而后世所欲知者，孔子皆已论著之矣。其久远难明之事，后世不必知，不知不害为君子者，孔子皆不道也。夫孔子所以为圣人者，其智知所取舍，皆如此。

《后序》

余既略论帝王世次而见《本纪》之失，犹谓文、武与纣相去十五、六世，其缪较然不疑；而尧、舜、禹之世相去不远，尚冀其理有可通，乃复以《尚书》、《孟子》、孔安国、皇甫谧诸书，参考其寿数长短，而尤乖戾不能合也。

据《书》及诸说云，尧寿一百一十六岁，舜寿一百一十二岁，禹寿百岁。尧年十六即位，在位七十年，年八十六始得舜而试之；二年乃使摄政，时舜年三十；居试、摄通三十年而尧崩；舜服尧丧三年毕，乃即位，在位五十年而崩。方舜在位三十三年命禹摄政;凡十七年而舜崩;禹服舜丧三年毕,乃即位,在位十年而崩。由是言之,当尧得舜之时,尧年八十六,舜年三十,以此推而上之,是尧年五十七,已见四世之玄孙生一岁矣。舜居试、摄及在位通八十二年,而禹寿百岁,以禹百年之间推而上之,禹即位及居舜丧,通十三年,又在舜朝八十二年,通九十五年,则当舜摄、试之初年禹才六岁,是舜为玄孙年三十时,见四世之高祖方生六岁矣。

至于舜娶尧二女,据图为曾祖姑。虽古远世异,与今容有不同,然人伦之理,乃万世之常道,必不错乱颠倒之如此!

然则诸家世次,寿数长短之说,圣《经》之所不著者,皆不足信也决矣!

## 三、苏辙《古史·叙》节选

自三代之衰,圣人不作,世不知本而驰骋于喜怒哀乐之余,故其发于事业,日以鄙陋,不足以睎圣人之万一。……至于孔子,其知之者至矣,而未尝言;孟子知其一二,时以告人,而天下亦莫能信也。陵迟及于秦汉,士益以功利为急,言圣人者皆以其所知亿之,儒者留于度数,而智者溺于权利,皆不知其非也。太史公始易编年之法为本纪、世家、列传,记五帝三王以来,后世莫能易之。然其为人浅近而不学,疏略而轻信,汉景、武之间,《尚书古文》《诗毛氏》《春秋左传》皆不列于学官,能读者少,故其记尧舜三代之事,皆不得圣人之意。战国之际,诸子辩士各自著书,或增损古事以自信一时之说,迁一切信之,甚者或采世俗相传之语以易古文旧说。及秦焚书,战国之史不传于民间,秦恶其议己也,焚之略尽,幸而野史一二存者,迁亦未暇详也,故其记战国,有数年不书一事者。余窃悲之,故因迁之旧,上观《诗》《书》,下考《春秋》及秦汉杂录,记伏羲、神农,讫秦始皇帝,为七本纪、十六世家、三十列传,谓之《古史》,追录圣贤之意,以明示来世,至于得失成败之际,亦备论其故。呜呼!由数千岁之后言数千岁之前,其详不可得矣,幸其犹有存也而或又失之,其《古史》之所为作也。

## 四、梁玉绳《史记志疑》卷一节选

孔子删《书》肇于唐、虞，系《易》起于包、炎，史公作史，每祖述仲尼，则本纪称首不从《尚书》之昉二帝，即从《易》辞之叙五帝，庶为允当。而以黄帝、颛、喾、尧、舜为五，何耶？于是谓其略三皇者有之，谓其遗羲、农者有之，谓其缺少昊者有之。夫略三皇可也，缺少昊可也，而遗羲、农不可也。盖先儒举三皇之名不一，或以天皇、地皇、泰皇为三，或以羲、农、黄帝为三，或以女娲、或燧人、或祝融、或共工合羲、农为三，或以盘古至燧人统为三皇，或以羲、农、黄帝为天皇、地皇、人皇，而宋罗泌《路史・前纪》复有初三皇、中三皇。凡斯众说，半归诬诞，总以年代悠远，莫由详定。自应削而不记，故曰略三皇可也。

少昊、颛、喾三君，仅持其世，未有制作，观颛、喾两纪皆称颂语，非有行事可考，则少昊是矣。余方议史公之以颛、喾入五帝，更何论少昊；且《系词》孔氏之言，而不及少昊、颛、喾，尚奚讥《史》之无少昊哉，故曰缺少昊可也。若羲、农，实与黄帝、尧、舜为五帝，安得遗之。《系词》而外，如《左传》《国语》《礼记・月令》《汉书・律历志》均号羲、农为帝，正足以表先秦未尝以羲、农、黄帝为三皇，而实与黄帝、尧、舜为五帝。有疑《系词》统皇与帝言之者，殊未确。《后汉书・张衡传》，衡表先奏司马迁所叙不合事，请专据《系词》，并录羲、农。《潜夫论・五帝志》依《易系》记伏羲以来，共求厥真。宋胡宏《皇王大纪》从之，诚卓识也。画卦、名官、教耕、尝药，即此四端，德业敻绝，非少昊、颛、喾之能几矣。问：《史》据《大戴礼》《孔子家语・五帝德篇》，是亦从孔氏之言，岂俱谬欤？曰：《家语》乃五日魏王肃伪造以难康成，非古《家语》。其所载孔子答宰我五帝德袭《大戴礼》，而《大戴礼》是汉儒采集，非出孔氏，乌足尽凭。不然，《家语・五帝德篇》又载孔子答季康子，以羲、农、黄帝、少昊、颛顼为五，与答宰我迥异，宁有孔子告人，歧头别论，史公更何所见而舍此取彼乎？盖五帝之名，先儒所举不一，或以少昊、颛、喾、同尧、舜为五，或同农、黄为五，或同黄帝、尧、舜六帝为五，或同羲、农、黄帝、尧、舜八帝为五，或同黄帝、尧为五，而舜共三王为四代，纷纭乖剌，其失均耳。问：后代氏姓无不出黄帝，是以首宗之。又明柯维骐《史记考要》谓“黄帝鼎成升天，本方士说，太史公纪之《封禅书》，见武帝之惑；此云崩且葬，所以祛后世之疑。因知黄帝一纪，专为汉武好神仙写照”。岂亦非欤？曰：否。帝王之上世不能悉详，断以姓氏尽出黄帝，未敢为信，余有辨在下文。至若《史》之首黄帝，不过误仍《大戴礼》，将谓《大戴礼》为汉武写照耶？书黄帝葬桥山，而不书颛顼、喾葬顿丘，尧葬成阳，《史》偶不书，非关意义。使以书葬桥山为唤醒求仙之惑，则《舜纪》书葬零陵当作何解？唐司马贞补《史记》，云“宜上自开辟，下迄当代，不合全阙”. 殊不知三皇之事若存若亡，五帝之事若觉若梦，况皇、帝以前之荒邈乎？《列子·杨朱篇》曰：“太古灭矣，孰志之哉？”《楚辞》屈平《天问》曰：“遂古之初，谁传道之？”小司马补《三皇本纪》，虽不补亦可也。

…………

唐刘知几《史通·叙事篇》，谓“《五帝本纪》无所取”，非妄诋也。

…………

谓颛顼为黄帝之孙，帝喾为黄帝曾孙，舜为黄帝九世孙，尧、禹、契、稷并为黄帝元孙，是黄帝者五帝、三王大祖也。……尧崩下传族元孙舜，舜崩，上传四世祖禹。未免纭乖。试思黄帝何以不传储嫡元嚣？颛顼何以不传家嗣穷蝉？喾称圣帝，稷、契、尧又是四子中之长且圣者，明聪如喾，宁有不传元妃所生之稷，反越班而立下妃所生不善之挚。挚死而以次当立者莫如稷，乃稷不得立，并次妃所生之契亦不得立，而尧为天子，何哉？然犹可诿曰“唐侯圣德”也。稷、契为尧兄，则知稷、契者你莫如尧，吾以为不待畴咨而早登庸矣，乃以钦明文思之圣弟，在位七十载，久不能用，必俟舜始举之，有是理乎？尧既倦勤，则陟位之命固宜非稷即契，胡当日巽四岳，禅重华，而两圣兄独弗之及，得毋亲疏倒置耶？且玄嚣、昌意，黄帝之二子,玄嚣三传生尧,昌意七传生舜,岂玄嚣之后俱年长,而昌意之后多不永?尧与禹为同高祖兄跟弟,尧既舍稷、契应禅于禹,无假乎寻访决者,而反遥授不相属之舜,已有可议。况舜为尧祖玄孙,安得当身接禅?即云相及,自其一家,安得谓其以天下予人?大圣如舜,又在戚属,尧宁不闻,而必由岳牧咸荐,历试乃用。其初为父母所恶,屡濒于死,则尧安得称钦明文思?九族既睦,二女釐降,是以祖曾孙娶曾祖姑,不更渎伦乱序乎?颛顼至舜,历年甚久,而鲧、禹遂仕尽四朝,何如此其寿?舜、舜在位,几百五十年,然后传禹,何禹之生又如此其晚?舜传位于四世祖,亦一家人,何乃与尧之传舜并号予贤?契十三传为汤,稷十三传为王季,则汤与王季为兄弟矣,而禹、契、稷三圣共事尧、舜。禹十七传至桀,汤三十传至纣,二代凡千余年,而稷至武王才十六传,历尽夏、商之世,武王竟以十四世祖伐十世孙,其谁信之?……余旁搜典籍,广览先儒之论,然后知五帝、三皇之世次个多有遗错,而颛顼、舜、禹均不祖黄帝。

## 五、近今学者论著节选(以著者出生年月先后为序)

### 梁启超《中国历史研究法》(上海古籍出版社,1987 年,第 194 页)节选

带有神话性的,纵然伟大,不应作传。譬如黄帝很伟大,但不见得真有其人。太史公作《五帝本纪》,亦作得恍惚迷离。不过说他"生而神明,弱而能言,幼而徇齐,长而敦敏,成而聪明"。这些话,很像词章家的点缀堆砌,一点不踏实,其余的传说,资料尽管丰富,但绝对靠不住。纵不抹杀,亦应怀疑。

### 陆懋德《史学方法大纲》(上海书店,1989 年,第 55 页)节选

《史记》首篇《五帝本纪》……之材料不是得之观察,而是得之传闻,且其传闻是取之于《五帝德》《帝系姓》,及《尧典》《舜典》等书。……今考

《五帝德》《帝系姓》，今在《大戴礼》内，是汉初作品，而《尧典》《舜典》，今在《尚书》内，是周末作品，皆非五帝时的同时代的史料。如此，则《五帝本纪》之价值自见。价值如此，则此篇之不足为信史，不问可知。

**徐旭生《中国古史的传说时代》(广西师范大学出版社,2003 年)节选**

近三十余年(大约自 1917 年蔡元培长北京大学时起至 1949 年全国解放时止)，疑古学派几乎笼罩了全中国的历史学界，可是它的大本营却在《古史辨》及其周围。他们工作的勤奋是很可敬的，成绩也是很大的，但是他们所用的治学方法却很有问题。主要的，去世的张荫麟先生已经指出，就是太无限度地使用默证。

…………

我国极端的疑古派学者对于夏启以前的历史一笔勾销，……疑古学派最大的功绩，是把《尚书》头三篇的写定归之于春秋和战国的时候，这些我在前面已经说过。至于他们所说：既然此说不见于春秋以前人的记录，那一定是春秋人的造谣；或不见于战国以前人的记录，那一定是战国人的造谣，那却是很不科学的、不正确的。

**郭沫若《古代研究的自我批判》(《郭沫若全集·历史编》第二卷《十批判书》,人民出版社,1982 年,第 5 页)节选**

关于神话传说可惜被保存的完整资料有限，而这有限的残存又为先秦及两汉的史家所凌乱。天上的景致转化到人间，幻想的鬼神变成为圣哲。例如所谓黄帝(即是上帝、皇帝)、尧、舜其实都是天神，却被新旧史家点化成为现实的人物。这项史料的清理，一直到现在，在学术界中也还没有十分弄出一个眉目来。

**郭沫若主编《中国史稿》第一册(人民出版社,1976 年,第 117—118**

**页)节选**

这四个夷人分支融入华夏族之后,其余的夷人遂与华夏有别。由于他们较早地融入了华夏族,特别是其中颛顼和帝喾两个分支,所以有些传说就把他们作为黄帝的后裔,正如把黄帝和炎帝说成两个亲兄弟一样,这不过是后人想象中的华夏族以至汉族的祖先罢了。

**顾颉刚《史林杂识初编》(中华书局,1963 年)节选**

史迁之作《五帝本纪》也,其词恧焉。一则曰"《尚书》独载尧以来",明不当超出孔子而上溯至黄帝,再则曰"百家言黄帝,其文不雅驯,荐绅先生难言之",明黄帝传说虽丰富而多不可信。然而犹为纪者何?盖《五帝德》《帝系姓》二篇,儒者尚多传之,其曰"儒者或不传",可证不传其书者居少数,故向一般儒者看齐,便不得不为,一也。迁足迹既远,所至均闻长老称道黄帝,既黄帝之说遍于寰宇,故信其有实际之人格。择其尤雅者而成篇,二也。自今日观之,则《五帝德》《帝系姓》及此本纪都从神话汰濯而来,如无神话,即无史事,强别之为二而取其雅,则真神话被摈而伪史实登场,反两失之矣。

…………

夫黄帝本为卜居昆仑之上帝,借传播之力,为十二姓之共祖,为中国历史之首一王,人矣;而至汉武之世,又以修仙、封禅、骑龙而去。初则由神化人,继则由人复归于神,谓非古史上之瑰观耶!

**蒙文通《古史甄微》(《中国现代学术经典:廖平 蒙文通卷》,河北教育出版社,1996 年,第 351 页)节选**

自驺子五运之说起,而五帝之说兴。秦襄公作西畤,祠白帝少昊,秦宣公作密畤,祠青帝,秦灵公作上畤,祭黄帝,作下畤,祭炎帝。逮秦之亡,而五帝之祠未具,备五帝自高帝,见秦人五帝说之以渐而起也。方秦祠未具五畤之时,而晋之巫祠五帝。荀卿为赵之儒者言五帝,《周官》亦言五帝,吾故曰,《周官》,三晋之书也,是亦一证也。东方之人言王者五德终始,而西方则谓既以王者配上帝,王者五而复,则上帝亦五其神。天有五帝,上世之王者亦五帝,巫之五帝、史之五帝,乃次第起也。

**钱穆《国史大纲(修订本)》(商务印书馆,1996 年,第 8—9 页)节选**

《史记》所载五帝帝系,后人亦多驳辨。……故三皇五帝之旧传说,在中国历来史学界,本未严格信守。

…………

今求创建新的古史观,则对近人极端之怀疑论,亦应稍加修正。

…………

各民族最先历史无不从追记而来,故其中断难脱离"传说"与带有"神话"之部分。若严格排斥传说,则古史即无从说起。……欲排斥某项传说,应提出与此传说相反之确证,否则此传说即不能断其必伪或必无有。……而且中国古代历史传说,极富理性,与并世其他民族追述历史之充满神话气味者大不相同。

**李济《再谈中国上古史的重建问题》(《"中研院"历史语言研究所集刊》第三十三本,1962 年)节选**

中国人是哪儿来的?我们既不能承认司马迁的《五帝本纪》给了我们一个满意的答复;我们只有靠地下资料来处理它。地下资料究竟能解答多少?却是写上古史的人在现阶段尚难作充分说明的。对于解决这个问题的困难,有一部分是晚期历史所造成的;因为,据体质人类学的材料说,中国民族的构成,在历史时期会经过若干变化。若推寻到历史以前,我们所面临的这一大问题中的小问题是,在那时候,黄河流域的中国人,是否全是现代中国人的祖宗?倒过来说,现代的人,是不是那时创造三代文化的人的子孙？对于这个问题，现在尚没有满意的解决。

**徐中舒、唐嘉弘《〈山海经〉和黄帝》(《山海经新探》，四川省社会科学院出版社，1986 年，第 97—98 页)节选**

从上述世系简表分析，炎、黄本出一父，夏、商、周、楚均出一源。如果完全相信这些体系，从而作为编撰中国古代史的依据，无疑是不科学的，和历史实际有所抵牾。例如，司马迁首先已经肯定了“百家”所说“黄帝”的历史是不大可靠的。他作史官，有编撰历史的责任，在“书缺有间”的无可奈何的情况下，勉强拼凑了“黄帝”的历史。他的本意还不是要我们盲目地加以信用，而是提供一些较为可靠的线索，甚至包含不少矛盾的线索，等待着后人进一步地实事求是地研究。

**缪凤林《中国通史要略》(东方出版社，2008 年，第 20 页)节选**

夫黄帝至尧五世，至舜则九世，颛顼至禹三世，至舜则七世，尧、舜、禹时则相及，而言世则相去已远；鲧则舜之五世从祖父也，而及舜共为尧臣，尧则舜之三从高祖，而妻舜以二女；黄帝至纣四十六代，而至武王才十九世；皆事理所必无者。则迁书帝系之不足据，事甚明凿。

**陈登原《五帝说》(《国史旧闻》第一册，中华书局，2000 年，第 47—50 页)节选**

登原案：以上述五帝五说，黄、颛、喾、尧、舜，一也；羲、农、黄、尧、舜，二也；少、颛、辛(高辛)、尧、舜，三也；尧、舜、禹、汤、文，四也；太昊、炎第、少昊、颛顼、黄帝，五也。

…………

登原案：以上集五帝为神，已得九记。考应劭亦言“颛顼，北方之帝”(《文选》卷八《羽猎赋注》)。《通鉴》一九八：永徽二年，“议明堂制度，以高祖配五天帝,太宗配五人帝”。天有五帝,人亦有五帝,可知五帝为神,唐人尚沿用汉人旧说。

…………

登原案:魏(魏了翁)、蒙(蒙文通)二人,谓五帝之说,起于战国。其说良有所取。盖先有天之五帝,而后有巫之五帝,而后有史之五帝,此固确凿无可疑云。

**齐思和《黄帝的制器故事》(《中国史探研》,中华书局,1981 年,第 203 页)节选**

黄帝最初本为天神之称,以后逐渐成为传说中之人王。黄帝之成为人王也,虽时代较晚,而后来居上,其声势之显赫,传说之复杂,则为三皇、五帝之最。

**童书业《古史辨》第七册《序》(上海古籍出版社,1982 年)节选**

“三皇”“五帝”的名称系统和史迹,大部分是后人有意或无意假造或讹传的。“皇”“帝”的名号本属于天神,“三”“五”的数字乃是一种幼稚的数学的范畴,“三皇”“五帝”和古代哲学与神话是有密切的联系的。大约:盘古、天皇、地皇、泰皇(或人皇),绝无其人;燧人、有巢、伏羲、神农,也至多是些社会进化的符号。至于黄帝、颛顼、帝喾、尧、舜、鲧、禹等,确实有无其人虽不可知,但他们的身上附有很多的神话,却是事实。把这些神话传说剥去,他们的真相也就所剩无几了。至启以下的夏史,神话传说的成分也是很重,但比较接近于历史了。到商以后,才有真实的历史可考。总而言之,夏以前的古史十之七八是与神话传说打成一片的,它的可信的成分贫薄到了极点。

**程金造《述史记太史公一家言的实质》(《史记管窥》,陕西人民出版**

**社,1985 年,第 69—70 页)**

太史公著《五帝本纪》冠于全书,又首始黄帝,实是以此篇著出其拨乱反正的具体事实,以成其“一家之言”,为其全书所述的数千年史事,建立下国家治平的根本原则。

**杨宽《中国上古史导论》(《古史辨》第七册上,上海古籍出版社,1982 年,第 193 页)节选**

黄帝传说似战国以前已有之,但为天神而非人王,及战国而盛传于齐,始由天神而演为人王也。

**许顺湛《三皇五帝解读》[《重庆文理学院学报(社会科学版)》第三十卷 2011 年第 6 期]节选**

我赞成司马迁的观点。他是一个严肃的史学家,他写《五帝本纪》是非常谨慎的。……我不仅赞成司马迁的五帝说,而且还认为它是一个历史时代。

**张光直《商周神话之分类》(《中国青铜时代》,三联书店,1999 年,第 358 页)节选**

今天凡是有史学常识的人,都知道《帝系姓》《晋语》《帝系》《五帝本纪》,与《三皇本纪》等古籍所载的中国古代史是靠不住的,从黄帝到大禹的帝系是伪古史。

…………

我们都知道所谓黄帝、颛顼、唐尧、虞顺、夏禹都是“神话”中的人物,在东周及东周以后转化为历史上的人物。“古史是神话”这一命题在今天已经是不成其为问题的了。

**宋健《超越疑古　走出迷茫》(《文史哲》1998 年第 6 期)节选**

范文澜先生的《中国通史》,把五帝、夏都列为“传说”,夏、商的年代后画上了(?)号。夏代遗迹被视为“假设”。

郭老 1929 年曾断言:“《尚书》是开始于唐、虞,《史记》是开始于黄帝,但这些都是靠不住的。商代才是中国历史真正的起头。”(《郭沫若全集》第一卷)

…………

在炎黄子孙的眼里,古代那么多而详的关于黄帝的记录,名谥世次、妻、子名姓俱全,史实清楚,可信可鉴。有些历史学家的著述与此迥然不同,很煞风景。

**李学勤《古史、考古学与炎黄二帝》(《走出疑古时代》,辽宁大学出版社,1997 年)节选**

司马迁的《史记》始于《五帝本纪》,而《五帝本纪》开端就是黄帝的史事,也提到炎黄二帝的关系。这样重要的文献,我们是不能忽略过去、不予研究的。

可是在几十年来疑古思潮盛行的时期,炎黄二帝的事迹几乎被全部否定了,普遍认为是子虚乌有,屏之于历史研究的视野之外。因此,这里涉及炎黄二帝,也必须从疑古思潮的评价说起。

……由中国当时的思想史来考察,疑古思潮肯定是有积极进步的意义的,因为这一思潮的兴起,有利于冲决封建思想的罗网,和后来“打倒孔家店”也有联系,是起了进步作用的,应给以充分的肯定。不过,我们今天加以回顾,也有必要指出,疑古思潮有其局限性和不足之处,就是说,对于古史,对于古代文化,在某些方面否定过度了,以致造成了古代历史文化的空白。在当时疑古思潮中,曾出现一种极端的说法,叫做“东周以上无史”论。过去说中国有五千年历史文化,一下子缩短了一半,以上部分统统成了空白。

…………

我在上面提到的小文中说过:"《帝系》这种三代统出一源的谱系,在近代备受学者的批评,以为子虚杜撰。不过既然各种古书都记有基本相合的传说,意义是不容抹杀的。我觉得如果细心推求,其中不乏启示。"这也就是说,炎黄二帝以及其后裔的种种传说都不是虚无缥缈的东西。当然我们也不认为可以确切地知道炎帝、黄帝是什么样的人,我们不能那样去作研究。我只是说,中华文明的形成与炎黄二帝传说应当有密切的关系。

**裘锡圭《中国古典学重建中应该注意的问题》《新出土先秦文献与古史传说》(《中国出土古文献十讲》,复旦大学出版社,2004年,第12、14、25页)节选**

疑古派以及其他做过古书辨伪工作的古今学者,确实"对古书搞了不少冤假错案"。不过他们也确实在古书辨伪方面取得了不少成绩,有不少正确的、有价值的见解。真正的冤案当然要平反,然而决不能借平反之风,把判对了的案子也一概否定。对古书辨伪的已有成果,我们要给予足够的重视,决不能置之不理或轻易加以否定。

…………

我们走出疑古时代,是为了在学术的道路上更好地前进,千万不能走回到轻率信古的老路上去。

…………

顾氏认为我国古代各族都出自黄帝的大一统帝王世系,是战国以来各族不断融合、各国逐渐趋于统一的大形势的产物。这显然是很有道理的。

**林沄《真该走出疑古时代吗？——对当前中国古典学取向的看法》（《史学集刊》2007年第3期）节选**

我并不反对把黄帝作为中华民族的有悠久历史的一个象征。因为他在全世界华人中还是有一定的凝聚力的。但是要从学理的角度看，他毕竟只是一个传说中的超人的英雄，而不是一个实际的历史人物，是在“层累造成的中国古史”中逐步人化的。

…………

经过古史辨派的详细审查，确定《帝系姓》这样的书，是在战国时期各族大融合的潮流中，把许多原始的部落或方国的始祖神的真实谱系重新组合而成。因而三代一系、黄帝一统等荒谬的史观，都已被扫荡无遗。这在史学界已成共识，……

李先生出于爱我中华和维护统一的情结今天要翻这个案，首先要给《帝系姓》《五帝德》这样的古书恢复名誉。……但要用它去证明黄帝是信史，从而对中国古代文明作出重新估价，只能视为可以理解的感情冲动，而和科学研究是完全背道而驰的。单就这个问题而言，李先生的“走出疑古时代”，并不是要我们前进，而是重新回到信古时代。

…………

我认为，今天我们并没有必要在心里仍以黄帝或炎黄为“根”的人中，从学理上去破除这种信仰和感情，让这种信仰或感情仍能继续发挥在华人和国人中的凝聚作用。但如果说不相信黄帝或炎黄是实有的中国各族祖先和中华文明的开创者，就会打击民族精神和民族自信心，我觉得这是很荒唐的。因为，要重新正确估价中国古代文明，主要应该通过越来越发达的田野考古和手段越来越多样的科学检测，而绝不会再依靠已经被疑古思潮撕去神圣外衣的儒家经典。要发扬民族精神和增强民族自信心，则不仅有赖于这个民族能实事求是地对待自己的真实过去和历史贡献，更有赖于这个民族用不断搏战在当今世界中取得的地位。我深信，在中华民族不断现代化的过程中，靠虚幻的共同祖先和历史辉煌来维系团结一致的陈腐观念，必将逐渐地自行消亡，那时，我们伟大的中华民族，必将更意气昂扬地站在世界面前。

综上所述，我认为中国古典学的信古时代，其实还没有完全结束，还有余波微澜。但正如冯友兰所言，那是残余势力，大概不久就要消灭，即不消灭，对中国将来的史学也是没有什么影响力的。从古史辨派开创了疑古时代之后，中国的古典学，实际上就逐步进入了疑古和释古并重的古史重建时期。这种重建是以对史料的严格审查为基础，把古文献和考古资料融会贯通而进行的。因此无须另立一个释古时代，或另称考古时代。由于这个古史重建时期永远要保持对文献史料严格审查的精神，所以提“走出疑古时代”是完全没有必要的，甚至可以说是一种代表信古回潮的错误导向。

我们根本无须走出疑古时代，而应该在信古时代寿终正寝后，还要继续坚持疑古、释古并重的方针，来重建真实的中国古史。我想，只有在更多的有识之士的普遍关心下，才能使我们重建古史的事业不走上歪路。这才对得起祖宗，也对得起后代。

**张大可《论司马迁的历史观》(《史记研究》，甘肃人民出版社，1985年，第363、369页)节选**

从黄帝的统一到秦皇、汉武的大一统，象征着历史的发展方向，象征着帝王德业的日益兴盛。中华民族不断壮大，各民族互相融合，远方殊俗日益统一，这就是司马迁大一统历史观的内容，贯穿在《史记》全书中。夏、商、周三代之君，秦汉帝王，春秋以来列国诸侯，四方民族，无不为黄帝子孙。匈奴是夏桀之后，勾吴与中国之虞为兄弟，越王勾践禹之后，楚是颛顼之后，其苗裔为滇王。中华民族皆黄帝子孙，这一民族统一观念，就奠基于《史记》。

…………

郭老说“五帝三王是一家，都是黄帝的子孙，那便完全是人为”，目的是“为消除各种氏族的畛域起见所生出的大一统的要求”，是完全正确的。

**常玉芝《由商代的“帝”看所谓“黄帝”》(《文史哲》2008年第6期)节选**

笔者认为，顾颉刚、胡适先生关于秦以前的“帝”是指天神上帝，战国时期才出现的“黄帝”不是指人帝的说法，是极为正确的。这由距今三千年前的商王朝的甲骨文和金文中的“帝”字的用法可以得到坚实的证明。

**叶林生《古帝传说与华夏文明》(黑龙江教育出版社，1999年)、《“三皇五帝”研究的几个问题——致重庆文理学院学报编辑部》[重庆文理学院学报(社会科学版)第三十一卷2012年第2期]节选**

《古帝传说与华夏文明》节选

《绪论》节选

传说中的“三皇五帝”是有还是无，是神还是人等等，坦率地说，以现在的眼光来看，这些问题也许永远是个谜，现在很难认为哪一种观点是无懈可击的。但是，我们不能由此认为这些问题的研究毫无必要。我们完全有可能在以科学态度判定传说资料的基础上，联系考古挖掘的地下史料，确定哪一种说法更接近历史真实、矛盾更少一些、更能令人信服一些，哪一种说法对于阐述中国的文明起源更确当一些。

…………

20世纪二三十年代，“古史辨”对古代传说的研究引起了很大反响，……他们中一些人认为：我国传统中的“三皇五帝”都是人为的“编造”，甚至是某些人“信口瞎说”的产物。他们以为推倒了儒学经典中的古史系统,就打倒了儒学经典的权威,对于古史的研究就能趋于科学化。这些学者的努力,对于当时的思想解放,的确作出了巨大贡献。但对于古史研究来说,并没有起到澄清其中混乱的作用,反而增加了新的混乱。……

…………

在批评"疑古派"的同时,另一些学者却反其道而行之,肯定儒学经典的可靠性,主张凡《左传》《国语》所载,都是传自古远的说法,都不能"轻易怀疑",从而力图论证"三皇五帝"的真实存在。

《第二章 五帝说解析》节选

使五帝最后固定下来的是《史记》。……其开篇即《五帝本纪》。司马迁对战国之说作了损益,以黄帝、颛顼、帝喾、尧、舜为五帝,以前所涉及的太昊、少昊、祝融等被删除,禹则归入《夏本纪》。自此以后,学者多采用《史记》的五帝说,不但五帝成了人间古帝,而且统统成了"一家人"。用司马迁的话说就是:"自黄帝至舜禹,皆同姓,而异其国号。"正所谓"天下一家"了。

…………

历史学领域中的五帝就此定型。不过,我们由这个过程可以看出,五帝从无到有,从多人组合到五人之数,经过了一二百年的选择。至少可以说明,五帝说本非古说,是战国后期到秦汉时的人为安排。我们以之作为时间坐标,很难说有什么合理性、科学性。

《第六章 黄帝与生殖崇拜》节选

把黄帝当作人祖、人帝的学者大抵都引《国语·晋语四》之说为据,……这里只略作分析,以见其说之不足信,不具有史料价值:

其一,细读《晋语四》那一段文字,我们可以看出,司空季子的话完全是一种政治需要。所谓"同姓则同德,异姓则异德""同德则同心""异德则异类",完全是一派纵横家言论,目的是"以济大事"。其纵横捭阖的政治图谋是显而易见的,这种文字自然不应当作可信的史料。

其二,因为是浅显的政治图谋,是信口编造之说,所以,这番话逻辑混乱,没有史料价值。……如果把这种梦呓般的话当作可信的史料,岂不自误!

其三,这段话显然是信口道来,完全置事实于不顾。所谓黄帝之子得姓的十二姓中,有些姓氏与“姬姓”无关,而另有渊源。……

其四,《晋语四》以黄帝为姬姓之祖,与西周时周人自己确认的祖先说根本不符,与《鲁语上》展禽所讲的周人祖先也有冲突。

《“三皇五帝”研究的几个问题——致重庆文理学院学报编辑部》节选

有人把我归为顾颉刚一类的“疑古派”,甚至在一篇不成其为文章的文章中影射我“疑得越多越好”。对此,我没有必要辩白。

对顾颉刚,我是敬重的,他比那些食古不化的人要高明得多。但明眼人可以发现,我和他的思路完全不同。我不主张对古史资料用“疑”或“不疑”去判别是非,而主张换一种思维方式。事实上,对许多资料,我肯定的地方比那些自认为不疑古的人都要多。

不过,搞研究总得有个规范。顾颉刚认为古史是“层累”造成的,愈向后,人为添加得越多。反对疑古的徐旭生则认为,口耳相传的历史,愈传愈失真,主张东汉以后的传说基本应当摒弃,“以免眩惑”。长期旅居美国的张光直先生则直接说:“今天凡是有史学常识的人,都知道《帝系》《晋语》《五帝本纪》与《三皇本纪》等古籍所载的中国古代史是靠不住的。”几位学者在“疑”与“不疑”的问题上或则对立,或则回避,但他们都遵循着起码的史学规范:古史资料有“源”“流”之别,以“流”代“源”的说法靠不住。

今天,许多人不讲规范,不去辨别史料源流,任意引用西汉纬书、《世经》《帝王世纪》等无稽之谈,然后驰骋想象,肆意穿凿。这是我们在“三皇五帝”研究中应当避免的。

史学研究与文学研究不同,历史事件、历史人物必须放在时空的交叉点上。不容许想当然地猜测;而文学是动态的,人们对上古历史不断地添枝加叶就成了神话,而神话也是一种文学形式。拿文学当历史去研究只能是“伪史”的翻新,谈不上“创新”。

**沈长云《先秦史》(人民出版社,2006 年,第 1—2 页)节选**

“五帝”,指传说中夏代以前的五位帝王,他们是黄帝、帝颛顼、帝喾、帝尧和帝舜。记载这个传说的司马迁的《史记·五帝本纪》及稍前的《大戴礼记》中的《五帝德》和《帝系姓》说,自颛顼以下的各位帝王都是黄帝的子孙后代,其中帝颛顼是黄帝次子昌意的儿子,帝喾是黄帝另一个儿子玄嚣的孙子,帝喾所娶陈锋氏生下的儿子即是帝尧,帝舜则是颛顼的六世孙。《史记》中的《夏本纪》《殷本纪》和《周本纪》还说,以后的夏、商、周三代王室亦皆是黄帝的后裔。总之,先秦时期所有帝王全是由黄帝一人繁衍下来的。

以我们现有的历史常识,包括用考古发掘的事实来衡量,上述说法显然有些不合乎事理逻辑。……无论把黄帝等人说成是古代一统国家的君主,还是把他们编织进一个血缘谱系,都应出自后世人们的构拟,是以后中原各古老部族日渐融合暨华夏一统国家出现趋势日益明显在人们意识中的反映。然而,尽管有这些人为构拟的痕迹,我们相信有关黄帝、帝颛顼、帝喾、帝尧、帝舜以及其他一些古史人物的传说仍具有相当可信的成分,它们或多或少地反映出夏代以前我国即将进入文明之前那个时代的史影。如果我们按照那个时代的性质,将黄帝等人看作是上古氏族部落或部族集团的首领,那么,包括《史记》及其他一些古代典籍中的五帝的传说仍可得到合理的解释。

**王晖《古史传说时代新探》(科学出版社,2009 年,第 4 页)节选**

今天学者皆知古书所记“三皇五帝”的上古史多数是靠不住的,而严格审查古书和古史传说历史更是有必要的。但是,我们对疑古思潮在理论、方法方面的缺陷及其所带来的负面影响也应有充分的认识。如“古史是神话”的立论就深深影响着上古史的研究。……我们认为,盘庚之前的古史传说资料,固然不可全部视之为历史的真实记述,但古史也不能全是“神话”。

**王震中《对〈诸神的起源〉一书的批判》(《历史研究》1988 年第 2 期)节选**

众所周知,所谓“三皇五帝”自古一统的伪古史体系,是战国秦汉间人们在大一统历史趋势的影响下,依据主观想象而设计和编造出来的历史蓝图和社会发展模式。实际上,史前中国根本不存在像三代以来那样的以某一地域为中心的统一的民族,而处于姓族部落林立的分散状态。既然尚未形成统一的民族,自然不会有统一的上帝或天皇之神,也不会有所谓“全人类的共祖”………

**江林昌《中国上古文明考论》(上海教育出版社,2005 年,第 54 页)节选**

所谓“五帝”,也不过是一个概括说法,不能具体落实为五个帝号。在周秦文献里,五帝的称号各异,也正说明了这一问题。如在《五帝德》和《国语·鲁语上》记载的五帝有黄帝、颛顼、帝喾、尧、舜、禹六人。在《左传》昭公十七年记载的则是黄帝、炎帝、共工、太皞、少皞五人。在《左传》文公十八年又变成了黄帝、颛顼、帝喾、少皞、尧、舜。而在《易传》里的五帝则是包羲、神农、黄帝、尧、舜。大约在五帝时代,各部落之间时有征战或联合,其势力较强者,则被推为盟主,于是可称帝号。但这种情况此起彼落,称帝号者既非一族长期占有,其势力范围亦大小不一,与其后夏商周三族形成世代相传的朝代不同。因此,五帝时代称号各异,是自然的。

**吴锐《中国上古的帝系构造》(中华书局,2017年,第66—69页)节选**

顾颉刚一生要打倒四个偶像:帝系、王制、道统、经学,认为它们都建立在黄帝一元论之上。……顾先生于1980年去世。那时刚从"文化大革命"走过来,禁忌颇多,当局对国学还保持警惕,未见对黄帝的刻意宣传。到了20世纪90年代,形势大变,中国出现"国学热",黄帝一元、三代同源的古史观死灰复燃,明确表示要把中国文明史推到五千年前,即黄帝时代。他们的口号是"超越疑古,走出迷茫",虽然搭配了一些未必相干的考古材料,以高科技手段、多学科相结合相号召,但主要依据还是被顾颉刚痛斥为"竭力为神话中的古帝王乱拉关系的'家谱'"的《帝系》。……2002年,中国社会科学出版社推出中国社会科学院历史研究所编的《中国历史年表》,明确把传说中的燧人氏与陕西蓝田猿人并列为距今一百万年的时代,伏羲的时代被定为距今十万年,神农被定为公元前七千年前,黄帝被定为公元前3000年,并说"前2697为黄帝纪元元年"。这似乎反映了社会上涌动的一股落实中国五千年文明史的渴望。

**郭永秉《帝系新研》(北京大学出版社,2008年,第103—104页)节选**

对于《大戴礼记·五帝德》《大戴礼记·帝系》等文献记载的大一统的帝王世系,李先生根据司马迁《五帝本纪》对待二篇的态度,提出"足见两篇的重要,特别是《帝系》一篇,与《纪年》《世本》《山海经》等书的有关叙述大体符合,对古史研究有很高价值"。……受李学勤先生这种倡议的影响,不少学者重新回到了"信古"的路上。

**张广志《中华人文初祖黄帝和后儒所言黄帝谱系论析》(《张广志论学杂著选辑》,经济科学出版社,2016年,第295、297—298页)节选**

黄帝生活在远古时代,事迹多为传说,身世本不清楚。后来,人们发现了他的价值、作用，基于彰显、放大的需要，一些有关黄帝的动人故事乃至他的家世等纷纷被编排出来，其中编排得最具体系、至今仍被一些学者信从的便是五帝三王全出自黄帝一系所谓的黄帝谱系了。按照这个谱系，颛顼、帝喾、尧、舜四帝，夏禹、商汤、周文王三王，全是黄帝子孙。再扩而大之，即秦人、徐人、匈奴，甚至北方的戎狄、南方的苗蛮，亦无不与黄帝有血缘关系。

应该说，此类说法是无坚实历史根据的，不成立的。

…………

太史公承袭的《世本》《大戴礼记·五帝德》《大戴礼记·帝系》所编排的黄帝谱系靠不靠谱呢？对此，恐太史公自己心里也不大踏实，有点儿犯嘀咕。如他在《五帝本纪》篇尾就曾写道："百家言黄帝，其文不雅驯，荐绅先生难言之。孔子所传《宰予问五帝德》及《帝系姓》，儒者或不传。"

…………

《世本》《大戴礼记》及太史公所言黄帝谱系之不能成立是显而易见的。

首先，如上文所言，它是晚出的，得不到较早可靠传世文献支持的。

其次，它有违于常理。古代，部落、民族众多，有些部落、民族虽然战败了、失势了，或融入到以黄帝为代表的更强势的炎黄族、华夏族和后来的汉族中去了，但他们并未灭绝，仍繁衍有后人，不会一下子全化为黄帝子孙。

复次，这种谱系既为有违于历史事实的人为编排，故不免每自相龃龉，破绽百出。《世本》《大戴礼记》《史记·五帝本纪》的黄帝谱系互有出入，不尽一致，如按《史记·五帝本纪》的编排，尧、舜、禹的行辈是：

尧：黄帝——玄嚣——蟜极——帝喾——尧

舜：黄帝——昌意——颛顼——穷蝉——敬康——句望——桥牛——瞽叟——舜

禹:黄帝——昌意——颛顼——鲧——禹

即尧、禹同辈,同为黄帝玄孙;而舜的行辈则要晚后许多,是尧、禹的玄孙辈。这样,就成了舜先从其高祖辈的尧那里继承了帝位,舜很长寿,活了百岁,死后居然又把帝位传给与尧同为舜高祖辈的禹了。准诸常理,这在现实生活中恐怕是不可能出现的。

**张广志《战国秦汉间黄帝材料发掘、敷衍、整合之再认识》(《张广志论学杂著选辑》,经济科学出版社,2016 年,第 308 页)节选**

有一点似需在这里强调一下,即以《史记 · 五帝本纪》为代表的古帝王谱系,亦并非满篇皆非,一无是处。拆开来看,它的许多构件并非太史公等的向壁虚造,而是渊源有自,其中保有不同时期、地区古先民们的部分真实史影,但把它们组装为一庞大谱系,则是靠不住的,今之研究者在使用这个谱系时,务必谨慎对待,认真分析、鉴别、取舍。

# 米寿忆往

我,张广志,徐州人氏,1937年出生。光阴似箭,人生苦短,才觉稍稍悟出了点儿生命的含义,懂得了点儿人情事理,怎么不知不觉间忽的一下就来到生命的尾期,到了所谓八十有八“米寿”的衰朽之年了呢?常念及此生平庸,功、德、言三不立,所可自我安慰者,唯觉平生没干过昧良心的事,活得尚有尊严,在某些学术领域亦有所付出并取得一定成绩。兹趁着现在年虽老迈,稍大的东西已啃不动,然目尚见得、耳尚听得、脑尚思得、手尚写得,对此生作一简要回顾(主要是围绕学术活动),既是对自己的一个交代,对青年学子兴许亦有一定参考价值。

## 一、家乡、家世

旧时士人重郡望、属籍、家学渊源、传承。其中虽不免有夸饰、炫耀成分在,但也不可否认乡风、乡贤、家风、家学对一个人的成长、成就所起的积极作用。我的家乡徐州,近世比之苏南等地虽稍显落伍,但在古代却是极负盛名的。相传,黄帝曾在此打过仗、建过都,彭祖封于此,徐偃王、项羽王于此,刘邦生于此,汉文化源于此;有研究者统计,汉刘邦以来,徐州籍的开国皇帝竟达十一人之多,如汉高祖刘邦、东汉光武帝刘秀、蜀昭烈帝刘备、魏文帝曹丕、南朝宋武帝刘裕、南朝齐高帝萧道成、南朝梁武帝萧衍、五代梁太祖祖朱全忠、五代唐烈祖李昪、明太祖朱元璋、太平天国天王洪秀全皆是①；其他领域的大名人尚有著名学者、目录学家刘向刘歆父子，道教创始人张道陵，史学家刘知几，词人李煜等；近世，虽稍显落伍，但仍间有大家涌现，如著名书法家、碑帖学家张伯英，画家李可染，史学家萧一山等。自然，这些人同我并无什么关系，我也无意沾光，实际也沾不了他们什么光。如果一定要说总还有些潜移默化的作用的话，那就是我潜意识中每以这些乡贤为荣、为傲，从而增强了自信和明晰了努力的方向。

我本农家子，草根一个，家世一般，故无什家学渊源可言。

我于 1937 年 10 月 20 日（农历九月十七日）出生在江苏省徐州市近郊黄河故道转弯处一个三面环河的名曰郭店的小村子里②。村子虽名为郭店，实际上姓郭的只有一家，主要是张、王两大姓。由于祖上并没有什么显赫人物，故我们这支张姓竟不知来自何方，既无家谱，亦无祠堂，上几辈也没出过大文人，故亦无家学渊源可言。

远祖的事已无从谈起，只听说曾祖父颇能干，创下些家业。曾祖父育有四子，我爷爷张昌贵排行老二。听说我爷爷他们弟兄四个当初分家时，财产基本上是均分的，后来就分化了，后来定成分，大爷爷是贫农，我爷爷土地改革时先定为富裕中农，后改为富农，再改回富裕中农，三爷爷是中农，四爷爷是地主。我们家虽说富些，其实也就六七十亩地，几头牲畜，一辆大车，有时还开个粉坊（生产粉条）、粮行什么的，算一小康之家。爷爷、伯父、叔父都没读过书，父亲（讳世璞）倒是念过几年的旧学和新式学堂，民国时还短期做过副乡长，在村里和附近一带算是个有头脸的人物。父亲一生为人谨慎，乐善好施，口碑甚好，但于 1970 年（时年五十有九）寻了短见。

母亲（姓魏，讳素贞）是个典型的旧式小脚家庭妇女，善良外几无他长

① 本人生于斯或祖上源于斯者皆算，历史上辖属徐州后亦不是者亦计入，标准不一，取舍随意，似有多多益善、凑数之嫌，录此供参考，无须在学术层面苛求、较真。

② 这个小村子即将从地图上消失，如今它已成为徐州市新城区的核心地段，市委、市政府、奥体中心，都在原村屋附近。

可陈。母亲生性胆小，心量也不怎么大。父亲去世那年，母亲六十二岁，一个人又苦熬了三十多年，直到九十四岁高龄才辞世。父亲死后不久的一次社员田间劳动中，母亲所处的位置刚好直冲着父亲的葬身处。几位好心的女伴怕母亲到跟前时难过，就早早把她调换到偏过一点的地方去。可临到父亲葬身处时，母亲还是无法承受，可又不敢哭，就这么硬憋着。憋着憋着，她突然大笑起来，笑得那么凄楚、无告……可怜的母亲，竟一下子憋得短暂精神失常了。

父亲和母亲虽一生平凡，无任何功德可资传扬，但二老的立身行事还是对我日后的向学和为人产生了深远影响。父亲的可贵之处是他不轻信、不盲从，颇有些独立思考精神；母亲的可贵品质则是有同情心、善良。

我的孩提时代过得颇幸福。由于伯父早逝，膝下无子，叔父当时还没有孩子，而在我出生前，我的三个哥哥又相继夭折，故我作为我爷爷这支张姓唯一男嗣的到来，理所当然地受到全家上下的呵护、娇惯。比如，我经常能同爷爷一起吃小灶，当时在农村颇为稀贵的绵白糖，有时竟给我脖子上挂个小罐子，由我抓着吃。我的任性和动手能力差，大概就是这样种下的。

我小学的头几年是在村子里一所旧式学校念的。学校就一间教室，一名教师。教师是邻村我的一位表伯父，什么课都是他一个人教。这位表伯父为人正直，旧学功底不错。我的文字功底和对传统文化的兴趣都是这时打下基础的。念私塾时，我的背书功夫上佳，但书法不行。我的奶名叫“大才”，是爷爷起的。上学后的学名叫“广志”，是爷爷、父亲和表伯父老师共同议定的，“广”是辈分字，不用议，“志”则寄托着长辈对我的厚望。遗憾的是我既“志”不“广”，亦“才”不“大”，让长辈们失望了。

中华人民共和国成立后，我转到邻村丁庄完小读高小。因为生病，我的高小实际上只读了三学期（五年级下学期没念），好在我学得还可以，三个学期都拿了年级第一，小学毕业会考还拿了个全学区第二。

1951—1957 年，我的初中、高中都是在历史悠久、颇有名气的徐州一中读的。本来按性情，我是比较偏爱文史的，可当时的风气逼着我往理科努力。谁知到了高三体检时发现我有红绿色弱，除数学、力学外几乎所有理工医农科皆不能报考，我才又把精力往文史上转。这虽谈不上因祸得福，却是我乐意的。

## 二、大学四年

1957 年，我如愿考上了山东大学历史系。早在读高中时，我就爱浏览《文史哲》上的文章，关心古史分期等问题的讨论，知道杨向奎、童书业、王仲荦等人的名字。

20 世纪 50 年代的山东大学名气甚大，这主要得益于它的文史见长。中文系方面有陆侃如、冯沅君、高亨、萧涤非“四大金刚”，或再加上黄公渚构成所谓“五岳并峙”。众所周知，清华大学国学院自 1925 年 8 月 1 日正式成立至 1929 年 6 月停办，四年时间共培养学生七十余人，其中很多人后来成为赫赫名家与学术中坚，如王力、姜亮夫、陆侃如、姚名达、谢国桢、吴其昌、高亨、刘盼遂、徐中舒等。九人中的两位陆侃如、高亨即同在山东大学中文系。陆侃如、冯沅君、高亨、萧涤非、黄公渚外，还有“二殷”（殷孟伦、殷焕先）、高兰等，稍早吕荧、谭正璧也都是这里的一员。历史系这边则是名扬远近的“八马同槽”。“八马”说法不一，一般谓为杨向奎、童书业、王仲荦、张维华、黄云眉、赵俪生、郑鹤声、陈同燮。八大教授以中国古史分期、中国农民战争史、中国资本主义萌芽等重大学术话题开端发皇，因切中时代变迁而引领中国学术潮流，并由此形成“独断之学”与“考索之功”并重[①]的良好学风，从而为山东大学在史学界赢得重要位置和声誉。

① 章学诚《文史通义·答客问》：“高明者多独断之学，沉潜者尚考索之功，天下之学术不能不具此二途。”

“八马”中，童书业、王仲荦、张维华、黄云眉、郑鹤声、陈同燮皆给我上过课。杨向奎在我入山东大学时已调离，但后来曾来山东大学讲学，讲了些什么我已记不清了，只记得他强调青年学子为学之道最重要的是要把基础夯实，练好童子功；赵俪生在我入山东大学时已调至兰州大学，后来我在青海师范大学主事时，曾特邀赵来校讲学，亲聆教诲。故我同杨、赵二师也还算是有师生之谊的，我可以骄傲地宣称：“八马”皆吾师也。

其实，“八马”外的丁山、许思园等，亦各学有专长，非等闲之辈。曾一度在山东大学待过的还有赵纪彬、吴大琨、黄绍湘等名流。当时的山东大学，真可谓如日中天，人才荟萃。语云，世有伯乐，然后有千里马，千里马常有，而伯乐不常有。话说到这，人们禁不住会怀念起当时的校长华岗和副校长陆侃如、童第周这“三驾马车”来。山东大学那些年的辉煌，是与他们的慧眼识英才、善于延揽人才分不开的。

可惜的是，我 1957 年入学时，杨向奎、赵俪生已调离，再加上大气候的改变，“八马同槽”的盛况实已渐现颓势，有点儿今非昔比了。但即使如此，毕竟“八马”的基本班底尚在，多年的积累还在，家底尚厚，学风、传统亦未完全中断，故就做学问的条件而言，当时的山东大学在同类院校中还是蛮不错的。我在历史系读书的四年，虽说受到当时政治大环境和三年大饥荒等的干扰，课上得不多，上得断断续续，但托童书业、王仲荦等大师的福，我还是多少从他们那里学到一些治学方法、门径，感受过他们的大家气度、胸怀。这些看似无形，却深深影响了我的一生。

现在，我既然有幸来到山东大学历史系，来到这些久所仰慕的名师身边，自然应发奋苦读一场。当时促使我发奋的原因也同周围的具体环境以及我在这个环境中所处的地位分不开。

大家知道，1957 年考大学特别难。1956 年全国大学招生总人数好像是十六万左右，1958 年招生人数激增，唯独 1957 年是个低谷，只招了十万七千人。能在这一年考上名气甚大的山东大学历史系，我深感荣幸、不易。再说那一年我已二十岁,也慢慢懂得为自己规划未来了。那一年山东大学历史系共招收新生九十余名。九十余名新生中,突出地呈现着“三多两少”。“三多”是拿调干助学金的调干生多,城里人多,已在哈尔滨外语学院和沈阳俄专读过一年甚至两年俄语的转专业老大学生多①;“两少”即应届高中毕业生少,农村来的学生少。而我就恰恰是个来自农村的应届高中生。特别是,我又不是团员,从上到下一身农家子弟打扮,往别人跟前一站总觉得低人一头,自惭形秽。这些都促使我暗下决心:为了尊严和日后前程,我一定要在学习上压过他们。

正是靠着这种信念、动力,大学四年我没学跳舞(我是全年级未扫掉的几个“舞盲”之一,至今也不会跳舞);节假日,我很少上街,基本上都是在校内外的图书馆度过的;在青岛读书期间(1957—1958 年,山东大学在青岛),没去过崂山,没去过就在学校边上的海水浴场(买不起游泳裤);在济南读书期间,每学期放假我往返济南与徐州老家,也从未顺道在泰山、曲阜等处下车游览过;当时风行一时的印度影片《流浪者》,同学们每以自己看过三遍、五遍甚至七遍、八遍为荣,我硬是没去看(后来才在一次偶然的机会下看了一遍),一来没那个闲钱,二来也是为了考验自己所谓的抵御外来诱惑的毅力;大学期间,我虽享有全额助学金,吃饭不成问题,但为了弄点儿零用钱,有时会半夜帮建筑工地拉砖(最多时半个晚上可挣五块钱)。那时适值生活困难时期,饭吃不大饱,晚上加班干重体力活儿,实在有点儿吃不消。有时实在饿得不行,就拔老乡地里的萝卜、白菜什么的,用自来水冲冲充饥。即使这样,大学四年中我也从未旷过一节课。也许是皇天不负有心人吧,大学四年下来,我的总成绩排名在全年级九十余人中高居第二,算是在心理上赢得了某种慰藉、平衡。

上已言及,当时的读书环境虽不怎么好,但我还是抓紧时间读了些

① 在这之前两年俄语热,招生过了头,后来只好动员大家转学校、改专业。

书，并认真、执着地思考过一些重大、敏感的学术问题。这些问题是：

第一，对史学界流行的“十月革命后一切殖民地、半殖民地国家发生的民族民主革命都是无产阶级社会主义世界革命的一部分”的论断提出质疑。我认为即使在十月革命后，殖民地、半殖民地国家的民族民主革命仍然存在两个阶段、两种道路、两种前途的不同，只有无产阶级领导的新民主主义革命，才是无产阶级社会主义世界革命的一部分，资产阶级领导的以建立资产阶级专制为目的的民族民主革命仍然是旧民主主义革命，是资产阶级革命的一部分。1960 年，读大三时，我曾把这个观点写成《十月革命后民族民主革命的性质及其所属阵线问题》一文，投寄给《人文杂志》。他们本准备发表的（这有我至今仍保留的当时的退稿信为证），后来由于非常明显的原因而最终作罢。1976 后，我的那篇文章才在《青海师范学院学报》1980 年第 3 期刊出，《新华文摘》1981 年第 3 期作过比较详细的摘登，也引起过一点儿争论，后来我还为此又写了一篇回应争论的文章。不过，这终归不是我的主业、本行，以后也就不再过问这个问题了。

第二，对学界流行的“对立面的统一性是相对的”的论断提出质疑。在我看来，对立面的统一性也同斗争性一样，其存在也是无条件的、绝对的。至于统一性的具体表现形式则是相对的，正如斗争性的具体表现形式也是相对的一样。同样是在 1960 年大三的时候，我曾把这个观点写成《有关对立面的统一性的一些问题》，并通过班干部许玉琪转呈给时任山东大学历史系主任的哲学家蒋捷夫审阅。过了一段时间，蒋主任仍通过许玉琪将稿子退还给我，除在上面改正了一个明显的错别字外，什么书面意见都没提。我问许玉琪蒋主任是什么看法，许说蒋主任的意思大概是这个题目不好写，写了也不好发表。蒋主任的意思我自然懂得：你小子文章犯忌啊！1962 年至 1963 年，当我看到《新建设》等杂志刊登有高鼎忠等论述“统一性”的文章时，又忍不住写了《辩证法的“同一性”可不可以作两种含义上的区分和如何区分？——读了高鼎忠等同志的文章之后》一文，投寄给《新建设》。从编辑已在后来退还于我的文章原稿上标出大小标题及正文的不同字号看，他们似曾打算采用，但后来还是把稿子退还于我了。后来，这两篇讨论“统一性”的文章就一直压在箱底，直到 2010 年出版《先秦传说与区域文化研究》（兰州大学出版社）一书时，我方才将它们作为“附录”塞进书里，使之面世。

第三，对传统的、流行的“奴隶社会乃人类历史发展必经阶段”的论断提出质疑。本来我同大多数人一样，认为人类历史上存在奴隶社会发展阶段是天经地义的，后来才知道雷海宗、李鸿哲两人在这个问题上持有不同的看法。当时，我是抱着好奇心把雷、李二人的文章找来一读的。谁知读过他们的文章后，我不但没觉得他们有什么错，反倒被他们的观点俘虏了。后来，我曾同好友祝中熹同学不时交流、讨论这个问题，但鉴于兹事体大，迟迟未能动笔为文。直到 1962 年，我始将这个观点写成一篇长文寄呈给曾在我的母校山东大学历史系任教过的杨向奎和仍在山东大学历史系任教的童书业两位老师征询意见。鉴于当时的形势，二位老师一谓题目太大，应仅从古史分期入手，一以身体不好，无力审阅为由，先后将稿子退还于我。之后，我也只好将之束之高阁，断了刊行问世的念头。

## 三、十五年就这么白白虚掷了（1961—1976）

1961 年大学毕业后，我即来到我一生中唯一的工作单位青海师范大学（当时叫青海师范学院）工作。当时来青海，名曰自愿报名支边，实际是事出无奈。上已言及，我大学四年苦读下来，成绩高居全年级九十余人中的第二名，可我出身不好，毕业时小组对我的评语是“只知埋头读书，成绩优秀，政治不开展”，我连个团员都不是。故毕业分配时，研究生推荐没我的份，留校没我的份，北京等好去处没我的份，与其在他们眼皮子底下受气，倒不如远走高飞、一走了之为好，于是这才有了我的自愿报名支边的青海之行。初来青海师范学院时，这里条件虽差，连自来水都没有，但我还是满意的，觉得这毕竟是个高校，可以做学问，条件也会改变的。

可不久后我就大失所望了。

中华人民共和国成立之前青海没有高校，之后陆续建立了青海师范学院、青海民族学院两所高校。1958 年，高校一下子变成八所。饿了几年肚子，头脑冷静了下来，说要对高校作大调整。调整的方案是，只保留青海民族学院一所高校，余皆撤销。这样，青海师范学院被撤销，以师范部的名义并入青海民族学院，青海师范学院原有的十一个系中的政教、中文、外文、数学、物理、化学得以保留，历史、艺术、教育、生物、地理五个系被停办撤销。就这样，我们历史系一下子没了。

那被裁下来的老师怎么办呢？上头说一部分人可到州县中小学去教书，实在没处去的，有人居然在一次公开讲话中说："那就拿 20% 的工资回老家等着，啥时候需要了再回来。"虽然这人的话后来并未落到实处，可这样的话光是听听也足够让人寒心了。

我这个人本来就管不大住自己的嘴，面对突然到来的变故，就更控制不住感情，说了些不合时宜的话。一次，当我听说学校因为我身体好可能要把我分到荒凉的柴达木时，便说："分配工作怎么能只看身体呢？陈镜开（当时妇孺皆知的著名举重世界冠军）身体比我还好，他去我就去，他不去我也不去。"

不服从分配，再加上"满嘴放炮"，处分是不可避免的。当时给我的处分是：延长见习期一年，发 60% 的工资，暂安排在图书馆工作。1963 年开始的"社教"（"四清"）运动给我带来了转机。由于愿意长期下乡搞"社教"，我终于结束了见习期，转正成国家正式干部，工资也正式定为行政 22 级。

回顾这段历史，固然辛酸，但说实在的，我一点儿也不怨恨学校。当时主事的任琛院长是个老革命，他很懂知识分子。

从1961年9月来青海到1963年上半年,我的日子很不好过。特别是减发工资每月只发三十多块钱生活费的那段日子,由于怕父母担心,我受处分的事并未告诉父母,故每月仍需给二老寄十元钱。那些日子里,我每天早上去食堂打饭时,都会多买几个馒头和一些咸菜,这样午饭,有时甚至晚饭的钱就省下了。

工作的不顺和生活的艰辛并未完全阻断我的学术追求。两年下来,我还是撰写下《孔子的立场和他的政治主张》、《略论奴隶制的历史地位》(草稿)、《辩证法的"同一性"可不可以作两种含义上的区分和如何区分?——读了高鼎忠等同志的文章之后》三篇文章。前文在内部发行的《青海师范学院论文集》1962年第二集刊出,反响尚可,后二文因非常明显的原因无从刊出。可这样的学术挣扎也只是昙花一现,很快就枯萎了。

我从1963年9月开始下乡搞"社教",一搞就是三年多,直到1967年元月才了结,接着就是轰轰烈烈的"文化大革命"。如果说1961年到1963年尚能磕磕绊绊挣扎着做点儿学问的话,那么1963年到1976年的十三年,则基本是与书本、学术绝缘的十三年了。

## 四、从徐中舒师学

"文革"结束后,诸事渐入正途,学术环境亦大有改善。1979年,我这个年已四十有二的老学生远赴四川大学从著名史学家徐中舒进修先秦史一年。

四川大学乃中国学术重镇,西南名校。四川大学历史系的教师阵容甚强,聚集有徐中舒、蒙文通、缪钺、冯汉骥等名流学者。1979年我来四川大学历史系进修时,蒙文通已不在了,时已白内障晚期双目失明的缪钺先生曾为我们讲过《诗经》。徐师的一帮助手、弟子,如唐嘉弘、罗世烈、缪文远、伍士谦、常正光等,多随堂听课,参与辅导,多所切磋,使我们受益匪浅。前一年，徐老自己本已招有研究生并受张政烺之托帮张带研究生。这几个研究生讲："徐老一年也给我们上不了几节课，你们这十个进修生一来，徐老每星期都要给你们上两次课，每次都在两小时左右，我们跟着听，倒是沾你们的光了。"足见徐老对受教育部委托举办的先秦史进修班的重视。

徐老为人厚重，做学问同样厚重。徐老做学问的最大特点是：论多新意，材料坚实，不事张扬，质朴无华。顾颉刚先生于1967年5月25日的日记中谓："王国维之弟子，以徐中舒最为笃实，发现亦最多。"

这一年是我学术生命中极为关键的一年。因为在这一年里，我不仅从徐老身上领悟到什么叫大师、什么是大家风范，极大地开阔了学术胸怀和眼界，而且更重要的是我新修改定稿的《略论奴隶制的历史地位》一文得到了徐老的认可。徐老的孙子徐亮工告诉我，当他问徐老对我那篇文章的看法时，徐老回答说："张的看法是对的。"徐亮工又进而问："那你过去不是也承认中国有奴隶社会，并是古史分期中的西周派吗？你过去的那些文章不是白写了吗？"徐老说："当时也只能那样。"后来，我的那篇洋洋五万言的长文经徐老力荐得以在《四川大学学报（哲学社会科学版）》1980年第2、3期刊出①，一时在学界产生较大影响，从而极大地鼓舞了我，坚定了我的学术信念。人们常说，若要做成一件事，个人努力固然重要，节骨眼上还得有贵人相助才行。信哉斯言，徐老确定是我学术生涯中的一位贵人啊！《"贡助彻"研究中的几个问题》是我1979年在四川大学从徐中舒师进修先秦史时所写的结业论文。为文时，从观点到材料，都力图效法徐师内不注水、外不涂饰、朴实无华、唯真是求的治学风格，隐隐留有徐师治学理路的影子，虽说由于我之愚钝，又何尝得徐学真传于万一。

① 此文稍前曾在《青海师范学院学报（哲学社会科学版）》1980年第1、2期刊出过，但当时我院学报尚属内部发行，影响不大。

已故赵光贤老先生在《孟子的历史观》一文①中曾谬赞拙文“对于孟子所说的贡、助、彻问题更有详细的解说,足为研究孟子学说的参考”。

## 五、短暂的收获颇丰的四年(1980—1984)

作为从徐老进修学术生涯的延续,接下来的几年,我又围绕这一课题连续撰写了《中国奴隶社会研究中的几种常见提法驳议》《商代奴隶社会说质疑》《早周社会性质问题》,以及《匈奴与奴隶制——从少数民族史看初始阶级社会的非奴隶制性质专题研究之一》等十篇从少数民族史角度论定中国奴隶社会说不能成立的系列论文。后来我把这些文章集结为《奴隶社会并非人类历史发展必经阶段研究》一书,于1988年由青海人民出版社出版。这些成果既是我多年积累的结果,也是徐老引航、助推的结果。

## 六、厕身“官”场,学术几近荒疏的十三年(1984—1997)

不过,这股刚刚有点儿起势的学术研究势头很快又被扼住了。因为我这个原来连团都没入过的人于1983年入了党,特别是从1984年起又连续被推到历史系副主任、教务处处长、副校长、校长的位子上去,而且一干就是十三年,直到1997年年满六十岁时才退下来。开始做历史系副主任时尚不觉得怎么影响学业,可一搬入学校办公大楼,就全然身不由己了。幸好我这人没把“官位”看得太重,也未全身心地投入到行政管理工作中去,仍坚持带研究生,抽空参加先秦史学会举办的学术活动,偶尔也动笔写点儿小玩意,为的是不致太脱离学术前沿。

---

① 赵光贤:《亡尤室文存》,北京师范大学出版社,2001年。

当了十几年的“官”，耽误了学业不说，即使在行政管理上也没做出像样的成绩，真是两头耽误了。实践证明，我这个人确实不是块当“官”的料，所以谈不上什么“政绩”（当然，我也不是占着位子一点事情都不做，在学科建设、师资队伍建设、图书馆建设、研究生点建设，以及高水平运动队——特别是女篮建设等方面，我还是有些想法、做了些工作的）。不过，聊以自慰的是我在当“官”期间从未贪污、受贿过一分钱，未干过一件昧良心的事。我当校长多年，坚持不要“一支笔”，把财权交给副校长，基建等与钱沾边的大项目更是从不具体过问。有一次我去汕头大学出公差，为省钱，我坚持不住会议安排的校级宿舍，即使这样也还是超标准了。回校报销差旅费时，财务处长说：“你是校长，就不要死搬标准了，实报实销吧。”我说：“你管不了我这个校长，又怎么好管别的领导和众多的教授们呢？”结果我还是坚持按标准报销房费，超支部分我自掏腰包。

对上司，我该服从的服从，该尊重的尊重，却从不私下走动。一次，校党委书记提醒我说：“领导对你有点儿意见，说别人都往他那跑，就你架子大不去，是不是看不起他啊。你还是多跑跑。”我说：“对领导，我向来是尊重的，作为上级，他要我汇报工作，我立马就去，但没事让我跑去套近乎，我不干。”后来，那领导退下来后还曾当面问过我，是不是看不起他，或对他有什么意见。我如实向他做了解释，说我就是这么个人。他听说后也就释然了。还有一事，有人谓我不近情理，有人谓我干得好，敢坚持原则。事情是这样的。某领导的儿子是我校学生，一次聚会，他酒后打伤了一位同学，一时议论纷纷。有的说，不就是打个架吗，又没致残，冷冷轻点处理一下，给领导点儿面子嘛；有的则说，你张广志平时不是挺牛的吗，看你这下如何处理。我说，放心，农民的儿子怎样处理，他的儿子就怎样处理。结果，我还是给了他个开除学籍留校察看一年的严厉处分。处分一发布，多数人说好，也有人说，他张广志可真不行，送上门的人情都不会做，还当个啥领导啊。针对官场的一些腐败现象，我曾在某公开场合放言：“若这种势头得不到遏制，势必造成好人不当官，当官没好人，好人当官当久了都得变坏。”话传出去，听说有位领导很不满，说：“他张广志好赖也是一级领导，怎么能这样放言无忌呢？”由于我老管不了自己的嘴，我爱人杨秀荣曾不止一次告诫我：“这次开会，你能不能光带个耳朵去，闭嘴不说话行不？”有时我也觉得自己不应该再说那些不合时宜、不中听的话了，可生性使然，很难完全做到。

## 七、无“官”一身轻，辞“官”后狠抓了下学术生命的尾巴

1997 年年满六十岁时我终于从领导岗位上退下来。有朋友问我习惯吗，是不是有点儿失落。我说如果领导岗位能给我带来利益，一旦失去，我自然会感到失落。可对我来说，“官位”实在是个枷锁，现在终于甩掉了，实在是一种解脱、解放。退下来后，我开始向本来的我回归，回归到不再为琐事俗务操心，过着逛逛书店、跑跑图书馆，遨游书海，神交古人的惬意生活。

在这段日子里，我在时间上还是抓得比较紧的，因为我深深知道，生命已到了尾期，再不抓住它，就真的要“老大徒伤悲”了。从那以后，不管是在教学岗位上，还是在 2007 年年满七十岁退休后，我都是在读书、写作、参加各种学术会议中愉快而充实地度过的。有付出，自然有收获。这段时间我先后出版了《三代社会形态：中国无奴隶社会发展阶段研究》（与李学功合著，陕西师范大学出版社，2001 年）、《中国古史分期讨论的回顾与反思》（陕西师范大学出版社，2003 年）、《历史投下的阴影：古代帝王将相的人性负面》（青海人民出版社，2006 年）、《西周史与西周文明》（上海科学技术文献出版社，2007 年）、《先秦传说与区域文化研究》（兰州大学出版社，2010 年）、《张广志论学杂著选辑》（经济科学出版社，2016 年）、《张广志论学杂著选辑续编》（经济科学出版社，2019 年）、《文明的历程 ·

西周》(上海科学技术文献出版社,2020 年)等著作,以及一批为先秦史学会等组织的各类学术研讨会所撰写的论文。此外,作为江苏籍学者,晚年又定居南京,我又曾应邀参加了江苏有关方面主持的《吴地文化通史》(中国文史出版社,2006 年)、《江苏通史 · 先秦卷》(凤凰出版社,2012 年)、《江苏吴文化志》(江苏科学技术出版社,2013 年)等书部分章节的撰写工作。

上述论著,虽不敢说有多高的学术品位、价值,但除少数急就、应景之作外,大都是我经过独立思考,认真做出的,对一个退休老人来说,还是说得过去的。

老了老了,不在家待着颐养天年,还要强撑着写东西、参加学术会议,何苦呢?我觉得人与人不同,各有各的活法,有人晚年喜欢养鸟种花,有人晚年愿意翻翻书,写点东西,都挺好的,这里不存在哪个对哪个错的问题,只存在哪个比较适合你的问题。我一辈子教书、写东西,别的不会干,也干不了,这就注定了我晚年仍离不开翻翻书、写写画画的生活习惯。我的经验是,晚年适当动动脑子,不但不折寿,还能延缓老年痴呆、延年益寿呢。

## 八、我的学术领域、贡献和治学宗旨、依则

我这个人,由于兴趣过于广泛、读书过杂,终学无专攻,难成大气候。

我的主业本在中国古代史,特别是先秦史上,可早年也曾跳出这个圈子,一度涉足哲学、共运史领域,后来还是回归先秦史,干老本行。

回顾我这一生,作为一名读书人,写有几本书和一些文章,一般来说也算交代得过去,没虚度此生了。可仔细掂量一下,其中不乏应景、急就之作,有见地、有分量的并不多。若一定要说我在学术上还有什么贡献的话,我觉得应在如下三个方面或问题上。

第一,论证奴隶社会并非人类历史发展必经阶段。当然,“奴隶社会并非人类历史发展必经阶段说”的发明权不属于我,国内外早就有学者论及这个问题。前已提及,我最早接触这个问题并初步形成自己的观点是在大学读书时,但虑及兹事体大,未敢动笔。1962 年,始写出初稿并分寄给杨向奎、童书业师征询意见,公开刊行问世则已是 1980 年的事了。在此后的一段日子里,我倾力抓住这个问题不放,陆续出版了《奴隶社会并非人类历史发展必经阶段研究》、《三代社会形态:中国无奴隶社会发展阶段研究》(与李学功合著)、《中国古史分期讨论的回顾与反思》三本书,“无奴隶社会说”中的所谓“张派”渐为学界所知。我自认为我是“文革”结束后较早闯入这一学术领域的人,对这个问题的论证也比较深入、系统,故学术界视我为新时期中国持“无奴隶社会说”的代表人物当大体说得过去。

第二,提出并论证“对立面的统一性亦同斗争性一样,其存在也是无条件的、绝对的”。这个问题属于哲学范畴。《有关对立面统一性的一些问题》是我大三时写下的。1962 年至 1963 年间所写《辩证法的“同一性”可不可以作两种含义上的区分和如何区分?——读了高鼎忠等同志的文章之后》,论及的还是这个问题。文章写出后,鉴于当时的学术环境,不仅须将其束之高阁,还得东掖西藏的。“文革”结束后,文章始得问世。《有关对立面统一性的一些问题》一文在《青海师范大学学报》(哲学社会科学版)2010 年第 2 期刊出,《辩证法的“同一性”可不可以作两种含义上的区分和如何区分?——读了高鼎忠等同志的文章之后》一文,被作为附录收入我同年由兰州大学出版社出版的《先秦传说与区域文化研究》一书中。本来我还担心惹祸,可文章刊出后竟毫无反响。这是怎么了?是不便提,还是我这个小人物不值一提?我百思不得其解。后来我慢慢想明白了,“对立面的斗争性是无条件的、绝对的,统一性是有条件的、相对的”是众口一词的传统看法,谁愿意招惹它啊。

第三，对史学界流行的“十月革命后一切殖民地、半殖民地国家发生的民族民主革命都是无产阶级社会主义世界革命的一部分”的论断提出质疑，认为即使在十月革命后，殖民地、半殖民地国家的民族民主革命仍然存在两个阶段、两种道路、两种前途的不同，只有无产阶级领导的新民主主义革命才是无产阶级社会主义世界革命的一部分，资产阶级领导的以建立资产阶级专制为目的的民族民主革命仍然是旧民主主义革命，是资产阶级革命的一部分。前已提及，《十月革命后民族民主革命的性质及其所属阵线问题》一文写于1960年我读大三时。“文革”后，此文章始得在《青海师范学院学报》（哲学社会科学版）1980年第3期刊出，《新华文摘》1981年第3期作过比较详细的摘登，也引起过一点儿争论，后来我还为此又写了一篇回应争论的文章。

上举三个问题都是大而敏感的问题，且都发轫于我读大学时。这既表明那个年龄段的年轻人思想开放、活跃，也显露了年轻人的无所畏惧、“不自量力”。

随着时间的流逝，除了奴隶制问题由于同我的本行相关，我还继续关注外，另外两个问题早就无暇顾及了。但我还是珍惜它们的，因为我毕竟在它们身上付出过，并至今仍认为当年的观点是成立的。

我在这几个问题上的付出，虽遭到一些人的反对或漠视，但也曾得到一些学界朋友的肯定、赞扬。如著名秦史学者祝中熹在其为拙著《先秦传说与区域文化研究》（兰州大学出版社，2010年）一书所写的序中写道：

> 大约只有像广志这种不知天高地厚的愣小子，才会在这类问题上去较真、较劲。
>
> 但若据此说广志中了歪门邪道之魔，别有用心地离经叛道，那就大错而特错了。广志生性质朴，自幼接受的是正统教育，对自己的民族、国家是有深厚感情的。他的论点和论证方法，纯粹立足于马克思

主义的哲学观和史学观，未曾越雷池一步。

朋友的偏爱过誉之言自不必当真，却也在一定程度上触及到事情的本质。

接下来谈谈我的治学宗旨、依则。为引入正题，不妨先列举一下我为《寻根》杂志的题词和我为自己立的几条治学格言。

我为《寻根》杂志的题词是：

敬畏历史，守护良知。

几条治学格言为：

尊重前贤时哲而不迷信之，勇于探索而不故作惊人语。

不以压力轻弃己见，不为面子固执己见，坚持真理需要勇气，修正错误亦需勇气。

不唯上，不媚俗，不看别人脸色为违心之论。

我觉得，作为一名史学工作者，最重要的就是要对历史始终抱有一颗敬畏之心，不虚美，不隐恶，不篡改，不曲笔。下笔为文，务必讲实话、真话，不说起码是少说虚话、假话。一些史学工作者从选题到立论，总在那里揣摩上头的意图、喜好，观测风向和世俗的好恶，乃至市场走势、销路等，一副跑市场的生意人模样，全无史家尊严，全然不知位高并不等于学深，真理也不一定掌握在多数人手里，知识更远非一般商品的道理。

谈到敬畏历史，尚有一事必须在此强调一下。所谓敬畏历史，是指敬畏历史的真实，或曰敬畏真实的历史，而不是不加分析鉴别地盲目信从传世文献、出土文献、口头传说中的一切东西。因为客观发生的历史和后人记述的历史远不是一回事,后者是后人带着时代烙印和感情色彩的历史再创造,不能轻予采信。就这个角度言,古史辨派对古史所持取的疑而后信的态度、原则是成立的,直到今天仍应遵从。

还有一事亦须在这里议论一下,即如何对待前贤时哲已有成说的问题,我的回答是尊重,但不迷信。因为成说能称其为成说,为多数人接受,总有其道理,故须尊重;但任何理论、学说都是时代的产物,有时代的局限性,不是绝对真理或真理的化身,随着时代条件的改变,它不可避免地会被部分乃至全部抛弃。我把"尊重前贤时哲而不迷信之"作为治学格言的道理就在这里。

学术研究贵在有独立思考精神,切勿随波逐流、跟风媚俗。但不迷信权威、成说并不是一味与之对着干、唱对台戏,更不是标新立异以哗众取宠,靠批名人出名,故我在"尊重前贤时哲而不迷信之"的同时又强调"勇于探索而不故作惊人语",道理就在这里。

## 九、学界师友

我一生接触过不少师长,各行业、各类型的朋友也交了不少,但主要还是限于学界圈子。下面主要讲讲对我学业有过较多帮助、影响的师友,以示感谢,以为纪念。

童书业是我大学的业师,我还当过他的课代表,可惜受环境、时代所限,交往不多,但童师的人品、学识,特别是他惊人的记忆力以及传扬甚广的逸闻趣事,还是给我留下了深刻印象。徐中舒师的情况上文已有所交代,这里不再赘述。1991 年 1 月 9 日徐师仙逝于成都后,我虽接到唁电,却来不及亲往送徐师最后一程,只好面向南天,长跪不起,痛哭失声。赵光贤先生与我在先秦史学会共事多年,并曾为我的《奴隶社会并非人类历史发展必经阶段研究》一书赐序,多所鼓励、奖掖,是我十分敬重的一位著名前辈学者。

在朋友辈中,论交往时间之长、程度之深,当首推祝中熹君。祝小我一岁,山东诸城人,是我大学同窗。大学毕业后,我去青海,他到甘肃,不时互通音信。五十多年来,我们始终保持联系。中熹"文革"后被调往庆阳师专、甘肃省博物馆得以施展才学。祝治学路子颇宽,举凡一般社会史(如中国无奴隶社会研究)、地方史、秦文化、文博考古诸领域皆有涉足,并取得很高成就。祝的文章不仅有识见,说理透彻,而且文采飞扬,读来实在是一种享受。我学术界的另一位朋友是青海师范大学原副校长、青海省社会科学院院长赵宗福君。赵是北京师范大学著名民俗学家钟敬文的高足,主攻民俗学,与我的研究领域多有相通,故时有交流。赵又工诗,所写旧体诗词并不停留在一般所谓"写景""状物""抒情""遣兴"上,而是要"言志",立意高远,且平仄用韵甚工,词语精粹,艺术水平上佳,是我的一位交往多年的学友、诗友。

由于我主攻先秦史,参加中国先秦史学会活动三十多年,是学会的创办人之一,且蒙大家错爱,还担任过学会的副理事长、顾问组长等职,故我的学界朋友主要集中在先秦史领域。学会的首任理事长是徐中舒师,继任者为李学勤,现为宋镇豪,三位学者可谓当代先秦史领域老一辈、中生代、新生代的代表性人物,学术造诣之高自不待言,对学会的产生、发展皆曾作出或正在作出重大贡献,我本人亦曾在同他们的接触、交往中获得过不少教益、帮助。除三位理事长外,我这里不能不提及对学会日常运转付出大量心血、做了大量工作的两任副理事长兼秘书长孟世凯和宫长为。孟是中国社会科学院的甲骨文专家,曾担任先秦史学会的副秘书长、秘书长、副理事长、顾问组组长等职,是先秦史学会存在、发展、辉煌之枢要人物。孟风趣睿智,善与人处,上自达官显要,下至贩夫走卒,皆能与之交,是先秦史学会一位不可多得的组织者和宣传活动家。孟告退后,这些繁重的工作由宫长为接手。开始时,我同部分老朋友还真有点儿担心年纪略轻些的宫能否胜任此项工作，现在看来我的担心完全是多余的，宫在承担繁重的科研任务、行政工作、家事（孩子尚小）的同时，也把学会工作搞得相当出色。

东北师范大学前副校长、中国先秦史学会前副理事长现顾问詹子庆教授，是我 1979 年在四川大学从徐中舒师进修先秦史时的同窗好友。詹不但是知名先秦史专家，还是一位做人做事都极为认真的好教师、好领导、好丈夫。詹夫人刘效云多病，詹精心照料，多年如一日，甚至不惜为此提前辞去副校长职务。这样的好人，如今已不多见了。中国先秦史学会前副理事长现顾问、西北大学中国思想史研究中心刘宝才教授，亦是我在四川大学进修时的同窗。刘是位有思想、有个性的学者，话不多，却每能闪耀出智慧的火花，给人以启迪。刘的学生、中国社会科学院研究员吴锐，是位年轻有为、善思考、有担当、有学术良心的学者。我曾对刘说："孔夫子弟子三千，达者七十二人。你门下有多少，我不知道。我看，一吴锐足矣！"陕西师范大学前校长、中国先秦史学会副理事长赵世超教授，是我在四川大学从徐中舒师进修时的又一同窗。赵小我九岁，后又从徐师读博士。他主陕西师范大学校政时，善于延揽英才，建树颇多。在做学问上，赵站得高，有大局观，故每有所出必能新人耳目，给人以启发。

中国先秦史学会前副理事长现顾问、河北师范大学沈长云教授是赵光贤先生的高足，是"中国无奴隶社会说"的代表人物之一，与我同道。沈做学问认真、执着，所论多有新意，且不跟风、媚俗，有古士人风。中国先秦史学会副理事长、天津师范大学科研处处长杜勇教授，原是我在四川大学从徐中舒师进修时同窗之一姚政的学生，后又从赵光贤先生读博士。杜做学问路子宽，有深度，是同龄人中之佼佼者。中国先秦史学会前副理事长、大连大学特聘教授葛志毅，是一位著述甚丰且很有识见的学者。葛文献功底深厚，言出有据，读他的东西给人以厚实感，非当下一些专门在新概念、新方法论上兜圈子却空言满篇者可比。中国先秦史学会副理事长、四川大学历史文化学院教授彭邦本，是徐中舒师高足。彭治学严谨，思辨、表述能力均佳，是一位既富才气又十分勤奋的学者。

几位稍晚后出任先秦史学会副理事长的学者，如武汉大学的罗运环、河南社会科学院的张新斌、陕西师范大学的王晖、山东大学的江林昌、吉林大学的许兆昌、湖州师范学院的李学功，其中除李学功由于大学本科和研究生阶段皆从我学、后又作为助手帮我带过研究生、合作搞过项目而比较了解外，余皆由于年龄差距，交流相对少些，了解不多，但从他们给我的赠书和提交给研讨会的论文看，其学术修养、功底都还是挺不错的，对学会工作也很尽心尽力。我从内心为学会工作后继有人而感到高兴。

潍坊博物馆研究员、山东大学兼职教授孙敬明，主攻文博考古，能诗善画，口才极佳，是个才华横溢的才子型学者。现在像他这样既学有专长又活得有韵味的学者已越来越少了。南开大学朱彦民教授，年方五十出头，已是知名的殷商史、甲骨文专家，且善书，曾从著名书画家范曾学，书法别具一格，很有特色，经得起品读、玩味。苏州科技学院叶文宪教授，天赋甚高，长于思辨，所著《重新解读中国》《新概念哲学》等，发人所未能发，言人所未能、未敢言，有相当的学术价值，惜在人云亦云大行其道的当今学术界迄未引起足够的重视、反响。江苏社会科学院历史所副所长、研究员王健，先后师从著名史学家李民、谢维扬，学有专精，著述颇丰，且乐与人处，待人诚恳宽厚。近年，我应邀参与由他主编的《江苏通史·先秦卷》《江苏吴文化志》的编写工作，其间，互相切磋，并通过他新结识了一些江苏学界朋友，实为晚年一大乐事。

中国人民解放军国防大学研究员、教官房立中，是知名军事史、兵书研究专家，尤以鬼谷子研究享誉海内外。我近年稍涉鬼谷子研究领域，多得益于他《新编鬼谷子全书》的引领才多少摸到些门径。我校原教师、现供职于上海开放大学的鲍鹏山教授，系当今著名文化学者、作家，央视《百家讲坛》主讲嘉宾。鲍虽非专攻先秦史之史家，然其所著《寂寞圣贤》《论语导读》《孔子传》《先秦诸子八大家》诸书视野开阔，思想深邃，读来甚觉受益。以是益悟，为学途虽殊，其归则一，以其理实通也，故多作跨界之交流、沟通，于治学大有裨益。企业家、著名字砖收藏研究专家朱明歧，是新时代涌现出的一位文化有心人。眼下出点儿钱赞助一下学术文化活动的有钱人倒是不少，但大多着眼于广告效应，会前、会上虽颇为热闹了一番，可会一散也就烟消云散了。像朱氏这样有钱还不忘学术文化，且通过潜心钻研终于成就为一代为砖安家、以砖名家之文化奇人，实属难得，此不单是他一人之幸，亦学术文化之幸也。

以上是我接触交往较多者，此外尚有许多学者，如吴荣曾、殷玮璋、曹定云、李健民、王宇信、罗琨、常玉芝、晁福林、朱凤瀚、王震中、彭林、徐义华、张荣明、赵伯雄、陈絜、魏嵩山、丁季华、杨善群、谢维扬、刘心田、宁镇疆、赵锡元、黄中业、陈恩林、吕文郁、赵玉宝、许兆昌、谢乃和、魏建震、郝良真、刘顺超、侯廷生、张怀通、白国红、杨晓国、卫崇文、徐鸿修、于孔宝、杨朝明、苏兆庆、刘云涛、李明杰、范毓周、裘士京、李修松、徐大立、徐日辉、王达钦、李岩、蔡运章、郑杰祥、程有为、张新斌、刘彬徽、何光岳、钱宗范、张彦修、张淑一、李仲立、姚政、彭裕商、何崝、徐亮工、黎小龙、徐难于、刘俊男、李德书、张闻玉、王学理、尹盛平、王辉、袁林、张懋镕、田旭东、郑洪春、贾彦儒、杨东晨、黄怀信、卢中阳、王少林诸友，亦都曾给予我这样那样的关照、支持、帮助。诸君的情谊，连同他们的道德文章，我会永志不忘，限于篇幅，这里就不再具体记述了。

我的研究生和学术助手，如李学功、蔡锋、莫金山、李广明、韩红宇、金颜、张科、李健胜等，亦大都学业、事业有成，对我关心、帮助甚多。我与他们既是师生，又是朋友。

## 十、藏书之乐

我有藏书的癖好。我们这代人生在新时代，又无家底，见不到也买不起孤本、善本之类的珍品。我之所藏，虽就版本角度而言无什意义，却颇实用，一般搞文史的常用书，如《二十四史》《二十五史补编》《资治通鉴》《十三经注疏》《清经解》《诸子集成》等我都有收藏外，我还藏有《古今图书集成》这样的大书。有些书，如《古今图书集成》，虽不怎么用，但偶尔翻翻、摸摸都是一种享受。

读书需先识字，古人把小学附庸于经学就是这个道理。我也爱收藏文字学方面的书，除《说文解字》及清代“说文四大家”段玉裁的《说文解字注》、桂馥的《说文解字义证》、王筠的《说文句读》《说文释例》、朱骏声的《说文通训定声》，近代学者丁福保的《说文解字诂林》，当代学者姜亮夫的《中国声韵学》、王力的《汉语音韵学》、李方桂的《上古音研究》、林焘主编的《中国语音学史》、黄易青等的《传统古音学研究通论》《传统古音学论著选注》等外，一般的字典、辞典，如《康熙字典》、《中华大字典》、《辞通》、新旧版《辞源》、新旧版《辞海》、《汉语大字典》、《汉语大词典》、高本汉的《汉文典》、王力的《同源字典》、高亨等的《古字通假会典》、钟旭元等的《上古汉语词典》，乃至通行的《古汉语常用字字典》等，皆有收藏。

一度我对姓氏学颇感兴趣，还写过一篇有关这个问题的文章。这方面的书我也搜求了一些，除郑樵的《通志·氏族略》外，还藏有林宝的《元和姓纂》、邓名世的《古今姓氏书辩证》、凌迪知的《万姓统谱》、张澍的《姓韵》、慕容翊的《中国古今姓氏辞典》，以及赵艳霞的《中国早期姓氏制度研究》、张淑一的《先秦姓氏制度考索》等。

我藏书的第二个特点是，由于我读书较杂，故收藏面也较宽，甚至有点儿滥。前不久，我把藏书归了归类，编了个简目，竟有十三类之多：

（一）古代史籍

（二）近今史著

（三）世界史

（四）甲骨、金文、简帛、碑刻、古钱、铜镜、陶瓷、玉器、兵器、古建等

（五）小学（文字、音韵、训诂）、诗韵、词谱、楹联等

（六）工具书

（七）文学（常见易得书如《红楼梦》《水浒传》《三国演义》《西游记》等及世界名著不录）

（八）影印书刊

（九）马列主义、一般哲学社科、教育、宗教、时政

（十）家乡江苏和第二故乡青海有关著述

（十一）性学

（十二）书法、篆刻、绘画、摄影等

（十三）本人著作和寿诞纪念集

我收藏书籍颇贪。我是研究先秦史的，需具备一定的古文字修养。但我毕竟不是专攻甲骨、金文等古文字的，令许多人想不到的是我收藏的古文字书籍竟比有些研究古文字的人还多。下面是我藏书简目中古文字方面的收藏：

郭沫若《甲骨文合集》

彭邦炯等《甲骨文合集补编》

本书编委会编《甲骨文研究资料汇编》

郭沫若《郭沫若全集·考古编》

姚孝遂《殷墟甲骨刻辞摹释总集》

白于蓝《殷墟甲骨刻辞摹释总集校订》

姚孝遂《殷墟甲骨刻辞类纂》

李孝定《甲骨文字集释》

杨树达《杨树达文集》（《积微居甲文说》《耐林庼甲文说》《卜辞琐记》《卜辞求义》）

杨树达《积微居小学述林》

杨树达《积微居小学金石论丛》

杨树达《积微居金文说》

唐兰《古文字学导论》

唐兰《中国文字学》

唐兰《殷虚文字记》

于省吾《双剑誃殷契骈枝》(含续编、三编及附古文杂释)

于省吾《甲骨文字释林》

于省吾《甲骨文字诂林》

胡厚宣《甲骨学商史论丛初集》(外一种)

胡厚宣《五十年甲骨学论著目》

胡厚宣《甲骨探史录》

胡厚宣《古代研究的史料问题》

胡厚宣、胡振宇《殷商史》

陈梦家《殷虚卜辞综述》

陈梦家《汉简缀述》

陈梦家《尚书通论》

陈梦家《西周年代考·六国纪年》

陈梦家《西周铜器断代》

丁山《甲骨文所见氏族及其制度》

岛邦男《殷墟卜辞综类》(汲古书院影印本)

王宇信《建国以来甲骨文研究》

王宇信《甲骨学通论》

王宇信《西周甲骨探论》

王宇信等主编《甲骨学一百年》

王宇信《甲骨文精粹释译》

常玉芝《商代周祭制度》

吴浩坤、潘悠《中国甲骨学史》

李圃《甲骨文选注》

王明阁《甲骨学初论》

邹晓丽等《甲骨文字学述要》

陈全方《西周甲文注》

徐锡台《周原甲骨文综述》

朱芳圃《殷周文字释丛》

朱芳圃《中国古代神话与史实》

刘风华《殷墟村南系列甲骨卜辞整理与研究》

中国社会科学院考古研究所编《甲骨文编》

徐中舒《甲骨文字典》

孟世凯《殷墟甲骨文简述》

孟世凯《甲骨学小词典》

孟世凯《甲骨学辞典》

〔宋〕赵明诚《金石录》

〔宋〕薛尚功《历代钟鼎彝器款识法帖》

〔清〕吴大澂《窸斋集古录》

〔清〕梁诗正等《西清古鉴》

〔清〕王昶《金石萃编》

张思温《积石录》

〔清〕叶圭绶等《续山东考古录》

中国社会科学院考古研究所编《殷周金文集成》

容庚《金文编》

容庚《商周彝器通考》

容庚等《殷周青铜器通论》

陈汉平《金文编订补》

周法高主编《金文诂林》(凡二十五册,含补编及李孝定《金文诂林读

后记》)

罗振玉《三代吉金文存》

罗福颐《三代吉金文存释文》

唐兰《西周青铜器铭文分代史征》

郭宝钧《商周铜器群综合研究》

徐中舒《殷周金文集录》

马衡《凡将斋金石丛稿》

马承源主编《中国青铜器》

朱剑心《金石学》

罗尔纲《金石萃编校补》

〔宋〕王黼《宣和博古图》(白话今译图解本)

桑行之等编《说金》(古玩文化丛书)

桑行之等编《说钱》(古玩文化丛书)

〔清〕方若《增补校碑随笔》

秦公《碑别字新编》

杜廼松《中国古代青铜器简说》

刘正《金文庙制研究》

管燮初《西周金文语法研究》

张亚初等《西周金文官制研究》

白冰《青铜器铭文研究:白川静金文学著作的成就与疏失》

郭沂《郭店楚简〈老子〉校读》

宁镇疆等主编《考证与释义:出土四古本〈老子〉综合研究》

文物出版社编《战国纵横家书》

睡虎地秦墓竹简整理小组编《睡虎地秦墓竹简》(复印本)

银雀山汉墓竹简整理小组编《银雀山汉墓竹简:孙子兵法》

银雀山汉墓竹简整理小组编《银雀山汉墓竹简:孙膑兵法》

邓球柏《帛书周易校释》

上海大学古代文明研究中心《上博馆藏战国楚竹书研究续编》

董珊《简帛文献考释论丛》

罗运环主编《楚简楚文化与先秦历史文化国际学术研讨会论文集》

杜勇主编《叩问三代文明:中国出土文献与上古史国际学术研讨会论文集》

将这些书列于此,并非为炫耀,聊表我对书籍收藏之痴迷而已。

当下我仍不时逛逛书店,并在孔夫子旧书网、京东、当当上访求书籍,一有发现,便让儿子或女婿网购(我自己不会网购)。家人或劝我曰:“你看看,家里除最小的一间屋子留作卧室外,全叫书给占了,还买书,往哪搁啊? 再说,都这么一大把年纪了……”我说:“没法子啊,这是我的癖好嘛。有人爱金银珠宝,深藏紧锁,虽吃不得、喝不得,可心里乐着呢,这就是癖好;我收藏书籍也是如此,每有所获,抚摸、翻阅当儿,特别是钤上藏书印的那阵,别提多享受了。”在得到《佩文韵府》一书后,我曾在扉页上欣喜地写下如下题记:“此书心慕已久,乍得之,其乐实无异老年得子云。”前不久,暮年的我还一举拿下了清儒秦蕙田的《五礼通考》、吴大澂的《愙斋集古录》、丁福保的《说文解字诂林》和被后人称为“文治总统”的徐世昌的《清儒学案》等几部大书,直高兴了好些日子。

## 十一、我与旧体诗词

我的兴趣比较广泛,历史学外,哲学、经济学、文学艺术等多有涉猎,有时也学着写写旧体诗词,并曾在《青海青年报》《青海湖》《中华诗魂》《近五十年寰球汉诗精选》等报刊和选集中公开发表过二十多首诗词作品。我写的旧体诗词虽谈不上有多高的意境和艺术水平,但却是我不同时期心灵的真实写照,我还是很珍惜它们的,如写于“文革”时期的三首反映了那时的迷茫：

**七绝·雪夜独酌**

旧愁未了又新愁，世事难言一梦休。
薄酒三杯成小醉，长空漫乱雪淹楼。

**七绝·荒郊秋晚**

涧水潺湲似泪流，荒郊踯躅为悲秋。
枯杨叶尽空枝在，犹被霜风逼不休。

**浣溪沙·重九登高感怀**

重九登高莅绝台，西风扑面触愁怀，万般惆怅酒中排。
村柳叶黄莺自去，山花香尽蝶稀来，高山云冷雁啼哀。

而另一些诗作，如以下两首则反映了不一样的心境：

**五绝·无题**

十年如噩梦，浩劫一时除。
喜理荒疏业，韶华好读书。

**七绝·读李杜三峡诗感怀**

天公遗我美山川，李杜能诗冠众贤。
安得如椽神助笔，研江为墨续新篇。

前一首写于1979年赴四川大学从徐中舒师进修先秦史时，后一首写于1993年游三峡途中，心境就同过去大不一样了。另外，我写的旧体诗词虽水平不高，却是严格按照诗韵、词谱规定的平仄和韵部办事的（我备有《佩文韵府》《诗韵合璧》《诗韵易检》《词林正韵》《词谱简编》《古韵通晓》《古今诗学大全》等备查），并力避重字、孤平、三平调诸病，大体中规中矩，不致流于打油诗、顺口溜之列。

友人、民俗学大家、青海省社会科学院前院长赵宗福君在《问道问学，亦师亦友——我对张广志先生学思的记忆》一文中曾谬赞我的诗作曰：

> 先生的诗作真乃名副其实的上乘之作，不仅温婉顿挫，意境幽远，而且合辙押韵，严丝无缝，同时遣词造句逻辑严密。即使在之前（况复后来）我见过的许多中文系古典文学教授中，也是极少见的。……从此，我又经常向张先生请教诗词韵律，他总是仔细推敲，从平仄、邻韵、粘连、合掌、孤平、拗救等不同角度说出个一二三来，甚至在很多人极少注意到的音律上也颇精细。比如，本是三十二漾韵中的字，毫无疑问是仄声，并没有平仄两用的先例，但很多人因为“章”是平声，就想当然地也把“嶂”字当作平声用。张先生以此为例说：“这就是读书不求甚解造成的，用错了还不知道怎么丢人的。”
>
> 对诗词韵律精审到这个地步，使我这个中文系的毕业生对他敬重有加。当时我也作了一首《读张广志教授〈旧诗杂抄〉》：“雄立史家耸独岑，又登诗席动高吟。雕龙闲试雕虫术，星月慨歌星凤音。梦里江南烟雨好，怀中塞北桃花深。多情最是枯杨句，说尽寒凉伤客心。”水平显然不及张先生远矣，只想表达我对他学术研究和诗词写作的钦佩和欣赏。

自然，这明显是过誉了。我的诗作只能说大体中规中矩，不闹笑话，在旧体诗词的修养上，又怎能与在人民文学出版社出版过《寒竹诗草》、深得识者好评的宗福君同日而语呢？

## 十二、痴迷体育

我自己虽在体育方面毫无特长，却是个十足的体育迷。我不爱看电视剧一类的文艺节目，体育节目则不同，那可是真刀真枪、实打实的，看了催人向上，令人振奋。我几乎每天都要看体育消息、节目。体育项目，举凡篮、排、足三大球，网、羽、乒等小球，田径、游泳、举重、摔跤、拳击、散打、柔道、相扑、跆拳道等，总之只要和体育沾边的，我都爱看。当然，最爱看的还是篮球。

一次，江苏男篮在南京打比赛，南京有电视直播，我在青海看不到，便一会儿一个长途电话打给当时在南京的妻子杨秀荣询问赛况。她说："打长途挺贵的，老问个啥？等下不就知道了吗？"我说："好着急嘛，还是隔一段时间就告诉我一下比分吧。"后来，青海师范大学的高水平运动队，特别是女篮能远近闻名①，多少还是同我这个喜爱体育的校长有一定关系的。

有人说，体育有什么好看的，还耗时误事。我以为这是太不了解体育的价值、真谛了。大而言之，体育是教育的重要组成部分，抛开体育的教育是不完整的教育。小而言之，体育对个人也是不可或缺的，它大有益于身心健康。有益于身好说，指强身健体；有益于心，是指它能振奋人心，催人上进，有益于心理、精神健康。

在这方面我是深有体会的，如每有大的赛事，我就特别兴奋，办事效率也高；一段时间没赛事可关注了，就有些发蔫，总也提不起精神来。说看体育比赛空耗时间、精力，划不来，错不在体育，那是你还没进入那种境界，没尝到其中的甜头。

---

① 青海师范大学女篮多次夺取全国大学女篮比赛亚军，我退下来后不久，她们还曾代表中国出战过一次世界性的大学女篮比赛，并荣获冠军。

## 十三、和乐家庭

人生什么最重要？年轻人多半会说是事业、爱情、财产。但对老年人来说,我觉得最重要的莫过于有个健康的身体和和乐的家庭。当下,我的身体还算可以,最重要的还是我有个和谐、祥和、温馨的家庭。

母亲育有八名子女,三名夭折,存活下来五名,即我和一个姐姐、两个妹妹、一个弟弟。由于重男轻女旧传统的影响及特定社会因素的作用,我们兄弟姐妹五个人中只有我一个最终成了读书人,其他则根本无缘或很少读书。

大妹广荣,为带弟弟小学没念完就辍学了。广荣聪明能干,一生吃了不少苦。改革开放初期,她成了我们家乡一带远近闻名的女个体户,事迹还上过《新华日报》呢。广荣胆大豪气,又特善良,富有同情心。且看有关她的几件小事。改革开放后,已当上小老板的她,不忘身边贫寒的人,特别是老人。一次,天已是傍晚,又快下雨,一乡下老汉正为大半平车(架子车)蒜头卖不掉而发愁。广荣问清情况后,说:“大爷,拉我厂里去吧,我全要了。”自然,这么多蒜谁吃得了,大部分还是送人了。又一次,广荣去曲阜旅游,坐人力车转悠时不料拉车的老汉脚下一滑,人倒车翻,广荣和老汉都受了点儿伤。这下可把拉车的老汉吓蒙了。广荣说:“别怕,大爷,快到医院包扎一下吧。”就医后,两人的钱全是广荣出的。拉车老汉有些不好意思,广荣说:“这有啥,你比我岁数大,我混得比你强些嘛。”看,这就是我妹妹广荣,一个平凡而大写的人!

弟广斌,天资甚高,小学毕业那年适值“文革”,虽在升初中的考试中名列全公社前茅,却还是没能上初中。现在他虽也搞点儿经营,衣食无忧,但心思还是在知识上,喜欢文史,其知识面之广、记忆力之强,一般读书人是比不了的。

姐广梅、小妹广瑞，早年也都过得很艰辛，幸近年来子女们都有出息，如今都已是儿孙满堂，晚景尚好。

妻杨秀荣，西安人氏，比我小五岁，学政教专业的，曾任青海师范大学附中总支书记、副校长，还曾是中学特级教师、全国优秀教师。妻子对我帮助极大，除了生活上的照料外，还帮我打理书稿、文章，且每能在提法、文字上发现我的某些不足或错误。

我结婚偏晚（1970 年结婚时，我三十三岁，杨二十八岁），三十四岁时女儿出生，三十七岁时儿子出生。女儿张熠，青海师范大学艺术系音乐专业毕业，毕业后一直供职于青海广播电视台，现已退休。女婿万玛加，亦曾供职于青海广播电视台，是青海省首位中国新闻最高奖——范长江新闻奖的获得者，现为《光明日报》驻青海记者站站长。儿子张炜，西北师范大学中文系毕业，现为江苏省总工会宣教部副部长。儿媳史海燕，在一证券交易所供职。外孙女万怿凌在河海大学外国语学院翻译专业攻读硕士学位。孙女张嘉懿还小，读初中。

现在，我定居南京，安度晚年。回首往事，有满意的地方，亦不乏遗憾之处。对此我看得颇开，月亮尚有阴晴圆缺，人生又哪能心想事成、尽善尽美？但求仰不愧天、俯不愧地、外不愧人、内不愧心足矣。

2024 年 8 月 17 日

# 后　记

我今已八十有八，不经意间已到了通常人们所企盼的所谓“米寿”之衰朽之年了，幸至今仍目视得、耳听得、脑思得、手写得，还不时参与一些学术活动，搞点儿研究，以是乃有把近年所得辑为《论学杂著选辑三编》之举。

这本小书的内容颇拉杂，谈不上有多少学术价值，所可慰者唯所说大抵是自己的话，鲜邀功希宠、跟风媚俗、假大空之言。

着实令我不安的是，晚年的这样一本不怎么样的小书却在书稿的申报审定、出版经费、繁杂的出版事务上打扰、烦劳了有关部门和几位朋友。它(他)们是我大学甫一毕业直到2007年七十岁退休供职了四十六年，期间从未跳槽、改换门庭的青海师范大学，尤其是青海师范大学历史学院，以及李学功、丁柏峰、付瑞珣诸友。特别是李学功，他虽小我二十六岁，可说起来也已年过花甲，近来身体也不怎么好，复校内、省内诸事缠绕，又身为中国先秦史学会副会长，够忙、够累的了，仍念及师生情谊，从书稿某些内容的审定、违碍字句的斟酌，乃至出版事务，费力劳神殊多，并为拙作作跋。凡此，皆铭感在心，岂一个“谢”字可以了得。

最后，还应对拙作编辑张凤莲女士表示由衷谢忱。张女士编审认真，改正了本书的某些错误、疏忽。

张广志

2025 年 3 月 17 日于南京青海省南京干休所三不斋

# 跋

## 张广志《论学杂著选辑三编》读后

先贤常以立德、立言、立功“三不朽”，激扬人生光彩，砥砺奋斗之志。业师张广志先生以不唯上、不媚俗、不看别人脸色为违心之论名书斋、严自律，苏世独立，横而不流，几十年一以贯之，践行自己的学术人生和职业道路，赢得学界同仁的敬重。

适逢先生米寿之作《论学杂著选辑三编》即将由天津古籍出版社刊布之际，奉先生之命续作跋文以识。

犹记得2016年，时逢先生八十华诞，我与学界诸师友在“太湖之州”的湖州为先生举办庆生活动。刘师宝才先生、赵师世超先生，以及宫长为、彭邦本、杜勇、罗运环、孙敬明、王健、赵玉宝（东玉）、朱彦民、朱明歧、刘心田、张彦修、徐义华等先秦史学界诸多前辈和同侪三十余人专程来浙为先生贺寿庆生。少长雅集，师友贺论，为先生学术青春而祝，为先生思想启真而感。

作为受业弟子，我对先生之学自无由置喙。先生之学问自有学界之赞评，先生之为人亦有同道之雅论。愚以为，从回顾开题，或可作为认识和理解先生为人为学的一扇窗。先生早年问学于有着“文史研究重镇”之誉的山东大学历史系，得沐史学大家童书业先生之教泽，言传身教，濡染“童学”。大学毕业，支援边疆，结缘青海，执教师大。“文革”岁月，慎独慎思，不弃学问，不舍思考。改革开放，科学春天，再负行囊，问学川大。徐老执鞭，讲座商周，先生苦读，不负师望。无奴社会，观点惊世，南天一柱，卓然不群。

在四川大学进修,从游徐老研修期间,先生与进修班刘宝才、詹子庆、姚政、赵世超、李仲立、覃启勋、杨有礼、伍德熙、王光荣等九位师友草创先秦史学社,为先秦史学会开基立础,学界后誉称此举为“十老创会”。据刘师宝才先生生前回忆(2015 年 1 月 13 日,笔者与刘师通话记录),1979 年 3 月至 1980 年 1 月,教育部委托四川大学徐中舒先生主持“先秦史进修班”(为期一学年),1979 年底,在进修班学习行将结束之时,大家都有一种惜别之情,希望以后能保持联系,交流专业上的心得成果,于是詹子庆(东北师范大学)、刘宝才(西北大学,时任进修班班长)、张广志(青海师范学院)、姚政(南充师范学院)、李仲立(庆阳师范学院)、赵世超(开封师范学院)、覃启勋(武汉大学)、杨有礼(华中师范学院)、伍德煦(甘肃师范学院)、王光荣(山东大学)诸先生发起建立了一个小小的学术团体,此即中国先秦史学会的前身——先秦史学社,并且拟定了章程,议定每年开一次会。在朱绍侯先生的关心支持和赵世超师的组织策划下,1980 年春,先秦史学社在开封师范学院召开了第一次学术会议,陈连庆、徐喜辰、郭豫才、佘树声等先生与会。1981 年,经刘宝才师的组织策划,先秦史学社在西北大学召开了第二次学术会议,李学勤、丁季华、唐嘉弘、缪文远、李启谦等先生与会。据赵世超师回忆,考虑到学会成立的“条件已趋成熟,张(广志)老师、詹(子庆)老师、刘(宝才)老师商量后便转请与会的唐嘉弘、缪文远老师向徐(中舒)老汇报,拟在先秦史学社的基础上成立先秦史学会”。1982 年 5 月 24—29 日,来自全国各地的先秦史专家齐聚成都,召开了中国先秦史学会成立大会暨第一届年会,徐中舒先生众望所归出任首任会长。据了解,先秦史学会是改革开放后中国历史学领域成立最早的学会。此后,中国先秦史学会在徐中舒、李学勤、宋镇豪、宫长为诸先生的领导下,更有赵光贤、孟世凯、张广志、詹子庆、刘宝才、赵世超等众多先生的鼎力相助,披荆斩棘,凯歌行进。

在中国先秦史学会的成长、发展中，先生先后担任学会副会长、学会顾问和学会顾问组组长等学术职务。作为学会的引领者之一，先生始终谦谓自己的学问是一路伴随学会的发展而不断深化的。作为中国古史分期讨论中第四大派观点——“中国无奴隶社会说”的主要代表人物，先生并未将研究视野局限于纯理论的形而上思考，而是延伸至对历史上诸多少数民族的考察，延展至区域史的观照。先生研究涉猎兴趣广泛，举凡帝王、草根、士人，高深如哲学同一性问题，落地如社会生活诸面相，先生总能驾驭自如，自成一格。数十年来，集腋成裘，著述焕然，影响学界。

如今，先生米寿之龄又将近年研究思考之文字汇编辑录，正如先生后记所言：“我今已八十有八，不经意间已到了通常人们所企盼的所谓‘米寿’之衰朽之年了，幸至今仍目视得、耳听得、脑思得、手写得，还不时参与一些学术活动，搞点儿研究，以是乃有把近年所得辑为《论学杂著选辑三编》之举。”读先生的文字，令人感慨，更令后昆弟子感佩和振奋。学问修身、学问养生，这是读先生之作后的深切感思。蒙先生之托，不佞承担起核校订定之责。校读订定的过程，也是学习先生思想和再认识先生研究心路的过程。拜读先生之作，发现先生的研究一以贯之地抱持着苏世独立、横而不流的学术品格与特点，思想开阔，不拘小题，于无声处有新雷。观先生三编之作，不仅有对学界关注之热点——中华文明进程开端性人物及其相关史实的分析思考，而且研究中不乏对区域历史文化问题的观照，如蚕丝起源、太伯奔吴等；既有读书治学过程中的问题发现，又有对友人教育思想的发掘阐微；还有对师友无尽的缅怀、对影响和成就先生人生学问的三江源那份难舍的青海情，等等。其中，字里行间更能体会到一位历史学家读史阅世几十载，割舍不开的浓浓家国情和人文关怀。回想20世纪80年代，承沐思想解放之洗礼，有幸受业先生门下，耳提面命，濡染熏沐，访学问道，恍然如昨。由兹观想,先生传道授业及其治学之路,又何尝不是后学小子勖哉为之努力的方向呢? 是为跋。

李学功

2024 年 11 月 26 日于南太湖尺见阁